TOUTES les matières

1re et 2e années

CG

Comptabilité et Gestion

Objectif BTS

W0315922

PROCESSUS
Michel COUCOUREUX
Mohamed KÉBLI
Rébecca LICART
Nathalie RUBAUD
Gildas SPENO

CULTURE ÉCONOMIQUE, JURIDIQUE ET MANAGÉRIALE
Bruno BONNEFOUS
Marc GÉRONIMI
David LECCIA

MATHÉMATIQUES
Nathalie GILLET

CULTURE GÉNÉRALE ET EXPRESSION
Émilie DHÉRIN

ANGLAIS
Corinne DENIS

hachette
ÉDUCATION

Nous remercions Daniel Sopel pour ses précieux conseils et sa relecture avisée.

Crédits photographiques
p. 408 gauche : © Shutterstock ; **p. 408 droite :** © Shutterstock ; **p. 411 :** © Shutterstock ; **p. 412 :** © Shutterstock ; **p. 414 :** © Bridgeman Images ; **p. 418 haut :** © Shutterstock ; **p. 418 bas :** © Shutterstock ; **p. 425 haut :** © Shutterstock ; **p. 425 milieu :** © Shutterstock ; **p. 425 bas :** © Shutterstock ; **p. 432 :** © Bridgeman Images ; **p. 434 :** © Bridgeman Images ; **p. 439 :** © Melinda Chan/Moment Open/via Getty Images.

Conception graphique
Couverture : Stephanie Benoit
Interieur : Francoise Bouvard – Médiamax

Mise en pages et schémas : DESK, CB Defretin
Édition : Elisabeth Sanchez

ISBN : 978-2-01-718617-5
www.parascolaire.hachette-education.com

Sommaire

BTS COMPTABILITÉ ET GESTION							
Intitulés et coefficients des épreuves et unités			Voie scolaire dans un établissement public ou privé sous contrat, CFA ou section d'apprentissage habilité. Formation professionnelle continue dans les établissements publics habilités.		Formation professionnelle continue dans les établissements publics habilités.	Voie scolaire dans un établissement privé, CFA ou section d'apprentissage non habilité. Formation professionnelle continue dans les établissements publics non habilités ou en établissement privé, enseignement à distance, candidats justifiant de 3 ans d'expérience professionnelle.	
Épreuves	**Unités**	**Coef.**	**Forme**	**Durée**	**Forme**	**Forme**	**Durée**
E.1. Cultures générales et expression **E.11 Culture générale et Expression** **E.12 LV obligatoire Anglais**	 U.11 U.12	 4 3	 Ponctuelle écrite Ponctuelle orale	 3 h 20 min.	 3 situations d'évaluation 2 situations d'évaluation	 Écrite Ponctuelle orale	 4 h 20 min.
E.2. Mathématiques appliquées	U.2	3	CCF 2 situations d'évaluation	2 × 55 min.	CCF 2 situations d'évaluation 2 × 55 minutes	Écrite	2 h
E.3. Culture économique, juridique et managériale	U.3	6	Écrite	4 h	2 situations d'évaluation	Écrite	4 h
E.4. Traitement et contrôle des opérations comptables, fiscales et sociales – **Sous-épreuve : Étude de cas** – **Sous-épreuve : Pratique comptables fiscales et sociales**	 U.41 U.42	13 9 4	 Écrite CCF 2 situations d'évaluation	 4,5 h	 1 situation d'évaluation 2 situations d'évaluation	 Écrite Orale pratique	 4,5 h 30 min.
E.5 Situations de contrôle de gestion et d'analyse financière	U.5	5	CCF 2 situations d'évaluation		2 situations d'évaluation	Orale pratique	30 min.
E.6. Parcours de professionnalisation	U.6	5	Ponctuelle orale	30 min.	Ponctuelle orale	Ponctuelle orale	30 min.
EF 1* Langue vivante étrangère B	U.F.1		Orale	20 min. (1)	1 situation d'évaluation	Orale	20 min. (1)
EF 2 Approfondissement local	U.F.2		CCF 1 situation d'évaluation	20 min. (1)	1 situation d'évaluation	Ponctuelle Orale	20 min. (1)

* Hors anglais ; Pour les épreuves facultatives, seuls les points au-dessus de la moyenne sont pris en compte ; (1) Non compris le temps de préparation de 20 min.

Opérations comptables, fiscales et sociales

COMPRENDRE EN VIDÉO Retrouvez tous nos tutos vidéos sur notre chaîne YouTube « Objectif BTS Hachette ».

L'ÉPREUVE E41

L'étude de cas

Processus 1, 2, 3, 4, 7

Épreuve écrite
à la fin de la 2e année
Coefficient : 9
Durée : 4 h 30

Matériels autorisés : le PCG et une calculatrice avec mode examen (celui-ci devra être activé le jour de l'épreuve).

1 L'organisation et le déroulement de l'épreuve

L'épreuve prend appui sur **un ou plusieurs cas concrets présentant une situation réelle** ayant trait aux traitements relatifs aux **obligations comptables, fiscales et sociales.**
Le sujet est structuré de la façon suivante (23 pages au maximum) :

- ☑ présentation du contexte ;
- ☑ présentation de la ou des missions à réaliser ;
- ☑ documentation comptable, financière, fiscale et sociale (annexes A) ;
- ☑ extraits issus de la réglementation comptable, financière, fiscale et sociale en vigueur (annexes B) ;
- ☑ éventuellement des annexes à rendre (annexes C).

2 Les conseils pour réussir cette épreuve

❶ **Prenez le temps de lire le contexte** afin d'identifier :
– l'activité de l'entreprise : industrielle ou commerciale de biens ou de services ;
– les taux et le régime de la TVA ;
– le(s) taux d'IS ;
– le plan de comptes fourni dans le sujet, qu'il faut bien suivre.

❷ **Lisez bien les titres des annexes :** l'étude de cas comprend plus de 20 pages, il est nécessaire de repérer dès le début les annexes qui renferment les informations utiles à la résolution du problème posé.

❸ **Faites apparaître le bordereau** sur votre copie pour tout enregistrement comptable : le code journal, les numéros de comptes, les dates et les libellés.

❹ **Soyez rigoureux !** Des points sont accordés :
– débit = crédit ;
– présence du libellé (facture n°…) et des codes journaux (journal des achats…) ;
– utilisation correcte du plan de comptes fourni ;
– détail et justification des calculs par des règles comptables, fiscales et sociales (ex. : indication du principe comptable).

❺ **Ne négligez pas les notes, courriels…** Respectez la forme (émetteur, destinataire, objet, date) et le contenu doit être structuré (partie I et partie II). Lisez attentivement **les annexes B** qui apportent des connaissances afin de répondre aux missions.

❻ **Soignez votre orthographe et présentation !** Débutez chaque partie par une nouvelle page, relisez-vous, même si vous êtes fatigué(e) à la fin de l'épreuve.

Remarque
Si vous recherchez un numéro de comptes qui n'est pas présent dans le plan de comptes fourni, cela signifie que vous devez utiliser le PCG.

L'ÉPREUVE E42

Processus 1, 2, 3, 4, 7

Pratiques comptables fiscales et sociales

Épreuve en CCF ou forme ponctuelle
Coefficient : 4
Sur poste informatique

1 L'organisation de l'épreuve

• **L'épreuve prend appui sur un dossier** comprenant ***le passeport professionnel*** qui permet de valider les compétences et 3 **fiches de situations professionnelles** (SP) couvrant l'ensemble des activités des processus P1 à P4 et P7.

• **Les conditions de validité des situations professionnelles :** chaque SP doit obligatoirement avoir du P7 et 2 autres processus de P1 à P4. Tous les processus doivent être présents dans l'ensemble des fiches. ***Exemple :*** si une fiche contient du P1 et du P3, une autre du P1 et du P2, alors la troisième doit obligatoirement proposer du P4 et un autre processus.

2 Le déroulement de l'épreuve en CCF

• **Situation A (14 points) :** l'enseignant d'AP évalue après chaque SP dès la 1re année en fonction de différents critères. L'étudiant est donc évalué sur chaque SP réalisée. À la fin des 2 années, les évaluations permettent de déterminer un profil et d'attribuer **une note**.

• **Situation B (6 points) :** c'est une épreuve orale de 20 minutes à la fin de la 2e année avec les enseignants des processus et des AP. Les étudiants doivent retenir 3 SP qui traitent de P1 à P4 + P7. Le candidat tire au sort 1 SP sur les trois et est interrogé sur la manipulation du PGI.

3 Le déroulement de l'épreuve ponctuelle (en fin de 2e année)

Seuls les établissements privés non habilités aux CCF sont concernés par l'épreuve ponctuelle. L'épreuve orale dure 30 minutes avec 15 minutes de préparation (le temps pour installer les ressources numériques). Cette épreuve a lieu à la fin de la 2e année conduite par des enseignants extérieurs qui viennent vous interroger dans votre établissement.

étape 1 **10 min. au maximum** : présentation de la SP (contexte, problème de gestion…) et explicitation des démarches et méthodes mises en œuvre ;

étape 2 **20 min. sur poste informatique** : des modifications sont demandées par le jury (ex. : changement de montants ou élaboration d'une facture d'avoir…) et l'étudiant doit les mettre en œuvre et les expliquer.

Quelle que soit la modalité (CCF ou ponctuelle), l'important est de maîtriser l'utilisation du PGI et d'expliciter ses démarches.

4 Les conseils pour réussir cette épreuve

Les interrogations sont conduites dans un esprit d'évaluation positive et bienveillante, les enseignants ne sont pas là pour vous piéger. Si vous avez bien préparé votre oral, tout se passera pour le mieux.

❶ **Entraînez-vous régulièrement :** présentez oralement les 3 SP à votre entourage.

❷ **Maîtrisez le logiciel** (les modules que vous avez utilisés dans la SP : commercial, paie, immobilisation, comptable) et le contenu de votre SP.

❸ **Posez-vous des questions :** quel était le problème de gestion de cette situation ? Pourquoi réalise-t-on telle tâche plutôt qu'une autre ? Soyez curieux. Si on vous demande pourquoi vous avez réalisé une tâche précise, ne répondez pas « Je ne sais pas, c'était marqué dans le contexte, donc je l'ai fait ». Trouvez une justification pertinente.

❹ **Faites une sauvegarde de secours.**

❺ **Utilisez un vocabulaire adapté :** pas de familiarité ni de vulgarité.

❻ **Soyez poli.**

❼ **Adoptez une tenue professionnelle :** pas de survêtement ou de pantalon négligé.

5 Les questions éventuelles du jury

- **Dans le module commercial :** établir un devis, élaborer une facture de doit et/ou d'avoir, alimenter les stocks, transférer une facture en comptabilité.

- **Dans le module comptable :** comptabiliser une opération, lire un compte (le chiffre d'affaires, la trésorerie…), connaître le montant des créances, des dettes…

- **Dans le module paie :** modifier la fiche d'un salarié, éditer un bulletin de salaire, transférer en comptabilité, ajouter des éléments dans le bulletin de salaire (congés, heures supplémentaires…).

- **Dans le module immobilisation :** ajouter une immobilisation, faire un plan d'amortissement, transférer en comptabilité

1 Les opérations de ventes et d'achats de biens en France

Processus 1

La **facture** est un document de nature commerciale et comptable qui est établie par une société afin de détailler les prestations ou les marchandises vendues.

1 La facture de doit

A Du devis à la facture de doit

• Le devis, le bon de commande, le bon de livraison/réception ne s'enregistrent pas en comptabilité : **seule la facture est comptabilisée**.

• **Une société peut émettre deux types de facture :**

– une **facture de doit** : elle mentionne le montant que le client doit au fournisseur (lors des achats et des ventes) ;

– une **facture d'avoir** : elle indique le montant que le fournisseur doit à son client (lors de retour de biens ou réduction oubliée).

B Les règles de calcul dans une facture de doit

Réductions commerciales (RRR) :
– **Rabais** : réduction accordée pour défaut sur un produit ;
– **Remise** : réduction accordée en fonction des quantités achetées ;
– **Ristourne** : réduction accordée pour récompenser la fidélité du client.

Escompte : réduction financière accordée en cas de paiement avant la date d'échéance.

Acompte : somme d'argent versée par le client avant la livraison du bien.

Montant HT
– Réduction commerciale (RRR)
= **Net commercial**
– Escompte
= **Net financier**
+ Frais accessoires
(transport HT, assurance…)
= **Montant HT**
+ TVA (HT × taux TVA)
= **Montant TTC**
+ Consignation emballage
= **Montant TTC**
(–) Acompte TTC
= **Net à payer**

Frais accessoires : charges qui viennent se rajouter au prix d'achat des biens et qui sont à la charge de l'acheteur. Les frais accessoires se composent :
– **des frais de douane** : ils sont toujours ajoutés au prix d'achat des biens ;
– **des primes d'assurances et des frais de transport**.

Consignation d'emballage : prêt d'emballage (ce n'est ni un achat ni une vente). L'emballage sera rendu au fournisseur plus tard.
Il n'y a pas de TVA sur la consignation.

2 Le traitement comptable d'une facture de doit

A Les règles du traitement comptable de la facture de doit

1. Repérer qui est le client et qui est le fournisseur.
2. Repérer l'activité de l'entreprise (industrielle ou commerciale).
3. Repérer s'il s'agit d'une vente ou d'un achat (si c'est un achat, vérifier qu'il s'agit d'une charge ou d'une immobilisation pour l'entreprise).
4. Repérer la date d'enregistrement (date de réception ou à défaut date de la facture).
5. Vous devez vous situer uniquement du point de vue de votre société.

Exemple de facture de doit : société Martin

La société Martin (le fournisseur) est un grossiste de matériels informatiques.
L'entreprise Lavoine (le client) est un distributeur qui revend aux particuliers.

Société MARTIN 54 rue de Montmartre 34000 Montpellier	Facture de doit n° 47895 01/09/N Entreprise LAVOINE 78 rue Clémenceau 63000 Clermont-Ferrand

Référence	Désignation	Quantité	Prix unitaire HT	Montant
25487B	Clavier	15	20,00	300,00
47892C	Chaise standard	8	15,00	120,00
			Total brut	420,00
			Remise 5 %	21,00
			Net commercial	399,00
			– Escompte 3 %	11,97
			Net financier HT	387,03
			+ Frais accessoires (Frais de port forfait. 50 HT)	50,00
			Net HT	437,03
			+ TVA 20 %	87,41
			Net à payer	524,44
			+ Consignation d'emballages 3 palettes à 20 €	60,00
			Net TTC	584,44
			– Acompte	100,00
			Net restant à payer TTC	484,44

Conditions de règlement : paiement à 30 jours Port : condition « arrivée »

Les achats et les ventes (601/607 et 701/707) s'enregistrent pour le montant net commercial.

Remarque

On distingue différents types de transport :
- **le port débours :** le fournisseur facture le coût réel du transport ;
- **le port forfaitaire :** il correspond à une somme forfaitaire ;
- **franco de port :** le fournisseur ne facture pas les frais de transport.

B Le traitement comptable des ventes chez le fournisseur

Le fournisseur doit enregistrer au débit : le net TTC, tous les éléments qui ont été déduits dans la facture (sauf RRR), et le net commercial. Au crédit : tous les éléments ajoutés dans la facture.

Exemple (suite) : société Martin

Comptes	Débit	Crédit
411	484,44	
4191	100,00	
665	11,97	
707		399,00
708		50,00
44571		87,41
4196		60,00

C Le traitement comptable des achats chez le client

Le client doit enregistrer au crédit : le net TTC, tous les éléments qui ont été déduits dans la facture (sauf RRR), et le net commercial. Au débit : tous les éléments ajoutés dans la facture.

Exemple (suite) : entreprise Lavoine

Comptes	Débit	Crédit
607	399,00	
624	50,00	
44566	87,41	
4096	60,00	
401		484,44
4091		100,00
765		11,97

Les comptes avec un 9 en troisième position indiquent que le compte est en sens contraire au compte de rattachement.
Le compte de rattachement du compte 4096 est le compte 401 qui est normalement au crédit, le compte 4096 sera donc au débit.

3 Les cas particuliers chez le fournisseur

A Le transport

Si les biens ont un taux de TVA différent du taux normal (20 %) :

- **condition départ (taux appliqué au port = taux normal)**

Comptes	Débit	Crédit
411	TTC	
701/707		Net commercial
708		Port HT
445711		**TVA / biens**
445712		**TVA / port**

- **condition arrivée (taux appliqué au port = taux des biens)**

Comptes	Débit	Crédit
411	TTC	
701/707		Net commercial
708		Port HT
44571		**TVA / biens et port**

B Les consignations d'emballages

Le fournisseur doit enregistrer les consignations d'emballage ainsi :

Comptes	Débit	Crédit
411	TTC	
701/707		Net commercial
44571		TVA
4196		**Consignation**

Les comptes 4196 et 4191 : le compte de rattachement est le compte 411 qui est normalement au débit, les comptes 4196 et 4191 seront donc au crédit car il y a un 9 en 3e position.

C Les acomptes

- **Au paiement des acomptes :**

Comptes	Débit	Crédit
512	Acompte TTC	
4191		**Acompte TTC**

- **Au moment de la facture de doit :**

Comptes	Débit	Crédit
411	Net à payer	
4191	**Acompte TTC**	
701/707		Net commercial
44571		TVA

4 Les cas particuliers chez le client

A Les frais accessoires

Trois cas sont possibles pour enregistrer les frais accessoires (transport, assurance…).

- **1er cas :** ils sont enregistrés dans le compte d'achat concerné (601 à 607) à condition que ces frais concernent directement ces achats.
- **2e cas :** ils sont enregistrés par nature, dans les comptes concernés : frais de transport : compte 6241. Transports sur achats.

Comptes	Débit	Crédit
601/607	Net commercial	
624	Port HT	
44566	TVA déductible sur le net commercial et le port HT	
401		TTC

- **3e cas :** ils sont enregistrés en fonction de leur nature, dans le compte 608. Frais accessoires d'achats et ses subdivisions : 608724. Frais de transport sur achat de marchandises.

Comptes	Débit	Crédit
607	Net commercial	
608724	Port HT	
44566	TVA déductible sur le net commercial et le port HT	
401		TTC

B Les consignations d'emballages

Les consignations d'emballages doivent être enregistrées ainsi :

Comptes	Débit	Crédit
607	Net commercial	
44566	TVA	
4096	Consignation	
401		TTC

C Les acomptes

- **Au paiement des acomptes :**

Comptes	Débit	Crédit
4091	Acompte TTC	
512		Acompte TTC

- **Au moment de la facture de doit :**

Comptes	Débit	Crédit
601/607	Net commercial	
44566	TVA	
401		Net à payer
4091		Acompte TTC

Exercice d'entraînement

Corrigé p. 139

La société à responsabilité limitée Potis est spécialisée dans la commercialisation de produits textiles, artisanaux et alimentaires qui sont revendus à des détaillants spécialisés et à des grandes surfaces. Tous les produits textiles sont soumis au taux normal de TVA de 20 % et les produits alimentaires sont soumis au taux réduit de 5,5 %. Les numéros de comptes comportent 6 chiffres.
Codes journaux : VTE = journal de vente. ACH = journal des achats. BQ = journal de banque. Comptes de tiers = 411 + 3 premières lettres du nom.

Vous êtes chargé(e) de mettre à jour la comptabilité du mois de mars de la SARL Potis.

05/03 : facture n° 5589 adressée au client BOIS comprenant des statuettes (brut hors taxes) : 4 000 €, remise de 2,00 %, escompte de 5 %, port forfaitaire : 50 € HT condition arrivée. Règlement à 30 jours.

06/03 : chèque bancaire n° 126 de 200,00 € reçu du client Paul. Ce chèque correspond à un acompte sur une commande de thé.

08/03 : paiement d'un acompte de 500 € au fournisseur Guiot pour une commande de textiles. Chèque n° 258.

12/03 : facture n° 532 adressée au client PAUL comprenant 10 lots de thé facturés 540,00 € HT (TVA 5,5 %) le lot ; remise de 10,00 % ; port forfaitaire : 30 € HT (TVA 20 %) condition départ ; un acompte de 200 € avait été reçu le 06/03. Paiement 30 jours fin de mois.

13/03 : réception de la facture 4789 du fournisseur Guiot : achat de textiles pour une valeur de 2 000 € HT, remise 2 %, escompte 1 %, port forfaitaire de 100 € HT, consignation d'une palette à 40 € l'unité. Un acompte a été versé le 8 mars. Paiement à 45 jours.

22/03 : Facture n° 1257 adressée au client SUPRE. Cette facture est composée de 200 vêtements de sport d'une valeur unitaire de 100 € HT, un escompte de 5 % et une consignation de 2 palettes à 50 € la palette.

2 Le traitement comptable des factures d'avoir

Processus 1

La **facture d'avoir** est un écrit par lequel le fournisseur reconnaît devoir une certaine somme à son client en raison d'un retour de produits ou d'une réduction accordée après la facture de doit. Le montant sera déduit du règlement des factures de doit.

1 Les caractéristiques d'une facture d'avoir

La facture d'avoir est établie par le fournisseur pour modifier, annuler partiellement ou totalement une facture de doit. Elle indique le montant à déduire ou à rembourser sur la prochaine facture de doit.

Les motifs d'élaboration d'une facture d'avoir

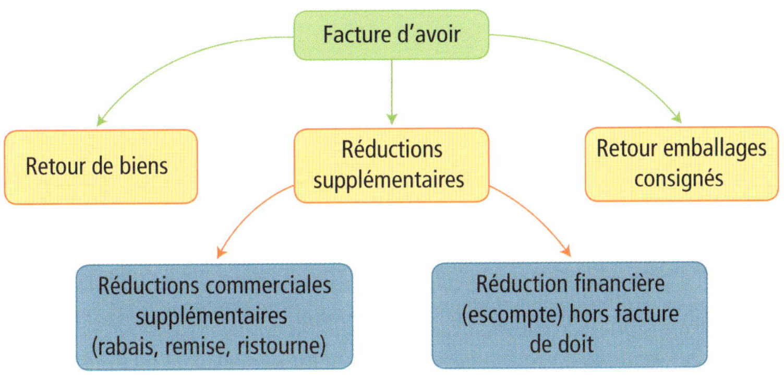

2 Les factures d'avoir pour retour de biens sur ventes

Le traitement comptable des factures d'avoir est différent pour le fournisseur et pour le client.

Exemple (suite) : société Martin (facture de doit, p. 11)

Société MARTIN
54 rue de Montmartre
34000 Montpellier

AVOIR pour retour de biens

Entreprise LAVOINE
78 rue Clémenceau
63000 Clermont Ferrand

Facture d'avoir n°.... 10/09/N

Référence	Désignation	Quantité	Prix unitaire	Montant
25487B	Clavier	5	Total Brut	100,00
			– Remise 5%	5,00
			= Net commercial	95,00
			– Escompte 3%	2,85
			= Net financier HT	92,15
			+ TVA	18,43
			= Net à déduire TTC	110,58

Conditions de règlement

Remarque

Sur l'avoir, il faut indiquer les réductions qui ont été accordées sur la facture de doit initiale (pour ne pas rembourser au client plus que ce qu'il n'a payé). La facture d'avoir doit donc reprendre toutes les réductions accordées sur la facture de doit.

• **Le fournisseur doit porter au débit** le net commercial et les éléments ajoutés à la facture et au crédit les éléments déduits.

Exemple (suite) : société Martin

Comptes	Débit	Crédit
701/707	95,00	
44571	18,43	
665		2,85
411		110,58

• **Le client doit porter au crédit** le net commercial et les éléments ajoutés à la facture et au débit les éléments déduits.

Exemple (suite) : entreprise Lavoine

Comptes	Débit	Crédit
401	110,58	
765	2,85	
601/607		95,00
44566		18,43

3 Les factures d'avoir pour RRR

Une facture d'avoir peut être établie spécifiquement pour un rabais, une remise ou une ristourne supplémentaires (les RRR).

Sur la facture d'avoir pour réduction commerciale, les biens n'apparaissent pas, seule la réduction est présente.

Exemple (suite) : société Martin

Société MARTIN
54 rue de Montmartre
34000 Montpellier

Avoir pour réductions commerciales supplémentaires RRR

Entreprise LAVOINE
78 rue Clémenceau
63000 Clermont Ferrand

Facture d'avoir n°.... 10/09/N

Référence	Désignation	Quantité	Prix unitaire	Montant
R5%	Remise 5 %	1	Net commercial de la facture de doit × taux réduction commerciale 399 × 0,05	19,95
			TVA 20 % (19,95 × 0,20)	+ 3,99
			Net à déduire	23,94

• **Le traitement comptable des avoirs pour RRR /ventes : chez le fournisseur**

Comptes	Débit	Crédit
7091/7097	19,95	
44571	3,99	
411		110,58

• **Le traitement comptable des avoirs pour RRR /achats : chez le client**

Comptes	Débit	Crédit
401	23,94	
6091/6097		19,95
44566		3,99

Les comptes « 709 RRR obtenues » et « 609 RRR accordées » ne sont utilisés que lorsqu'il y a une facture d'avoir pour réduction commerciale supplémentaire. Attention : ces comptes n'apparaissent jamais lors d'une facture d'avoir pour retour de biens.

4 Les factures d'avoir pour escompte

A Le principe de l'escompte

• **Il s'agit d'un escompte de règlement** que le fournisseur accorde au client après l'envoi de la facture de doit si le client paie avant la date d'échéance et si les conditions générales de vente (CGV) le prévoient.

• **Il y a 2 types d'escompte :**

	Mentions sur la facture de doit	Document à élaborer	Calcul
Escompte conditionnel	Escompte de x % si paiement avant… *délai précisé.* **Exemple : escompte de 5 % si paiement sous 7 jours.**	**Facture d'avoir**	L'escompte HT **se calcule sur le net commercial de la facture de doit.**
Escompte net de taxe	Escompte net de taxe **Exemple : escompte net de taxe de 3 % si paiement sous 8 jours.**	**Pas de facture d'avoir.** Le fournisseur déduit l'escompte TTC de la créance.	L'escompte TTC **se calcule sur le montant TTC de la facture de doit** et s'enregistre TTC.

B L'avoir pour escompte conditionnel

Dans ce cas, **une facture d'avoir** est établie et la TVA sur l'escompte doit être régularisée.

Définition

Créance : délai de paiement accordé.

Exemple (suite) : société Martin

Société MARTIN
54 rue de Montmartre.
34000 Montpellier

Avoir pour escompte conditionnel

Entreprise LAVOINE
78 rue Clémenceau
63000 Clermont Ferrand

Facture d'avoir n°…. 20/09/N

Référence	Désignation	Quantité	Prix unitaire	Montant
E3 %	Escompte 3 %	1	Net commercial de la facture de doit × taux réduction financière 500 × 0,03	15,00
			TVA 20 % (15 × 0,20)	+ 3,00
			Net à déduire	18,00

Traitement comptable chez la société Martin (fournisseur) :

Comptes	Débit	Crédit
665	15	
44571	3	
411		18

Ici, **la TVA est collectée** car il s'agissait d'une **vente** au départ. Le montant est au débit du compte 44571 car il faut diminuer la dette de TVA vis-à-vis de l'État.

Traitement comptable chez l'entreprise Lavoine (client) :

Comptes	Débit	Crédit
401	18	
765		15
44566		3

Ici, la **TVA est déductible** car il s'agissait d'un **achat** au départ. Le montant est au crédit du compte 44566 car il faut diminuer la créance de TVA vis-à-vis de l'État.

C L'avoir pour escompte net de taxe

Dans ce cas, il n'y a pas de **facture d'avoir**.

Exemple (suite) : société Martin

Traitement comptable chez la société Martin (fournisseur) :

Comptes	Débit	Crédit
665	18,00	
411		18,00

Traitement comptable chez l'entreprise Lavoine (client) :

Comptes	Débit	Crédit
401	18,00	
765		18,00

5 Les avoirs pour retour d'emballages consignés

A La déconsignation

La restitution d'emballages consignés s'appelle la **déconsignation**.

Exemple (suite) : société Martin

Restitution au fournisseur Martin des 3 palettes consignées à 20 € l'unité (consignation d'emballages sur facture de doit n° 47895 du 01/09/N) : **prix de restitution = prix de consignation**.

Traitement comptable des avoirs pour déconsignation d'emballage chez la société Martin (fournisseur) :

Comptes	Débit	Crédit
4196	60	
411		60

Traitement comptable des avoirs pour déconsignation d'emballage chez l'entreprise Lavoine (client) :

Comptes	Débit	Crédit
401	60	
4096		60

Il faut solder les comptes 4096 et 4196
car ils correspondent à des prêts d'emballages.

B Le non-retour des emballages consignés

Exemple (suite) : société Martin

Le client Lavoine décide de conserver les 3 palettes qui avaient été consignées 20 € l'unité sur la facture n° 47895. Le taux de TVA applicable à la vente de palette est de 20 %.

Société MARTIN — Avoir A78 — Entreprise LAVOINE	
Palettes non restituées HT (3 à 16,67 €)	50,00
TVA 20 % (16,67 × 20 %)	10,00
Net TTC	60,00

20/1,2 = 16,67 HT

Remarque

Attention la vente doit être HT : consignation / 1,20 (car le taux de TVA est à 20 %).

Traitement comptable des avoirs pour vente d'emballages consignés chez la société Martin (fournisseur)

Comptes	Débit	Crédit
4196	60,00	
7088		50,00
44571		10,00

Vente d'emballages

Traitement comptable des avoirs pour achat d'emballages consignés chez l'entreprise Lavoine (client)

Comptes	Débit	Crédit
60265	50,00	
44566	10,00	
4096		60

Achat d'emballages

Exercice d'entraînement

Corrigé p. 139

Vous travaillez dans l'entreprise Duval, qui fabrique et vend des objets divers en matière plastique. La TVA applicable sur l'ensemble des opérations est de 20 %.
Les comptes de tiers utilisent les trois chiffres du plan comptable général, suivis des trois premières lettres du nom du tiers concerné. Exemple : 411HER Client Hervé.

Vous êtes chargé(e) de mettre à jour la comptabilité du mois de septembre de la société Duval.

01/09 : nous adressons la facture FV 2134 au client Dalis, qui nous a acheté 500 objets X, pour une valeur totale de 5 000 € HT. Nous lui accordons régulièrement deux remises de 5 % et 4 %. Les frais de port sont facturés forfaitairement pour un montant de 100 € HT.

03/09 : facture d'avoir n° 5870 reçue du fournisseur Pal précisant : 1 000 kg de plastique que nous avons retournés. Le prix d'achat est de 15 € HT le kg, une remise de 2 % avait été accordée.

05/09 : nous recevons la facture d'avoir n° 56482 du fournisseur Montel relative à la remise de 5 % oubliée sur la facture de doit n° 4781. La remise s'élève à 22 € HT. Il n'y avait pas d'autres réductions sur la facture de doit.

06/09 : le client Durand achète 10 objets Y, pour une valeur totale de 248,75 € HT. La facture (FV 2135) mentionne « règlement sous 8 jours, sous escompte de 2 % ».

07/09 : le client Dalis (opération du 01/09) nous renvoie 50 objets plastiques abîmés. Nous lui adressons la facture d'avoir FAV2134, avec, à titre exceptionnel, une remise supplémentaire de 5 % sur les objets conservés.

08/09 : réception de la facture d'avoir n° 7489 du fournisseur Pal mentionnant l'escompte de 3 % conformément aux conditions générales de vente. Le montant net commercial de la facture de doit s'élevait à 2 500 €.

10/09 : escompte net de taxe de 3 % accordé au client Dolo sur la facture n° 4785 qui s'élevait à 300 € TTC.

11/09 : achat au fournisseur Pol de 2 000 kg de plastique pour une valeur de 10 € HT le kilogramme. Le plastique est livré sur 5 palettes qui sont consignées 20 € l'une. Facture n° 66760.

14/09 : nous retournons au fournisseur 3 palettes sur les 5 consignées le 11-09. Nous informons le fournisseur que nous avons décidé de conserver les 2 autres palettes. Facture AV n° 86790.

3 Les achats et les ventes à l'étranger

Processus 1

Les entreprises françaises peuvent être amenées à réaliser des échanges avec des entreprises situées en dehors du territoire national. Il faut distinguer :
– les échanges au sein de l'Union européenne : **acquisition intracommunautaire (AIC) et livraison intracommunautaire (LIC)** ;
– les échanges à l'étranger (hors UE) : **importation et exportation**.

1 Les caractéristiques des achats et ventes à l'étranger

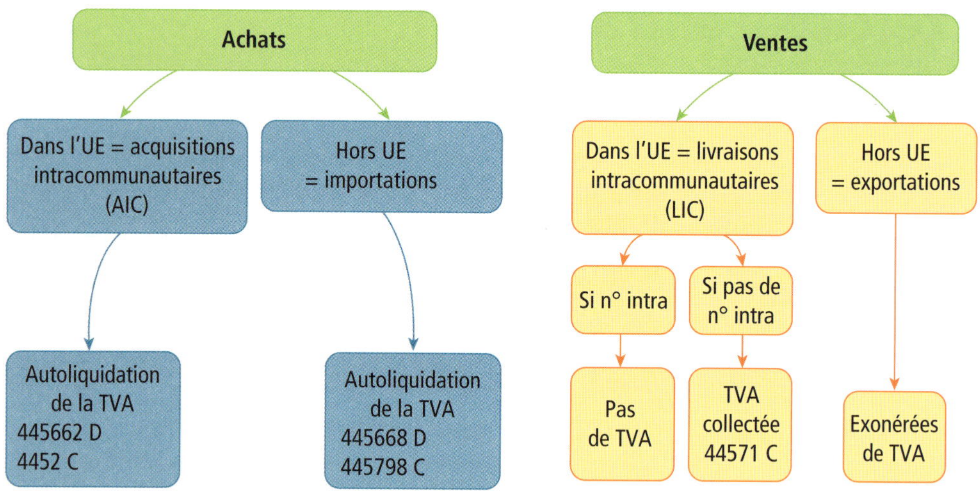

2 Les achats et les ventes en devises

Lorsque le partenaire ne fait pas partie de la zone euro, il faut convertir la créance ou la dette en euros, car elle peut être libellée en devise (c'est-à-dire dans la monnaie du pays).

A Le traitement comptable des achats en devises

• **À la facturation :**

Comptes	Débit	Crédit
607000	HT converti en euros	
401000		HT converti en euros

• **Au paiement si gain de change :**

Comptes	Débit	Crédit
401000	HT converti en euros	
512000		Montant du paiement
756000		Gain de change si paiement < dette

- **Au paiement si perte de change :**

Comptes	Débit	Crédit
401000	HT converti en euros	
656000	Perte de change si paiement > dette	
512000		Montant du paiement

B Le traitement comptable des ventes en devises

- **À la facturation :**

Comptes	Débit	Crédit
411000	HT converti en euros	
707000		HT converti en euros

- **Au paiement si gain de change :**

Comptes	Débit	Crédit
512000	Montant du paiement	
411000		HT converti en euros
756000		Gain de change si encaissement > créance

- **Au paiement si perte de change :**

Comptes	Débit	Crédit
512000	Montant du paiement	
656000	Perte de change si encaissement < créance	
411000		HT converti en euros

Exercice d'entraînement

Corrigé p. 140

L'entreprise COB est spécialisée dans l'achat et la revente de produits de décoration haut de gamme en France et à l'étranger. Les entreprises se sont échangé leur numéro d'identification intracommunautaire.

Vous êtes chargé(e) de mettre à jour la comptabilité de la société COB à l'aide du bordereau.

06/01/N : achat de 50 vases céramique au fournisseur belge Berke. Prix unitaire : 80 €. Facture n° 5223 à régler sous 30 jours.
12/01/N : vente au client polonais Kurow de 5 lustres. Montant global : 2 500 €. Facture n° 92. Paiement dès réception.
14/01/N : vente au client Ronteau (Italie) de 2 fauteuils contemporains. Prix unitaire HT : 1 200 €. Facture n° 93. Paiement à réception.
23/01/N : achat de miroirs auprès du fournisseur anglais Mirror. 50 unités à 50 livres sterling l'unité. Facture n° 258. Paiement le 31/01/N. Hypothèse : la société a opté pour l'autoliquidation sur les importations. *Cours euro/GBP au 23/01/N : 1 euro = 0,783 livre sterling.*
24/01/N : achat auprès du fournisseur Chips (États-Unis) de 20 tableaux de décoration à 40 € l'unité. La société n'a pas opté pour l'autoliquidation sur les importations. Facture 137.
25/01/N : réception de la facture du transporteur pour le passage en douane des tableaux de décoration du fournisseur Chips. Frais de douane 55 € HT et transport 60 € HT. Facture 5789.

4 Les achats et ventes de prestations de services en France

Processus 1

L'exécution de prestations de services en France est assujettie à la TVA. Les entreprises prestataires de services sont soumises à un régime différent des sociétés qui vendent des biens : la TVA est exigible lors de l'encaissement du prix.

1 Le régime général des prestations de services

• **Lorsqu'une société vend un service :** la TVA est exigible sur les encaissements (lors d'un paiement reçu).

• **Lorsqu'une société achète un service :** la TVA est déductible sur les décaissements (lors d'un paiement versé).

Vente d'une prestation de services		Achat d'une prestation de services	
Encaissement d'un acompte 44585 D + TVA collectée 44571 C	**À la facture** TVA non collectée (pas de compte 44571) Utilisation d'un compte d'attente 44585 ou 44572 ou 44574 C	**Paiement d'un acompte** TVA déductible 44566 D + 44585 C	**À la facture** TVA non déductible (pas de compte 44566) Utilisation d'un compte d'attente 44585 ou 44564 D
Au paiement de la facture Annulation du compte de TVA en attente (44585 ou 44572 ou 44574) D TVA collectée 44571 C		**Au paiement de la facture** TVA déductible : 44566 D Annulation du compte de TVA en attente (44585 ou 44564) C	

Remarque : dans l'énoncé de l'étude de cas, il sera précisé le compte d'attente que vous devrez utiliser. Il faudra veiller à bien suivre la consigne.

2 Le traitement comptable des prestations de services

Le traitement comptable des prestations de service est différent chez le client et chez le fournisseur.

Exemple : facture de doit initiale de la société Martin

Société MARTIN
54 rue de Montmartre
34000 Montpellier

Entreprise LAVOINE
78 rue Clémenceau
63000 Clermont-Ferrand

Facture de doit n° 47895 01/09/N

Référence	Désignation	Quantité	Prix unitaire HT	Montant
2548S	Réparation PC	1	150,00	150,00
			Total brut	150,00
			+ TVA 20 %	30,00
			Net à payer	180,00
			– Acompte versé le 20/08/N	50,00
			Net restant à payer TTC	130,00

Conditions de règlement : paiement à 30 jours

A L'enregistrement comptable des prestations de services

• Lors de l'encaissement d'un acompte pour un service

Un acompte est une somme d'argent versée en avance. Dans les enregistrements, il apparaît toujours TTC.
Il faut extraire la TVA du TTC. Il s'agit de la TVA collectée pour le fournisseur car c'est une vente, et elle est déductible pour le client. Pour équilibrer, il faut utiliser le compte d'attente 44585.

Exemple (suite)

Traitement comptable des ventes de prestations de services chez la société Martin (fournisseur) :

Comptes	Débit	Crédit
512000	50,00	
445850	8,33	
419100		50,00
445710		8,33

Acompte TTC

TVA collectée : 50 / 1,20 × 0,20 = 8,33

Traitement comptable des achats de prestations de services chez l'entreprise Lavoine (client) :

Comptes	Débit	Crédit
409100	50,00	
445660	8,33	
512000		50,00
445850		8,33

Acompte

TVA déductible : 50 / 1,20 × 0,20 = 8,33

• Lors de la facturation

Exemple (suite)

Traitement comptable des ventes de prestations de services chez la société Martin (fournisseur) :

Comptes	Débit	Crédit
411000	130,00	
419100	50,00	
706000		150,00
445850		30,00

Utilisation des comptes de TVA en attente : 445850 ou 445720 ou 445740 qui remplacent 445710 car la TVA n'est pas collectée à la facture.

Annulation du compte d'acompte

Traitement comptable des achats de prestations de services chez l'entreprise Lavoine (client) :

Comptes	Débit	Crédit
6 services	150,00	
445850	30,00	
401000		130,00
409100		50,00

Utilisation des comptes de TVA en attente : 445850 ou 445640 qui remplacent 445660 car la TVA n'est pas déductible à la facture.

• Lors du paiement de la facture

Chez le fournisseur, la TVA est collectée au paiement, il faut donc mettre le 445710 et annuler le 445850. Chez le client, la TVA est déductible au paiement, il faut donc mettre le 445660 et annuler le 445850.

Exemple (suite)

Traitement comptable du règlement des ventes de prestations de services chez la société Martin (fournisseur) :

Comptes	Débit	Crédit
512000	130,00	
445850	21,67	
411000		130,00
445710		21,67

Solde du compte 445850 : débit 8,33 € et crédit 30 soit un solde créditeur SC = 30 € – 8,33 = 21,67 €.
Solde du compte 445710 : crédit 8,33 € et solde créditeur 8,33 €. Il faut donc rajouter 21,67 € au crédit pour avoir une TVA collectée de 30 €.

Traitement comptable du paiement des achats de prestations de services chez l'entreprise Lavoine (client) :

Comptes	Débit	Crédit
401000	130,00	
445660	21,67	
512000		130,00
445850		21,67

Solde du compte 44585 : crédit 8,33 € et débit 30 € soit un solde débiteur SD = 30 – 8,33 = 21,67 €.
Solde du compte 445660 : débit 8,33 € et solde débiteur 8,33 €, il faut donc rajouter 21,67 € au débit pour avoir une TVA déductible de 30 €.

B Exception : l'option sur les débits

- **Si sur la facture figure « TVA d'après les débits ou la société a opté pour les débits »** : il s'agit du même traitement comptable de la TVA que pour les biens SAUF pour les acomptes de services où il y a toujours de la TVA.
- **La TVA devient exigible dès la facturation pour les services** :

– compte 44571. TVA collectée, et pas le compte 44585 lors de l'enregistrement de la facture de vente ;
– compte 44566. TVA déductible, et pas le compte 44585 lors de l'enregistrement de la facture d'achat.
Cependant, les avances et acomptes sur services demeurent soumis à la TVA sur les encaissements.

Exercice d'entraînement

Corrigé p. 141

L'entreprise Resa vous communique les renseignements suivants pour le mois d'octobre (TVA au taux normal) : la société utilise le compte 44850. TVA à régulariser sur les encaissements pour la totalité des opérations relatives aux prestations de services.

Vous êtes chargé(e) de mettre à jour la comptabilité du mois d'octobre de la société Resa.

05/10 : vente de marchandises au client Tur à Lyon : 2 000 € HT, facture n° 26, règlement différé.
10/10 : prestation de services au client Jar à Paris : 800 € HT, facture n° 27, règlement ultérieur.
13/10 : encaissement d'un acompte sur une commande de marchandises du client Lord à Nice : 1 000 € (chèque n° 78 415).
16/10 : encaissement d'un acompte sur une commande de prestation de services du client SG à Lille : 720 € (chèque n° 2 563).
20/10 : achat de marchandises au fournisseur Por à 3 000 € HT, facture n° 28, règlement à 60 jours.
22/10 : réception du paiement par chèque de la facture n° 27 (10/10) du client Jar 960 € TTC. Chèque n° 45 871.
25/10 : facturation au client SG prestation HT 2 450 €, un acompte avait été versé le 16/10 (720€ TTC). Facture n° 35.
27/10 : paiement par chèque n° 4 789 2 220 € du client SG de la facture n° 35.
28/10 : achat d'une prestation de services (entretien) au fournisseur Paul à Caen : 900 € HT, facture n° 30, option sur les débits.
29/10 : réparation du véhicule utilitaire, montant HT 480 €. Facture n° 78.
30/10 : paiement de la facture n° 78. Chèque n° 74812.

Processus 1

5 Le contrôle interne et la procédure d'archivage

Afin d'éviter les réclamations des clients et des fournisseurs, il est primordial :
– d'**effectuer des vérifications** à tous les stades des processus de vente et d'achat ; ces vérifications peuvent être élaborées à l'aide d'outils de contrôle (planning, tampon, tableau de suivi…) ;
– d'**archiver** l'ensemble des documents conformément aux procédures en vigueur.

1 Le contrôle interne

Il est important de s'assurer de la **séparation des différentes tâches** : aucune transaction ne doit être laissée aux mains d'une seule et même personne. On sépare la réception de la commande de la comptabilisation de la facture, la vérification du bon de commande (BC) de la vérification du bon de livraison (BL)…

Définition

Contrôle interne : processus continu mis en œuvre afin de réduire le risque de frauder ou de dissimuler des erreurs commises.

A Le contrôle interne du processus achat

- étape 1 : Mettre à jour les données fournisseurs puis les corriger si nécessaire
- étape 2 : Contrôler les demandes d'achat
- étape 3 : Contrôler les documents commerciaux : la facture doit être comparée au bon de commande et au bon de réception
- étape 4 : Une fois contrôlée, une mention « bon à payer » doit être portée sur l'original et une autre, « duplicata », sur les autres exemplaires
- étape 5 : Contrôler et corriger les erreurs éventuelles relatives aux règlements

B Le contrôle interne du processus vente

- étape 1 : Mettre à jour les données clients puis les corriger si nécessaire
- étape 2 : Contrôler les délais, la solvabilité des clients
- étape 3 : Contrôler les documents commerciaux : comparaison du bon de commande / bon de livraison, bon de livraison / facture
- étape 4 : Contrôler et corriger les erreurs éventuelles relatives aux règlements

Définitions

Bon de réception : document accompagnant la livraison, remis au client.
Bon de livraison : exemplaire conservé par le vendeur.

2 L'archivage et la transmission des documents

L'archivage des documents comptables et commerciaux répond à deux objectifs principaux :
– présenter les documents ayant valeur de preuve dans le cas de contrôles administratifs ;
– renforcer l'efficacité en réduisant le temps nécessaire à la recherche de l'information.

Définition

Archivage : ensemble des techniques et moyens employés pour recueillir, classer, conserver et exploiter des documents, il peut être réalisé sur support papier et/ou sur support numérique.

A Les procédures à respecter

• **Tout document est identifié par un numéro** pour permettre son classement :
– un classement chronologique pour les services comptables (bons de commande, bon de réception, facture) ;
– un classement alphabétique ou alphanumérique pour les services commerciaux (dossiers clients).

• **Les pièces justificatives sont archivées sur un support permettant une conservation fidèle et durable** (listing, support papier, photocopies). Les supports magnétiques sont acceptés si la pièce justificative a été créée sous forme d'un fichier numérique.

B Les délais de conservation

• **Les documents comptables et commerciaux doivent être conservés 10 ans** à compter de la clôture de l'exercice comptable : pièces justificatives, journaux, comptes annuels.

• **Les déclarations de TVA doivent être conservées 6 ans.**

• **Les entreprises peuvent avoir recours à la GED** (gestion électronique des documents) ou à une société extérieure spécialisée dans l'archivage.

C La transmission par échange de données informatisées (EDI)

• **La technique de l'EDI permet de remplacer les échanges de documents papier** (bons de commande, factures…) par des échanges entre ordinateur. Dans ce cas, les documents sont dématérialisés ou numérisés. Il ne s'agit pas d'envoyer par courriel mais d'utiliser un logiciel spécifique qui garantit la fiabilité des données.

• **Les avantages de l'EDI sont :**
– **la rapidité :** traitement automatique des données (les écritures comptables sont réalisées automatiquement dans le logiciel) ;
– **la fiabilité :** suppression des erreurs de saisie, traçabilité de l'envoi ;
– **l'efficacité :** réduction des coûts de papier et de stockage des documents, réduction des coûts de traitement, réduction des litiges.

6 Les acquisitions d'immobilisations et les opérations de financement

Processus 1

Pour fonctionner, l'entreprise doit disposer d'un **capital technique** (machine, logiciel, bâtiment…). Ces éléments durables nécessaires à l'exploitation font partie du **patrimoine** de l'entreprise et constituent ses **immobilisations**.

1 Définitions et classification des immobilisations

A Définitions

Une immobilisation est un élément d'actif destiné à rester durablement dans l'entreprise (période supérieure à 1 an) et dont l'entreprise est propriétaire (ce qui exclut les biens loués), d'une valeur unitaire supérieure à 500 € HT.

Exemple

Une société est spécialisée dans la revente de véhicule d'occasion. Même si le véhicule est un bien durable, il ne s'agit pas ici d'une immobilisation mais d'une marchandise, car elle achète et revend les véhicules.

B La classification des immobilisations

• Le PCG prévoit l'enregistrement des immobilisations dans les **comptes de la classe 2**.

• **Trois catégories d'immobilisations sont distinguées :** les immobilisations incorporelles (comptes 20), corporelles (comptes 21) et financières (comptes 26 et 27 : actions et obligations long terme).

Définitions

Action : partie du capital d'une entreprise. Titre de propriété qui confère des dividendes.
Obligation : titres financiers émis par une organisation qui réalise un emprunt auprès d'autres agents économiques (sans avoir recours aux banques). À une date fixée, la somme empruntée et les intérêts (coupons) doivent être remboursés ; équivalent à un titre de créance pour la personne qui a prêté la somme d'agent.

• **Si l'acquisition des actions a un objectif de gain à court terme**, il s'agit dans ce cas de VMP (valeurs mobilières de placement, comptes 503 ou 506) qui ne sont pas considérées comme des immobilisations.

2 L'acquisition d'une immobilisation corporelle et incorporelle

A Coût d'acquisition et traitement comptable

• **Le coût d'acquisition** d'une immobilisation est le **montant** qui sera **porté dans le compte 2** lors de l'enregistrement de l'acquisition de l'immobilisation. Ce montant est reporté dans la colonne « valeur brute » à l'actif du bilan.

• L'ensemble des frais jusqu'à la mise en service du bien (**droits de douane, frais de transport, frais d'installation, frais de montage**) sont inclus dans le coût d'acquisition.

• **Sont exclus les frais de formation du personnel** car l'immobilisation est déjà installée.

Net financier
= montant HT – réductions commerciales RRR – escompte

↓

Coût d'acquisition d'une immobilisation
= montant net financier + tous les frais HT jusqu'à la mise en service + option éventuelle

• Les honoraires de notaire, d'architecte, les droits de mutation lors de l'achat d'une construction ou d'un terrain, les commissions et les frais d'actes sont :
– **soit inclus dans le coût d'achat de l'immobilisation** (rajoutés au prix d'achat HT) ;
– **soit comptabilisés dans leurs comptes** de charges respectifs (non rajoutés au prix d'achat HT de l'immobilisation).

• **La TVA sur les véhicules de tourisme** n'est pas déductible. Elle fait partie du coût d'acquisition et doit être enregistrée dans le compte 2182 au débit pour le montant TTC.

• Si le **logiciel** fait l'objet d'une facturation distincte de celle du matériel, il faut utiliser le compte 205. Concessions et droits similaires. Si le logiciel ne fait pas l'objet d'une facturation distincte de celle du matériel, il faut utiliser le compte 2183. Matériel de bureau et matériel informatique.

• Les **droits d'enregistrement** (6354) constituent une taxe : il n'y a donc pas de TVA sur ces droits.

Exemple : société MBP

Société MBP
78 rue de Mitry
77500 Chelles

Entreprise VOINE
45 rue du lavoir
77500 Chelles
10/09/N

Facture de doit n° 47898

Référence	Désignation	Quantité	Prix unitaire HT	Montant
478512	Bâtiment industriel	1	15 000,00	15 000,00
			Total brut	15 000,00
			– Remise 5 %	750,00
			Net commercial	14 250,00
			– Escompte 3 %	427,50
			Net financier HT	13 822,50
			+ Transport	150,00
			Net HT	13 972,50
			+ TVA 20%	2 794,50
			Net à payer	16 767,00
			– Acompte versé le 28/08	5 000,00
			Net restant à payer TTC	11 767,00

Conditions de règlement : paiement à 30 jours

Honoraires de notaire : 1 500 € HT

Les versements d'avances ou acomptes à la commande d'immobilisations doivent être comptabilisés au débit du compte **238**. Avances et acomptes versés sur commandes d'immobilisations corporelles ou **237**. Avances et acomptes versés sur immobilisations incorporelles lors de la facturation. **Ne pas utiliser le compte 4091**.

1. Lors du paiement de l'acompte par le client :

Code journal	Date	N° compte	Libellés	Débit	Crédit
BQ	28/08	238000 512000	Acompte versé Versement acompte chèque n°…	5 000,00	 5 000,00

2. Lors de la facturation :

Code journal	Date	N° compte	Libellés	Débit	Crédit
OD ou IMMO	10/09	213000 445620 238000 404000	13 822,50 + 150 TVA déductible sur immobilisation Acompte versé Facture n° 47898	13 972,50 2 794,50	 5 000,00 11 767,00

• Hypothèse 1 : la facturation lorsque les honoraires du notaire 1 500 € HT sont comptabilisés en charge :

Code journal	Date	N° compte	Libellés	Débit	Crédit
OD ou IMMO	10/09	213000 622000 445620 445660 238000 404000	Facture n°… Honoraires TVA déductible sur immobilisation TVA déductible sur les honoraires Acompte versé 11 767 + 1 500 + 300	13 972,50 1 500,00 2 794,50 300,00	 5 000,00 13 567,00

• Hypothèse 2 : la facturation lorsque les honoraires du notaire 1 500 € HT sont comptabilisés dans le coût d'acquisition (option) :

Code journal	Date	N° compte	Libellés	Débit	Crédit
OD ou IMMO	10/09	213000 445620 238000 404000	13 972,50 + 1 500 TVA appliquée sur la totalité du compte 213 Acompte versé Facture n°…	15 472,50 3 094,50	 5 000,00 13 567,00

B La méthode par composants

Une immobilisation peut être constituée de composants ayant des utilisations différentes ou des durées d'utilisation différentes. Chaque composant de l'immobilisation doit donc être comptabilisé séparément.

Exemple

Un immeuble et son ascenseur, un bâtiment et sa toiture, un autocar et ses sièges.

C La production immobilisée

• La production immobilisée correspond **aux biens durables fabriqués par l'entreprise** et destinés à être utilisés et conservés par celle-ci. En fiscalité, le terme utilisé est la livraison à soi-même (autofabrication).

• **La valeur d'entrée dans le patrimoine** de cette immobilisation est évaluée selon **son coût de production** : coût d'acquisition des matières et fournitures consommées + autres coûts engagés au cours des opérations de production (MOD, énergie...).

• **À la clôture de l'exercice pour les immobilisations produites et terminées la 1re année :** il faut enregistrer au débit du compte 2 le coût total de l'immobilisation et créditer le compte 722 pour le même montant.

• **À la clôture du 1re exercice si le bien n'est pas achevé :** à la fin de chaque exercice comptable en application du principe comptable d'indépendance des exercices, il faut enregistrer au débit du compte 231. Immobilisations corporelles en cours le coût réel de production des immobilisations créées au fur et à mesure de l'avancement des travaux par le crédit du compte 722. Production d'immobilisation corporelle.

• **À la date d'achèvement de l'immobilisation si le bien a été fabriqué sur deux exercices :** lors de la mise en service du bien, les comptes 231 et 722 sont crédités par le débit du compte d'immobilisation concerné.

3 L'acquisition d'immobilisations financières

L'acquisition d'immobilisations financières correspond à l'achat de titres à long terme (actions, obligations) réalisé par l'intermédiaire d'établissements financiers, par des ordres d'achat en bourse, en précisant les quantités et les cours d'achat.

Remarque

Le prix d'acquisition des titres n'est pas soumis à la TVA.

Exemple : société MBP

Comptabilisation de l'acquisition des immobilisations financières

• Hypothèse 1 : les frais d'achat sont comptabilisés en charges (non-activation des frais/titres) :

Code journal	Date	N° compte	Libellés	Débit	Crédit
BQ		261/271/273 627000 445660 512000	Avis de débit N°	Prix d'achat HT Services bancaires HT TVA/services bancaires	Titres HT + frais HT + TVA/frais

• Hypothèse 2 : les frais d'achat sont comptabilisés dans le prix d'achat des titres :

Code journal	Date	N° compte	Libellés	Débit	Crédit
BQ		261/271/273 445660 512000	Avis de débit N°	Prix d'achat HT + frais HT TVA/services bancaires	Titres HT + frais HT + TVA/frais

Avis de débit : document envoyé par la banque lorsqu'une somme a été portée au débit du compte bancaire, c'est-à-dire lors d'une dépense. Dans la comptabilité, la somme sera portée au crédit du compte 512 pour indiquer qu'une somme est sortie. Pour l'avis de crédit, c'est l'inverse, l'argent sera porté au débit du compte 512.

4 Les différents financements

Pour financer une immobilisation il existe plusieurs possibilités : **par emprunt indivis, par crédit-bail, par subvention**.

A L'emprunt indivis

- Il s'agit d'un mode de financement qui génère des frais pour l'entreprise : les intérêts. **L'entreprise doit chaque année ou chaque mois rembourser une somme appelée annuité,** composée ainsi :

Annuité = amortissement du capital (remboursement de la somme prêtée) + intérêts

- **Le coût de l'emprunt** correspond à la somme des intérêts.

B Le crédit-bail

- Le crédit-bail est un **contrat de location** de biens permettant au locataire d'acquérir ces biens en fin de contrat, moyennant le paiement d'un prix convenu (**option d'achat**). Les sommes versées sont des **redevances**.

- **En fin de contrat**, le locataire a le choix entre trois possibilités : **levée de l'option d'achat, restitution du bien, signature d'un nouveau** contrat de crédit-bail.

C Les subventions d'investissement

Les subventions d'investissement sont des aides dont peuvent bénéficier les entreprises en vue d'acquérir ou de créer des immobilisations : elles sont alors dénommées « **subventions d'équipement** », et inscrites au crédit du compte **131** ou **138** ou **777**.

Exemple : société Valy

La société Valy envisage d'acquérir un véhicule utilitaire au coût d'acquisition de 35 000 €. Son responsable vous charge de déterminer les différents enregistrements comptables qui seront nécessaires en fonction de chaque mode de financement.

– 1re possibilité : emprunt pour la totalité (35 000 €) par annuités constantes de 1 200 € dont 200 € d'intérêts (obtention du prêt et paiement de la 1re mensualité).

– 2e possibilité : financement par crédit-bail, dépôt de garantie 5 000 € HT, redevance mensuelle 1 200 € HT (paiement de la redevance).

1. Financement par emprunt

Journal	Date	N° compte	Libellés	Débit	Crédit
BQ		512000 164000	Obtention de l'emprunt Avis de crédit n°…	35 000,00	 35 000,00
BQ		661000 164000 512000	1 200 – 200 Paiement 1re mensualité (annuité)	200,00 1 000,00	 1 200,00

2. Financement par crédit-bail

Journal	Date	N° compte	Libellés	Débit	Crédit
BQ		275000 512000	Paiement dépôt de garantie	5 000,00	 5000,00
BQ		612000 445660 512000	Paiement redevance	1 200,00 240,00	 1 440,00

Attention : dans le cas d'un véhicule de tourisme, les redevances s'enregistrent TTC car la TVA n'est pas déductible.

Exercice d'entraînement

Corrigé p. 142

Le 17 mars, l'entreprise Valy vient d'acquérir une nouvelle machine d'une valeur de 40 000 € HT dont 5 000 € HT pour le moteur. La durée d'utilisation de la machine est de 6 ans mais le moteur doit être renouvelé au bout de 4 ans.

1. **Comptabilisez l'opération du 17/03/N dans l'entreprise Valy.**

Au cours de l'exercice N, la société Valy a lancé la fabrication de 2 machines destinées à ses propres ateliers. Les données fournies par la comptabilité de gestion sont les suivantes :
– matières premières : 120 000 € (dont 2/3 pour la machine A et 1/3 pour la machine B) ;
– main-d'œuvre et charges indirectes : 350 000 € (dont 3/5 pour la machine A et 2/5 pour la machine B) ;
– frais de montage et d'installation : 5 000 € (en totalité pour la machine A).
Au 31/12/N, date de clôture de l'exercice comptable, la machine A vient d'être mise en service alors que la machine B est encore en cours de fabrication.

2. **Enregistrez au 31/12/N les écritures relatives à la production de ces 2 machines.**

7 La production de l'information relative au risque client

Processus 1

Les comptes clients doivent faire l'objet d'un suivi très rigoureux.
Le suivi des comptes clients permet de connaître à tout instant l'état de chaque créance, d'effectuer des relances clients en cas de non-paiement dans les délais et de limiter les impayés.

1 L'analyse de la composition du portefeuille client

• **Pour analyser son portefeuille client,** l'entreprise peut classer les clients en fonction de différents critères :
– l'importance du chiffre d'affaires réalisé ;
– les quantités vendues ;
– les délais moyens de paiement…
Ils vont lui permettre d'adapter sa politique commerciale (réductions supplémentaires…)

• **Deux méthodes peuvent être utilisées :**
– **la loi de Pareto** : 20 % des clients génèrent 80 % du CA ;
– **la méthode ABC** : 20 % des clients représentent 80 % du CA, 30 % des clients représentent 15 % du CA et 50 % des clients représentent 5 % du CA.

2 Les outils pour réduire ou limiter le risque client

Les entreprises font souvent face à des **retards de paiement** de la part de leurs clients. Ces retards entraînant de fâcheuses conséquences sur la trésorerie de l'entreprise, le comptable doit mettre en place une procédure qui va permettre de prévenir les retards de paiement et d'éviter les impayés.

Conseil

Délai moyen de paiements des clients = (créances TTC / CA TTC) × 360

Remarque

Le solde du compte 411. Client n'indique pas un retard de paiement ou un impayé. Il s'agit du montant que le client doit à l'entreprise à une date fixée. Au-delà de cette date il y a retard de paiement.

A Les outils d'alerte

• **Le calcul du délai moyen** permet d'ajuster le délai moyen en fonction du délai prévu dans les CGV.
• **Les encours clients correspondent aux créances** qui sont dues à l'entreprise par ses clients, c'est-à-dire le montant total facturé mais pas encore réglé (solde du compte client à une date donnée) :

> **Encours** = Créances clients (411) + Effets escomptés non échus (5114) – Avances et acomptes reçus sur commandes en cours (4191)

Lorsque les clients ne respectent pas les délais de paiement, la société peut fixer un encours maximum qui permet d'attendre le paiement avant d'accepter une nouvelle commande.

B La balance âgée

• L'analyse des différents risques d'impayés est généralement réalisée à l'aide de la **balance âgée**.

Définition

Impayé : dette non payée à la date prévue.

• La balance âgée est un tableau faisant apparaître les **factures non payées par date d'échéance**.
• **Les créances/dettes échues** sont arrivées à date prévue.
• **Les créances /dettes non échues** ne sont pas en retard de paiement car la date n'est pas encore atteinte.
• La balance âgée permet un **suivi régulier des créances et des dettes**.

Exemple : entreprise Azur Bâti Services

Entreprise : Azur Bâti Services			Balance agée				Période : du 01/09/N au 31/12/N	
N° Client	Nom du client	Solde de la période	Créances non échues	Créances échues depuis				
				+ 0 j à 30 j	+ 30 à + 60 j	+ 60 j à + 90 j	+ 90 j à + 120 j	+ 120 j
DOU	DOUCE	5 300,00	3 500,00		1 800,00			
BOU	BOUTER	29 356,00						29 356,00
PERT	PERTAGE	54 500,00	40 000,00	10 000,00	4 500,00			

Total du CA par client sur la période du 01/09/N.

Créances dont l'échéance n'est pas encore arrivée à terme.

Créances dont l'échéance est arrivée à terme. En fonction du retard il faut mettre en place une procédure de relance.

C La procédure de relance

étape 1 — **1re relance :** quelques jours après la date d'échéance, l'entreprise doit réaliser une 1re relance qui mentionne la somme exigible et l'origine de celle-ci. Celle-ci est souvent réalisée par un appel téléphonique ou par courrier.

étape 2 — **2e relance :** si la facture n'est toujours pas réglée, une 2e relance précisant les intérêts facturés par jour de retard supplémentaire est envoyée (si cette clause est prévue dans les CGV).

étape 3 — **Mise en demeure :** si malgré les rappels le client ne paye toujours pas, le créancier doit effectuer une mise en demeure adressée par LRAR (lettre recommandée avec accusé de réception) en l'informant qu'il sera dans l'obligation de saisir la justice s'il ne paye toujours pas les sommes dues avant une date précise.

étape 4 — **Injonction de payer :** le créancier effectue une injonction de payer (obligation de payer) devant le tribunal compétent.

• Modèle lettre relance clients

<Coordonnées de l'entreprise> *<Coordonnées du client>*
À (ville), le (date),

Madame, Monsieur,
Nous vous serions obligés de bien vouloir nous adresser le règlement de notre (ou nos) facture(s) n° …, en date du …, qui ne nous est pas encore parvenu.
Nous vous rappelons que la facture n°…, d'un montant de … , devait être payée au …. ;

Au cas où vous auriez effectué le règlement entre-temps, nous vous prions de ne pas tenir compte de la présente relance.
Veuillez agréer, Messieurs, l'assurance de notre considération distinguée.
<Signature>

8 Les modes de règlement et les opérations de trésorerie

Processus 1

Une société dispose de différents moyens de paiement pour payer ses partenaires. L'entreprise est soumise à plusieurs décalages entre le décaissement des achats et l'encaissement consécutif à leur vente. Afin de remédier à ces problèmes, elle peut utiliser de nombreux moyens pour bénéficier d'entrées de trésorerie, anticipant ainsi les échéances des créances.

1 Les règlements au comptant

A Les règlements au comptant

Les espèces	Ce sont les pièces et les billets. Document interne : pièce de caisse. On utilise le compte 530. Caisse.
Les chèques bancaires	Titres de paiements écrits. On utilise les comptes 5112. Chèque bancaire à encaisser ou 512. Banque.
Les cartes bancaires	Ils permettent de régler les achats. Le commerçant reçoit sur son compte le montant de la transaction diminué d'une commission (sans TVA) d'environ 0,5 % du montant de la transaction. On peut utiliser le compte 5115. Carte à encaisser ou le 512.
Les virements	Une entreprise donne l'ordre à sa banque de prélever des sommes déterminées sur son compte afin de les transférer sur le compte d'une autre personne qui a fourni un RIB (relevé d'identité bancaire). On utilise le compte 512. Banque.

B La lettre de change : principe de règlement à moyen terme

• Les entreprises peuvent aussi utiliser comme moyen de paiement **les effets de commerce** papier et/ou magnétique (lettre de change relevé : LCR).

• **La LCR est un document écrit** par lequel une personne, le tireur (fournisseur), donne ordre à une autre personne, le tiré (client), de payer à une date déterminée, l'échéance, une certaine somme au profit d'une troisième personne, le bénéficiaire (le tireur lui-même ou un tiers). La LCR ressemble à un chèque, la principale différence est qu'elle mentionne une date d'échéance.

• Dans le cas d'une LCR, **le vendeur a deux possibilités :**
– attendre l'échéance de la lettre de change : **c'est la remise à l'encaissement** ;
– vendre sa créance auprès d'une banque. Dans ce cas, la banque verse le montant de la lettre de change : **c'est la remise à l'escompte**. À la date d'échéance le client paie son fournisseur comme convenu et le vendeur rembourse sa banque.

C Le traitement comptable des lettres de change papier

Exemple : société Porda

La société Porda vend des marchandises pour une valeur HT de 4 000 € aux établissements SIRO le 20/03/N (facture n° 631). La société Porda crée une lettre de change le 20/03/N qui est acceptée par le client le 22/03/N. La date d'échéance est fixée au 30/04/N.

Facture

Sté PORDA 33 Allée du Lys 06000 NICE Facture n° 631 Le 20/03/N	 Ets SIRO Rue Berlioz 59000 LILLE
Marchandises Remise 10 %	4 000,00 400,00
Net commercial TVA 10 %	3 600,00 360,00
Net à payer LCR à 30 jours fin de mois	3 960,00

Lettre de change papier

Sté PORDA
33 allée du Lys
06000 NICE
À *Nice*, le ________

Contre cette LETTRE DE CHANGE
Veuillez payer la somme indiquée ci-dessous à l'ordre de Sté PORDA

MONTANT POUR CONTRÔLE	DATE DE CRÉATION	ÉCHÉANCE	€ MONTANT
3 960,00	20/03/..	30/04/..	3 960,00

RIB DU TIRE

Code établ	Code guichet	N° de compte	clé RIB
30002	03200	00000029177	74

DOMICILIATION
Crédit Agricole
Agence Foch

Valeur en : Marchandises

NOM ET ADRESSE Du TIRE: Ets SIRO, Rue Berlioz, 59000 LILLE

Acceptée le 22/03/.., SIRO

Signature
Le 20/03/..,
PORDA

ACCEPTATION OU AVAL — Ne rien inscrire au-dessous de cette ligne

– Comptabilisation de la facture et création de la LC chez le fournisseur :

Comptes	Débit	Crédit
411000	3 960,00	
707000		3 600,00
445710		360,00

Pour constater la création de la LC, il faut solder le compte 411 et mettre la créance dans le compte 413.

Comptes	Débit	Crédit
413000	3 960,00	
411000		3 960,00

– Lors de la remise à l'encaissement :

Comptes	Débit	Crédit
511300	3 960,00	
413000		3 960,00

– Comptabilisation de la facture et création de la LC chez le client :

Comptes	Débit	Crédit
607000	3 600,00	
445660	360,00	
401000		3 960,00

Pour constater la création de la LC, il faut solder le compte 401 et mettre la dette dans le compte 403.

Comptes	Débit	Crédit
401000	3 960,00	
403000		3 960,00

– Lors de la remise à l'encaissement : lorsque le fournisseur remet à l'encaissement la LC auprès de sa banque chez le client, il ne se passe rien ; il n'y a **pas d'enregistrement ici**.

– Avis de crédit chez le fournisseur :

Date	Avis de crédit	Débit	Crédit
25/04	– Valeur nominale LC		3 960,00
	– Commission d'encaissement :		
	• montant HT	5,00	
	• TVA 20 %	1,00	
	Totaux	6,00	3 960,00
Le 03.05.	Solde créditeur	3 954,00	

Comptes	Débit	Crédit
512000	3 954,00	
627000	5,00	
445660	1,00	
511300		3 960,00

– Avis de débit chez le client :

Crédit Agricole

AVIS DE DÉBIT AV251

Ets SIRO
Rue Berlioz
59000 Lille

Date	Libellé	Débit	Crédit
29/04	LC n° 486, Sté PORDA		3 960,00

Lille, le 2 mai

Pas de frais ici car la banque attribue les frais au vendeur.

Comptes	Débit	Crédit
403000	3 960,00	
512000		3 960,00

Tous les comptes de LCR sont soldés chez le fournisseur et le client.

D Le traitement comptable des lettres de change magnétiques

• La LCR magnétique est émise directement sur un **support informatisé** par le tireur (fournisseur), et transmise sous cette forme à sa banque, ou elle sera traitée (télétransmission).

• Comme il n'y a plus de papier, **la LCR magnétique n'est plus un effet de commerce** (n'est donc plus une lettre de change), il s'agit d'achats et de ventes classiques.

• Comptabilisation lors de la facture :

Comptes	Débit	Crédit
411000	TTC	
707000		HT
445710		TVA

• Avis de crédit :

Comptes	Débit	Crédit
512000	TTC	
411000		TTC

• Il n'y a pas de comptes 413 et 5113.

2 Les autres opérations de trésorerie

A La remise à l'escompte des effets de commerce

• **Principe de la remise à l'escompte des LCR papier (lettre de change relevé) :** pour se procurer rapidement des liquidités, l'entreprise peut, avant la date d'échéance, négocier une lettre de change auprès de sa banque. On dit qu'elle **remet à l'escompte des effets de commerce**, c'est-à-dire pour simplifier qu'elle les vend à sa banque.

• **Remise à l'escompte de la LCR magnétique :** la LCR magnétique n'étant pas un effet de commerce, sa négociation, c'est-à-dire son escompte sera inscrit au crédit du compte 5192. Concours bancaires courants-LCR. L'avance de fonds effectuée par la banque est assimilée à un crédit bancaire.

• **Frais prélevés par la banque lors d'une remise à l'escompte :** le taux d'intérêt ou taux d'escompte permet à la banque de se rémunérer sur l'avance de fonds fait à l'entreprise.

> Intérêt = valeur de la LCR × taux d'intérêt (ou d'escompte) × *prorata temporis* (durée qui s'écoule entre la date de remise à l'escompte et la date d'échéance)

Exemple (suite) : société Porda

Le 8/05/N, la société Porda vend aux Ets Siro des marchandises pour 1 600,00 € TTC (facture 638).

Ce même jour, le 8/05/N, elle tire la lettre de change n° 109 au 15/06, pour un montant de 1 600,00 €.

Mais la société Porda a besoin rapidement d'argent. Son gérant décide donc de remettre l'effet à l'escompte le 16/05. Pour cela, elle endosse (mettre à son nom) l'effet de commerce et remplit un bordereau de remise d'effets, de la même manière qu'une remise à l'encaissement.

Le 18/05/N, la société Porda reçoit un avis de crédit.

Le 8/05/N — Le 16/05/N — Le 31/05/N — 15/06/N

Création LC n° 109 — Remise à l'escompte — Échéance de l'effet

Nombre de jours = 31 – 16 = 15 + 15 = 30 jours

Société Générale	Avis de crédit du 18/05/N	
Détail de la remise à l'escompte :	**Débit**	**Crédit**
Valeur de l'effet n° 109		1 600,00
Agios :		
– commission de recouvrement HT	5,00	
– TVA sur commission 20 %	1,00	
– intérêts 15,5 % 1 600 × 15,5% × 30 / 365	20,38	
Nb de jours : 30		
	26,38	1 600,00
Net à votre crédit	1 573,62	

Lors de la facturation avec LCR papier :

Code journal	Date	N° compte	Libellés	Débit	Crédit
VT	08/05	411000 707000 445710	Facture n°…	1 600,00	 1 333,33 266,67

Lors de la création de la lettre de change papier :

Code journal	Date	N° compte	Libellés	Débit	Crédit
VT	10/09	413000 411000	Création LC	1 600,00	 1 600,00

Lors de la remise à l'escompte de la LCR papier :

Code journal	Date	N° compte	Libellés	Débit	Crédit
BQ	10/09	511400	Bordereau remise à l'escompte	1 600,00	
		413000			1 600,00

Lors de la réception de l'avis de crédit de la LCR papier :

Code journal	Date	N° compte	Libellés	Débit	Crédit
OD ou IMMO	10/09	512000	Avis de crédit LC 109	1 573,62	
		627000		5,00	
		445660		1,00	
		661000		20,38	
		511400			1 600,00

Chez le client SIRO, l'écriture relative au paiement de l'effet est identique à celle étudiée dans le cadre de la remise à l'encaissement des effets de commerce. Soit : 403 D et 512 C pour 1 600 €. Le client n'est pas au courant de la remise à l'escompte réalisée par le fournisseur : il n'y a pas d'écriture comptable.

B Le crédit de mobilisation de créances commerciales (CMCC)

• **Le CMCC est un moyen de financement à court terme.** Plusieurs créances clients, constatées par des factures, sont regroupées sur un document (billet à ordre) remis à sa banque. Ce billet à ordre est ensuite escompté, la banque verse à l'entreprise le montant total des factures, sous déduction des intérêts, de la commission et de la TVA correspondante.

• **On crédite le compte 5191.** Crédit de mobilisation des créances commerciales (CMCC) à la place du 5192. Il permet donc d'escompter des factures.

C La cession des créances : l'affacturage

• L'affacturage est une procédure qui consiste à **céder des créances commerciales à un établissement financier** appelé l'affactureur (ou encore le factor). Ce dernier prend en charge le recouvrement des créances pour son compte et supporte par la même occasion les risques d'impayés.

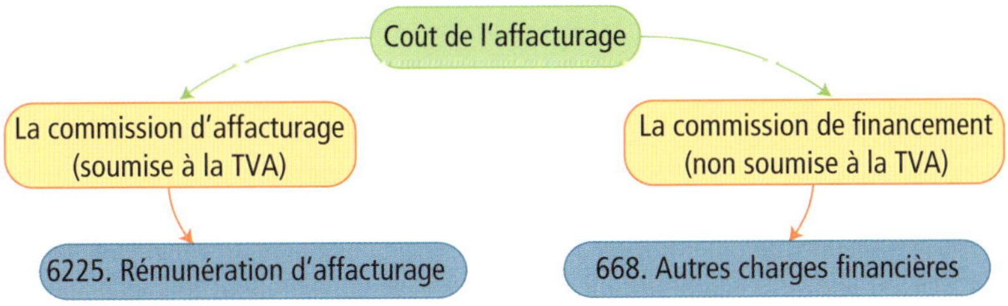

D La cession de créances professionnelles

• **La cession de créances professionnelles**, ou cession Dailly (loi du 02/01/1981), consiste à transférer la propriété des créances de l'entreprise à la banque. En contrepartie, la banque consent un crédit assimilé à un escompte.

• **On utilise au crédit le compte 5194.** Concours bancaires courants-Loi Dailly.

Exercice d'entraînement

Corrigé p. 142

Le 2 février, le fournisseur Dupond reçoit de son client Durand un chèque de 1 500 € en règlement de la facture FV252. Il le remet à l'encaissement le jour même (bordereau n° 1521).
Le 6 février, il reçoit l'avis de crédit n° 457 de la banque : encaissement par carte bancaire de la journée du 3 février : 3 510 €.
L'avis de crédit n° 897 du 7 février mentionne un net au crédit de 3 492,45 €, et une commission de 17,55 € (pas de TVA).

1. **Enregistrez les opérations réalisées.**

Le 27/03, la société Domu transfère à une société d'affacturage des créances à échéance du 31/05, pour un montant total de 33 000 €.
Commission HT d'affacturage : 2 100 €, TVA 20 %.
Commission de financement : 430 €.
Le virement des fonds est opéré le 30/03.

2. **Enregistrez les opérations de la société Domu.**

Le 28-04, l'entreprise Rop cède en pleine propriété des créances professionnelles. Le bordereau Dailly regroupe plusieurs créances sur divers clients, à échéance du 30-06, et d'un montant total de 40 000 €. La banque ouvre un crédit pour ce montant.

3. **Enregistrez les opérations de l'entreprise Rop.**

Processus 1

9 L'état de rapprochement

Le compte banque tenu par l'entreprise (512) et le compte de l'entreprise tenu par la banque (relevé bancaire) présentent des soldes différents en fin de mois. Pourtant, ils devraient être identiques à une date donnée. Mais, dans la réalité, c'est rarement le cas. **L'entreprise doit donc établir un état de rapprochement afin de mettre à jour le compte 512. Banque.**

1 Principes

A Les notions à maîtriser

• La comptabilité d'une entreprise (compte 512) et la comptabilité de la banque (relevé de compte) sont dites **réciproques**. Il est donc nécessaire de maîtriser la lecture de ces documents.

• **Dans l'entreprise :**

Débit	512 Banque	Crédit
Entrée d'argent +		Sortie d'argent –

Solde débiteur = on a de l'argent = solde +
Solde créditeur = on est à découvert = solde –

• **Lecture du relevé de compte :**

Débit	Compte client chez la Banque	Crédit
Sortie d'argent –		Entrée d'argent +

Solde débiteur = on est à découvert = solde –
Solde créditeur = on a de l'agent = solde +

• **L'état de rapprochement** sert à corriger le compte 512. Banque dans sa comptabilité en passant des écritures de régularisations.

B Les étapes préalables

étape 1 **Vérifier** que les soldes initiaux sont identiques, sinon rechercher les montants correspondants à la différence des soldes initiaux et pointer ces montants.

étape 2 **Lettrer** les opérations identiques (même montant, même libellé) dans le compte 512 de l'entreprise et sur le relevé bancaire.

étape 3 **Construire l'état de rapprochement :** reporter les soldes finaux ou fin de période dans l'état de rapprochement.

étape 4 **Repérer, analyser, et reporter** les opérations non pointées dans l'état de rapprochement :
– les montants non pointés figurant au crédit du relevé de compte sont reportés au débit du compte 512. Banque dans l'état de rapprochement, et inversement ;
– les montants non pointés figurant au débit du compte 512 sont reportés au crédit du relevé de compte dans l'état de rapprochement, et inversement.

étape 5 **Réaliser les écritures comptables** des opérations du compte 512 uniquement (ne pas enregistrer les opérations du relevé bancaire).

Attention
Ne pas prendre les soldes initiaux.

2 Construction de l'état de rapprochement et enregistrements comptables

A L'état de rapprochement

• L'état de rapprochement se présente sous la forme d'un **tableau** mettant face à face le compte 512. Banque et le relevé bancaire.

État de rapprochement au x/x/N

512. Banque			Relevé bancaire		
Libellés	**Débit**	**Crédit**	**Libellés**	**Débit**	**Crédit**
Soldes de fin de période			**Soldes de fin de période**		
Intitulés des opérations non pointées donc non enregistrées dans le compte 512			Intitulés des opérations non pointées donc non prises en compte dans le relevé bancaire		
Sous-total			*Sous-total*		
Solde rectifié			***Solde rectifié***		
Total général			Total général		

B Les écritures de régularisation : mise à jour du compte 512

Il ne faut enregistrer que les opérations du compte 512, car l'état de rapprochement a permis de mettre en évidence les opérations non enregistrées dans la comptabilité de l'entreprise.

Exercice d'entraînement

Corrigé p. 143

L'entreprise Trap réalise un état de rapprochement tous les mois. Elle vous communique un extrait de son compte 512. Banque et son dernier relevé bancaire, en date du 31/03/N. Les commissions sont soumises à la TVA au taux normal.

512 100 Crédit Agricole			
Dates	**Libellés**	**Débit**	**Crédit**
01/03	À nouveau	7 324,00	
03/03	Chèque n° 32531 à Mignot		4 800,00
04/03	Remise de chèques	6 850,00	
05/03	Chèque n° 32534 à Petter		2 750,00
10/03	LCR échues		1 970,00
10/03	Virement de Belicart	9 720,00	
12/03	Escompte LCR	3 200,00	
20/03	Chèque n° 32539 à Besson		720,00
25/03	Dépôt d'espèces	2 000,00	
27/03	Chèque n° 32541 à Cardon		2 330,00
29/03	Chèque n° 32542 à Pergot		3 520,00
31/03	**Solde débiteur**		13 004,00
Total		29 094,00	29 094,00

Relevé bancaire			
Dates	**Opérations**	**Débit**	**Crédit**
01/03	À nouveau		9 732,00
02/03	Chèque n° 32524 à Refalo	2 408,00	
05/03	Chèque n° 32531 à Mignot	4 800,00	
06/03	Remise de chèques		6 850,00
10/03	Virement de Belicart		9 720,00
12/03	LCR échues	1 970,00	
18/03	Bordereau remise escompte (1)		3 136,30
24/03	Chèques n° 32534 et 32539	3 470,00	
25/03	Dépôt d'espèces		2 000,00
30/03	Intérêts perçus		120,00
30/03	Frais de tenue de compte	144,72	
30/03	Prélèvement téléphone	1 522,32	
30/03	Solde **créditeur**	17 243,26	
Total		31 558,30	31 558,30

(1) Détail négociation LCR : 3 200 €. Commission HT : 15 €, TVA sur commission : 3 €, Escompte : 45,70 €

Réalisez l'état de rapprochement et mettez à jour la comptabilité de la société Trap au 31 mars N.

10 Les amortissements

Processus 2

L'amortissement est la répartition de la valeur amortissable selon le rythme de consommation des avantages économiques. Le **plan d'amortissement** est la traduction comptable de cette **répartition**.
Le respect du **principe de prudence** oblige l'entreprise à constater à chaque inventaire (à la fin de l'exercice comptable) l'amortissement annuel des immobilisations amortissables afin de **présenter une image fidèle de son patrimoine. L'amortissement** est **obligatoire** même en cas d'absence ou d'insuffisance de bénéfice en respectant **le principe de permanence des méthodes**.

1 La réglementation comptable des actifs amortissables

A Les principes comptables

- **Le principe de prudence :** il doit être appliqué de façon à ne pas transférer sur des exercices futurs des incertitudes présentes susceptibles de grever le patrimoine et le résultat de l'entreprise.

Remarque
À l'étude de cas il faut indiquer les principes comptables pour justifier vos écritures.

- **La permanence des méthodes :** à moins qu'un changement exceptionnel n'intervienne, il convient d'utiliser les mêmes méthodes d'évaluation d'une année sur l'autre.

- **L'image fidèle :** c'est l'image aussi objective que possible de la réalité de l'entreprise donnée par la comptabilité financière afin qu'une personne de l'extérieur puisse en avoir une perception exacte.

B Les immobilisations amortissables

- **Les immobilisations amortissables corporelles :** elles ont le plus souvent une utilisation déterminable (limitée dans le temps par l'usure ou l'évolution technique). Seuls les terrains, non amortissables, font exception à cette règle.

Remarque
Tous les actifs immobilisés ne sont pas amortissables. Un actif amortissable est un actif dont l'utilisation par l'entreprise est déterminable (limitée dans le temps).

- **Les immobilisations amortissables incorporelles :** il s'agit des immobilisations qui bénéficient d'une protection juridique limitée dans le temps, ce qui leur confère une durée d'utilisation déterminable ; elles sont donc amortissables (ex. : brevet).

C Les immobilisations non amortissables

- **Certaines immobilisations incorporelles :** celles qui n'ont pas une durée d'utilisation déterminable et qui ne sont donc pas amortissables (ex. : Le fonds de commerce, les marques).

- **Les immobilisations financières** (actions et obligations à long terme) et **les terrains**.

2 L'amortissement économique ou comptable

A Définitions

• **L'amortissement économique** (comptable) constate la consommation des avantages économiques attendus de l'immobilisation, ou, plus simplement, il constate la perte de valeur des immobilisations. **Il s'agit de l'amortissement qui est enregistré obligatoirement en comptabilité : c'est donc une écriture comptable.**

• On distingue deux modes d'amortissement économique : **linéaire et non linéaire (ou unités d'œuvre).**

> **Coût d'acquisition** = Net financier + tous les frais jusqu'à la mise en service
> **Valeur résiduelle (VR)** = Prix de vente (PV) – Frais engagés pour la vente
> **Base amortissable** = Coût d'acquisition – Valeur résiduelle (s'il y en a une)

La **valeur résiduelle (VR)** est le prix de vente HT attendu sur le marché à la fin de l'utilisation de l'immobilisation. Ce montant est diminué des frais engagés pour la vente. La valeur résiduelle doit être estimée lors de l'achat de l'immobilisation sinon il n'y a pas de valeur résiduelle.

B Le mode linéaire

• Il s'agit d'un mode qui permet de **répartir le montant (la base amortissable) de l'immobilisation en fonction du temps**.

• **Principes de calcul en amortissement linéaire :** le point de départ de l'amortissement linéaire est la date de mise en service (sauf pour les logiciels pour lesquels il s'agit de la date d'acquisition).

> **Base amortissable** = Coût d'acquisition – Valeur résiduelle (VR)
> **Taux** = 100 % / Durée d'utilisation
> **Annuités** = Base amortissable × Taux × *Prorata temporis*

Exemple : Société GER

La société GER a acheté et mis en service le 20 janvier B une machine-outil au prix de 11 200 € HT. Le prix de vente (PV), après les 5 années d'utilisation est évalué à 3 500 € HT, les frais de remise en état sont estimés à 350 € HT. La société GER prévoit d'utiliser la machine pendant 5 ans.

Plan d'amortissement linéaire

Immobilisation : machine-outil — Valeur résiduelle (VR) : 3 150 € (= PV – frais de vente : 3 500 – 350)
Coût d'acquisition : 11 200 € — Valeur amortissable : 8 050 € (= Coût d'acquisition – VR : 11 200 – 3 150)
Date d'acquisition : 20/01/N — Taux d'amortissement : 20 % (= 100 / durée : 100 / 5 = 20 %)
Date mise en service : 20/01/N

Années	Base amortissable	Annuités d'amortissement		Amort. cumulés	VCN fin exercice
		Calcul	Montant		
N	8 050	8 050 × 0,2 × 340 / 360	1 520,55	1 520,55	9 679,45
N + 1	8 050	8 050 × 0,2	1 610,00	3 130,55	8 069,45
N + 2	8 050	8 050 × 0,2	1 610,00	4 740,55	6 459,45
N + 3	8 050	8 050 × 0,2	1 610,00	6 350,55	4 849,45
N + 4	8 050	8 050 × 0,2	1 610,00	7 960,55	3 239,45
N + 5	8 050	8 050 × 0,2 × 20 / 360*	89,44	8 050,00	3 150,00

VCN N : = Coût d'acquisition – amort. cumulés : 11 200 – 1 520,55
VCN N + 5 : = VR

* Le prorata temporis (en fonction du temps) :
– La 1re année : calculer le prorata de la date de mise en service jusqu'au 31/12 de l'année.
– La dernière année : calculer le prorata du 01/01 jusqu'à la date de la mise en service.
Les 2 proratas forment une année entière.

C Le mode non linéaire ou par unités d'œuvre (UO)

- **Les annuités varient d'une année sur l'autre** en fonction de l'utilisation qui en est faite.
- **Principes de calcul en amortissement non-linéaire :**

Base amortissable = Coût d'acquisition – Valeur résiduelle (VR)

Annuités = $\frac{\text{Valeur amortissable} \times \text{Avantages économiques consommés pendant l'année}}{\text{Total des avantages économiques attendus}}$

Valeur nette comptable (VNC) = Coût d'acquisition – Cumul des amortissements pratiqués

Exemple (suite) : Société GER

La société GER a acheté et mis en service le 20 janvier N une machine-outil au prix de 11 200 € HT. Le prix de vente (PV), après les 5 années d'utilisation est évalué à 3 500 € HT, mais des frais de remise en état de 350 € HT seront nécessaires pour la vente. La machine-outil sera utilisée de la façon suivante : **une durée d'utilisation totale estimée à 12 000 heures : 1re année 2 000 h, 2e année 3 000 h, 3e année 3 000 h, 4e année 2 000 h, 5e année 2 000 h.**

Plan d'amortissement non linéaire

Immobilisation : machine-outil — Valeur résiduelle : 3 150 € (= PV – frais de vente : 3 500 – 350)
Coût d'acquisition : 11 200€ — Valeur amortissable : 8 050 € (= Coût d'acquisition – VR : 11 200 – 3 150)

Années	Base amortissable	Annuités d'amortissement		Amort. cumulés	VCN fin exercice
		Calcul	Montant		
N	8 050	8 050 × 2 000 / 12 000	1 341,67	1 341,67	9 858,33
N + 1	8 050	8 050 × 3 000 / 12 000	2 012,50	3 354,17	7 845,83
N + 2	8 050	8 050 × 3 000 / 12 000	2 012,50	5 366,67	5 833,33
N + 3	8 050	8 050 × 2 000 / 12 000	1 341,67	6 708,34	4 491,66
N + 4	8 050	8 050 × 2 000 / 12 000	1 341,67	8 050,00	3 150,00

9 858,33 = Coût d'acquisition – amort. cumulés : 11 200 – 1 341,67
3 150,00 = VR

* Annuités = Base amortissable × $\frac{\text{(UO de l'année)}}{\text{(UO totales)}}$

Enregistrement comptable de l'amortissement comptable/économique au 31/12/N :

Comptabilisation si amortissement linéaire au 31/12/N

Comptes	Débit	Crédit
681000	1 520,55	
281540		1 520,55

Comptabilisation si amortissement non linéaire au 31/12/N

Comptes	Débit	Crédit
681000	1 341,67	
281540		1 341,67

Attention

Le PCG prévoit **le 8 en 2e position** pour indiquer **les amortissements**, il faut donc mettre le compte de l'immobilisation concernée et rajouter un 8 en 2e position.

Exemple : la machine-outil 2154 devient 28154

Au bilan : les comptes 28 apparaissent à l'actif dans la 2e colonne.

3 L'amortissement fiscal

Il s'agit de l'amortissement défini par l'administration fiscale qui fixe des durées d'usage pour certains biens contrairement à l'amortissement comptable qui représente des durées réelles. Il n'entraîne aucun enregistrement comptable.

A Les différents modes d'amortissement fiscaux

On distingue quatre modes d'amortissement fiscaux : linéaire, dégressif, exceptionnel et non linéaire.

B L'amortissement dégressif

- **Ce mode de calcul est accepté fiscalement sous certaines conditions.**

Taux d'amortissement dégressif = Taux linéaire × Coefficient fiscal

- **Les coefficients fiscaux sont les suivants :**

– 1,25 si la durée de vie de l'immobilisation est de 3 ou 4 ans ;
– 1,75 si la durée de vie de l'immobilisation est de 5 ou 6 ans ;
– 2,25 si la durée de vie de l'immobilisation est de plus de 6 ans.

- **Principes de calcul en amortissement dégressif :**

– **Base amortissable N** = Coût d'acquisition.
Jamais de valeur résiduelle ;
– **Base amortissable N+1** = Valeur nette fiscale N ;
– **Taux linéaire** = 100 % / Durée d'utilisation restant à amortir ;
– **Taux dégressif** = 100 % / Durée d'utilisation × Coefficient ;
– **Annuités** = Base amortissable × Taux le plus élevé ;
– **Valeur nette fiscale** = Coût d'acquisition – Cumul des amortissements.

Remarques

1. L'annuité en amortissement dégressif est calculée à partir du mois d'acquisition.
2. Lorsque le taux dégressif devient inférieur ou égal au taux calculé sur la durée restant à amortir, alors on utilise ce dernier (l'annuité devient donc linéaire sur la durée restant à amortir).

Exemple : entreprise Tul

L'entreprise TUL a acquis une camionnette le 03/07/N, celle-ci est mise en service le 10 juillet N. Sur le plan fiscal, l'entreprise décide d'adopter le système dégressif.

Plan d'amortissement fiscal dégressif

Immobilisation : Camionnette				Durée d'utilisation : 5 ans		
Date d'acquisition : 03/07/N Date de mise en service : 10/07/N						
Coût d'acquisition : 18 000 €				Taux dégressif : 35 %		
Années	**Base amortissable**	**Taux linéaire**(1)	**Taux dégressif**	**Annuité d'amort.**	**Amort. cumulés**	**Valeur nette fiscale**
N	18 000	100 / 5 = 20 %	35 %	3 150	3 150,00	14 850
N + 1	14 850	100 / 4 = 25 %	35 %	5 197,50(2)	8 347,50	9 652,50(3)
N + 2	9 652,50	100 / 3 = 33,33 %	35 %	3 378,38	11 725,88	6 274,12
N + 3	6 274,12	100 / 2 = 50 %	35 % = 50 %	3 137,06(4)	14 862,94	3 137,06
N + 4	3 137,06	100 / 1 = 100 %	35% = 100 %	3 137,06(5)	18 000,00	0

= 100 / Durée × Coeff.
100 / 5 × 1,75

= Coût d'acquisition
– Amort. cumulés
18 000 – 3 150

= Base amortissable
× Taux × *Prorata*
18 000 × 35 % × 6 /12
L'annuité est calculée prorata temporis **à partir du 1er jour du mois d'acquisition.**

L'amortissement fiscal ne tient pas compte de la valeur résiduelle.
Base amort. = coût d'acquisition

Changement de taux
Toujours prendre le taux le plus élevé

(1) Taux calculé sur la durée restant à amortir
(2) Annuité N + 1 = 14 850 × 35 % = 5 197,50 €.
(3) Valeur nette fiscale N + 1 = 18 000 – 8 347,50 = 9 652,50 € ou 14 850 – 5 197,50 = 9 652,50 €.
(4) et (5) Annuités N + 3 et N + 4 : changement de taux.

C L'amortissement exceptionnel

- **La loi peut prévoir un amortissement accéléré** en faveur de certains investissements (sur 12 ou 24 mois).

4 L'amortissement dérogatoire

Comme seul l'amortissement comptable/économique est enregistré, le PCG a formé le concept d'amortissement dérogatoire afin de comptabiliser les aspects fiscaux.

Exemple (suite) : entreprise Tul

Reprenons l'exemple de la camionnette. Valeur : 18 000 € ; valeur résiduelle : 3 000 €. Date d'acquisition : 03/07/N ; date de mise en service : 10/07/N. **Mode d'amortissement fiscal :** dégressif, durée : 5 ans, coefficient 1,75. **Mode d'amortissement économique :** linéaire, durée : 5 ans.

Plan d'amortissement de la camionnette au 31/12/N

	Amortissement fiscal (dégressif)			Amortissement économique (linéaire)			Amortissement dérogatoire	
Année	Base amort.	Annuité	VNF	Base amort.	Annuité	VNC	Dotations	Reprises
N	18 000,00	3 150,00	14 850	15 000	1416,67	16 583,33	1 733,33[(1)]	
N + 1	14 850,00	5 197,50	9 652,50	15 000	3 000	13 583,33	2 197,50	
N + 2	9 652,50	3 378,38	6 274,12	15 000	3 000	10 583,33	378,38	
N + 3	6 274,12	3 137,06	3 137,06	15 000	3 000	7 583,33	137,06	
N + 4	3 137,06	3 137,06	0	15 000	3 000	4 583,33	137,06	
N + 5				15 000	1 583,33	3 000		1 583,33[(2)]
		18 000			15 000		4 583,33	1 583,33

[(1)] Calcul de l'amortissement dérogatoire : 3 150 – 1 416,67 = 1 733,33 €.
Fiscalement, l'entreprise peut déduire 3 150 €, mais comptablement elle n'a déduit que 1 416,67 € ; elle peut donc faire une dotation dérogatoire de 1 733,33 €.
[(2)] Fiscalement l'entreprise peut déduire 0 €, mais comptablement elle a déduit 1 583,33 €. Elle doit donc faire une reprise dérogatoire de 1 583,33 €.

Base amort. en linéaire :
= Coût d'acquisition – VR
18 000 – 3 000

Comptabilisation de l'amortissement économique/comptable au 31/12

Comptes	Débit	Crédit
681000	1 416,67	
281540		1 416,67

Comptabilisation de l'amortissement dérogatoire au 31/12

Comptes	Débit	Crédit
687000	1 733,33	
145000		1 733,33

Enregistrement d'une reprise dérogatoire

Comptes	Débit	Crédit
145000	Montant reprise	
787000		Montant reprise

Attention ⚠

N'enregistrez pas l'amortissement fiscal.

11 La modification du plan d'amortissement

Processus 2

Des modifications peuvent être apportées **au plan d'amortissement économique** :
– en cas de modification significative de l'utilisation prévue de l'actif (la durée ou le rythme de consommation des avantages économiques attendus) ;
– en cas de modification de la base amortissable consécutive à une dépréciation.

Exemple : entreprise Buro+

Le plan d'amortissement suivant a été établi à l'origine pour un véhicule possédé par l'entreprise Buro+ (unité d'œuvre [UO] = kilométrage parcouru). **Valeur nette comptable (VNC) :** valeur d'un actif à un instant *t*.

Plan d'amortissement non linéaire

Base amortissable : 14 000 € — Durée d'utilisation : 5 ans
Date de mise en service : 20 avril N — Unité d'œuvre : km parcourus

Années	BA (Base amortissable)	Kilométrage	Dotation aux amortissements	Cumul dotation aux amortissements	VNC (valeur nette comptable)
N	14 000	10 000	1 167	1 167	12 833
N + 1	14 000	20 000	2 333	3 500	10 500
N + 2	14 000	30 000	3 500	7 000	7 000
N + 3	14 000	30 000	3 500	10 500	3 500
N + 4	14 000	30 000	3 500	14 000	0

1 La modification significative de l'utilisation prévue

Le plan d'amortissement est modifié car la consommation des unités d'œuvre est différente de celle qui avait été prévue dans le plan d'amortissement initial.

Exemple : entreprise Buro+ (suite)

Fin N + 1, compte tenu d'une augmentation du volume d'activité, on estime que les 90 000 km restants seront réalisés en 2 ans (45 000 km par an).

Plan d'amortissement non linéaire modifié

Base amortissable : 14 000 € — Durée d'utilisation : 4 ans
Date de mise en service : 20 avril N — Unité d'œuvre : km parcourus

Années	Base amortissable	Kilométrage	Dotation aux amortissements	Cumul dotation aux amort.	VNC
N	14 000	10 000	1 167	1 167	12 833
N + 1	14 000	20 000	2 333	3 500	10 500
N + 2	14 000	45 000	5 250	8 750	5 250
N + 3	14 000	45 000	5 250	14 000	0

Impacts sur la durée
La durée d'amort. est réduite d'une année.

Changement en N + 2
14 000 × 45 000 / 120 000 = **5 250**

2 La modification de la base amortissable

A Le test de dépréciation

À chaque clôture, l'entreprise doit apprécier s'il existe un indice indiquant qu'un actif a perdu de sa valeur si c'est le cas, **un test de dépréciation est effectué**.

B Valeur vénale, valeur actuelle, valeur d'usage

La **valeur actuelle** (VA) d'un bien est la valeur la plus élevée entre la **valeur vénale** (prix de vente éventuel) et la **valeur d'usage** (valeur des avantages économiques futurs attendus de son utilisation).

Définition

Dépréciation : perte de valeur probable d'un élément d'actif. Une immobilisation amortissable peut se déprécier.

Exemple : entreprise Buro+ (suite)

L'entreprise a également acquis plusieurs immobilisations.

	VNC	Valeur vénale	Valeur d'usage	Valeur actuelle et dépréciation
Immobilisation 1	100 000	120 000	110 000	VA = 120 000 Aucune dépréciation car VA > VNC
Immobilisation 2	100 000	90 000	80 000	VA = 90 000 Dépréciation = 10 000 car VA < VNC
Immobilisation 3	100 000	70 000	80 000	VA = 80 000 Dépréciation = 20 000 car VA < VNC

C Dans quel cas constater une dépréciation ?

Lorsque la valeur actuelle d'un actif est devenue inférieure à sa valeur nette comptable : dans ce cas, il faut modifier le plan d'amortissement. On respecte le **principe de prudence**.

Exemple

Le plan d'amortissement suivant a été établi à l'origine pour un véhicule (unité d'œuvre = kilométrage parcouru).

Plan d'amortissement non linéaire

Base amortissable : 14 000 € — Durée d'utilisation : 4 ans
Date de mise en service : 20 avril N — Unité d'œuvre : km parcourus

Années	Base amortissable	Kilométrage	Dotation aux amortissements	Cumul dotation aux amort.	VNC
N	14 000	10 000	1 167	1 167	12 833
N + 1	14 000	20 000	2 333	3 500	10 500
N + 2	14 000	30 000	3 500	7 000	7 000
N + 3	14 000	30 000	3 500	10 050	3 500
N + 4	14 000	30 000	3 500	14 000	0

Exemple (suite)

À la fin de l'année N, un test de dépréciation fait apparaître que la valeur actuelle est inférieure à la valeur nette comptable puisqu'elle est estimée à 10 000 €.

Valeur actuelle et VNC
VNC fin N = 14 000 – 1 167 = 12 833 € donc
VA < VNC = dotation dépréciation
12 833 – 10 000

Après
VNC = VA

Plan d'amortissement non linéaire modifié										
	Amortissements				Dépréciations					
	BA	Dotation aux amortissements		Cumul dotation	Dotation	Reprise	Cumul dotation	VNC	Valeur actuelle
N	14 000	1 167	$\frac{14\,000 \times 10\,000}{120\,000}$	1 167	2 833		2 833	10 000	10 000
N + 1	10 000	1 818	$\frac{10\,000 \times 20\,000}{110\,000}$	2 985			2 833	8 182	
N + 2	10 000	2 727	$\frac{10\,000 \times 30\,000}{110\,000}$	5 712			2 833	5 455	
N + 3	10 000	2 727	$\frac{10\,000 \times 30\,000}{110\,000}$	8 439			2 833	2 728	
N + 4	10 000	2 728	$\frac{10\,000 \times 30\,000}{110\,000}$	11 166			2 833	0	

Calcul des amortissements après modification
Le nombre total d'UO ne doit tenir compte que des UO totales restantes à amortir :
120 000 – 10 000 (de la 1re année) = 110 000 UO

14 000

VNC N +1
Coût d'acquisition
– cumul amortissements
– cumul des dépréciations

Comptabilisation de l'amort. économique avec modification du plan au 31/12/N		
Comptes	**Débit**	**Crédit**
681000	1 167,00	
281540		1 167,00

Comptabilisation de la dépréciation avec modification du plan au 31/12/N		
Comptes	**Débit**	**Crédit**
681000	2 833,00	
291000		2 833,33

Remarque
Le PCG a prévu un 9 en 2e position pour indiquer les dépréciations.

Processus 2

12 Les cessions d'immobilisations

Une entreprise peut être amenée à vendre exceptionnellement une immobilisation, cela ne fait pas partie de son activité le PCG a donc prévu le compte 775 il s'agit d'un produit exceptionnel.

1 La cession des immobilisations

A La cession des immobilisations non-amortissables

- Lors de la cession d'immobilisations non amortissables (terrains, titres...) il faut procéder à un **enregistrement comptable en deux étapes**.

étape 1 **Constater le prix de cession :** le prix de cession est inscrit au crédit du compte 775. Produits des cessions d'éléments d'actif.

étape 2 **Constater la sortie du bien de l'actif** : la valeur nette comptable est inscrite au débit du compte 675. Valeurs comptables des éléments d'actif cédés.

- **La plus ou moins-value de cession** n'apparaît pas dans un compte particulier, elle est calculée par différence entre le produit et la charge exceptionnelle enregistrée (775 – 675).

Exemple : entreprise Piaf

Cession de titres immobilisés. Ces titres avaient été achetés pour 25 200 € le 25/09/N–1 et ils sont cédés le 15/12/N pour une valeur de 26 900 €.

Attention

Il n'y a pas de TVA sur les cessions de titres.

Date	N° compte		Libellés	Débit	Crédit
15/12/N	512 000			26 900,00	
		775 000	Cession de titres immobilisés		26 900,00
31/12/N	675 000			25 200,00	
		273 000	Sortie actif titres immobilisés société...		25 200,00

À la date de cession = Prix de vente

À la clôture = Coût d'acquisition

775000 – 675000 = Plus-value ou moins-value

B La cession des immobilisations amortissables

Lors de la cession d'immobilisations amortissables (matériel) il faut procéder à un **enregistrement comptable en trois étapes**.

étape 1 **Constater le prix de cession :** le prix de cession est inscrit au crédit du compte 775. Produits des cessions d'éléments d'actif.

Remarque

Les véhicules de tourisme s'enregistrent pour le montant TTC lors de l'acquisition ; ils sont amortis sur le TTC. Lors de la cession, on effectue le solde du compte 2182 pour le montant TTC.

étape 2 **Constater la dotation aux amortissements complémentaires :** du 01/01/N jusqu'à la date de cession.

étape 3 **Constater la sortie du bien de l'actif :** la valeur nette comptable est inscrite au débit du compte 675. Valeurs comptables des éléments d'actif cédés.

Exemple (suite) : entreprise Piaf

Cession d'un matériel industriel le 12/04/N, pour une valeur de 13 500 € HT (PV). Ce matériel avait été acquis et mis en service le 01-07-N–3 pour une valeur de 24 000 € HT. Il est amorti en linéaire, sur une durée de 8 ans, sans valeur résiduelle.

Date	Compte	Libellés	Débit	Crédit
12/04/N	462000 ou 512000		16 200,00	
	775000			13 500,00
	445710	Cession matériel industriel		2 700,00
31/12/N	681120	24 000 / 8 × 102 / 360	850,00	
	281540	Dotation complémentaire aux amortissements		850,00
31/12/N	281540	N – 3 : 24 000 / 8 × 6 / 12 =1 500 N – 2 : 24 000 / 8 =3000 N – 1 : 24 000 / 8 = 3000 N : 24 000 / 8 × 102 / 360 = 850	8 350,00	
	675000	24000 – 8350	15 650,00	
	215400	Sortie de l'actif matériel industriel...		24 000,00

Solde du compte 281
Cumul des amortissements de la date d'acquisition à la date de cession

Compte 675 = VCN
Coût d'acquisition – Cumul amortissements

Compte 2
= Coût d'acquisition

2 La cession avec des amortissements dérogatoires

Lors de la cession d'immobilisations avec amortissements dérogatoires il faut procéder à un **enregistrement comptable en cinq étapes**.

étape 1 **Constater le prix de cession :** le prix de cession est inscrit au crédit du compte 775. Produits des cessions d'éléments d'actif.

étape 2 **Constater la dotation aux amortissements économiques complémentaires :** du 01/01/N jusqu'à la date de cession.

étape 3 **Constater la dotation ou la reprise aux amortissements dérogatoires complémentaires :** du 01/01/N jusqu'à la date de cession.

étape 4 **Solder le compte 145000.**

étape 5 **Constater la sortie du bien de l'actif :** la valeur nette comptable est inscrite au débit du compte 675. Valeurs comptables des éléments d'actif cédés.

13 Les autres opérations d'inventaire relatives aux immobilisations

Processus 2

À la clôture de l'exercice, l'entreprise doit constater :
– des amortissements pour les biens amortissables (fiche 10) ;
– les subventions éventuelles et les frais pour gros entretien (réparations) ;
– des régularisations relatives aux cessions des titres long terme et court terme (actions et obligations) ;
– des dépréciations (fiche 14).

1 Les subventions

A Définition et traitement comptable de l'attribution d'une subvention

• **Les subventions d'investissement** sont attribuées dans le but d'acquérir ou de créer des immobilisations. Elles sont versées à l'entreprise à titre définitif, généralement par l'État, les collectivités territoriales ou des organismes européens.

• **Traitement comptable lors de l'attribution de la subvention :** deux méthodes :
1. Comptabiliser la subvention immédiatement en produit : inscription au compte de résultat ;
2. Étaler la subvention qui est considérée comme une ressource de financement : inscription au passif du bilan, dans les capitaux propres.

	Inscription au compte de résultat	Inscription au passif du bilan
Attribution de la subvention	**À débiter** : 441. État-Subventions à recevoir **À créditer** : 777. Quote-part des subventions d'investissement virée au résultat de l'exercice	**À débiter** : 441. État-Subventions à recevoir **À créditer** : 131. Subventions d'équipement
Encaissement de la subvention	**À débiter** : 512. Banque **À créditer** : 441. État-Subventions à recevoir	**À débiter** : 512. Banque **À créditer** : 441. État-Subventions à recevoir

B Les subventions d'investissement inscrites au passif du bilan

• La subvention qui a été considérée comme une **ressource de financement** (enregistrement au crédit de compte 131) doit être rapportée progressivement aux résultats des exercices suivants, ce qui va transformer une ressource externe en un produit exceptionnel (777).

• **Article 362-1 du PCG :** le montant des subventions d'investissement, lorsqu'il est inscrit dans les capitaux propres, est repris au compte de résultat selon les modalités qui suivent :
– **pour les biens amortissables** : la reprise de la subvention s'effectue sur la même durée et au même rythme que l'amortissement de l'immobilisation acquise (avec le même *prorata temporis* que l'immobilisation) ;
– **pour les biens non amortissables :** la reprise de la subvention d'investissement est **étalée sur le nombre d'années pendant lequel l'immobilisation est inaliénable (ne peut être vendu).** À défaut de clause d'inaliénabilité, le montant de la reprise de chaque exercice est égal au dixième du montant de la subvention (pas de *prorata temporis*).

- **Enregistrements comptables des biens amortissables et non amortissables :**

Rapport de la subvention au résultat d'un exercice	**À débiter :** 139. Subventions d'investissement inscrites au compte de résultat **À créditer :** 777. Quote-part des subventions d'investissement virée au résultat de l'exercice
Solde du compte de subvention	**À débiter :** 131. Subventions d'équipement **À créditer :** 139. Subventions d'investissement inscrites au compte de résultat

2 Traitement comptable des frais pour gros entretiens

A Gros entretiens comme composant de 2e catégorie

Dans le cas d'une comptabilisation comme un composant de 2e catégorie : les dépenses d'entretien sont alors **comptabilisées dès l'origine** comme un composant distinct de l'immobilisation si aucune provision pour gros entretien ou grandes révisions n'a été constatée. Les deux immobilisations s'amortissent en fin d'année (681 D et C 281…1 Immo et 281…2 Composant sur la durée du renouvellement des dépenses).

B Les provisions pour gros entretiens

Dans le cas de la constitution d'une provision pour grosses réparations, qui sera répartie sur plusieurs années par la technique de l'amortissement linéaire, l'immobilisation s'enregistre à son coût d'acquisition global HT et s'amortit sur la totalité (681 D et C 281) **et parallèlement** on répartit une provision pour charges sur plusieurs exercices (6815 D et C 1572). Provisions pour gros entretien : étalement des opérations de gros entretien ou de grandes révisions sur plusieurs exercices.

3 Cession des titres à court terme (VMP)

Pour les VMP, il faut :
– déterminer s'il s'agit d'une plus-value (767) ou d'une moins-value (667) : il s'agit d'une plus-value si le PV est supérieur au PA, et d'une moins-value si le PV est inférieur au PA ;
– constater la cession et la sortie de patrimoine ;
– faire une reprise au 31/12 si des dépréciations avaient été constatées l'année précédente.

Jal	Date	Compte	Libellé	Débit	Crédit
OD		465	**Vente des titres : pas de TVA**	PV	
		667 ou 767	Cession de titres immobilisés		PV
OD	31/12	667 ou 767	**Sortie de patrimoine**	PA	
		50	Sortie de patrimoine		PA
OD	31/12	59	**Si les titres cédés avaient fait l'objet de dépréciations**	Reprise	
		786	Reprise des dépréciations existantes		Reprise

14 Les dépréciations

Processus 2

La dépréciation d'un actif est la constatation que sa valeur actuelle est devenue inférieure à sa valeur nette comptable.
Les dépréciations constatent donc des pertes probables sur des éléments d'actifs. Elles sont établies pour respecter le principe de prudence. Les éléments d'actif pouvant faire l'objet de dépréciation sont les suivants : les stocks, les créances, les titres et les immobilisations.
Le PCG prévoit un 9 en 2e position du compte concerné pour indiquer les dépréciations.

1 Les stocks

A Le traitement comptable des stocks à l'inventaire

• **Les stocks sont des biens** (matières premières, fournitures, produits) destinés à être rapidement consommés dans le processus de fabrication ou vendus aux clients.

• **À la fin de l'exercice comptable**, l'entreprise doit annuler le stock initial (SI) car il n'existe plus et constater le stock final (SF) :

Annulation du stock initial au 31/12/N			
603	Variations de stocks	SI	
713	Variations de stocks de produits finis	SI	
310	Stocks de matières premières et fournitures		SI
355	Stocks produits finis		SI

Constatation du stock final au 31/12/N			
310	Stocks de matières premières et fournitures	SF	
355	Stocks de produits finis	SF	
603	Variations de stocks de MP et fournitures		SF
713	Variations de stocks de produits finis		SF

B La dépréciation des stocks à l'inventaire

• **Une dépréciation** correspond à un risque de perte de valeur (probable) des éléments d'actifs. Les causes peuvent être : l'évolution technologique, la détérioration du bien ou changement de mode…
On compare la **valeur comptable** du stock (au bilan) avec sa **valeur actuelle**.

Dépréciation (dotation) = valeur comptable – valeur actuelle

valeur actuelle → valeur vénale / valeur d'usage

• **La valeur actuelle** correspond à la valeur **la plus importante** entre la valeur vénale (valeur de revente sur le marché) et la valeur d'usage (potentiel de trésorerie future).

Dotations aux dépréciations au 31/12/N				
681730		Dotations pour dépréciations des stocks	Dotation	
	39	Dépréciations des MP et fournitures		Dotation

C Le suivi des dépréciations des stocks

• Lors de l'exercice suivant la constatation de la dépréciation, il faut **ajuster les dotations selon les événements intervenus** :
– le stock sur lequel porte la dépréciation n'existe plus (car le stock initial N c'est-à-dire le stock final N–1 a été annulé) : **il faut donc chaque année annuler la dépréciation** en réalisant une **reprise** ;
– **constater les dotations aux dépréciations** pour les stocks de l'année en cours.

Reprise des dotations aux dépréciations de N–1 au 31/12/N				
39		Dépréciations des stocks	Reprise de la dépréciation N	
	781730	Reprises sur dépréciations des stocks		Reprise de la dépréciation N

Dotations aux dépréciations de N au 31/12/N				
681730		Dotations pour dépréciations des stocks	Dotation depreciation N	
	39	Dépréciations des stocks		Dotation depreciation N

Exemple : société Ret

Au sein de la société Ret, on dispose des informations suivantes :

	Au 31/12/N-1		Au 31/12/N	
	Coût du stock	Dépréciation	Coût du stock	Dépréciation
Marchandises	4 000	100	3 000	80

Annulation du stock initial (SI) au 31/12/N			
603700	Variation des stocks de marchandises	4 000,00	
370000	Stocks de marchandises		4000,00
Constatation du stock final (SF) au 31/12/N			
370000	Stocks de marchandises	3 000,00	
603700	Variation des stocks de marchandises		3 000,00
Annulation de la dépréciation sur le SI			
397000	Dépréciation du stock de marchandises	100,00	
781730	Reprise sur dépréciation des stocks		100,00
Dépréciation su SF			
681730	Dotation pour dépréciation des stocks	80,00	
397000	Dépréciation du stock de marchandises		80,00

2 Les créances

A Les calculs des créances

Définition
Créances : sommes dues par les clients, elles figurent à l'actif du bilan (compte 411).

• **À la clôture de l'exercice, il convient d'estimer la valeur des créances clients**, c'est-à-dire la probabilité que les clients règlent leurs dettes.

• **Trois cas sont possibles :**
1. **la créance ne présente aucun risque de non-encaissement** : la créance est justifiée, il n'y a rien à faire ;
2. **la créance présente un risque de non recouvrement** en raison d'une défaillance du client, la perte de valeur est probable : la créance est douteuse, il convient de l'isoler et de constater une dépréciation ;

3. **l'entreprise est certaine qu'aucun règlement ne sera reçu** (liquidation judiciaire), la perte de valeur est irréversible ; la créance est irrécouvrable et il convient de constater une perte. Tableau d'analyse des créances douteuses.

Clients	Créance HT 31/12/N	Dépréciations nécessaires au 31/12/N	Dépréciations existantes au 31/12/N-1	Ajustements		Créances irrécouvrables	
				Dotations	Reprises	HT	TVA
	(Créance TTC au 31/12/N–1 – éventuel règlement reçu en N) / 1,2 (taux de TVA)	% perte probable × montant HT de la créance au 31/12/N				↑ Client irrécouvrable	
			Total	Total dotation	Total reprise		

Dépréciation nécessaire > Dépréciation existante → Dotation complémentaire

Dépréciation nécessaire < Dépréciation existante → Reprise

B Enregistrements des dépréciations des créances à l'inventaire

• **Comptabilisation au 31/12/N :**

Nouveaux clients douteux			
416000	Clients douteux	Créances TTC	
411000	Client		Créances TTC
Dotation aux dépréciations des créances douteuses			
681740	Dotation aux dépréciations des créances	Total dotation	
491000	Dépréciation des comptes clients		Total dotation
Reprise sur dépréciation des créances douteuses			
491000	Dépréciation des comptes clients	Total reprise	
781740	Reprise sur dépréciation des créances		Total reprise
Créance irrécouvrable client			
654000	Perte sur créance irrécouvrable	Créance HT	
445710	TVA collectée	TVA	
411000 ou 416000	Clients		Créance TTC

Exemple (suite) : société Ret

Tableau des créances douteuses de la société Ret

Clients	Créances au 31/12/N		Dépréciation N nécessaire		Dépréciation N–1existante	Ajustement N		Créances irrécouvrables	
	TTC	HT	Taux	Montant		Dotations	Reprises	HT	TVA
TUB	1 200	1 000	60 %	600	0	600			
TOP	2 400	2 000	70 %	1 400	1 100	300			
MISTER	3 600	3 000	40 %	1 200	1 500		300		
GUM	2 640	2 200						2 200	440
						900	300	**2 200**	**440**

Tub est un nouveau client douteux (il est devenu douteux en N). Top et Mister sont douteux depuis N–1. Gum n'était pas douteux en N–1, il est totalement irrécouvrable en N.

Nouveau client douteux (TUB)			
416000	Clients douteux	1 200,00	
411000	Client		1 200,00
Dotation aux dépréciations des créances douteuses			
681740	Dotation aux dépréciations des créances	900,00	
491000	Dépréciation des comptes clients		900,00
Reprise sur dépréciation des créances douteuses			
491000	Dépréciation des comptes clients	300,00	
781740	Reprise sur dépréciation des créances		300,00
Créance irrécouvrable client (Gum)			
654000	Perte sur créance irrécouvrable	2 200,00	
445710	TVA collectée	440,00	
411000 ou 416000	Clients		2 640,00

3 Les titres

Remarque

Si le cours au 31/12/N est supérieur à la valeur d'achat : **dépréciation nécessaire** = 0 (on doit reprendre toutes les dépréciations existantes).

A Les principes et les calculs

• **Si le cours d'un titre (action, obligation)** à court terme ou à long terme au 31/12/N est **inférieur à la valeur d'achat**, il faut constater une dépréciation.

• **Pour calculer la dépréciation nécessaire au 31/12/N :**
– **calculer le montant total de la dépréciation :** quantité de titres × (prix d'achat – le cours au 31/12/N) ;
– **ajuster la dépréciation** en fonction de ce qui a déjà été enregistré.

B Les enregistrements des dépréciations des titres à l'inventaire

• Si la dépréciation nécessaire N est supérieure à la dépréciation existante N–1 : **dotation complémentaire.**

• Si la dépréciation nécessaire N est inférieure à la dépréciation existante N–1 : **reprise.**

• **Comptabilisation au 31/12/N :**

Si augmentation de la dépréciation : dotation			
686600	Dotations aux dépréciations, amortissements, provisions – Charges financières	Dotation aux dépréciations	
29… ou 59 VMP	Dépréciations des immobilisations financières ou VMP		Dotation aux dépréciations
Si diminution de la dépréciation : reprise			
29… ou 59 VMP	Dépréciations des immobilisations financières ou VMP	Reprise sur dépréciations	
786600	Reprise sur dépréciations, amortissements, provisions – Produits financiers		Reprise sur dépréciations

Exemple : société Cab

Évaluation des titres immobilisés de la société Cab						
Titre immobilisé	Nature	Valeur entrée	Valeur inventaire 31/12/N	Dépréciation N–1	Dépréciation N	
					Dotation	Reprise
Actions GNB	VMP	500	460	20	20	
Actions FGC	Participation	400	420	50		50

Augmentation de la dépréciation : dotation			
686600		20,00	
590300	Dépréciation GNB		20,00
Diminiution de la dépréciation : reprise			
297000		50,00	
786600	Reprise FGC		50,00

4 Les immobilisations

• **Les immobilisations s'amortissent** lorsqu'elles subissent une perte **de valeur certaine** et elles **se déprécient** également s'il y a une **perte de valeur probable**. Les immobilisations concernées sont :
– les immobilisations amortissables (voir la fiche 11 La modification du plan d'amortissement) ;
– les immobilisations non amortissables (terrains…).

• **Pour réaliser l'ajustement comptable**, le comptable doit déterminer la dépréciation de l'exercice N et la comparer avec celle de N–1. Si la dépréciation **augmente**, on enregistre une **dotation aux dépréciations (compte 6816)** au 31/12/N ; si elle **diminue**, le comptable enregistre **une reprise sur dépréciations (compte 7816)** au 31/12/N.

Exemple (suite) : société Cab

La société Cab est propriétaire d'un terrain qu'elle a acquis le 02/02/N-3 pour 100 000 €.

Évaluation du terrain depuis le 31/12/N–3					
Dates	Valeur brute	Valeur actuelle	Dotation	Reprise	VCN après dépréciation
31/12/N–2	100 000	90 000	10 000		90 000
31/12/N–1	100 000	85 000	5 000		85 000
31/12/N	100 000	110 000		15 000	100 000

Jal	Date	N° compte	Libéllé	Débit	Crédit
OD	31/12/N–2	681620		10 000,00	
		291100			10 000,00
			Dépréciation terrain N–2		
OD	31/12/N–1	681620		5 000,00	
		291100			5 000,00
			Dépréciation terrain N–1		
OD	31/12/N	291100		15 000,00	
		781620			15 000,00
			Dépréciation terrain N		

15 Les provisions pour risques

Processus 2

Une provision est une obligation probable envers les tiers, elles se situent au passif du bilan (classe 1) et elles sont constatées à la clôture de l'exercice afin de respecter **le principe de prudence.**

1 Constater une provision pour risques

4 conditions sont nécessaires pour constituer une provision pour risques :

1. l'existence d'une **obligation à l'égard d'un tiers** à la date de la clôture ;
2. l'obligation va provoquer une **sortie de ressource** ;
3. **aucune contrepartie** n'est attendue de cette sortie de ressource ;
4. l'évaluation de l'obligation est suffisamment **fiable**. Il existe un document chiffré.

Définition

Les provisions pour risques sont des provisions destinées à couvrir des risques et des charges que des événements, survenus ou en cours, rendent probables, nettement précisés quant à leur objet, mais dont la réalisation est incertaine.

2 La comptabilisation des provisions pour risques

A Les provisions pour litiges et amendes

• **Lors de la notification de la perte probable**, la société doit enregistrer au 31/12/N une dotation aux provisions.

Jal	Date	N° compte	Libellé	Débit	Crédit
OD	31/12/N	687500	*Notification de la perte probable*	Montant provision	
		151400			Montant provision

• L'année suivante, si la société connaît le montant du litige avec certitude, **elle enregistre la facture**.

Jal	Date	N° compte	Libellé	Débit	Crédit
BQ	N + 1	6	*Perte certaine*	Montant réel	
		512000			Montant réel

• **La perte probable ayant disparu** puisqu'elle est devenue certaine, il faut l'annuler en réalisant une reprise au 31/12/N + 1.

Jal	Date	N° compte	Libellé	Débit	Crédit
OD	31/12/N + 1	151400	*Annulation de la perte probable*	Montant provision	
		787500			Montant provision

B Les provisions pour créances et dettes

• **Si une société a réalisé une vente ou un achat** au cours de l'année à l'étranger hors Union européenne, il se peut qu'au 31/12/N elle ait une créance ou une dette. Afin de respecter le principe de prudence, elle doit **constater un gain ou une perte de change latent** (probable). Ces écritures seront contrepassées au 01/01/N + 1.

• **Afin de déterminer s'il y a gain ou perte latent**, il faut regarder au 31/12/N :

Créance étrangère : Si elle a augmenté = Gain ; Si elle a diminué = Perte

Dette étrangère : Si elle a augmenté = Perte ; Si elle a diminué = Gain

– **un gain de change latent** s'enregistrera au crédit du compte 477 (conversion passif) ;
– **une perte de change latente** s'enregistrera au débit du compte 476 (conversion actif), et donnera lieu à la constitution d'une provision pour risque (compte 1515. Provision pour perte de change).

Au 31/12/N pour les créances					
Si gain de change latent			**Si perte** de change latente		
411	Gain		476	Perte	
477		Gain	411		Perte
Rien à faire car gain latent.			Mais comme il y a une perte latente, il faut constituer une provision.		
			686	Provision	
			1515		Provision
01/01/N + 1					
Contrepassation des écritures d'inventaire					
477	Gain		411	Perte	
411		Gain	476		Perte
Encaissement créance N + 1					
512	Créance encaissée		512	Créance encaissée	
411		Créance initiale	656	**Perte**	
756		**Gain**	411		Créance initiale
			À l'inventaire, il ne faut pas oublier de reprendre la provision pour perte de change :		
			1515	Provision N – 1	
			786		Provision N – 1

• **Pour une dette**, le principe et les comptes sont les mêmes. Une augmentation de la dette constituera une perte de change, et une diminution de la dette constituera un gain de change.

Exercices d'entraînement

Corrigé p. 144

Exercice 1

En N – 1, la société Bréaut est soumise à un contrôle fiscal sur trois exercices en matière de TVA et d'impôt sur les sociétés. L'inspecteur des impôts a présenté une notification dans laquelle le montant des pénalités est de 2 532 €. L'expert-comptable espère pouvoir faire revenir l'inspecteur des impôts sur sa décision pour au moins la moitié de la somme. Le 15/01/N, l'entreprise reçoit une pénalité de 1 132 € à régler immédiatement par chèque bancaire.

1. **Vérifiez que les conditions nécessaires pour constituer une provision sont réunies.**
2. **Enregistrez les opérations nécessaires au 31/12/N – 1, au 15/01/N et au 31/12/N.**

Exercice 2

La société Bréaut a vendu des marchandises au client Perle pour un montant de 2 500 € payable en janvier N + 1.

Enregistrez les opérations nécessaires (31/12/N, 01/01/N + 1 et le 15/01/N + 1) dans les hypothèses suivantes :

– au 31/12/N la créance s'élève à 2 560 € et la société encaisse 2 540 € le 15/01/N + 1 ;
– au 31/12/N la créance s'élève à 2 500 € et la société encaisse 2 470 € le 15/01/N + 1.

16 L'ajustement des comptes de gestion

Processus 2

Les **régularisations d'inventaire** permettent de mettre en œuvre les principes comptables de prudence, d'indépendance des exercices et de continuité de l'exploitation. L'entreprise dispose d'un délai, généralement 3 mois après la fin de l'exercice, pour passer les écritures de régularisation et apurer les comptes d'attente.

1 Les charges et les produits constatés d'avance

A Définitions

Certaines charges (loyers, primes d'assurance, fournitures de bureau...) et certains produits (loyers reçus, intérêts perçus...) ont été **comptabilisés durant un exercice**, mais ils **concernent totalement ou en partie l'exercice suivant**. Il convient donc de **réduire en N les comptes de charges ou de produits** du montant qui concerne l'exercice suivant. Les CCA apparaissent en bas de l'actif et les PCA en bas du passif au bilan.

Attention

On n'applique jamais de TVA sur les CCA et les PCA.

B Les enregistrements comptables

- Au 01/01/N + 1, il faut contrepasser les écritures du 31/12/N.

Jal	Date	N° compte	Nom des comptes	Débit	Crédit
OD	31/12/N	486	Charges constatées d'avance	Montant à exclure de N	
		6	Compte de charge		Montant à exclure de N
OD	31/12/N	7	Compte de produit	Montant à exclure de N	
		487	Produits constatés d'avance		Montant à exclure de N

Exemple

Une prime d'assurance incendie de 8 625 € a été réglée et comptabilisée le 01/09/N. Elle couvre la période allant du 01/09/N au 31/08/N + 1, soit une période de 12 mois.

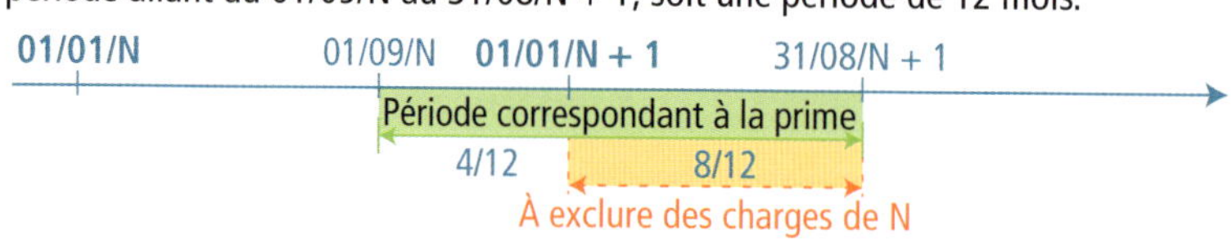

– Prime pour 12 mois : 8 625 €.

– Partie constatée d'avance : du 01/01/N + 1 au 31/08/N + 1 soit 8 mois : 8 625 × 8 / 12 = 5 750 €.

Jal	Date	N° compte	Nom des comptes	Débit	Crédit
OD	31/12/N	486	Charges constatées d'avance	5 750	
		616	Primes d'assurances		5 750

Contrepassation :

OD	01/01/N + 1	616	Primes d'assurances	5 750	
		486	Charges constatées d'avance		5 750

Conséquences de ces écritures :

En N, le solde du compte 616 est de 8 625 – 5 750 = 2 875 €, ce qui correspond à 4 mois, du 01/09/N au 31/12/N. En N + 1, du fait de la contrepassation, le solde du compte 616 est de 5 750 € ce qui correspond à 8 mois du 01/01/N + 1 au 31/08/N + 1.

2 Les charges à payer et les produits à recevoir

• Des **charges et des produits se rattachant à l'exercice** en cours (par exemple des marchandises achetées et livrées à l'entreprise, ou des marchandises livrées à un client...) n'ont **pas encore été comptabilisés** car les documents les justifiant (factures...) n'ont pas été reçus ou n'ont pas été créés par l'entreprise et ne le seront que lors de l'exercice suivant. Il faut donc augmenter les comptes de charges ou de produits du montant qui concerne l'exercice.

A Les charges à payer

• **Les travaux d'inventaire conduisent aux ajustements suivants :**

Comptes débités (HT) (selon la nature de la charge)	Comptes crédités (TTC) (selon la nature du tiers)
60. Achats 61/62. Services extérieurs	4081. Fournisseurs – factures non parvenues
63. Impôts	4486. État-charges à payer
64. Charges de personnel	428. Personnel-charges à payer 438. Organismes sociaux – charges à payer

Le compte de régularisation est toujours un compte de tiers (classe 4) avec un 8 en troisième position sauf pour les intérêts à payer (classe 1) et ils s'inscrivent au passif du bilan.

• Au 01/01/N + 1, **les écritures de fin d'exercice** sont contrepassées pour solder les comptes de régularisation (compte de tiers et TVA) et exclure la charge de l'exercice N + 1.

• **La TVA** s'enregistre au débit du compte **44586. TVA sur factures non parvenues** car les entreprises ne peuvent pas la déduire tant que la facture justificative n'est pas parvenue.

• **Schéma d'écritures (pour un achat de marchandises) :**

Jal	Date	N° compte	Nom des comptes	Débit	Crédit
OD	31/12/N	607000	Achats de marchandises	HT	
		445860	TVA sur factures non parvenues	TVA	
		408100	Fournisseurs, factures non parvenues		TTC

B Les produits à recevoir

• **Les travaux d'inventaire conduisent aux ajustements suivants :**

Comptes débités (TTC) (selon la nature de la créance)	Comptes crédités (HT) (selon la nature du produit)
4181. Clients factures à établir	70. Ventes
2678. Intérêts courus	76. Charges financières

• **La TVA** s'enregistre au crédit du compte **44587. TVA sur factures à établir** car les entreprises ne peuvent collecter la TVA tant que la facture justificative n'est pas encore établie.

• Au 01/01/N + 1, **les écritures de fin d'exercice sont contrepassées** pour solder les comptes de régularisation (compte de tiers et TVA) et exclure le produit de l'exercice N + 1.

• **Schéma d'écritures (pour une vente de marchandises) :**

Jal	Date	N° compte	Nom des comptes	Débit	Crédit
OD	31/12/N	418100	Clients-factures à établir	TTC	
		707000	Ventes de marchandises		HT
		445870	TVA sur factures à établir		TVA

• **Les comptes de créances et de dettes spécifiques** sont regroupés avec les comptes qui ont la même racine (le 4181 avec le 411).

3 L'apurement des comptes d'attente

Les comptes d'attente (par exemple le compte 471) permettent **d'enregistrer une opération pour laquelle le comptable n'a pas toutes les informations nécessaires**, l'objectif est de ne pas perdre de temps. Après demande des pièces ou informations manquantes, le comptable devra solder ces comptes. Certains progiciels comptables refusent la clôture de l'exercice si ces comptes n'ont pas un solde nul.

Exercices d'entraînement

Corrigé p. 145

Exercice 1

L'entreprise a fait réparer une camionnette le 27/12/N – 1 (le garagiste a opté pour les débits) pour un montant de 1 560 € HT (TVA à 20 %). La facture nous est parvenue le 03/01/N.

Enregistrez les opérations nécessaires au 31/12/N – 1, au 01/01/N et au 03/01/N.

Exercice 2

L'entreprise Poup emploie des salariés. Les salaires pour la période du 01/06/N au 31/12/N sont de 52 000 €. Les charges sociales patronales représentent 40 % des salaires bruts.
La période de référence de congés payés s'étend du 1er juin au 31 mai de l'année suivante. Du 01/06/N au 31/12/N, les salariés ont acquis des droits à congés payés. En N + 1, lorsqu'ils prendront leurs congés, ils recevront l'équivalent de 10 % du salaire de la période de référence ou verront leur salaire maintenu, si c'est plus avantageux pour eux. Au 31/12/N, il faut constater la dette envers les salariés et les organismes sociaux pour les congés payés déjà acquis mais non encore utilisés.

1. **Déterminez le montant des congés payés et les charges sociales correspondantes.**
2. **Comptabilisez les régularisations nécessaires au 31/12/N.**

Exercice 3

Soit un montant emprunté de 10 000 € sur 4 ans au taux d'intérêts annuel de 3 % le 01/10/N.
Pour un emprunt, les intérêts sont dus au jour le jour mais ils ne sont versés à la banque qu'à la date d'échéance de l'année suivante. Les intérêts courus, calculés entre la date de la dernière échéance de l'exercice N et la date de clôture de l'exercice N, sont des charges de cet exercice, même s'ils ne seront échus (à payer à l'échéance) qu'en N + 1.

Comptabilisez les régularisations relatives aux intérêts courus au 31/12/N.

Année	Montant dû	Intérêts	Amortissement du capital	Annuité constante	Montant restant dû
01/10/N	10 000	10 000 × 0,03 = **300**	2 690,27 – 300 = **2 390,27**	10 000 × (0,03 / 1 – (1 + 003)$^{-4}$ = **2 690,27**	10 000 – 2 390,27 = **7 609,73**

17 La révision des comptes et la production des comptes annuels

Processus 2

La **révision comptable** consiste à effectuer un certain nombre de travaux (dossier de révision) afin de vérifier que la **comptabilité** d'une entreprise soit correcte et **de préparer les comptes annuels.**
Le code de commerce désigne sous le nom de « **comptes annuels** » les trois documents de synthèse indissociables : **bilan, compte de résultat et annexe** qui forment un tout. Ces documents sont obligatoires 1 fois par an mais ils peuvent être réalisés également en cours d'année (situations intermédiaires).

1 La révision des comptes

- **Pour réviser ses comptes :**

– apurer les comptes d'attente ;
– justifier les comptes de trésorerie
– justifier les comptes de tiers (clients et fournisseurs) ;
– justifier tous les autres comptes du bilan ;
– justifier et analyser les comptes de gestion (comptes des classes 6 et 7).

- **La révision est un travail long** qui demande beaucoup de rigueur, elle doit permettre de répondre aux questions du certificateur (CAC) ou d'un contrôleur.

2 La présentation des comptes annuels

La hiérarchie de l'organisation comptable

1. Bilan d'ouverture au 01/01/N
Tous les enregistrements comptables réalisés au cours de l'année dans les différents journaux
Report des différents journaux = balance avant inventaire
Écritures d'inventaire au 31/12/N (amortissements, dépréciations, régularisations…)
2. Balance après inventaire
(Les soldes des comptes des classes 1 à 7)
3. Élaboration du compte de résultat (comptes 6 et 7)
Résultat = produits (7) – charges (6) À la clôture, les comptes sont soldés pour faire apparaître le résultat (classe 1) qui sera incorporé au bilan (passif)
4. Élaboration du bilan (comptes 1 à 5)
À la clôture, les comptes de bilan sont soldés dans le journal des OD Au 01/01/N+1 : les comptes sont repris pour les mêmes soldes dans le journal des -à-nouveaux (AN)
5. Élaboration de l'annexe (comptes 1 à 5)
L'annexe contient les explications complémentaires du bilan et du compte de résultat. Elle est composée : – du tableau des immobilisations ; – du tableau des amortissements ; – du tableau des dépréciations ; – du tableau des provisions ; – de l'état des créances et des dettes à la clôture de l'exercice.

Remarque : la présentation du bilan et du compte de résultat est effectuée sous forme de tableau ou sous forme de liste. Les comptes annuels peuvent être présentés en négligeant les centimes.

Il existe 3 systèmes de présentation des documents de synthèse :

1. **système A (dit système abrégé) :** pour les PME ne dépassant pas une certaine taille ;
2. **système B (dit système de base) :** pour la majeure partie des entreprises (système de référence) ;
3. **système C (dit système développé) :** pour les entreprises désirant une analyse plus précise.

3 La situation intermédiaire

A Les principes

• **Une situation comptable intermédiaire** peut s'analyser comme un vrai bilan comptable tel qu'il est établi chaque année **mais réalisé cette fois-ci en cours d'exercice. Il peut être réalisé de façon mensuelle, trimestrielle ou semestrielle.**

• **Elle peut être obligatoire** (en cas de distribution d'acomptes sur dividendes) **ou facultative** (volonté du dirigeant ou de la banque).

B La méthode de l'abonnement

• **Certains produits et certaines charges peuvent être fixés d'avance** avec une précision suffisante ; tel est le cas, par exemple, des loyers, primes d'assurance, dotations aux amortissements ou de certains impôts.

Remarque

Le système de l'abonnement ne peut être utilisé que s'il est possible de répartir les charges / produits par fractions égales entre les périodes comptables.

• Les entreprises qui établissent des situations comptables intermédiaires peuvent avoir un grand intérêt à recourir au système de l'**abonnement**, il permet de faire gagner un temps considérable :

– **on détermine le montant de la charge** ou du produit abonné en début d'exercice (pour la période souhaitée) ;

– **on comptabilise une écriture** permettant de constater la charge ou le produit abonné tout au long de l'exercice (chaque mois, chaque trimestre ou chaque semestre par exemple) ;

– **on solde le compte d'abonnement** en fin d'exercice comptable.

Attention

À la clôture de l'exercice comptable, le compte 488 doit obligatoirement être soldé.

• **Le plan comptable général (PCG) a prévu deux comptes :**

– pour les **charges abonnées**, le compte 4886. Comptes de répartition périodique des charges ;

– pour les **produits abonnés**, le compte 4887.Comptes de répartition périodique des produits.

Exemple

Le contrat de maintenance d'un véhicule de livraison est de 2 400 € HT par an, payable le 01/06 (soit 2 400 / 12 = 200 € par mois).

Journal	Date	N° compte	Intitulés	Débit	Crédit
OD	01/01/N	615 4886	Entretien et réparations Comptes de répartition périodique des charges	200,00	 200,00
OD	01/06/N	4886 44566 512	Comptes de répartition périodique des charges TVA déductible Banque	2400,00 480,00	 2880,00

Écriture réalisée chaque mois pendant 12 mois

18 La répartition du résultat

À l'ouverture de l'exercice N+1, le résultat de N doit faire l'objet d'une distribution aux actionnaires et à la société pour réaliser des investissements futurs. Les dirigeants des sociétés commerciales élaborent un **projet d'affectation (ou de répartition) du résultat,** en respectant les règles imposées par la loi et les statuts de la société.

1 L'affectation du résultat : principes

Au plus tard **six mois** après la clôture de l'exercice, l'**assemblée générale ordinaire** (AGO) des associés doit approuver les comptes annuels et le projet d'affectation du résultat. Le paiement des **dividendes** doit avoir lieu **au plus tard neuf mois** après la clôture de l'exercice.

A La détermination du résultat net

• **À la clôture de l'exercice** (31/12/N), les comptes de charges et de produits (après inventaire) sont soldés par le compte de bilan **12. Résultat de l'exercice (bénéfice ou perte) :**

Si bénéfice			
Tous les comptes 7		Soldes des comptes	
	Tous les comptes 6		Soldes des comptes
	120000		Bénéfice
Si perte			
Tous les comptes 7		Soldes des comptes	
129000		Perte	
	Tous les comptes 6		Soldes des comptes

• **Le compte 12 est toujours inscrit au passif du bilan** (+ pour le compte 120 ou – pour le compte129). Le résultat est maintenu dans le compte 12 jusqu'à son affectation par l'AGO.

B Les deux options pour affecter une perte

• **Reporter la perte sur les exercices à venir :** la perte est inscrite dans un compte de report à nouveau (compte 11. RAN) en attendant de pouvoir la compenser (l'apurer) par des bénéfices futurs.

Report sur les exercices futurs				
119		RAN débiteur	Perte	
	129	Résultat de l'exercice (perte)		Perte

Il s'agit d'un simple **transfert de compte à compte** en attendant des bénéfices futurs. Le compte 11 est également inscrit au passif (avec un signe négatif dans le cas d'une perte).

• **Imputer la perte sur des réserves,** c'est-à-dire sur les **bénéfices passés non distribués** (elle peut être imputée sur tous les comptes de réserves existants, y compris la réserve légale).

Imputation des réserves				
1061/3/4		Réserves	Perte	
	129	Résultat de l'exercice (perte)		Perte

C'est l'AGO qui détermine le compte de réserve à utiliser.

C L'affectation d'un bénéfice

Le bénéfice à répartir est constitué par le résultat qui figure au bilan à la clôture de l'exercice, c'est-à-dire le **résultat net comptable.**

2 Les calculs d'affectation du résultat

A Le projet d'affectation du résultat

Bénéfice de l'exercice (compte 120)
– Report à nouveau de l'exercice N–1 si débiteur (compte 119)
= Résultat à répartir
– Dotation à la réserve légale (compte 1061)
– Réserves statutaires (compte 1063)
+ Report à nouveau de l'exercice N-1 si créditeur (compte 110)
= Bénéfice distribuable
– Intérêts statutaires (compte 457)
– Dotation réserve facultative (compte 1068)
– Superdividendes (compte 457)
= Report à nouveau exercice N créditeur (compte 110)

B Le report à nouveau (RAN) de l'exercice précédent

Deux situations sont possibles :

❶ **le RAN (N–1) est débiteur** (ou négatif) inscrit au débit du **compte 119 :** il correspond aux pertes des exercices précédents (éventuellement pertes cumulées sur plusieurs exercices) non imputées sur des réserves. Avant d'envisager toute affectation du résultat, l'entreprise doit d'abord apurer les pertes antérieures : le RAN N–1 débiteur est **soustrait du résultat de l'exercice N** ;

❷ **le RAN (N–1) est créditeur** (ou positif) inscrit au crédit du **compte 110 :** il correspond à la partie du résultat de l'exercice N–1 qui n'a pas été affectée lors de la répartition des bénéfices N–1. Il provient en général des arrondis pratiqués sur le superdividende. Le RAN N–1 créditeur est **ajouté au résultat de l'exercice N** (après dotations aux réserves légales, réglementées et statutaires, puisqu'il a déjà fait l'objet de prélèvements pour doter ces réserves).

C Les différentes réserves

• **La réserve légale (compte 1061).** La loi (droit des sociétés) prévoit qu'une partie des bénéfices réalisés **ne doit pas être distribuée aux associés** mais maintenue dans l'entreprise (pour augmenter les garanties des tiers, augmentation des capitaux propres, lorsque la responsabilité est limitée aux apports).

Dotation à la réserve légale = 5 % × (résultat de l'exercice – RAN N–1 débiteur)

• La dotation à la réserve légale cesse d'être obligatoire quand le solde du compte 1061 atteint **10 % du capital social** (et en général il n'y a plus de dotation au-delà de ce seuil).

• **Les réserves statutaires (compte 1063).** Les statuts peuvent également prévoir une **dotation aux réserves statutaires** (un pourcentage des bénéfices, en règle générale). Le mode de calcul est fixé par les statuts lorsque ceux-ci les prévoient.

• **Les réserves facultatives (compte 1068).** Elles sont déterminées par l'AGO et **ne sont pas obligatoires**.

D L'intérêt statutaire ou premier dividende

- **Les dividendes sont les bénéfices distribués aux associés.** Il est interdit d'en distribuer :
– si le montant des réserves facultatives est inférieur aux frais d'établissement et aux frais de recherche et de développement nets ;
– si les frais de constitution ne sont pas totalement amortis.

- **L'intérêt statutaire** correspond à la rémunération (intérêt) des capitaux apportés dans la société :

> **Intérêt statutaire global** (1er dividende) = taux d'intérêt statutaire × capital (libéré)
> **Capital** = nombre d'actions × valeur nominale de l'action

- **L'intérêt statutaire est calculé sur le capital libéré**, c'est-à-dire sur le montant des apports effectivement versés et si une partie du capital est libérée en cours d'exercice, l'intérêt est calculé *prorata temporis* (de la date de versement à la date de fin d'exercice).

E Le superdividende

- **Le montant du superdividende par action** est identique pour toutes les actions, qu'elles soient complètement libérées ou non :

> **Superdividende unitaire (maximum)** = solde du bénéfice distribuable / nombre total d'actions
> **Bénéfice distribuable** = résultat – dotations aux réserves légales et statutaires (+/– RAN N–1)
> **Solde du bénéfice distribuable** = bénéfice distribuable – intérêt statutaire
> – dotations aux réserves facultatives

- **Le superdividende unitaire** est généralement arrondi à l'euro (ou dixième d'euros) inférieur. Le solde du résultat non affecté (du fait de l'arrondi du superdividende ou d'un montant inférieur au maximum) est inscrit en RAN de l'exercice (solde créditeur).

3 La comptabilisation de l'affectation du bénéfice

Si le report à nouveau est créditeur

120000			Résultat net	
110000			RAN N–1 créditeur	
	106100			Réserve légale
	106300			Réserves statutaires
	106800			Autres réserves
	457000			Dividendes
	110000	*Répartition du résultat N*		RAN N créditeur

Si le report à nouveau est débiteur

120000			Résultat net	
	119000			RAN N–1 débiteur
	106100			Réserve légale
	106300			Réserves statutaires
	106800			Autres réserves
	457000			Dividendes
	110000	*Répartition du résultat N*		RAN N créditeur

19 Les enregistrements relatifs à la constitution de l'entreprise

Processus 2

Les formes juridiques d'entreprises sont très nombreuses (SARL, SA…). Lors de la création d'une entreprise, il convient de **choisir la structure la mieux adaptée**, selon les capitaux nécessaires à la mise en place de l'activité. Les enregistrements comptables d'une constitution sont différents selon qu'il s'agit d'une société ou d'une entreprise individuelle.

1 La constitution d'une société

Le capital social est constitué de l'ensemble des apports effectués par les associés ou actionnaires au moment de la création ou de l'augmentation de capital.

Capital social = nombre d'actions (ou parts sociales) × valeur nominale

A Les différents apports dans une société

Les apports	Définition	Libération des apports
Apports en nature	Il s'agit des biens matériels (machine) ou immatériels (brevet).	Intégralement libérés à la constitution.
Apports en numéraire	Il s'agit de sommes d'argent versées par les associés ou actionnaires.	• **SARL** : libération minimum d'1/5e (20 %) des apports en numéraire lors de la création. • **SA** : libération minimum d'1/2e (50 %) des apports en numéraire lors de la création. • Libération du solde dans les 5 ans suivant l'immatriculation au RCS.
Apports en industrie	Il s'agit des compétences techniques et du savoir-faire des associés.	Ces apports n'entrent pas dans la formation du capital social mais ils donnent droit à une partie du bénéfice. **Ce type d'apport n'est pas autorisé dans les SA.**

B Les étapes de la constitution d'une société

L'enregistrement comptable d'une société se déroule en 5 étapes :

étape 1 — **Promesse d'apports :** Lors de la signature des statuts, les associés s'engagent à apporter un montant de capital.

étape 2 — **Appel du capital :** Il s'agit de la demande de versement des apports. On parle alors de capital appelé (tout le capital n'est pas forcément appelé le jour de la constitution). Cet appel concerne les actionnaires ou associés (1 écriture) et le capital (1 écriture).

étape 3 — **Libération des apports :** Il s'agit du versement effectif des associés. Ce versement concerne les actionnaires ou associés (1 écriture) et le capital (1 écriture).

étape 4 — **Les appels ultérieurs :** L'appel d'une fraction supplémentaire (si non libéré en totalité) ou le reste du capital peut être effectué dans un délai de 5 ans après l'immatriculation de la société.

étape 5 — **Constatation du capital social entièrement libéré :** 1 écriture.

C Les frais de constitution

Il s'agit des honoraires, frais d'actes et de publicité légale, droits d'enregistrement. Deux solutions sont possibles.

• La méthode de référence du PCG

Enregistrement des frais dans les comptes de charge par nature (6226. Honoraires, 6227. Frais d'actes, 6354. Droits d'enregistrement…, pas de TVA sur les droits d'enregistrement).

N° compte	Libellé	Débit	Crédit
622700 635000 445660 512000	*Frais de constitution méthode de référence du PCG*	Montant HT des frais Droits d'enregistrement TVA sur les frais	 Total TTC

• Comptabilisation des frais à l'actif du bilan en frais d'établissement

N° compte	Libellé	Débit	Crédit
201100 445620 512000	*Frais de constitution en frais d'établissement*	Montant HT des frais TVA sur les frais	 Total TTC

Le compte 2011 est amortissable sur 5 ans maximum en linéaire. Il est interdit de distribuer des dividendes tant qu'il n'est pas totalement amorti.

D Les enregistrements comptables de la constitution d'une société

Il faut tout d'abord déterminer le **montant total des apports en nature** et le **montant total des apports en numéraire**.

• La promesse d'apport

La société détient une créance sur les actionnaires ou associés pour le montant total des apports.

Date	N° compte	Intitulés	Débit	Crédit
Date signature des statuts	45611 45615 10110	*Associés – Apports en nature* *Associés – Apports en numéraire* *Capital souscrit, non appelé*	Montant apports en nature Montant apports en numéraire	 Montant total du capital

• L'appel du capital (2 écritures)

Appel concernant le capital :

Date	N° compte	Intitulés	Débit	Crédit
Date de l'appel	10110 10120	*Capital souscrit, non appelé* *Capital souscrit, appelé, non versé*	Montant du capital appelé	 Montant du capital appelé

Diminution du compte 1011 du montant du capital appelé

Montant du capital appelé

Appel concernant les actionnaires ou associés :

Date	N° compte	Intitulés	Débit	Crédit
Date de l'appel	45620 10900 45611 45615	Associés – Capital appelé, non versé Actionnaires – Capital souscrit non appelé Associés – Apports en nature Associés – Apports en numéraire	Montant des apports appelés Montant apports non appelés	 Solde du compte Solde du compte

4562 : correspond à une créance à court terme (montant de l'appel) : remplace le 45611 et 44515.
45615 : les comptes de promesses sont entièrement soldés.

• La libération des apports : versement effectif des associés (2 ou 3 écritures)

Libération du capital :

Date	N° compte	Intitulés	Débit	Crédit
Date libération du capital	1012	Capital souscrit, appelé, non versé	Montant du capital libéré	
	1013	Capital souscrit, appelé, versé		Montant du capital libéré

Le compte est soldé.

Lorsqu'une partie du capital est appelée et versée le jour de la constitution, cette écriture peut ne pas être réalisée, dans ce cas nous n'utiliserons pas le compte 4562 et nous garderons les comptes 45611 et 45615 jusqu'au bout du processus d'écritures.

Libération des apports en nature :

Date	N° compte	Intitulés	Débit	Crédit
Date de libération des apports en nature	2	Immobilisation	Montant de l'apport en nature	
	4562	Apporteurs – Capital appelé, non versé		Montant de l'apport en nature

Montant du bien apporté apparaît au bilan de la société

Diminution du compte 4562 pour le montant des apports en nature libérés

Libération des apports en numéraire :

Date	N° compte	Intitulés	Débit	Crédit
Date de libération des apports en numéraire	5120	Banque	Montant de l'apport en numéraire	
	4562	Apporteurs – capital appelé, non versé		Montant de l'apport en numéraire

L'apport en numéraire est sur le compte en banque de la société.

Le compte est soldé.

• Les appels ultérieurs

À chaque versement, il faut enregistrer l'appel ultérieur et la fraction du capital libéré ultérieurement :

Appel ultérieur :

Date	N° compte	Intitulés	Débit	Crédit
Date de l'appel	10110	Capital souscrit, non appelé	Montant du capital appelé	
	10120	Capital souscrit, appelé, non versé		Montant du capital appelé
		Appel du capital		
Date de l'appel	45620	Associés – Capital appelé, non versé	Montant apports numéraire appelés	
	10900	Actionnaires – Capital souscrit non appelé		Montant apports numéraire appelés
		Appel ultérieur du capital		

Fraction du capital libéré ultérieurement :

Date	N° compte	Intitulés	Débit	Crédit
Date libération du capital	1012	Capital souscrit, appelé, non versé	Montant du capital restant libéré	
	1013	Capital souscrit, appelé, versé		Montant du capital restant libéré
		Libération des apports		
Date libération du capital	512 ou 467	Banque ou autres comptes	Montant de libération en numéraire	
	4562	Associé-capital appelé, non versé		Montant de libération en numéraire
		Libération des apports		

• **La constatation du capital social entièrement libéré**

ndique que capital est entièrement versé et il araîtra au passif du bilan ns les capitaux propres.

Date	N° compte	Intitulés	Débit	Crédit
	1013 101	Capital souscrit, appelé, versé pour solde Capital *Constatation du capital social*	Montant du capital versé	Montant du capital versé

2 La constitution d'une entreprise individuelle

A Le principe

• **Les patrimoines professionnel et privé se confondent** car il y a unicité du patrimoine : l'entrepreneur a donc une responsabilité illimitée.

• **Le compte 108. Compte de l'exploitant** doit être utilisé pour enregistrer les apports et les retraits personnels de l'exploitant sur l'exercice. L'entrepreneur individuel peut retirer librement de l'argent dans l'entreprise individuelle, même si le compte 108 devient débiteur. Il figurera dans ce cas en négatif au passif du bilan.

B Les enregistrements comptables

• **La constitution**

Date	N° compte	Intitulés	Débit	Crédit
	2 512 101	Immobilisation Banque Capital	Montant de l'apport en nature Montant de l'apport en numéraire	Montant total des apports

Les apports en nature et en numéraire augmentent l'actif du bilan et le capital augmente le passif du bilan.

• **Le compte de l'exploitant**

Date	N° compte	Intitulés	Débit	Crédit
	512 108	Banque Compte de l'exploitant *Apports de l'exploitant*	Montant de l'apport	Montant de l'apport
	108 530	Compte de l'exploitant Caisse *Retraits de l'exploitant*	Montant retrait	Montant retrait

Exercice d'entraînement

Corrigé p. 146

L'expert-comptable vous confie l'enregistrement comptable d'un nouveau dossier : il s'agit de la SA TGV.

Cette société a été créée le 01/04/N :
– **apport en nature** : matériel : 60 000 €, stock de marchandises : 80 000 €, dettes fournisseurs : 40 000 € ;
– **apports en numéraire** : 400 000 € ;
– appel et libération du minimum légal pour les **apports en numéraire**.
Les apports en nature sont effectivement réalisés le 15/04/N. Le 20/04/N, les actionnaires ont versé le capital appelé à la constitution. Le 01/04/N la société procède à l'appel et à la libération du troisième quart du capital. On fera abstraction des frais de constitution.

Vous êtes chargé(e) de comptabiliser toutes les opérations relatives à la constitution de la SA TGV.

20 Les enregistrements relatifs à l'augmentation de capital

Processus 2

Au cours de leur existence, les sociétés peuvent être amenées à **augmenter leur capital social** réalisé soit par apports internes (pas de nouvelles ressources) par l'incorporation de réserves, soit par apports externes (nouvelles ressources) par des apports en numéraire ou apports en nature.

1 Les principes généraux

La condition préalable à toute augmentation est **la libération intégrale du capital existant**. La décision est prise en assemblée générale extraordinaire (AGE). La libération des apports lors d'une augmentation de capital :
– **les apports en nature :** entièrement libérés à la souscription ;
– **les apports en numéraire** (SARL ou SA identiques) : libération d'au moins **1/4 de la valeur nominale** à la souscription, le solde dans les 5 ans à compter de l'augmentation de capital.

2 Les frais de l'augmentation de capital

Il s'agit des **frais relatifs à l'augmentation de capital** (honoraires, droits d'enregistrement…). Ils peuvent être enregistrés :
– **par la méthode de référence :** en moins de la prime liée au capital (prime d'émission ou prime d'apport) et si la prime n'est pas suffisante en charge par nature pour le reste ;
– **en immobilisations incorporelles** amortissables par fractions égales sur 5 ans sans possibilité de distribuer des bénéfices tant qu'elles ne sont pas amorties (compte 2013).

3 L'augmentation de capital par incorporation de réserves

A L'intérêt de cette opération

• **Il s'agit d'un virement de compte à compte** pour augmenter la valeur du capital. Les associés ou actionnaires obtiennent par cette opération :
– soit un nombre de **titres supplémentaires gratuits ;**
– soit une **augmentation de la valeur nominale** des titres possédés.

• Pour la société, il n'y a **aucun impact sur sa trésorerie**, ni de conséquence sur sa structure.

• L'incorporation d'une partie des réserves dans le capital est une opération de communication qui vise à améliorer l'image de l'entreprise auprès des actionnaires et des tiers ; **aucune ressource nouvelle n'est apportée**.

B L'enregistrement comptable

N° compte	Libellé	Débit	Crédit
1068	Autres réserves	Augmentation de capital	
1013	KSAV (capital social appelé versé)		Augmentation de capital

4 L'augmentation de capital par apports en numéraire

A L'intérêt de cette opération

• **Elle correspond à l'apport de fonds nouveaux :**
– soit par des **nouveaux associés** qui entrent dans le capital ;
– soit par des **associés actuels** qui possèdent un droit préférentiel pour participer à cette opération.

• Cette opération permet une **augmentation de trésorerie**.

B Les différentes valeurs

• **La valeur nominale d'un titre :** il s'agit du prix convenu pour les titres (actions) lors de la constitution. Elle n'a rien à voir avec la valeur que peut avoir le titre quelques années plus tard.

• **La valeur réelle ou valeur mathématique d'un titre :** elle correspond soit à sa valeur boursière si l'action est cotée en Bourse, soit à la valeur que le titre dégagerait en cas de vente de l'entreprise. La valeur réelle diffère de la valeur nominale car certains éléments d'actif se sont appréciés au fil du temps (augmentation de la valeur d'un terrain…).

• **Le prix d'émission :** il correspond à la valeur des nouveaux titres émis à l'occasion de l'augmentation de capital. Il peut être égal à :
– la **valeur nominale :** il s'agit du minimum ;
– la **valeur réelle/mathématique :** il s'agit du maximum ;
– la **valeur comprise entre les deux :** règle privilégiée car elle permet de séduire les actionnaires qui possèderont des titres dont la valeur réelle sera supérieure au prix auquel ils les auront achetés.

Remarque

Dans le cas d'augmentation de capital par apport en numéraire, la prime d'émission fait l'objet de règles particulières :
– dans la SA : la prime d'émission est intégralement libérée dès la souscription ;
– dans la SARL : la libération intégrale de la prime n'est pas une obligation.

C La prime d'émission

La prime d'émission sera une ressource de financement à long terme (classe 1) **mais ne constituera pas le capital social** (compte 101), elle sera enregistrée dans le compte 104. Prime liée au capital social. On parle de prime d'émission pour les apports en numéraire pas pour les apports en nature.

Prime d'émission = nombre de titres nouveaux × (prix d'émission – valeur nominale)

D Les enregistrements comptables

• **Contrainte :**
– les apports en numéraire sont libérés la plupart du temps partiellement (1/4 de la valeur nominale minimum) ;
– la prime d'émission est intégralement libérée dans le cas d'une SA.

Les actionnaires n'ont pas encore reçu les titres, la société a donc une dette envers eux.

• **Versement des fonds (journal de banque)**

N° compte	Libellé	Débit	Crédit
5120	Banque	Montant appelé et prime d'émission	
4563	Actionnaires-versements reçus sur augmentation *Libération du capital appelé et prime d'émission*		Montant appelé et prime d'émission

Pour solde du compte

Promesse d'apport ultérieure = créance

• **Enregistrement de l'augmentation de capital**

N° compte	Libellé	Débit	Crédit
4563 – 1090	Actionnaires – Versements reçus sur augmentation actionnaires	Montant appelé et prime d'émission	
1011	Capital souscrit non appelé (KSNA)	Montant non appelé	
1013	Capital souscrit appelé versé (KSAV)		Montant non appelé
1041	Prime d'émission		Montant appelé et versé (sans prime d'émission)
	Augmentation de capital		Prime d'émission

• **Lors des appels ultérieurs : identique constitution**

N° compte	Libellé	Débit	Crédit
1011		Montant appelé	
1012	*Appel du capital*		Montant appelé
4562		Montant appelé	
1090	*Appel du capital*		Montant appelé
512		Montant libéré	
4562	*Libération du capital appelé*		Montant libéré
1012		Montant libéré	
1013	*Libération du capital appelé*		Montant libéré

5 L'augmentation de capital en nature

Il s'agit d'apport de biens. L'augmentation de capital par apport en nature augmente le montant du capital et le montant des immobilisations. On parle de **prime d'apport** (compte 1043) lors d'apport en nature et pas de prime d'émission.

A Les enregistrements comptables

N° compte	Libellé	Débit	Crédit
45611	Actionnaires – Apports en nature KSNA	Montant apports en nature	
1013	Capital souscrit appelé, versé – KSAV		Montant du capital versé
1043	Prime d'apport		Prime d'apport
	Émission d'apports en nature		
2	Immobilisation	Montant apports en nature	
45611	Actionnaires – Apports en nature		Montant apports en nature
	Libération des apports en nature		

Exercice d'entraînement

Corrigé p. 147

La SAS Potar possède un capital de 200 000 € (5 000 actions à 60 € en valeur nominale) et procède à une augmentation de capital en numéraire de 4 000 nouveaux titres le 01/07/N. Elle fixe le prix d'émission à 65 €. La SAS appelle le minimum légal le 01/07/N. Les associés versent les fonds à la banque de la société le 01/07/N. Le 01/11/N, la SAS procède à l'appel du solde du capital non appelé, le versement a lieu le 05/11/N.

Enregistrez les opérations du 01/07/N, du 01/11/N et du 05/11/N.

21 La consolidation

Processus 2

Une société peut contrôler plusieurs entreprises, lesquelles elles-mêmes en contrôlent d'autres (sociétés mères et filiales). Pour avoir une vue d'ensemble sur le groupe de sociétés juridiquement indépendantes, la société mère (SM) est tenue de présenter, depuis la loi du 3/01/1985, des **comptes consolidés**. Cela est possible grâce à une technique comptable appelée consolidation.

1 Le périmètre de consolidation et les différents types de contrôle

A Le périmètre de consolidation

- **Le périmètre de consolidation** permet d'identifier l'ensemble des sociétés du groupe devant être inclues dans les comptes consolidés élaborés et présentés par la société mère. Il va également permettre de déterminer la méthode de consolidation à appliquer.

- Le périmètre de consolidation comprend l'ensemble des filiales pour lesquelles la société mère exerce un **contrôle exclusif**, un **contrôle conjoint** ou une **influence notable**, de manière directe ou indirecte.

B Les différents types de contrôle

- **Le contrôle exclusif :** la société mère détient **au minimum 40 % des droits de vote** si aucune personne physique ou morale n'en a davantage, **ou 50 %.**

- **Le contrôle conjoint :** une entreprise est **exploitée en commun** par deux sociétés (50 %, 50 %) ou plus.

- **L'influence notable :** une société détient **plus de 20 %** des droits de vote d'une autre entreprise.

- Le contrôle peut s'exercer **directement** ou **indirectement**.

Types de contrôle	Méthodes de consolidation
Contrôle exclusif : si contrôle à + de 50 %	Intégration globale
Contrôle conjoint : si contrôle à 50 % / 50 %	Intégration proportionnelle
Influence notable : si contrôle ⩾ 20 %	Mise en équivalence

2 Le pourcentage de contrôle et le pourcentage d'intérêt

A Le pourcentage de contrôle

- Le pourcentage de contrôle d'une société mère (SM) dans une filiale (F) correspond à **l'ensemble des droits de vote détenus** d'une part par la société mère elle-même (contrôle direct), et d'autre part, par ses filiales (contrôle indirect).

• Ainsi, le pourcentage de contrôle d'une société mère représente **sa capacité à prendre des décisions de gestion**.

• **Le calcul du pourcentage de contrôle** permet de déterminer le type de contrôle et donc la méthode de consolidation :

Contrôle direct (pourcentage de contrôle qui dépasse 20 %) + Contrôle indirect (rompu si le contrôle direct est inférieur à 50 % ; le contrôle indirect est alors égal à 0 %)

Exemple 1

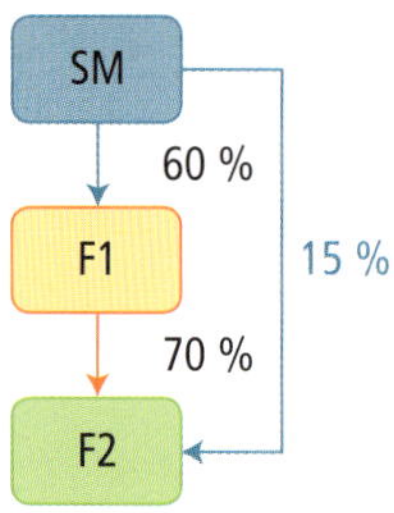

SM dans	Direct	Indirect	Total	Nature du contrôle	Méthode de consolidation
F1	60 %	0 %	60 %	Exclusif	Intégration globale
F2	15 %	70 %	85 %	Exclusif	Intégration globale

% de contrôle direct de la SM dans F1 : 60 %
% de contrôle de la SM dans F2 :
– directement sur F2 : 15 % ;
– indirectement par l'intermédiaire de F1 : 70 % car la SM détient un contrôle exclusif sur F1.
% de contrôle total de la SM dans F2 : 15 % + 70 % = 85 %.

Exemple 2

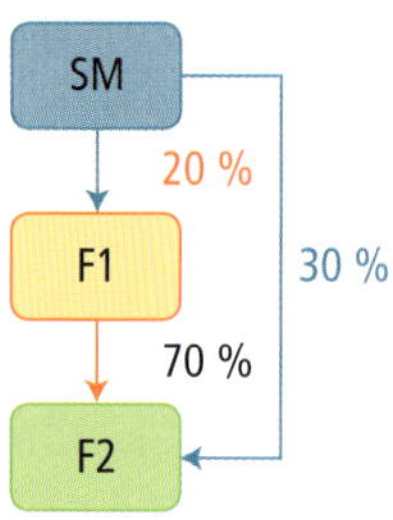

SM dans	Direct	Indirect	Total	Nature du contrôle	Méthode de consolidation
F1	20 %	0 %	20 %	Influence notable	Mise en équivalence
F2	30 %	0 %	30 %	Influence notable	Mise en équivalence

% de contrôle direct de la SM sur F1 : 20 %
% de contrôle de la SM dans F2 :
– directement sur F2 : 30 % ;
– indirectement par l'intermédiaire de F1 : 0 % car la SM détient un contrôle.
% de contrôle total de la SM dans F2 : 30 % + 0 % = 30 %.

B Le pourcentage d'intérêt

• **Le pourcentage d'intérêt** représente la part des capitaux propres détenue, de manière directe ou indirecte, par la société mère dans sa filiale, le reste représentant la part des intérêts des actionnaires dits minoritaires.

• Le pourcentage d'intérêt sert lors de l'élaboration du bilan et du compte de résultat consolidés à **déterminer le pourcentage des capitaux propres** qui seront repris dans les calculs de consolidation.

Exemple (suite)

	Détermination du % d'intérêt de la SM dans ses filiales
Reprise de l'exemple 1	% d'intérêt de la SM dans la F1 : 60 % % d'intérêt de la SM dans la F2 : (60 % × 70 %) + 15 % = 42 % + 15 % = 57 %
Reprise de l'exemple 2	% d'intérêt de la SM dans la F1 : 20 % % d'intérêt de la SM dans la F2 : (20 % × 70 %) + 30 % = 14 % + 30 % = 44 %

3 La méthode de l'intégration globale

A Les impacts sur le bilan consolidé

• **Intégration des capitaux propres (KP) de la filiale aux KP de la société mère :**

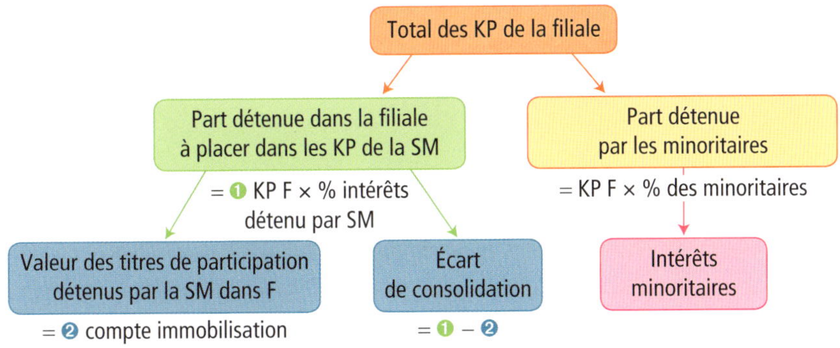

• **Affectation de l'écart de consolidation :**

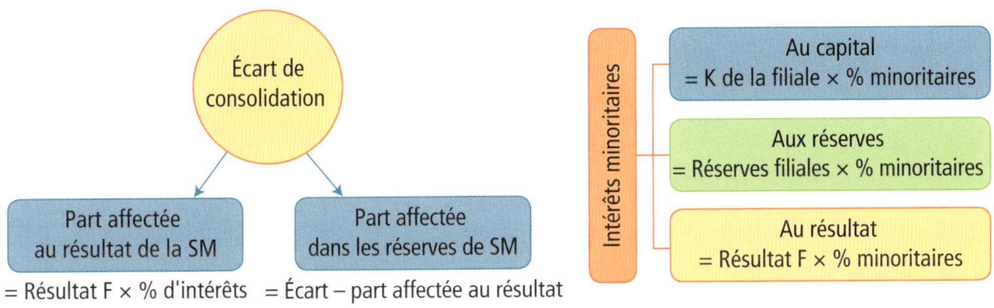

• **Élimination des opérations réciproques :** il faut annuler les créances et les dettes réalisées entre la SM et sa filiale.

Écritures de consolidation au niveau du bilan

	Débit	Crédit
Capital (F)	Capital de la filiale	
Réserves (F)	Réserves de la filiale	
Titres de participation (SM)		Montant des titres détenus par SM sur F
Réserves consolidées		Réserves de F × % d'intérêts
Intérêts minoritaires sur le capital et les réserves		Total intérêts minoritaires sur le capital et les réserves.

Dettes fournisseur	Annulation dettes	
Créances clients		Annulation créances

B Les impacts sur compte de résultat consolidé

• Il faut éliminer les **ventes et les achats réciproques**.

Écritures de consolidation au niveau du compte de résultat :

	Débit	Crédit
Résultat (F)	Résultat de la filiale	
Résultat : part du groupe		Résultat de F × % intérêts
Résultat : part des intérêts minoritaires		Résultat de F × % intérêts minoritaires

22 L'application de la TVA

Processus 3

La taxe sur la valeur ajoutée (TVA) est un impôt indirect général inclus dans les prix de vente de biens ou de prestations de services et payé par les consommateurs. Elle est ainsi prélevée par les entreprises lorsque celles-ci facturent leurs clients. La TVA peut toutefois faire l'objet d'exonérations légales.

1 Les règles générales d'application de la TVA

• **La TVA est un impôt indirect sur la consommation.** Elle s'applique sur le prix de vente hors taxe (HT) réalisé par le redevable. Elle est comprise dans le prix payé par le consommateur : c'est lui qui en supporte en définitive le coût.

• La TVA est également qualifiée de **taxe sur le chiffre d'affaires**.

• **La base de calcul est le prix HT net** après réductions commerciales (RRR) ou escomptes.

Exemple

Prix HT =	1 000,00 €
Remise 10 %	100,00 €
Net commercial	900,00 €
Escompte de règlement 2 % (900 × 2 %)	18,00 €
Net financier	882,00 €
TVA = 882 × 20 %	176,40 €

Définitions

TVA collectée : montant de TVA qu'une entreprise collecte sur les ventes. Lorsqu'elle vend un produit ou un service, l'État prélève la taxe.
TVA déductible : montant de TVA qu'une entreprise a payé sur ses achats, et qu'elle peut déduire de sa déclaration de TVA.

2 Les opérations concernées

Toutes les activités économiques réalisées sur le marché à but lucratif (ventes, prestations de service…) **sont concernées par la TVA**. Les assujettis sont principalement des entreprises. Les salaires ne sont pas soumis à TVA, car il existe un lien de subordination juridique avec l'employeur (donc ce n'est pas à titre indépendant).

Définition

Assujetti : personne qui effectue une activité économique à titre indépendant.

3 Les opérations exonérées

• **Une dispense de TVA** est prévue pour certaines activités :
– les prestations médicales et paramédicales (honoraires des médecins libéraux, infirmiers, radiologues…) ;
– les prestations d'assurance ;
– l'enseignement scolaire ;
– les loyers des locaux destinés à l'habitation ;
– les intérêts sur prêts, découverts, etc.

• **Un service payé à une administration publique** (hôpitaux, mairies, etc.) n'est pas soumis à TVA. De même, un particulier qui réalise une vente n'est pas soumis à TVA.

• **Les associations ne collectent pas de TVA** ; elles ne peuvent donc la déduire et comptabilisent leurs dépenses TTC.

Remarque

Dans le cas de la cession d'immeubles, s'il a moins de 5 ans, la TVA s'applique ; s'il a plus de 5 ans, la cession est exonérée (mais option possible).

4 Les règles de territorialité

• La TVA française s'applique lorsque la livraison du bien ou la réalisation du service a lieu en France. Les assujettis (personnes qui réalisent des déclarations de TVA) établis dans l'UE ont un numéro d'identification intracommunautaire.

• La TVA peut s'appliquer soit dans le pays du vendeur, soit dans celui de l'acheteur. En principe, c'est celle de l'acheteur qui s'applique, mais il existe des exceptions (livraisons intracommunautaires sans numéro par exemple).

	Dans l'UE	Hors UE
Ventes	Exonérées si client identifié à la TVA. TVA française si client dans l'UE non identifié.	Toujours exonérées (exportations).
Achats	• TVA française collectée et déductible si l'acheteur a transmis son numéro pour les achats intracommunautaires. • TVA du fournisseur européen si l'acheteur ne dispose pas de numéro.	• Autoliquidation lors du dédouanement. • TVA française collectée et déductible comme pour les AIC.

• Certains territoires français (les collectivités d'outre-mer notamment) sont traités comme des zones hors UE : les exportations et importations sont dédouanées.

5 Les principaux taux de TVA applicables

Le taux normal : 20 %	Il s'applique sur tous les biens et services, sauf exceptions prévues par les textes de loi.
Le taux intermédiaire : 10 %	Il concerne principalement l'hôtellerie et la restauration, les médicaments non remboursés, les transports de personnes (taxi, train), certains travaux réalisés chez des particuliers (réparations, jardinage, entretien…).
Le taux réduit : 5,5 %	Il s'applique notamment sur les livres, les produits alimentaires et certains travaux immobiliers.
Le taux réduit : 2,1 %	Il concerne en particulier la presse (papier ou numérique) et les médicaments remboursés par la Sécurité sociale.

6 L'exigibilité de la TVA

• **L'exigibilité** correspond à la date à laquelle la TVA est déclarée en tant que TVA collectée ou déductible.

Type de transaction	Exigibilité	Exemple
Vente de biens	Date de livraison (en pratique, date de facture).	Vente de 1 000 € HT facturée le 10 nov. et réglée à 30 jours le 10 déc. : la TVA est collectée en novembre.
Prestation de service avec option sur les encaissements	TVA collectée à l'encaissement (au moment du paiement)*	Prestation de 1 000 € HT facturée le 10 nov. et réglée à 30 jours le 10 déc. : la TVA est collectée en décembre.
Prestation de services avec option sur les débits	TVA exigible à la facturation.	Prestation de 1 000 € HT facturée le 10 nov. et réglée à 30 jours le 10 déc. avec option sur les débits : la TVA est collectée en novembre (facturation).
Acompte sur vente de biens	Pas de TVA	
Acompte sur prestation de service	TVA sur acompte, quel que soit le régime (sur encaissement ou sur les débits).	

* Il faut donc séparer les factures d'achats de prestations de services entre les fournisseurs avec option sur les encaissements et fournisseurs avec option sur les débits car la TVA n'est pas déductible à la même date.

• **L'enregistrement de la TVA** doit se faire sur le compte 44571. État TVA collectée (ou 44566. TVA déductible) à la date d'exigibilité.

Exercice d'entraînement

Corrigé p. 148

Vous êtes chargé(e) de calculer la TVA du mois d'octobre pour une entreprise qui réalise à la fois des ventes et des prestations de services.

Indiquez en justifiant si les opérations suivantes relèvent de la TVA française et dans l'affirmative, indiquez le montant de la TVA collectée pour le mois d'octobre.

1. Vente de marchandises à un client français le 10 octobre pour 1 700 € HT. Le client règle 1 000 € immédiatement et le solde en décembre.

2. Encaissement d'un chèque de 810 € le 12 octobre pour une prestation de service facturée en septembre.

3. Réception le 8 octobre d'un virement de 1 200 € pour une livraison de bien effectuée le 15 octobre à un client belge identifié à la TVA.

4. Expédition le 18 octobre d'un lot de marchandises de luxe à un client particulier établi au Canada. Le client a réglé dès le 11 octobre la totalité soit 2 700 €.

5. Prestation de service effectuée le 20 octobre pour 3 000 € HT. Règlement de la moitié au comptant et du solde en novembre.

6. Réception le 25 octobre d'un lot de marchandises en provenance d'Italie pour 4 000 € HT. Cet achat est réglé dès le 31 octobre.

7. Le 30 octobre, versement de 2 acomptes : l'un de 1 500 € pour une commande de marchandises, l'autre de 960 € pour une prestation de services. Les 2 factures de 3 000 € HT chacune seront expédiées en novembre avec règlement du solde fin novembre.

23 La déduction de la TVA

Processus 3

1 Les règles générales

• **La TVA due équivaut à la TVA collectée moins la TVA déductible.**

Si la TVA due est supérieure à 0 → TVA à décaisser

Si la TVA due est inférieure à 0 → Crédit de TVA

Définition

Déduire la TVA : récupérer la TVA.

• **Le droit à déduction est favorable au professionnel :** la TVA ne représente pas une charge pour l'entreprise dans la plupart des cas. Mais si la TVA est non déductible, alors elle représente un coût et augmente la TVA à payer.

Exemples

Si la TVA collectée est égale à 100 et la TVA déductible à 70, alors la TVA due est de 30.

Si la TVA déductible est égale à 60, alors la TVA due est de 40.

2 Les conditions de déductibilité

• **Le professionnel doit collecter de la TVA** afin de pouvoir récupérer la TVA supportée sur ses achats. Un médecin exonéré de TVA ne peut déduire la TVA sur ses achats.

• **Les ventes exonérées** dans le cadre du commerce extérieur ouvrent droit à déduction de TVA. Les exportations et LIC avec numéro d'identification du client sont exonérées de TVA, mais l'entreprise peut déduire toute la TVA qui concerne ces opérations.

• **La dépense doit être engagée dans le cadre de l'activité professionnelle** soumise à TVA. La TVA qui concernerait des dépenses personnelles sans lien avec l'activité n'est pas déductible.

• **La dépense doit être justifiée** par un document papier ou dématérialisé comportant des mentions obligatoires : facture, bordereau douanier, relevé bancaire, etc.

Les dépenses pour lesquelles la TVA est non déductible	
Les dépenses somptuaires	Elles concernent les frais de résidence secondaire, les frais liés aux bateaux de plaisance, la chasse et les parties de pêche, même en faveur de clients.
Les dépenses d'hébergement (sauf si collectif sur le lieu de travail)	• TVA non déductible sur les frais d'hôtel même pour des collaborateurs en déplacement professionnel. • En revanche, la TVA est déductible pour les dépenses de restaurant justifiées.
Les dépenses de transport de personnes (notes de frais : hôtel, transport en TTC et le reste HT, restaurant, péages, etc.).	Frais de taxi, de train, d'avion, même pour des déplacements professionnels.
Dépenses liées aux véhicules de tourisme (mention VP sur carte grise)	Achat, location, réparations… y compris voitures de fonction. Taxis, auto-écoles… peuvent récupérer la TVA car ce sont des professionnels du secteur.

- **La TVA est partiellement déductible sur l'essence et le gasole :**
– 80 % de la TVA est déductible (super et gasole) pour les véhicules de tourisme ;
– 100 % de déduction (super et gasole) pour les véhicules utilitaires.

Exemple

Pour 50 € HT de gazole et une TVA à 10 €, la TVA déductible sera de 10 € pour un utilitaire et, pour un véhicule de tourisme, elle sera égale à 10 × 80 % = 8 €.

3 Les régularisations de TVA

- **La régularisation de TVA** est une remise en cause de la TVA déduite ou non déduite à l'achat, généralement lors de la sortie du bien.

- **La TVA déduite à l'achat** peut faire l'objet d'un reversement : il concerne surtout les immeubles.

- **La TVA non déduite** peut bénéficier d'un complément de déduction : il se rencontre principalement pour les véhicules de tourisme

Biens	Immeubles		Véhicules de tourisme		Autres biens
À l'achat	TVA déductible		TVA non déductible		TVA déductible
À la cession	Si – de 5 ans : TVA collectée	Si + de 5 ans : exonérée de TVA (mais option possible)	Exonérée de TVA si à un autre utilisateur	TVA collectée si cédée à un négociant en véhicules	TVA collectée
Régularisation	Non	Oui : reversement	Non	Oui : complément de déduction	Non
Calcul de la régularisation		TVA initiale – 1/20e par année		TVA initiale – 1/5e par année	

Chaque année civile entière ou non est prise en compte.

Exemples

Bien	Immeuble cédé sans opter pour la TVA	Véhicule de tourisme cédé à un négociant	Véhicule utilitaire
Valeur origine	600 000 € HT	24 000 € HT	55 000 € HT
TVA lors de l'achat	120 000 € déductibles	4 800 € non déductibles	11 000 € déductibles
Date d'achat	13/09/2014	06/04/2020	22/07/2012
Date de cession	05/05/2022	05/05/2022	05/05/2022
Prix de cession	680 000 € HT	17 000 € HT	13 000 € HT
TVA collectée	0	17 000 × 20 % = 3 400	13 000 × 20 % = 2 600
Régularisation de TVA	Reversement : 120 000 – (120 000 × 9 / 20) = 66 000 €	Complément de déduction : 4 800 – (4 800 × 3 / 5) = 1 920 €	Non
Années prises en compte	2014 ; 2015 ; 2016 ; 2017 ; 2018 ; 2019 ; 2020 ; 2021 et 2022 soit 9 années	2020 ; 2021 et 2022 soit 3 années	
	Toutes les années sont prises en compte même si elles sont incomplètes.		

Processus 3

24 La déclaration de TVA

La déclaration CA3 est le document que les entreprises doivent transmettre à l'administration fiscale pour faire état de la TVA que l'entreprise a collectée sur le mois, ainsi que la TVA qui peut être déduite sur les différents achats. Celle-ci doit être transmise avant une certaine date. Cette date varie selon la forme juridique de la société.

1 Les 3 régimes de déclaration de TVA

Il existe trois régimes : le réel normal, le réel simplifié et la franchise de TVA.

	Régime du réel normal	Régime du réel simplifié	Franchise de TVA
Obligations déclaratives	Déclaration mensuelle CA3. Par exception une déclaration par trimestre.	Déclaration annuelle CA12.	Aucune déclaration de TVA.
Critères	CA annuel HT supérieur à certains seuils : – ventes : 818 000 € ; – prestations : 247 000 €.	CA annuel HT compris entre les seuils de la franchise et du réel normal.	CA annuel HT inférieur à certains seuils : – ventes : 85 800 € ; – prestations : 34 400 €.
Fonctionnement du régime	Télédéclaration entre le 15 et le 24 du mois suivant accompagnée du paiement.	• 2 acomptes versés en juillet et décembre N. • Télédéclaration annuelle 2e jour ouvré de mai N + 1 au plus tard.	• Pas de TVA collectée. • Pas de TVA déductible.

2 Le réel normal (la CA3)

A Élaboration de la CA3

- **1re partie : calcul de la TVA collectée en 2 temps**

étape 1 Déclaration du HT (y compris les opérations exonérées) :

Toutes les opérations avec TVA collectées

Ventes facturées HT du mois et services encaissés HT

Si option/débits alors prestations facturées HT

Ventes exonérée de TVA à déclare

A MONTANT DES OPÉRATIONS RÉALISÉES

OPÉRATIONS TAXÉES (HT.)				OPÉRATIONS NON TAXÉES			
A1	Ventes, prestations de services	0979	....	E1	Exportations hors UE	0032	....
A2	Autres opérations imposables	0981	....	E2	Autres opérations non imposables	0033	....
A3	Achats de prestations de services intracommunautaires (article 283-2 du code général des impôts)	0044	....	E3	Ventes à distance taxables dans un autre État membre au profit des personnes non assujetties	0047	....
A4	Importations (autres que les produits pétroliers)	0056	....	E4	Importations (autres que les produits pétroliers)	0052	....
A5	Sorties de régime fiscal suspensif (autres que les produits pétroliers)	0051	....	E5	Sorties de régime fiscal suspensif (autres que les produits pétroliers)	0053	....
B1	Mises à la consommation de produits pétroliers	0048	....	E6	Importations placées sous régime fiscal suspensif (autres que les produits pétroliers)	0054	....
B2	Acquisitions intracommunautaires	0031	....	F1	Acquisitions intracommunautaires	0055	....
	... ou de	0030	....	F2	Livraisons intracommunautaires à destination d'une personne assujettie	0034	....

LIC à un clier avec N°

Les AIC et importations figurent ici car TVA collectée (et déductible)

étape 2 Calcul de la TVA collectée par taux de TVA

⚠ Le total des lignes **08 à 11** doit **être égal** au total lignes **A1 à B2**

B DÉCOMPTE DE LA TVA À PAYER

TVA BRUTE			Base hors taxe	Taxe due
	Opérations réalisées en France métropolitaine			
08	Taux normal 20 %	0207	....	....
09	Taux réduit 5,5 %	0105	....	....
9B	Taux réduit 10 %	0151	....	....
	Opérations réalisées dans les DOM			
10	Taux normal 8,5 %	0201	....	....
11	Taux réduit 2,1 %	0100	....	....
12	....		....	....
	Opérations imposables à un autre taux (France métropolitaine ou DOM)			
13	Anciens taux	0900	....	....
14	Opérations imposables à un taux particulier (décompte effectué sur annexe 3310 A)	0950	....	....
15	TVA antérieurement déduite à reverser		0600	....
5B	Sommes à ajouter, y compris acompte congés (exprimées en euro)		0602	....
16	**Total de la TVA brute due (lignes 08 à 5B)**			....
7C	**Dont TVA sur importations bénéficiant du dispositif d'autoliquidation**		0046	....
17	**Dont TVA sur acquisitions intracommunautaires**		0035	....
18	**Dont TVA sur opérations à destination de Monaco**		0038	....

La ligne 11 ne concerne que les DOM.
Les autres opérations relevant du taux de 2,1 % sont déclarées sur l'annexe 3310-A-SD.

Montant de la TVA collectée

• 2e partie : calcul de la TVA déductible et de la TVA due

Reporter montants de TVA du mois

TVA DÉDUCTIBLE			
19	Biens constituant des immobilisations	0703	....
20	Autres biens et services	0702	....
21	Autre TVA à déduire (dont régularisation sur de la TVA collectée [cf. notice] ....)	0059	....
22	Report du crédit apparaissant ligne 27 de la précédente déclaration	8001	....
2C	Sommes à imputer, y compris acompte congés (exprimées en euro)	0603	....
22A	Indiquer le coefficient de taxation unique applicable pour la période s'il est différent de 100 % .... %		
23	**Total TVA déductible (ligne 19 à 2C)**		
24	Dont TVA déductible sur importations	0710	....

CRÉDIT				TAXE À PAYER			
25	Crédit de TVA (ligne 23 – ligne 16)	0705	....	28	**TVA nette due (ligne 16 – ligne 23).**		....
26	Remboursement de crédit demandé sur formulaire n°3519 joint	8002	....	29	Taxes assimilées calculées sur annexe n° 3310-A-SD	9979	....
AA	Crédit de TVA transféré à la société tête de groupe sur la déclaration récapitulative 3310-CA3G	8005	....	AB	Total à payer acquitté par la société tête de groupe sur la déclaration récapitulative 3310-CA3G (lignes 28 + 29)	9991	....
27	Crédit à reporter (ligne 25 – ligne 26 – ligne AA) (Cette somme est à reporter ligne 22 de la prochaine déclaration)	8003	....	32	**Total à payer (lignes 28 + 29 – AB)** (N'oubliez pas de joindre le règlement correspondant)		

Attention ! Une situation de TVA créditrice (ligne 25 servie) ne dispense pas du paiement des taxes assimilées déclarées ligne 29.

Si montant TVA < 0

Si TVA à payer

Remarque : Sur toutes les déclarations, les montants sont arrondis à l'euro le plus proche, il ne faut pas faire figurer les centimes.

B Comptabilisation de la CA3

La TVA du mois étant déclarée (puis payée si supérieure à 0), il faut solder **tous les comptes de TVA collectée et déductible**. On utilise généralement un compte de charges diverses 658 ou de produits 758 pour les différences d'arrondis.

Exemple

Comptes de TVA mois de novembre				
Compte	**Intitulé**	**Solde débiteur**	**Solde créditeur**	**Montant arrondi**
445620	TVA déductible/immobilisations	1 152,30		1 152
445660	TVA déductible/biens et services	11 514,42		11 514
445711	TVA collectée 10 %		9 550,90	9 551
445712	TVA collectée 20 %		8 200,05	8 200
445740	TVA/encaissements		1 711,48	
445200	TVA collectée intracom.		3 110,70	3 111

TVA due = (9 551 + 8 200 + 3 111) + (1 152 + 11 514) = 8 196 €

Enregistrement au journal des OD :

Cpte gal	Date	Libellé	Débit	Crédit
445711	30/11		9 550,90	
445712		CA3 du mois de novembre	8 200,05	
445200			3 110,70	
445620				1 152,30
445660				11 514,42
445510		Montant TVA due du mois		8 196,00
658000		Pour équilibrer total débit et crédit	1,07	

Enregistrement au journal de banque :

Cpte gal	Date	Libellé	Débit	Crédit
445510	15-24/12	Paiement de la TVA de novembre	8 196,00	
512000				8 196,00

Remarque : Les comptes de TVA en attente tels que 44586. TVA à régulariser ou 44574. TVA sur encaissements ne doivent pas figurer dans l'écriture, car ces montants ne sont pas sur la déclaration.

C Crédit de la TVA

- **Si la TVA est inférieure à 0,00 €**, il est possible de :

– la reporter sur la déclaration suivante ;
– demander un remboursement si la somme est supérieure à 760 € (le seuil est de 150 € au 31/12).

- **Pour la comptabilisation de la CA3**, il faut utiliser le compte 44567 au débit au lieu du compte 44551 au crédit.

Exemple

TVA collectée : 2 000 €
TVA déductible sur immobilisations : 1 700 €
TVA déductible sur biens et services : 600 €
Crédit = 2 000 – (1 700 + 600) = 300 €

Solder le 44567 lors de la comptabilisation de la CA3 du mois suivant

Cpte gal	Libellé	Débit	Crédit
445710	TVA collectée	2 000	
445620	Comptabilisation de la CA3		1 700
445660	TVA déductible		600
44567	Crédit de TVA	300	

Exercice d'entraînement

Corrigé p. 148

Il vous est demandé de déterminer les montants à faire figurer sur les lignes suivantes de la déclaration CA3 de novembre :

01 : Ventes, prestations de services	16 : Total de la TVA brute due
03 : Acquisitions intracommunautaires	17 : Dont TVA sur acquisitions intracommunautaires
08 : Taux normal 20 %	19 : Biens constituant des immobilisations
09 : Taux réduit 5,5 %	20 : Autres biens et services

Vous disposez des informations suivantes extraites du PGI pour le mois de novembre :

Compte	Intitulé	Solde débiteur	Solde créditeur
60711	Achats de marchandises en France	7 314,75	
60712	Achats de marchandises intracommunautaires	12 236,81	
70610	Prestations		34 591,67
70715	Vente marchandises 5,5 %		2 158,59
70720	Vente marchandises 20 %		19 855,00

Les règlements reçus en novembre s'élèvent à 66 000 € dont 45 900 € pour les prestations de services.

Détail des comptes 61 et 62** par type de fournisseur**

Fournisseurs ayant opté pour les débits	Achats de services encore non réglés	316,49
	Achats de services réglés	270,61
Fournisseurs au régime des encaissements	Achats de services encore non réglés	6 392,51
	Achats de services réglés	130,80
Autres prestations non soumises		2 254,12
	Total des comptes 61 et 62	**9 364,53**

Renseignements sur les comptes de la classe 2

Immobilisations	Acquisitions de novembre HT	1 420,00

25 Le régime simplifié

Processus 3

La déclaration de TVA CA12, ou **CA12 E** dans certains cas, doit être complétée et déposée chaque année par les entreprises et les autres redevables qui relèvent du **régime simplifié d'imposition à la TVA**.

1 L'échéancier annuel

La declaration de TVA se fait en 3 étapes.

Date	Nature	Calcul
Juillet N	1er acompte	55 % × (TVA N-1 **hors** TVA/immobilisation)(1)
Décembre N	2e acompte	40 % × (TVA N-1 **hors** TVA/immobilisation)(1)
Mai N + 1	Déclaration CA12	TVA due (N) = (TVA collectée N) – (Total TVA déductible N)(2) Solde à payer = TVA due – total des 2 acomptes

(1) Les acomptes ne sont qu'une estimation provisoire, c'est pourquoi la TVA/immobilisation est exclue.
(2) On calcule la TVA réelle de l'année, ce n'est plus une estimation.

2 Exemple : calculs et écritures

Compte	Intitulé	Année N-1		Année N	
		Solde D	Solde C	Solde D	Solde C
445620	TVA déd/immobilisation	1 350,00		950,00	
445660	TVA déd/biens et services	2 980,00		3 020,00	
445710	TVA collectée		9 110,00		10 880,00

Date	Calculs	Écritures comptables			
15/07/N	55 % (9 110 – 2 980) = 3 372 1er acompte arrondi à l'euro	445810 512000	Acomptes, régime simplifié Banque *Paiement 1er acompte*	3 372	3 372
15/12/N	40 % (9 110 – 2 980) = 2 452 2e acompte	445810 512000	Acomptes, régime simplifié Banque *Paiement 2e acompte*	2 452	2 452
Début mai N + 1	TVA due (N) = 10 880 – (950 + 3 020) = 6 910 Solde à payer = 6 910 – (3 372 + 2 452) = 1 086 €	445710 445620 445660 445810 44510	TVA collectée TVA déd/immos TVA déd/B et S Acomptes TVA à décaisser *Enregistrement de la CA12*	10 880	950 3 020 5 824 1 086
	Paiement de la TVA	445510 512000	TVA à décaisser Banque *Paiement solde de la TVA*	1 086	1 086

Si le total des acomptes est supérieur à la TVA due, alors on a un excédent de versement dont le traitement est identique à celui du crédit de TVA.

26 Le résultat fiscal

Processus 3

Le résultat fiscal est le résultat sur lequel est imposée une société au titre de l'impôt sur les sociétés, ou une entreprise individuelle au titre de l'impôt sur le revenu. Il est obtenu à partir du résultat comptable selon un mode de calcul imposé par l'administration fiscale.

1 L'imposition des bénéfices : règles générales

- **Tout bénéfice doit être déclaré et imposé** en tant que tel. Le bénéfice peut être imposé selon **2 régimes d'imposition** → **l'impôt sur les sociétés (IS)**
  → **l'impôt sur le revenu (IR).**

- C'est principalement la **forme juridique choisie** qui détermine le régime d'imposition applicable.

- **L'IS concerne les principales formes de société :** SA, SARL, SAS et SASU avec associé personne morale

- **L'imposition des bénéfices à l'IR** concerne principalement les entreprises individuelles et certaines sociétés : SNC, SASU/EURL avec associé personne physique relèvent de l'IR.

- **Il existe diverses possibilités d'option** sous conditions pour **basculer de l'IR vers l'IS** et inversement. Par exemple, une SNC peut opter pour l'IS, ou une SAS pour l'IR (ces options demandent l'unanimité des associés).

2 Les bénéfices industriels et commerciaux

Les bénéfices industriels et commerciaux (BIC) sont soumis à certaines règles.

Principes	Précisions/exemples
Les BIC sont une catégorie de revenu. Il existe également des bénéfices agricoles et des bénéfices non commerciaux (professions libérales et artistiques).	Les BIC concernent les activités artisanales, de négoce, commerciales… effectuées principalement **par des entreprises individuelles** : taxis, coiffeurs, commerçants, plombiers etc.
Chaque foyer fiscal doit déclarer l'**ensemble de ses revenus**.	Traitements et salaires, RCM (revenus des placements), revenus fonciers (revenus locatifs) notamment.
L'entreprise individuelle n'a pas de personnalité juridique et fiscale.	C'est l'entrepreneur qui est imposé sur le bénéfice qu'il déclare **avec ses autres revenus**.
Les entreprises individuelles peuvent adhérer volontairement à des **centres de gestion agréés** (CGA) qui sont des associations qui fournissent une assistance (analyse de gestion, formation…) et assurent un contrôle.	L'entrepreneur supporte des **frais d'adhésion** mais échappe à une majoration de 15 % de son bénéfice : – entreprise adhérente : bénéfice déclaré = 1000, bénéfice imposé = 1 000 ; – entreprise non adhérente : bénéfice déclaré = 1 000, bénéfice imposé = 1 000 × 1,15 = 1 150

3 Le calcul du résultat fiscal

Méthodologie	Précisions/exemples
étape 1 Détermination du résultat comptable annuel.	**Exemples** • Produits enregistrés (classe 7) = 40 000 • Charges enregistrées (classe 6) = 12 000 • Résultat comptable = 28 000
étape 2 Les charges se répartissent fiscalement en 2 catégories.	• Charges admises : déductibles • Charges non admises : non déductibles
étape 3 Les produits se répartissent fiscalement en 2 catégories.	• Produits imposables • Produits non imposables
• Pour les charges admises (déductibles) aucun traitement fiscal particulier : RAF (rien à faire). • Pour les charges non déductibles : réintégration fiscale sur une déclaration spécifique.	**Exemple** Sur les 12 000 € de charges enregistrées on relève 2 000 € de dépenses somptuaires non déductibles et 10 000 € de charges déductibles : Résultat comptable = 28 000 • Charges admises : RAF • Charges non déductibles : + 2 000 • Résultat fiscal (imposable) : 30 000
• Pour les produits imposables : RAF. • Pour les produits non imposables : ils sont déduits (soustraits) du résultat. • C'est le même raisonnement que pour les charges.	**Exemple** 6 000 € de produits ne sont pas imposables en BIC : résultat comptable = 28 000 • Charges non déductibles : + 2 000 • Produits non imposables : – 6 000 • Résultat fiscal = 24 000

Résultat comptable
+ Réintégrations ← Il s'agit des charges non admises non déductibles.
– Déductions ← Elles concernent les produits non imposables.
= Résultat fiscal ← Il sert de base de calcul de l'impôt sur les bénéfices à l'IS ou à l'IR.

4 La territorialité de l'imposition des bénéfices

A Dans le cadre de l'IR (BIC notamment)

Toute personne ayant son **domicile fiscal** en France doit y déclarer tous ses revenus, notamment ses bénéfices :
– foyer familial installé en France ;
– ou lieu de séjour principal (plus 183 jours par an) ;
– ou activité professionnelle réalisée en France.

B Dans le cadre de l'IS

Toute société ayant un **établissement stable** en France doit y déclarer ses résultats dans le cadre de l'IS français : moyens humains ou matériels qui présentent une certaine permanence.

Remarque

La territorialité de l'IS ou de l'IR n'a rien à voir avec celle de la TVA. Chaque impôt a ses règles et sa logique.

5 L'imposition des produits dans le cadre des BIC

L'imposition des produits dans le cadre des BIC répond à plusieurs principes.

Principes	Précisions/exemples
Tout produit réalisé par un exploitant ayant son domicile fiscal en France relève de l'IR français.	Il existe des conventions fiscales internationales bilatérales qu'il faut consulter au cas par cas.
Le produit réalisé doit être rattaché à la catégorie de revenu concernée	Il faut séparer les BIC, les revenus fonciers, les traitements et salaires, etc.
Si des produits comptabilisés relèvent d'une autre catégorie que les BIC, il faut les déduire lors du calcul du résultat fiscal pour les déclarer dans une autre catégorie.	**Exemple :** Un exploitant individuel a enregistré 1 000 € de dividendes en produits financiers. Il faut les déduire pour le déclarer en RCM (revenus des capitaux mobiliers).
Les produits enregistrés sont rattachés à l'année de comptabilisation : la règle fiscale suit la règle comptable.	**Exemple :** Vente de 1 000 € en décembre N, règlement en janvier N + 1. Produit de 1 000 enregistré en N, RAF fiscalement, règles comptables et fiscales identiques.
Mais exception pour les gains latents de change (compte 477) : ils sont imposables fiscalement donc : – à réintégrer en N ; – mais à déduire en N + 1 } Gain en fiscalité mais pas en compta	**Exemple :** Gain latent (au crédit du compte 477) de 200 € au 31/12/N. le gain réel lors du paiement est de 160 € en janvier N + 1. – Réintégrer 200 en N (gain latent). – Déduire 200 en N + 1 (contre-passation gain latent). – RAF pour les 160 € car gain réel.

Exercice d'entraînement

Corrigé p. 148

Vous gérez un certain nombre de dossiers clients chez un expert-comptable de la région toulousaine. Il vous confie un portefeuille d'entrepreneurs pour lesquels vous devez indiquer la catégorie de revenu générée par chaque activité. Vous devez également préciser l'imposition éventuelle à la TVA.

1. Mme Lapique exerce la profession d'infirmière libérale.

2. M. Leménir tient une petite boutique d'articles de souvenirs dans le Finistère. Il met également en location un studio non meublé situé au-dessus de son magasin.

3. Mme Ladéco propose des objets originaux pour la maison sur son site internet. Sa clientèle est principalement française mais elle expédie également ses créations à des particuliers en Espagne et dans les pays du Maghreb.

4. M. Lordi est informaticien dans une grande société. Il a également une activité de consultant à titre indépendant auprès de collectivités qui souhaitent se moderniser.

27 La déductibilité des charges décaissables

Les charges décaissées ou décaissables d'exploitation, financières ou exceptionnelles enregistrées en comptabilité doivent répondre à un certain nombre de conditions pour être admises fiscalement en déduction.

1 Les conditions de déductibilité des charges

Pour être admise, la charge :

1. doit être **engagée dans l'intérêt de l'entreprise** dans le cadre d'actes normaux de gestion. Cela concerne les dépenses à caractère professionnel non abusives. Les dépenses somptuaires ou personnelles sont à réintégrer ;
2. doit être **comptabilisée** et s'appuyer sur un document justificatif ;
3. **ne doit pas être exclue par une disposition légale**. Certaines charges peuvent être à réintégrer car non admises fiscalement.

2 Précisions sur certaines charges décaissées

Charges décaissées soumises à des règles spécifiques	Précisions/exemples
Les amendes et pénalités de toute nature sont à réintégrer.	Pénalités fiscales, sociales, PV de stationnement… Les indemnités et dommages-intérêts sont admis.
Les dons aux associations, fondations, œuvres d'intérêt général, universités sont des charges sans lien avec l'activité.	Réduction d'impôt de 60 % pour les dons < 10 000 € : sinon, limite de 5/1 000e du CA HT.
La rémunération de l'exploitant est non déductible.	Ses cotisations sociales obligatoires sont par contre admises.
Les assurances sont normalement déductibles, donc rien à faire (RAF) dès lors qu'elles concernent l'activité.	Il existe des règles particulières pour les assurances vie : – **au bénéfice d'une banque** : RAF si exigée par la banque, sinon à réintégrer (à déduire à la fin du contrat) ; – **au bénéfice des salariés ou de leur famille** : RAF comme toutes les dépenses en faveur du personnel ; – **au bénéfice de l'entreprise** : RAF si sur un homme clé, sinon à réintégrer.
Les rémunérations sont admises, donc RAF ; travail réel et rémunérations non exagérées.	C'est au fisc de prouver qu'il y a abus lors d'un contrôle.
La TVS (taxe sur les véhicules de tourisme des sociétés) est admise.	RAF dans le cadre de l'IR-BIC mais à réintégrer pour l'IS.

Exercice d'entraînement

Corrigé p. 149

Mme Médoc est propriétaire d'une pharmacie sous forme d'entreprise individuelle. Son époux participe à l'exploitation du fonds et il est salarié de sa femme. Ils ont choisi le régime de la communauté, sans être adhérents à un centre de gestion agréé. Le résultat comptable pour N s'élève à 58 000 € pour un chiffre d'affaires HT de 305 000 €.
M. Médoc étant la seule personne titulaire du diplôme de pharmacien, il est considéré comme « homme clé ».

1. **Déterminez le résultat fiscal imposable à l'IR dans la catégorie BIC.**
2. **Calculez la réduction d'impôt liée aux dons (pas d'autres dons à signaler).**

Charges relevées par le comptable		
Nature	**Remarque**	**Montant**
Achat de marchandises		81 000
Locations	• Pour le local commercial • Pour leur studio privatif au-dessus de la pharmacie	8 080 3 580
Assurances	• Responsabilité professionnelle • Assurance vie au profit de la pharmacie sur la tête de M. Médoc • Assurance véhicule professionnel • Assurance vie en garantie d'un crédit, exigée par la banque	3 200 2 150 530 990
Missions et réception	• Frais d'hôtels-restaurants lors de journées de formation • Location d'un chalet pour invitation du directeur d'une clinique cliente à un week-end au ski	480 1 300
Frais de télécommunication	• Ligne internet de la pharmacie • Ligne internet du studio	570 260
Salaires	Concernent M. Médoc	31 000
Charges sociales obligatoires	Concernent M. Médoc	1 800
Rémunération Mme Médoc		35 000
Charges sociales Mme Médoc	Toutes les cotisations sont obligatoires	1 800
Salaires	Concernent le fils Médoc pour son travail à la pharmacie en juillet	1 700
Charges exceptionnelles -	Pénalités pour retard de déclaration de TVA	680
Charges exceptionnelles – dons	À une association de bienfaisance qui a remis le reçu fiscal	230
Charges exceptionnelles – gratifications	À l'agent d'entretien qui s'est marié	400

28 La déductibilité des charges calculées

Processus 3

Lorsque les charges sont enregistrées dans le respect des règles comptables, **elles sont en principe déductibles** (rien à faire pour la dotation et la reprise sera imposable donc rien à faire également). Elles concernent des **risques probables**, nettement précisés. Le calcul doit être justifié, et l'événement en cours doit s'appuyer sur une pièce justificative.

1 Les dépréciations et provisions

A Les principaux cas de figure

• **Les charges calculées sont en principe déductibles.** Exemples : Courrier d'un avocat pour une provision pour litige, procédures de relance sans effet sur un client, etc.

• **Certaines dotations ne sont pas déductibles** (à réintégrer) :
– **provisions pour pénalités,** car les pénalités ne sont pas déductibles ;
– **provisions pour indemnités de départ en retraite,** mais l'indemnité versée est déductible RAF ;
– **provisions pour indemnités de licenciement économique.** Les indemnités versées sont en revanche normalement déductibles, donc rien à faire.

B Les cas particuliers

Ne concerne que des entreprises ayant opté en 1987 pour ce régime.

Provision pour congés payés	Deux cas de figure possibles : – provision admise donc RAF ; – provision déductible avec un décalage d'un an : la provision N est réintégrée puis déduite en N + 1.
Provision pour perte de change	Non déductible, à réintégrer (traitement inverse en N + 1). Perte latente (compte 476) à déduire.
Dépréciation des titres	Les faire figurer dans le tableau des plus ou moins-values pour tous les titres.

2 Les amortissements

A Amortissement comptable et fiscal

Amortiss.comptable = amortiss. fiscal	Amortiss. fiscal > amortiss. comptable **dès la 1re année**	Amortiss. fiscal < amortiss. comptable **dès la 1re année**
Une seule écriture et RAF fiscalement	– Dotation aux amortissements dérogatoires Fiscalement RAF – Lorsque amortiss. fiscal < comptable : reprise	– Réintégration fiscale de la différence. – Lorsque amortiss. fiscal devient > amortiss. comptable : déduction

B Le cas des véhicules

- **Sur le plan fiscal, il existe deux catégories de véhicules**. Pour les **véhicules de tourisme** (voitures particulières, mention VP sur la carte grise), **la TVA est non déductible**. Ces véhicules sont soumis à la TVS (taxe sur les véhicules de société) si le propriétaire est une société. La limite pour la base d'amortissement dépend des émissions de CO_2 et de l'année d'acquisition (ou de signature du contrat de location). Les sommes sont réintégrées si la limite est dépassée. Le calcul de réintégration est le même si la durée de location dépasse les trois mois.

- **Pour les autres véhicules** (utilitaires, notamment camions, etc.), **la TVA est déductible**. Les véhicules ne sont pas soumis à la TVS. Il n'existe pas de limite fiscale pour la base amortissable, donc RAF pour la dotation.

Exercice d'entraînement

Corrigé p. 150

Vous disposez du fichier des immobilisations de l'entreprise de rénovation Batidecoplus.

Calculez les amortissements N et indiquez pour chaque bien les retraitements fiscaux éventuels (réintégrations ou déductions).

Immobilisation	Valeur d'origine	Date d'acquisition	Valeur résiduelle	Amortissement économique	Amortissement fiscal
Échafaudages	9 200	13/06/N – 4	0	10 ans en linéaire	10 ans en linéaire
Véhicule utilitaire	32 000	02/01/N	15 000	5 ans en linéaire	8 ans en linéaire
Véhicule de fonction[1]	24 000	06/10/N – 1	0	5 ans en linéaire	5 ans en linéaire
Matériel informatique	3 200	15/11/N – 1	0	4 ans en linéaire	4 ans en dégressif

[1] – Ce véhicule de tourisme utilisé par l'exploitant à des fins professionnelles a été acquis 24 000 € TTC et il émet 121 g de CO_2.
– Par ailleurs, le chef de chantier adjoint utilise un véhicule de tourisme dans le cadre d'un contrat de crédit-bail depuis le 06/09/N – 2. Ce véhicule d'une valeur de 20 500 € TTC émet 133 g de CO_2, a une durée de vie de cinq ans et la redevance mensuelle est fixée à 830 € TTC.

29 Les plus ou moins-values BIC

Processus 3

Les plus ou moins-values concernent principalement les **sorties d'éléments d'actif**. Il s'agit le plus souvent d'une cession d'immobilisation.

1 Le calcul et la qualification des plus ou moins-values

• **Une déclaration spécifique** doit être renseignée (tableau des plus ou moins-values) car imposition spécifique. Cette déclaration permet de distinguer :
– une plus ou moins-value à court terme (CT) ;
– une plus ou moins-value à long terme (LT).

Remarque
CT et LT ont un traitement fiscal différent.

Pour toute immobilisation détenue depuis moins de 2 ans → la plus ou moins-value est à court terme.

Pour toute immobilisation non amortissable détenue depuis + de 2 ans → la plus ou moins-value est à long terme.

Pour une immobilisation amortissable détenue depuis + de 2 ans → la moins-value est à court terme. → la plus-value est à court terme, mais dans la limite des amortiss. la fraction de la plus-value > aux amortiss. est à long terme.

Exemple

Un ensemble immobilier acquis le 15/01/2003 est cédé le 20/09/2022. L'immeuble acquis 800 000 € et amorti pour 380 000 € est cédé 915 000 €.
Le terrain acquis 200 000 € est cédé pour 220 000 €.
– Pour le terrain : plus-value = 220 000 – 200 000 = + 20 000 € à LT car bien non amortissable de plus de 2 ans.
– Pour l'immeuble : valeur nette = 800 000 – 380 000 = 420 000, donc plus-value = 915 000 – 420 000 = + 495 000 € : – 380 000 € à CT (montant des amortissements).
Le reste : 495 000 – 380 000 = 115 000 € à LT.

2 Les titres et les brevets

A Les titres

• On utilise la **méthode PEPS** (premier entré, premier sorti). L'analyse est faite par catégorie de titres :
– **titres de plus de 2 ans :** plus ou moins-value à long terme ;
– **titres de moins de 2 ans :** plus ou moins-value à court terme.

• Si tous les titres de la catégorie ont moins de deux ans, **on ne calcule pas de plus ou moins-value fiscale**.

• **Les dépréciations des titres** sont toujours :
– dotations : moins-value à long terme ;
– reprise : plus-value à long terme.
} Pour tous les titres.

B Les brevets

Lorsque le brevet a été **déposé par l'entreprise**, la plus-value est toujours à long terme.

3 Le traitement fiscal des plus ou moins-values

Le traitement fiscal des plus et moins-values est le suivant.

	À court terme (CT)	À long terme (LT)
Plus-values (+V)	Deux possibilités au choix : – soit rien à faire ; – soit étalées sur trois ans : • déduire 2/3 de la plus-value en N ; • et réintégrer 1/3 en N + 1 et 1/3 en N + 2.	– À déduire lors du calcul du résultat fiscal. – Impôt de 12,80 % (10 % pour les brevets) sur la plus-value (LT) et 17,2 % de prélèvements sociaux, soit 30 % au total. – Si l'entreprise est déficitaire, elle peut ne rien faire.
Moins-values (–V)	Rien à faire.	– À réintégrer lors du calcul du résultat fiscal. – À reporter sur les plus-values à LT futures (durée de dix ans).

Exercice d'entraînement

Corrigé p. 150

L'entreprise individuelle CARPLUS (réparation, entretien de véhicules) a déterminé un résultat comptable de 81 000 € pour 2022. Celui-ci tient compte d'un certain nombre de cessions réalisées au cours de l'exercice.

Biens	Valeur d'origine	Date d'acquisition	Amortiss.	Prix de cession
Portique	32 000	16/06/2008	28 000	7 000
Élévateur	24 000	10/12/2013	12 500	9 000
Terrain	34 000	13/07/2005	0	71 000
Hangar	45 000	12/08/2004	31 000	52 000
Titres Motoplus[1]	200 à 8 € l'unité 180 à 10 € l'unité	06/02/2012 28/11/2021	0 0	Cession de 230 titres en 2019 au prix de 9 € l'unité
Brevet[2]	11 000	07/09/2021	2 000	12 000

(1) Fin 2022, une dépréciation de 700 € a été dotée sur les titres conservés au bilan.
(2) Brevet déposé par l'exploitant individuel lui-même.

L'entreprise souhaite utiliser les possibilités d'étalement offertes par la législation.
C'est la première fois que l'entreprise est amenée à céder des éléments d'actif.

1. **Calculez et qualifiez les plus ou moins-values au titre de 2022.**
2. **Déterminez le résultat fiscal imposable dans la catégorie BIC.**
3. **Précisez l'imposition de la plus-value à long terme.**

30 Les produits et les charges pour l'impôt sur les sociétés

Processus 3

1 Le traitement des produits

• Tous les produits réalisés dans le cadre d'un **établissement stable** en France relèvent de l'impôt sur les sociétés (IS) français.

• Il existe **un cas particulier : le régime mère-filiale**. Les dividendes encaissés en provenance de filiales ne **sont pas imposés** chez la mère sauf quote-part de frais de 5 % à réintégrer. Pour bénéficier du régime mère-filiale, deux conditions sont nécessaires :
– détenir au moins 5 % du capital ;
– conserver les titres au moins 2 ans.

Exemple

Une société encaisse 1 000 € de dividendes :
– Cas général : il n'y a ni réintégration, ni déduction.
– Si la société qui verse le dividende est une filiale, on déduit 1 000 et on réintègre la quote-part de : 5 % × 1 000 = 50 €.

2 Le traitement des charges

Principes	Précisions/exemples
Les principales charges obéissent aux règles en matière de BIC.	Voir fiches 27 et 28 p. 93 et 95.
Il existe cependant certaines différences entre IS et BIC pour le traitement des charges.	Certaines charges auront un traitement différent dans le cadre de l'IS, ou elles ne concernent que l'IS.
Rémunérations des dirigeants : elles sont normalement déductibles donc RAF si le travail est réel et les rémunérations non exagérées.	Dans le cadre des BIC la rémunération de l'exploitant (ou de l'associé dirigeant) constitue une charge non déductible à réintégrer.
Taxe sur les véhicules de société : elle est à réintégrer pour les sociétés soumises à l'IS.	Si la société n'est pas soumise à l'IS (sociétés qui relèvent de l'impôt sur le revenu) la taxe n'est pas à réintégrer.
Rémunérations des administrateurs : elles sont admises dans la limite d'un plafond équivalent à : 5 % × moyenne des meilleurs salaires bruts × nombre administrateurs.	• Cette charge concerne les sociétés anonymes. • On retient les 10 meilleurs salaires si la société compte plus de 200 salariés et les 5 meilleurs si elle comprend moins de 200 salariés.
• Intérêts des comptes courants d'associés : ils sont admis si le capital est entièrement libéré. • Un taux maximal est fixé : 1,17 % au 31/12/2021.	**Exemple** Un associé laisse à disposition de la société 20 000 € rémunérés au taux de 4 %. Si le capital n'est pas entièrement libéré on réintègre 20 000 × 4 % = 800 €. Si le capital est entièrement libéré on réintègre : 20 000 × (4 % – 1,17 %) = 566 €.

31 Les plus ou moins-values de l'impôt sur les sociétés

Processus 3

Comme pour les BIC (voir fiche 29), dans le cadre de l'IS, il faut établir une déclaration 2059 des plus ou moins-values. **Toutes les plus ou moins-values sont à court terme**, sauf deux catégories d'actifs, qui peuvent être à long terme.

1 L'application des plus ou moins-values pour l'impôt sur les sociétés (IS)

A Les principes

• Les **plus ou moins-values à long terme** concernent uniquement les brevets déposés par l'entreprise (et les logiciels) et les titres de participation.

• Les **autres titres** (qui ne sont pas des titres de participation) ne relèvent pas du régime des plus ou moins-values.

B Les précisions

Pour les **cessions de titres**, les conditions vues pour le régime mère-filiale sont de détenir au moins 5 % du capital et de conserver les titres au moins deux ans. Si on a une cession de titres divers (autres que les titres de participation), alors RAF fiscalement, que ce soit sur la cession ou sur les dépréciations

Exemple

Un ensemble immobilier acquis le 15/01/2003 est cédé le 20/09/2022. L'immeuble acquis 800 000 € et amorti pour 380 000 € est cédé 915 000 €. Le terrain acquis 200 000 € est cédé pour 220 000 €.

Pour le terrain : plus-value = 220 000 – 200 000 = + 20 000 € à CT.

Pour l'immeuble : valeur nette = 800 000 – 380 000 = 420 000 €, donc plus-value = 915 000 – 420 000 = + 495 000 € à CT également.

2 Le récapitulatif des calculs et qualifications

A Les brevets (cessions et concessions)

• **Les mêmes principes que pour les BIC** s'appliquent :
– le brevet est **déposé par l'entreprise** : toujours à long terme ;
– le brevet est **acquis** : régime de droit commun (comme n'importe quelle immobilisation).

• **La moins-value** est toujours à **court terme**.

B Les titres de participation

Il faut utiliser la **méthode PEPS (premier entré premier sorti)**. Si **plus de deux ans** : long terme. Si **moins de deux ans** : court terme.

C Les autres titres et les autres immobilisations

• **Les autres titres ne relèvent pas des plus ou moins-values ;** rien à faire en fiscalité.

• **Les autres immobilisations :** toutes les **plus ou moins-values sont à court terme**.

Remarque

Les dépréciations des titres de participation sont non déductibles et ne relèvent pas des plus ou moins-values : dotation à réintégrer, reprise à déduire.

3 Le traitement fiscal des plus ou moins-values

LES PLUS-VALUES	À court terme	Rien à faire, pas d'étalement.
	À long terme (brevets)	Il faut les déduire pour le calcul du résultat fiscal et ajouter un impôt de 10 % sur la plus-value à long terme. Si l'entreprise est déficitaire, elle peut ne rien faire.
	À long terme (titres de participation)	Il faut les déduire pour le calcul du résultat fiscal et réintégrer une quote-part de 12 % de la plus-value. Il n'y a pas d'impôt sur la plus-value à long terme.
LES MOINS-VALUES	À court terme	Rien à faire.
	À long terme (brevets)	La moins-value sur un brevet est toujours à court terme, donc rien à faire.
	À long terme (titres de participation)	Il faut les réintégrer pour le calcul du résultat fiscal.

Exercice d'entraînement

Corrigé p. 151

La société CARMOINS (réparation, entretien de véhicules) est une SAS qui relève de l'IS. Elle a déterminé un résultat comptable de 81 000 € pour 2022. Celui-ci tient compte d'un certain nombre de cessions réalisées au cours de l'exercice :

Biens	Valeur d'origine	Date d'acquisition	Amortissements	Prix de cession
Portique	32 000	16/06/2008	28 000	7 000
Élévateur	24 000	10/12/2013	12 500	9 000
Terrain	34 000	13/07/2005	0	71 000
Hangar	45 000	12/08/2004	31 000	52 000
Titres Motoplus(1)	200 à 8 € l'unité 180 à 10 € l'unité	06/02/2012 28/11/2021	0 0	Cession de 230 à 9 € l'unité
Brevet(2)	11 000	07/09/2021	2 000	12 000
Titres Quadox(3)	250 à 13 € l'unité	12/09/2018		18 € l'unité

(1) Fin 2022, une dépréciation de 700 € a été dotée sur les titres conservés au bilan. Il s'agit de titres de participation.
(2) Brevet déposé par l'exploitant lui-même.
(3) Les titres Quadox détenus représentent 3 % du capital de la société.

1. **Calculez et qualifiez les plus ou moins-values au titre de 2022.**
2. **Déterminez le résultat fiscal imposable dans le cadre de l'IS.**
3. **Précisez l'imposition des plus-values à long terme.**

32 Le calcul et le paiement de l'impôt sur les sociétés

Processus 3

1 Les différents taux d'IS applicables en 2022

PME	Autres sociétés
Conditions	
• Chiffre d'affaires HT < 10 000 000 €. • Capital entièrement libéré. • Capital détenu à 75 % au minimum par des personnes physiques.	• Chiffre d'affaires HT > 10 000 000 €. • Ou chiffre d'affaires < 10 000 000 € et conditions non respectées sur le capital.
Taux applicables	
Taux d'IS : – 15 % jusqu'à 38 120 € de bénéfice ; – 25 % au-delà de 38 120 €.	25 % sur la totalité du bénéfice.

Exemple

Une PME a un résultat fiscal de 30 000 €. L'IS sera de : 30 000 × 15 % = 4 500 €.

Si le résultat fiscal est de 55 000 €, alors l'IS sera de :
38 120 × 15 % + (55 000 – 38 120) × 25 % = 9 938 €. Il s'agit d'un barème par tranche.

Si la société n'est pas une PME alors l'IS est de 55 000 × 25 % = 13 750 €.

2 L'échéancier annuel pour l'IS année N

Date	Versement	Calcul
15/03/N	1er acompte	Taux IS/4 × résultat fiscal N – 2
15/06/N	2e acompte	Taux IS/4 × résultat fiscal N – 1 + régularisation 1er acompte Régularisation = 2e acompte – 1er acompte
15/09/N	3e acompte	Taux IS/4 × résultat fiscal N – 1
15/12/N	4e acompte	Taux IS/4 × résultat fiscal N – 1
15/05/N + 1	Solde IS de N	IS N – total quatre acomptes versés en N

Il est possible de calculer le premier acompte sur le résultat fiscal N – 1. Dans ce cas, les quatre acomptes sont égaux et il n'y a pas de régularisation le 15/06.

3 Les enregistrements comptables

• **Pour chaque paiement (acomptes, solde) :**

444 État IS	X	
512 Banque		X

• **Au 31/12, enregistrement de l'IS annuel :**

695 IS	5 250	
444 État IS		5 250

4 Les cas particuliers

- **Les entreprises nouvelles** : pas d'acompte les 12 premiers mois.
- **Le déficit fiscal** (donc pas d'IS) : les acomptes versés sont restitués et pas d'acompte l'année suivante.

Exemple

RF < 0 en 2021 : les acomptes versés en 2021 sont remboursés (en mai 2022).
Pas d'acompte à verser en 2022.

- **La concession de brevet** (plus-value à long terme imposée à 10 % si le brevet est déposé par l'entreprise) : elle rentre dans le calcul des acomptes au taux de 2,5 %.
- **Pour les sociétés autres que les PME avec un IS > 763 000 €** : cette contribution se calcule sur l'IS avant prise en compte des crédits d'impôt, et il y a quatre acomptes plus le solde ; ces sociétés doivent payer en plus une contribution sociale. Contribution = 3,3 % × (IS – 763 000).
- **Les versements ou déclarations hors délai** : majorations de 5 % pour paiement tardif et de 10 % pour déclaration tardive (comme pour la TVA).

Exercice d'entraînement

Corrigé p. 151

La société CAROPLUS est une SAS soumise à l'IS. Son chiffre d'affaires annuel est de 10 200 000 € HT. Pour 2022, le résultat fiscal s'élève à 717 000 €. Il était de 675 000 € en 2021 et de 691 000 € en 2020. Le premier acompte est toujours calculé sur N – 2.
La société a consenti des dons aux associations pour 2 300 € en 2022.

1. **Calculez et enregistrez les acomptes versés en 2022 (aux dates limites).**
2. **Calculez et enregistrez l'IS 2022.**
3. **Présentez le calcul et l'enregistrement du solde à la date limite.**
4. **La société est-elle redevable de la contribution de 3,3 % ?**

33 Le calcul de l'impôt sur le revenu

Processus 3

1 La détermination du quotient familial

Principes	Exemple
étape 1 Déclarer tous les revenus du foyer fiscal selon leur catégorie.	Un foyer fiscal dispose de 80 000 € de salaires imposables et 2 000 € d'intérêts imposables. À déclarer en TS : 80 000 €, et en RCM : 2 000 €.
étape 2 Appliquer les déductions et abattements (ou majoration) pour chaque revenu.	TS : déduction pour frais de 10 % donc salaires nets = 72 000 € et intérêts RAF donc 2 000 €.
étape 3 Déterminer le revenu brut global (RBG).	RBG = 72 000 + 2 000 = 74 000 €.
étape 4 Déduire les sommes autorisées. Il s'agit surtout des pensions versées aux ascendants/descendants dans le besoin.	Supposons que 4 000 € aient été versés à un ascendant dans le besoin : le revenu net global imposable est de 74 000 – 4 000 = 70 000 €.
étape 5 Calculer le quotient familial : revenu/nombre de parts.	Le foyer se compose d'un couple marié avec un enfant (1 + 1 + 0,5 = 2,5 parts). Quotient familial = 70 000/2,5 = 28 000 €.

2 Application du barème et des réductions d'impôt

• **Chaque année le barème de l'IR est voté :** il calcule l'impôt pour une part de quotient familial.

Fraction du revenu imposable (une part)	Taux %
10 225 € ≤	0 %
> 10 226 € et ≤ 26 070 €	11 %
> 26 071 € et ≤ 74 545 €	30 %
> 74 546 € et ≤ 160 336 €	41 %
> 160 336 €	45 %

C'est un barème par tranches.

Exemple

Pour le foyer fiscal du I avec 2,5 parts et un quotient de 28 000 € on aura :
– Tranche 1 : 10 225 × 0 % = 0 €
– Tranche 2 : (26 070 – 10 226) × 11 % = 1 742,84 €
– Tranche 3 : (28 000 – 26 071) × 30 % = 578,70 €
– Total : 0 + 1 742,84 + 578,7 = 2 321,54 € pour une part. Donc, pour le foyer : 2 321,54 × 2,5 = 5 804 €.

• Ensuite, on applique éventuellement les **réductions d'impôt** selon les dépenses du foyer fiscal et la législation en vigueur : dons aux associations, frais de garde d'enfants de moins de 6 ans, etc.

Remarque

Tous les calculs sont faits automatiquement par les services fiscaux. Le fisc détermine le taux du PAS (prélèvement à la source) qui s'appliquera chaque mois au salarié. Le taux est mis à jour tous les 01/09.

34 Les formalités d'embauche

Pour assurer son fonctionnement, toute entreprise doit **se doter de ressources humaines**, qu'il convient d'embaucher. En qualité d'employeur, l'entreprise devra suivre une procédure administrative : déterminer le **type de contrat** adapté à l'emploi et procéder aux **formalités d'embauche**.

1 Le contrat de travail

A Les caractéristiques du contrat de travail

• **Le contrat de travail** matérialise le **lien de subordination** existant **entre deux parties** : une personne physique (**le salarié**) et une personne morale (**l'entreprise**).

• **Le lien de subordination.** La Cour de cassation a mis en évidence que le lien de subordination est caractérisé par l'**exécution d'un travail** sous l'autorité de l'employeur qui a le pouvoir de donner des ordres et des directives, de contrôler l'exécution du travail et de sanctionner les manquements de son subordonné.

Remarque

La Cour de cassation est une **source légale de droit**, qui juge le fond (l'application des règles de droit) dans une affaire. Les décisions juridiques rendues par cette cour font **jurisprudence** (ont **valeur de loi**).

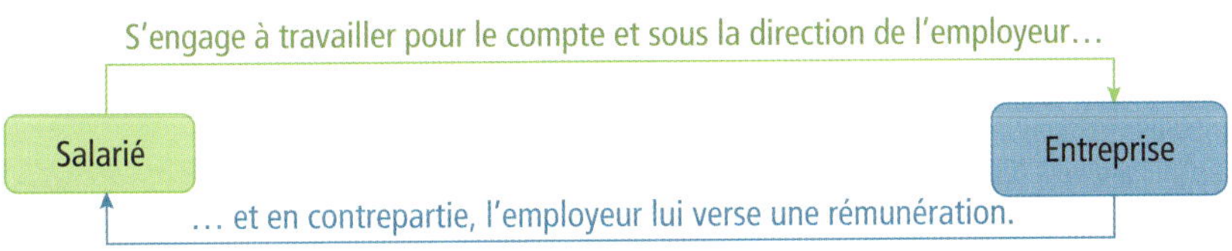

• **La période d'essai** permet à l'employeur et au salarié de **s'apprécier mutuellement avant de confirmer leurs engagements**. Pour être valable, cette clause inscrite au contrat doit répondre aux exigences posées par le Code du travail et la convention collective.

B Le contrat à durée indéterminée (CDI)

Le contrat à durée indéterminée est le contrat de droit commun, car il constitue la forme normale et générale de la relation de travail sans terme prédéfini. Le CDI peut être conclu pour un **temps plein** ou pour un **temps partiel**. S'il est conclu pour un temps plein, le CDI peut ne pas être écrit, sauf dispositions conventionnelles contraires.

C Le contrat à durée déterminée (CDD)

• **Le contrat à durée déterminée** ne peut être conclu que pour **l'exécution d'une tâche précise et temporaire**. Il a ainsi un **terme prédéfini**. Le CDD ne permet donc pas à un employeur d'embaucher un salarié pour l'activité normale et durable de l'entreprise. De plus, ce type de contrat requiert **obligatoirement un écrit**. En l'absence de respect de ses dispositions, le CDD peut être requalifié en CDI.

• **La durée du CDD** ne peut excéder la **durée maximale conventionnelle** ou légale (renouvellement(s) compris), qui varie de **18 à 24 mois** en fonction des cas de recours.

• **Le délai de carence.** Lorsqu'un CDD prend fin (renouvellement(s) compris), il n'est pas possible, pour une entreprise, de proposer **un nouveau CDD** au même salarié **avant** l'expiration d'un **certain délai d'attente** : le **délai de carence**. Le Code du travail prévoit que la **durée du délai de carence est égale** :
– **à la moitié de la durée totale du CDD** (si le contrat est inférieur à 14 jours, renouvellement(s) inclus) ;
– **au tiers de la durée totale du CDD** (si le contrat est au moins égal à 14 jours, renouvellement(s) inclus) sauf dispositions de la convention collective ou l'accord de branche étendu.

D Le contrat de travail temporaire (CTT)

• **Le contrat de travail temporaire** relève d'une relation **tripartite** (entre trois parties) pour l'exécution d'une **tâche précise et temporaire**, dénommée **mission**. Le **salarié** (partie 3) en CTT ou intérimaire est embauché et rémunéré par une **entreprise de travail temporaire** (ETT) ou agence d'intérim (partie 2) qui le met à disposition d'une **entreprise** utilisatrice (partie 1).

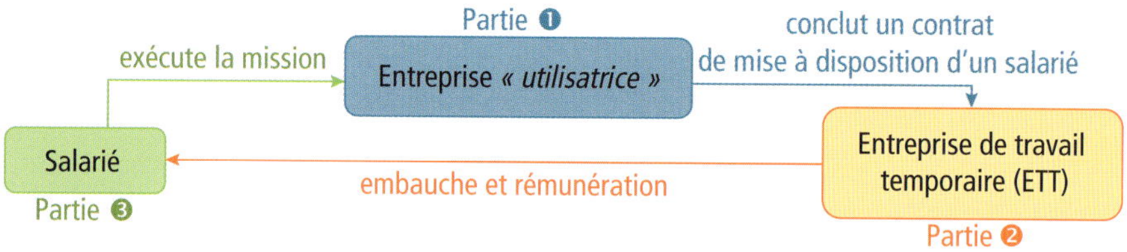

E Les quelques clauses spécifiques du contrat de travail

• **Les clauses relatives à l'exécution du contrat :**
– La **clause d'exclusivité** interdit au salarié d'exercer toute activité parallèle, pour son compte ou celui d'un autre employeur, pendant l'exécution de son contrat.
– La **clause de mobilité** permet à l'employeur de se garantir l'accord du salarié quant à la modification ultérieure d'affectation à un autre poste (**fonctionnelle**) que celui prévu à l'origine ou d'affectation à un autre lieu (**géographique**) de travail.

• **Les clauses relatives à la rémunération** peuvent être des **clauses de variation de salaire** (sans pouvoir réduire la rémunération en dessous des minima légaux et conventionnels), des **clauses d'objectifs** (fixant des objectifs/quotas, raisonnables et compatibles avec le marché, à atteindre par le salarié)…

• **Les clauses relatives à la rupture du contrat :**
– La **clause de non-concurrence** vise à limiter dans le temps, dans l'espace et dans l'activité la liberté d'un salarié d'exercer dans des fonctions équivalentes.
– La **clause de dédit-formation** prévoit que le salarié doit respecter un certain délai avant de pouvoir quitter l'entreprise qui lui a financé la formation coûteuse, sous peine de remboursement.

• **L'employeur et le salarié sont libres pour négocier le contenu du contrat de travail**, mais ils ne doivent pas y insérer des clauses illicites.

2 La procédure d'embauche

A Le recrutement

Le Code du travail (L. 1132 .1) fixe le **principe de non-dicrimination lors de l'entretien d'embauche** : une personne ne peut être écartée d'une procédure de recrutement « en raison de son origine, de son sexe, de ses mœurs, de son orientation sexuelle, de son identité de genre, de son âge, de sa situation de famille ou de sa grossesse [...], de ses opinions politiques, de ses activités syndicales ou mutualistes, de ses convictions religieuses [...] ».

B La déclaration préalable à l'embauche (DPAE)

La déclaration préalable à l'embauche permet, en **une seule procédure**, d'établir l'essentiel des **formalités** incombant à l'**employeur** pour les nouveaux salariés. Elle est transmise (au plus tôt) dans les huit jours précédant l'embauche à l'URSSAF (une copie est mise à disposition du salarié). Elle est obligatoirement télédéclarée (sur net-entreprises.fr) pour toute entreprise ayant effectué plus de 50 DPAE en N–1.

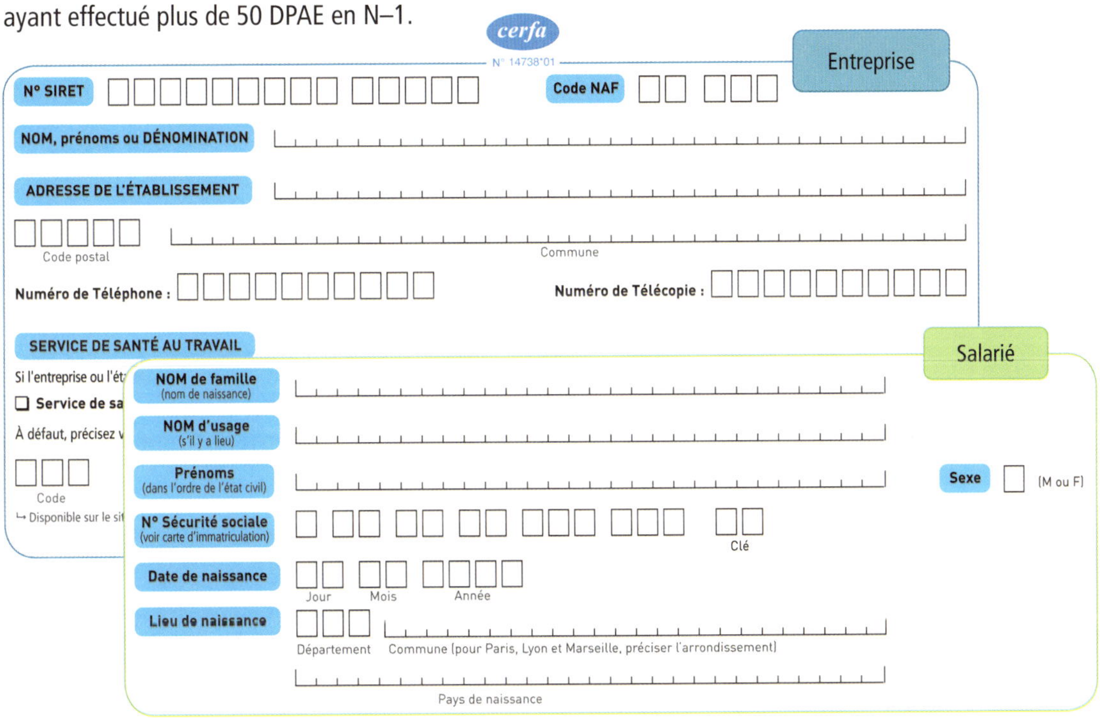

C L'inscription du salarié au registre unique du personnel

L'employeur est tenu d'**inscrire tout salarié** embauché dans sa structure, de façon chronologique, quel que soit son type de contrat, au registre unique du personnel.

D La visite d'information et de prévention (VIP)

La VIP (anciennement visite médicale d'embauche) doit être réalisée dans les trois mois de l'embauche du nouveau salarié en CDI/CDD. Elle peut être effectuée par le médecin du travail ou un professionnel de santé au travail et doit être renouvelée dans un délai maximal de cinq ans. **La DPAE engendre la demande de VIP par l'employeur, même si celui-ci doit en vérifier la réalisation effective.**

35 Les formalités de départ

Processus 4

Au cours de sa vie, une entreprise se doit d'**enregistrer les mouvements** (entrées/sorties) **de personnel**. L'évolution de l'effectif de l'entreprise, ainsi observable, dépend de divers paramètres. Comme les entrées de personnel (fiche précédente), les sorties de personnel peuvent relever de la volonté d'une des parties ou de la volonté conjointe de celles-ci.

1 Le départ du salarié à l'initiative de l'employeur

A Les motifs de licenciement

• **Le licenciement** correspond à la volonté unilatérale de l'employeur de mettre fin au contrat de travail du salarié avant le terme prévu (en dehors de la période d'essai), pour des motifs économiques (**liés à l'entreprise**) ou personnels (**liés au salarié**).

Licenciement pour motif économique → Relève d'une **cause économique** (difficultés, mutations, réorganisation ou cessation d'activité), **réelle et sérieuse** (suppression ou transformation de l'emploi avec refus de modification du salarié).

• En cas de licenciement pour motif économique, l'employeur doit mettre en place **un plan de sauvegarde de l'emploi (PSE)** correspondant à un dispositif permettant d'éviter ou limiter le nombre de licenciements. L'employeur peut ainsi y prévoir une **préretraite d'entreprise**.

Licenciement pour motif personnel

→ **Disciplinaire** (lorsque le salarié a commis une faute)
- **Faute simple** (réalisation du préavis)
- **Faute grave** (rend impossible la relation de travail et implique une rupture immédiate ; absence de réalisation du préavis)
- **Faute lourde** (commise avec intention de nuire à l'employeur)

→ **Non disciplinaire** (lorsque le salarié a un comportement indapté à l'emploi : l'insuffisance professionnelle ou de résultats, la maladie et l'inaptitude en sont quelques exemples)

B La procédure de licenciement

• **Le licenciement** requiert une **procédure spécifique, strictement encadrée**.

- étape 1 : Convocation à **l'entretien préalable** au licenciement (par LR avec AR ou remise en main propre)
- étape 2 : **Entretien** de licenciement (le salarié peut être accompagné par un représentant du personnel)
- étape 3 : **Notification** de licenciement (décision de licenciement justifiée et transmise par LR avec AR)

Au moins 5 jours ouvrables après convocation

Au moins 2 jours ouvrables après entretien

• **Un préavis doit être réalisé par le salarié** (qui percevra alors des indemnités compensatrices de préavis), sauf en cas de dispense de l'employeur, de licenciement personnel disciplinaire pour faute (grave ou lourde) ou de licenciement personnel non disciplinaire pour inaptitude. La fin du préavis symbolise alors la fin du contrat de travail.

• **Le préavis** est le temps écoulé entre la mise en évidence de la volonté de fin de contrat (de l'une ou l'autre des parties) et le départ effectif du salarié de l'entreprise.

• **La rupture du contrat de travail engendre le versement** au salarié :
– de la **rémunération** correspondant aux sommes du travail effectif (salaire, heures supplémentaires, prime(s)) ;
– d'**indemnités** (**de licenciement** si le motif est économique ou personnel disciplinaire pour faute simple, **compensatrice de préavis**, **compensatrice de congés payés**) ;
– de la remise des **documents sociaux obligatoires**.

2 Le départ du salarié à son initiative

A La démission

La démission correspond à la volonté unilatérale du salarié de mettre fin au contrat de travail du salarié avant le terme prévu. La démission **ne se présume pas**, elle doit être **claire** et **non équivoque**, sous peine de requalification en licenciement injustifié.

B Le départ volontaire à la retraite

Le départ volontaire à la retraite correspond à la volonté unilatérale du salarié de mettre fin au contrat de travail avant le terme prévu. Il doit en faire la demande entre **4 à 6 mois** avant la date de départ souhaitée. La demande est déposée auprès de la CNAV (Caisse nationale d'assurance vieillesse, selon le régime général de base de la Sécurité sociale) soit en ligne, soit par transmission du Cerfa n° 10916*10 (demande de retraite personnelle) sur place ou par courrier.

3 Le départ relevant d'un accord entre les parties

• **La rupture conventionnelle** correspond à la **volonté conjointe des parties** (employeur et salarié) de mettre fin au contrat de travail avant le terme prévu. C'est la seule modalité de **rupture** du contrat de travail **à l'amiable**, puisqu'il résulte d'un commun accord entre les parties. Ce type de rupture implique un consentement (du salarié) non vicié (voir la fiche 8 de CEJM : La formation du contrat, p. 297).

• **La convention de rupture conventionnelle,** ainsi **signée et librement fixée** entre les parties, fait apparaître le montant de l'**indemnité spécifique** convenue. Les parties disposent de **15 jours calendaires** au titre du **droit de rétractation**. Cette convention est envoyée pour homologation (validation) à la DIRECCTE (Direction régionale des entreprises, de la concurrence, de la consommation, du travail et de l'emploi), qui a un délai de 15 jours ouvrables pour répondre. L'absence de réponse vaut homologation.

4 Les documents sociaux obligatoires

Lors du **départ de l'entreprise d'un salarié**, l'employeur doit lui remettre :
– un **certificat de travail** rédigé et remis à la date de fin de contrat (peu importe le motif de rupture du contrat de travail). Il mentionne l'identité et la domiciliation des parties, la nature et les dates des emplois occupés par le salarié, le maintien de la couverture santé et des garanties de prévoyance. Il est daté et signé par l'employeur, qui y indique le lieu de rédaction ;
– une **attestation destinée à Pôle emploi** permettant au salarié de faire valoir ses droits aux allocations chômage. Elle doit être transmise par voie électronique (via le logiciel de paie de l'entreprise ou via l'espace Pôle emploi en ligne de l'employeur) pour les entreprises de plus de dix salariés. Quoi qu'il en soit, le salarié doit en obtenir un exemplaire imprimé ;
– le **solde de tout compte** (STC) réalisé contre remise de reçu au salarié. Il fait l'inventaire de toutes les sommes dues et versées au salarié à la date de fin de contrat. Il est établi en double exemplaire (un pour chacune des parties) ; modalité indiquée sur le STC.

36 La durée du travail

Processus 4

L'employeur, en dépit de ses contraintes d'activité, ne peut dépasser les **limites légales** dans la **durée de mise au travail** de ses salariés (qu'elle soit quotidienne, hebdomadaire, mensuelle ou annuelle). Ce temps de travail implique des **temps de repos**, strictement encadrés par la loi.

1 La (les) durée(s) légale(s) du travail

La durée légale du travail pour un emploi à temps complet est fixée à **35 heures par semaine**, soit **151,67 heures par mois**.

Une année compte 12 mois et 52 semaines.
35 heures × 52 semaines / 12 mois = 151,67 heures/mois

A Les durées maximales

• La durée maximale **du travail effectif** par jour (quotidien) **est limitée à 10 heures**. Si la convention collective le prévoit, celle-ci peut être dépassée, mais restera limitée à 12 heures.

• La durée maximale **du travail effectif** par semaine (hebdomadaire) **est limitée à 48 heures** (sur une même semaine) et **à 44 heures** (sur 12 semaines consécutives).

Remarque

Selon l'article L. 3121-1 du Code du travail, la « durée du travail effectif est le temps pendant lequel le salarié est à la disposition de l'employeur et se conforme à ses directives […] ».

B Le(s) temps de repos

• Le salarié doit bénéficier d'un temps de repos quotidien d'au moins de **11 heures de repos consécutives** entre deux journées de travail. Pour des activités particulières et par dérogation, ce temps de repos peut être réduit, sans pouvoir aller en dessous de 9 heures.

• Il est illégal de faire travailler un salarié plus de six jours par semaine. Ainsi, il doit également bénéficier d'un temps de repos hebdomadaire d'au moins de **24 heures de repos consécutives**, qui se cumule à l'obligation de travail quotidien. Le temps de repos hebdomadaire obligatoire cumulé passe ainsi à 35 heures consécutives.

Exemple

Un salarié travaillant 7 heures quotidiennes aura réalisé ses 35 heures hebdomadaires sur cinq jours. S'il commence à 9 heures chaque matin, il finira ses journées à 17 heures, car il a droit à une pause déjeuner journalière (dans notre cas d'une heure).

Entre chaque journée, il aura bien eu ses 11 heures consécutives de repos quotidien.

Il ne travaille que cinq jours sur sept, son employeur respecte bien le cadre légal du repos hebdomadaire.

2 Les heures supplémentaires

À la demande de l'employeur, les salariés **sont tenus** d'effectuer des **heures au-delà des 35 heures** (d'un contrat de travail à temps complet) sans pour autant pouvoir dépasser la durée maximale **par semaine** : il s'agit des **heures supplémentaires**.

A Le contingent annuel

- **La loi** prévoit un maximum d'heures supplémentaires sur l'année qu'un employeur peut exiger d'un salarié, il s'agit du **contingent annuel**. Sauf accord ou convention d'entreprise, d'établissement ou de branche, ce contingent est fixé à **220 heures**.

- Le **calcul des heures supplémentaires** s'effectue (ou **se décompte**) **par semaine**. Il est ainsi plus évident de vérifier le respect de la durée maximale hebdomadaire.

- Quand une **semaine est à cheval sur deux mois**, les **heures supplémentaires** de celle-ci seront **décomptées sur le deuxième mois**.

Exemple

Si des heures supplémentaires sont effectuées sur la semaine du 27 avril au 3 mai, celles-ci seront décomptées sur le mois de mai et apparaîtront sur le bulletin de paie de mai.

B La rémunération des heures supplémentaires

Les heures supplémentaires sont bien évidemment rémunérées, mais selon un taux majoré. À défaut d'accord ou de convention collective d'entreprise, d'établissement ou de branche, le **taux de majoration** sera de :

- **25 %** ← Pour les 8 premières heures suppl. travaillées (36e < h. suppl. < 44e)
- **50 %** ← Pour les heures suppl. travaillées suivantes (44e < h. suppl.)

C Le(s) repos généré(s) par les heures supplémentaires

- Un accord d'entreprise ou d'établissement ou une convention ou un accord de branche peuvent prévoir le **remplacement de tout ou partie du paiement des heures supplémentaires, ainsi que des majorations** (donc de la compensation financière) par un **repos compensateur de remplacement (RCR)** ou **repos compensateur équivalent**. Il est **facultatif** car résulte d'un accord entre employeur et salariés.

- Les heures travaillées au-delà de l'horaire habituel et compensées par du repos ne seront **pas comptabilisées sur le contingent d'heures supplémentaires**. Pour **calculer le RCR**, il faut procéder comme suit :

Pour les heures supplémentaires majorées à 25 %	Nbre d'heures majorées à 25 % × 1,25 = nbre d'heures de RCR
Pour les heures supplémentaires majorées à 50 %	Nbre d'heures majorées à 50 % × 1,5 = nbre d'heures de RCR

• **La contrepartie obligatoire en repos (COR).** Les heures supplémentaires réalisées par les salariés ouvrent droit à une contrepartie sous forme de repos. Le COR est **obligatoirement attribué** en cas de **dépassement du contingent annuel** d'heures supplémentaires, autorisé par l'accord ou la convention d'entreprise, d'établissement ou de branche, sans pour autant dépassé le contingent légal.

	Nombre d'heures supplémentaires réalisées au-delà du contingent annuel
Pour les entreprises de 20 salariés au maximum	× 50 %
Pour les entreprises de plus de 20 salariés	× 100 %

3 Les heures complémentaires

L'employeur peut demander à ses salariés à temps partiel de réaliser des **heures au-delà de la durée hebdomadaire** (prévue dans leur contrat de travail) sans pour autant pouvoir dépasser la durée légale **par semaine** : il s'agit des **heures complémentaires**.

A La limitation des heures complémentaires

• Les heures complémentaires **sont limitées à 1/10e** de la durée hebdomadaire ou mensuelle (prévue au contrat de travail).

• Un accord ou une convention d'entreprise, d'établissement ou de branche peut augmenter cette limitation, pour **aller jusqu'à 1/3** de la durée hebdomadaire ou mensuelle (prévue au contrat de travail).

Remarque

Quel que soit le nombre d'heures complémentaires effectuées, elles ne peuvent porter le nombre d'heures travaillées à la durée légale du travail (de 35 heures par semaine).

B La rémunération des heures complémentaires

Au même titre que les heures supplémentaires, les **heures complémentaires** sont rémunérées à un **taux majoré** de :

- **10 %** ← Pour les heures complémentaires travaillées dans la limite de 1/10e
- **25 %** ← Pour les heures complémentaires travaillées au-delà de 1/10e, limitées à 1/3

37 La gestion des absences

Processus 4

Lorsqu'un salarié est absent, l'employeur n'en a pas toujours eu connaissance au préalable. Cette situation génère des arrêts dans l'activité de l'entreprise, mais également une suspension de la relation de travail et ainsi du versement du salaire.

1 Le calcul de la retenue pour absence

Pour le **calcul de la retenue pour absence**, la méthode retenue sera la plus avantageuse pour le salarié.

A La méthode des heures réelles

- **Le montant de la retenue sur salaire** tiendra compte du nombre d'heures d'absence.

Retenue = salaire horaire brut × nombre d'heures d'absence

- Le salaire versé ne tiendra donc compte que des heures réellement effectuées.

B La méthode de l'horaire mensuel moyen

- L'**horaire mensuel moyen** se calcule à partir de la durée légale mensuelle, soit 151,67 heures.

Retenue = (1 / 151,67) × nombre d'heures d'absence

C La méthode des jours ouvrés

- **Les jours ouvrés** correspondent aux **jours où un salarié travaille sur une semaine**. Par convention, il est admis qu'ils sont au nombre de cinq pour respecter la durée légale du travail :

35 heures par semaine = 5 jours travaillés × 7 heures de travail par jour

- Ils sont au nombre de **18 à 23 selon le mois**, avec une **moyenne** admise de **21,67 jours par mois.**

Retenue = (1 / 21,67) × nombre de jours d'absence × salaire mensuel brut

D La méthode des jours ouvrables

- **Les jours ouvrables** correspondent à **tous les jours de la semaine à l'exception du dimanche et des jours fériés**. Par convention, il est admis qu'ils sont au nombre de six pour respecter le temps de repos hebdomadaire.

- Ils sont au nombre de **24 à 27 selon le mois**, avec une **moyenne** admise de **26 jours par mois**.

Retenue = (1 / 26) × nombre de jours d'absence × salaire mensuel brut

2 L'indemnisation des absences pour maladie

A Les indemnités journalières de la Sécurité sociale (IJSS)

Les indemnités journalières de la Sécurité sociale (IJSS) sont dues pour chaque jour calendaire d'interruption de travail (samedi, dimanche et jours fériés compris) et sont **versées tous les 14 jours**.

Salaire de référence = 3 derniers salaires bruts (limités à 1,8 × SMIC mensuel)

Salaire journalier de base (pour IJSS maladie) = salaire de référence × (1 / 91,25)

Montant IJSS brute (pour maladie) = 50 % × salaire journalier de base

Montant journalier d'IJSS net (versée au salarié) = IJSS brutes – (6,7 % × IJSS brutes)

B L'indemnité complémentaire versée par l'employeur

L'employeur peut être **soumis au versement d'un complément aux IJSS.** Ce complément sera obligatoirement versé selon certaines conditions cumulatives. Le salarié doit :
– justifier d'au moins **un an d'ancienneté** dans l'entreprise (calculée à partir du premier jour d'absence) ;
– avoir **transmis** à l'employeur l'**arrêt** de travail **dans les 48 heures** ;
– être **bénéficiaire des IJSS** ;
– être **soigné en France** (ou dans l'Espace économique européen) ;
– ne pas être travailleur à domicile, saisonnier, intermittent ou temporaire.

C Le principe de la subrogation

- Les IJSS devraient être, en principe, **versées par la Caisse primaire d'Assurance maladie** (CPAM). L'employeur peut en faire l'avance au salarié et en percevoir ensuite le montant par la CPAM : il s'agit de la **subrogation**.

- S'il y a subrogation, les **IJSS** sont **déduites du salaire brut**, car elles ne sont pas soumises à cotisations.

- Le montant d'IJSS à déduire est le **montant brut**, avant déduction de la CSG et de la CRDS.

- Si le **maintien de salaire** se fait sur le **salaire net**, l'employeur doit calculer une régularisation pour compenser le gain de cotisations résultant de l'exonération des IJSS.

38 La gestion des congés

Processus 4

La réalisation effective du travail par n'importe quel salarié permet l'ouverture de **droit à des congés payés**. Ces congés sont à la charge de l'employeur.

1 Le droit aux congés payés

• Tout salarié cumule **2,5 jours ouvrables de congés payés (CP)** par **mois de travail effectif**, soit 30 jours par an. Comme elle est à la charge de l'employeur, cette période de congés engendre le versement d'une **indemnité de congés payés**.

• La durée des CP doit être **proportionnelle au temps de travail** effectivement réalisé pendant la période de référence.

A La période de référence

Habituellement, la période de référence de calcul des congés payés, va du 1er juin de l'année précédente au 31 mai de l'année en cours. Si le salarié était à temps partiel sur la **période de référence**, les congés payés seront calculés en fonction de son temps de travail par rapport au temps plein. Sinon, le **point de départ de la période** prise en compte pour le calcul du droit au congé est fixé au **1er juin de chaque année**.

B L'indemnisation des congés payés

• **La prise de congés payés (CP)** (les indemnités dues à ce titre) et les (retenues pour) absences qui en résultent sont clairement identifiables sur le bulletin de paie.

• **La méthode du maintien.** L'indemnité de la prise de congés payés (CP) ne peut être inférieure à la rémunération que percevrait le salarié s'il avait continué à travailler pendant la prise ses congés.

• **La méthode du dixième.** L'indemnité de la prise de congés payés (CP) ainsi calculée prend en compte le **1/10e de la rémunération totale perçue** (salaires de base et compléments, hors primes annuelles, remboursements de frais, 13e mois) pendant la période de référence.

• La méthode de **calcul de la retenue pour absence** sera la plus avantageuse pour le salarié.

2 Les modalités d'organisation des congés payés

• Les **congés payés** peuvent être **pris en une seule fois**, **sans pouvoir excéder 24 jours ouvrables**. Une dérogation à cette limite peut être accordée individuellement pour les salariés qui justifient de contraintes géographiques particulières ou de la présence au sein du foyer d'un enfant ou d'un adulte handicapé ou d'une personne âgée en perte d'autonomie.

• Si la durée des **congés payés** est **inférieur** à **12 jours ouvrables**, les jours sont **consécutifs**.

• Si la **durée principale des congés payés** est **supérieure à 12 jours ouvrables**, ils peuvent être fractionnés (**pris en plusieurs fois**) avec l'accord du salarié. Une des fractions doit au moins être égale à 12 jours ouvrables consécutifs compris entre deux jours de repos hebdomadaire.

39 Les bulletins de paie

L'employeur est obligé de remettre au salarié un **bulletin de paie**, sous peine de sanction. Ce bulletin de paie correspond à un justificatif (un moyen de preuve) de paiement émis par l'employeur au salarié au titre de sa prestation de travail.

1 Les éléments collectifs de la paie

A La structure du bulletin de paie et les mentions obligatoires

La loi oblige l'employeur à mentionner certains éléments **sur les bulletins de salaire**.

Bulletin de paie

❹ Période du 01/MM/N au ../MM/N

❶	❷
Raison sociale	**Nom et prénom du salarié**
Adresse	Adresse
Code NAF / APE :	N° de Sécurité sociale :
N° SIRET :	Date d'entrée :
	Ancienneté :
Convention collective :	Emploi occupé :
	Statut : Cadre ou Ouvrié/Employé ❸

Éléments de la paie	Base	Part salariale		Part patronale		
		Taux	Montant	Taux	Montant	❼
❺ **Salaire de base**						
❻ Heures supplémentaires ou complémentaires						
Prime(s)						
Congés payés du au						
Salaire brut						
CSG imposable à l'impôt sur le revenu						
CRDS imposable à l'impôt sur le revenu						
CSG non imposable à l'impôt sur le revenu						
Santé						❽
Accident du travail – Maladie professionnelle						❽
Retraite						❽
Famille – Sécurité sociale						❽
Assurance chômage						❽
Allègement de cotisations						
Total des cotisations et contributions						
Salaire net à payer avant impôt sur le revenu						
dont évolution de la rémunération liée à la suppression des cotisations salariales chômage et maladie						

.../

/...

Impôt sur le revenu	**Base**	**Taux PAS**	**Montant**	
Impôt sur le revenu prélevé à la source	....	...... %	.... €	
		Net payé .... €		Total versé par l'employeur .... €
Congés payés (CP) : acquis xx, pris xx, restants xx		**Net imposable**		Allègement des cotisations .... €
Mode de paiement : *Virement ou chèque* *Plafond de la Sécurité sociale = ... €*		**Date de paiement :**		
Dans votre intérêt, et pour vous aider à faire valoir vos droits, conservez ce bulletin de salaire sans limitation de durée. Pour toute information complémentaire, vous pouvez consulter le site service-public.fr.				

• **L'identification de l'employeur** ❶ correspond aux mentions du **nom** et de l'**adresse** de l'employeur, du **code** de la nomenclature d'activité française (**NAF**) ou de l'activité principale exercée (**APE**) de l'entreprise, du numéro d'inscription de l'employeur au répertoire national des entreprises et des établissements (**n° SIRET**) et de la **convention collective** de branche applicable.

• **L'identification du salarié** ❷ correspond aux mentions du **nom** et de l'**adresse** du salarié, son **statut et sa position hiérarchique** ❸, la **période de paie** rémunérée ❹ et le nombre d'**heures de travail** en mettant en évidence les heures au taux normal ❺ et les **heures supplémentaires ou complémentaires** ❻ avec les taux appliqués aux heures correspondantes (p. 112), la nature de la **base de calcul du salaire** si execptionnellement la base de calcul n'est pas la durée du travail, la nature et montant des **accessoires de salaire** soumis aux cotisations salariales et patronales et **la rémunération brute** du salarié.

• **Les éléments de la paie** doivent faire apparaître :
– **le montant et l'assiette des cotisations et contributions sociales à la charge de l'employeur et du salarié** ❼ avant déduction des exonérations et exemptions ;
– le **taux des cotisations** et contributions **sociales** à la charge du salarié avant déduction des exonérations et exemptions ;
– la **nature et le montant des autres versements et retenues** ;
– les **dates de congé** et le montant de l'**indemnité de congés payés**, lorsqu'une période de congé annuel est comprise dans la période de paie considérée ;
– le **montant des cotisations de protection sociale réunies au sein de cinq rubriques :** santé, accidents du travail et maladies professionnelles, retraite, famille et chômage ❽ ;
– le montant correspondant à l'**évolution de la rémunération liée à la suppression des cotisations chômage et maladie** ;
– le montant total des **exonérations et exemptions de cotisations et contributions sociales**, le **montant total versé par l'employeur** ;
– le montant **net à payer avant impôt sur le revenu** ;
– le **montant de l'impôt sur le revenu prélevé à la source (PAS)** ;
– le **montant** effectivement **reçu par le salarié** (net payé) ;
– la **date de paiement** de la rémunération.

Remarque

Le salarié dispose de **3 ans** après la remise de sa fiche de paie pour contester son montant ou son exactitude.

B Les composantes de la rémunération

• **Le cadre légal de la rémunération.** La loi fixe le minimum de rémunération au **SMIC (salaire interprofessionnel de croissance)**, un taux horaire brut permettant le maintien du pouvoir d'achat du salarié.

Exemple

Au 1er mai 2022, le SMIC ou taux horaire brut, c'est-à-dire le montant de rémunération minimale par heure, est fixé à 10,85 €.

• **La grille de salaire** se présente sous la forme d'un tableau, élaboré par l'entreprise avec la participation des représentants du personnel, qui définit les règles de rémunération en fonction de l'échelon et du statut du salarié, tout en respectant les minima sociaux. Une **échelle des salaires** en vigueur dans l'entreprise est ainsi établie. Elle est interne à l'entreprise et permet de construire une **classification**, dans le cadre de sa politique salariale, qui devra alors apparaître sur le bulletin de paie.

• **Les avantages en nature** correspondent aux situations dans lesquelles l'employeur fournit à ses salariés des biens ou des services soit gratuitement, soit à un coût inférieur à leur valeur réelle. Leur attribution relève d'un **usage de l'entreprise** ou peut être **prévue dans la convention collective**. Les avantages en nature (repas, logement, voiture, outils NTIC) doivent être estimés (en valeur) sur le bulletin de paie.

• **Les primes** peuvent être liées à l'ancienneté, à la productivité, aux conditions de travail.

Salaire de base	+ Accessoires du salaire			Heures supplémentaires /complémentaires
	Avantages en nature	Primes	Frais professionnels	

= Salaire brut + Part patronale

Coût (d'un salarié) pour l'employeur – exonérations et allégements de charges sociales
= Montant total versé par l'employeur

Salaire brut – Part salariale

= Salaire net	+ Indemnités non soumises à cotisation	– Avantages en nature	– Prélèvement à la source (PAS)	+ CSG et CRDS non déductibles

= Salaire net payé au salarié

C Le prélèvement à la source

• **Le prélèvement à la source (PAS).** Depuis 1er janvier 2019, l'employeur doit prélever l'impôt **sur le revenu sur les salaires** qu'il verse, sauf pour les stagiaires et apprentis. Il applique un **taux de prélèvement** qui lui est fourni, sans avoir d'autre information sur la situation fiscale du salarié.

• **L'assiette de calcul** correspond au net **imposable**.

Net imposable = salaire brut – part salariale + CSG/CRDS non déd. + particip. patronale pour la mutuelle

• **Le taux applicable au titre du PAS** est déterminé par l'administration fiscale pour chaque contribuable à partir de sa déclaration de revenu. Cinq taux de PAS peuvent être appliqués.

Taux personnalisé	Attribué automatiquement par le service des impôts en fonction de la déclaration des revenus du foyer fiscal.
Taux individualisé	Attribué, sur demande, à chacun des conjoints du foyer fiscal. Il permet au salarié de ne pas communiquer son taux personnalisé à l'employeur.
Taux neutre	Appliqué pour un salarié primo déclarant, qui n'avait pas de revenu l'année précédente ou pour un contrat de courte durée.
Taux nul	Appliqué à tous les salariés dont les revenus mensuels nets imposables sont inférieurs à 1 440 euros.
Taux modulé	Augmente ou baisse en fonction des revenus ou des charges (départ à la retraite, cessation d'activité).

• **Les obligations de l'employeur au titre du PAS.** L'employeur doit appliquer le taux PAS transmis par la DGFiP (Direction générale des finances publiques). L'employeur doit appliquer le taux neutre, si la DGFiP ne lui en a pas transmis. De plus, il doit :
– **collecter le montant du PAS** sur le salaire du salarié ;
– **faire apparaître les mentions** : le salaire net avant impôts, le salaire net imposable, la nature et le taux appliqué et le salaire net d'impôts sur le bulletin de paie ;
– **déclarer les montants prélevés** pour chaque salarié (au travers de la DSN p. 123) ;
– **reverser les prélèvements** à la DGFiP ;
– **conserver ces données** au moins trois ans en cas contrôle fiscal.

D Les règles de conservation et de confidentialité

• **Les règles de conservation pour l'employeur.** L'employeur doit conserver un **double du bulletin de salaire** (sous forme papier ou électronique) **pendant au moins 5 ans**, pour en donner l'accès aux autorités compétentes en cas de contrôle.

• **Les règles de conservation pour le salarié.** Le salarié doit conserver ses bulletins de salaire durant **toute sa vie professionnelle**, comme il en est fait mention sur les bulletins de paie, car ils servent de preuve pour faire valoir son droit à la retraite.

• **L'obligation de confidentialité de l'employeur.** L'employeur doit réaliser les mesures appropriées pour **conserver les données de façon sécurisée**, contre la diffusion ou l'accès non autorisés des bulletins de paie afin de **protéger le salarié**.

• **Le bulletin de paie** peut être papier ou électronique. S'il est au format papier (désormais exceptionnel), il doit être remis sous **enveloppe cachetée**. S'il est au format électronique, quasiment systématique, l'employeur doit en **garantir l'intégrité, la disponibilité, la confidentialité ainsi que l'accessibilité**.

2 Les éléments individuels de la paie

A Les avantages financiers

• Mis à part les heures supplémentaires et les primes, d'autres éléments de rémunération relèvent d'avantages financiers.

• **Les tickets restaurant** font également partie des avantages financiers de la rémunération. Les titres restaurant permettent une **prise en charge partielle des repas par l'employeur, part qui sera soumise à cotisations**. L'employeur n'est pas obligé de fournir des titres restaurant. Si l'employeur accorde des titres restaurant à ses salariés, il devra aussi les attribuer aux stagiaires.

> **À retenir**
> Pour un contrat de travail à temps partiel, le salarié a droit aux titres restaurant pour les seuls repas compris dans son horaire de travail. En cas d'absence ou de congé, l'employeur n'a pas à lui attribuer de titres restaurant pour cette période.

• **Une retenue sur salaire est appliquée au titre** de la **part salariale** due pour l'acquisition du **titre restaurant** et figure obligatoirement sur une ligne supplémentaire au bulletin de salaire.

Salaire brut – retenue (titre restaurant) = **net à payer**

B Le remboursement de frais exonérés de cotisations

• **Certains salariés doivent effectuer des dépenses dans le cadre de leur activité professionnelle,** il s'agit de frais qui leur sont remboursés soit sur présentation d'un justificatif, soit sous forme forfaitaire selon un barème.

• **Les frais professionnels** sont **exonérés de cotisations sociales** dans la limite fixée par le barème fiscal des indemnités kilométriques. Soit l'employeur rembourse ces frais **en cours de mois** (ou en cours d'année) et ne les mentionne **pas sur le bulletin de paie**, soit il les **rembourse au moment du versement du salaire** et les **mentionne sur le bulletin de paie**.

• **Parmi les frais professionnels, le remboursement des frais de repas** est exonéré de cotisations pour le salarié s'il est en déplacement professionnel sans pouvoir rentrer chez lui, s'il est en déplacement sur un chantier, s'il est contraint de prendre ses repas sur son lieu de travail. Le remboursement des frais professionnels de repas est sous la forme d'**allocations forfaitaires** (dont le barème est fourni par le Trésor public) ou de **remboursement des dépenses** du salarié.

C La complémentaire santé

• **Toute entreprise doit avoir mis en place une complémentaire santé.** La moitié du financement de cette santé obligatoire est prise en charge par l'employeur.

• **La loi prévoit qu'un salarié peut refuser la mutuelle de son entreprise dans trois cas :**
❶ le salarié a déjà souscrit une complémentaire santé individuelle ;
❷ le salarié est un ayant droit de la complémentaire santé de son conjoint ;
❸ la complémentaire d'une décision unilatérale de l'employeur ne satisfait pas le salarié car celui-ci doit payer une partie de la cotisation.

• **Les sommes versées par l'employeur doivent être intégrées au revenu imposable du salarié** et sont qualifiées d'avantage en nature, mais la part de cotisation versée par le salarié est non imposable.

D Les retenues

L'acompte sur salaire	Versement anticipé du salaire correspondant à un **travail déjà effectué**. La somme de l'acompte sur salaire est calculée en fonction des **heures réalisées avant l'établissement du bulletin de paie**. **Tous les salariés peuvent demander un acompte sur salaire,** quels que soient le contrat de travail et l'ancienneté dans l'entreprise. Les cotisations sociales seront calculées sur la totalité de la rémunération mensuelle, donc sur l'acompte. Sur le bulletin de paie, le montant de l'acompte apparaît avant le net à payer avant impôt sur le revenu.
L'avance sur salaire	Prêt consenti par l'entreprise. En effet, la somme attribuée au salarié correspond à un **travail non encore effectué** et peut être versée par chèque ou par virement. L'employeur n'est pas obligé d'accorder une avance sur salaire. Il opère une retenue sur salaire, au titre de l'avance sur salaire, qui **ne peut excéder 1/10e du salaire net exigible**. Tous les éléments de salaire sont compris pour le calcul du salaire net (indemnité de congés payés, indemnité de préavis, indemnité compensatrice de congés payés, primes...).
La saisie-arrêt sur salaire	Saisie sur rémunération qui oblige l'employeur à retenir, par décision judiciaire et sous certaines conditions, une partie de la rémunération du salarié pour payer un créancier. Le tribunal envoie une lettre recommandée à l'employeur du salarié pour lui signifier qu'il doit procéder à une saisie sur salaire.
Les retenues pour absences	Quel que soit le motif de l'absence, une retenue sur salaire doit être effectuée par l'employeur **proportionnellement à la durée de l'absence**. Dans certains cas, cette retenue sera compensée par une indemnité. – Les **absences non rémunérées** par l'employeur n'ouvrent droit à aucune indemnité, sauf si un accord collectif y est favorable. – Les **absences rémunérées** par l'employeur justifient le versement d'une indemnité.

- Les **méthodes de calcul des retenues sur salaire** pour absence(s) sont traitées p. 114.

- Le **montant retenu au titre du prélèvement à la source (PAS)** a été traité précédemment (p. 119).

40 Les déclarations sociales

Processus 4

L'employeur doit verser aux organismes sociaux la **part patronale** et la **part salariale** des bulletins de paie qui sont établis chaque mois, car il agit en tant que mandataire social. L'employeur doit ainsi préparer, établir et contrôler les déclarations sociales à transmettre.

1 La déclaration de paiement des cotisations et contributions sociales

A Le principe de la déclaration sociale nominative

• **La déclaration sociale nominative (DSN)** est le **moyen de transmission dématérialisé des données** des employeurs pour déclarer les salaires versés et payer les cotisations et contributions sociales aux organismes de recouvrement. Elle concerne tout employeur et remplace l'ensemble des déclarations périodiques et plusieurs formalités administratives adressées par l'employeur. Elle allège ainsi les obligations déclaratives de l'employeur.

• **La DSN est un fichier mensuel** produit à partir de la paie. Il permet de **communiquer les informations nécessaires à la gestion de la protection sociale** des salariés aux organismes et administrations concernés. Les flux sont répartis automatiquement vers les organismes destinataires (URSSAF, caisses de retraites, administrations, Pôle emploi…).

B La transmission de la DSN

• **L'employeur peut effectuer la DSN** sur le site **net-entreprises.fr**, par son **(pro)logiciel de paie** ou grâce à son **expert-comptable**.

• **La DSN doit être transmise chaque mois** au plus tard **le 5 du mois** pour les entreprises de **plus de 50 salariés** ou au plus tard **le 15 du mois** pour les entreprises de **moins de 50 salariés**.

• **La DSN est mensuelle et peut être complétée de signalements d'événements** grâce à des **DSN événementielles**. L'employeur doit effectuer une DSN événementielle pour permettre le déclenchement des droits des salariés pour des événements (arrêt de travail, reprise après un arrêt, fin de contrat) qui doivent être déclarés dans les cinq jours ouvrés après que l'employeur ait eu connaissance de l'événement, par voie dématérialisée.

2 La télédéclaration et le télépaiement des données sociales

A Les étapes de la télédéclaration

- étape 1 : Vérification des NIR (Numéro d'identification au répertoire des personnes physiques) ou du n° SS (numéro de sécurité sociale).
- étape 2 : Contrôle du n° SIRET
- étape 3 : Pré-contrôle de la DSN
- étape 4 : Télédéclaration (dépôt) de la DSN et télépaiement
- étape 5 : Consultation du tableau de bord

Remarque

L'employeur doit être inscrit comme **déclarant à la DSN** sur net-entreprises.fr et respecter la procédure.

B Le certificat de conformité

Un certificat de conformité parvient à l'employeur lorsqu'il s'est **acquitté du paiement des cotisations et contributions sociales**. L'employeur doit consulter son tableau de bord pour récupérer les contrôles inter-déclarations et les éventuels retours des organismes sociaux, pour rectification dans la DSN du mois suivant.

C La déclaration sociale nominative et le prélèvement à la source

• **Le taux de prélèvement** (fixé par l'administration fiscale, la DGFiP) à la source (PAS) est transmis *via* la DSN. La transmission par l'administration aux entreprises du taux applicable à chaque salarié passe par la DSN *via* le CRM (compte rendu métier). Le taux de prélèvement communiqué par l'administration fiscale par le compte rendu métier de la DSN est valide pour calculer le prélèvement à la source jusqu'à la fin du 2e mois qui suit le mois de sa transmission par l'administration fiscale.

• Comme le **prélèvement à la source** (PAS) est **calculé à partir des données des bulletins de paie** et prélevé sur les salaires, il est **déclaré grâce à la DSN**. L'entreprise a des obligations à l'égard de ses salariés et de l'administration fiscale, notamment celle de **reverser en M + 1** (le mois suivant) à la DGFiP **les prélèvements à la source du mois M** (mois de la paie considérée).

• **L'employeur reverse les montants collectés** au titre du PAS à l'administration fiscale **plusieurs jours après le versement du salaire** :
– au plus tôt **le 10 du mois**, pour les entreprises de **plus de 50 salariés** ayant une date limite de dépôt de la DSN au 5 du mois ;
– au plus tôt **le 20 du mois**, pour les entreprises de **moins de 50 salariés** ayant une date limite de dépôt de la DSN au 15 du mois.

• Le **règlement des montants collectés au titre du PAS** est réalisé par télépaiement.

Remarque

Les entreprises de moins de 11 salariés peuvent reverser ces montants de façon trimestrielle.

41 La comptabilisation de la paie

Processus 4

Toute entreprise exerçant des actes de commerce a **l'obligation légale de tenir une comptabilité**. La tenue et comptabilisation mensuelle de la paie est une partie importante pour l'employeur afin de respecter ses obligations légales.

1 La comptabilisation des salaires

A Le salaire brut et les remboursements de frais

• **La paie** est enregistrée dans des **comptes de charges** (641. Rémunération du personnel et 645. Charges de Sécurité sociale et de prévoyance) et dans des **comptes de tiers** (42. Personnel et comptes rattachés et 43. Sécurité sociale et autres organismes sociaux).

• **Les salaires sont comptabilisés globalement** pour la totalité des salariés. Si l'employeur utilise un logiciel de paie, celui-ci génère automatiquement les écritures comptables, sinon l'employeur ou un salarié dédié saisira les écritures liées à la paie.

6411		Salaires, appointements	Salaires bruts	
6413		Primes	Total primes	
6414		Indemnités	Total indemnités	
6417		Avantages en nature	Total avantages en nature	
	791	Transfert de charges d'exploitation		Total avantages en nature
	421	Personnel – Rémunérations dues		Total dû
		Salaires bruts du mois M de l'année N		

B Le règlement du salaire net

Les salaires sont versés en **fin de mois ou au début du mois suivant**.

421		Personnel – Avances et acomptes ou Oppositions	Solde dû	
	512	Banque		Solde dû
		Versement des salaires du mois M de l'année N		

C Les cotisations salariales et les retenues sur salaire

• **Les retenues salariales** sont prélevées par l'employeur sur les rémunérations brutes pour être **versées aux organismes sociaux** pour le compte des salariés.

421		Personnel – Rémunérations dues	Total retenues	
	425	Personnel – Avances et acomptes		Total Avances et acomptes
	427	Personnel – Oppositions		Total Oppositions
	431	URSSAF		Total URSSAF
	43412	Caisse de retraite ARRCO		Total ARRCO
	4221	Prélèvement à la source – Crédit		Total PAS
		Cotisations salariales et retenues du mois M		

• **Les retenues sur salaire.** Durant le mois, les **avances et les acomptes**, les **oppositions sur salaire**, les charges correspondant à des **avantages en nature**, les achats de **titres restaurant** peuvent être enregistrés. Il faut **enregistrer le versement des retenues sur salaires** au cours du mois, dans les comptes :
– **425. Personnel, Avances et acomptes** pour la comptabilisation des acomptes et avances versés ;
– **427. Personnel, Oppositions** pour les montants faisant l'objet d'oppositions présentées par les tiers (saisie-arrêt sur salaire).

425 ou 427		Personnel – Avances et acomptes ou Oppositions	Montant	
	512	Banque		Montant
		Versement d'acompte ou Règlement d'opposition		

2 La comptabilisation des cotisations sociales

A Le paiement de la part patronale

6331		Versement transport	TOTAL Transport	
6332		FNAL	TOTAL FNAL	
6451		Cotisations URSSAF	TOTAL URSSAF	
6453		Cotisations AGIRC-ARRCO	TOTAL AGIRC-ARRCO	
6454		Cotisations Pôle emploi	TOTAL Pôle emploi	
6458		Cotisations Autres organismes sociaux	TOTAL autres	
	431	URSSAF		TOTAL URSSAF
	4372	Caisse retraite AGIRC – ARRCO		TOTAL AGIRC-ARRCO
	4373	Caisse prévoyance		TOTAL Prévoyance
		Charges patronales du mois M de l'année N		

B Le paiement des cotisations sociales

Les charges patronales et salariales sont payées aux divers organismes chaque mois au plus tard le 15 du mois suivant. Le **montant des cotisations est arrondi** à l'euro le plus proche. Les écarts d'arrondi sont alors comptabilisés dans le compte **65800. Charges diverses de gestion courante** ou **758. Produits divers de gestion courante**.

431		URSSAF	TOTAL URSSAF	
	512	Banque		Total URSSAF
	658	Charges diverses de gestion courante		Écart arrondi
		Paiement URSSAF - Mois M de l'année N		

4372		Caisse retraite AGIRC – ARRCO	TOTAL Retraite	
	512	Banque		Total Retraite
	658	Charges diverses de gestion courante		Écart arrondi
		Paiement Caisse retraite – Mois M de l'année N		

4373		Caisse prévoyance	TOTAL prévoyance	
	512	Banque		Total prévoyance
	658	Charges diverses de gestion courante		Écart arrondi
		Paiement de la prévoyance – Mois M de l'année N		

C Quelques cas particuliers

• Lorsque **les titres restaurant** sont achetés, ils sont enregistrés au débit compte 437. Autres organismes sociaux et au crédit d'un compte de trésorerie. À la remise aux salariés des titres restaurant, le compte 437. Autres organismes sociaux est soldé.

647		Autres charges sociales	Part employeur	
421		Rémunérations dues	Part salarié	
	437	Autres organismes sociaux		Part employeur + part salarié
		Titres restaurant		

• **Les congés payés.** Les droits acquis par les salariés au titre des congés payés constituent une charge à payer à enregistrer.
Le compte 6412. Congés payés est débité par le crédit du compte 4282. Dettes provisionnées pour congés à payer **pour le montant correspondant à la période du 1er juin au 31 décembre.** Les charges sociales correspondantes sont enregistrées au débit du compte 645. Charges de Sécurité sociale et de prévoyance par le crédit du compte 4382. Charges sociales sur congés à payer.

6412		Congés payés (CP)	Montant CP	
	4282	Dettes provisionnées pour CP		Solde dû
645		Charges de Sécurité sociale		
	4382	Charges sociales sur congés à payer		
		Régularisation des congés payés		

• **Les charges fiscales sur congés payés** sont enregistrées au débit du compte 631 ou 633. Impôts, taxes et versements assimilés sur rémunérations et au crédit du compte 4482. Charges fiscales sur congés payés.

42 La participation, l'intéressement et l'épargne salariale

Processus 4

L'employeur peut proposer des **dispositifs d'épargne salariale** à son personnel. Il s'agit de dispositifs permettant d'associer les salariés aux résultats de l'entreprise, de les motiver à atteindre les objectifs de celle-ci et de constituer une épargne.

1 La participation des salariés aux résultats de l'entreprise

A Le principe de la participation

• **La participation aux résultats** de l'entreprise est un dispositif prévoyant **la redistribution au profit des salariés d'une partie des bénéfices** qu'ils ont contribué, par leur travail, à réaliser dans l'entreprise. La mise en œuvre de la participation repose en principe sur un accord conclu entre l'entreprise et les salariés ou sur un accord de branche.

• **La participation est obligatoire pour toutes les entreprises d'au moins 50 salariés** (pendant 12 mois, consécutifs ou non, au cours des trois derniers exercices) quels que soient leur activité et le type de société dès lors qu'elles dégagent un bénéfice fiscal suffisant. Elle est **facultative** pour les entreprises de **moins de 50 salariés**, qui devront alors respecter les mêmes règles que les entreprises pour lesquelles elle est obligatoire.

• **Un accord de participation** doit alors être mis en place dans un délai **d'un an**. Il peut être le résultat :
– d'une **convention** ou d'un accord collectif de branche ;
– d'un **accord signé au sein de l'entreprise** après négociation avec les représentants syndicaux ou le CE ;
– d'une **ratification**, à la majorité des deux tiers du personnel, d'un projet de contrat proposé par l'employeur.

• **Les clauses** doivent préciser les **dates de conclusion** de l'accord, sa **durée**, la **formule de calcul** de la réserve de participation, la **durée de blocage** des fonds, les **modalités de répartition de la réserve** entre les salariés, les **plafonds d'attribution**, le **mode d'information** des salariés ainsi que la **gestion de leurs droits**. L'accord peut indiquer la durée d'ancienneté requise des bénéficiaires. L'accord doit être déposé à la **DIRECCTE (Direction régionale des entreprises, de la concurrence, de la consommation, du travail et de l'emploi)** du lieu de sa conclusion.

• **Tous les salariés,** y compris les apprentis, qu'ils soient en CDI/CDD, à temps plein/partiel, sont concernés par l'accord de participation, sauf les salariés intérimaires, les stagiaires, les dirigeants de société (à part s'ils cumulent mandat social et contrat de travail).

B La réserve spéciale de participation (RSP)

• **La participation prend la forme de l'attribution d'une somme globale,** à partager entre tous les salariés soit en une répartition uniforme, soit en fonction des salaires ou du temps de présence. Il s'agit de la réserve spéciale de participation.

• **Son calcul** résulte :

RSP = ½ (bénéfice net fiscal – 5 % × capitaux propres) × (salaires bruts/VA)

Toute autre formule plus avantageuse aux salariés peut toutefois être envisagée. Il est possible de **négocier un mode de calcul différent de la formule** légale de la RSP à condition que le résultat obtenu soit :
– au moins équivalent à celui de la formule légale (principe d'équivalence) ;
– au plus égal à l'un des plafonds suivants, choisi par les parties signataires : la moitié du bénéfice net comptable, le bénéfice net comptable diminué de 5 % des capitaux propres, le bénéfice net fiscal diminué de 5 % des capitaux propres ou la moitié du bénéfice net fiscal.

C La répartition et le déblocage des fonds

• **La répartition de la participation entre les salariés** peut être uniforme ou proportionnelle au salaire ou au temps de présence du salarié. Le montant par salarié est plafonné à **75 % du plafond annuel de la Sécurité sociale (PASS) par an**, soit 30 852 € pour 2020.

• **Le blocage et le déblocage des fonds.** L'accord de participation fixe deux possibilités :
– soit le salarié demande le **versement immédiat de la prime**, en totalité ou partiellement. Il doit alors le faire dans un délai de 15 jours après avoir été informé du montant de la prime ;
– soit la prime est **bloquée pendant 5 ans** (8 ans en cas d'absence d'accord). Le salarié opte pour un placement sur un plan d'épargne ou pour un placement sur un compte courant. Les sommes ne peuvent pas être affectées en totalité sur un compte courant.

• **Un déblocage anticipé de la prime** peut être obtenu par le salarié dans les **cas prévus par la loi**, notamment le mariage, la conclusion d'un Pacs, la naissance ou l'adoption d'un troisième enfant, le divorce, la séparation, la dissolution d'un Pacs avec la garde d'au moins un enfant, l'invalidité du salarié, de son conjoint, de ses enfants, le décès du salarié, de son conjoint, une rupture du contrat de travail, une procédure de surendettement.

• **Le forfait social** est une **contribution de l'employeur à l'URSSAF** au titre de la participation, même si les sommes versées ne sont pas considérées comme des salaires et sont exonérées de cotisations sociales. Le taux de ce forfait social est de **20 % sur la totalité du montant de la RSP**. L'employeur peut avoir un taux réduit à 8 % s' il a souscrit à la participation de façon facultative (moins de 50 salariés) et conclut pour la première fois un accord de participation ou s' il y a renégociation d'un accord de plus de 5 ans.

• **La participation est soumise à la CSG et à la CRDS.**

D Les écritures liées à la participation

étape 1 Exercice N : établissement des comptes sociaux (à la clôture de l'exercice)

Comptabilisation de la charge liée à la participation

691		Participation des salariés aux résultats	Montant	
	4284	Dettes provisionnées pour participation des salariés		Montant
		Constat de la participation à la clôture des comptes		

Comptabilisation de la charge à payer relative au forfait social

6451		Cotisations à l'URSSAF – Forfait social	Montant	
	4386	Organismes sociaux et autres charges à payer		Montant
		Constat de la charge à payer au forfait social		

Étape 2 Exercice N + 1 : adoption des comptes annuels (à la date de l'AGO annuelle)

Comptabilisation de la réserve spéciale de participation (RSP)

4284		Dettes provisionnées pour participation des salariés	Montant	
	4246	Réserve spéciale de participation		Montant
	431	Sécurité sociale – URSSAF		Montant
4386		Organismes sociaux – Autres charges à payer	Montant	
	431	Sécurité sociale – URSSAF		Montant

Étape 3 Plusieurs hypothèses sont envisageables en fonction de l'affectation de la RSP

1re hypothèse : les sommes sont affectées à un **fonds d'investissement** géré par l'entreprise (compte 1662).

2e hypothèse : les sommes sont affectées à un **plan d'épargne géré par un organisme extérieur**. La société verse les fonds par virement bancaire.

3e hypothèse : les salariés demandent le **versement immédiat de leur participation**. La société verse les fonds par virement bancaire sur les comptes courants des salariés.

4246		Réserves spéciales de participation	Montant	
	1662	Fonds de participation (1re hypothèse)		Montant
	512	Ou banque (2e et 3e hypothèses)		
		Affectation de la RSP en fonds d'investissement ou aux salariés		

Étape 4 Comptabilisation des intérêts produits par la participation placée sur comptes bloqués.

Les **sommes bloquées** sur le fonds de participation ouvrent droit à une **rémunération** (des intérêts) **calculée chaque année**. Ces intérêts ne seront **versés qu'au moment du déblocage** du principal.

661		Charges d'intérêt	Montant	
	16886	Intérêts courus sur participation des salariés		Montant
		Intérêts courus sur les sommes portées en fonds de participation		

Étape 5 Exercice N + 6 ou plus tôt : déblocage des comptes bloqués.

Le déblocage n'est comptabilisé que s'il concerne des sommes gérées directement par l'employeur, sur un fonds de participation notamment.

1662		Fonds de participation	Montant	
16886		Intérêts courus sur participation des salariés	Montant	
	4248	Participation des salariés – Comptes courants		Montant
		Déblocage de la participation		

2 L'intéressement des salariés aux performances de l'entreprise

A Le dispositif d'intéressement

• **L'intéressement** est un dispositif facultatif permettant **d'associer les salariés aux résultats et aux performances de l'entreprise** par le versement de primes calculées en fonction du résultat ou des performances de l'entreprise.

• **La mise en place de l'intéressement** est possible dans toute entreprise, quels que soient son effectif, la nature de son activité ou sa forme juridique. **L'accord d'intéressement** peut être conclu dans les mêmes conditions qu'un accord de participation, pour une durée de trois ans.

B Les conditions d'obtention et le contenu de l'accord

• **Compte tenu du caractère collectif de l'intéressement** et, sous réserve de la condition d'ancienneté (au maximum 3 mois) indiquée dans l'accord d'entreprise, tous les salariés doivent en bénéficier quelles que soient les particularités de leur contrat (contrat d'apprentissage, contrat aidé, contrat de professionnalisation). Les dirigeants peuvent en bénéficier, même s'ils n'ont pas de contrat de travail.

• **Le contenu de l'accord** est laissé à l'initiative des parties, mais les critères ne doivent pas être aléatoires et la prime ne doit se substituer à aucun des éléments du salaire en vigueur dans l'entreprise. Le montant global ne peut pas dépasser 20 % de la masse salariale.

• **La répartition de l'intéressement entre les salariés** peut être uniforme (sous condition d'ancienneté) ou proportionnelle au salaire ou au temps de présence du salarié. Le montant par salarié est plafonné à **la moitié du plafond annuel de la Sécurité sociale (PASS) par an**, soit 20 568 € pour 2020. L'employeur peut décider de verser un supplément d'intéressement, qui ne peut dépasser la moitié du PASS. Le licenciement d'un salarié, sa démission ou son départ à la retraite ne remettent pas en cause le droit à percevoir la prime d'intéressement.

• **Le versement de la prime d'intéressement** dépend du choix du salarié : **versement immédiat**, avec des sommes imposables à l'impôt sur le revenu ou **placement** dans un plan d'épargne.

• **L'accord d'intéressement** énumère les produits d'épargne qui sont proposés aux salariés. L'un d'entre eux est obligatoirement peu risqué. Chaque salarié peut répartir les montants entre les différents fonds et effectuer des transferts d'un fonds vers un autre. Si le salarié n'exprime pas son choix, la **totalité des sommes est placée sur un PEE**.

C Les écritures liées à l'intéressement

étape 1 Exercice N : établissement des comptes sociaux (à la clôture de l'exercice)

Comptabilisation de la charge liée à l'intéressement

6484		Autres charges de personnel – Intéressement	Montant	
	4286	Autres charges de personnel à payer – Intéressement		Montant
		Constat de l'intéressement à la clôture des comptes		

Comptabilisation de la charge à payer relative au forfait social

6451		Cotisations à l'URSSAF – Forfait social	Montant	
	4386	Organismes sociaux et autres charges à payer		Montant
		Constat de la charge à payer au forfait social		

étape 2 Exercice N + 1 : adoption des comptes annuels (à la date de l'AGO annuelle)

Comptabilisation du complément de salaire exonéré de cotisations que représente l'intéressement

4286		Autres charges de personnel à payer – Intéressement	Montant	
	421	Personnel, rémunérations dues – Intéressement		Montant

étape 3 Exercice N + 1 : affectation de l'intéressement

Comptabilisation des choix d'affectation de l'intéressement des salariés, soit en versement direct, soit en plan d'épargne

421		Personnel, rémunérations dues – Intéressement	Montant	
	431	URSSAF		Montant
421		Personnel, rémunérations dues – Intéressement	Montant	
	512	Banque		Montant
4386		Organismes sociaux – Charges à payer – Forfait social	Montant	
431		URSSAF	Montant	
	421	Personnel, rémunérations dues – Intéressement		Montant

3 L'épargne salariale

Le plan d'épargne salariale est un dispositif autonome qui **peut compléter la participation et l'intéressement**. Il permet aux salariés de **constituer une épargne** sous forme de valeurs mobilières de placements dans des conditions fiscales et sociales avantageuses. Les montants placés réduisent la base imposable à l'impôt sur le revenu.

• L'épargne salariale peut être affectée à :
– **un PEE (plan d'épargne entreprise) :** les sommes versées (participation, intéressement, versements personnels) sont indisponibles pendant au moins 5 ans ou plus tôt en cas de déblocage anticipé ;
– **un PEI (plan d'épargne interentreprises) :** PEE mis en place par des entreprises n'appartenant pas au même groupe ;
– **un PERCO (plan épargne retraite collectif) :** les fonds placés ne sont disponibles qu'au moment du départ à la retraite du salarié, sous forme de rente ou de versement d'un capital.

• L'employeur peut compléter les versements du salarié au moyen d'un abondement. L'abondement est **exonéré de cotisations sociales** mais **soumis au forfait social**.

• La mise en place d'un plan d'épargne. S'il y a un **représentant du personnel** dans l'entreprise, l'employeur qui veut mettre en place un PEE doit le **négocier** avec celui-ci, sinon le PEE peut mis en place sans négociation.

• L'obligation d'information des salariés. Lors de **l'embauche**, chaque salarié reçoit un **livret d'épargne salariale** décrivant les dispositifs (de participation, d'intéressement, de plan épargne) mis en place. **Concernant la participation, l'employeur présente un rapport** au comité d'entreprise expliquant les mesures prises pour la gestion des fonds et **chaque salarié reçoit une fiche** indiquant le montant total de la RSP ou de l'intéressement, le montant de ses droits, l'organisme de gestion des fonds, la date normale d'exigibilité et les cas de déblocage anticipé. **Le salarié quittant l'entreprise** doit recevoir un **état récapitulatif de l'ensemble des sommes et des valeurs mobilières épargnées ou transférées**. Il pourra le présenter à un **nouvel employeur** et envisager avec lui la **poursuite des contrats liés à l'épargne salariale**.

Processus 4

43 Le tableau de bord social

Le **tableau de bord** est un outil de gestion/pilotage à court terme de l'employeur, regroupant des indicateurs clés. Les indicateurs doivent être régulièrement mis à jour. Leur suivi permet **d'observer la réalisation des objectifs de l'entreprise**. Le tableau de bord doit être facile à lire et à interpréter, d'où l'importance du choix des indicateurs.

1 La conception d'un tableau de bord

A Le concept de tableau de bord

• **Les tableaux de bord** sont souvent réalisés avec un tableur. La conception d'un tableau de bord relève de **collecte** d'informations, de **traitement** de ces informations pour qu'elles deviennent des données (feuilles de calcul d'un tableur), de **mise en forme** des indicateurs.

• **Pour construire un tableau de bord, il faut sélectionner les indicateurs** qui traduisent au mieux la **performance** en termes de résultats obtenus (efficacité) et de moyens mis en œuvre (efficience).

B Les indicateurs d'un tableau de bord

Les indicateurs sont des informations choisies qui permettent de **mesurer des objectifs**. Un indicateur mesure la **performance dans un domaine**, celui qui nous intéresse étant le **social**. Les indicateurs se doivent d'être **pertinents, représentatifs, facilement interprétables et pouvoir être obtenus rapidement**. Certains indicateurs vont traduire une situation précise, à l'exemple d'un nombre, d'une valeur statistique. D'autres sont plus dynamiques, à l'exemple d'un taux ou d'un ratio.

C La représentation graphique dans le tableau de bord

• **Le graphique** est une représentation visuelle de données chiffrées pour faciliter la compréhension, les **indicateurs d'un tableau de bord y seront mis en valeur**.

• **L'optimisation de la représentation graphique.** Le choix du graphique le plus adapté dépendra de ce que l'on veut y montrer. En effet, pour montrer une **évolution** (une courbe sera préconisée), une **répartition** (un diagramme est plus indiqué), une **comparaison** (un histogramme est à préférer).

2 L'interprétation d'un tableau de bord

• **L'interprétation d'un tableau de bord** doit permettre d'observer les grandes évolutions, de mettre en avant les informations importantes et d'expliquer les causes de la valeur des indicateurs du tableau de bord.

• **L'interprétation du tableau de bord doit permettre de rédiger un écrit professionnel** dont la forme (un courriel, un rapport, une note) dépendra du destinataire.

44 Les requêtes SQL

Processus 7

La mémorisation et la cohérence des données du PGI sont assurées par un ensemble structuré et organisé appelé **base de données**. La base de données permet de stocker des informations pour qu'elles puissent être extraites puis exploitées par les utilisateurs du PGI. Le langage informatique permettant cette exploitation est le **langage SQL**.

1 L'organisation des données au sein de la base de données

• **Le SGBDR (système de gestion de base de données relationnelle)** apporte une cohérence entre les données de la base et les différents accès qui peuvent intervenir. Les accès simultanés à une même ressource sont gérés par le SGBDR. Le « R » du terme SGBDR définit le **lien entre les différentes tables** de la base de données.

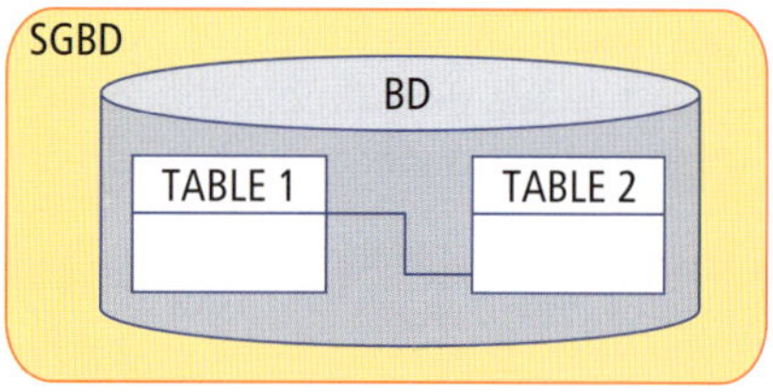

• **Au sein de la base de données, les informations sont organisées sous forme de tables.** On peut représenter ces tables sous une forme tabulaire ou une forme symbolique ou logique, appelée **relation**.

▼ **La représentation tabulaire**

Attributs	Matricule	Nom	Prénom	Service
Occurrences ou valeurs	M-231/1	COTRET	Linda	Commercial
	M-421/5	TAÏRO	Tarek	R&D

La représentation logique : EMPLOYE (Matricule, Nom, Prénom, Service)

2 L'extraction des données dans la base de données

• **Le langage SQL (*Structured Query Langage*)** est le langage informatique permettant la manipulation des données au sein d'une base. Il est normalisé, car il est composé d'un ensemble de syntaxes formelles.

• **La requête SQL** est l'ensemble des instructions mises en commun de façon structurée afin de permettre une extraction de données cohérente et répondant à une question précise. Exemple de questions posées au système : la liste des employés du service commercial, le CA moyen durant le mois de décembre N…

• **La projection.** C'est une opération permettant de récupérer un ensemble d'attributs d'une table. L'ensemble des lignes de la table seront récupérées.

Syntaxe	Exemple
SELECT attribut(s) FROM nom table ;	Nom et prénom de l'ensemble de la table EMPLOYE SELECT nom, prenom FROM employe ; SELECT * FROM employe ; *L'astérisque permet de récupérer l'ensemble des attributs de la table (matricule, nom, prénom et service).*

Capacités : la clause **DISTINCT** ajoutée derrière **SELECT** permet d'éliminer les doublons.

• **La restriction.** Il s'agit d'une condition faite sur les lignes de la table. Au lieu de récupérer l'ensemble des lignes, une restriction sera faite sur les lignes.

Syntaxe	Exemple
SELECT attribut(s) FROM nom table WHERE condition ; Une condition se compose toujours : – d'un attribut ; – d'un opérateur de comparaison (>, <, =, etc.) ; – d'une valeur ou d'un autre attribut.	Liste des employés du service commercial SELECT * FROM employe WHERE Service = « Commercial » ; Attribut / Opérateur / Valeur

Il est possible d'ajouter aux opérateurs arithmétiques classiques d'autres opérateurs logiques (BETWEEN, LIKE, etc).

• **Le tri des données.** Les lignes retournées lors des instructions précédentes le sont dans un ordre indéterminé. L'instruction ORDER BY réalise un tri des lignes résultat sur un ou plusieurs attributs.

Exemple

Noms et prénoms des employés du plus jeune au plus âgé :

SELECT Nom, Prénom
FROM Employes
ORDER BY dateNais DESC ;

Remarque

DESC définit un ordre décroissant ; le mot-clé **ASC** sera utilisé pour l'ordre ascendant.

• **Les fonctions d'agrégats** sont utilisées pour effectuer un traitement (généralement un calcul) sur les valeurs d'un attribut d'une table.

Exemple

Salaire moyen des employés du service « R&D »

SELECT AVG (salaire)
FROM Employes
WHERE Service = « R&D » ;

Remarque

Les autres fonctions sont : MAX, MIN, SUM et COUNT. Cette dernière permet de compter le nombre de lignes résultats de la requête.

• La plupart du temps, les informations exploitées dans une base de données proviennent d'un ensemble de tables. Pour obtenir ces données, il est primordial de **rechercher le lien entre les différentes tables** (ou relations) du système.

• **La jointure** est un mécanisme très puissant qui permet de combiner les données issues de plusieurs tables.

Exemple

Soit les relations suivantes :

EMPLOYE (<u>Matricule</u>, Nom, Prénom, DateNais, Service, codeQualification#)

QUALICATION (codeQualification, libelléQualification, indiceQualification)

Nom des employés ainsi que leur qualification respective

SELECT Nom, libelléQualification

FROM Employes

INNER JOIN EMPLOYE.CodeQualification = QUALIFICATION. codeQualification;

Remarque

Les attributs placés dans l'égalité de la jointure permettent de formaliser le lien entre les deux tables. Après l'instruction INNER JOIN, il est possible de faire une restriction, un tri ou même une autre jointure.

• **La commande GROUP BY** permet, comme son nom l'indique, le regroupement des lignes qui ont la même valeur pour une ou plusieurs colonnes. Elle donne également la possibilité d'effectuer le résultat d'un calcul statistique sur ces lignes (moyenne, somme, nombre, minimum, maximum...).

Exemples

Nom des employés ainsi que leur qualification respective

SELECT libelléQualification, Nom

FROM Employes

INNER JOIN EMPLOYE.CodeQualification = QUALIFICATION. codeQualification

GROUP BY libelléQualification, Nom ;

Nom des employés les plus âgés par service

SELECT Nom, Service, min(dateNais)

FROM Employes

GROUP BY service, nom ;

• **La clause WHERE** permet d'appliquer une restriction sur les lignes d'une relation tandis que la clause **HAVING utilisée après le GROUP BY** permet d'appliquer une restriction sur les groupes d'une relation obtenus par la commande GROUP BY.

Exemple

Nom des employés ayant le salaire le plus important par service ; ce salaire maximum trouvé doit être supérieur à 3 000 €.

SELECT Nom, SUM(salaireBrutMensuel)

FROM Employe

GROUP BY Nom

HAVING SUM(salaireBrutMensuel) > 3 000 ;

45 L'automatisation des tâches

Processus 7

Dans un système informatisé, certaines tâches font l'objet de **traitement spécifiques** (recherches, calculs, comparaison, etc.). Une fois le traitement défini pour un problème donné, il convient de mettre en place une **procédure automatisée** afin de lancer l'exécution d'un certain nombre d'instructions. Celles-ci sont ainsi formalisées grâce à un **algorithme**.

1 La structure algorithmique

Un algorithme est une suite d'instructions, qui une fois exécutées correctement, conduisent à un résultat donné.

A Les éléments de base d'un algorithme

Un algorithme a généralement besoin d'un certain nombre d'**éléments du contexte** pour envoyer un résultat approprié mais contient également des **ordres** permettant la manipulation des informations.

Exemple

Une remise de 5 % est appliquée sur le montant si celui-ci dépasse 100 €.

ENTRÉE		SORTIE
136,5 €	→ Ordres/instructions →	129,67 €
27 €	→ Ordres/instructions →	27 €

Dans cet exemple, l'algorithme devra contenir : l'évaluation du prix et le calcul du nouveau prix si les conditions sont respectées.

Exemple d'algorithme

ALGO CALCUL_REMISES ← Nom de l'algorithme

VARIABLES

prix : réel ← Déclaration des variables

remise : réel

DEBUT

remise ← 0 ← Affectation d'une variable

Afficher (« Veuillez saisir le prix de la transaction ») ← Instructions d'entrée/sortie

Saisir (prix) ← Instructions d'entrée/sortie

SI prix > 100 ALORS ← Structure conditionnelle

remise ← prix × 0,05

FIN SI

prix ← prix – remise

FIN ← Fin de l'algotithme

• **Les variables** sont des élements informationnels. Elles permettent de conserver des données au sein de l'algorithme. Une fois déclarées, les variables peuvent changer de valeurs au cours de l'algorithme mais le type de valeurs reste lui inchangé du début à la fin.

• **Les instructions** sont des mots clés et opérations utilisés dans l'algorithme pour répondre à un besoin ou une question spécifique. Il existe plusieurs types d'instructions :
– l'**affectation** (connsiste à donner une valeur à une variable grâce au signe « ← ») ;
– la **structure conditionnelle** (Si… Alors… Fin si) ;
– les **structures itératives**.

B Les structures conditionnelles

Elles ont pour objectif d'**évaluer les valeurs d'une ou plusieurs variables** afin de vérifier leurs cohérences dans un contexte donné. Il existe deux types de structures conditionnelles :

Les structures conditionnelles (ou alternatives) simples	Les structures conditionnelles (ou alternatives) complète
SI ***Condition*** ALORS ***Instruction(s)*** FIN SI	SI ***Condition*** ALORS ***Instruction(s)*** SINON ***Instruction(s)*** FIN SI

Exemple

À partir de l'année d'ancienneté d'un salarié, retrouver la prime d'ancienneté qui lui est attribuée.

Pour entamer l'écriture la séquence conditionnelle, il suffit de choisir une des marges (maximum ou minimum) du problème (supérieure à 61 mois ou supérieure à 1 mois).

	A	B	C
1	**Mois d'ancienneté minimum**	**Mois d'ancienneté maximum**	**Prime**
2	1	12	75 €
3	13	60	150 €
4	61	-	200 €

```
FONCTION PRIME (anciennete : entier)
VARIABLES
   Prime : entier
DEBUT
Prime ← 0
SI Anciennete >= 61 ALORS
   Prime ← 200
SINON        ← Donc inférieure à 61 mois
   SI Anciennete >= 13 ALORS
      Prime ← 150
   SINON     ← Donc inférieure à 13 mois
      SI Anciennete >= 1 ALORS
         Prime ← 15
      FINSI
   FINSI
FIN SI
FIN
```

2 L'algorithme associé aux tableurs

• Dans un tableur, **la solution algorithmique passe par le biais des fonctions et des formules**.

• Les **fonctions** représentent l'ensemble des formules prédéfinies par le logiciel de tableur utilisé (SOMME( ), RECHERCHEV( ), SI( ), etc. tandis que le terme **formule** est utilisée pour définir un ensemble d'opérations créés par l'utilisateur (pouvant contenir des fonctions).

1 Les opérations de ventes et d'achats de biens en France Énoncé p. 14

Journal	Date	Compte général	Compte tiers	Libellé	Débit	Crédit
VTE	05/03/N	411000	BOI	3 920 – 196 + 754,80 + 50	4 528,80	
		665000		(4 000 – (4 000 × 0,02)) × 0,05	196,00	
		707000		4 000 × 0,98		3 920,00
		708500		Facture n° 5589		50,00
		445710		(3 920 – 196 + 50) × 0,20		754,80
BQ	06/03/N	512000			200,00	
		419100		Acompte reçu client Paul, chèque n° 126		200,00
BQ	08/03/N	409100			500,00	
		512000		Acompte versé au fournisseur Guiot, chèque n° 258		500,00
VTE	12/03/N	411000	BER	4 860 + 30 + 267,30 + 6 – 200	4 963,30	
		419100		Facture n° 532	200,00	
		707000		(540 × 10) × 0,90		4 860,00
		708500				30,00
		445710		4 860 × 0,055		267,30
		445720		30 × 20 %		6,00
ACH	13/03/N	607000		2 000 × 0,98	1 960,00	
		445660		(1 960 – 19,60 + 100) × 0,2	408,08	
		624000			100,00	
		409600			40,00	
		765000				19,60
		409100		2000 × 0,98 × 0,01		500,00
		401000	GUIOT	1 960 + 100 + 408,08 + 40 – 19,60 – 500		1 988,48
VTE	22/03/N	411000	SUPRE	20 000 – 1 000 + 3 800 + 100	22 900,00	
		665000		20 000 × 0,05	1 000,00	
		707000		200 × 100		20 000,00
		445710		(20 000 – 1 000) × 0,20		3 800,00
		419600		Facture n° 1257		100,00

2 Le traitement comptable des factures d'avoir Énoncé p. 19

Journal	Date	Compte	Libellé	Débit	Crédit
VT	01/09	411DAL	Facture FV 2134	5 592,00	
		701000	5 000 × 0,95 × 0,96		4 560,00
		445710	(4 560 + 100) × 0,20		932,00
		708500			100,00
AC	03/09	601000	(1000 × 15) × 0,98		14 700,00
		445660			2 940,00
		401PAL	AV 5870	17 640,00	
AC	05/09	401MON		26,40	
		609100			22,00
		445660	AV 56482		4,40

.../

/…

Journal	Date	Compte	Libellé	Débit	Crédit
VT	06/09	411DUR	Client Durand facture FV 2135	298,50	
		701000			248,75
		445710			49,75
VT	07/09	701000	(50 × 10) × 0,95 × 0,96	456,00	
		709100	Remise supplémentaire : ((450 × 10) × 0,95 × 0,96) × 0,05	205,20	
		445710	TVA sur marchandises et remise supplémentaire	132,24	
		411DAL	Facture FV 2134		793,44
AC	08/09	401PAL		90,00	
		765000	25 000 × 0,03		75,00
		445660	AV n° 7489		15,00
VT	10/09	665000	300 × 0,03	9,00	
		411DOL	Facture FV 2136		9,00
AC	11/09	601000	Facture n° 66760	20 000,00	
		445660		4 000,00	
		409600		100,00	
		401POL			24 100,00
AC	14/09	401000	AV 86790	60,00	
		602600	(2 × 20) / 1,20	33,33	
		445660	33,33 × 0,20 (TVA sur les emballages achetés)	6,67	
		409600			100,00

3 Les achats et les ventes à l'étranger *Énoncé p. 21*

Journal	Date	Compte	Libellé	Débit	Crédit
AC	06/01	607002	Berke (50 × 80)	4 000,00	
		445662		800,00	
		401002			4 000,00
		445200	Facture n° 5223		800,00
VT	12/01	411000		2 500,00	
		707000	Facture n° 92 – Kurow exportation		2 500,00
VT	14/01	411002		2 400,00	
		707002	Facture n° 93 – Client Ronteau livraison intracommunautaire		2 400,00
AC	23/01	607002	(50 × 50) / 0,783	3 192,85	
		445662	3 192,85 × 0,20	638,57	
		401002			3 192,85
		445200	Facture n° 258 – Client Mirror		638,57
VT	24/01	607000	Facture n° 137	800,00	
		401000			800,00
AC	25/01	607000	Facture n° 5789	55,00	
		624000		60,00	
		445660	(800 + 55 + 60) × 0,20	183,00	
		401000			298,00
BQ	31/01	401002	Chèque n° 47859	3 192,85	
		656000	3 298,15 – 3 192,84	105,31	
		512000	2 500 / 0,758		3 298,16

4 Les achats et ventes de prestations de services en France

Énoncé p. 24

Journal	Date	Compte	Libellé	Débit	Crédit
VT	05/10	411000	Facture n° 26	2 400,00	
		707000			2 000,00
		445710	Vente de biens : TVA à la facture		400,00
VT	10/10	411000	Facture n° 27	960,00	
		706000			800,00
		445850	Vente de services : TVA en attente lors de la facture		160,00
BQ	13/10	512000	Acompte client LORD – Chèque n° 78415	1 000,00	
		419100	Acompte sur biens : pas de compte de TVA		1 000,00
BQ	16/10	512000	Acompte client SG – Chèque n° 2563	720,00	
		445850	720 / 1,2 × 0,2	120,00	
		419100			720,00
		445710	Acompte sur services : TVA collectée et en attente		120,00
AC	20/10	607000	Achat de biens : TVA déductible à la facture	3 000,00	
		445660		600,00	
		401000	Facture n° 28		3 600,00
VT	22/10	512000	Chèque n° 45871	960,00	
		445850	Annulation du compte 44585 pour 160 au 10/10	160,00	
		411000	Paiement d'un service : TVA collectée		960,00
		445710	960 / 1,2 × 0,20		160,00
VT	25/10	411000	(2 450 × 1,2) – 720 – Facture d'une vente de services : TVA en attente	2 220,00	
		419100	Solde du compte	720,00	
		706000	Facture n° 35		2 450,00
		445850	2 450 × 0,20		490,00
BQ	27/10	512000	Chèque n° 4789	2 220,00	
		445850	Solde du compte : 490 – 120	370,00	
		411000	Encaissement d'une vente de services : TVA collectée		2 220,00
		445710	En tout 490 € de TVA collectée. Déjà collectée lors de l'acompte 120 € = 490 – 120 = 370 €		370,00
AC	28/10	615000		900,00	
		445660	TVA déductible car option sur les débits	180,00	
		401000	Facture n° 30		1 080,00
AC	29/10	615000	Facture n° 78	480,00	
		445850		96,00	
		401000			576,00
BQ	30/10	401000	Chèque n° 74812	576,00	
		445660	Paiement d'un service : TVA déductible	96,00	
		512000			576,00
		445850	Annulation TVA en attente		96,00

6 Les acquisitions d'immobilisations et les opérations de financement

Énoncé p. 32

1.

Code journal	Date	Compte	Libellés	Débit	Crédit
OD ou IMMO	17/03	215410	40 000 – 5 000	35 000,00	
		215420		5 000,00	
		445620		8 000,00	
		404000	40 000 × 0,20		48 000,00
			Facture n°...		

2.

Code journal	Date	Compte	Libellés	Débit	Crédit
OD ou IMMO	31/12/N	215400	(120 000 × 2 / 3) + (350 000 × 3 / 5) + 5 000	295 000	
		722000	Machine A achevée		295 000
OD ou IMMO	31/12/N	231000	(120 000 × 1 / 3) + (350 000 × 2 / 5)	180 000	
		722000	Machine B en cours		180 000

En N+1 lors de l'achèvement de la machine B, il faudra **débiter** le compte **215400** (montant total de l'immobilisation), **créditer** le compte **231000** (coût de production de N) et **créditer** le compte **722000** (coût de production N+1).

8 Les modes de règlement et les opérations de trésorerie

Énoncé p. 40

Avis de crédit : document envoyé par la banque pour indiquer qu'une somme a été portée au crédit du compte bancaire de la personne.

Code journal	Date	Compte	Libellés	Débit	Crédit
BQ	02/02	511200		1 500,00	
		411000	Bordereau n° 1521		1 500,00
BQ	06/02	512000		1 500,00	
		511200	Avis de crédit n° 457		1 500,00
BQ	03/02	511500		3 510,00	
		411000	Bordereau n° 1521		3 510,00
BQ	07/02	512000		3 492,45	
		627000	Avis de crédit n° 897	17,55	
		511500			3 510,00
OD	27/03	467100		30 050,00	
		622500	Transfert créances affacturage, bordereau n° …	2 100,00	
		445660		420,00	
		668000		430,00	
		411000			33 000,00
OD	30/03	512000	Avis de crédit n° …, bordereau affacturage n° …	30 050,00	
		467100			30 050,00

***Délai de paiement accordé à la banque**

OD	28/04	411600*	Cession de créances, bordereau Dailly n°....	40 000,00	
		411000			40 000,00
BQ	28/04	512000	Mise à disposition financement Dailly, bordereau n°....	40 000,00	
		519400			40 000,00

.../

/...

Code journal	Date	Compte	Libellés	Débit	Crédit
BQ	30/06	512000 411600	Encaissement des clients	40 000,00	 40 000,00
BQ	30/06	519400 512000	Remboursement financement Dailly, bordereau n°...	40 000,00	 40 000,00

9 L'état de rapprochement *Énoncé p. 42*

Vérification des soldes initiaux : ils sont différents, il faut donc retrouver à quoi correspond cette différence.

Solde créditeur du relevé bancaire au 01/03	9 732,00
Solde débiteur issu du compte 512. Banque au 01/03	(–) 7 324,00
Différence entre les soldes initiaux	**2 408,00**

Cette différence de 2 408,00 € correspond au chèque n° 32524 au fournisseur Refalo, qu'il n'avait toujours pas présenté à l'encaissement en février. Il faut donc pointer le solde initial de 9 732 € et le chèque de 2 408 € figurant sur le relevé avec le solde initial figurant sur le compte 512.

État de rapprochement au 31/03/N

Libellés	Débit	Crédit	Libellés	Débit	Crédit
512. Banque			**Compte de l'entreprise tenu par la banque**		
Soldes de fin de période	13 004,00		Soldes de fin de période		17 243,26
Agios sur remise à l'escompte			Chèque n° 32541	2 330,00	
– Commission HT		15,00	Chèque n° 32542	3 520,00	
– TVA s/commission		3,00			
– Escompte		45,70			
Intérêts en notre faveur	120,00				
Frais bancaires		144,72			
Téléphone		1 522,32			
Sous-total	*13 124,00*	*1 730,74*	*Sous-total*	*5 850,00*	17 243,26
Solde rectifié – Solde débiteur		***11 393,26***	***Solde rectifié – Solde créditeur***	***11 393,26***	
Total général	*13 124,00*	*13 124,00*	Total général	17 243,26	17 243,26

- Toutes les opérations qui apparaissent au débit doivent être enregistrées au **débit du compte 512. Banque.**
- Toutes les opérations qui apparaissent au crédit doivent être enregistrées au **crédit du compte 512. Banque.**
- **Ne pas enregistrer les opérations du relevé bancaire** car elles sont déjà enregistrées en comptabilité dans le compte 512.

Écritures de régularisation : mise à jour du compte 512. Banque.

Code journal	Date	Compte	Libellés	Débit	Crédit
BQ	31/03	512100 763000	 Selon état de rapprochement	120,00	 120,00
BQ	31/03	627000 445660 661000 512100	 Selon état de rapprochement	15,00 3,00 45,70	 63,70
BQ	31/03	627000 445660 512100	144,72 / 1,20 Selon état de rapprochement	120,60 24,12	 144,72
BQ	31/03	401000 512100	Selon état de rapprochement	1522,32	 1522,32

15 Les provisions pour risque *Énoncés p. 61*

Énoncés p. 61

Exercice 1

1. Existence d'une obligation à l'égard d'un tiers à la date de la clôture : l'obligation existe (verser 2 532 €) envers le Trésor public.

2. L'obligation va provoquer une sortie de ressource : versement de 2 532 €.

3. Aucune contrepartie n'est attendue de cette sortie de ressource : en échange du règlement de 2 532 €, l'entreprise ne reçoit rien.

4. L'évaluation de l'obligation est suffisamment fiable.
Il existe un document chiffré : la notification présentée par l'inspecteur des impôts.
La société Bréaut est donc tenue de constituer une provision pour amendes et pénalités au 31/12/N. Si elle ne le faisait pas, elle serait susceptible d'être poursuivie pour délit de « présentation des comptes annuels ne donnant pas une image fidèle du résultat des opérations de l'exercice, de la situation financière et du patrimoine ». Ces provisions s'inscrivent au passif du bilan, dans le poste Provisions, immédiatement après les capitaux propres.

31/12/N–1 : création de la provision

Jal	Date	Compte	Nom des comptes	Débit	Crédit
OD	31/12/N–2	687500	Dotations aux provisions exceptionnelles	2 532,00	
		151400	Provision pour amendes et pénalités		2 532,00
			Notification du…		

15/01/N : notification définitive : 1 132 € réglés par chèque bancaire

Jal	Date	Compte	Nom des comptes	Débit	Crédit
BQ	15/03/N	671200	Pénalités, amendes fiscales et pénales	1 132,00	
		512000	Banque		1 132,00
			Notification définitive…		

31/12/N : reprise de la provision

Jal	Date	Compte	Nom des comptes	Débit	Crédit
OD	31/12/N	151400	Provision pour amendes et pénalités	2 532,00	
		787500	Reprise sur provisions exceptionnelles		2 532,00
			Notification définitive du 15/03		

Exercice 2

Année N

Créance initiale : 2 500 €	Créance initiale : 2 500 €

Au 31/12/N : écritures d'inventaire

Gain de change latent
Créance : 2 560 €

411	60	
477		60

Perte de change latente
Créance : 2 480 €

476	20	
411		20

Mais comme il y a une perte latente, nous devons constituer une provision.

686	20	
1515		20

Année N+1 : contrepassation des écritures d'inventaire

477	60	
411		60

411	20	
476		20

…/

/…

Encaissement créance					
Encaissement : 2 540 €			Encaissement : 2 470 €		
512	2 540		512	2 470	
411		2 500	656	30	
756		40	411		2 500

À l'inventaire, il ne faut pas oublier de reprendre la provision pour perte de change :

1515	20	
786		20

16 L'ajustement des comptes de gestion *Énoncés p. 64*

Exercice 1

01/01/N–1 — 27/12/N–1 (Livraison) — **31/12/N** — 03/01/N (Facturation)

N–1 : écriture d'inventaire

Jal	Date	Compte	Nom des comptes	Débit	Crédit
OD	31/12/N–1	615000	Entretiens et réparations	1 560,00	
		445860	TVA sur factures non parvenues	312,00	
		408100	Fournisseurs, factures non parvenues		1 872,00

N : contrepassation de l'écriture d'inventaire

Jal	Date	Compte	Nom des comptes	Débit	Crédit
OD	01/01/N	408100	Fournisseurs, factures non parvenues	1 872,00	
		615000	Entretiens et réparations		1 560,00
		445860	TVA sur factures non parvenues		312,00

N : réception de la facture

Jal	Date	Compte	Nom des comptes	Débit	Crédit
AC	03/01/N	615000	Entretiens et réparations	1 560,00	
		445660	TVA déductible sur ABS	312,00	
		401000	Fournisseurs		1 872,00

Conséquences de ces écritures

En N–1, le solde du compte 615 est de 1 560 €, ce qui correspond bien à l'achat de services qui a été livré le 27/12/N–1. En N, du fait de la contrepassation, puis de la comptabilisation de la facture, le solde du compte 615 est de 0 €, ce qui est normal puisque cet achat de service ne concerne que l'exercice N. Par contre, la TVA, pour être déductible, doit attendre que la facture soit parvenue, ce qui ne sera le cas qu'en N.

Exercice 2

1. Congés payés : 52 000 × 10 % = 5 200 €.
Charges sociales : 5 200 × 0,40 = 2 080 €.

2.

Jal	Date	Compte	Nom des comptes	Débit	Crédit
OD	31/12/N	6412		5 200	
		4282	Congés payés du 01/06 au 31/12		5 200
OD	31/12/N	645		2 080	
		4382	Charges sur congés payés		2 080

Exercice 3

01/10/N	31/12/N	01/10/N+1
Souscription emprunt	Intérêts courus	Remboursement de l'annuité N

du 01/10/N au 31/12/N

Jal	Date	Compte	Calcul	Débit	Crédit
OD	31/12/N	6611	300 × 3 / 12 = 75	75	
		1688			75

19 Les enregistrements relatifs à la constitution de l'entreprise *Énoncés p. 73*

Apports en nature : (60 000 + 80 000 – 40 000) = 100 000 €
Apports en numéraire : 400 000 € Capital : 500 000€

1. Promesses d'apports

01/04/N

456110		Associés, apports en nature 60 000 + 80 000 – 40 000	100 000	
456150		Ass, apports en numéraire	400 000	
	101100	Capital souscrit non appelé		500 000
		Promesses d'apport		

2. Appel du capital

01/04/N

101100		Capital souscrit non appelé	300 000	
	101200	Capital souscrit appelé, non versé		300 000
		Appel 100 000 + (400 000 × 0,5)		

109		Actionnaires capital souscrit, non appelé	200 000	
4562		Apporteurs capital appelé, non versé	300 000	
	45611	Associés, apports en nature		100 000
	45615	Associés, apports en numéraire		400 000

3. Libération des apports

15/04/N

101200		Capital souscrit appelé non versé	300 000	
	101300	**Capital souscrit appelé versé**		**300 000**
		Libération du capital		
215400		Matériel	60 000	
370000		Stock	80 000	
	401000	Dettes		40 000
	456200	Apporteur capital appelé non versé		100 000
		Libération des apports en nature		
512000		Ass, apports en numéraire	200 000	
	4562000	Apporteur capital appelé non versé		200 000
		Libération des apports en numéraire		

4. Appels ultérieurs

Étape 1

01/04/N

101100		Capital souscrit non appelé	100 000	
	101200	Capital souscrit appelé, non versé		100 000
		Appel 3e quart		

Étape 2 : la différence : le compte 109 est crédité pour le montant de l'appel et le 4562 est débité.

4562000		Apporteurs capital appelé, non versé	100 000	
	109000	Actionnaires capital souscrit, non appelé		100 000
		Appel 3e quart		

Étape 3

101200		Capital souscrit appelé, non versé	100 000	
	101300	Capital souscrit appelé, versé		100 000
		Libération du capital 3ᵉ quart		

512000		Ass, apports en numéraire	100 000	
	4562000	Apporteur capital appelé, non versé		100 000
		Libération des apports en numéraire 3ᵉ quart		

Remarques :

– pour l'appel et la libération du dernier quart du capital, les écritures sont identiques ;

– après tous les versements, les comptes 109, 1011, et 1012 sont soldés, le montant du capital figure dans le compte 1013 (SC).

20 Les enregistrements relatifs à l'augmentation de capital *Énoncés p. 76*

Montant de l'augmentation de capital : 260 000 € (65 × 4 000)
Montant du capital : 240 000 € (4 000 × 60)
Montant de la prime d'émission : 20 000 € (65 – 60) × 4 000

Montant du capital libéré d'1/4
240 000 / 4 = 60 000 €

Libération de la prime d'émission
= 20 000 €

Fonds versés = 80 000 €

1. Versement des fonds

01/07/N

512		Banque	80 000	
	4563	Capital souscrit non appelé		80 000
		Versement des fonds 60 000 + 20 000		

2. Augmentation de capital

01/07/N

4563		Actionnaires-versements reçus sur augmentation	80 000	
109		Actionnaires-KSNA	180 000	
	1011	Capital souscrit non appelé		180 000
	1013	KSAV		60 000
	1041	Prime d'émission		20 000
		Augmentation de capital en numéraire		

3. Appels ultérieurs

01/11/N

1011		Capital souscrit non appelé	180 000	
	1012	KSANV		180 000

01/11/N

4562		Apporteurs capital appelé non versé	180 000	
	109	Actionnaires-KSNA		180 000

4. Versement ultérieur

05/11/N

512		Banque	180 000	
	4562	Apporteurs capital appelé non versé		180 000
		Libération du capital appelé		

05/11/N

1012		Capital souscrit appelé non versé	180 000	
	1013	Capital souscrit appelé versé		180 000
		Virement du capital versé		

22 L'application de la TVA *Énoncé p. 82*

N°	Calculs et justifications	TVA collectée
1	Vente de biens, la TVA est collectée à la livraison : 1 700 × 20 %	340
2	Pour une prestation la TVA est collectée à l'encaissement : 810 / 1,20 = 675 € HT donc TVA = 675 × 20 %	135
3	Livraison intracommunautaire à un client identifié, exonérée de TVA	0
4	Exportation hors UE donc exonérée de TVA	0
5	Prestation donc TVA sur encaissements : 3 000 × 50 % × 20 %	300
6	Achat intracommunautaire, TVA collectée et TVA déductible : 4 000 × 20 %	800
7	Pas de TVA pour les acomptes sur ventes de biens (TVA à la livraison) Service = TVA / encaissements : 960 / 1,20 = 800 € HT donc 800 × 20 %	160

24 La déclaration de TVA *Énoncé p. 88*

Montant arrondi à l'euro

Ligne	Calcul/justification	Montant
01 : Ventes, prestations de services	Ventes facturées HT du mois : 2 159 + 19 855 Services encaissés HT : 45 900 / 1,20 = 38 250	60 264
03 : Acquisitions intracommunautaires	Report du total des AIC (compte 60712) arrondi	12 237
08 : Taux normal 20 %	– Base HT : Ventes France (compte 70720) + AIC (compte 60712) = 19 855 + 12 237 + 45 900 / 1,20 – Taxe due : 70 432 × 20 % arrondi : TVA collectée 20 % du mois	70 342 14 086
09 : Taux réduit 5,5 %	– Base HT : report du solde du compte 70715 – Taxe due : 2 159 × 5,5 % TVA collectée au taux réduit	2 159 119
16 : Total de la TVA brute due	TVA collectée du mois : 14 086 + 119	14 205
17 : Dont TVA sur acquisitions intracommunautaires	TVA collectée sur AIC : 12 237 × 20 %	2 447
19 : Biens constituant des immobilisations	TVA déductible sur immo : 1 420 × 20 %	284
20 : Autres biens et services Prestations non soumises : pas de TVA	TVA déductible sur biens et services : Achats facturés : (12 237 + 7 315) × 20 % = 3 910 € Services/débits facturés (payés ou non) : (316 + 271) × 20 % = 117 € Services/encaissements payés : 131 × 20 % = 26 € Total : 3 910 + 117 + 26	4 053

26 Le résultat fiscal *Énoncé p. 92*

N°	Imposition dans le cadre de l'IR	Imposition à la TVA
1	Il s'agit d'un BNC : bénéfice non commercial (profession libérale).	Prestations paramédicales exonérées de TVA.
2	L'activité commerciale relève des BIC. Les loyers perçus constituent des revenus fonciers.	Ventes soumises à la TVA par nature. Les loyers d'habitation sont exonérés de TVA.
3	BIC (activité commerciale).	– Ventes en France normalement soumises à TVA. – Particuliers en Espagne soumis à TVA car LIC à des clients non identifiés. – Maghreb : exonérées car export hors UE.

.../

/...

N°	Imposition dans le cadre de l'IR	Imposition à la TVA
4	Traitements et salaires pour son travail d'informaticien. L'activité de consultant est un BNC (profession libérale).	– Salaires non soumis à TVA (pas une activité indépendante). – Le consultant est un prestataire normalement soumis à TVA (sur encaissements).

27 La déductibilité des charges décaissables *Énoncé p. 94*

1. Détermination du résultat fiscal

N°	Calculs/justifications	RAF	À réintégrer
(a)	Dépense professionnelle, engagée dans l'intérêt de l'exploitation.	X	
(b)	De même pour le local commercial, dépense professionnelle. La location du studio constitue une dépense personnelle.	X	3 580
(c)	Assurance responsabilité : dépense professionnelle admise. M. Médoc est homme clé, l'assurance vie au profit de l'entreprise est déductible immédiatement. Assurance du véhicule admise car dépense professionnelle, que ce soit un véhicule de tourisme ou un utilitaire. L'assurance- vie au profit de la banque a été exigée par celle-ci, elle est donc admise immédiatement.	X X X X	
(d)	Les frais d'hôtel constituent des dépenses professionnelles (TVA non déductible). Le week-end au ski constitue une dépense somptuaire.	X	1 300
(e)	La ligne Internet de la pharmacie est admise car professionnelle. Celle du studio constitue une dépense personnelle.	X	260
(f)	M. Médoc est le conjoint de l'exploitant ; sa rémunération est normalement déductible si elle n'est pas exagérée au regard du travail fourni.	X	
(g)/(i)	Les charges sociales sont normalement déductibles, pour l'exploitant comme pour son conjoint.	X	
(h)	La rémunération de l'exploitant n'est pas déductible.		35 000
(j)	Si la rémunération n'est pas abusive et que le travail est réel, le salaire du fils est normalement déductible.	X	
(k)	Les pénalités de toute nature ne sont jamais déductibles.		680
(l)	Les dons aux associations ne sont pas admis mais ils permettent en contrepartie une réduction d'impôt (IS ou IR).		230
(m)	Les dépenses en faveur des salariés sont admises sans limite.	X	
	TOTAL RÉINTÉGRATIONS		**41 050**

Résultat fiscal à déclarer : 58 000 + 41 050 = 99 050 €.

Exploitant non adhérent à un CGA, donc bénéfice imposable à l'IR : 99 050 × 1,15 = 120 582

Majoration 15 %

2. Calcul de la réduction d'impôt liée au don

Le don est < à 10 000 € donc la réduction d'impôt est de :
230 × 60 % = 138 €

28 La déductibilité des charges calculées *Énoncé p. 96*

Biens	Amortissement économique	Amortissement fiscal	Amortissement dérogatoire	Retraitement fiscal
Échafaudages	9 200 / 10 = 920	920	0	RAF
Véhicule utilitaire	(32 000 – 15 000) / 5 = 3 400	32 000 / 8 = 4 000	800	RAF
Véhicule de fonction	24 000 / 5 = 4 800	18 300 / 5 = 3 660	0	Réintégration : 4 800 – 3 660 = 740
Matériel informatique [(a)]	3 200 / 4 × 1,5 / 12 = 100	3 200 × 31,25 % × 2 / 12 = 167 en N–1	Dotation = 167 – 100 = 67	RAF
	3 200 / 4 = 800	(3 200 – 167) × 33,33 % = 1 011	Dotation = 211	RAF
Véhicule en crédit-bail [(b)]	0	0	0	(20 500 – 18 300) / 5 = 440

(a) Taux dégressif = 100 % / 4 × 1,25 = 31,25 % et *prorata* de 2 / 12e en N–1 en mois entiers. En N, on utilise le taux de 100 % / 3 = 33,33 % car supérieur à 31,25 %.

(b) Pas d'amortissement car l'entreprise n'est pas propriétaire du véhicule. Aucun prorata puisque le véhicule a été utilisé toute l'année N.

29 Les plus ou moins-values BIC *Énoncé p. 98*

1. Analyse des plus et moins-values

Bien	Valeur d'origine	Amort.	Net	Prix	+/–V	CT	LT
Portique	32 000	28 000	4 000	7 000	+ 3 000	+ 3 000	
Élévateur	24 000	12 500	11 500	9 000	– 2 500	– 2 500	
Terrain	34 000	0	34 000	71 000	+ 37 000		+ 37 000
Hangar	45 000	31 000	14 000	52 000	+ 38 000	+ 31 000	+ 7 000
Titres							
Lot de 200	200 × 8 = 1 600	0	1 600	200 × 9 = 1 800	+ 200		+ 200
Lot de 30	30 × 10 = 300	0	300	30 × 9 = 270	– 30	– 30	
Brevet	11 000	2 000	9 000	12 000	+ 3 000		+ 3 000
Dotation/titres					– 700		– 700
	TOTAL					**+ 31 470**	**+ 46 500**

2. Détermination du résultat fiscal

	RAF	À déduire	À réintégrer
Résultat comptable			81 000
La plus-value à CT est étalée sur trois ans : 2 / 3 (31 470) =		20 980	
La plus-value à LT est imposée séparément, il faut donc la « sortir » du résultat		46 500	
TOTAL		**67 480**	**81 000**

Résultat fiscal = 81 000 – 47 450 = 33 550 à déclarer. Si l'exploitant n'a pas adhéré à un centre de gestion agréé, le bénéfice imposable sera de 33 550 × 1,15 = 38 583 (majoration de 15 % car pas adhérent à un CGA).

3. Imposition de la plus-value à LT

Impôt = 46 500 × 12,8 % = 5 952 € (auxquels il faudra ajouter 46 500 × 17,2 % = 7 998 € de prélèvements sociaux).

31 Les plus ou moins-values de l'impôt sur les sociétés

Énoncé p. 101

1. Analyse des plus ou moins-values

Bien	Valeur d'origine	Amort.	Net	Prix	+/– V	CT	LT
Portique	32 000	28 000	4 000	7 000	+ 3 000	+ 3 000	
Élévateur	24 000	12 500	11 500	9 000	– 2 500	– 2 500	
Terrain	34 000	0	34 000	71 000	+ 37 000	+ 37 000	
Hangar	45 000	31 000	14 000	52 000	+ 38 000	+ 38 000	
Titres							
Lot de 200	200 × 8 = 1 600	0	1 600	200 × 9 = 1 800	+ 200		+ 200
Lot de 30	30 × 10 = 300	0	300	30 × 9 = 270	– 30	– 30	
Brevet	11 000	2 000	9 000	12 000	+ 3 000		+ 3 000
					TOTAL	+ 75 470	+ 3 200

Les titres Quadox ne relèvent pas des plus ou moins-values car ce ne sont pas des titres de participation.

2. Détermination du résultat fiscal

	RAF	À déduire	À réintégrer
Résultat comptable			81 000
La plus-value à CT est normalement imposable	X		
La plus-value à LT est imposée séparément, il faut donc la « sortir » du résultat		3 200	
Mais quote-part de 12 % sur la plus-value à long terme sur titres de participation : 200 × 12 %			24
TOTAL		**3 200**	**81 024**

Résultat fiscal = 81 024 – 3 200 = 77 824 €.

3. Imposition de la plus-value à long terme

Impôt = 3 000 × 10 % = 300 € : pas d'impôt sur la plus-value à long terme sur titres de participation et pas de prélèvements sociaux.

32 Le calcul et le paiement de l'impôt sur les sociétés

Énoncé p. 103

1. Acomptes versés en 2022

La société est imposée à 25 % sur la totalité de son bénéfice au vu de son chiffre d'affaires. Le taux de calcul des acomptes sera de 25 %/4 = 6,25 %.

– 15 mars 2022 : premier acompte (sur 2020)
691 000 × 6,25 % = 43 188 €

444 État IS	43 188	
512 Banque		43 188

– 15 juin 2022 : deuxième acompte (sur 2021)
675 000 × 6,25 % = 42 188 €
Régularisation = 43 188 – 42 188 = – 1 000 €

444 État IS	41 188	
512 Banque		41 188

– 15 septembre 2022 : troisième acompte (sur 2021)
675 000 × 6,25 % = 42 188 €

444 État IS	42 188	
512 Banque		42 188

– 15 décembre 2022 : quatrième acompte (sur 2021)
675 000 × 6,25 % = 42 188 €

444 État IS	42 188	
512 Banque		42 188

2. IS 2022

– À 25 % : 717 000 × 25 % = 179 250 €.

Limite pour les dons : 10 200 000 × 5/1 000 = 51 000 €, donc les 2 300 € ouvrent droit à la réduction d'impôt : 2 300 × 60 % = 1 380 €, donc IS net = 179 250 – 1 380 = 177 870 €.

	31/12/2021		
695	Impôt sur les sociétés	177 870	
444	État IS		177 870
	Impôt 2021		

3. Solde de l'IS

Solde = 177 870 – (43 188 + 41 188 + 42 188 + 42 188) = 9 118 €

	15/05/2022		
444	État IS	11 638	
512	Banque		11 638
	Solde IS 2021		

4. Ce n'est pas une PME, donc concernée par la contribution de 3,3 %.

Mais IS brut de 179 250 € < 763 000 €, donc pas de contribution.

Contrôle de gestion et analyse financière

COMPRENDRE EN VIDÉO Retrouvez tous nos tutos vidéos sur notre chaîne YouTube « Objectif BTS Hachette ».

L'ÉPREUVE E5

Processus 5, 6

Situations de contrôle de gestion et d'analyse financière

Épreuve en CCF ou forme ponctuelle
Coefficient : 5
Sur poste informatique (sur tableur)

1 L'organisation de l'épreuve

• **Un dossier.** L'épreuve prend appui sur un dossier comprenant :
– **le passeport professionnel** qui permet de valider les compétences ;
– **3 fiches de situations professionnelles** (SP) couvrant l'ensemble des activités des processus P5, P6 et P7.

• **Les conditions de validité des situations professionnelles.** Chaque SP doit obligatoirement avoir du P7 et un autre processus : P5 ou P6. Les processus P5 et P6 doivent être présents dans l'ensemble des fiches.

2 Le déroulement de l'épreuve en CCF

• **Situation A (14 points) :** l'enseignant d'AP évalue après chaque SP en fonction de différents critères. L'étudiant est donc évalué sur chaque AP réalisée. À la fin des deux années, les évaluations permettent de déterminer un profil et d'attribuer **une note**.

• **Situation B (6 points) :** c'est une épreuve orale de 20 minutes à la fin de la 2e année avec deux enseignants des processus P5, P6 et P7 et des AP. Les étudiants doivent retenir trois SP qui traitent de P5, P6 et P7. Le candidat tire au sort une SP sur les trois et est interrogé sur les connaissances requises pour la SP et sur l'utilisation du tableur.

3 Le déroulement de l'épreuve ponctuelle (en fin de 2e année)

L'épreuve orale dure 30 minutes avec 30 minutes de préparation (le temps pour installer les ressources numériques et préparer les travaux demandés). Cette épreuve a lieu à la fin de la 2e année avec 2 enseignants extérieurs qui viennent vous interroger dans votre établissement.

étape 1 **10 min. au maximum** : présentation de la SP (contexte, problème de gestion…) et explicitation des démarches et méthodes mises en œuvre.

étape 2 **20 min. sur poste informatique** : des questions de connaissances et des modifications sont demandées par le jury (ex. : modification d'un délai de paiement ou d'un élément de coût et appréciation des conséquences sur la trésorerie…) et le candidat doit les mettre en œuvre et les expliquer.

Quelle que soit la modalité (CCF ou ponctuelle), l'important est de maîtriser l'utilisation du tableur.

4 👍 Les conseils pour réussir cette épreuve

Les interrogations sont conduites dans un esprit d'évaluation positive et bienveillante, les enseignants ne sont pas là pour vous piéger. Si vous avez bien préparé votre oral, tout se passera pour le mieux.

❶ **Entraînez-vous régulièrement :** présentez oralement les trois SP à votre entourage.

❷ **Maîtrisez le logiciel** (toutes les fonctions utilisées et leur utilité) et le contenu de votre SP.

❸ **Posez-vous des questions :** quel était le problème de gestion de cette situation ? Pourquoi réalise-t-on telle tâche plutôt qu'une autre ? Soyez curieux. Vous devez maîtriser les connaissances mobilisées.

❹ **Faites une sauvegarde de secours.**

❺ **Utilisez un vocabulaire adapté :** pas de familiarité ni de vulgarité.

❻ **Soyez poli , adoptez une tenue professionnelle.**

Processus 5

1 Les coûts complets

Effectuer des calculs en coûts complets signifie que toutes les charges constitutives de coûts doivent être attribuées aux différents produits ou services réalisés par l'entreprise.
Selon les modalités de répartition des charges entre les produits, on distingue :
– la **méthode des centres d'analyse** ;
– la **méthode ABC (comptabilité à base d'activités)**.

1 L'incorporation des charges aux coûts

L'essentiel des coûts de la comptabilité analytique est constitué des charges de la comptabilité générale, cependant certains retraitements sont nécessaires :
– l'abonnement des charges ;
– les éléments supplétifs ;
– les charges non incorporables : certaines charges non représentatives d'un coût ou dont la prise en compte dans l'évaluation des coûts ne serait pas pertinente sont exclues, il s'agit notamment des charges exceptionnelles ;
– les charges étalées : les dotations aux dépréciations peuvent être remplacées par des charges dites « charges étalées » économiquement plus significatives.

2 Charges directes et charges indirectes

Après détermination des charges incorporées aux coûts, une première analyse s'impose pour les ventiler en :
– **charges directes** : charges pouvant être affectées sans ambiguïté à un coût ;
– **charges indirectes** : charges concernant plusieurs coûts simultanément. Leur prise en compte dans le calcul des coûts nécessite un traitement spécifique.

3 Coûts hiérarchisés et résultat analytique

Afin d'évaluer la contribution de chacun des produits de l'entreprise au résultat réalisé, il est possible de retracer les différentes étapes de formation des coûts, selon une optique fonctionnelle.

Remarque
L'approche fonctionnelle n'est pas utilisée dans la méthode ABC.

• **Le coût d'achat.** En plus du prix que l'entreprise paye à ses fournisseurs pour ses achats, elle doit également supporter certains frais tels le loyer et l'assurance de l'entrepôt de stockage, le salaire du magasinier, etc.
Le coût d'achat, calculé pour chaque matière et marchandise, est égal au prix d'achat augmenté des charges directes ou indirectes d'approvisionnement.

• **Le coût de production.** Il est constitué du coût d'achat des matières consommées lors de la production et des charges directes (essentiellement la main-d'œuvre directe) et indirectes de production.

• **Le coût de distribution.** Il est constitué de toutes les charges, directes et indirectes, liées à la mise à disposition du client du produit ou du service vendu.

• **Le coût de revient.** Il représente tout ce qu'a coûté le produit à son stade final, jusqu'à sa vente ; autrement dit, le coût de revient ne peut être calculé que pour les produits que l'entreprise a vendus. Le coût de revient se compose du coût de production du produit vendu, du coût de distribution et des autres coûts non pris en compte précédemment (administration, financement…).

Remarque

Le coût hors-production regroupe tout ce qui dans le coût de revient n'est pas coût de production du produit vendu (c'est-à-dire le coût de distribution et les autres coûts du coût de revient).

• **Le résultat analytique.** Le résultat analytique par produit est égal à la différence entre le chiffre d'affaires et le coût de revient. En première approche, il permet de connaître la contribution de chaque produit à la formation du résultat de l'entreprise.

4 Le modèle des centres d'analyse

Comme vu précédemment, les charges indirectes, dans la mesure où elles concernent simultanément plusieurs coûts, font l'objet d'un traitement particulier afin d'être incorporées aux divers coûts.
La méthode des centres d'analyse, couramment utilisée, suit les étapes suivantes :
– définition des centres d'analyse ;
– répartition (primaire et secondaire) des charges indirectes entre ces centres d'analyse ;
– imputation des coûts des centres d'analyse principaux aux différents coûts (d'achat, de production…).

A Les centres d'analyse

a) Définition

Un centre d'analyse est une division comptable de l'entreprise permettant l'analyse des charges indirectes avant leur imputation aux coûts concernés. Cette division peut correspondre à une réalité physique (par exemple, un atelier de production) ou n'être qu'une division fictive ayant pour objet de permettre le regroupement de certaines charges indirectes (par exemple, le centre « Financement »).

b) Typologie

• **Centres auxiliaires.** Certains centres d'analyse fournissent leurs prestations aux autres centres d'analyse ; le coût de ces centres auxiliaires est réparti entre les autres centres lors de la répartition secondaire.

• **Centres principaux.** Le coût de ces centres, après répartition secondaire, est imputé aux différents coûts concernés.

c) La mesure de l'activité des centres d'analyse

L'activité d'un centre d'analyse peut être mesurée par :
– une unité physique (heure de MOD – main-d'œuvre directe –, heure-machine, kilos de matières achetées…), appelée **unité d'œuvre** ;
– une unité monétaire (la centaine d'euros d'achats…), appelée **assiette de frais**.
Pour être représentative de l'activité du centre d'analyse, l'unité d'œuvre (ou l'assiette de frais) retenue doit être telle que le coût du centre varie en fonction du nombre d'unités d'œuvre (ou de la valeur de l'assiette de frais).
Pour chaque centre principal, le calcul du coût de l'unité d'œuvre (ou du taux de frais) permet d'imputer les coûts des centres principaux aux différents coûts concernés proportionnellement au nombre d'unités d'œuvre consommées.

$$\text{Coût de l'UO} = \frac{\text{Coût du centre principal}}{\text{Nombre d'UO}}$$

B La répartition des charges indirectes

La répartition des charges indirectes se fait selon le schéma suivant :

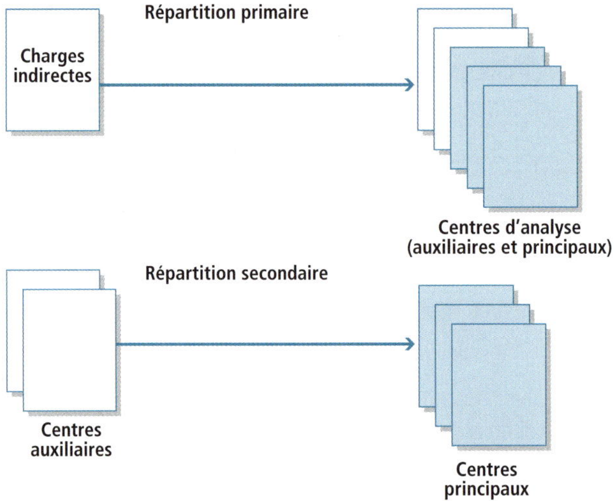

Exemple : entreprise Fruidor

L'entreprise Fruidor produit à partir de deux matières A et B deux produits P1 et P2 ; elle vous communique le tableau ci-dessous pour vous permettre de procéder à la répartition de ses charges indirectes.

		Centres auxiliaires		Centres principaux		
Charges indirectes	**Montants**	**Gestion du personnel**	**Gestion des moyens**	**Approvi-sionnements**	**Atelier**	**Adminis-tration**
Services extérieurs	10 500	5 %	10 %	30 %	40 %	15 %
Charges de personnel	40 000	10 %	5 %	25 %	50 %	10 %
Éléments supplétifs	7 500	475 €	140 €	74 €	1 234 €	5 577 €
Totaux	58 000					

a) La répartition primaire

Dans un premier temps, les charges indirectes sont affectées ou réparties à l'aide de clés de répartition entre les centres d'analyse, auxiliaires et principaux. À l'issue de cette étape, le total des coûts des centres d'analyse doit être égal au total des charges indirectes.

Exemple : entreprise Fruidor (suite)

		Centres auxiliaires		Centres principaux		
Charges indirectes	**Montants**	**Gestion du personnel**	**Gestion des moyens**	**Approvi-sionnements**	**Atelier**	**Adminis-tration**
Services extérieurs	10 500	525	1 050	3 150	4 200	1 575
Charges de personnel	40 000	4 000	2 000	10 000	20 000	4 000
Éléments supplétifs	7 500	475	140	74	1 234	5 577
Totaux	58 000	5 000	3 190	13 224	25 434	11 152

b) La répartition secondaire

Les coûts des centres auxiliaires obtenus après la répartition primaire sont ensuite répartis entre les centres principaux. Les pourcentages de répartition des centres auxiliaires vous sont fournis ci-dessous :

Exemple : entreprise Fruidor (suite)

		Centres auxiliaires		Centres principaux		
Totaux après répartition primaire	Montants	Gestion du personnel	Gestion des moyens	Approvisionnements	Atelier	Administration
	58 000	5 000	3 190	13 224	25 434	11 152
Gestion du personnel		– 100 %	15 %	25 %	50 %	10 %
Gestion des moyens			– 100 %	40 %	40 %	20 %

• Les transferts en escalier

Pour répartir les coûts des centres auxiliaires, il faut commencer par le centre qui ne reçoit aucune prestation en provenance d'autres centres auxiliaires. Les coûts des centres auxiliaires suivants sont ensuite répartis en tenant compte des prestations reçues à l'étape précédente (transferts dits « en escalier »). Ici, les pourcentages de répartition du centre « Gestion des moyens » s'appliqueront à 3 940 € (3 190 + 750).

Remarque

À l'issue de la répartition secondaire, les totaux des centres auxiliaires doivent être égaux à zéro et le total des charges après répartition secondaire doit être identique au total issu de la répartition primaire.

Exemple : entreprise Fruidor (suite)

		Centres auxiliaires		Centres principaux		
Totaux après répartition primaire	Montants	Gestion du personnel	Gestion des moyens	Approvisionnements	Atelier	Administration
	58 000	5 000	3 190	13 224	25 434	11 152
Gestion du personnel		– 5 000	750	1 250	2 500	500
Gestion des moyens			**– 3 940**	1 576	1 576	788
Totaux après répartition secondaire	58 00	0	0	16 050	29 510	12 440

c) L'imputation des coûts des centres principaux

Les coûts des centres principaux, après répartition secondaire, sont imputés aux différents coûts concernés (d'achat, de production, de distribution ou de revient) proportionnellement aux unités d'œuvre consommées par chaque élément pour lequel un coût est calculé.

Exemple : entreprise Fruidor (suite)

Les unités d'œuvre retenues par l'entreprise Fruidor sont les suivantes :
- Approvisionnement : l'euro d'achat
- Atelier : l'heure-machine
- Administration : le produit vendu

Au cours du mois, elle a acheté 8 000 kg de matière A à 28 € le kg et 5 000 kg de matière B à 19,40 € le kg.
La production du mois a nécessité 5 902 heures-machine (dont 2 000 consacrées à la production de P1).
L'entreprise a vendu 2 500 produits P1 et 3 720 produits P2.

	Approvisionnement	Atelier	Administration
Total après répartition secondaire	16 050	29 510	12 440
Nature de l'UO	€ d'achat	Heure-machine	Produit vendu
Nombre d'UO	321 000 (800 × 28) + (5 000 × 19,40)	5 902	6 220 2 500 + 3 720
Coûts de l'UO	$\frac{16\,050}{321\,000} = 0{,}05$	$\frac{29\,510}{5\,902} = 5$	$\frac{12\,440}{6\,220} = 2$

Pour répartir correctement les coûts des centres principaux entre les différents coûts concernés, il suffit de répondre à la question suivante : combien l'élément concerné a-t-il consommé d'unités d'œuvre ? Et, pour ce faire, de toujours se référer à la nature de l'UO retenue.

• Répartition du centre « Approvisionnement » entre les deux coûts d'achat

Exemple : entreprise Fruidor (suite)

La matière A a « consommé » 224 000 € d'achat (assiette de frais retenue pour le centre « Approvisionnement »), chaque euro d'achat se voyant affecter 0,05 € de charges indirectes.

	Matière A			Matière B		
	Q	**CU**	**Montant**	**Q**	**CU**	**Montant**
Achats	8 000	28,00	224 000	5 000	19,40	97 000
Approvisionnement	224 000	0,05	11 200	97 000	0,05	4 850
Coût d'achat	8 000	29,40	235 200	5 000	20,37	101 850

• Répartition du centre « Atelier » entre les deux coûts de production.

Exemple : entreprise Fruidor (suite)

Les coûts de production de P1 et P2 comprendront respectivement (2 000 × 5) = 10 000 € et (3 902 × 5) = 19 510 € de charges indirectes du centre « Atelier ».

Remarque

Il est facile de vérifier que la totalité des charges indirectes de chaque centre a été répartie entre les différents coûts concernés (ex. : les 16 050 € de charges indirectes du centre « Approvisionnement » ont été répartis intégralement entre la matière A (11 200 €) et la matière B (4 850 €)).

• Répartition du centre « Administration » entre les deux coûts de revient.

Exemple : entreprise Fruidor (suite)

Les coûts de revient de P1 et P2 comprendront respectivement (2 500 × 2) = 5 000 € et (3 720 × 2) = 7 440 € de charges indirectes du centre « Administration ».

5 Le modèle à base d'activités

La comptabilité à base d'activités (ou méthode ABC pour *Activity-Based Costing*) est une méthode d'analyse des coûts qui a été développée dans les années 1980. Sous de nombreux aspects, elle constitue, sinon une révolution, du moins une évolution par rapport aux méthodes de calcul des coûts dites traditionnelles (méthode des centres d'analyse, appelée également méthode des sections homogènes).

A Tâches, activités et processus

Pour réaliser un produit ou un service, toute entreprise est amenée à réaliser une multitude d'opérations plus ou moins complexes (téléphoner à ses clients, régler des machines, concevoir de nouveaux produits…). Selon le degré de complexité, on distingue :

– les **tâches** : actions effectuées par un ou plusieurs individus ;

– les **activités** : ensemble de tâches coordonnées aboutissant à un résultat cohérent et significatif ;
– les **processus** : regroupement d'activités correspondant à un objectif assigné.

Exemple

Processus 1 : « Assurer la régularité et la qualité de l'approvisionnement »
- Activité 1 : « Sélectionner les fournisseurs »
  - Tâche 1 : « Consulter les catalogues »
  - Tâche 2 : « Contacter les fournisseurs »
  - Tâche…
- Activité 2 : « Réceptionner les commandes »
  - Tâche 1 : « Décharger le camion »
  - Tâche 2 : « Entreposer les matières »
  - Tâche…
- Activité…

B La formation des coûts

• **La consommation de ressources.** L'objectif majeur de la méthode ABC consiste à **mettre en évidence les facteurs qui donnent naissance aux coûts**. Or ce n'est pas le produit en tant que tel qui explique directement l'existence de coûts, mais bien le fait que sa production nécessite la réalisation d'un certain nombre d'activités. Les coûts proviennent dès lors de la consommation de ressources (matières, temps de travail, charges diverses…) par les activités, ces dernières étant réalisées (« consommées ») pour permettre l'obtention des produits.
Dès lors, il s'agit de gérer le coût des activités et non plus celui des produits tout en cherchant à éliminer les activités qui n'ajouteraient pas de valeur au produit.

• **Les inducteurs.** Le coût des activités dépend de divers facteurs appelés inducteurs sur lesquels le gestionnaire peut être amené à agir :
– la fréquence à laquelle cette activité survient (ex. : l'activité « Réception des commandes » est réalisée à chaque livraison ; une réduction du nombre de livraisons permettrait de diminuer le coût de cette activité) ;
– les conditions dans lesquelles l'activité est réalisée (ex. : l'efficacité et donc le coût de l'activité « Réception des commandes » dépendent du matériel de manutention utilisé, de l'aménagement de l'entrepôt de stockage…).

• **L'allocation du coût des activités aux coûts des produits.** La démarche est identique à celle de la méthode des centres d'analyse : il s'agit de repérer pour chaque activité un inducteur (ou une unité de mesure) représentatif de la consommation de ressources par l'activité ; le coût de l'activité est ensuite réparti entre les différents produits proportionnellement aux volumes d'inducteurs consommés.
L'activité « Réception des commandes » peut être ainsi répartie en fonction des quantités consommées, si l'on fait l'hypothèse que le coût de cette activité varie en fonction des quantités.

Remarque

Les charges directes variables, étant proportionnelles aux quantités produites, sont directement affectées aux produits concernés.

C Les apports de la méthode ABC

• **Causalité et corrélation.** Le terme d'**inducteur** peut être affiné en distinguant inducteur d'activité, inducteur de coût, ou encore inducteur de ressources… La terminologie utilisée par les différents auteurs étant fluctuante, voire contradictoire, nous insisterons sur le fait que le concept d'inducteur fait nécessairement référence à un lien de cause à effet. L'unité d'œuvre utilisée dans la méthode des centres d'analyse traduit juste l'existence d'une corrélation (au sens statistique) avec le coût du centre d'analyse.

La corrélation entre le coût de l'activité « Réglage des machines » et les heures de main-d'œuvre directes signifie uniquement que le coût de cette activité augmente en fonction du temps de travail ; les causes du coût de cette activité peuvent être tout autres : nombre de séries mises en fabrication, ancienneté du parc, qualification du personnel...

• **La traçabilité des coûts.** La connaissance du coût d'un produit doit servir à la mise en œuvre d'éventuelles actions correctives. Recenser les activités et les inducteurs correspondants permet de reconstituer la chaîne de formation des coûts en repérant les causalités et d'agir.

• **L'organisation de la production.** Le déclenchement de certaines activités et donc l'apparition de coûts sont liés à la manière dont la production est organisée et non pas au volume produit : par exemple, chaque lancement d'une série nécessite le réglage des machines, indépendant de la taille de la série produite.

• **L'approche transversale.** L'entreprise n'est pas appréhendée comme un ensemble de fonctions juxtaposées (approche fonctionnelle) mais comme un ensemble de processus à réaliser pour satisfaire le client.

Les activités constitutives du processus sollicitent diverses fonctions (approvisionnement, production, distribution, etc.) : c'est une vision transversale de l'entreprise, tenant compte des interactions entre activités.

D Méthodologie

Une fois recensées les activités qui coexistent dans les centres d'analyse et repérés les inducteurs les plus pertinents, il faut :
– calculer le coût des inducteurs en regroupant les activités ayant même inducteur ;
– affecter le coût de chaque inducteur aux produits concernés en fonction du volume consommé.
Le coût de revient s'obtient alors en additionnant le coût direct et le coût des inducteurs.

6 La tenue des comptes de stocks

Concernant la valorisation des stocks, deux problèmes se posent :
– Comment évaluer les entrées en stocks ?
– Comment évaluer les sorties de stocks, c'est-à-dire le coût des matières consommées ou des produits vendus ?

A Les entrées en stock

• **Matières et marchandises.** Pour ce qui est des éléments achetés par l'entreprise – matières ou marchandises – il est nécessaire de tenir compte des divers frais (internes ou externes) qui s'ajoutent au prix d'achat. En comptabilité de gestion, ce coût d'achat des matières ou marchandises achetées (CAMA) est égal au prix d'achat augmenté des charges directes et indirectes liées à l'approvisionnement.

Exemple : entreprise Aligor

Au cours du mois de septembre, l'entreprise Aligor a acheté 28 500 kg de matière dont 6 500 kg de matière M à 9,80 € le kg (lot 1 en date du 09/09) et 2 500 kg de matière M à 9,20 € le kg (lot 2 en date du 22/09). Les charges indirectes du centre « Approvisionnement » se sont élevées à 34 200 € et sont réparties entre les matières proportionnellement au poids des matières achetées.

Coût de l'UO du centre « Approvisionnement » $= \frac{34\ 200}{28\ 500} = 1{,}20$ €.

Coût d'achat de la matière M achetée (entrée en stock) :

	Lot 1 acheté le 09/09			Lot 2 acheté le 22/09		
	Q	CU	Montant	Q	CU	Montant
Achats	6 500	9,80	63 700	2 500	9,20	23 000
Approvisionnement	6 500	1,20	7 800	2 500	1,20	3 000
Coût d'achat (CAMA)	6 500	11,00	71 500	2 500	10,40	26 000

- **Produits finis, intermédiaires ou en cours**

Les entrées en stocks sont valorisées au coût de production des produits fabriqués (CPPF) :

CPPF = **Coût d'achat des matières consommées (CAMC)** + **Coût de production des produits intermédiaires consommés** + **Charges directes de production (MOD…)** + **Charges indirectes de production**

B Les sorties de stock

Exemple : entreprise Aligor (suite)

Le stock initial de matière M de l'entreprise Aligor était constitué de 1 000 kg au coût unitaire de 10 € le kg.
Au cours du mois de septembre, elle a consommé pour sa production :
– 800 kg (le 05/09) ;
– 4 800 kg (le 18/09) ;
– 1 400 kg (le 25/09).
À quel coût doit-on valoriser les consommations de matière du mois ?
La réponse à cette question permet de calculer :
– pour les matières, le coût d'achat des matières consommées (CAMC) ;
– pour les produits, le coût de production des produits vendus (ou consommés dans le cas de produits intermédiaires) (CPPV).
Différentes méthodes sont envisageables, notamment :
– le coût moyen unitaire pondéré (CMUP) ;
– le « premier entré, premier sorti » (PEPS).

- **Valorisation au coût moyen unitaire pondéré (CMUP)**

Les sorties de stock et le stock final sont valorisés au même coût unitaire, le CMUP, avec :

$$\text{CMUP} = \frac{\text{Total SI et entrées en valeur}}{\text{Total SI et entrées en quantité}} = \frac{107\,500}{10\,000} = 10{,}75 \text{ € le kg.}$$

Exemple : entreprise Aligor (suite)

Entrées					Sorties				
Date	Libellé	Q	CU	Montant	Date	Libellé	Q	CU	Montant
01/09	Stock initial	1 000	10,00	10 00	05/09	Consommation	800	**10,75**	8 600
09/09	Achats (lot 1)	6 500	11,00	71 500	18/05	Consommation	4 800	**10,75**	51 600
22/09	Achats (lot 2)	2 500	10,40	26 000	25/09	Consommation	1 400	**10,75**	15 050
					30/09	Stock final	3 000	**10,75**	32 250
	Totaux	10 000	**10,75**	107 500		Totaux	10 000	**10,75**	107 500

• **Valorisation selon la méthode premier entré, premier sorti (PEPS)**

Selon cette méthode, les sorties de stocks sont supposées s'effectuer selon l'ordre chronologique : en priorité sont supposés être utilisés les éléments détenus depuis le plus longtemps dans l'entreprise.

Exemple : entreprise Aligor (suite)

Entrées					Sorties				
Date	**Libellé**	**Q**	**CU**	**Montant**	**Date**	**Libellé**	**Q**	**CU**	**Montant**
01/09	Stock initial	1 000	10,00	10 00	05/09	Consommation	800	**10,00**	8 600
09/09	Achats (lot 1)	6 500	11,00	71 500	18/05	Consommation	200 4 600	**10,00** **11,00**	2 000 50 600
22/09	Achats (lot 2)	2 500	10,40	26 000	25/09	Consommation	1 400	**11,00**	15 400
					30/09	Stock final	500 2 500	**11,00** **10,40**	5 500 26 000
	Totaux	10 000	**10,75**	107 500		Totaux	10 000	**10,75**	107 500

05/09 : prélèvement de 800 kg (à 10 €) sur le stock initial. Ce dernier s'élève dès lors à 200 kg.
18/09 : prélèvement des 200 kg restant du stock initial (à 10 €) et de 4 600 kg (à 11€) en provenance du lot 1. Il reste (6 500 – 4 600) = 1 900 kg du lot 1.
25/09 : prélèvement de 1 400 kg (à 11 €) du lot 1. Il reste (1 900 – 1 400) = 500 kg du lot 1.
30/09 : le stock final réel est constitué des 500 kg restant du lot 1 (à 11 €) et de 2 500 kg du lot 2 (à 10,40 €).

C Les différences d'inventaire

• Concernant les stocks, certaines divergences existent entre la comptabilité financière et la comptabilité de gestion :

– La comptabilité financière se doit d'effectuer un **inventaire extra-comptable** au moins une fois par an, en comptant physiquement les éléments existant effectivement à la date d'inventaire, il s'agit de l'inventaire intermittent.

– La comptabilité de gestion pratique l'**inventaire permanent**, c'est-à-dire qu'elle calcule ses stocks théoriques en fonction des entrées et des sorties de la période.

En comptabilité de gestion, stock final = stock initial + entrées – sorties .

Le stock final déterminé de manière extra-comptable en comptabilité financière est un stock réel alors que le stock final calculé en comptabilité de gestion est un stock théorique.

• On appelle **différence d'inventaire** la différence qui peut exister entre le stock réel et le stock théorique :

– si **Stock final réel > Stock final théorique**, il s'agit d'un boni (+) apparaissant du côté des entrées dans la fiche de stock ;

– si **Stock final réel < Stock final théorique**, il s'agit d'un mali (–) apparaissant du côté des sorties dans la fiche de stock.

Remarque

Du fait de l'inscription de la différence d'inventaire en entrées ou en sorties, une fiche de stock doit toujours être équilibrée.

Exercices d'entraînement

Exercice 1

Corrigé p. 208

L'entreprise Beauséjour décape et repeint sur commande des volets métalliques pour le compte de particuliers et d'entreprises.

Une entreprise de transport se charge de la réception et de la livraison des volets chez les clients, charge à ces derniers de les démonter et de les remonter.

Une fois décapés, les volets sont peints à l'abri de toute poussière par projection de peinture effectuée automatiquement en cabine. La peinture est réalisée par l'entreprise à partir d'une base neutre anti-rouille à laquelle est ajouté le colorant choisi par le client.

Au cours de la première semaine du mois de mai, quatre commandes (A, B, C et D) lui ont été adressées :

Commandes	Nombre de volets (130 cm × 120 cm)	Nombre de volets (200 cm × 180 cm)
A	12	8
B	4	2
C	8	10
D	6	–

On vous communique les annexes suivantes :

ANNEXE 1

Charges indirectes

	Décapage	Peinture	Finition
Total des charges indirectes	575	1 188	594
Nature de l'UO	Le volet décapé	Le m² de volet	Le m² de volet

Remarque : le m² de volet s'entend recto verso (un volet de 130 cm × 120 cm représente 1,56 m² de volet).

ANNEXE 2

Activités et inducteurs

Centres d'analyse	Activités	Coûts des activités	Inducteur
Décapage	Préparation bain Décapage Contrôle décapage	58 402 115	la commande la commande le volet
Peinture	Mélange Peinture Nettoyage cabine	55 954 179	la commande lot en cabine la commande
Finition	Finition Contrôle	445,50 148,50	le m² de volet le volet

ANNEXE 3

Renseignements divers

- La peinture anti-rouille, colorant inclus, coûte 600 € le bidon de 50 litres ; la peinture consommée est proportionnelle à la superficie du volet et il faut 1,80 litre de peinture pour un volet de 200 cm × 180 cm.
- La cabine de peinture peut accueillir des lots composés de 2 volets 200 cm × 180 cm ou de 4 volets de 130 cm × 120 cm.
- Le décapant et la main-d'œuvre sont incorporés aux charges indirectes.
- L'entreprise facture ses prestations 40 € le m².

1. **Complétez le tableau de répartition des charges indirectes.**
2. **À partir des annexes 1 et 3, calculez le coût de production de chaque modèle de volet et le coût de chacune des commandes selon la méthode des centres d'analyse.**
3. **À partir des annexes 2 et 3, calculez le coût des inducteurs.**
4. **Calculez selon la méthode ABC le coût de chaque commande.**
5. **Calculez et présentez dans un tableau comparatif le coût du m² par commande en fonction des résultats trouvés aux questions 2. et 4.**
6. **Que pensez-vous du type de facturation retenu par l'entreprise Beauséjour ?**

Exercice 2

Corrigé p. 210

L'entreprise Au bon campeur produit et commercialise deux modèles de tentes destinées à la moyenne randonnée :
– le modèle Randofirst, à deux places, livré avec 7 piquets et deux arceaux ;
– le modèle Galaxie, à trois places, livré avec 9 piquets et deux arceaux.

L'atelier « Textile » effectue la coupe et l'assemblage des éléments suivants :
– le double toit, le tapis de sol et le sac en polyamide à 75 g le m² ;
– la tente intérieure en coton à 125 g le m².

La tente passe ensuite directement à l'atelier « Conditionnement » où sont ajoutés les différents accessoires (piquets et arceaux).

On vous communique les renseignements suivants relatifs au mois de novembre :

- **Stocks de matières et d'accessoires au 1er novembre :**

Éléments	Quantités	Coût global
Polyamide	5 200 kg	44 640 €
Coton	2 000 kg	9 900 €
Piquets	8 000 piquets	5 400 €
Arceaux	2 000 arceaux	2 240 €

- **Stocks de tentes au 1er novembre :**

– 500 tentes Randofirst à 81,72 € et 1 600 tentes Galaxie à 107,27 €.

- **Achats de matières et d'accessoires :**

– polyamide : 50 000 kg à 8 € le kg ;
– coton : 20 000 kg à 5,50 € le kg ;
– piquets : 700 lots de 100 piquets à 48 € le lot ;
– arceaux : 200 lots de 100 arceaux à 145 € le lot.

- **Charges directes :**

– matières consommées :
  · Polyamide : 54 700 kg (dont 27 500 kg pour le modèle Randofirst) ;
  · Coton : 2 kg par tente Randofirst et 2,80 kg par tente Galaxie.
– MOD :
  · Chaque tente produite a nécessité 6 minutes de MOD à l'atelier « Textile » à 15 € l'heure.
  · Les ouvriers de l'atelier « Conditionnement » ont travaillé 178 heures à 12 € l'heure, le temps de travail étant le même pour chaque modèle de tente.

- **Charges indirectes :**

	Approvisionnement	Textile	Conditionnement	Distribution	Administration
Total après répartition secondaire	10 200	45 390	37 380	13 158	27 780
Nature de l'UO	€ de matière achetée	Heure-machine	Tente conditionnée	Tente vendue	CPPV(1)

(1) CPPV = coût de production des produits vendus.

- **Production et ventes :** la production du mois a été de 5 500 tentes Randofirst et 3 400 tentes Galaxie ; elle a nécessité 2 225 heures-machine à l'atelier « Textile » (dont 1 375 consacrées à la production des tentes Randofirst). Il a été vendu 5 800 tentes Randofirst à 89,90 € et 2 800 tentes Galaxie à 135 €.

Les stocks sont tenus selon la méthode du coût moyen unitaire pondéré.

1. **Terminez le tableau de répartition des charges indirectes.**
2. **Calculez les coûts d'achat des matières et les CMUP des matières et accessoires.**
3. **Calculez les coûts de production des produits fabriqués et les CMUP correspondants.**
4. **Calculez les coûts de revient et les résultats analytiques.**

2 Les coûts partiels et l'analyse de l'exploitation

Processus 5

L'analyse en coûts partiels est complémentaire de l'analyse en coûts complets, elle répond à des objectifs de gestion différents :
– Les **coûts complets** permettent de connaître le coût de revient et le résultat dégagé par produit ou par activité.
– Les **coûts partiels** permettent de faire apparaître diverses marges nécessaires pour affiner l'analyse en coûts complets.
Cette analyse en coûts partiels nécessite de décomposer les charges de la manière suivante : charges opérationnelles et charges de structure.

1 Les charges opérationnelles et les charges de structure

Les charges peuvent être classées en deux catégories :
– les **charges opérationnelles ou variables,** qui varient avec le volume d'activité ;
– les **charges fixes ou de structure,** qui sont indépendantes du niveau d'activité à l'intérieur d'un palier de structure.
Le tableau suivant met en évidence les distinctions existant entre charges variables et charges fixes.

Attention

Ne pas confondre charges variables et charges directes, charges fixes et charges indirectes. Une charge est directe si son affectation à un produit ou à un centre peut être faite sans ambiguïté.

	Charges variables	Charges fixes
Charges directes	Charges qui varient en fonction de l'activité et que l'on peut affecter directement à un produit. *Ex. :* matières premières, éventuellement des charges de main-d'œuvre.	Charges qui ne varient pas en fonction de l'activité et que l'on peut affecter directement à un produit. *Ex. :* amortissement de matériel spécifique à une production, charges de main-d'œuvre affectables à un seul produit.
Charges indirectes	Charges qui varient en fonction de l'activité mais que l'on ne peut pas affecter directement à un produit. *Ex. :* publicité, consommation d'électricité d'un atelier.	Charges qui ne varient pas en fonction de l'activité et que l'on ne peut pas affecter directement à un produit. *Ex. :* amortissement du matériel et des locaux administratifs. Charges administratives.

2 Les coûts variables

La méthode du coût variable peut être schématisée de la façon suivante :

Produits	P_1	P_2	…	P_n	Total
Chiffre d'affaires	CA_1	CA_2	…	CA_n	CA
– Coûts variables des produits vendus (de production et hors production)	CV_1	CV_2	…	CV_n	CV
= Marge sur coûts variables	MCV_1	MCV_2	…	MCV_n	MCV
– Charges de structure	CF				CF
= Résultat					R

Ce tableau représente le compte de résultat différentiel.

Exemple : entreprise Lepos

L'entreprise Lepos fabrique trois produits : des présentoirs Colonna (PC), des présentoirs modulaires rotatifs (PM) et des présentoirs Rolling (PR).

Données du mois de juin (en euros)

	PC	PM	PR	Total
Charges variables de production	3 104,25	3 382,75	4 601,04	
Charges variables hors production	4 345,95	3 382,75	4 843,20	
Charges fixes				8 500
– Quantités vendues **– Prix de vente unitaire**	30 413,90	100 96,65	75 161,44	

À partir de ces données, on peut établir un compte de résultat différentiel.

Compte de résultat différentiel en euros

	PC	PM	PR	Total
Chiffre d'affaires	**12 417,00**	**9 665,00**	**12 108,00**	**34 190,00**
– quantités vendues	30	100	75	205
– prix de vente unitaire	413,90	96,65	161,44	
Charges variables	**7 450,20**	**6 765,50**	**9 444,24**	**23 659,94**
– de production	3 104,25	3 382,75	4 601,04	
– hors production	4 345,95	3 382,75	4 843,20	
Marge sur coûts variables	**4 966,80**	**2 899,50**	**2 663,76**	**10 530,06**
MCV/CA (%)	40,00 %	30,00 %	22,00 %	
Charges fixes				8 500,00
Résultat				**2 030,06**

L'analyse de ce compte de résultat permet de montrer que les présentoirs Colonna dégagent une marge sur coûts variables importante (40 %) et qu'en revanche, le produit PR ne présente qu'une marge assez faible (22 %).

Cette analyse en coûts partiels permet aux dirigeants de l'entreprise de bien cerner les produits ou activités ayant de fortes marges sur coûts variables, et les produits ou activités à faible marge. Cette analyse peut être affinée, en affectant certaines charges fixes aux coûts des produits.

3 Les coûts spécifiques

Les coûts spécifiques sont obtenus en ajoutant aux coûts variables les charges de structure concernant sans ambiguïté ces coûts.

Exemple : entreprise Lepos

Les charges fixes de 8 500 € peuvent être affectées de la façon suivante aux trois produits : 2 700 € pour PC, 3 000 € pour PM et 2 010 € pour le produit PR.

On peut établir un nouveau compte de résultat différentiel. Ce dernier fait apparaître les charges fixes spécifiques, mais aussi un nouveau solde : la marge sur coût spécifique (Marge sur coût variable – Coût fixe spécifique).

Compte de résultat différentiel en euros

	PC	PM	PR	Total
Chiffre d'affaires	**12 417,00**	**9 665,00**	**12 108,00**	**34 190,00**
– quantités vendues	30	100	75	205
– prix de vente unitaire	413,90	96,65	161,44	
Charges variables	**7 450,20**	**6 765,50**	**9 444,24**	**23 659,94**
– de production	3 104,25	3 382,75	4 601,04	
– hors production	4 345,95	3 382,75	4 843,20	
Marge sur coûts variables	**4 966,80**	**2 899,50**	**2 663,76**	**10 530,06**
MCV/CA (%)	40,00 %	30,00 %	22,00 %	
Coût fixe spécifique	2 700,00	3 000,00	2 010,00	
Marge sur coûts spécifiques	**2 266,80**	**– 100,50**	**653,76**	**2 820,06**
Charges fixes non affectables				**790,00**
Résultat				**2 030,06**

Marge sur coûts spécifiques = Marge sur coûts variables – Charges fixes spécifiques

Cette marge sur coûts spécifiques permet aux gestionnaires de prendre des décisions quant à l'abandon ou la poursuite d'une activité, ou d'un produit, si celui-ci génère une marge négative. Dans notre exemple, la question se pose quant au produit PM.

4 Le seuil de rentabilité

Exemple : société Pizzadau

La société Pizzadau vend des pizzas à emporter. Cette société a vendu, pendant l'exercice N, 43 200 pizzas à un prix moyen de 15 € la pizza. Les charges de cette entreprise se répartissent de la façon suivante :
– charges variables totales : 388 800 € HT ;
– charges fixes : 194 400 € HT.

Compte de résultat différentiel

CAHT (43 200 × 15)	648 000	100 %
– Charges variables	388 800	60 %
= Marge sur coûts variables (MCV)	259 200	40 %
– Charges fixes (CF)	194 400	
= Résultat (R)	64 800	

388 800/648 000

259 200 / 648 000 ou 100 % – 60 % représente le taux de marge

Le seuil de rentabilité, ou chiffre d'affaires critique, est le chiffre d'affaires qui permet à l'entreprise de couvrir la totalité de ses charges sans bénéfice ni perte.

Le chiffre d'affaires critique (ou seuil de rentabilité) est atteint lorsque le résultat est égal à zéro :

- **Marge sur coûts variables = Charges fixes (MCV = CF)**
- **Chiffre d'affaires = Charges variables + Charges fixes (CA = CV + CF)**
- **Résultat = 0 (CA – CV – CF = 0)**

A Calcul du seuil de rentabilité

a) Calcul à partir des taux.

Exemple : société Pizzadau (suite)

- **En valeur :**

Soit X le chiffre d'affaires critique : (MCV = Taux de marge × CA)

– MCV = CF : $0,40\,X = 194\,400 \Rightarrow X = 486\,000$ € ;

– CA = CV + CF : $X = 0,60X + 194\,400 \Rightarrow X = 486\,000$ € ;

– R = 0 CA – CV – CF = 0 $\Leftrightarrow X = 486\,000$ €.

- **En quantités** : 486 000 / 15 = 32 400 pizzas.

b) Calcul à partir de la marge sur coût variable unitaire, du prix de vente unitaire, des charges variables unitaires.

Exemple : société Pizzadau (suite)

- **En quantités :**

Soit X le chiffre d'affaires critique, en quantité :

– $MCV_u \times X = CF$

$MCV_u = (259\,200/43\,200) = 6$ €

$6X = 194\,400 \Rightarrow X = 32\,400$ pizzas

– CA = CV + CF :

$PV_u \times X = CV_u \times X + CF$

$15\,X = 9X + 194\,400 \Rightarrow X = 32\,400$ pizzas (388 800 / 43 200 = 9 €)

– R = 0

$(PV_u - CV_u)\,X - CF = 0$

$(15 - 9)\,X - 194\,400 \Rightarrow X = 32\,400$ pizzas

- **En valeur :**

32 400 × 15 = 486 000 €

B Représentation graphique

Exemple : société Pizzadau (suite)

MCV = CF

– Droite de la MCV : $y_1 = 0,40X$.

– Droite des coûts fixes : $y_2 = 194\,400$.

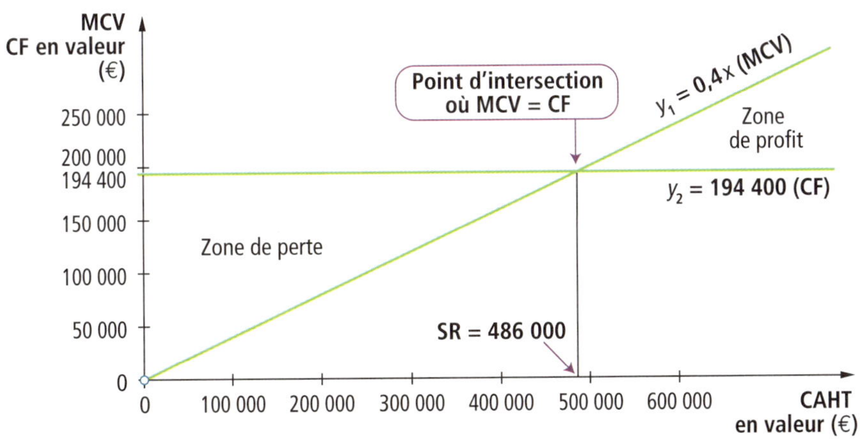

5 Le risque d'exploitation

A Le point mort

La date à laquelle le seuil de rentabilité est atteint est appelée **point mort**.

Exemple : société Pizzadau (suite)

Si l'on considère que la vente des pizzas dans l'entreprise Pizzadau est régulière durant l'année, et que cette entreprise travaille les 12 mois de l'année :

360 jours $\Rightarrow$ CA = 648 000 €

n jours $\Rightarrow$ CA = 486 000 €

$n = \frac{360}{648\,000} \times 486\,000 = 270$ jours, soit le 1er octobre

Si l'activité de l'entreprise Pizzadau n'est pas régulière :

Mois	Janvier	Février	Mars	Avril	Mai	Juin	Juillet	Août	Sept.	Oct.	Nov.	Déc.
CAHT	37 800	43 200	57 780	62 100	64 800	64 800	59 400	51 300	52 920	52 920	48 600	52 380
Cumul	37 800	81 000	138 780	200 880	265 680	330 480	389 880	441 180	494 180	547 020	595 620	648 000

Le seuil de rentabilité est atteint au cours du mois de septembre.
Il est compris entre [441 180 et 494 100], exactement :

$\frac{30}{494\,100 - 44\,118} \times (486\,000 - 441\,180) = 25{,}4$ jours soit environ le 26 septembre.

Exercice d'entraînement

Corrigé p. 211

L'entreprise Bazin vous fournit son compte de résultat de l'année N.

Charges		Produits	
Achats de marchandises Autres achats Impôts et taxes Charges de personnel : – commerciaux – autres Dotations aux amortissements et dépréciations	497 500 72 500 75 000 213 000 112 500 280 000	Chiffre d'affaires (vente de 10 000 produits)	1 490 000
Total charges	1 250 500	Total produits	1 490 000
Résultat (solde créditeur)	239 500		
Total général	1 490 000	Total général	1 490 000

Les achats de marchandises et les salaires des commerciaux sont des charges opérationnelles, toutes les autres charges sont des charges de structure.

1. **Présentez le compte de résultat différentiel et calculez la marge sur coût variable unitaire.**
2. **Présentez l'équation de la droite de coût total (en fonction de la production) et établissez la représentation graphique.**
3. **Présentez le compte de résultat différentiel pour une vente de 15 000 produits (on supposera que les charges fixes restent identiques).**

3 Les coûts préétablis et l'analyse des écarts

Processus 5

1 Les coûts préétablis

A Notion de coût préétabli

Un coût préétabli est un coût évalué *a priori* pour permettre le contrôle de gestion par l'analyse des écarts. Bien que peu explicite, cette définition permet de dégager certaines caractéristiques propres à cette notion :

– **« coût évalué a *priori* » :** les calculs en coûts préétablis permettent d'obtenir des résultats rapides, sans attendre le résultat du dépouillement des informations comptables ; ils permettent d'effectuer des prévisions ou d'établir des devis ;

– **« pour permettre le contrôle de gestion par l'analyse des écarts » :** la notion de coût préétabli permet à l'entreprise de se fixer des normes, des objectifs, et, par la suite, d'analyser les causes de divergence entre les données réelles (ou constatées) et les données préétablies.

B La fiche de coût préétabli

La fiche de coût préétabli est l'instrument quasi indispensable pour mener à bien les calculs prévisionnels ou pour quantifier les objectifs que s'est fixée l'entreprise en matière de coûts. La fiche de coût préétabli permet, pour un niveau de production donné, de mettre en lumière les composantes du coût de production unitaire d'un produit donné.

Exemple de fiche de coût préétabli

	Q	CU (Cp)	Montant (Mp)
Bois	1,20	1,80	2,16
M.O.D	1,10	15,80	17,38
Façonnage	1,10	1,30	1,43
Coût de production unitaire			20,97

Il est indispensable de bien différencier :

– le **coût préétabli (Cp) du facteur de production** (1,80 € le kg de bois) ;

– du **montant préétabli (Mp) de ce facteur de production dans le produit fini** (2,16 € de bois dans le produit fini).

En effet, les calculs effectués avec Cp se combinent toujours avec une quantité de facteur de production (nombre de kg de bois) alors que ceux effectués avec Mp font toujours intervenir une production.

C L'analyse des écarts

• **Un écart** résulte de la différence qui existe entre un coût réel, constaté et un coût préétabli.

Écart = Coût constaté (CC) – Coût préétabli (CP)

Par convention de calcul, un écart est donc défavorable s'il est positif, favorable dans le cas contraire. L'écart sur coût de production s'analyse en examinant les différents facteurs de production constitutifs du coût de production.

• **On peut distinguer deux types d'analyse d'écarts :**

– les écarts sur charges directes variables (ou opérationnelles) : ces charges sont considérées comme étant strictement proportionnelles à la production par le biais des quantités consommées ; essentiellement, il s'agit ici des écarts sur matières consommées et sur MOD ;

– les écarts sur coût d'un centre de travail (écarts sur charges indirectes).

2 Les écarts sur charges directes variables

A L'écart relatif à la production constatée (écart global)

L'écart global permet de comparer le coût réel et le coût préétabli du facteur de production consommé au niveau de la production constatée. Il se calcule par différence entre le coût constaté (CC) et le coût préétabli de la production constatée (CPPc).

Écart global = CC – CPPc

Calcul du CPPc : Le coût préétabli de la production constatée représente le coût qu'aurait dû supporter l'entreprise pour réaliser la production constatée.
Ce coût dépend :
– de la quantité de facteur de production qu'aurait dû consommer l'entreprise pour réaliser la production constatée (notée Qpc) ; cette quantité se calcule en appliquant la quantité unitaire préétablie (*cf.* fiche de coût préétabli) à la production constatée ;
– du coût préétabli du facteur de production (Cp) (*cf.* La fiche de coût préétabli, p. 173).

B L'analyse de l'écart global

Deux différences sont susceptibles d'expliquer l'écart global sur charges directes variables :
– **au niveau des quantités consommées** (réelles et préétablies) relatives à la production constatée ;
– **au niveau des coûts unitaires** (réels et préétablis) du facteur de production.
D'où les deux composantes de l'écart global sur charges directes variables :

Remarque

• La convention généralement retenue pour le calcul des écarts est la suivante :
– les différences de quantités ou de productions sont valorisées à des valeurs préétablies ;
– les différences de valeurs sont pondérées par des quantités ou des productions constatées ;
• Concernant la MOD, l'écart sur quantité est dénommé « écart sur temps », l'écart sur coût « écart sur taux » ou « écart sur salaire horaire ».

• **L'écart sur quantité de facteur de production consommé :**

(Qc – Qpc).Cp
avec Qc = quantité réellement consommée
Qpc = quantité préétablie pour la production constatée
Cp = coût unitaire préétabli du facteur de production.

• **L'écart sur coût unitaire du facteur de production :**

(Cc – Cp).Qc
avec Cc = coût unitaire réel du facteur de production.

3 Le budget des charges indirectes

A Coût préétabli et activité normale

Du fait de l'existence de charges fixes, le coût d'un centre d'analyse n'est pas proportionnel à son activité ; le coût de l'unité d'œuvre dépend donc du niveau d'activité pour lequel il a été calculé. Il est donc nécessaire de définir un niveau d'activité – dit activité normale (An) – permettant de fixer le coût préétabli de l'unité d'œuvre (Cp) et de présenter la fiche de coût préétabli.

Exemple

L'activité normale du centre Assemblage, évaluée suite à une étude portant sur les trois dernières années, est de 1 200 heures-machine (unité d'œuvre) ; le montant de charges indirectes correspondant est estimé à 3 600 € comprenant 600 € de charges fixes. Le coût préétabli de l'unité d'œuvre (Cp) qui sera porté dans la fiche de coût préétabli sera égal à 3 600 / 1 200 = 3 €. Il est égal au coût prévisionnel unitaire (composé de charges fixes et variables) calculé pour l'activité normale.

Ce coût préétabli pourra être utilisé pour élaborer des devis qui soient indépendants de l'activité réelle de l'entreprise afin de ne pas répercuter sur le client les variations saisonnières d'activité.

B Le budget flexible

Le budget flexible est le budget d'un centre d'analyse portant sur différents niveaux d'activité, en distinguant les charges variables des charges fixes. Il est utilisé dans l'entreprise comme composante des différents budgets (de production, de trésorerie…).

Exemple (suite)

Le budget flexible du centre Assemblage pour les niveaux d'activité de 1 000, 1 200 et 1 500 unités d'œuvre est le suivant :

	Budget du centre Assemblage		
Activité	1 000	1 200 (Act. normale)	1 500
Charges variables	2 500	3 000	3 750
Charges fixes	600	600	600
Charges indirectes totales	3 100	3 600	4 350
CV unitaire	2,50	2,50	2,50
CF unitaire	0,60	0,50	0,40
CT unitaire	3,10	3,00 (Cp)	2,90

L'examen de ce budget montre que les éléments indépendants du niveau d'activité sont :
– les charges variables unitaires (CVu = 2,50 €) ;
– les charges fixes totales (CF = 600 €).

L'équation permettant de calculer le montant du budget des charges indirectes pour différents niveaux d'activité est donc de la forme :

Y = CVu.x + CF = 2,50x + 600 où x représente l'activité (nombre d'unités d'œuvre) du centre.

Exercices d'entraînement

Exercice 1

Corrigé p. 212

La société La Vachette produit des articles de maroquinerie. On vous communique ci-dessous divers renseignements relatifs au produit haut de gamme de sa ligne de sacs à main :

- Extrait de la fiche de coût préétabli :

	Q	CU (Cp)	Montant (Mp)
…	…	…	…
Cuir	1,2 m²	80,00	96,00
MOD	3,50 heures	14,40	50,40
…	…	…	…

Données réelles (mois de novembre) :

- Production de 980 sacs à main.
- Salaire horaire : 15 €.
- Rendement du travail : 0,3125 sac/heure de MOD.
- Consommation de 1 530 m² de cuir à 73,60 € le m².

1. **Calculez l'écart global sur chaque facteur de production.**
2. **Décomposez ces écarts globaux.**
3. **Commentez les résultats obtenus.**

Exercice 2

Corrigé p. 213

L'entreprise Fixor fabrique et commercialise divers articles de bureau ; parmi ceux-ci figure l'agrafeuse Chinex vendue à des grossistes par lots de 100 unités.
Cette agrafeuse est produite dans un atelier au sein duquel le corps en métal et la carrosserie en plastique sont assemblés.

Première partie

Données réelles pour novembre N :

- **Stocks au 01/11/N :**
  Plastique : 150 kg à 1,34 €.
  Métal : 140 kg pour un coût total de 311 €.
  Agrafeuses : 200 lots à 98 €.
  En-cours de production : néant.

Les sorties de stock sont valorisées au CUMP.

- **Charges directes de la période :**

La consommation de matière a été de 1 480 kg de plastique et de 2 850 kg de métal.
MOD Assemblage : 3 152 heures à 15,60 €.

- **Charges indirectes de la période (après répartition secondaire) :**
  Approvisionnement : 528 € (assiette de frais : montant des achats de la période).
  Assemblage : 47 517,30 € (UO : heure-machine).
  Distribution : 5 280 € (assiette de frais : la centaine d'euros de coût de production des produits vendus).
- **Autres renseignements :**
  Achats : 1 500 kg de plastique à 1,20 € et 3 000 kg de métal à 1,60 €.
  La production du mois s'est élevée à 1 200 lots d'agrafeuses Chinex et a nécessité 2 000 heures machine à l'assemblage.
  Les ventes du mois ont été de 1 250 lots d'agrafeuses à 108 € le lot.

1. **Calculez le coût de revient des agrafeuses Chinex.**

Deuxième partie

La fiche de coût standard d'un lot de 100 agrafeuses vous est fournie ci-dessous ; elle a été établie sur la base d'une production normale et prévue de 1 000 lots :

	Q	CU (Cp)	Montant (Mp)
Plastique	1,20 kg	1,20	1,44
Métal	2,60 kg	1,80	4,68
MOD assemblage	3 heures	15,00	45,00
Assemblage	1,50 heure	22,10	33,15
Coût de production d'un lot			84,27

Les charges fixes mensuelles de l'atelier d'assemblage sont évaluées à 19 800 €.

2. **Présentez le tableau des écarts relatifs à la production constatée.**
3. **Décomposez l'écart global sur MOD.**

4 La prévision des ventes

1 L'ajustement linéaire

A La droite d'ajustement de *y* en *x*

Afin d'effectuer des prévisions, il est souvent nécessaire de disposer d'une représentation simplifiée du phénomène étudié. L'ajustement linéaire par la méthode des moindres carrés[1] permet de représenter un nuage de points par une droite.

Droite d'ajustement de y en x de la forme $y = ax + b$ avec :

$$a = \frac{\sum x_i y_i - n\overline{x}\overline{y}}{\sum x_i^2 - n\overline{x}^2} \qquad b = \overline{y} - a\overline{x}$$

Remarque

$\overline{x}$ et $\overline{y}$ représentent respectivement les moyennes arithmétiques des x_i et des y_i.

B Le coefficient de corrélation linéaire

Il mesure la qualité de l'ajustement linéaire, c'est-à-dire sa pertinence.

$$r = \pm \frac{\sum x_i y_i - n\overline{x}\overline{y}}{\sqrt{\sum\left(x_i^2 - n\overline{x}^2\right)\sum\left(y_i^2 - n\overline{y}^2\right)}}$$

Remarque

Par convention, le signe de r est celui de « a ».

Statistiquement, la corrélation linéaire est jugée acceptable pour des valeurs absolues de *r* supérieures à 0,87.

2 L'étude des séries chronologiques

Une série chronologique décrit l'évolution dans le temps d'une variable ; l'étude d'une telle série consiste à dégager la **tendance** (ou *trend*) à moyen et long terme du phénomène étudié et à mettre en évidence sa **saisonnalité**.

A Recherche de la tendance

La tendance peut être estimée selon diverses méthodes, notamment par :
- les moyennes mobiles (centrées) ;
- l'ajustement linéaire des observations ;
- l'ajustement linéaire des moyennes mobiles.

Les deux dernières méthodes permettent de disposer d'une équation rendant ainsi possible l'utilisation prévisionnelle du modèle.

B Moyennes mobiles et moyennes mobiles centrées

Calculer les moyennes mobiles consiste à remplacer les observations par leurs moyennes calculées sur un certain nombre de périodes consécutives. Ce procédé permet de « lisser » la courbe des données observées et de faire ressortir la tendance.

1. « Moindres carrés » car les droites d'ajustement obtenues par cette méthode sont celles pour lesquelles la somme des carrés des écarts entre les points du nuage et les points correspondants de la droite est la plus faible possible.

Si la périodicité du phénomène est paire, il est nécessaire de « centrer » les moyennes mobiles en calculant la moyenne de deux moyennes mobiles consécutives afin que l'abscisse de cette moyenne soit un nombre entier.

C Indices saisonniers et coefficients saisonniers

Quelle que soit la méthode retenue pour dégager la tendance du phénomène, les indices saisonniers s'obtiennent en faisant le rapport entre l'observation et la valeur correspondante de la tendance :

$$\text{Is} = \frac{\text{Observation}}{\text{Tendance}}$$

Le coefficient saisonnier est égal à la moyenne des indices saisonniers de même rang (par exemple, la moyenne des indices saisonniers relatifs aux premiers trimestres, deuxièmes trimestres ...).

D Utilisation du modèle : série CVS et prévisions

Pour étudier un phénomène indépendamment de sa saisonnalité, il est nécessaire de « désaisonnaliser » la série, c'est-à-dire de présenter la série « corrigée des variations saisonnières » (série CVS).

$$\text{Série CVS} = \frac{\text{Observation}}{\text{Coefficient saisonnier}}$$

Pour effectuer des prévisions, il faut calculer la tendance prévisionnelle (à partir de son équation) puis la multiplier par les coefficients saisonniers correspondants afin de reproduire la saisonnalité du phénomène.

Exercice d'entraînement

Corrigé p. 214

On vous communique les statistiques de ventes trimestrielles de l'entreprise Mia pour les cinq dernières années (milliers d'unités) :

	Trimestre 1	Trimestre 2	Trimestre 3	Trimestre 4
N – 4	98	163	185	95
N – 3	112	173	191	97
N – 2	118	175	213	91
N – 1	124	193	219	109
N	122	195	225	119

1. Calculez les moyennes mobiles centrées d'ordre 4.

2. Calculez avec trois décimales les indices saisonniers et les coefficients saisonniers trimestriels rectifiés.

3. Présentez la série corrigée des variations saisonnières (arrondie au millier d'unités le plus proche).

4. Représentez sur un même graphique les ventes et la série corrigée des variations saisonnières. Commentez le niveau des ventes du dernier trimestre.

5. Les ventes de N + 1 sont estimées à 672 000 unités ; calculez les ventes trimestrielles prévisionnelles de N + 1.

Processus 5

5 Le budget de trésorerie et le budget général

Élaboré mensuellement à partir des autres budgets (approvisionnement, production, investissements…), le budget de trésorerie doit permettre de connaître, mois par mois, la situation de trésorerie de l'entreprise.

1 Le budget de trésorerie

A Principes

• **La logique retenue est celle du « tiroir-caisse » :** les prévisions retenues sont relatives aux seuls encaissements et décaissements. Une des difficultés est de bien **faire la distinction entre une charge et un décaissement** (ou entre un produit et un encaissement) ; en effet, plusieurs éléments expliquent la non-concordance entre ces deux notions :
– il existe des charges ne donnant jamais lieu à un décaissement ; parmi celles-ci figurent notamment les dotations aux amortissements ;
– de nombreux décaissements ne résultent pas d'une charge : TVA payée, acquisition d'immobilisations, amortissements d'emprunts… ;
– des décalages dans le temps rendent non simultanées l'apparition de la charge du décaissement correspondant : c'est le cas notamment de toutes les opérations enregistrées en charges effectuées à crédit.

• **Ces décalages dans le temps** expliquent également que les décaissements soient pris en compte pour leurs montants toutes taxes comprises dans la mesure où les taxes déductibles (la TVA) ne sont remboursées qu'ultérieurement par l'État.

B Les sous-budgets

La détermination des soldes de trésorerie mensuels nécessitent le plus souvent d'élaborer certains budgets intermédiaires, notamment :

• **Le budget de TVA.** La TVA à payer au titre d'un mois donné se calcule comme suit :

TVA à payer au titre du mois *m* = TVA collectée du mois *m* – TVA déductible sur biens et services du mois *m* – TVA déductible sur immobilisations du mois *m* – report du crédit de TVA du mois (*m* – 1).

Si ce montant est négatif, l'entreprise dispose d'un crédit de TVA qu'elle peut soit reporter sur le mois suivant, soit, sous certaines conditions, s'en faire rembourser le montant par l'État. Pour les entreprises relevant du régime du réel normal, la TVA à payer est décaissée entre le 15 et le 24 du mois suivant.

• **Le budget des encaissements.** Il recense les divers encaissements mensuels, notamment (liste non exhaustive) :
– les ventes (TTC), en fonction des conditions de règlement accordées aux clients ;
– les créances antérieures à la période de budgétisation encaissées au cours de cette période.

• **Le budget des décaissements.** Il recense les divers décaissements mensuels, principalement (liste non exhaustive) :
– la TVA payée ;
– les achats (TTC), en fonction des conditions de règlement des fournisseurs ;
– les dettes antérieures à la période de budgétisation décaissées au cours de cette période ;
– les salaires nets versés aux salariés ;
– les cotisations sociales (salariales et patronales) ;
– les sommes versées au titre de l'IS (acomptes, solde, IFA) ;
– les acquisitions d'immobilisations (TTC) ;
– les autres charges décaissées ;
– les annuités des emprunts.

• **Le budget de trésorerie.** Il reprend, à partir des disponibilités existant au début de la période de budgétisation, le total des encaissements et des décaissements, afin de faire ressortir mensuellement la situation de trésorerie de l'entreprise. L'examen des soldes mensuels permet au gestionnaire de gérer au mieux sa trésorerie par des placements judicieux en cas d'excédents, par la recherche de financements adaptés en cas de déficits (recours au découverts bancaires, à l'escompte, à la mobilisation des créances, négociation des délais de règlement aux fournisseurs…).

2 Le budget général

À l'issue de la procédure budgétaire, l'exploitation des différents budgets élaborés permet de construire le budget général. Ce dernier est constitué de documents de synthèse prévisionnels, notamment d'un compte de résultat et d'un bilan prévisionnels. Le tableau ci-dessous résume les différences fondamentales existant entre ces deux documents :

Compte de résultat	Bilan
Comptes de gestion : Classes 6 et 7.	Comptes de bilan : classes 1 à 5.
Ces comptes sont soldés à la clôture de chaque exercice.	Les soldes de ces comptes sont reportés à nouveau, c'est-à-dire repris à l'ouverture de l'exercice suivant.
Le compte de résultat concerne une **période** donnée.	Le bilan est établi à une **date** donnée.
Le compte de résultat enregistre les **flux** relatifs à cette période.	Le bilan recense les « **stocks**[1] » existant à cette date.

(1) « Stock » s'entend ici au sens large : par exemple, le bilan nous informe sur le « stock » de créances existant à une date donnée, c'est-à-dire sur le montant des créances à cette date.

Exercices d'entraînement

Exercice 1

Corrigé p. 215

L'entreprise Allard fabrique et commercialise des pièces pour jeux d'échecs. Elle vous demande d'élaborer le budget de trésorerie relatif au premier semestre de l'année N à partir des renseignements fournis ci-dessous :

• **Achats :**
Achats de 1 200 kg de bois par mois à 3,60 € HT le kg.

• Ventes :

Les jeux de pièces sont vendus 60 € TTC. Les prévisions de ventes sont de 6 000 jeux réparties comme suit : Janvier : 1 200 Février : 800 Mars : 800
Avril : 1 100 Mai : 1 100 Juin : 1 000

Les ventes sont réparties régulièrement à l'intérieur de chacun des mois.

• Salaires et charges sociales :

Les charges de personnel annuelles (360 000 €) sont réparties régulièrement sur l'année. Les salaires bruts s'élèvent à 264 000 € et les charges salariales à 25 % du brut. Les salaires nets sont réglés le mois même, les cotisations le 20 du mois suivant.

• Autres charges :

Elles se montent à 6 400 € HT par mois et sont réglées au comptant.

• Investissement :

Une machine-outil doit être acquise le 01/01/N. VO = 64 000 € HT, amortie comptablement et fiscalement en linéaire sur 5 ans. Règlement : 50 % au comptant, le reste en juillet N.

• Amortissements :

Les immobilisations figurant au bilan au 31/12/N – 1 sont amorties comptablement et fiscalement de 17 600 € par an.

• Emprunts (arrondir les sommes trouvées à l'euro le plus proche) :

– L'emprunt figurant au bilan a été contracté le 01/04/N – 2 pour un montant de 120 000 €. Il est remboursable en cinq ans par annuités constantes au taux de 7 %.

– Un nouvel emprunt de 50 000 € doit être contracté le 01/04/N sur une durée de cinq ans à 8,60 %, remboursable tous les ans par amortissements constants à compter du 01/04/N + 1.

• Impôt sur les sociétés :

Les deux premiers acomptes de l'exercice N s'élèvent respectivement à 5 000 € et 2 640 €. Les acomptes et le solde de l'impôt sont réglés aux dates limites de paiement.

• Conditions de règlements :

– 40 % des clients règlent au comptant, 60 % à 45 jours.

– Les fournisseurs sont réglés pour moitié à 30 jours fin de mois, pour moitié à 60 jours fin de mois.

• Divers :

– Les opérations soumises à TVA relèvent du taux normal (20 %).

– Les créances au 31/12/N – 1 sont réglées pour 25 % en janvier, le reste en février.

– Les dettes fournisseurs au 31/12/N – 1 sont réglées comme suit :
5 600 € en janvier, 6 400 € en février, le reste en mars.

• Bilan au 31/12/N – 1 (après répartition) :

Actif	Net	Passif	Net
Immobilisations nettes(1)	134 540	Capital social	100 000
Stock de bois(2)	3 520	Réserves	16 063
Stock de pièces (3)	63 300	Emprunt	104 337
Clients	48 000	Fournisseurs	14 600
Disponibilités	18 600	Dettes fiscales et sociales(4)	17 400
		Dettes sur immobilisations	12 000
		Dettes diverses(5)	3 560
Total actif	267 960	Total passif	267 960

(1) Immobilisations brutes : 167 560 €.
Amortissements : 33 020 €.

(2) Stock de bois : 800 kg.

(3) Stock de pièces : 1 500 jeux de pièces.

(4) TVA à payer : 4 800 €. Charges sociales : 12 600 €.

(5) Solde de l'IS de N – 1.

Pour le premier semestre N :

1. **Présentez le budget de TVA.**
2. **Présentez le budget des encaissements.**
3. **Présentez le budget des décaissements.**
4. **Présentez le budget de trésorerie mensuel.**

Exercice 2

Corrigé p. 217

L'entreprise Allard souhaite poursuivre son étude prévisionnelle en établissant le compte de résultat prévisionnel pour le premier semestre N, ainsi que le bilan au 30 juin N.
À partir des données de l'exercice 1 et des renseignements fournis en annexe :

1. **Établissez les fiches de stock relatives au bois et aux jeux de pièces.**
2. **Présentez les trois premières lignes du tableau d'amortissement de l'emprunt figurant au bilan, ainsi que la première ligne du tableau d'amortissement de l'emprunt contracté en N (arrondissez les sommes trouvées à l'euro le plus proche).**
3. **Présentez le compte de résultat prévisionnel du premier semestre N, ainsi que le bilan prévisionnel au 30 juin N.**

Annexe

- La production semestrielle est de 5 000 jeux de pièces au coût de production unitaire de 41,94 € et nécessite 6 000 kg de bois.
- Les sorties de stock sont valorisées au CUMP de fin de semestre.

6 L'analyse fonctionnelle du bilan

Processus 6

L'analyse financière recouvre un ensemble de techniques et d'outils visant à traduire la réalité d'une entreprise en s'appuyant sur l'exploitation de documents comptables. Différents outils (bilan fonctionnel, soldes intermédiaires de gestion) permettent de déterminer les points forts et les points faibles d'une entreprise, de rédiger un diagnostic financier et d'en déduire des recommandations à formuler. **Le bilan fonctionnel permet une analyse détaillée du bilan.**

1 Du bilan comptable au bilan fonctionnel

A Le bilan comptable

• **Le bilan est un document de synthèse** dans lequel sont regroupés, à une date donnée, l'ensemble des ressources de l'entreprise et des emplois. Il se présente sous la forme d'un tableau et se compose de deux éléments : l'actif et le passif.

	ACTIF = EMPLOIS (ou besoins de financement)	PASSIF = RESSOURCES (ou moyens de financement)
Cycle long	**Actif immobilisé** • Immobilisations incorporelles • Immobilisations corporelles • Immobilisations financières	**Capitaux propres** • Capital • Réserves • Résultat de l'exercice
Cycle court	**Actif circulant** • Stocks • Créances d'exploitation • Créances diverses • VMP • Disponibilités	**Dettes** • Dettes financières • Dettes d'exploitation • Dettes diverses

B Le bilan fonctionnel

• **Le bilan fonctionnel** est un bilan comptable retraité afin d'expliquer le fonctionnement de l'entreprise. Il permet **une étude du financement** de l'entreprise en faisant une distinction entre :
– **les cycles longs :** investissement et financement de l'investissement ;
– **le cycle court d'exploitation et des opérations de trésorerie**.

• La présentation fonctionnelle du bilan facilite **l'analyse de l'équilibre financier de l'entreprise**.

Bilan fonctionnel

ACTIF : EMPLOIS	Montants	PASSIF : RESSOURCES	Montants
EMPLOIS STABLES **Cycle d'investissement**		**RESSOURCES STABLES** **Cycle de financement**	
Actif immobilisé brut (Total I) + Valeur d'origine des biens acquis en crédit-bail		Capitaux propres (Total (I) du passif) + Amortiss. et dépréciations (total 2e col. de l'actif) + Amortissements du crédit-bail + Provisions + Dettes financières – Concours bancaires courants et soldes créditeurs de banque + VCN du bien en crédit-bail	
ACTIF CIRCULANT **= cycle d'exploitation**	Colonne « brut » du bilan	**DETTES CIRCULANTES** **= cycle d'exploitation**	
EXPLOITATION Stocks (en valeurs brutes) + Avances et acomptes versés + Créances d'exploitation (brut) + Charges constatées d'avance relatives à l'exploitation (CCA) + EENE (effets escomptés non échus) **HORS EXPLOITATION** Créances hors exploitation (BRUT) + Charges constatées d'avance hors exploitation		**EXPLOITATION** Avances et acomptes reçus + Dettes fournisseurs d'exploitation + Dettes fiscales et sociales (sauf IS) + Autres dettes d'exploitation + Produits constatés d'avance d'exploitation (PCA) **HORS EXPLOITATION** Dettes fiscales IS + Dettes sur immobilisations + Autres dettes hors exploitation + Produits constatés d'avance hors exploitation (PCA)	
TRÉSORERIE ACTIVE		**TRÉSORERIE PASSIVE**	
Disponibilités (Banque et Caisse) + Valeurs mobilières de placement (BRUT)		Concours bancaires courants (CBC) et soldes créditeurs de banque + Part des EENE qui doit être affectée à la trésorerie passive	
TOTAL ACTIF		**TOTAL PASSIF**	

Légende :
Les reclassements
Les retraitements

• **Les rubriques du bilan prévues par le PCG ne reproduisent que de façon imparfaite la classification fonctionnelle.** Il faut donc procéder à des **reclassements** et à des **retraitements** (permettant des comparaisons au niveau international) pour obtenir un véritable bilan fonctionnel à partir du bilan comptable normalisé.

2 L'analyse du bilan fonctionnel : les outils

Le fonds de roulement net global (FRNG)
On appelle fonds de roulement net global la partie de l'actif circulant financée par des ressources stables.
FRNG = Ressources stables – Emplois stables

Le besoin en fonds de roulement (BFR)
Le BFR est un besoin, il ne constitue pas des fonds disponibles.
BFR = Actif circulant – Dettes circulantes

La Trésorerie (T)
La trésorerie nette correspond aux disponibilités dont l'entreprise dispose.
T = Trésorerie active – Trésorerie passive
ou
T = FRNG – BFR

Besoin en fonds de roulement d'exploitation

BFRE = Actif circulant d'exploitation – Dettes circulantes d'exploitation

Besoin en fonds de roulement hors exploitation

BFRE = Actif circulant hors exploitation – Dettes circulantes hors exploitation

• En principe, **une structure financière équilibrée se caractérise par un excédent de ressources stables sur les emplois stables** : l'entreprise finance alors la totalité de ses investissements par des ressources « longues », mais également une partie de son actif circulant. Toutefois, le niveau du fonds de roulement net global dépend essentiellement du secteur d'activité de l'entreprise.

• **Le besoin en fonds de roulement (BFR)** existe du fait des décalages dans le temps entre :
– les achats et les ventes qui entraînent la constitution de **stocks** ;
– les produits comptables (ex. : les ventes) et les paiements correspondants (ex. : paiement des clients) qui donnent naissance à des **créances**.

• Ces décalages créent des **besoins de financement**, atténués par le décalage, de sens opposé, entre les charges (ex. : les achats) et les paiements correspondants (ex. : paiement des fournisseurs) qui donnent naissance à des **dettes** et procurent des **ressources de financement**.

3 Les ratios d'analyse du bilan fonctionnel

Les ratios permettent :
– une **mesure synthétique de la structure financière et des performances** de l'entreprise ;
– une analyse de l'**évolution dans le temps** de la situation financière ;
– des **comparaisons** de la situation actuelle de l'entreprise avec celle des entreprises du même secteur d'activité.

A Les ratios de structure

• **Le ratio de financement structurel** mesure la manière dont l'entreprise finance ses emplois stables. Il doit être supérieur à 1.

$$\text{Ratio de financement structurel} = \frac{\text{Ressources stables}}{\text{Emplois stables}}$$

• **Le ratio de couverture des capitaux investis** permet de vérifier que les ressources stables financent non seulement les emplois stables mais aussi le BFRE.

$$\textbf{Ratio de couverture des capitaux investis} = \frac{\text{Ressources stables}}{\text{Emplois stables + BFRE}}$$

• Les banques refusent généralement d'accorder des crédits aux entreprises dont le **taux d'endettement** dépasse 100 %.

$$\textbf{Taux d'endettement} = \frac{\text{Dettes financières stables + CBC + Solde créditeur de banque}}{\text{Ressources propres}}$$

• **Le poids du BFRE** peut être exprimé en pourcentage du chiffre d'affaires (× 100) ou en jours de CA HT (× 360).

$$\textbf{Poids du BFRE dans le CA HT} = \frac{\text{BFRE}}{\text{CA HT}}$$

B Les ratios de rotation

• **Un ratio de temps d'écoulement** précise la durée pendant laquelle un flux réel de matières, créances ou dettes est resté immobilisé dans l'entreprise.

• **Le temps de stockage des marchandises et le temps de stockage des produits finis** expriment le nombre de jours d'écoulement des stocks et donc la qualité de gestion des stocks. Une durée de stockage importante pèse sur le BFR et donc sur la trésorerie.

$$\textbf{Temps de stockage des marchandises} = \frac{\text{Stock de marchandises}}{\text{Coût annuel d'achat des marchandises}} \times 360$$

$$\textbf{Temps de stockage des produits finis} = \frac{\text{Stock de produits finis}}{\text{Coût annuel de production des produits finis}} \times 360$$

• **Le délai de règlement des clients** exprime en jours le délai moyen de paiement des clients et illustre la politique commerciale et la gestion des clients de l'entreprise. Plus les clients paient rapidement, moins le BFR est important.

$$\textbf{Délai de règlement des clients} = \frac{\text{Créances clients – Avances et acomptes reçus}}{\text{Chiffre d'affaires TTC}} \times 360$$

• **Le délai de règlement fournisseurs** exprime en jours le délai moyen de paiement accordé par les fournisseurs.
Plus les fournisseurs nous accordent des délais de règlement, moins le BFR sera important.

$$\textbf{Délai de règlement des fournisseurs} = \frac{\text{Dettes fournisseurs – Avances et acomptes versés}}{\text{Achats et charges externes TTC}} \times 360$$

C L'analyse de la trésorerie

• **Si le FRNG est supérieur au BFR,** la trésorerie est positive, elle dispose de **disponibilités**. Une trésorerie trop importante est peu rentable, il faudra la placer à court terme pour qu'elle produise des intérêts.

• **Si le FRNG est négatif,** les ressources stables sont insuffisantes pour couvrir les emplois stables : la situation de l'entreprise est alarmante et il faut trouver d'urgence de nouvelles ressources stables. Une trésorerie négative indique que **l'entreprise a du mal à financer son cycle d'exploitation**. L'entreprise finance alors une partie de son cycle d'exploitation par des concours bancaires courants qui ont la particularité d'être très coûteux.

Deux options sont possibles :

❶ **augmenter le FRNG ;**

❷ **diminuer le BFR.**

Augmenter le FRNG	Diminuer le BFR
Augmenter ses ressources stables – Réaliser de nouveaux emprunts si le taux d'endettement de l'entreprise le permet. – Réaliser une augmentation de capital mais cela peut engendrer une modification de la répartition des pouvoirs dans l'entreprise si les associés existants n'y participent pas. – Favoriser l'autofinancement de l'entreprise : pour cela, les apporteurs de capitaux doivent décider de diminuer la distribution de dividendes lors de la prochaine répartition de bénéfices au profit d'une augmentation des réserves.	**Allonger la durée du crédit fournisseurs** Pour cela, demander des délais de paiement en faisant jouer la concurrence entre fournisseurs, user de son pouvoir de négociation.
Diminuer ses emplois stables Céder des immobilisations inutiles pour l'entreprise (certaines immobilisations financières par exemple).	**Réduire la durée du crédit client** – En modifiant ses conditions générales de vente (ce qui est commercialement difficile, mais l'entreprise peut leur proposer un escompte pour paiement comptant). – En demandant des acomptes aux clients. – En mettant en place une meilleure relance client afin d'éviter les retards de paiement.
	Réduire le montant des stocks Pour cela, il faut optimiser les approvisionnements (mise en place d'une gestion des stocks en flux tendus).

7 L'analyse fonctionnelle du résultat

Processus 6

L'analyse fonctionnelle du résultat a pour objectif de maîtriser les outils qui permettent d'analyser le compte de résultat.

1 Le compte de résultat

Il s'agit d'un document de synthèse qui permet de **déterminer le résultat de l'exercice** (bénéfice ou perte).

Résultat = produits – charges

Compte de résultat			
CHARGES		**PRODUITS**	
Charges d'exploitation	Comptes 60 à 65 + 681	**Produits d'exploitation**	70 à 75 + 781
Charges financières	Comptes 66 + 686	**Produits financiers**	76 + 786
Charges exceptionnelles	Comptes 67 + 687	**Produits exceptionnels**	77 + 787
Total		Total	
Bénéfice	Si produits > charges	***Perte***	Si produits < charges
Total général		Total général	

2 Les soldes intermédiaires de gestion (SIG)

• Le tableau des SIG permet **de comprendre les différentes étapes de la formation du résultat** en calculant des résultats ou soldes en cascades : ce sont les **soldes intermédiaires de gestion**.

• **Un SIG** est une différence entre des produits et des charges de même nature.

Produits (Colonne 1)	**N**	**Charges** (Colonne 2)	**N**	**Soldes intermédiaires** (Colonne 1 - Colonne 2)	**N**
Ventes de marchandises	707 – 7097	Coût d'achat des marchandises vendues	607 – 6097 +/– 6037	• Marge commerciale	
Production vendue	70 sauf 707	ou Déstockage de production	71		
Production stockée	71				
Production immobilisée	72 + 73				
Total		Total		• Production de l'exercice	

…/

/...

Produits (Colonne 1)	N	**Charges** (Colonne 2)	N	**Soldes intermédiaires** (Colonne 1 - Colonne 2)	N
• Production de l'exercice • Marge commerciale		Consommation de l'exercice en provenance de tiers	601 à 606 – 6091 à 6096 +/– 6031 et 6032 + 61 + 62		
Total		Total		• Valeur ajoutée produite	
• Valeur ajoutée produite		Impôts, taxes et versements assimilés	63		
Subventions d'exploitation	74	Charges de personnel	64		
Total		Total		• Excédent brut (ou insuffisance brute) d'exploitation	
• Excédent brut d'exploitation		• Ou insuffisance brute d'exploitation			
Reprises sur charges et transferts de charges	781 + 755	Dotations aux amortissements, dépréciations et aux provisions	681		
Autres produits	75 sauf 755	Autres charges	65 sauf 655		
Total		Total		• Résultat d'exploitation (bénéfice ou perte)	
• Résultat d'exploitation		• Ou résultat d'exploitation			
Quotes-parts de résultats sur opérations faites en commun	755	Quotes-parts de résultats sur opérations faites en commun	655		
Produits financiers	76 + 786 + 796	Charges financières	66 + 686		
Total		Total		• Résultat courant avant impôts (bénéfice ou perte)	
Produits exceptionnels	77 + 787 + 797	Charges exceptionnelles	67 + 687	• Résultat exceptionnel (bénéfice ou perte)	
• Résultat courant avant impôts • Résultat exceptionnel		• ou Résultat courant avant impôts • ou Résultat exceptionnel			
		Participation des salariés	691		
		Impôts sur les bénéfices	696		
Total		Total		• Résultat de l'exercice (bénéfice ou perte) (c)	
Produits des cessions d'éléments d'actif	775	Valeur comptable des éléments cédés	675	• Plus-values et moins-values sur cessions d'éléments d'actif	

• Lors de la construction des SIG, prenez le temps de vérifier que le résultat d'exploitation que vous trouvez correspond bien à celui du compte de résultat.

Résultat d'exploitation = produits d'exploitation – charges d'exploitation

A La marge commerciale

C'est un indicateur très important pour mesurer la **performance des entreprises commerciales**. Ce solde n'est calculé que si l'entreprise a une activité commerciale.

Marge commerciale = ventes de marchandises (707 – 709)
– coût d'achat des marchandises vendues (607 – 6097 + /– 6037)

B La production de l'exercice

Ce solde concerne les entreprises qui réalisent **une activité industrielle de transformation et/ou de prestations de services**. L'essentiel des ressources d'une entreprise industrielle provient de sa production vendue.

Production de l'exercice = production vendue (701 – 7091)
+ /– production stockée (71) + production immobilisée (72)

C La valeur ajoutée (VA)

La valeur ajoutée mesure la **richesse créée par l'entreprise** au cours du processus de production.

Valeur ajoutée = marge commerciale + production de l'exercice – consommations en provenance des tiers comptes 60 (sauf 607 ; 6037 ; 6097) + comptes 61 et 62

D L'EBE

Il s'agit d'un indicateur de la **performance industrielle et commerciale de l'entreprise**. Ce solde recense en fait l'ensemble des charges et des produits d'exploitation susceptibles de générer un **mouvement de trésorerie** : il ne contient que **des produits encaissables et des charges décaissables**. Il mesure donc la ressource potentielle qu'obtient l'entreprise du seul fait de ses opérations d'exploitation.

EBE = valeur ajoutée + subventions d'exploitation
– impôts et taxes (63) – charges de personnel (64)

On utilise le terme **IBE** (insuffisance brute d'exploitation) si le résultat est négatif.

E Le résultat d'exploitation

Il s'agit du **résultat de l'exploitation** calculé après prise en compte de la politique d'investissement (amortissements) et des risques d'exploitation (provisions).

Résultat d'exploitation = EBE + reprises sur provisions d'exploitation (781)
+ autres produits de gestion courante (75) – autres charges de gestion courante (65)
– dotations aux amortissements, dépréciations et provisions d'exploitation (681)

F Le résultat courant avant impôt

Ce solde permet de **mesurer l'efficacité de la fonction financière** de l'entreprise.

> **Résultat courant avant impôts** = résultat d'exploitation
> + produits financiers (76, 786, 796) – charges financières (66, 686)

G Le résultat exceptionnel

> **Résultat exceptionnel** = produits exceptionnels (77, 787)
> – charges exceptionnelles (67, 687)

H Le résultat net

> **Résultat de l'exercice** = résultat courant avant impôt + résultat exceptionnel
> – participation des salariés – impôts sur les bénéfices

Le résultat net comptable obtenu ici est le même que celui du compte de résultat.

I Les plus ou moins-values de cessions d'éléments d'actifs

Ce dernier solde ne relève plus de la même logique qui a permis la construction des soldes précédents : **il prend en compte des éléments de nature très particulière liés à la cession des immobilisations**. Sa présence dans le tableau s'explique par son utilité dans le calcul de la capacité d'autofinancement du compte de résultat.

> **Plus ou moins value de cession** = produits de cession (compte 775)
> – valeur nette comptable des éléments d'actifs cédés (compte 675)

3 Les retraitements des SIG

- **Le classement des charges** pour le calcul des différents soldes peut être modifié pour mieux correspondre à la réalité économique de l'entreprise mais aussi pour rendre plus pertinentes les comparaisons interentreprises.

- **Retraitements des charges de personnel intérimaire :** pour l'analyse économique, il s'agit de déplacer les charges de personnel intérimaire des consommations en provenance des tiers (– dans les consommations en provenance des tiers) vers les charges de personnel (+ dans les charges de personnel).

- **Retraitements du crédit-bail :** la charge de crédit-bail est déplacée des consommations intermédiaires (– dans les consommations intermédiaires) vers les DAP (compte 681) qui auraient été calculées si le bien avait été acheté et vers les charges d'intérêt (compte 661).

4 Le calcul de la CAF (capacité d'autofinancement)

• Il s'agit de la **trésorerie potentielle** dégagée par l'activité propre de l'entreprise au cours d'un exercice.

CAF = produits encaissables – charges décaissables

• **L'autofinancement** est la part de la CAF consacrée au financement de l'entreprise. C'est la **ressource interne disponible après rémunération des associés**. Sa définition est la suivante :

Autofinancement de l'exercice (N) = CAF (N) – dividendes versés durant l'exercice (relatifs aux résultats de l'exercice N–1)

• **La CAF peut être calculée** selon deux approches qualifiées d'**explicative** et de **vérificative**.

Approche explicative à partir de l'EBE	
EBE	
+ Transferts de charges d'exploitation	791
+ Autres produits d'exploitation	75 (sauf 755)
– Autres charges d'exploitation	65 (sauf 655)
+/– Quotes-parts de résultat sur opérations faites en commun	+ 755 ou – 655
+ Produits financiers sauf reprises sur provisions et dépréciations	76 (sauf 786) + 796
– Charges financières sauf dotations financières	66 (sauf (686)
+ Produits exceptionnels sauf : produits de cessions d'éléments d'actif, quote-part des subventions d'investissement virées au résultat, reprises sur provisions et dépréciations exceptionnelles.	77+ 797 Sauf 775 Sauf 777 Sauf 787
– Charges exceptionnelles sauf : valeur comptable des éléments d'actif cédés, dotations aux amortissements, dépréciations et provisions exceptionnelles.	67 Sauf 675 Sauf 687
– Participation des salariés	691
– Impôt sur les bénéfices	695 + 697 – 699
Dans cette approche, le calcul de l'EBE a permis de faire le calcul suivant : les produits encaissables – certaines charges encaissables (haut du tableau des SIG). Ensuite il faut **ajouter les autres produits encaissables** et **soustraire les autres charges décaissables** (ceux après l'EBE).	

Approche vérificative à partir du résultat	
+/– Résultat de l'exercice	+ 120 ou – 129
+ Valeur comptable des éléments d'actif cédés	675
– Produits des cessions d'éléments d'actifs	775
+ Dotation aux amortissements, dépréciations et provisions	681 + 686 + 687
– Reprises sur amortissements, dépréciations et provisions	781 + 786 + 787
– Quote-part des subventions virées au résultat	777
Ici il faut annuler les charges non décaissées et les produits non encaissés qui ont été pris en compte dans le calcul du résultat : – **les charges sont ajoutées**, pour le résultat elles avaient été soustraites ce qui permet de les annuler ; – **les produits sont soustraits**, pour le résultat ils avaient été ajoutés ce qui permet de les annuler.	

8 Les choix d'investissement

Processus 6

Investir peut s'avérer très risqué pour une entreprise, cela peut représenter des montants très importants, il est donc indispensable de déterminer au bout de combien de temps elle peut espérer récupérer les sommes investies et si possible dégager un surplus de valeur. Calculer la rentabilité économique d'un investissement consiste à déterminer le surplus de valeur (gains futurs – le coût de l'investissement), c'est-à-dire **les flux nets de trésorerie dégagés par l'investissement**.

1 La détermination des flux nets de trésorerie générés par un investissement

Étape 1 Calcul des recettes générées par l'investissement

Calcul de la CAF					
	1	2	…	N	**Durée du projet d'investissement**
Chiffres d'affaires HT					
– Charges d'exploitation					Charges décaissables
= EBE					Excédent brut d'exploitation
– Amortissements					Charges non décaissables, déduites pour calculer l'impôt
= Résultat d'exploitation avant impôts					
– Impôt					Taux d'IS × résultat d'exploitation avant impôts
= Résultat d'exploitation net					
+ Amortissements					Ils sont réintégrés car ce sont des charges non décaissables (pas de sorties de trésorerie)
= CAF d'exploitation					Appelé aussi *cash-flow* d'exploitation ou EBE net d'IS

La CAF (capacité d'autofinancement d'exploitation)
Il s'agit du montant qui ne tient compte que des sommes encaissées (sont exclus les charges et les produits calculés tels que les amortissements et les reprises).

Définitions

Valeur résiduelle : valeur probable de revente de l'investissement à la fin de la durée (somme récupérée à la fin).
Investissement : acquisition d'un bien durable (une immobilisation).

• **La récupération du BFR** (besoin en fonds de roulement) correspond à un besoin de trésorerie rendu nécessaire par l'augmentation d'activité liée à l'investissement. La dernière année, l'entreprise récupère la totalité du BFR calculé depuis l'origine.

Remarque

Les calculs sont réalisés en faisant l'hypothèse que l'entreprise finance elle-même l'intégralité des sommes : il y a séparation entre la décision d'investissement et la décision de financement.

étape 2 Le calcul du montant de l'investissement

• **L'investissement** est indiqué en année 0 c'est-à-dire au début du projet.

Montant de l'investissement = coût d'acquisition – subventions éventuelles

• **Il ne faut pas confondre le BFR avec la récupération du BFR.** Au fur et à mesure des années, l'activité augmente donc le BFR aussi : on inscrit chaque année la variation de BFR.

Variation du BFR = BFR nécessaire pour l'année N – BFR nécessaire N–1

étape 3 Réalisation du tableau des flux nets de trésorerie

	Éléments	0 Début de l'année 1	1 Fin de l'année 1	2 Fin de chaque année	N	Total valeur nette
Recettes générées par l'investissement	**Ressources**					
	CAF d'exploitation					
	Valeur résiduelle					
	Récupération du BFR					
	Total ressources					
Montant de l'investissement	**Emplois**					
	Investissement					
	Variations du BFR					
	Total emplois					
	Flux nets de trésorerie (FNT)	Total ressources – total emplois	Total ressources – total emplois	Total ressources – total emplois	Total ressources – total emplois	
	Flux nets actualisés en 0		FNT / $(1 + \text{taux})^1$	FNT / $(1 + \text{taux})^2$	FNT / $(1 + \text{taux})^n$	
	Cumul des FNT actualisés	FNT 0	Cumul 0 + FNT actualisés 1	Cumul 1 + FNT actualisés 2	Cumul N–1 + FNT actualisés N	

2 Les critères de décision

Une fois le projet chiffré, **l'entreprise doit prendre la décision d'investir ou non**. Plusieurs critères de rentabilité permettent d'aider à la prise de décision.

A La valeur actuelle nette (VAN)

• La valeur actuelle nette (VAN) est un **indicateur de la rentabilité de l'investissement** qui tient compte de l'actualisation des flux nets de trésorerie (conversion en monnaie à la date 0 pour les comparer au coût de l'investissement réalisé aujourd'hui).

• **Le projet est rentable si la VAN est supérieure ou égale à 0** ; un projet est d'autant plus intéressant que la VAN est élevée.

VAN = cumul des flux nets de trésorerie actualisés

B Le taux interne de rentabilité (TIR) ou (TRI)

• **Le TIR est le taux pour lequel la VAN est égale à 0.** Le TIR représente le taux de rentabilité de l'investissement.

• **Plus le TIR est élevé, plus le projet a de chance d'être rentable.** Il faut le comparer au taux d'actualisation :
– si le TIR ⩾ taux d'actualisation : le projet est **acceptable**.
– si le TIR < taux d'actualisation : le projet est **non acceptable**.

C Le taux de profitabilité

• **Le taux de profitabilité** permet d'exprimer les gains attendus pour 1 € de capital investi. Il permet de **départager plusieurs projets**.

Taux de profitabilité = flux nets de trésorerie actualisés (années 1 à N) / montant de l'investissement (année 0)
Ou
Taux de profitabilité = (VAN / montant de l'investissement (année 0))

Remarque : l'indice de profitabilité = 1+ taux de profitabilité.

• **Le taux de profitabilité** est un indicateur de rentabilité de l'investissement. Il permet de mesurer la création de valeur actuelle nette en valeur relative.
Pour un projet de 1 000 €, si le taux de profitabilité est de 5 %, cela signifie que ce projet génère 50 € de VAN.

D Le délai de récupération du capital investi (DRCI)

• **Le DCRI correspond à la date** à partir de laquelle l'entreprise récupère, grâce aux gains du projet, le coût de l'investissement initial.

• **Il s'agit d'un indicateur de risque et non de rentabilité,** plus un projet est récupéré rapidement moins il est risqué.

9 Les choix de financement

Processus 6

Dès que la décision d'investir est prise, il faut faire des choix en matière de financement.

1 Le plan de financement

A L'utilité du plan de financement

- Le plan de financement a pour but de **synthétiser l'ensemble des éléments relatifs à l'activité, la politique d'investissement et celle de financement**. Ce document prévisionnel permet, sur une période de 3 à 5 ans, de récapituler les différentes ressources dégagées et les différents emplois (besoins). Il permet de contrôler que le financement d'un investissement ne déséquilibre pas la situation financière de la société.

- **Le plan de financement peut être utilisé pour :**
– rechercher l'équilibre financier d'une **nouvelle activité** ;
– rechercher l'équilibre financier de l'**ensemble de l'entreprise** : activité existante et nouvelle activité.

- **Les dirigeants peuvent établir un plan de financement pour différentes raisons :**
– lors de la **création** d'une société ;
– lors de **négociations** auprès des établissements bancaires ;
– pour les entreprises de plus de 300 salariés, le plan de financement est **obligatoire** tous les ans (outil de prévention des difficultés des entreprises).

B La présentation du plan de financement

- **Il n'existe pas de présentation normalisée.**

	Éléments	0 Début de l'année 1	1 Fin de l'année 1	2 Fin de chaque année	N
Sommes encaissées	**Ressources**				
	CAF de l'activité				
	Cession d'immobilisations				
	Augmentation de capital en numéraire				
	Emprunts souscrits				
	Subventions reçues				
	Total ressources				

…/

/...

	Éléments	0 Début de l'année 1	1 Fin de l'année 1	2 Fin de chaque année	N
Sommes décaissées	**Emplois**				
	Acquisitions d'immobilisations				
	Variations du BFR				
	Remboursement des emprunts				
	Versements des dividendes				
	Total emplois				
	Variation de trésorerie	Total ressources – total emplois	Total ressources – total emplois	Total ressources – total emplois	Total ressources – total emplois
	Trésorerie initiale				
	Trésorerie finale	TI +/- variation de la trésorerie			

- **Les ressources :**

La CAF de l'activité	Produits encaissables – charges décaissables.
La cession d'immobilisations	Prix de vente probable des immobilisations cédées.
L'augmentation de capital	Il s'agit des nouveaux apports en numéraire lors d'une augmentation de capital.
Les emprunts	Il s'agit des nouveaux emprunts souscrits.
Les subventions reçues	Il s'agit des sommes attribuées par l'État ou les collectivités territoriales.

- **Les emplois (les besoins de financement) :**

Les acquisitions d'immobilisations	Elles sont inscrites pour le montant du coût d'acquisition de l'immobilisation concernée.
La variation du BFR	Au fur et à mesure des années l'activité augmente donc le BFR aussi = on inscrit chaque année **la variation de BFR.** **Variation de BFR = BFR nécessaire pour l'année N – BFR nécessaire N–1**
Le remboursement des emprunts	Tous les remboursements d'emprunt (uniquement pour la fraction « remboursement de capital » c'est-à-dire hors intérêts).
Les dividendes	Le montant des dividendes prévisionnels doit être inscrit dans les emplois.

2 Le financement interne

- Le plan de financement est un document permettant de faire des simulations et ainsi **choisir le financement adapté**. C'est pour cette raison qu'il s'établit en plusieurs étapes :

étape 1 En ne tenant compte que du financement interne : l'autofinancement.

étape 2 En faisant des simulations avec des financements externes : emprunt, crédit-bail, augmentation de capital.

• Le financement interne correspond à la **conservation dans l'entreprise des revenus** générés au cours de l'exercice.

Autofinancement = CAF – dividendes

• **Le résultat non distribué reste dans la société pour financer ainsi les investissements.**

3 Le financement externe

On distingue : l'emprunt, l'augmentation de capital et le crédit-bail.

A L'emprunt

• **Emprunt *indivis* :** opération par laquelle l'entreprise se fait prêter une somme d'argent par un organisme bancaire. Les modalités de remboursement sont :
– l'annuité constante ;
– l'amortissement constant ;
– *in fine*.

• **Le remboursement** peut être mensuel, trimestriel, semestriel ou annuel. Le **taux d'intérêt** est toujours annuel. L'emprunt entraîne une augmentation de la trésorerie lors de la souscription et une augmentation des ressources stables (dettes d'emprunt).

Coût de l'emprunt = cumul des annuités – capital emprunté

Avantages de l'emprunt	Inconvénients de l'emprunt
• Permet d'obtenir des ressources importantes rapidement. • Préserve les ressources internes.	• Perte d'indépendance financière. • Nécessité d'apporter des garanties.

B L'emprunt par annuités constantes

Dans le cas d'un emprunt par annuités constantes, les annuités (montant capital remboursé + intérêts) sont identiques chaque année.

Périodes	Capital début de période	Intérêts	Amortissements	Annuités	Capital dû fin de période
N	Montant emprunté	Capital début N × taux d'intérêt	Annuités – intérêts N	**emprunt × (i / 1 – (1 + i) $^{-n}$)**	Capital début N – amortissements N
N + 1	Capital dû fin de période année précédente	Capital début N + 1 × taux d'intérêt	Annuités – intérêts N + 1	**emprunt × (i / 1 – (1 + i) $^{-n}$)**	Capital début N + 1 – amortissements N + 1

i = taux d'intérêt
n = durée

C L'emprunt par amortissements constants

Dans le cas d'un emprunt par amortissements constants, le remboursement de la somme empruntée est identique chaque année, en revanche les annuités varient.

Périodes	Capital début de période	Intérêts	Amortissements	Annuités	Capital dû fin de période
N	Montant emprunté	Capital début N × taux d'intérêts	**Montant emprunté/durée**	Intérêts N + amortissements N	Capital début N – amortissements N
N + 1	Capital dû fin de période année précédente	Capital début N + 1 × taux d'intérêts	**Montant emprunté/durée**	Intérêts N + 1 + amortissements N + 1	Capital début N + 1 – amortissements N + 1

D L'emprunt à remboursement *in fine*

L'emprunt *in fine* sera remboursé en une seule fois à une date d'échéance prévue. Pendant la durée de l'emprunt, l'emprunteur ne verse que le montant des intérêts. À la fin l'emprunt est très coûteux car le montant des intérêts ne diminue pas au fil du temps, en revanche il évite des difficultés de trésorerie car les versements sont plus faibles.

Périodes	Capital début de période	Intérêts	Amortissements	Annuités	Capital dû fin de période
N	Montant emprunté	Capital début × taux d'intérêts		Intérêts N	Capital début N
Fin emprunt	Montant emprunté	Capital début × taux d'intérêts	Montant emprunté	Intérêts + amortissement	Capital début – amortissement = 0

E L'augmentation de capital

Il s'agit d'une opération ponctuelle consistant à **émettre de nouvelles actions ou parts sociales** (selon le statut juridique) en échange de sommes d'argents versées par les souscripteurs. Cette opération permet à l'entreprise de recevoir des ressources nouvelles qui lui permettront de financer tout ou une partie du projet. **L'augmentation de capital permet une augmentation de la trésorerie et des ressources stables.**

Avantages	Inconvénients
• Préserve l'indépendance financière de l'entreprise. • Ne nécessite pas le versement d'une rémunération obligatoire (dividendes). • Prouve l'implication des actionnaires.	• Lourd formalisme juridique. • Peut causer la perte du contrôle des anciens membres si appel excessif à des nouveaux. • Dépend de la capacité financière des membres.

F Le crédit-bail

- Il s'agit de la **location d'un bien** qui offre 3 possibilités à la fin du contrat :

– prolongation du contrat ;
– option de rachat du bien ;
– fin du contrat et restitution du bien loué.

• **L'entreprise n'est pas propriétaire,** elle paye des loyers prévus au contrat.

Avantages	Inconvénients
• Financement rapide. • Permet de changer de matériel régulièrement.	• Le patrimoine n'augmente pas. • Les loyers sont élevés.

4 La rentabilité économique, la rentabilité financière et l'effet de levier

A La rentabilité économique et la rentabilité financière

Type de rentabilité	Formule de calcul	Détail des calculs	Explications
Rentabilité économique	$\frac{\text{Résultat d'exploitation}}{\text{Capitaux investis}}$	**Le résultat économique** est le résultat d'exploitation ou le résultat d'exploitation net d'IS. **Les capitaux investis** sont : – les immobilisations nettes + le BFR, ou – les capitaux propres + dettes financières.	Elle représente la capacité de l'entreprise à générer un résultat à partir des moyens mis en œuvre, ratio destiné aux investisseurs financiers.
Rentabilité financière	$\frac{\text{Résultat net comptable}}{\text{Capitaux propres}}$	**Résultat net comptable** = résultat – IS **Capitaux propres** = total I du passif du bilan	Mesure de rentabilité des capitaux propres, ratio destiné aux apporteurs de capitaux.

B L'effet de levier

• **L'effet de levier** mesure l'impact de l'endettement sur la rentabilité financière, c'est à dire la rentabilité des capitaux propres.

• Si la rentabilité économique est supérieure au coût de l'endettement, on parle d'**effet de levier positif**. Dans le cas contraire, c'est-à-dire si la rentabilité économique est inférieure au coût de l'endettement, on parle alors « **d'effet de massue** ».

Remarque

L'effet de levier favorise l'emprunt. Beaucoup d'entreprises ont recours à l'emprunt et dépassent parfois leur taux d'endettement. Si l'effet de levier doit être pris en compte lors d'un choix d'investissement, il ne faut pas négliger le niveau d'endettement.

10 Le tableau de financement et le tableau des flux de trésorerie de l'OEC

Processus 6

Pour réaliser une **analyse financière**, il est possible de réaliser des documents d'analyse dynamique pour compléter les traditionnels documents statiques (bilan, bilan fonctionnel) : le tableau de financement et le tableau des flux de trésorerie de l'OEC (Ordre des experts-comptables) constituent des documents d'analyse dynamique.

1 Le tableau de financement

A La définition

• Le **tableau de financement** est un document de synthèse qui met en évidence les facteurs qui ont contribué à la variation du patrimoine d'une entreprise entre deux dates, il est composé de deux tableaux :
– **le tableau 1** : il représente **la variation du haut de bilan** (ressources et emplois à long terme) et du fonds de roulement net global (FRNG), qui met en évidence l'origine des ressources internes et externes qui ont été déployées pour financer les investissements de l'entreprise ;
– **le tableau 2** : il s'intéresse à la **variation du bas de bilan** (le mode de financement du cycle d'exploitation de l'entreprise et le besoin en fonds de roulement).

• **Les différences entre le plan de financement et le tableau de financement.** Le plan de financement est un document prévisionnel, il permet de connaître les besoins futurs d'une entreprise. Le tableau de financement permet de savoir comment l'entreprise a financé ses besoins, il s'inscrit dans une logique de passé.

B La présentation

• **Le tableau 1 du tableau de financement** permet **d'expliquer la variation des postes du haut de bilan**. Ce dernier est présenté comme suit :

Flux d'emplois : **impact négatif sur la trésorerie**

Flux de ressources : **impact positif sur la trésorerie**

Résultat de N – 1 distribué au cours de l'exercice N

Emplois	Montant	Ressources	Montant
Distribution mise en paiement au cours de l'exercice		**Capacité d'autofinancement de l'exercice**	
Acquisitions d'éléments de l'actifimmobilisé		**Cessions d'éléments d'actif immobilisé**	
– Immobilisations incorporelles		– Immobilisations incorporelles	
– Immobilisations corporelles		– Immobilisations corporelles	
– Immobilisations financières		– Immobilisations financières	
Réduction des capitaux propres		**Augmentation des capitaux propres**	

Augmentation du poste

CAF (méthode additive) = résultat net N + DAP – RAP + VNC éléments d'actifs cédés – prix de cession des éléments d'actifs

Ils apparaissent pour leur **prix de cession (compte 775) et non à leur valeur nette comptable**.

.../

/…

Emplois	Montant	Ressources	Montant
		Augmentation des autres capitaux propres	
Nouveaux remboursements d'emprunt		Nouvelles dettes financières	
Total des emplois		Total des ressources	
Variation du fonds de roulement net global (ressource nette)		Variation du fonds de roulement net global (emploi net)	

Si total ressources > total emplois, le FRNG a augmenté : **ressource nette**.

Si total ressources < total emplois, le FRNG a diminué : **emploi net**.

• Le **tableau 2 du tableau de financement** permet d'expliquer **la variation des postes du bas de bilan (année N – année N – 1)**. Cette dernière est soit un besoin, soit un dégagement.

• Dans le cas d'un **poste d'actif** :
– si le résultat de la variation est **positif** : augmentation des emplois, il s'agit d'un besoin ;
– si le résultat de la variation est **négatif** : diminution des emplois, il s'agit d'un dégagement.

• Dans le cas d'un **poste de passif** :
– si le résultat de la variation est **positif** : augmentation des ressources, il s'agit d'un dégagement ;
– si le résultat de la variation est **négatif** : diminution des ressources, il s'agit d'un besoin.

• **Solde de la variation = dégagement – besoin.** Si le solde est négatif, cela signifie que les besoins sont supérieurs aux dégagements, et vice versa.

Exemple

L'entreprise Paul dispose :
– d'un stock de marchandises de 10 000 € en N – 1 et de 6 000 € en N : 6 000 – 10 000 = – 4 000 €
→ diminution de l'actif, il s'agit donc d'un dégagement ;
– et d'une dette fournisseur de 30 000 € en N – 1 et de 10 000 € en N : 10 000 – 30 000 = – 20 000 €
→ diminution du passif, il s'agit donc d'un besoin.

Besoins de ressources : consommation du FRNG

Création de ressources : dégagement de ressources supplémentaires

Variation du fonds de roulement net global	Exercice N		
	Besoin	Dégagement	Solde
	1	2	2 – 1
Variation exploitation			
Variation des actifs d'exploitation :			
Stock et en-cours			
Avances et acomptes versés sur commandes			
Créances clients, comptes rattachés et autres créances d'exploitation			

Si ↗ : besoin
Si ↘ : dégagement

…/

/…

Si ↗ : dégagement
Si ↘ : besoin

Variation du fonds de roulement net global	Exercice N		
	Besoin	Dégagement	Solde
	1	2	2 – 1
Variation des dettes d'exploitation :			
Avances et acomptes reçus sur commandes en cours			
Dettes fournisseurs, comptes rattachés et autres dettes d'exploitation			
Totaux			
A. Variation nette exploitation			
Variation hors exploitation			
Variation des autres débiteurs			
Variation des autres créditeurs			
Totaux			
B. Variation nette hors exploitation			
Total A + B Besoins de l'exercice en fonds de roulement ou dégagement net de fonds de roulement dans l'exercice			
Variation trésorerie			
Variation des disponibilités			
Variation des concours bancaires courants et soldes créditeurs de banques			
Totaux			
C. Variation nette trésorerie			
Variation du fonds de roulement net global (total A + B + C)			
TOTAL A + B + C Emploi net Ou ressources nettes			

La différence entre les deux variations au niveau de l'exploitation, et au niveau du hors exploitation fait apparaître soit des besoins en fonds de roulement supplémentaires d'exploitation et/ou hors exploitation, soit au contraire une réduction des besoins en fonds de roulement d'exploitation et/ou hors exploitation.

Si BFR a augmenté : impacts négatifs sur la trésorerie
Si dégagement : positif sur la trésorerie

Variation du BFR sur l'exercice (A + B)

Attention : si < 0, la trésorerie a augmenté

(A + B + C)
Utilisation de la variation du FRNG calculée dans la partie 1

La variation du FRNG calculée dans tableau 2 doit être du même montant que dans le tableau 1.
Il s'agit de l'utilisation de la variation du FRNG. Une ressource dans le tableau 1 = un emploi dans le tableau 2 en vertu de la règle d'égalité de montants et d'opposition emplois/ressources.

2 Le tableau des flux de trésorerie de l'OEC

A La définition

Le **tableau des flux de trésorerie de l'OEC** permet de montrer clairement la différence qui peut exister d'une part entre les charges et les décaissements, et d'autre part entre les produits et les encaissements. Plus que le solde final, c'est l'analyse des flux les uns par rapport aux autres qui doit primer. Une trésorerie qui augmente n'est pas toujours synonyme d'une santé florissante.

B Le financement externe

Flux de trésorerie liés à l'activité	Montants
Résultat d'exploitation	
Élimination des charges et des produits sans incidence sur la trésorerie	
+ Dotations aux amortissements, dépréciations et provisions d'exploitation (681)	
– Reprises aux amortissements et aux provisions d'exploitation (781)	
= Résultat brut d'exploitation	
– Variation du BFRE	
= Flux net de trésorerie d'exploitation	
Autres encaissements et décaissements liés à l'activité	
– Frais financiers	
+ Produits financiers	
– Autres décaissements liés à l'activité (ex. : participation ou IS)	
– Charges exceptionnelles liées à l'activité	
+ Produits exceptionnels liés à l'activité	
– Variation du BFRE lié à l'activité	
= Flux net de trésorerie généré par l'activité (A)	
Flux de trésorerie liés aux opérations d'investissement	
– Acquisitions d'immobilisations	
+ Cessions/réductions d'immobilisations (nettes d'impôt sur les plus-values)	
– Variation du BFR lié à l'investissement (créances et dettes liées aux immobilisations)	
= Flux net de trésorerie lié aux opérations d'investissement (B)	
Flux de trésorerie liés aux opérations de financement	
+ Augmentation de capital en numéraire	
– Réduction de capital	
– Dividendes versés	
+ Émissions d'emprunts	
– Remboursements d'emprunts	
+ Subventions d'investissements reçues	
= Flux net de trésorerie lié aux opérations de financement (C)	
Variation de trésorerie (A + B + C)	
Trésorerie d'ouverture (D)	
Trésorerie de clôture (A + B + C + D)	

Point de départ : le RE est considéré positif

Certaines ventes et achats ne sont pas encore encaissés/décais Ce ne sont pas des flux trésorerie, on les retrou dans la variation du BF En les déduisant, on gar exclusivement les flux ayant eu un impact sur la trésorerie

Capacité de l'entreprise à générer de la trésorerie grâce à son activité

La variation du BFR est scindée en trois éléments

- Le **total A** est une notion plus large que l'exploitation, car il intègre une partie des éléments hors exploitation. L'activité tient compte de tous les éléments encaissés et décaissés, même des éléments financiers (courants) et exceptionnels, mais à condition qu'ils ne relèvent pas des cycles B ou C.
- Si le **total B** est négatif, cela signifie que l'entreprise investit ; s'il est positif, cela indique que l'entreprise a vendu une partie de son actif sans avoir investi (ne doit pas être régulier).
- Si le **total C** est négatif, cela signifie que l'entreprise effectue des remboursements (politique de désendettement ou de dividendes élevés).

11 L'analyse de la solvabilité et de la trésorerie

Processus 6

L'analyse de la liquidité d'un bilan revient à étudier la **solvabilité de l'entreprise**. Le calcul de la trésorerie peut faire apparaître un déficit ou au contraire un excédent de trésorerie. Selon les cas, l'entreprise doit réfléchir aux différentes solutions à court terme pour faire face au déficit ou faire fructifier ses excédents.

1 L'analyse de la liquidité du bilan

A Les définitions

- Le **bilan financier** est un document non obligatoire. Il s'agit d'un bilan comptable reconstruit afin de déterminer la solvabilité et la liquidité de la société sur le court terme.

- La **liquidité** mesure la capacité d'une entreprise à régler ses dettes arrivées à échéance à court terme grâce à sa trésorerie.

Remarque

Une société peut être solvable, mais avoir des problèmes de liquidités.

- La **solvabilité** est la capacité de l'entreprise à faire face à ses engagements à long terme. Les capitaux propres permettent de mesurer la solvabilité d'une entreprise, ce sont eux qui garantissent à un tiers le remboursement d'une somme.

B La présentation du bilan financier ou « bilan liquidité »

ACTIF	Commentaires	PASSIF	Commentaires
ACTIF À PLUS D'UN AN		CAPITAUX PERMANENTS	
+ Actif immobilisé (en valeurs nettes)	Il ne faut retenir que la valeur nette des immobilisations, après déduction des amortissements et dépréciations.	+ Capitaux propres – Actifs fictifs	= Total I du passif Ils permettent l'équilibre du bilan.
– Actifs fictifs	Certaines immobilisations (frais d'établissement) ne peuvent se transformer en argent, il faut donc les supprimer.	PASSIF À PLUS D'UN AN	
– Immobilisations financières avec une échéance < à 1 an	Elles sont classées dans la partie « Actif à moins d'un an ».	+ Dettes financières : emprunts dont l'échéance est > 1 an	Ne pas tenir compte des CBC
+ Retraitement du crédit-bail	Valeur nette = total des redevances restant à payer	+ Dettes non financières : fournisseurs, État > 1 an	

ACTIF	Commentaires	PASSIF	Commentaires
+ Créances à plus d'un an		+ Provisions pour risques et charges qui permettent de couvrir un risque > 1 an	
ACTIF À MOINS D'UN AN		+ Retraitement du crédit-bail	Redevances restant à payer à plus d'un an
+ Stocks	Valeurs nettes	**PASSIF À MOINS D'UN AN**	
+ Créances clients + avances et acomptes versés + autres créances + CCA (charges constatées d'avance) + valeur nominale des EENE (effets escomptés non échus)		+ Dettes (fournisseurs, dividendes) + provisions pour risques et charges à moins d'un an + PCA	Total II et total III du passif
– Créances > à 1 an		– Dettes financières : emprunts dont l'échéance est > à 1 an	Tous ces postes sont reclassés dans le passif à plus d'un an.
+ Immobilisations financières avec une échéance < à 1 an		– Dettes non financières : dettes fournisseurs, État ou PCA (produits constatés d'avance) dont l'échéance est > à 1 an	
+ Disponibilités		– Provisions pour risques et charges qui permettent de couvrir un risque > 1 an	
+ VMP		– CBC (concours bancaires courants)	Ils sont reclassés en CBC
		+ CBC	
		+ Valeur nominale des EENE	

• **Au passif, les ressources** mises à la disposition de l'entreprise sont classées par **ordre d'exigibilité croissante** : une dette est exigible quand elle arrive à l'échéance (en bas figurent les dettes qui sont les premières exigibles).

• **À l'actif,** les **emplois** sont classés par ordre **de liquidité croissante** : un actif est liquide quand on peut le vendre (en bas figurent les actifs les plus liquides, c'est-à-dire ceux qui vont se transformer en trésorerie le plus rapidement).

2 Le suivi et l'analyse de la trésorerie à court terme

A La gestion de la trésorerie négative

• **L'élimination des soldes négatifs** s'opère grâce à la mise en place de plusieurs solutions possibles :
– les **crédits non bancaires** : crédit de mobilisation de créances commerciales, cession de créances professionnelles (loi Dailly), affacturage, crédit interentreprises (délais accordés par les tiers), etc. (voir fiche 8 P1) ;

– l'obtention de **crédits bancaires de trésorerie** : découverts et escompte des effets de commerce qui permettent le financement du besoin d'exploitation des entreprises.

• Ces différentes solutions ont un coût, il faut donc choisir la **solution qui a le coût le plus faible**.

Exemple

Escompte d'effet de commerce : une lettre de change d'une valeur nominale de 5 000 € créée le 10/06/N est remise à l'escompte le 25/06/N, échéance le 30/07. Taux d'escompte 10 % ; commission d'endos : 0,50 % ; commission fixe : 4 € par effet. La banque applique deux jours de banque pour les opérations d'escompte d'effet de commerce.

Nombre de jours pour une année = 360 jours

Nombre de jours : (30/06 – 25/06) + 30/07 + 2 jours de banque = 37 jours

Escompte : 5 000 × 10 % × 37 / 360 = 51,39 €

Commission d'endos : 5 000 × 0,50 % × 37 / 360 = 2,57 €

Commission fixe : 4 €

Total agios = 51,39 + 2,57 + 4 = 57,96 €

Valeur nette versée = 5 000 – 57,96 = 4 972,04 €

Remarque

La **date d'opération** correspond au jour de l'opération. Pour des raisons techniques, la banque peut ajouter/retirer des jours à une date d'opération (appelés « jours de valeur » ou « de banque »). Ils permettent de fixer les dates de valeur (entrée ou sortie réelle de trésorerie, sert à calculer les intérêts).

B La gestion de la trésorerie positive

• Les **soldes de trésorerie très largement excédentaires** sont le plus souvent utilisés à court terme pour :
– **rembourser par anticipation** les emprunts à long terme ;
– **financer les programmes d'acquisition** des investissements prévus ;
– réaliser des placements financiers à court terme : **le compte courant d'associé** (compte permettant à un associé de prêter une somme d'argent à la société), **les dépôts à terme** (placement qui bloque l'argent entre un mois et quatre ans) et **les achats de VMP** auprès des OPCVM (organismes de placement collectif en valeurs mobilières).

• Les **placements financiers à court terme** permettent d'obtenir une rémunération : les intérêts. Nous pouvons calculer les intérêts simples et les intérêts composés.

Intérêts simples	Intérêts composés
Ils se calculent sur une période et ne se cumulent pas avec le capital.	Les intérêts vont se cumuler avec le capital pour servir de base de calcul des intérêts de la prochaine période.
Exemple Un capital de 10 000 € est placé à intérêts simples à 2 % pendant deux ans. • Intérêts à la fin de la 1re année : 10 000 × 0,02 = 200 € • Intérêts à la fin de la 2e année : 10 000 × 0,02 = 200 € • Valeur acquise au bout de 2 ans : 10 000 + 200 + 200 = 10 400 €	**Exemple** Un capital de 10 000 € est placé à intérêts composés à 2 % pendant deux ans. • Intérêts à la fin de la 1re année : 10 000 × 0,02 = 200 € • Intérêts à la fin de la 2e année : 10 200 × 0,02 = 204 € • Valeur acquise au bout de 2 ans : 10 000 + 200 + 204 = 10 404 €

• Les **critères de choix d'un placement à court terme** sont en fonction : **de la rémunération** (des intérêts) apportée par le placement, **de la sécurité** (certains placements peuvent entraîner des pertes sur le capital placé), **de la liquidité** (capacité du placement à se transformer en une somme d'argent afin de faire face aux échéances).

1 Les coûts complets

Exercice 1 Énoncé p. 165

1. Tableau de répartition des charges indirectes

	Décapage	Peinture	Finition
Total des charges indirectes	575	1 188	594
Nature de l'UO	Le volet décapé	Le m² de volet	Le m² de volet
Nombre d'UO	50	118,80	118,80(1)
Coût de l'UO	11,50	10,00	5,00

(1) 30 petits volets de (1,30 × 1,20) : 30 × 1,56 = 46,80 m² ;
20 grands volets de (2,00 × 1,80) : 20 × 3,60 = 72 m².

2. Coûts de production des volets

	Volet (130 cm × 120 cm)			Volet (200 cm × 180 cm)		
	Q	CU	Montant	Q	CU	Montant
Peinture	0,78(2)	12,00	9,36	1,80	12,00	21,60
Centre décapage	1	11,50	11,50	1	11,50	11,50
Centre peinture	1,56	10,00	15,60	3,60	10,00	36,00
Centre finition	1,56	5,00	7,80	3,60	5,00	18,00
Coût de production unitaire			44,26			87,10

(2) $\frac{1,80}{3,60} \times 1,56 = 0,78$ litre à 12 € le litre.

Coût des commandes (méthode des centres d'analyse) :

Commandes	Volet (130 cm × 120 cm)			Volet (200 cm × 180 cm)			Total
	Q	CU	Montant	Q	CU	Montant	
A	12	44,26	531,12	8	87,10	696,80	1 227,92
B	4	44,26	177,04	2	87,10	174,20	351,24
C	8	44,26	354,08	10	87,10	871,00	1 225,08
D	6	44,26	265,56				265,56

3. Coût des inducteurs

Remarque : ne pas oublier de regrouper les activités ayant le même inducteur.

Nombre de lots passés en cabine :

Commande	Volet (130 × 120)	Volet (200 × 180)	Nombre de lots
A	12/4 = 3	8/2 = 4	7
B	4/4 = 1	2/2 = 1	2
C	8/4 = 2	10/2 = 5	7
D	6/4 = 1,5 soit 2 lots		2
Total	8	10	18

Activité/inducteur	Commande	Volet	Lot en cabine	M² de volet
Préparation bain	58,00			
Décapage	402,00			
Contrôle décapage		115,00		
Mélange	55,00			
Peinture			954,00	

…/

/...

Nettoyage cabine	179,00			
Finition				445,50
Contrôle finition		148,50		
Total	**694,00**	**263,50**	**954,00**	**445,50**
Volume des inducteurs	4	50	18	118,80
Coût de l'inducteur	**173,50**	**5,27**	**53,00**	**3,75**

4. Coût des commandes (méthode ABC)

Commande A	Q	CU	Montant
Peinture	(12 × 0,78) + (8 × 1,80) = 23,76	12,00	285,12
Gestion des commandes	1	173,50	173,50
Gestion des volets	20	5,27	105,40
Gestion des lots	7	53,00	371,00
Gestion des m²	(12 × 1,56) + (8 × 3,60) = 47,52	3,75	178,20
Coût de la commande A			1 113,22

Commande B	Q	CU	Montant
Peinture	6,72	12,00	80,64
Gestion des commandes	1	173,50	173,50
Gestion des volets	6	5,27	31,62
Gestion des lots	2	53,00	106,00
Gestion des m²	13,44	3,75	50,40
Coût de la commande B			442,16

Commande C	Q	CU	Montant
Peinture	24,24	12,00	290,88
Gestion des commandes	1	173,50	173,50
Gestion des volets	18	5,27	94,86
Gestion des lots	7	53,00	371,00
Gestion des m²	48,48	3,75	181,80
Coût de la commande C			1 112,04

Commande D	Q	CU	Montant
Peinture	4,68	12,00	56,16
Gestion des commandes	1	173,50	173,50
Gestion des volets	6	5,27	31,62
Gestion des lots	2	53,00	106,00
Gestion des m²	9,36	3,75	35,10
Coût de la commande D			402,38

5. Coûts au m²

	A	B	C	D	Total
Coût (méthode des centres d'analyse)	1 227,92	351,24	1 225,08	265,56	3 069,80
Coûts (méthode ABC)	1 113,22	442,16	1 112,04	402,38	3 069,80
Nombre de m²	47,52	13,44	48,48	9,36	
Coût au m² (centres d'analyse)	25,84	26,13	25,27	28,37	
Coût au m² (ABC)	23,43	32,90	22,94	42,99	

6. Choix du mode de facturation

Le calcul des coûts au m² selon la méthode des centres d'analyse montre une faible amplitude de ceux-ci (de 25,27 € à 28,37 €), ce qui tendrait à justifier le mode de facturation retenu.

En réalité, de nombreuses charges sont engagées au moment de la commande (préparation du bain, fabrication du mélange peinture-coloris...), indépendamment de l'importance de celle-ci.

La méthode ABC met en évidence cet impact (effet de série) au niveau des coûts unitaires qui s'échelonnent de 22,94 € à 42,99 €. Il apparaît que, dans la méthode des centres d'analyse, les grandes séries subventionnent les petites, c'est-à-dire qu'une quote-part de charges indirectes est imputée à tort aux grandes séries.
Compte tenu de son activité, l'entreprise Beauséjour se doit de présenter à ses clients des devis dans lesquels elle fixera le prix de vente en fonction de l'importance de la commande.

Exercice 2 *Énoncé p. 166*

1. Tableau de répartition des charges indirectes

	Approvisionnement	Textile	Conditionnement	Distribution	Administration
Total après répartition secondaire	10 200	45 390	37 380	13 158	27 780
Nature de l'UO	€ de matière achetée	Heure-machine	Tente conditionnée	Tente vendue	CPVV
Nombre d'UO	510 000(1)	2 225	8 900	8 600	694 500(2)
Coût de l'UO	0,02	20,40	4,20	1,53	0,04

(1) (50 000 × 8) + (20 000 × 5,5).
(2) 408 900 +285 600 (voir calcul des coûts de revient).

2. Coûts d'achat des matières achetées (CAMA) et CMUP

Remarque : le coût d'achat des accessoires est égal à leur prix d'achat car les charges indirectes d'approvisionnement ont intégralement été imputées aux deux matières.

	Polyamide			Coton		
	Q	CU	Montant	Q	CU	Montant
Achats	50 000	8,00	400 000	20 000	5,50	110 000
Approvisionnement	400 000	0,02	8 000	110 000	0,02	2 200
CAMA	50 000	8,16	408 000	20 000	5,61	112 200

• Calcul des CMUP :

	Polyamide			Coton		
	Q	CU	Montant	Q	CU	Montant
Stock initial	5 200	8,58	44 600	2 000	4,95	9 900
CAMA	50 000	8,16	408 000	20 000	5,61	112 200
Total	55 200	**8,20**	452 640	22 000	**5,55**	122 100

	Piquets			Arceaux		
	Q	CU	Montant	Q	CU	Montant
Stock initial	8 000	0,675	5 400	2 000	1,12	2 240
CAMA	70 000	0,480	33 600	20 000	1,45	29 000
Total	78 000	**0,500**	39 000	22 000	**1,42**	31 240

3. Coûts de production des produits fabriqués (CPPF) et CMUP

	Randofirst			Galaxie		
	Q	CU	Montant	Q	CU	Montant
Charges directes						
Polyamide	27 500	8,20	225 500	27 200	8,20	223 040
Coton	11 000	5,55	61 050	9 520	5,55	52 836
Piquets	38 500(1)	0,50	19 250	30 600(2)	0,50	15 300
Arceaux	11 000	1,42	15 620	6 800	1,42	9 656
MOD Textile	550(3)	15,00	8 250	340	15,00	5 100
MOD Conditionnement	110(4)	12,00	1 320	68	12,00	816
Charges indirectes						
Textile	1 375	20,40	28 050	850	20,40	17 340
Conditionnement	5 500	4,20	23 100	3 400	4,20	14 280
CPPF	5 500	69,48	382 140	3 400	99,52	338 368

(1) 7 × 5 500 = 38 500 piquets.
(2) 9 × 3 400 = 30 600 piquets.
(3) $\frac{6}{60} \times 5\,500 = 550$ heures.
(4) 178 heures pour 8 900 tentes, soit 0,02 heure (1,20 minute) par tente.

• Calcul des CMUP :

	Randofirst			Galaxie		
	Q	CU	Montant	Q	CU	Montant
Stock initial	500	81,72	40 860	1 600	107,27	171 632
CPPF	5 500	69,48	382 140	3 400	99,52	338 368
Total	6 000	**70,50**	423 000	5 000	**102,00**	510 000

4. Coûts de revient et résultats analytiques

	Randofirst			Galaxie		
	Q	CU	Montant	Q	CU	Montant
Coût de production des produits vendus (CPPV)	5 800	70,50	408 900	2 800	102,00	285 600
Distribution	5 800	1,53	8 874	2 800	1,53	4 284
Administration	408 900	0,04	16 356	285 600	0,04	11 424
Coût de revient	5 800	74,85	434 130	2 800	107,61	301 308

• Résultats analytiques :

	Randofirst			Galaxie		
	Q	CU	Montant	Q	CU	Montant
Chiffre d'affaires	5 800	89,90	521 420	2 800	135,00	378 000
Coût de revient	5 800	74,85	434 130	2 800	107,61	301 308
Résultat analytique	5 800	15,05	87 290	2 800	27,39	76 692

2 Les coûts partiels et l'analyse de l'exploitation

Exercice 1 *Énoncé p. 188*

1. Compte de résultat différentiel

Charges		Produits	
Achats de marchandises Autres achats Impôts et taxes Charges de personnel : – commerciaux – autres Dotations aux amortissements et dépréciations	497 500 72 500 75 000 213 000 112 500 280 000	Chiffre d'affaires (vente de 10 000 produits)	1 490 000
Total charges	1 250 500	Total produits	1 490 000
Résultat (solde créditeur)	239 500		
Total général	1 490 000	Total général	1 490 000

Marge sur coût variable unitaire (MCV_u) $= \dfrac{\text{MCV}}{\text{Quantité}} = \dfrac{779\,500}{10\,000} = 77{,}95$ €.

2. Équation de la droite de coût total

Coût total = Charges opérationnelles (ou variables) + Charges de structure (ou fixes).

Charges variables unitaires (CV_u) : $\dfrac{710\,500}{10\,000} = 71{,}05$ €.

Coût total = CV_u × quantités + Charges fixes.

Soit X les quantités : **Coût total = 71,05X + 540 000.**

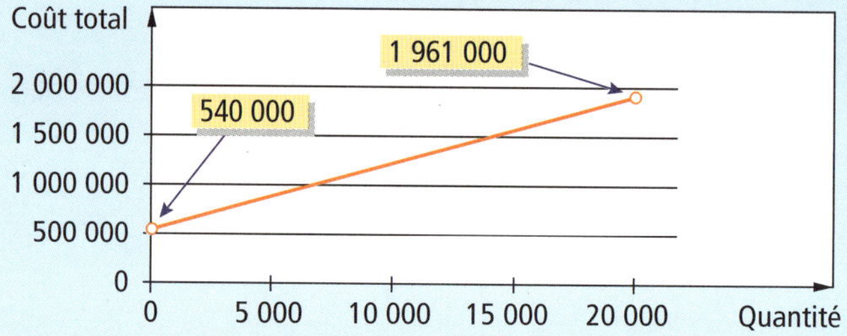

3. **Compte de résultat différentiel pour 15 000 produits**

	En €	En % du CA
Chiffre d'affaires	1 490 000	100 %
– Charges variables	710 500	47,68 %
= Marge sur coût variable	779 500	52,32 %
– Charges fixes	540 000	
= Résultat	239 500	

Charges variables : 497 500 + 213 000

Charges fixes : 72 500 + 75 000 + 112 500 + 280 000

3 Les coûts préétablis et l'analyse des écarts

Exercice 1 *Énoncé p. 175*

1. Calcul de l'écart global :

Cuir : Qpc = 1,2 × 980 = 1 176 m²

MOD : Qpc = 3,5 × 980 = 3 430 heures

- Écart global

MOD : Qc = $\frac{980}{0,3125}$ = 3 136 heures

	Coût constaté CC = Cc × Qc			Coût préétabli de la production constatée CPPc = Cp × Qpc			Écart global CC – CPPc
	Qc	Cc	Cc × Qc	Qpc	Cp	Cp × Qpc	
Cuir	1 530	73,60	112 608	1 176	80,00	94 080	+ 18 528 (déf.)
MOD	3 136	15,00	47 040	3 430	14,40	49 392	– 2 352 (fav.)

2. Décomposition des écarts globaux :

	Formulation	Calculs	Écarts
Cuir :			
sur quantité :	(Qc – Qpc) × Cp	= (1 530 – 1 176) × 80	+ 28 320 (déf.)
sur coût :	(Cc – Cp) × Qc	= (73,60 – 80) × 1 530	– 9 792 (fav.)
		Écart global sur cuir :	+ 18 528 (déf.)
MOD :			
sur temps :	(Qc – Qpc) × Cp	= (3 136 – 3 430) × 14,40	– 4233,60 (fav.)
sur taux horaire :	(Cc – Cp) × Qc	= (15 – 14,40) × 3 136	+ 1 881,60 (déf)
		Écart global sur MOD :	– 2 352,00 (fav.)

3. L'écart global sur cuir s'élève à 18 528 € et est défavorable. Cet écart est dû principalement à la quantité de cuir consommée qui a dépassé de plus de 30 % les prévisions (1 530 m² au lieu de 1 176 m²) ; l'écart sur coût, favorable du fait d'un coût unitaire réel du m² inférieur au coût unitaire préétabli ne compense que très partiellement l'écart sur quantité. L'écart global sur MOD, quant à lui, est favorable du fait d'un rendement réel du travail plus élevé que prévu (rendement réel : 0,3125 sac à l'heure, soit $\frac{1}{0,3125}$ = 3,20 heures par sac au lieu des 3,50 heures prévues) ; le salaire horaire réel a été supérieur de 0,60 € aux prévisions, aboutissant à un écart sur taux défavorable.

Exercice 2 *Énoncé p. 176*

1. Calcul des coûts d'achat et des CUMP :

Montant des achats : (1 500 × 1,20) + (3 000 10,5 pt 1,60) = 6 600 €.

Taux de frais de l'approvisionnement : $\frac{528}{6\ 600}$ = 0,08 € par € d'achat.

	Plastique			Métal		
	Q	CU	Montant	Q	CU	Montant
Achats	1 500	1,20	1 800	3 000	1,60	4,800
Approvisionnement	1 800	0,08	144	4 800	0,08	384
Coûts d'achats	1 500	1,296	1 944	3 000	1,728	5 184
Stock initial	150	1,34	201	140	2,22	311
Calcul des CUMP	1 650	**1,30**	2 145	3 140	**1,75**	5 495

• Calcul du coût de production des agrafeuses fabriquées et du CUMP :

	Q	CU	Montant
Plastique	1 480	1,30	1 924,00
Métal	2 850	1,75	4 987,50
MOD	3 152	15,60	49 171,20
Assemblage	2 000	23,76	47 517,30
Coût de production des produits fabriqués	1 200	86,33	103 600,00
Stock initial	200	98,00	19 600,00
CUMP	1 400	**88,00**	123 200,00

• Calcul du coût de revient :

	Q	CU	Montant
Coût de production des produits vendus	1 250	88,00	110 000
Distribution	1 100	4,80	5 280
Coût de revient	1 250	92,22	115 280

2. Tableau des écarts relatifs à la production constatée :

Qpc = Quantité unitaire de la fiche de coût standard × Production constatée (Pc)

Plastique : Qpc = 1,20 × 1 200 = 1 440 kg

	Coût constaté (CC)			Coût préétabli de la production constatée (CPPc)			Écarts globaux
	Qc	Cc	Cc × Qc	Qpc	Cp	Cp × Qpc	
Plastique	1 480	1,30	1 924,00	1 440	1,20	1 728	+ 196 (déf.)
Métal	2 850	1,75	4 987,50	3 120	1,80	5 616	– 628,80 (fav.)
MOD Assemblage	3 152	15,60	49 171,20	3 600	15,00	54 000	– 4 828,80 (fav.)
Assemblage	2 000	23,76	47 517,30	1 800	22,10	39 780	+ 7 737,30 (déf.)
Coût de production	1 200	86,33	103 600,00	1 200	84,27	101 124	+ 2 476 (déf.)

3. Décomposition de l'écart global sur MOD :

	Formulation	Calculs	Écarts
MOD : sur temps : sur taux horaire :	 (Qc – Qpc) × Cp (Cc – Cp) × Qc	 = (3 152 – 3 600) × 15 = (15,60 – 15) × 3 152 **Écart global sur MOD :**	 – 6 720,00 (fav.) + 1 891,20 (déf.) – 4 828,80 (fav.)

4 La prévision des ventes *Énoncé p. 178*

1. 2. et 3.

Rang du trimestre	Observations	Moyennes mobiles centrées (MMC)	Indices saisonniers (Is)	Série CVS
1	98			125
2	163			136
3	185	137	1,350	135
4	95	140	0,679	147
5	112	142	0,789	143
6	173	143	1,210	145
7	191	144	1,326	140
8	97	145	0,669	150
9	118	148	0,797	151
10	175	150	1,167	146
11	213	150	1,420	156
12	91	153	0,595	141
13	124	156	0,795	158
14	193	159	1,214	162
15	219	161	1,360	160
16	109	161	0,677	168
17	122	162	0,753	156
18	195	164	1,189	163
19	225			164
20	119			184

$$MMC_3 = \frac{\frac{98}{2}+163+185+95+\frac{112}{2}}{4} = 137.$$

$$Is_3 = \frac{185}{137} = 1{,}350.$$

	Trimestre 1	Trimestre 2	Trimestre 3	Trimestre 4
N – 4			1,350	0,679
N – 3	0,789	1,210	1,326	0,669
N – 2	0,797	1,167	1,420	0,595
N – 1	0,795	1,214	1,360	0,677
N	0,753	1,189		
Coefficients saisonniers (CS)	0,784	1,195	1,369	0,647
Coefficients saisonniers rectifiés (CSR)	0,785	1,196	1,371	0,648

$$CS_1 = \frac{0{,}789+0{,}797+0{,}795+0{,}753}{4} = 0{,}784.$$

Le total des coefficients saisonniers est égal à 3,995 ; pour que la somme des coefficients soit égale à la périodicité des ventes, il faut multiplier chacun d'entre eux par $\frac{4}{3{,}995}$.

$CSR_1 = 0{,}784 \times \frac{4}{3{,}995} = 0{,}785.$

Série CVS : $CVS_1 = \frac{98}{0{,}785} = 125.$

4. Représentation graphique et commentaire

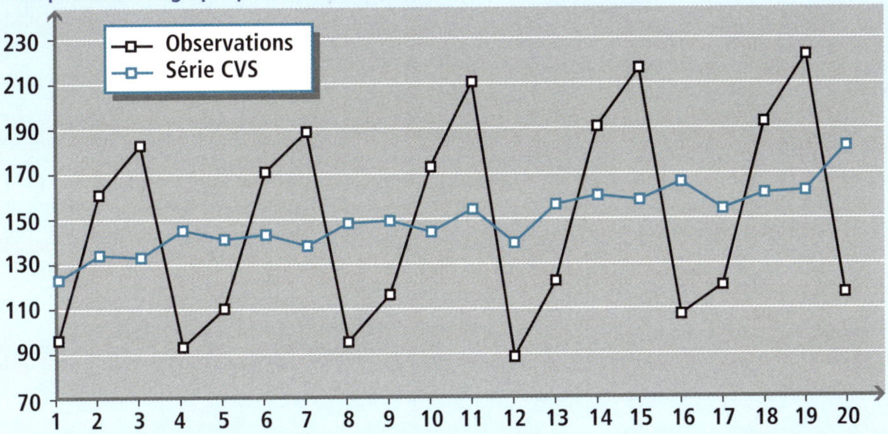

La série corrigée des variations saisonnières nous permet de comparer les ventes trimestrielles après avoir éliminé l'incidence sur celles-ci de la saisonnalité du phénomène. Il apparaît notamment que les ventes du dernier trimestre sont significativement supérieures à ce qu'on en aurait pu attendre.

5. Prévisions pour N + 1

Ventes trimestrielles moyennes : $\frac{672}{4} = 168$.

Trimestre 1 : 168 × 0,785 = 132
Trimestre 2 : 168 × 1,196 = 201
Trimestre 3 : 168 × 1,371 = 230
Trimestre 4 : 168 × 0,648 = 109
Total des ventes : 672.

5 Le budget de trésorerie et le budget général

Énoncé p. 180

Exercice 1 Énoncé p. 180

1. Budget de TVA

Le calcul de la TVA collectée est facilité par la présentation du budget des ventes ci-dessous :

Budget des ventes :

	J	F	M	A	M	J
Quantités	1 200	800	800	1 100	1 100	1 000
Ventes TTC	72 000	48 000	48 000	66 000	66 000	60 000
Ventes HT	60 000	40 000	40 000	55 000	55 000	50 000
TVA	12 000	8 000	8 000	11 000	11 000	10 000

Budget de TVA :

	J	F	M	A	M	J	Bilan
TVA collectée	12 000	8 000	8 000	11 000	11 000	10 000	
TVA déd B et S(1)	2 144	2 144	2 144	2 144	2 144	2 144	
TVA déd sur immos	12 800						
Report crédit de TVA		2 944					
TVA à payer (+) ou crédit de TVA (–)	– 2 944	2 912	5 856	8 856	8 856	7 856	Dettes fiscales et sociales
TVA payée	4 800(2)		2 912	5 856	8 856	8 856	7 856

(1) Sur achats de bois : 1 200 × 3,60 × 20 % = 864 €.
Sur autres charges : 6 400 × 20 % = 1 280 €.

(2) Cf. Bilan au 31/12/N – 1.

2. Budget des encaissements

Les ventes étant régulièrement réparties dans le mois, les clients qui règlent à 45 jours seront encaissés de la façon suivante :

- les ventes de la première quinzaine d'un mois (50 % des ventes du mois) seront encaissées la deuxième quinzaine du mois suivant ;
- les ventes de la deuxième quinzaine d'un mois (50 % des ventes du mois) seront encaissées la première quinzaine du deuxième mois suivant la vente.

La répartition des encaissements des ventes est donc la suivante : 40 % au comptant, 30 % le mois suivant et 30 % le deuxième mois suivant la vente.

Budget des encaissements :

	J	F	M	A	M	J	Bilan
Ventes comptant (40 %)	28 800	19 200	19 200	26 400	26 400	24 000	
Mois suivant (30 %)		21 600	14 400	14 400	19 800	19 800	
Deuxième mois (30 %)			21 600	14 400	14 400	19 800	
Créances Bilan	12 000	36 000					55 800 (1)
Emprunt				50 000			
Total Encaissements	40 800	76 800	55 200	105 200	60 600	63 600	

(1) Créances clients au bilan au 30/06/N : 30 % des ventes de mai et 60 % des ventes de juin.

3. Budget des décaissements

Calculs justificatifs :

- Salaires nets et charges sociales : les charges de personnel annuelles se partagent comme suit : 264 000 € de salaires bruts et 360 000 – 264 000 = 96 000 € de cotisations patronales.

Les salaires bruts sont constitués de 264 000 × 25 % = 66 000 € de cotisations salariales et de 264 000 × 75 % = 198 000 € de salaires nets.

Les montants mensuels réglés sont donc les suivants :

– Salaires nets : $\frac{198\,000}{12} = 16\,500$ €, réglés le mois même.

– Charges sociales (salariales et patronales) : $\frac{66\,000 + 96\,000}{12} = 13\,500$ € réglés le mois suivant.

- Annuité de l'emprunt :

$$a = \frac{V_o i}{1-(1+i)^{-n}} = \frac{120\,000 \times 0{,}07}{1-1{,}07^{-5}} = 29\,266{,}88 \text{ € arrondie à } 29\,267 \text{ €.}$$

Budget des décaissements :

	J	F	M	A	M	J	Bilan
TVA payée	4 800		2 912	5 856	8 856	8 856	7 856 (1)
Achats à 30 jours		2 592	2 592	2 592	2 592	2 592	
Achats à 60 jours			2 592	2 592	2 592	2 592	7 776 (2)
Salaires nets	16 500	16 500 (3)	16 500	16 500	16 500	16 500	
Charges sociales	12 600 (4)	13 500 (5)	13 500	13 500	13 500	13 500	13 500 (6)
Autres charges	7 680	7 680	7 680	7 680	7 680	7 680	
Investissement	38 400						38 400 (7)
Annuité emprunt				29 267			
IS			5 000	3 560 (8)		2 640	
Fournisseurs	5 600	6 400	2 600				
Total Décaissements	85 580	46 672	53 376	81 547	51 720	54 360	

(1) TVA à payer au bilan au 30/06/N (Dettes fiscales et sociales).

(2) Fournisseurs au bilan au 30/06/N : 50 % de mai et 100 % de juin.

(3) Salaires net mensuels = $\underbrace{264\,000/12}_{\text{Salaires bruts}} - \underbrace{5\,500}_{\text{Cotisations sociales}} = 16\,500$.

(4) *Cf.* Bilan au 31/12/N – 1.

(5) Charges de personnels pour l'année 360 000 (salaire brut + cotisations patronales)
– Salaires bruts annuels 264 000
= Cotisations patronales 96 000 ; soit 96 000/12 = 8 000 par mois

Cotisations salariales annuelles : 264 000 × 25 % = 66 000 ; soit 66 000/12 = 5 500 par mois.
Charges salariales = 8 000 + 5 500 = 13 500.
(6) Charges sociales à payer au bilan au 30/06/N (Dettes fiscales et sociales).
(7) Dettes sur immobilisations au bilan au 30/06/N (s'ajoutant aux 12 000 € dûs au 31/12/N – 1 et non remboursés au 30/06/N).
(8) Solde de l'IS N – 1 (cf. dettes diverses au bilan au 31/12/N – 1).

4. Budget de trésorerie :

	J	F	M	A	M	J
Trésorerie initiale	18 600	– 26 180	3 948	5 772	29 425	38 305
Encaissements	40 800	76 800	55 200	105 200	60 600	63 600
Décaissements	85 580	46 672	53 376	81 547	51 720	54 360
Trésorerie finale	– 26 180	3 948	5 772	29 425	38 305	47 545

Exercice 2 *Énoncé p. 182*

1. Fiches de stocks

• Stock de bois :

Entrées	Q	CU	Montant	Sorties	Q	CU	Montant
Stock initial (1)	800	4,40	3 520	Consommation	6 000	3,68	22 080
Achats	7 200	3,60	25 920	Stock final	2 000	3,68	7 360
	8 000	3,68	29 440		8 000	3,68	29 440

(1) *Cf.* Bilan au 31/12/N – 1.

• Stock de pièces :

Entrées	Q	CU	Montant	Sorties	Q	CU	Montant
Stock initial (1)	1 500	42,20	63 300	Ventes	6 000	42	252 000
Production	5 000	41,94	209 700	Stock final	500	42	21 000
	6 500	42,00	273 000		6 500	42	273 000

(1) *Cf.* Bilan au 31/12/N – 1.

2. Emprunts

• Emprunt contracté le 01/04/N – 2 (annuités constantes) :

Années	Capital restant dû	Intérêts	Amortissements	Annuités
N – 2/N – 1	120 000	8 400	20 867	29 267
N – 1/N	99 133	6 939	22 328	29 267
N/N + 1	76 805	5 376	23 891	29 267

• Emprunt contracté le 01/04/N (amortissements constants) :

Années	Capital restant dû	Intérêts	Amortissements	Annuités
N/N + 1	50 000	4 300	10 000	14 300

3. Budget général :

Calculs relatifs aux emprunts :

• Calcul des intérêts du 01/01/N au 30/06/N :

– Emprunt contracté le 01/04/N – 2 :

Intérêts du 01/01/N au 01/04/N : $6\,939 \times \frac{3}{12} = 1\,735$

Intérêts du 01/04/N au 30/06/N : $5\,376 \times \frac{3}{12} = 1\,344$

– Emprunt contracté le 01/04/N :

Intérêts du 01/04/N au 30/06/N : $4\,300 \times \frac{3}{12} = 1\,075$

Intérêts du premier semestre N : 1 735 + 1 344 + 1 075 = 4 154 €

• Rubrique « Emprunt » du bilan au 30/06/N : cette rubrique se compose du capital restant dû à la date du bilan et des intérêts courus non échus (intérêts relatifs à la période qui sépare la date de la dernière échéance réglée de la date du bilan).

– Emprunt contracté le 01/04/N – 2 :

Capital restant dû au 30/06/N = Capital restant dû après paiement de l'annuité du 01/04/N :	76 805
Intérêts courus non échus du 01/04/N au 30/06/N :	1 344
– Emprunt contracté le 01/04/N :	
Capital restant dû au 30/06/N = Montant emprunté :	50 000
Intérêts courus non échus du 01/04/N au 30/06/N :	1 075
Montant de la rubrique « Emprunt » au 30/06/N :	129 224

• Compte de résultat du 01/01/N au 30/06/N :

Débit		Crédit	
Achats	25 920	Production vendue[1]	300 000
Variations de stock[2]	– 3 840	Production stockée[3]	– 42 300
Salaires[4]	132 000		
Charges sociales[5]	48 000		
Autres charges[6]	38 400		
Dotations aux amortissements[7]	15 200		
Intérêts	4 154		
Total charges	259 834	Total produits	257 700
Solde créditeur (bénéfice)		Solde débiteur (perte)	2 134
Total général	259 834	Total général	259 834

(1) Production vendue = Montant des ventes HT : 6 000 × 50 = 300 000 €.
(2) Stock initial – stock final : 3 520 – 7 360 = – 3 840 €.
(3) Stock final – stock initial : 21 000 – 63 300 = – 42 300 €.
(4) Salaires bruts : $264\,000 \times \frac{6}{12} = 132\,000$ €.
(5) Charges sociales : $(360\,000 - 264\,000) \times \frac{6}{12} = 48\,000$ €.
(6) Autres charges : 6 400 × 6 = 38 400 €.
(7) Immobilisations au bilan au 31/12/N – 1 : $17\,600 \times \frac{6}{12} = 8\,800$ €.
Machine-outil acquise le 01/01/N : $64\,000 \times 0{,}20 \times \frac{6}{12} = 6\,400$ €.

• Bilan au 30/06/N :

Débit		Crédit	
Immobilisations nettes[1]	183 340	Capital social	100 000
Stock de bois[2]	7 360	Réserves	16 063
Stock de pièces[3]	21 000	Résultat[4]	– 2 134
Clients[5]	55 800	Emprunt[6]	129 224
Créances diverses[7]	7 640	Fournisseurs[8]	7 776
Disponibilités[9]	47 545	Dettes fiscales et sociales[10]	21 356
		Dettes sur immobilisations[11]	50 400
Total actif	322 685	Total passif	322 685

(1) Immobilisations brutes :
167 560 + 64 000 = 231 560 €
Amortissements : 33 020 + 15 200 = 48 220 €
(2) Stock de bois : *cf.* fiche de stock.
(3) Stock de pièces : *cf.* fiche de stock.
(4) *Cf.* Compte de résultat.
(5) *Cf.* Budget des encaissements (exercice 1).
(6) *Cf.* Calculs relatifs aux emprunts.
(7) Deux premiers acomptes d'IS :
5 000 + 2 640 = 7 640 €.
(8) *Cf.* Budget des décaissements (exercice 1).
(9) *Cf.* Budget de trésorerie fin juin N (exercice 1).
(10) TVA à payer de juin N : 7 856 € (*cf.* budget des décaissements, exercice 1). Charges sociales : 13 500 € (*cf.* budget des décaissements, exercice 1).
(11) *Cf.* budget des décaissements (exercice 1).

Parcours de professionnalisation

L'ÉPREUVE E6

La préparation du passeport professionnel

Les épreuves E42 (Pratiques comptables, sociales et fiscales, p. 8) et E6 (Parcours de professionnalisation, p. 222) prennent appui sur un dossier contenant notamment le **passeport professionnel**.
Le passeport professionnel est un document papier répertoriant :
– l'identification du candidat ;
– l'identification de l'**établissement** de formation ;
– l'intitulé des différentes situations professionnelles éligibles et validées par le formateur ;
– la référence aux **différentes activités du référentiel** (correspondant au niveau 3) ;
– la période et le lieu de la réalisation des activités.

1 Le contenu du passeport professionnel

• **Il recense l'ensemble des situations professionnelles,** vécues par le candidat au cours de sa formation (en établissement de formation notamment en ateliers professionnels, lors des stages ou lors de l'exercice d'activités à caractère professionnel) qui lui ont permis d'acquérir les compétences professionnelles associées aux activités prévues dans le référentiel. Ces situations professionnelles ont pu avoir avoir lieu avant l'entrée en BTS.

• **Il décrit et analyse les situations,** les compétences et les productions associées.

• **Il doit être rempli tout au long de la formation par l'étudiant,** qui enregistre les situations qui lui ont permis de développer des compétences clairement identifiées ;

• **Il sera signé par les professeurs** assurant les enseignements professionnels et les ateliers professionnels pour valider les compétences mobilisées dans le cadre des situations décrites, avant qu'ils ne soient transmis aux autorités académiques organisant les examens.

2 Les 3 objectifs du passeport professionnel

• **Formation.** Il est le **support des bilans d'étape** sur l'acquisition durable de compétences résultant d'expériences professionnelles réelles ou simulées et permet d'adapter en cours de formation le parcours de professionnalisation. Il est alors un support de différenciation des parcours.

• **Évaluation.** Il fournit une base d'appréciation de la **qualité et de la diversité du parcours** de professionnalisation du candidat.

• **Passeport vers l'emploi.** Il permet d'**appréhender le niveau de professionnalité** du candidat et les conditions de son acquisition.

3 Les conditions de l'acquisition des compétences professionnelles

• **Une situation peut alimenter le passeport professionnel** lorsque ses caractéristiques sont suffisantes pour permettre à l'étudiant de mobiliser les compétences mises en œuvre dans d'autres situations.

• **Le positionnement,** dans le passeport professionnel de l'étudiant, des compétences développées lors des stages est assuré notamment dans le cadre des phases d'explicitation prévues à l'issue des stages, en première et en deuxième années.

• **Les situations couvrent l'ensemble des processus** (une situation ne peut être codifiée dans le passeport que si elle fait référence à un processus P1 à P6 au moins et P7).

La présentation de l'épreuve

L'ÉPREUVE E6

Processus 1, 2, 3, 4

Épreuve orale
à la fin de la 2e année
Coefficient : 5
Durée : 30 min

1 Les 3 objectifs de l'épreuve orale

❶ **La caractérisation et l'analyse de choix organisationnels** du système d'information comptable et de gestion (SICG) et de la veille informationnelle ;

❷ **La conduite d'une analyse réflexive sur la personnalité du candidat** permettant son adaptation à des situations professionnelles variées ;

❸ **La communication** à partir de documents professionnels écrits (collectés/produits) par le candidat et l'utilisation de modes de communication adaptés au contexte des situations professionnelles.

2 Les processus concernés

Les activités à mobiliser dans **l'écrit professionnel** attendu pour l'épreuve relèvent des processus P1 à P4, à la fois en termes de veille informationnelle que d'analyse de l'organisation d'un processus. L'épreuve repose de plus sur la totalité du parcours de professionnalisation du candidat, et notamment des situations recensées dans le **passeport professionnel** (voir p. 220).

3 Le déroulement de l'épreuve orale : un entretien en deux parties

L'épreuve ponctuelle orale dure 30 minutes et prend appui sur un **dossier** (voir p. 223).
L'oral relève d'un entretien en 2 phases :

phase 1 **(15 min max) Présentation de l'analyse de l'organisation** d'un processus et des activités de veille prenant appui sur le dossier ;

phase 2 **(15 min max) Discussion autour du parcours professionnel** du candidat, notamment du **passeport professionnel** (voir p. 220). Aucun temps de préparation du candidat n'est prévu, car il s'agit d'un entretien.

4 Un support de présentation orale (ou non)

Le candidat peut prévoir un **support de présentation orale**, mis en œuvre grâce à un ordinateur, mais devra se munir du nécessaire, notamment d'un **ordinateur portable** avec une **autonomie suffisante**, car aucun branchement n'est prévu à cet effet. Le support de présentation orale n'est cependant **pas obligatoire**.

L'ÉPREUVE E6

Processus 1, 2, 3, 4

La préparation du dossier

L'épreuve prend appui sur un dossier comprenant :
– **le passeport professionnel** qui permet de valider les compétences (voir p. 220) ;
– **les attestations** de stages ou certificats de travail ;
– **un écrit professionnel** (12 pages au maximum, sans annexe) composé d'une présentation de l'analyse de l'organisation d'un processus (P1 à P4) et de l'analyse des activités de veille professionnelle P1 à P4.

Parcours de professionnalisation

1 La veille informationnelle (2 pages au maximum)

A Les activités mobilisables par processus

Le candidat doit être en mesure, **en fonction du processus analysé** de présenter et d'analyser les activités de veille informationnelle menées/observées.

Si les activités de l'écrit professionnel concernent…

Le processus 1 : Contrôle et traitement comptable des opérations commerciales

Le candidat devra mobiliser l'activité A.1.1 : Présentation et analyse du système d'information comptable (SIC), potentiellement :
1.1.1 Identification des caractéristiques du SIC dans l'entreprise et ses acteurs : il s'agira de se situer et d'identifier le rôle et les ressources du SIC en termes de traitement d'informations.
1.1.2. Repérage de l'organisation comptable : la hiérarchie des travaux comptables : il s'agira de décrire et d'adapter l'organisation comptable et la hiérarchie des étapes de réalisation des travaux comptables (comptes, journaux, procédures) en fonction des contingences.
1.1.3. Repérage des sources du droit comptable et des obligations liées à l'exercice du métier : il s'agira d'identifier et rechercher les textes légaux et réglementaires à mettre en œuvre dans l'organisation.
1.1.4. Analyse et description des mécanismes comptables : les modèles comptables et les principes d'enregistrement : il s'agira d'appréhender les mécanismes comptables et les principes de l'enregistrement comptable de base.

OU

Le processus 2 : Contrôle et production de l'information financière

Le candidat devra mobiliser l'activité A.2.1 : Conduite d'une veille réglementaire nécessaire à l'établissement des comptes, potentiellement :
2.1.1 Identification des évolutions de la réglementation comptable et fiscale : il s'agira d'identifier les évolutions de la réglementation et les informations pertinentes au regard des informations de gestion rencontrées.
2.1.2. Formulation des propositions et conseils sur les options comptables favorables : il s'agira de formuler des propositions répondant aux besoins de l'organisations et aux choix des dirigeants.

OU

Le processus 3 : Gestion des obligations fiscales

Le candidat devra mobiliser l'activité A.3.1 : Conduite de la veille fiscale, potentiellement :

3.1.1 Réalisation de la veille juridique nécessaire à l'application des obligations fiscales : il s'agira d'identifier les règles fiscales applicables à la situation et leurs évolutions.

3.1.2. Identification des obligations fiscales de l'organisation : il s'agira de caractériser les régimes d'imposition de l'entreprise et prendre en compte les obligations réglementaires concernant l'entreprise.

3.1.3. Élaboration de l'échéancier fiscal : il s'agira d'établir l'échéancier des obligations fiscales relatives aux impôts directs et indirects sur les résultats de l'entreprise et la TVA.

OU

Le Processus 4 : Gestion des relations sociales

Le candidat devra mobiliser l'activité A.4.1 : Conduite de la veille sociale

4.1.1 Réalisation d'une veille juridique nécessaire au respect des obligations sociales : il s'agira de mettre à jour la documentation sociale interne après avoir identifié les évolutions juridiques ayant des conséquences pour l'organisation et ses salariés.

4.1.2. Adaptation des procédures et des traitements internes : il s'agira d'adapter des procédures et traitements internes aux résultats de la veille sociale.

4.1.3. Mise à jour de l'échéancier social : il s'agira de repérer et mettre à jour les échéances en matière d'obligations sociales.

B La veille informationnelle : apports notionnels

La veille est composée de deux types d'éléments :

– **le *pull* :** la veille est constituée d'éléments recherchés lors des ateliers professionnels, cours de P1, P2, P3 et P4 principalement, qui doivent faire l'objet d'une étude au niveau de la fiabilité ;

– **le *push* :** l'information est amenée en fonction de critères de choix et de méthodes de collecte (flux RSS, newsletters, agrégateur de flux) et doit donner lieu à un traitement pour être utilisable.

> **Conseil**
>
> Dans les deux cas, la veille doit être archivée et conservée pour être présentée lors de l'épreuve.

L'archivage de la veille peut être réalisé avec différents logiciels (FreeMind, Scoop.it, Pearltrees, Netvibes…).

Pour le moment, on utilise LEO pour les cartes mentales et on espère l'utiliser pour les flux RSS.

Les étudiants indiquent par processus les recherches réalisées avec le nom de la fiche méthodologique classée dans leur dossier personnel du réseau.

2 L'analyse de l'organisation d'un processus (10 pages au maximum)

Le candidat présente et analyse l'organisation du processus qu'il aura choisi en fonction des **activités réalisées, observées et/ou simulées**, principalement en stage ou sur le lieu d'exercice de son activité professionnelle.

Les activités de l'écrit professionnel peuvent relever des processus suivants :

Le processus 1 : Contrôle et traitement comptable des opérations commerciales

Le candidat devra mobiliser l'activité A.1.7 : Contribution à la performance du processus « Contrôle et traitement comptable des opérations commerciales » et la recherche de la sécurisation des opérations.

1.7.1 Présentation des caractéristiques de l'organisation du processus « Contrôle et traitement comptable des opérations commerciales » : il s'agira de présenter les principales caractéristiques d'une organisation comptable afin de les analyser et d'apporter des solutions d'amélioration.

1.7.2. Analyse du processus « Contrôle et traitement comptable des opérations commerciales » : il s'agira d'analyser le processus « Contrôle et traitement comptable des opérations commerciales » et de repérer les dysfonctionnements et risques inhérents.

OU

Le processus 2 : Contrôle et production de l'information financière

Le candidat devra mobiliser l'activité A.2.8 : Contribution à la performance du processus « Contrôle et production de l'information financière » et la recherche de la sécurisation des opérations.

2.8.1. Présentation des caractéristiques de l'organisation du processus « Contrôle et production de l'information financière » : il s'agira de présenter les principales caractéristiques du contrôle et de la production de l'information financière.

2.8.2. Analyse du processus « Contrôle et production de l'information financière » : il s'agira d'analyser le processus « Production de l'information financière » et repérer les dysfonctionnements et risques inhérents.

OU

Le processus 3 : Gestion des obligations fiscales

Le candidat devra mobiliser les composantes :

3.2.5. : Contribution à l'évolution des procédures de traitement et de contrôle de TVA : il s'agira de détecter les anomalies éventuelles, de les communiquer à son supérieur et de proposer des améliorations dans les procédures de traitement de la TVA.

3.3.8 : Contribution à l'évolution des procédures de traitement et de contrôle des impôts directs : il s'agira de détecter les anomalies éventuelles et/ou identifier les adaptations nécessaires, les communiquer à son supérieur et proposer des améliorations dans les procédures de traitement des impôts directs.

OU

Le Processus 4 : Gestion des relations sociales

Le candidat devra mobiliser l'activité A.4.4 : Contribution à la performance du processus « Gestion des relations sociales » et la recherche de la sécurisation des opérations.

4.4.1 Présentation des caractéristiques de l'organisation du processus « Gestion des relations sociales » : il s'agira de présenter les principales caractéristiques de l'organisation des relations sociales.

4.4.2. Analyse du processus « Gestion des relations sociales » : il s'agira d'analyser le processus « Gestion des relations sociales » et repérer les dysfonctionnements et risques inhérents.

3 Les 7 critères d'évaluation

Le candidat est évalué à partir du dossier et de l'entretien sur le **degré de maîtrise des compétences** :

❶ La qualité de la présentation d'une situation organisationnelle.

❷ La pertinence de l'analyse des caractéristiques et des choix opérés.

❸ L'efficacité et la pertinence du travail de veille (a) et du contrôle interne (b) dans les activités réalisées.

Parcours de professionnalisation

❹ La qualité de l'analyse réflexive sur son parcours de professionnalisation.
❺ La capacité d'adaptation à des situations variées.
❻ La qualité de l'argumentation.
❼ La qualité de la communication écrite et orale.

Le candidat pourra être considéré, par critère, comme :
– **subissant** la compétence attendue : **TI** (très insuffisant) ;
– **exécutant** la compétence attendue : **I** (insuffisant) ;
– **maîtrisant** la compétence attendue : **S** (satisfaisant) ;
– **étant expert** de la compétence attendue : **TS** (très satisfaisant).

Remarque

Le candidat sera évalué sur le dossier, la première phase de l'entretien et la deuxième phase de l'entretien selon des critères différents.

Phase évaluée	**Dossier (voir p. 223)**	**1re phase de l'entretien (voir p. 222)**	**2e phase de l'entretien (voir p. 222)**
Critères utilisés pour l'évaluation	❶ ❷ ❸a. ❸b. ❻ ❼	❶ ❷ ❸a. ❸b. ❺ ❻ ❼	❹ ❺ ❻ ❼

4 Le détail du degré de compétence par critère

❶ **La qualité de la présentation d'une situation organisationnelle** (analyse d'un processus dans le dossier, voir p. 224 + 1re phase de l'entretien, voir p. 222).

TI – Subit	**I – Exécute**	**S – Maîtrise**	**TS – Est expert**
Présente une description succincte partielle ou non structurée	Présente une situation structurée, mais sans analyse	Analyse la situation organisationnelle en présentant les principales caractéristiques	Est capable de transférer l'analyse de l'organisation du processus

❷ **La pertinence de l'analyse des caractéristiques et des choix opérés** (analyse d'un processus dans le dossier voir p. 224 + 1re phase de l'entretien, voir p. 222).

TI – Subit	**I – Exécute**	**S – Maîtrise**	**TS – Est expert**
Se limite à une activité très restreinte du processus et ne comprend pas les enjeux associés	Appréhende l'ensemble du processus décrit, mais sans en comprendre réellement les enjeux associés	Porte un degré d'analyse sur l'organisation d'un processus observé en identifiant les contraintes et les enjeux	Présente une analyse sur l'organisation du processus observé intégrant l'identification des contraintes, des enjeux et les limites des choix. Le candidat est en mesure de formuler des propositions argumentées d'amélioration face à des demandes.

❸ a. L'efficacité et pertinence du travail de veille dans les activités réalisées (analyse d'un processus dans le dossier, voir p. 224 + 1re phase de l'entretien, voir p. 222).

TI – Subit	I – Exécute	S – Maîtrise	TS – Est expert
N'a pas entrepris de démarche de veille	Utilise l'information sans la questionner ni la contrôler	Recherche des informations de manière autonome en contrôlant ses sources	Est capable de conduire sa recherche d'informations au domaine étudié de manière structurée, de les utiliser et d'argumenter ses choix

❸ b. L'efficacité et pertinence du contrôle interne dans les activités réalisées (analyse d'un processus dans le dossier, voir p. 224 + 1re phase de l'entretien, voir p. 222).

TI – Subit	I – Exécute	S – Maîtrise	TS – Est expert
Ne perçoit pas les enjeux du contrôle interne	Explique les enjeux du contrôle interne, mais ne sait pas mettre en œuvre une démarche en ce sens	Met en œuvre des procédures de contrôle interne et sait les expliquer	Propose des solutions pour améliorer des démarches de contrôle interne

❹ La qualité de l'analyse réflexive sur son parcours de professionnalisation (2e phase de l'entretien, p. 222).

TI – Subit	I – Exécute	S – Maîtrise	TS – Est expert
Ne présente pas d'analyse et ne prend pas de distance sur son parcours	Présente une analyse étroite, peu autonome et limitée à une série d'activités	Sait expliquer en quoi une situation professionnelle a permis la construction de compétences	Montre le lien entre situations professionnelles et développement de ses compétences

❺ La capacité d'adaptation à des situations variées (Passeport professionnel, voir p. 220 + Entretien, p. 222).

TI – Subit	I – Exécute	S – Maîtrise	TS – Est expert
Ne comprend pas la demande	Demande systématiquement des explications avant de réaliser	Répond avec efficacité	Répond avec efficacité à la demande de manière autonome et si nécessaire en questionnant les aléas

❻ La qualité de l'argumentation (Dossier, voir p. 223 + Entretien, voir p. 222).

TI – Subit	I – Exécute	S – Maîtrise	TS – Est expert
N'argumente pas	Reste sur les aspects descriptifs de ses travaux	Limite son argumentation aux travaux prescrits	Sait mobiliser les arguments de référence (contraintes, ressources, techniques usuelles, méthodes)

❼ La qualité de la communication écrite et orale (Dossier, voir p. 223 + Entretien, voir p. 222).

TI – Subit	I – Exécute	S – Maîtrise	TS – Est expert
Ne communique pas	Fait un compte rendu partiel	Explique et fait comprendre	Fait adhérer par des qualités de conviction

5 Les questions envisageables

A Les questions relatives à la première phase de l'entretien

• Concernant les activités de veille informationnelle :

– Quel est l'intérêt de la veille ? Pourquoi est-elle nécessaire ?
– Dans quel cadre avez-vous effectué votre veille ?
– Quelles démarches liées à la veille avez-vous mises en œuvre pendant votre formation ?
– À quelles sources d'information vous êtes-vous référé ?
– Quels outils informatiques avez-vous utilisés ? Pourquoi ? À quoi servent-ils ?
– Sur quels domaines (comptabilité, fiscalité, social) s'est portée votre veille ?
– Pouvez-vous nous donner un exemple concret ?
– Selon vous, quels sont les éléments importants pour réaliser une veille efficace ?
– Quelles sont les conséquences, les incidences des résultats de la veille dans une entreprise (changement du paramétrage du PGI, modification d'un processus) ?
– Vous êtes-vous intéressé aux activités de veille mises en place pendant votre stage ?
– Pouvez-vous nous les décrire ?
– Avez-vous pu participer à une activité de veille dans l'organisation ?
– Quelles sont les différences ou les similitudes observées entre votre propre démarche et celle mise en place dans l'entreprise ?
– Est-il possible d'améliorer le processus de veille observé dans l'organisation ? Comment ?

• Concernant l'adaptation des activités de veille informationnelle :

– La législation impose de nouvelles règles : quelles seront les incidences sur le processus ?
– Le dirigeant de l'organisation impose-t-il un contrôle supplémentaire ? Quelles seraient les modifications à apporter au processus ?
– Un client ou un fournisseur fait une réclamation ; qui la traite ? Comment ?
– Un document a été perdu : comment y faire face ?
– Le système informatique est en panne : comment réagissez-vous ?
– On vous charge des activités de veille : comment vous y prenez-vous ?
– Un traitement dans l'organisation ne respecte pas la législation : que faites-vous ?

B Les questions relatives à la deuxième phase de l'entretien

– Que vous a apporté votre formation en établissement, en termes de compétences acquises, d'organisation du travail, d'attitude professionnelle ?
– Vers quel métier vous orientez-vous ? Quels sont les processus à maîtriser pour pouvoir l'exercer ?
– Selon vous, quelles sont les qualités requises pour l'exercer ?
– Quels sont les temps forts de votre formation ? Pourquoi ?
– Quelles situations professionnelles (mentionnées dans votre passeport professionnel) avez-vous appréciées ? Pourquoi ?
– En quoi la situation professionnelle n° … est-elle importante pour votre projet professionnel ?
– Vous avez traité des activités identiques en stage et en établissement : quelles différences ou similitudes avez-vous observé ?
– Vous avez traité des activités identiques en situation professionnelle en établissement : avez-vous progressé ?
– Votre passeport ne présente pas certaines compétences acquises : est-ce un inconvénient pour votre futur métier ou votre poursuite d'études ?
– Comment vous êtes-vous organisé pour réaliser vos situations professionnelles en établissement (travail de groupe) ? Est-ce important de savoir travailler en équipe pour votre futur métier ?
– Vous avez probablement éprouvé quelques difficultés dans certaines situations professionnelles, comment les avez-vous surmontées ?

Mathématiques

L'ÉPREUVE

Programme et épreuve de mathématiques

Épreuve en CCF ou écrite
Coefficient : 3

1 Objectifs spécifiques à la section

• Le traitement de l'**information chiffrée** constitue un appui fondamental pour le technicien supérieur en comptabilité et gestion, qui doit maîtriser les notions de proportion, de pourcentage, de taux d'évolution et le traitement de données, en particulier par utilisation de tableaux croisés dynamiques. Une telle maîtrise permet notamment de développer une attitude critique vis-à-vis des informations chiffrées.

• De plus, la connaissance de quelques méthodes utilisées en **statistique descriptive** est essentielle à un technicien supérieur en comptabilité et gestion.

• Le **calcul des propositions et des prédicats** a pour objectif d'introduire des éléments fondamentaux de logique en liaison avec l'enseignement de l'informatique.

• L'étude de **phénomènes exponentiels**, rencontrés en économie et décrits mathématiquement par des suites géométriques ou des fonctions exponentielles suivant qu'ils sont discrets ou continus, constitue aussi un objectif fondamental de la formation des techniciens supérieurs en comptabilité et gestion.

• Enfin, une première approche de **modèles probabilistes** fournit des bases mathématiques utiles pour des applications riches et variées, notamment dans le domaine de la gestion en environnement risqué.

2 Organisation des contenus

L'enseignement des mathématiques en section de technicien supérieur en comptabilité et gestion peut s'organiser autour de cinq pôles :

• une étude des **suites** et des **fonctions usuelles** dont la maîtrise est nécessaire à ce niveau ;

• une étude de **séries statistiques à deux variables** privilégiant les exemples issus de l'économie et de la gestion ;

• une initiation au **calcul des propositions et des prédicats**, en liaison avec l'étude du modèle relationnel en gestion ;

• une initiation au **calcul des probabilités**, centrée sur la maîtrise et l'exploitation des lois fondamentales, permettant de modéliser des phénomènes aléatoires ;

• une valorisation des **aspects numériques et graphiques** pour l'ensemble du programme, une initiation à quelques méthodes élémentaires de l'**analyse numérique** et l'utilisation à cet effet des **moyens informatiques** appropriés : calculatrice programmable à écran graphique, ordinateur muni d'un tableur, de logiciels de calcul formel et d'applications (modélisation, simulation, programmation…).

3 Le programme

Le programme de mathématiques est constitué des modules suivants :

• traitement de l'information chiffrée ;

• calcul des propositions et des prédicats ;

• statistique descriptive ;

• analyse de phénomènes exponentiels ;

• probabilités.

1 Proportions, évolution

1 Proportions

A Vocabulaire

- Une **population** est un ensemble sur lequel porte une étude.
- Un **individu** est un élément de la population.
- Un échantillon d'individus d'une population E est appelé une **sous-population** de E.
- Le nombre d'individus de la population E est l'**effectif** de la population, noté n_E.

B Proportion (ou fréquence)

Soit E une population de référence, soit A une sous-population de E ; notons n_E l'effectif de la population E et n_A l'effectif de la sous-population A.
On appelle **proportion** de A dans E le nombre réel p défini par $p = \frac{n_A}{n_E}$.

Une proportion peut s'écrire sous forme fractionnaire, sous forme décimale ou sous forme de pourcentage.
Une proportion est un nombre compris entre 0 et 1.

Exemple
Dans un lycée, 450 élèves sont demi-pensionnaires, ce qui représente 45 % du nombre de lycéens. Déterminer le nombre de lycéens.

Solution
La population de référence est l'ensemble des élèves du lycée ; on cherche à déterminer n_E.
La sous-population est l'ensemble des élèves demi-pensionnaires ; on a : $n_A = 450$.
On sait que la proportion d'élèves demi-pensionnaires est : $p = 45$ %.
On peut donc écrire : $0{,}45 = \frac{450}{n_E}$ ce qui donne $0{,}45 \times n_E = 450$ et donc $n_E = \frac{450}{0{,}45} = 1\,000$; il y a donc 1 000 lycéens.

Attention ⚠
Il s'agit d'identifier correctement la population et la sous-population ainsi que les effectifs correspondants.

C Union et intersection de sous-populations

Soit une population de référence E ; on considère deux sous-populations A et B d'effectifs n_A et n_B ; on note p_A la proportion de A dans E, p_B la proportion de B dans E.

- **Intersection des sous-populations A et B**

On note $A \cap B$ la sous-population de E constituée des individus appartenant à la fois à A et à B.

- **Réunion des sous-populations A et B**

On note $A \cup B$ la sous-population de E constituée des individus appartenant à A ou à B ou aux deux à la fois.

Attention ⚠
Si deux sous-populations ne possèdent aucun individu commun, on dit qu'elles sont **disjointes** ; on note $A \cap B = \varnothing$; on a alors $n_{A \cap B} = 0$ et donc $p_{A \cap B} = 0$.

- **Propriété**

$n_{A \cup B} = n_A + n_B - n_{A \cap B}$ et $p_{A \cup B} = p_A + p_B - p_{A \cap B}$.
Dans le cas où A et B sont disjointes, on a : $n_{A \cup B} = n_A + n_B$ et $p_{A \cup B} = p_A + p_B$.

Mathématiques

D Proportions échelonnées

Soit F, G, E trois populations telles que : F est une sous-population de G et G est une sous-population de E ; on note p_1 la proportion de F dans G et p_2 la proportion de G dans E.

• **Propriété**

La proportion p de F dans E est égale à : $p_1 \times p_2$.
On peut représenter la situation à l'aide du schéma suivant :

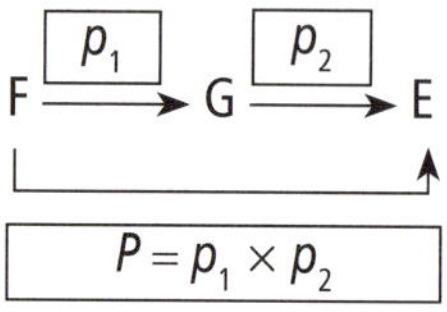

Exemple
Les élèves internes d'un lycée habitant à plus de 30 km du lycée représentent 56 % du nombre total d'élèves ; on sait de plus que les internes représentent les deux-tiers des élèves du lycée. Calculer la proportion d'élèves habitant à plus de 30 km du lycée parmi les internes.

Solution
Soit E la population constituée des élèves du lycée ; G est la sous-population constituée des élèves internes ; F est la sous-population des élèves internes habitants à plus de 30 km du lycée. On a :

$P = 0{,}56$ et $p_2 = \dfrac{2}{3}$. On veut déterminer p_2 :

$P = p_1 \times p_2$ donc $0{,}56 = \dfrac{2}{3} \times p_2$ donc $p_2 = \dfrac{0{,}56}{\dfrac{2}{3}} = 0{,}84$.

Attention ⚠
Bien interpréter l'énoncé afin de bien comprendre comment les sous-populations sont imbriquées l'une dans l'autre.

2 Taux d'évolution, coefficient multiplicateur

A Définitions

Soit y_1 et y_2 deux nombres strictement positifs.
La **variation absolue** de y_1 à y_2 est le nombre : $y_2 - y_1$.
La **variation relative** de y_1 à y_2, appelée aussi le **taux d'évolution** de y_1 à y_2, est le nombre :
$t = \dfrac{y_2 - y_1}{y_1}$; t est un nombre supérieur à -1 ; il peut être écrit sous forme fractionnaire, sous forme décimale ou sous forme d'un pourcentage.

On appelle **coefficient multiplicateur** le nombre C tel que : $y_2 = C \times y_1$; on a alors : $C = \dfrac{y_2}{y_1}$.

• **Propriété**

Soit t le taux d'évolution de y_1 à y_2 ; on a alors : $y_2 = C \times y_1$ avec $C = 1 + t$.

• **Conséquences**

– Augmenter une quantité de t % revient à multiplier celle-ci par $\left(1 + \dfrac{t}{100}\right)$.

Diminuer une quantité de t % revient à multiplier celle-ci par $\left(1 - \dfrac{t}{100}\right)$.

– Si l'on connaît le coefficient multiplicateur, alors on peut déterminer le taux d'évolution : $t = C - 1$.

B Évolutions successives, évolution réciproque

L'utilisation des coefficients multiplicateurs apparaît comme un outil nécessaire et efficace pour résoudre les problèmes où il s'agit de déterminer un taux d'évolution global ou un taux d'évolution réciproque.

- **Évolutions successives**

Une quantité subit deux évolutions successives de taux t_1 et t_2 ; cette quantité est donc successivement multipliée par $C_1 = 1 + t_1$ puis par $C_2 = 1 + t_2$: le coefficient multiplicateur global C est donc le produit des deux coefficients soit $C = C_1 \times C_2$.

Le taux d'évolution global sera alors : $t = C - 1$.

Exemple

Dans un magasin, le prix d'une paire de chaussures est étiqueté : « – 25 % ». Lorsque l'on arrive en caisse, on bénéficie d'une remise supplémentaire de 20 % ; quelle est la remise globale effectuée sur le prix de la paire de chaussures ?

Solution

Posons y_1 le prix initial de la paire de chaussures, y_2 le prix après la première remise, y_3 le prix après la seconde remise. Le coefficient multiplicateur de y_1 à y_2 est :

$1 - \dfrac{25}{100} = 0{,}75$. Le coefficient multiplicateur de y_2 à y_3 est :

$1 - \dfrac{20}{100} = 0{,}80$. Le coefficient multiplicateur de y_1 à y_3 sera donc :

$0{,}75 \times 0{,}80 = 0{,}60$; ce qui correspond à un taux d'évolution global t : $t = 0{,}60 - 1 = -0{,}40$, c'est-à-dire une baisse globale de 40 %.

Attention ⚠
Les pourcentages ne s'additionnent pas.

- **Évolution réciproque**

Une quantité subit une évolution de taux t ; cette quantité est donc multipliée par $C = 1 + t$; pour revenir à la valeur initiale, il faudra donc diviser par C, c'est-à-dire multiplier par l'inverse de C : le coefficient multiplicateur sera donc $C' = \dfrac{1}{C}$ et le taux d'évolution réciproque sera alors : $t' = C' - 1$.

Exemple

Le prix d'un article a subi une hausse de 60 % ; quel taux d'évolution devrait-on appliquer pour que l'article retrouve son prix initial ?

Solution

Posons y_1 le prix initial, y_2 le prix après la hausse ; le coefficient multiplicateur de y_1 à y_2 est :

$1 + \dfrac{60}{100} = 1{,}60$. Le coefficient multiplicateur de y_2 à y_1 sera donc l'inverse de 1,60 : $\dfrac{1}{1{,}60} = 0{,}625$; ce qui correspond à un taux d'évolution réciproque t :

$t = 0{,}625 - 1 = -0{,}375$; c'est-à-dire une baisse de 37,5 %.

Attention ⚠
Le pourcentage d'évolution réciproque n'est pas l'opposé de l'évolution de départ.

3 Taux d'évolution moyen

A Racine n-ième d'un nombre réel positif

- **Propriété**

Soit a un réel positif, n un entier naturel non nul.

L'équation $x^n = a$ admet pour solution le nombre noté $x = a^{\frac{1}{n}}$, appelé la racine n-ième de a.

Mathématiques

- **Cas particulier**

L'équation $x^2 = a$ admet pour solution $x = \sqrt{a}$; ainsi : $\sqrt{a} = a^{\frac{1}{2}}$.

B Taux d'évolution moyen

Considérons une quantité subissant une évolution de T % sur une période de n unités de temps. Le taux d'évolution t % que subirait la quantité sur une période d'une unité de temps, équivalent au taux d'évolution de T % sur la période n unités de temps, vérifie : $\left(1+\frac{t}{100}\right)^n = 1+\frac{T}{100}$.

On a donc une équation de la forme $k^n = a$. D'après ce qui précède, la solution est donc : $k = a^{\frac{1}{n}}$ et le taux cherché est : $t = (k - 1) \times 100$.

Le taux ainsi déterminé est appelé **taux d'évolution moyen**.

Exemple

La population d'une ville a augmenté de 10 % en 6 ans. Quel est le taux d'évolution annuel moyen ?

Solution

La population a été multipliée par $1 + \frac{10}{100} = 1{,}1$ en 6 ans. Supposons qu'elle soit multipliée par k chaque année ; k vérifie alors : $k^6 = 1{,}1$; on obtient : $k = 1{,}1^{\frac{1}{6}} \simeq 1{,}016$ à 10^{-3} près ; ce qui donne un taux d'évolution annuel moyen de 1,6 %. La population a donc augmenté en moyenne d'environ 1,6 % chaque année.

4 Indices

Si une quantité prend des valeurs V_0, V_1, V_2… et que l'on affecte l'indice $I_0 = 100$ pour la valeur V_0, les valeurs V_n se verront alors affectés les indices I_n tels que : $\frac{I_n}{V_n} = \frac{100}{V_0}$.

Le taux d'évolution de la valeur V_0 à la valeur V_n est alors de $(I_n - 100)$ %.

Exemple

Le tableau suivant donne l'évolution du nombre de voyageurs transportés dans les aéroports français (en milliers de passagers) :

Année	1980	1990	2000	2009	2010
Nombre de voyageurs	35 352	62 368	101 694	122 730	124 828
Indices	100				

Pour compléter la ligne des indices, les calculs s'effectueront de la manière suivante :

En notant I_1 l'indice pour l'année 1990, on a : $\frac{I_1}{62\,368} = \frac{100}{35\,352}$ d'où : $I_1 = \frac{100}{35\,352} \times 62\,368$.

On obtient ainsi le tableau suivant (les indices ont été arrondis à l'unité) :

Année	1980	1990	2000	2009	2010
Nombre de voyageurs	35 352	62 368	101 694	122 730	124 828
Indice	100	176	288	347	353

On peut ainsi facilement constater que le nombre de voyageurs transportés dans les aéroports français a augmenté de 76 % entre 1980 et 1990, de 188 % de 1980 à 2000.

Exercices d'entraînement

Exercice 1 ★★ 30 min

Corrigé p. 278

Le tableau suivant donne l'évolution du prix du mètre carré (en euros) dans l'immobilier résidentiel ancien en France de 1996 à 2009.

Année	Prix du mètre carré (en euros)
1996	
1997	1 400
1998	1 456
1999	1 601
2000	1 749
2001	1 915
2002	2 145
2003	2 445
2004	2 812
2005	3 093
2006	3 279
2007	3 361
2008	3 028
2009	

1. **Calculer le prix du mètre carré en 2009, sachant qu'il a subi une baisse de 14 % par rapport à 2008 (arrondir le résultat à l'euro près).**

2. **Le taux d'évolution de 1996 à 1997 est de + 2 %.
Calculer le prix du mètre carré en 1996 (arrondir le résultat à l'euro près).**

3. **Calculer le taux global d'évolution, arrondi à 0,1 % près, de ce prix entre 1997 et 2007.**

4. **Calculer le taux moyen annuel d'évolution du prix du mètre carré entre 1997 et 2007, arrondi à 0,1 % près.**

5. **Si on attribue l'indice 100 à l'année 2000, déterminer l'indice pour l'année 2008 (arrondir à 0,1 près) ; en déduire le taux d'évolution du prix du mètre carré entre 2000 et 2008.**

Exercice 2 ★★ 30 min

Corrigé p. 278

La feuille de calcul suivante, extraite d'un tableur, donne la consommation moyenne d'eau minérale en litres par Français sur une année.

	A	B	C
1	Année	Consommation (en l) arrondie au litre près	Taux d'évolution décennal exprimé en pourcentage à 0,1
2	1970	40	
3	1980	55	37,5
4	1990	90	63,6
5	2000	149	65,6

1. **Justifier par un calcul le nombre 37,5 obtenu dans la case C3. Que signifie-t-il ?**

2. **Quelle formule faut-il écrire dans la case C3 pour compléter la colonne C en recopiant cette formule vers le bas ?**

3. a. **Calculer le taux d'évolution global de la consommation d'eau minérale entre les années 1970 et 2000.**

b. **En déduire que le taux d'évolution décennal moyen entre les années 1970 et 2000 est de 55 % (à 1 % près).**

c. **Si l'on fait l'hypothèse que la consommation d'eau minérale continue à évoluer en suivant le taux décennal de 55 % au-delà de l'an 2000, quelle consommation, à un litre près, peut-on prévoir pour l'année 2010, puis pour l'année 2040 ?**

2 Calcul des propositions et des prédicats

1 Calcul propositionnel

A Proposition

Une **proposition** est un énoncé mathématique qui affirme une propriété.
Une proposition est soit vraie, soit fausse ; elle ne peut pas être à la fois vraie et fausse.

Exemple

Dire si les propositions suivantes sont vraies ou fausses.

P : un multiple de 4 est un multiple de 2 ;

Q : il existe un réel x tel que $x^2 = -1$.

Solution

La proposition P est vraie (4 étant lui-même un multiple de 2) ; la proposition Q est fausse.

Attention

Une proposition « à moitié vraie » ou « presque vraie » est considérée comme fausse.

B Connecteurs logiques ; tables de vérité

• **Le connecteur logique NON (la négation)** : la négation de la proposition P, notée nonP ou encore $\neg$P, est la proposition qui affirme que P est fausse ; elle est donc vraie si P est fausse et fausse si P est vraie.

On peut résumer ceci dans la table de vérité suivante :

P	$\neg$P
Vraie	Fausse
Fausse	Vraie

Exemple

Quelle est la négation de la proposition suivante :

P : n est un entier naturel pair ?

Solution

La négation de la proposition P est : n est un entier naturel impair.

Attention

non(nonP) est équivalente à P.

• **Le connecteur logique ET (la conjonction)** : la proposition (P et Q) notée P $\wedge$ Q est vraie si les deux propositions P et Q sont simultanément vraies ; la proposition P $\wedge$ Q est fausse dans tous les autres cas.

On obtient ainsi la table de vérité suivante :

P	Q	P $\wedge$ Q
Vraie	Vraie	Vraie
Vraie	Fausse	Fausse
Fausse	Vraie	Fausse
Fausse	Fausse	Fausse

Remarque

Le connecteur logique NON est le seul connecteur qui porte sur une seule proposition.
Les connecteurs logiques suivants sont des connecteurs qui portent sur deux propositions.

Exemple

Considérons les propositions P et Q suivantes :

P : $x \leqslant 2$ et Q : $x > -1$; comment s'écrit la proposition P $\wedge$ Q ?

Solution

P $\wedge$ Q se traduit par : $-1 < x \leqslant 2$ ou encore $x \in]-1\,;2[$.

• **Le connecteur logique OU (la disjonction)** : la proposition (P ou Q) notée P ∨ Q est fausse si les propositions P et Q sont simultanément fausses ; la proposition P ∨ Q est vraie dans tous les autres cas.
On obtient ainsi la table de vérité suivante :

P	Q	P ∨ Q
Vraie	Vraie	Vraie
Vraie	Fausse	Vraie
Fausse	Vraie	Vraie
Fausse	Fausse	Fausse

Exemple
Considérons les propositions P et Q suivantes :
P : $x \leqslant -1$ et Q : $x > 2$; comment s'écrit la proposition P ∨ Q ?
Solution
P ∨ Q se traduit par : $x \in]-\infty\,;-1] \cup [2\,;+\infty[$.

• **Le connecteur logique Si… alors (l'implication)** : la proposition (Si P… alors Q…) notée P ⇒ Q est fausse lorsque l'on a simultanément la proposition P vraie et la proposition Q fausse ; la proposition P ⇒ Q est vraie dans tous les autres cas.
On obtient alors la table de vérité suivante :

P	Q	P ⇒ Q
Vraie	Vraie	Vraie
Vraie	Fausse	Fausse
Fausse	Vraie	Vraie
Fausse	Fausse	Vraie

Exemple
Considérons les propositions P et Q suivantes :
P : $x = -2$; Q : $x^2 = 4$
A-t-on P ⇒ Q ou bien Q ⇒ P ?
Solution
Si $x = -2$, alors $x^2 = 4$ donc P ⇒ Q ; en revanche, si $x^2 = 4$, alors $x = 2$ ou $x = -2$ donc nous n'avons pas Q ⇒ P.

• **Le connecteur logique Si et seulement Si (l'équivalence)** : la proposition (P si et seulement si Q) notée P ⇔ Q est vraie lorsque l'on a simultanément P et Q vraies ou fausses ; la proposition P ⇔ Q est fausse dans tous les autres cas.
On obtient alors la table de vérité suivante :

P	Q	P ⇔ Q
Vraie	Vraie	Vraie
Vraie	Fausse	Fausse
Fausse	Vraie	Fausse
Fausse	Fausse	Vraie

Attention ⚠
Dans toutes les tables de vérité, il est possible d'utiliser une notation informatique, en remplaçant vrai par 1 et faux par 0.

C Lois de Morgan

• **Propriété**
Considérons deux propositions P et Q ; on a alors : $\neg(P \vee Q) = \neg(P \wedge \neg Q)$; $\neg(P \wedge Q) = \neg P \vee \neg Q)$.
Démontrons ces deux propriétés à l'aide d'une table de vérité :

• **Démonstration de la première propriété :**

P	Q	¬P	¬Q	P ∨ Q	¬(P ∨ Q)	¬P ∧ ¬Q
Vrai	Vrai	Faux	Faux	Vrai	Faux	Faux
Vrai	Faux	Faux	Vrai	Vrai	Faux	Faux
Faux	Vrai	Vrai	Faux	Vrai	Faux	Faux
Faux	Faux	Vrai	Vrai	Faux	Vrai	Vrai

En comparant les deux dernières colonnes, on a bien : $\neg(P \vee Q) = \neg P \wedge \neg Q$.

- **Démonstration de la deuxième propriété :**

P	Q	¬P	¬Q	P ∧ Q	¬(P ∧ Q)	¬P ∨ ¬Q
Vrai	Vrai	Faux	Faux	Vrai	Faux	Faux
Vrai	Faux	Faux	Vrai	Faux	Vrai	Vrai
Faux	Vrai	Vrai	Faux	Faux	Vrai	Vrai
Faux	Faux	Vrai	Vrai	Faux	Vrai	Vrai

En comparant les deux dernières colonnes, on a bien : ¬(P ∧ Q) = ¬P ∨ ¬Q.

- **Exemples**

Considérons les propositions P et Q suivantes : P : j'aime le foot ; Q : j'aime le tennis.
Alors P ∨ Q : j'aime le foot ou le tennis ; ¬(P ∨ Q) : je n'aime ni le foot, ni le tennis ; cette dernière proposition est bien semblable à la proposition ¬P ∧ ¬Q qui signifie : je n'aime pas le foot et je n'aime pas le tennis.
Considérons maintenant les propositions P et Q suivantes : P : *x* est un nombre pair ; Q : *x* est un multiple de 3.
Alors P ∧ Q : *x* est un nombre pair et multiple de 3 ; ¬(P ∧ Q) : *x* n'est pas un nombre pair et multiple de 3 donc *x* est soit impair, soit non multiple de 3 ; cette dernière proposition est bien semblable à la proposition ¬P ∨ ¬Q qui signifie : *x* n'est pas un nombre pair ou n'est pas un multiple de 3.

2 Calcul des prédicats

A Notion de prédicat

- **Exemple**

« *x* est un nombre entier relatif » est un prédicat à une variable (*x*) ; ce prédicat ne deviendra une proposition que si l'on remplace *x* par une valeur ; on peut alors dire si la proposition est vraie ou fausse. En notant $p(x)$ le prédicat, on a alors : $p(-3)$ vrai et $p(12{,}5)$ faux.
Dans le prédicat « *x* est un nombre inférieur à 3 », le nombre 3 est une constante.
« *x* est un multiple de *y* » est un prédicat à deux variables (*x* et *y*) ; il ne deviendra une proposition que si l'on remplace *x* et *y* par une valeur ; on pourra alors dire si la proposition est vraie ou fausse. En notant $p(x\,;\,y)$ le prédicat, on a alors : $p(12\,;\,4)$ vrai et $p(12\,;\,5)$ faux.

B Quantificateurs

Un quantificateur permet de préciser le domaine de validité d'une proposition.

Attention ⚠
Ce symbole est un A renversé, le A étant l'initiale du mot anglais « All ».

- **Quantificateur universel** : il s'agit du symbole ∀, qui signifie « quel que soit » ou encore « pour tout ».

La phrase $(\forall\, x \in \mathrm{E})\, P(x)$ signifie que la propriété *P* est vraie pour tous les éléments de l'ensemble *E*.

Exemple
Que signifie la phrase $\forall\, x \in \mathbb{R}, x^2 \geqslant 0$? Est-elle vraie ?
Solution
Cette phrase signifie : quel que soit le nombre *x* appartenant à $\mathbb{R}$, x^2 est positif ou nul ; cette phrase est vraie.

• **Quantificateur existentiel** : il s'agit du symbole ∃, qui signifie « il existe au moins un ».
La phrase $(\exists\ x \in E)\ P(x)$ signifie qu'il existe au moins un élément de E qui vérifie la propriété P (il peut en exister plusieurs).
S'il n'existe qu'un seul élément de E qui vérifie la propriété P, on écrira alors :
$(\exists\ !\ x \in E)\ P(x)$; le point d'exclamation est le symbole utilisé pour montrer l'unicité.

> **Exemple**
> La proposition $\exists\ !\ x \in [0\ ;\ 1],\ 3x^2 - 7x + 2 = 0$ est-elle vraie ?
> **Solution**
> L'équation $3x^2 - 7x + 2 = 0$ admet deux solutions (car $\Delta = (-7)2 - 4 \times 3 \times 2 = 49 - 24 = 25 > 0$) :
> $x_1 = \frac{7-\sqrt{25}}{2\times3} = \frac{2}{6} = \frac{1}{3}$ et $x_2 = \frac{7+\sqrt{25}}{2\times3} = \frac{12}{6} = 2$; seul $\frac{1}{3}$ appartient à l'intervalle [0 ; 1] donc la proposition est vraie.

C Propriétés des quantificateurs

• **Ordre des quantificateurs**
L'ordre d'écriture des quantificateurs est fondamental pour le sens de la phrase formelle ; le sens de la phrase change si l'on inverse l'ordre de deux quantificateurs différents (en revanche, le sens ne change pas si l'on échange deux quantificateurs existentiels ou deux quantificateurs universels).

> **Exemple**
> Considérons les deux propositions suivantes :
> P : $\forall\ x \in \mathbb{R},\ \exists\ y \in \mathbb{R},\ x + y = 0$; Q : $\exists\ y \in \mathbb{R},\ \forall\ x \in \mathbb{R},\ x + y = 0$
> Dire si ces propositions sont vraies ou fausses.
> **Solution**
> La proposition P signifie : pour tout réel x, il existe un réel y tel que : $x + y = 0$, c'est-à-dire il existe un réel y égal à $-x$; ceci est vrai : y est l'opposé de x.
> La proposition Q signifie : il existe un réel y tel que, pour tout réel x : $x + y = 0$, c'est-à-dire qu'il existe un nombre réel y tel que tous les nombres réels x sont égaux à $-y$; ce qui est faux.

• **Négation d'une phrase formelle contenant des quantificateurs**
Cas d'une phrase commençant par un quantificateur universel : la négation d'une phrase du type « quel que soit… P est vraie » sera une phrase du type « il existe au moins un… tel que P soit fausse » ou encore « il existe au moins un… tel que non P est vraie ».
Cas d'une phrase commençant par un quantificateur existentiel : la négation d'une phrase du type « il existe au moins un… tel que P est vraie » sera une phrase du type « quel que soit… P est fausse » ou encore « quel que soit… non P est vraie ».

> **Exemple**
> Dire si les propositions P, Q sont vraies ou fausses :
> P : $\forall\ x \in \mathbb{R},\ x^2 \geqslant 0$; Q : $\exists\ x \in \mathbb{R},\ x^2 = x$
> Donner la négation des propositions P et Q.
> **Solution**
> La proposition P est vraie : pour tout réel x, le carré de x est positif ou nul ; la proposition ¬P est : $\exists\ x \in \mathbb{R},\ x^2 \geqslant 0$.
> La proposition Q est vraie : l'équation $x^2 = x$ admet pour solutions $x = 0$ ou $x = 1$; la proposition ¬Q est : $\forall\ x \in \mathbb{R},\ x^2 \neq x$.

Exercices d'entraînement

Exercice 1 ★★ 20 min

Corrigé p. 278

Considérons trois propositions P, Q et R.

1. Compléter la table de vérité suivante. Quelle propriété peut-on en déduire ?

P	Q	R	$Q \wedge R$	$P \vee (Q \wedge R)$	$P \vee Q$	$P \vee R$	$(P \vee Q) \wedge (P \vee R)$

2. Compléter la table de vérité suivante. Quelle propriété peut-on en déduire ?

P	Q	R	$Q \vee R$	$P \wedge (Q \vee R)$	$P \wedge Q$	$P \wedge R$	$(P \wedge Q) \vee (P \wedge R)$

Exercice 2 ★★★ 20 min

Corrigé p. 279

1. Considérons l'ensemble A des nombres entiers naturels allant de 1 à 20 ; considérons les propositions P, Q et R suivantes :
P : n est un nombre pair ; Q : n est un multiple de 3 ; R : n est un multiple de 5.
Donner la liste des nombres de A vérifiant les propositions suivantes :
$P \wedge Q$; $Q \vee R$; $\neg Q \wedge \neg R$; $\neg(P \vee Q \vee R)$.

2. Considérons les deux propositions suivantes :
P : il existe un nombre réel x dont le carré est strictement inférieur à lui-même ;
Q : pour tout réel x et tout réel y, le produit des deux nombres est positif.
a. Traduire ces deux propositions en langage mathématique.
b. Indiquer si ces deux propositions sont vraies ou fausses. Justifier.
c. Donner la négation de ces deux propositions.

3 Statistiques à une et deux variables

1 Statistiques à une variable

Considérons une population, sur laquelle on étudie un caractère ; les résultats sont très souvent résumés dans un tableau :

x_i	x_1	x_2	x_3	...	x_p
n_i	n_1	n_2	n_3	...	n_p

où $x_1, x_2, x_3, \ldots, x_p$ sont les valeurs du caractère et $n_1, n_2, n_3, \ldots, n_p$ les effectifs correspondants. On dit que l'on a obtenu une série statistique.

A Moyenne, écart-type

- **La moyenne** de cette série est le nombre réel $\overline{x}$ défini par :

$$\overline{x} = \frac{n_1 \times x_1 + n_2 \times x_2 + n_3 \times x_3 + \ldots + n_p \times x_p}{N}$$

où N est l'effectif total, c'est-à-dire la somme des effectifs : $N = n_1 + n_2 + n_3 + \ldots + n_p$.

Si la série est donnée à l'aide des fréquences $f_1, f_2, f_3, \ldots, f_p$ (on rappelle que : $f_i = \frac{n_i}{N}$), la moyenne est alors définie par : $\overline{x} = f_1 \times x_1 + f_2 \times x_2 + f_3 \times x_3 + \ldots + f_p \times x_p$.

- **La variance** de cette série statistique est le réel V défini par :

$$V = \frac{n_1 \times (x_1 - \overline{x})^2 + n_2 \times (x_2 - \overline{x})^2 + n_3 \times (x_3 - \overline{x})^2 + \ldots + n_p \times (x_p - \overline{x})^2}{N}.$$

On admet le résultat suivant : on peut aussi calculer V à l'aide de la formule :

$$V = \frac{n_1 \times x_1^2 + n_2 \times x_2^2 + n_3 \times x_3^2 + \ldots + n_p \times x_p^2}{N} - (\overline{x})^2.$$

- **L'écart-type** de la série est alors le nombre réel σ défini par : $\sigma = \sqrt{V}$.

Ce nombre mesure la dispersion de la série autour de la moyenne.

- **Programmation de la calculatrice pour le calcul de la moyenne et de l'écart-type d'une série**

• Pour les CASIO

Sélectionner le mode STATS.

Entrer les valeurs x_i dans la List 1 et les valeurs n_i dans la List 2.

Vérifier, en appuyant sur CALC puis SET, que l'on a bien :

1Var X : List 1

1Var F : List 2

Quitter puis appuyer sur CALC et 1Var pour obtenir les résultats de $\overline{x}$ et de σ.

• Pour les TI

Appuyer sur la touche STAT.

Sélectionner EDIT puis Edit (numéro 1), valider avec la touche EXE : entrer les valeurs x_i en List 1 et les valeurs n_i en List 2.

Vérifier le paramétrage de la calculatrice en sélectionnant CALC puis Set Up (numéro 3), valider : on doit avoir L1 pour Xlist et L2 pour Freq.

Pour obtenir les résultats, sélectionner CALC puis 1-Var Stats (numéro 1) ; valider.

Attention ⚠

Quand les valeurs du caractère sont regroupées en classes (sous forme d'intervalles), on utilise le centre des classes dans le calcul de la moyenne, de la variance et donc de l'écart-type.

Exemple Un professeur a relevé les notes de ses 30 élèves lors d'un contrôle :

Notes	5	6	7	8	9	10	11	12	13	14	15	16
Effectifs	0	6	5	8	1	3	0	2	0	1	2	2

Calculer la moyenne ainsi que l'écart-type de cette série.

Solution
La moyenne est : $\bar{x} = \frac{274}{30} \simeq 9{,}13$; l'écart-type est : $\sigma = \sqrt{V} \simeq 3{,}15$ (avec $V = \frac{2800}{30} - \left(\frac{274}{30}\right)^2$).

B Médiane, écart interquartile

• **La médiane** est une valeur, notée Me, qui partage la série en deux parties de même effectif telle que :
– au moins 50 % des valeurs sont inférieures ou égales à la médiane ;
– au moins 50 % des valeurs sont supérieures ou égales à la médiane.

Remarque
Si le nombre de valeurs de la série est impair, la médiane est la valeur « du milieu ».
Si le nombre de valeurs de la série est pair, la médiane est la demi-somme des deux valeurs situées « au milieu ».

• **Le premier quartile**, noté Q_1, est la plus petite valeur de la série telle qu'au moins 25 % des valeurs de la série sont inférieures ou égales à Q_1.

• **Le troisième quartile**, noté Q_3, est la plus petite valeur de la série telle qu'au moins 75 % des valeurs de la série sont inférieures ou égales à Q_3.
Environ 50 % des valeurs de la série sont donc comprises dans l'intervalle $[Q_1 ; Q_3]$.

Attention
Lorsque $\frac{N}{4}$ et $\frac{3N}{4}$ sont des nombres décimaux, il faut les arrondir à l'entier supérieur pour déterminer le rang du premier et du troisième quartile.

• **L'écart interquartile** est le nombre égal à la différence $Q_3 - Q_1$. Ce nombre indique la dispersion des valeurs autour de la médiane.

Exemple En reprenant les données de l'exemple précédent, déterminer la médiane ainsi que les quartiles de la série et l'intervalle interquartile.

Solution Avant de déterminer la médiane et les quartiles, on peut calculer les effectifs cumulés croissants :

Notes	5	6	7	8	9	10	11	12	13	14	15	16
Effectifs	0	6	5	8	1	3	0	2	0	1	2	2
Effectifs cumulés croissants	0	6	11	19	20	23	23	25	25	26	28	30

La médiane (la demi-somme de la quinzième et de la seizième valeur) est : Me = 8 ; le premier quartile (la huitième valeur de la série) est : $Q_1 = 7$, le troisième quartile (la vingt-troisième valeur de la série) est : $Q_3 = 10$, l'écart interquartile est donc : $Q_3 - Q_1 = 10 - 7 = 3$: environ la moitié des notes appartiennent à l'intervalle [7 ; 10].

C Résumé d'une série statistique

Deux couples de nombres peuvent résumer une série statistique : soit le couple (moyenne, écart-type), soit le couple (médiane, écart interquartile).

Ceci dit, l'utilisation des paramètres de dispersion, que sont l'écart-type et l'écart interquartile, permet de comparer deux séries de façon plus fine qu'à l'aide des paramètres de position que sont la moyenne, la médiane et les quartiles :
– l'écart-type permet de visualiser si les valeurs d'une série sont plus éloignées de la moyenne que celle de l'autre série ;
– l'écart interquartile permet d'étudier si les valeurs d'une série sont plus éloignées de la médiane que celles de l'autre série.

2 Statistiques à deux variables

A Nuage de points et point moyen

Considérons deux caractères quantitatifs discrets x et y d'une population.
Notons $(x_i ; y_i)$ les couples de valeurs prises par ces caractères, pour i allant de 1 à n.

• Nuage de points

Dans un repère orthogonal $(O ; \vec{OI}, \vec{OJ})$ l'ensemble des points M_i de coordonnées $(x_i ; y_i)$ constitue **le nuage de points** associé à la série statistique à deux variables x et y.

• Point moyen

Le point G de coordonnées $(\bar{x} ; \bar{y})$ est le **point moyen** du nuage, où $\bar{x}$ et $\bar{y}$ désignent la moyenne des valeurs x_i et y_i.

Attention ⚠

$\bar{x} = \dfrac{x_1 + x_2 + \ldots + x_n}{n}$ et

$\bar{y} = \dfrac{y_1 + y_2 + \ldots + y_n}{n}$.

Exemple Un centre commercial propose huit modèles de lave-linge.
Le tableau ci-dessous donne pour chacun des huit appareils le prix de vente unitaire x en euros et le nombre y de lave-linge vendus en un an :

Prix x_i en euros	250	300	350	400	500	550	600	700
Nombre d'appareils vendus y_i	105	95	80	76	62	56	49	29

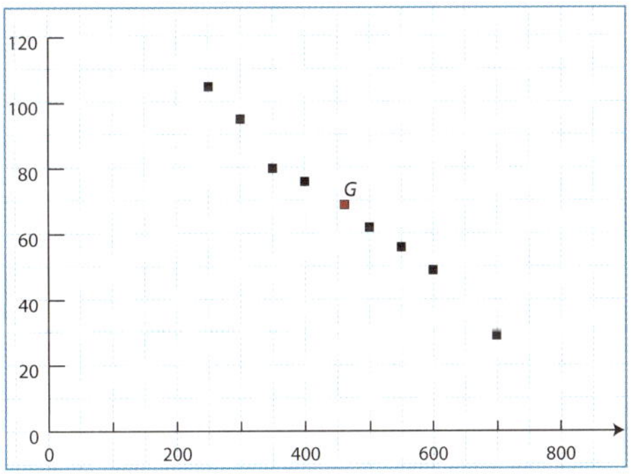

a. Représenter le nuage de points associés à la série statistique $(x_i ; y_i)$.
b. Calculer les coordonnées du point moyen G de ce nuage.

Solution

a. Voir schéma.
b. Coordonnées du point moyen : $G(456,25 ; 69)$

$$\bar{x} = \frac{250+300+350+400+500+550+600+700}{8} = 456,25$$

$$\bar{y} = \frac{105+95+80+76+62+56+49+29}{8} = 69.$$ G est le point rouge sur le graphique.

B Ajustement affine : principe

• Lorsque les points du nuage sont « presque alignés » on peut envisager de chercher une fonction affine f telle que la droite D d'équation $y = f(x)$ passe « le plus près possible » des points du nuage. Une telle droite réalise un **ajustement affine** du nuage de points.

• Il existe différents types d'ajustement :
– on peut réaliser un ajustement affine au jugé, en traçant une droite qui, visuellement, passe le plus près possible de l'ensemble des points du nuage ;
– on peut réaliser un ajustement par la méthode des moindres carrés (méthode détaillée dans le paragraphe suivant) ;
– il existe d'autres types d'ajustement qui pourront éventuellement être découverts en exercice.

C Méthode des moindres carrés

Considérons une série statistique à deux variables x et y ; les points M_i de coordonnées $(x_i ; y_i)$ constituent le nuage de points de cette série.
Soit une droite D d'équation : $y = ax + b$ réalisant un ajustement affine du nuage de points M_i.
Notons P_i les points de D d'abscisse x_i ; ainsi : $P_i\,(x_i ; ax_i + b)$.

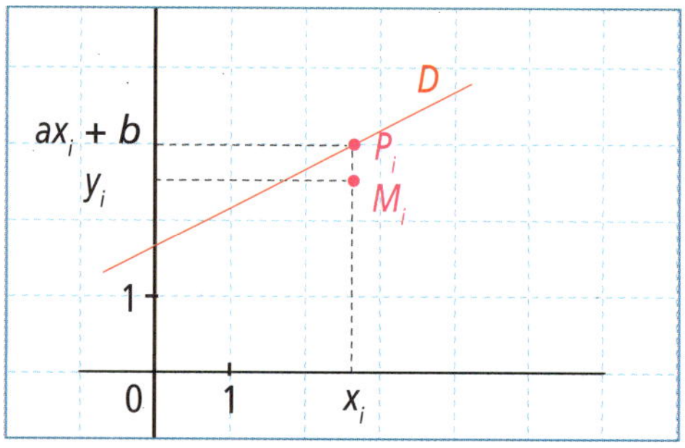

• **Propriété.** Il existe un unique ajustement affine telle que la somme $\sum M_iP_i^2$ soit minimale.

Il est donné par la droite de coefficient directeur $a = \dfrac{\text{cov}(x, y)}{V(x)}$ passant par le point moyen $G(\overline{x} ; \overline{y})$.

cov(x, y) désigne la covariance de la série et est définie par : $\text{cov}(x, y) = \dfrac{1}{n}\sum x_i y_i - \overline{x}\,\overline{y}$.

$V(x)$ désigne la variance de la série de valeurs x_i et est définie par : $V(x) = \dfrac{1}{n}\sum x_i^2 - \overline{x}^2$.
Cette droite est appelée **droite des moindres carrés**.
Concrètement, les coefficients a et b de l'équation $y = ax + b$ seront fournis par la calculatrice ou obtenus à l'aide d'un tableur.

• **Programmation de la calculatrice**

• **Pour les Casio :**
Sélectionner le Menu STAT
Entrer les données x_i en List1 et y_i en List2
Vérifier le réglage de la calculatrice : CALC puis SET, List 1 doit être écrit devant 2Var XList et List 2 doit être écrit devant 2Var YList
Appuyer deux fois sur EXIT pour revenir aux listes
Pour obtenir les coefficients a et b de l'équation de la droite d'ajustement : CALC, REG, X puis ax + b.

• **Pour les TI :**
Après avoir appuyé sur la touche stats, sélectionner EDIT
Entrer alors les données x_i en L1 et les données y_i en L2
Appuyer alors sur la touche stats ; sélectionner CALC puis RégLin($ax + b$)
Saisir alors (L1, L2) puis valider : les coefficients a et b apparaissent.

• **Obtention des résultats à l'aide d'un tableur**
La fonction PENTE fournit le coefficient directeur (le nombre a) de la droite d'ajustement ; la fonction ORDONNEE.ORIGINE fournit l'ordonnée à l'origine de la droite d'ajustement (c'est-à-dire le nombre b) ; la fonction COEFFICIENT.CORRELATION fournit le coefficient de corrélation linéaire de la série.

• **Coefficient de corrélation linéaire**
Le **coefficient de corrélation linéaire** est un paramètre permettant d'apprécier la qualité d'un ajustement affine ; ce coefficient est noté r et est donné par la calculatrice ou un tableur.
Le coefficient r est un nombre compris entre -1 et 1.
Il existe une « bonne » corrélation entre les deux caractères x et y lorsque r est suffisamment proche de 1 ou de -1 ; dans chaque secteur technologique ou économique, on choisit pour quelles valeurs de r le choix d'un ajustement affine est pertinent.

L'utilisation du coefficient de corrélation linéaire permet de comparer la qualité de deux ajustements affines.

Exemple Reprenons l'exemple précédent.
a. Un ajustement affine de cette série est-il cohérent ? Justifier.
b. Déterminer une équation de la droite d'ajustement obtenue à l'aide de la méthode des moindres carrés (le coefficient a sera arrondi à 10^{-3}, le coefficient b sera arrondi à l'unité).

Solution
a. Un ajustement affine semble tout à fait cohérent : le nuage de points a une forme suffisamment rectiligne ; cette supposition est confirmée par le coefficient de corrélation linéaire de cette série qui est : $r \simeq -0{,}99$.
b. On obtient grâce à la calculatrice :
$a = -0{,}158$ et $b = 141$.
La droite d'ajustement obtenue par la méthode des moindres carrés a donc pour équation :
$y = -0{,}158x + 141$.
Avec un tableur :
Si les valeurs x_i sont entrées dans la colonne A, de A1 à A8, et les valeurs y_i entrées dans la colonne B, de B1 à B8, alors la syntaxe sera la suivante :
Pour obtenir le coefficient a : PENTE(B1:B8 ; A1:A8) ;
Pour obtenir le coefficient b : ORDONNE.ORIGINE(B1:B8 ; A1:A8) ;
Pour obtenir le coefficient r : COEFFICIENT.CORRELATION(B1:B8 ; A1:A8).

D Utilisation d'un ajustement affine

On peut utiliser un ajustement affine pour interpoler ou extrapoler.

Exemple En reprenant les données de l'exemple précédent :
a. Déterminer combien d'appareils auraient pu être vendus au prix de 425 euros.
b. Déterminer le prix à partir duquel les ventes seraient inférieures à 15 appareils par an.

Solution
a. À l'aide de l'équation $y = -0{,}158x + 141$: pour $x = 425$, on obtient :
$y = -0{,}158 \times 425 + 141 = 73{,}85$.
On pourrait espérer vendre 74 appareils à un prix de 425 euros.
b. On cherche à déterminer x tel que :
$-0{,}158x + 141 < 15$:
on obtient $-0{,}158x < -126$ soit
$x > \dfrac{126}{0{,}158} \simeq 797{,}47$.
Les ventes seraient donc inférieures à 15 appareils par an si le prix dépassait 797,47 euros.

Exercices d'entraînement

Exercice 1 ★ **10 min** *Corrigé p. 279*

On a demandé aux 50 employés d'une petite entreprise combien ils avaient pris de jours de congé durant les trois derniers mois ; les résultats sont présentés dans le tableau ci-dessous :

Nombre de jours de congé	0	1	2	5	7	10	15
Effectifs	5	6	3	7	11	8	10

1. **Déterminer la médiane et les quartiles de cette série ; construire le diagramme en boîte.**
2. **Calculer la moyenne de cette série ; interpréter le résultat.**

Exercices d'entraînement

Exercice 2 ★★ 20 min

Corrigé p. 279

Au cours des huit derniers mois, un commercial a noté le nombre de clients visités et le montant total des commandes passées par ces clients (en milliers d'euros).

Nombre de clients x_i	Montant des commandes (en milliers d'euros) y_i
48	132
75	185
59	160
22	86
72	175
56	153
34	109
66	170

1. **Représenter le nuage de points de la série statistique $(x_i\,;\,y_i)$.**
Axes orthogonaux ; unités : 1 cm pour 5 clients, 1 cm pour 20 milliers d'euros.

2. **Indiquer pourquoi un ajustement affine apparaît envisageable ; quel nombre vous permet de confirmer votre réponse ? Donner la valeur de ce nombre et le critère qui justifie votre réponse.**

3. **Déterminer les coordonnées du point moyen de ce nuage de points ; le placer sur le graphique.**

4. **Déterminer une équation de la droite d'ajustement obtenue par la méthode des moindres carrés ; on arrondira les coefficients à 10^{-2} près.**

5. **Utiliser cette droite d'ajustement pour déterminer le montant des commandes que l'on peut espérer si le commercial effectue 40 visites.**

6. **Utiliser cette droite d'ajustement pour déterminer à partir de quel nombre de clients le commercial pourra espérer réaliser plus de 200 000 € de commande.**

Exercice 3 ★★ 20 min

Corrigé p. 279

Le tableau suivant donne un relevé de l'évolution d'une population bactérienne (en millions), observée au cours du temps (en heures) lors d'un essai de médicament.

Temps x_i	Population y_i
0,1	10
0,2	4
0,4	2
1	1
3	0,4
6	0,2

1. **Déterminer le coefficient de corrélation linéaire de cette série ; un ajustement affine est-il justifié ?**

2. **Compléter le tableau en portant dans une troisième colonne les valeurs : $z_i = \dfrac{1}{y_i}$.**

3. **Déterminer une équation de la droite d'ajustement obtenue par la méthode des moindres carrés de la série $(x_i\,;\,z_i)$ (arrondir les coefficients à 10^{-2}).**

4. **En supposant que l'évolution observée se poursuive au même rythme, utiliser l'équation précédente pour estimer la population au bout de 10 heures.**

4 Suites arithmétiques et géométriques

1 Généralités

A Définition d'une suite numérique

Soit p un entier.
Une suite numérique u définie à partir du rang p est une fonction qui, à chaque entier n supérieur ou égal à p, associe un réel, noté $u(n)$ ou u_n.
Cette suite est aussi notée $(u_n)_{n \geqslant p}$ ou plus simplement (u_n).
u_n est appelé **terme général** de la suite ou terme d'indice n.
u_p est le premier terme ou **terme initial** de la suite.

• Exemple

Considérons la liste des nombres impairs : 1 ; 3 ; 5 ; 7…
On peut poser : $u_1 = 1$; $u_2 = 3$; $u_3 = 5$; $u_4 = 7$ et ainsi définir une suite ; le premier terme de cette suite est $u_1 = 1$ et on peut montrer que, pour tout entier n, on a : $u_n = 2n - 1$.
Ainsi, le dixième terme de la suite est : $u_{10} = 2 \times 10 - 1 = 19$ (19 est le dixième nombre impair).

Attention

u_{n+1} est le terme d'indice $n + 1$, c'est-à-dire le terme qui suit le terme d'indice n, u_n ; il ne faut pas le confondre avec $u_n + 1$ qui est la somme du terme d'indice n, u_n et de 1.

B Définition d'une suite par une formule explicite

Une suite peut être définie par une **formule explicite**, c'est-à-dire une expression permettant de calculer directement chaque terme à partir de son indice ; on peut alors noter : $u_n = f(n)$ où f est une fonction définie sur un intervalle I tel que tout entier n appartient à I.

• Exemple

Soit u la suite définie, pour tout entier n, par $u_n = (n + 1)^2$: on a $u_n = f(n)$ où f est la fonction définie par $f(x) = (x + 1)^2$.
On a : $u_0 = f(0) = 1$; $u_1 = f(1) = 4$; $u_2 = f(2) = 9$; $u_9 = f(9) = 100$.

• Représentation graphique

Dans un repère, les termes de la suite sont les ordonnées des points d'abscisses entières de la courbe représentative de la fonction f.

Exemple On souhaite représenter graphiquement les termes de la suite définie par $u_n = n^2 + 1$.
Solution On a $u_n = f(n)$ où f est la fonction définie par $f(x) = x^2 + 1$; après avoir tracé la courbe représentative de la fonction f, on place sur celle-ci les points A_0, A_1, A_2, A_3, A_4, etc., ayant pour abscisse respective 0, 1, 2, 3, 4, etc. Les termes de la suite apparaissent sur l'axe des ordonnées.

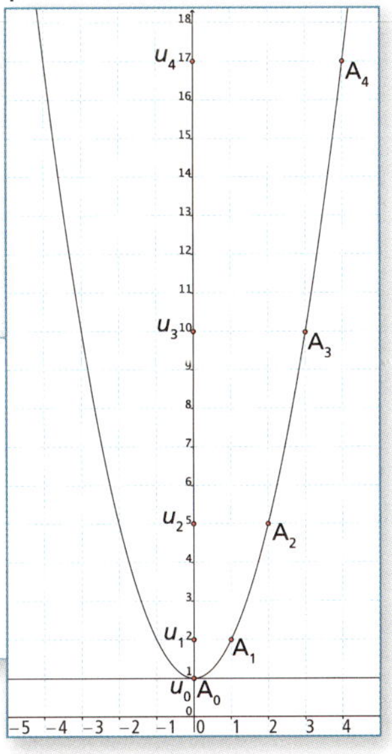

C Définition d'une suite par récurrence

Une suite est définie **par récurrence** lorsque l'on donne la valeur du premier terme puis une relation qui permet de calculer un terme à partir du précédent (cette relation est appelée relation de récurrence).
Ce procédé permet de calculer le deuxième terme à partir du premier puis le troisième à partir du deuxième, etc.

Attention

Lorsque le premier terme d'une suite est u_0, il y a un décalage entre l'indice et la position du terme dans la suite.

Mathématiques

Exemple Soit u la suite définie par :

$$\begin{cases} u_0 = 2 \\ u_{n+1} = -2u_n + 3 \end{cases}$$

Calculer les trois premiers termes de cette suite.

Solution Le premier terme de la suite est $u_0 = 2$.
Le deuxième terme de la suite est :
$u_1 = -2 \times u_0 + 3 = -2 \times 2 + 3 = -1$
(On a remplacé n par 0 dans la relation de récurrence.)

Le troisième terme de la suite est :
$u_2 = -2 \times u_1 + 3 = -2 \times (-1) + 3 = 5$
(On a remplacé n par 1 dans la relation de récurrence.)

Remarque

Une telle relation ne permet pas de calculer directement, par exemple, le dixième terme de la suite car le calcul de celui-ci nécessite de connaître le neuvième terme (qui est lui-même calculé à partir du huitième, etc.).

- **Représentation graphique**

Dans un repère, les termes d'une suite définie par récurrence sont représentés sur l'axe des abscisses selon la méthode présentée dans l'exemple ci-dessous.

Exemple On souhaite représenter graphiquement les termes de la suite définie par :

$$\begin{cases} u_{n+1} = u_n + 3 \\ u_0 = -4 \end{cases}$$

Solution On a : $u_{n+1} = f(u_n)$ où f est la fonction définie par $f(x) = x + 3$; f est une fonction affine, notons D la droite la représentant .
On place u_0 sur l'axe des abscisses ; $u_1 = f(u_0)$, on va chercher sur la droite D l'ordonnée du point d'abscisse u_0 ; grâce à la droite d'équation $y = x$, la valeur u_1 est renvoyée sur l'axe des abscisses.
$u_2 = f(u_1)$: on va chercher sur la droite D l'ordonnée du point d'abscisse u_1 ; grâce à la droite d'équation $y = x$, la valeur u_2 est renvoyée sur l'axe des abscisses.

On réitère ce procédé autant de fois que nécessaire : les différents termes de la suite apparaissent sur l'axe des abscisses.

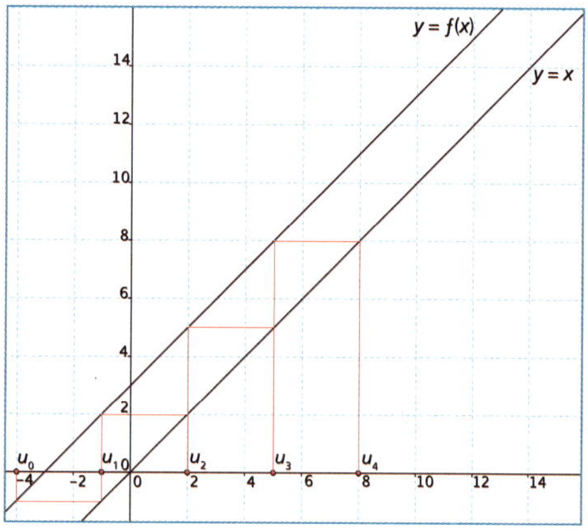

D Sens de variation d'une suite

- **Définition**

Soit u une suite et p un entier.

- La suite u est **croissante** à partir du rang p si, pour tout entier n supérieur ou égal à p, on a : $u_{n+1} \geqslant u_n$.
- La suite u est **décroissante** à partir du rang p si, pour tout entier n supérieur ou égal à p, on a : $u_{n+1} \leqslant u_n$.
- La suite u est **monotone** à partir du rang p si elle est soit croissante, soit décroissante à partir du rang p.
- La suite u est **constante** à partir du rang p si, pour tout entier n supérieur ou égal à p, on a : $u_{n+1} = u_n$.

- **Méthode**

Étudier le sens de variation d'une suite consiste à déterminer si la suite est croissante ou décroissante.

Pour cela, on calcule la différence $u_{n+1} - u_n$ et on étudie le signe de cette différence : lorsque $u_{n+1} - u_n \geqslant 0$, la suite est croissante ; lorsque $u_{n+1} - u_n \leqslant 0$, la suite est décroissante.

Exemple Soit u la suite définie par $u_n = \frac{3}{n}$, pour tout entier n supérieur ou égal à 1.
Déterminer le sens de variation de cette suite.
Solution Calculons les trois premiers termes de la suite pour émettre une hypothèse concernant son sens de variation :
$u_1 = \frac{3}{1} = 3$; $u_2 = \frac{3}{2} = 1{,}5$; $u_3 = \frac{3}{3} = 1$;
la suite semble être décroissante.
Prouvons-le :
$u_{n+1} - u_n = \frac{3}{n+1} - \frac{3}{n} = \frac{3 \times n - 3(n+1)}{n(n+1)} = \frac{3n - 3n - 3}{n(n+1)} = \frac{-3}{n(n+1)}$;
pour tout entier n supérieur ou égal à 1, $\frac{-3}{n(n+1)} < 0$ donc la suite est décroissante.

Attention ⚠
La connaissance des trois premiers termes ne permet pas de conclure quant au comportement général de la suite.

2 Suites arithmétiques, géométriques

A Suites arithmétiques

• Définition

On dit qu'une suite, dont on connaît le premier terme, est **arithmétique** lorsque chaque terme est obtenu en ajoutant au précédent un même nombre.
Ainsi, il existe un réel r tel que, pour tout entier n, $u_{n+1} = u_n + r$.
Le nombre r est appelé raison de la suite arithmétique.

• Méthode

Pour prouver qu'une suite est arithmétique, on montre que la différence de deux termes consécutifs est constante, c'est-à-dire que : $u_{n+1} - u_n = r$, pour tout entier n.

Exemple Soit u la suite définie par $u_n = -3n + 5$ pour tout entier n.
Cette suite est-elle arithmétique ?
Solution Calculons les trois premiers termes : $u_0 = 5$;
$u_1 = 2$; $u_2 = -1$.
Il semble que la suite soit arithmétique car :
$u_2 - u_1 = u_1 - u_0 = -3$.
Prouvons-le : $u_{n+1} - u_n = -3(n+1) + 5 - (-3n + 5)$
$= -3n - 3 + 5 + 3n - 5 = -3$; la différence $u_{n+1} - u_n$ est constante, égale à -3 : la suite est donc arithmétique, de premier terme $u_0 = 5$ et de raison $r = -3$.

Attention ⚠
Le calcul des trois premiers termes n'est pas suffisant pour conclure.

• Propriété

Si une suite (u_n) est arithmétique de raison r, son terme général u_n est donné en fonction de son premier terme u_0 par : $u_n = u_0 + n \times r$.

Remarque
De façon générale, le terme général est donné en fonction d'un certain terme u_p par : $u_n = u_p + (n - p) \times r$.

Mathématiques

Exemple Un contrat de location est proposé à une personne désireuse de louer une maison : le loyer annuel initial se monte à 6 500 € et une augmentation forfaitaire annuelle de 30 € sera appliquée.

On désigne par u_n le loyer de la $n^{\text{ième}}$ année ; ainsi, on a : $u_1 = 6500$.

Après avoir déterminé la nature de la suite (u_n), déterminer l'année à partir de laquelle le loyer annuel sera supérieur à 7 000 €.

Solution La suite (u_n) est arithmétique de raison 30 car d'une année sur l'autre, le loyer augmente de 30 € ; le premier terme étant $u_1 = 6500$, on peut écrire pour tout entier n supérieur ou égal à 1 :

$u_n = u_1 + (n-1) \times 30 = 6\,500 + 30(n-1)$.

Il s'agit de déterminer n tel que $u_n > 7000$:

$6500 + 30\,(n-1) > 7\,000 \Leftrightarrow 30(n-1) > 500$

$\Leftrightarrow n - 1 > \dfrac{500}{30} \Leftrightarrow n > \dfrac{500}{30} + 1.$

Le loyer annuel sera supérieur à 7 000 € à partir de la 18e année de location.

B Suites géométriques

• Définition

On dit qu'une suite, dont on connaît le premier terme, est **géométrique** lorsque chaque terme est obtenu en multipliant le précédent par un même nombre.

Ainsi, il existe un nombre réel q tel que, pour tout entier n, $u_{n+1} = q \times u_n$.

Le nombre q est appelé raison de la suite géométrique.

Remarque

Le programme limite l'étude aux suites géométriques à termes strictement positifs.

• Méthode : pour prouver qu'une suite est géométrique, on montre que le quotient de deux termes consécutifs est constant, c'est-à-dire que : $\dfrac{u_{n+1}}{u_n} = q$, pour tout entier n.

Exemple Soit u la suite définie par $u_n = -3 \times 2^n$, pour tout entier n.

Cette suite est-elle géométrique ?

Solution Calculons les trois premiers termes de la suite : $u_0 = -3 \times 2^0 = -3$; $u_1 = -3 \times 2^1 = -6$; $u_2 = -3 \times 2^2 = -12$.

Il semble que la suite soit géométrique car : $\dfrac{u_2}{u_1} = \dfrac{u_1}{u_0} = 2$.

Prouvons-le : $\dfrac{u_{n+1}}{u_n} = \dfrac{-3 \times 2^{n+1}}{-3 \times 2^n} = 2^{n+1-n} = 2$; le quotient $\dfrac{u_{n+1}}{u_n}$ est constant, égal à 2 : la suite est géométrique, de premier terme $u_0 = -3$ et de raison $q = 2$.

• Propriété

Si une suite (u_n) est géométrique de raison q, son terme général u_n est donné en fonction de son premier terme u_0 par : $u_n = u_0 \times q^n$.

Remarque

De façon générale, le terme général est donné en fonction d'un certain terme u_p par : $u_n = u_p \times q^{n-p}$.

Exemple Un contrat de location est proposé à une personne désireuse de louer une maison : le loyer initial se monte à 5 800 € et une augmentation annuelle de 2 % du loyer de l'année précédente sera appliquée.

On désigne par u_n le loyer de la $n^{\text{ième}}$ année ; ainsi : $u_1 = 5800$.

Après avoir déterminé la nature de la suite (u_n), déterminer à partir de quelle année le loyer annuel sera supérieur à 8 000 €.

Attention

Augmenter une quantité de 2 % revient à multiplier celle-ci par $1 + \dfrac{2}{100}$.

Solution La suite (u_n) est géométrique de raison 1,02 car d'une année sur l'autre, le loyer augmente de 2 % donc est multiplié par 1,02 ; le premier terme étant $u_1 = 5800$, on peut écrire pour tout entier n supérieur ou égal à 1 : $u_n = u_1 \times 1{,}02^{n-1} = 5800 \times 1{,}02^{n-1}$.

Il s'agit de déterminer n tel que $u_n > 8000$:
En utilisant le menu Table de la calculatrice, on obtient les termes consécutifs de la suite (u_n) : ainsi, on a : $u_{17} \simeq 7926$ et $u_{18} \simeq 8121$.
C'est donc à partir de la 18e année que le loyer annuel sera supérieur à 8 000 €.

C Somme de termes

Le calcul de la somme de termes d'une suite arithmétique ou géométrique se fera à l'aide de la calculatrice ou à l'aide d'un tableur.
La connaissance des deux formules suivantes n'est pas exigible et celles-ci seront rappelées dans les énoncés :

- **Somme de termes consécutifs d'une suite arithmétique**

$$\text{Nombre de termes} \times \frac{1^{\text{er}}\text{ terme} + \text{dernier terme}}{2}\ ;$$
en particulier : $u_0 + u_1 + \ldots + u_n = (n+1) \times \dfrac{u_0 + u_n}{2}$.

- **Somme de termes consécutifs d'une suite géométrique**

$$\text{Premier terme} \times \frac{1 - \text{raison}^{\text{nombre de termes}}}{1 - \text{raison}}\ ;$$
en particulier : $u_0 + u_1 + \ldots + u_n = u_0 \times \dfrac{1 - q^{n+1}}{1 - q}$.

Attention ⚠
La somme $u_0 + u_1 + \ldots + u_n$ comporte $(n+1)$ termes.

Exemple Une personne souhaite emprunter 10 000 € ; sa banque lui propose deux types de remboursement :
– la personne rembourse les 10 000 € en 8 mensualités : une première mensualité de 1 000 € puis les mensualités suivantes augmentées de 90 € par mois.
– la personne rembourse les 10 000 en 8 mensualités : une première mensualité de 1 000 € puis les mensualités suivantes augmentées de 7 % par mois.
Déterminer le remboursement le plus avantageux pour la personne.

Solution Posons $u_1 = 1000$ et u_n la $n^{\text{ième}}$ mensualité remboursée avec la première proposition ; la suite (u_n) est une suite arithmétique, de premier terme $u_1 = 1000$ et de raison $r = 90$.
On a donc : $u_n = 1000 + (n-1) \times 90$.

Posons $v_1 = 1000$ et v_n la $n^{\text{ième}}$ mensualité remboursée avec la deuxième proposition ; la suite (v_n) est une suite géométrique, de premier terme $v_1 = 1000$ et de raison $q = 1{,}07$.
On a donc : $v_n = 1000 \times 1{,}07^{n-1}$.
Il s'agit, dans les deux cas, de calculer la somme des 8 mensualités versées.
À l'aide des formules :
$$u_1 + u_2 + \ldots + u_8 = 8 \times \frac{u_1 + u_8}{2} = 8 \times \frac{1000 + 1630}{2}$$
$= 10\,520$ ($u_8 = 1000 + 7 \times 90$).
$$v_1 + v_2 + \ldots + v_8 = 1000 \times \frac{1 - 1{,}07^8}{1 - 1{,}07} \simeq 10\,259{,}80.$$
La deuxième proposition est plus intéressante car la personne aura remboursé au total 10 259,80 € alors qu'avec la première proposition, elle aurait remboursé 10 520 €.

Exercices d'entraînement

Exercice 1 ★★ 20 min

Corrigé p. 280

On se propose d'étudier l'évolution de la capacité mondiale de production d'énergie éolienne, en mégawatts (MW).
On dispose des données suivantes : en 2012, cette capacité est égale à 120 791 MW.
On prévoit que cette capacité augmente de 20 % chaque année à partir de 2012.

1. **Déterminer les capacités mondiales prévues pour 2013 et 2014 sous cette hypothèse.**

2. **On note u_n la capacité mondiale de production d'énergie éolienne pour l'année 2012 + n. On a donc : $u_0 = 120\,791$.**

a. **Démontrer que la suite (u_n) est une suite géométrique dont on donnera le premier terme et la raison.**

b. **Donner l'expression de u_n en fonction de n.**

3. a. **Déterminer le plus petit entier p tel que : $(1{,}2)^p \geqslant \dfrac{250\,000}{120\,791}$.**

b. **En déduire, en le justifiant, à partir de quelle année on peut prévoir que la capacité mondiale de production d'énergie éolienne dépassera 250 000 MW.**

Exercice 2 ★★ 30 min

Corrigé p. 280

Les dépenses annuelles de fonctionnement de deux services d'une entreprise, nommés A et B, ont été étudiées sur une assez longue période ; ce qui a conduit aux constatations suivantes.
Les dépenses du service A augmentent de 4 000 € chaque année, tandis que celles du service B augmentent de 15 % chaque année ; cette année, les deux services ont effectué des dépenses identiques, d'un montant de 20 000 €.
On note a_n les dépenses du service A et b_n les dépenses du service B, la $n^{\text{ième}}$ année ; on pose : $a_1 = b_1 = 20\,000$.

1. a. **Quelle est la nature de la suite (a_n) ? Préciser son premier terme et sa raison.**

b. **En déduire l'expression de a_n en fonction de n.**

c. **Calculer les dépenses du service A dans 10 ans.**

d. **Calculer le montant total des dépenses du service A pendant 10 ans à partir de cette année.**

2. a. **Quelle est la nature de la suite (b_n) ? Préciser son premier terme et sa raison.**

b. **En déduire l'expression de b_n en fonction de n.**

c. **Calculer le montant total des dépenses du service B pendant 10 ans à partir de cette année.**

3. **Déterminer l'année à partir de laquelle les dépenses du service B dépasseront celles du service A.**

4. **Lequel des deux services aura le plus dépensé sur une période de 10 ans ?**

5 Dérivation et applications

1 Dérivées des fonctions usuelles

• **Définition.** Soit f une fonction définie sur un intervalle I ; soit a un réel appartenant à I.

Si le taux d'accroissement de f entre a et $a + h$, $\dfrac{f(a+h)-f(a)}{h}$ tend vers un nombre réel l, lorsque h tend vers 0, alors la fonction f est dérivable en a et l est le nombre dérivé de f en a, noté $f'(a)$.

Lorsque ce nombre $f'(x)$ existe pour toute valeur de x appartenant à I, on dit que la fonction f est dérivable sur I et la fonction $f' : x \mapsto f'(x)$ est appelée fonction dérivée de f.

• **Formules de dérivées des fonctions usuelles**

Si $f(x) = k$ alors $f'(x) = 0$ (k est une constante).
Si $f(x) = x$ alors $f'(x) = 1$.
Si $f(x) = x^2$ alors $f'(x) = 2x$.
Si $f(x) = x^n$ alors $f'(x) = nx^{n-1}$ (pour tout entier naturel n non nul).
Si $f(x) = \dfrac{1}{x}$ alors $f'(x) = -\dfrac{1}{x^2}$.
Si $f(x) = \sqrt{x}$ alors $f'(x) = \dfrac{1}{2\sqrt{x}}$.

2 Opérations sur les fonctions dérivées

Soient u et v deux fonctions définies et dérivables sur un intervalle I, dont les dérivées u' et v' existent sur I.

Attention ⚠

Pour calculer la dérivée d'une fonction, il faut identifier la forme de celle-ci ainsi que la formule de dérivée à utiliser.

• **Dérivée de la somme de deux fonctions**

Si f est une fonction telle que, pour tout x appartenant à I, $f(x) = u(x) + v(x)$ alors f est dérivable sur I et, pour tout x appartenant à I : $f'(x) = u'(x) + v'(x)$.

• **Dérivée du produit d'une fonction par une constante**

Si f est une fonction telle que, pour tout x appartenant à I, $f(x) = k \times u(x)$ (où k est une constante réelle) alors f est dérivable sur I et, pour tout x appartenant à I : $f'(x) = k \times u'(x)$.

• **Dérivée du produit de deux fonctions**

Si f est une fonction telle que, pour tout x appartenant à I, $f(x) = u(x) \times v(x)$ alors f est dérivable sur I et, pour tout x appartenant à I : $f'(x) = u'(x) \times v(x) + u(x) \times v'(x)$.

• **Dérivée du quotient de deux fonctions**

Si f est une fonction telle que, pour tout x appartenant à I, $f(x) = \dfrac{u(x)}{v(x)}$ (la fonction v ne s'annulant pas sur I) alors f est dérivable sur I et, pour tout x appartenant à I : $f(x) = \dfrac{u'(x) \times v(x) - u(x) \times v'(x)}{(v(x))^2}$.

- **Cas particulier**

Si f est une fonction telle que, pour tout x appartenant à I, $f(x)=\dfrac{1}{v(x)}$ (la fonction v ne s'annulant pas sur I) alors f est dérivable sur I et, pour tout x appartenant à I : $f'(x)=-\dfrac{v'(x)}{\left(v(x)\right)^2}$.

Exemple Déterminer la fonction dérivée de chacune des fonctions suivantes :

1. $f(x)=2x^3-3x^2+6x$. **2.** $f(x)=\dfrac{2x-3}{5-3x}$. **3.** $f(x)=x\sqrt{x}$.

Solution **1.** $f'(x)=2\times 3x^2-3\times 2x+6=6x^2-6x+6$.

2. f est de la forme $\dfrac{u}{v}$ avec : $u(x)=2x-3$; $v(x)=5-3x$; on a alors : $u'(x)=2$; $v'(x)=-3$; ainsi :

$$f'(x)=\frac{2\times(5-3x)-(-3)\times(2x-3)}{(5-3x)^2}=\frac{10-6x+6x-9}{(5-3x)^2}=\frac{1}{(5-3x)^2}.$$

3. f est de la forme $u\times v$ avec : $u(x)=x$; $v(x)=\sqrt{x}$; on a alors : $u'(x)=1$; $v'(x)=\dfrac{1}{2\sqrt{x}}$; ainsi :

$$f'(x)=1\times\sqrt{x}+x\times\frac{1}{2\sqrt{x}}=\sqrt{x}\times\frac{x}{2\sqrt{x}}=\frac{2\sqrt{x}\times\sqrt{x}+x}{2\sqrt{x}}=\frac{3x}{2\sqrt{x}}.$$

3 Signe de la dérivée et sens de variation de la fonction

A Théorème 1

Soit f une fonction définie et dérivable sur un intervalle I ; soit f' la fonction dérivée.

Si, pour tout x appartenant à I, $\boldsymbol{f'(x)>0}$ alors f est **strictement croissante** sur I.

Si, pour tout x appartenant à I, $\boldsymbol{f'(x)<0}$ alors f est **strictement décroissante** sur I.

Si, pour tout x appartenant à I, $\boldsymbol{f'(x)=0}$ alors f est **constante** sur I.

B Méthode

L'étude des variations d'une fonction se fera donc en trois étapes :
- déterminer la fonction dérivée ;
- étudier le signe de la dérivée ;
- dresser le tableau de variations de la fonction en appliquant le théorème.

Attention ⚠
L'étude du signe de la dérivée peut nécessiter la connaissance des résultats concernant le second degré.

Exemple Étudier les variations de la fonction f définie sur $[0\,;4]$ par $f(x)=-x^3+\dfrac{9}{2}x^2-6x-1$.

Solution Déterminons la fonction dérivée de f : $f'(x)=-3x^2+\dfrac{9}{2}\times 2x-6=-3x^2+9x-6$.

Étudions le signe de $f'(x)$:

Il faut tout d'abord déterminer les solutions de l'équation $f'(x)=0$:

$\Delta=9^2-4\times(-3)\times(-6)=81-72=9$; l'équation admet donc deux solutions :

$$x_1=\frac{-9-\sqrt{9}}{2\times(-3)}=\frac{-9-3}{-6}=\frac{-12}{-6}=2 \qquad x_2=\frac{-9+\sqrt{9}}{2\times(-3)}=\frac{-9+3}{-6}=\frac{-6}{-6}=1\ ;$$

Le signe de $f'(x)$ est alors :

x	0		1		2		4
$f'(x)$		−	0	+	0	−	

Dressons le tableau de variations de la fonction :

x	0		1		2		4
$f'(x)$		−	0	+	0	−	
$f(x)$	−1	↘	−3,5	↗	−3	↘	−17

4 Équation de la tangente en un point

A Définition

Soit f une fonction définie sur un intervalle I ; on désigne par C_f la courbe représentative de la fonction ; soit a un nombre réel appartenant à I.

La tangente à la courbe C_f au point d'abscisse a est la droite passant par le point A de coordonnées $(a\,;f(a))$ et de coefficient directeur $f'(a)$.

B Équation de la tangente

Une équation de la tangente à la courbe C_f au point d'abscisse a, est : $y = f'(a)(x-a) + f(a)$.

Exemple Soit f la fonction définie par :

$f(x) = \dfrac{x^2+1}{x^2-4}$.

Déterminer une équation de la tangente à la courbe représentative de f au point d'abscisse 3.

Solution f est de la forme $\dfrac{u}{v}$ avec $u(x) = x^2+1$, $v(x) = x^2-4$; $u'(x) = 2x$; $v'(x) = 2x$; on obtient alors :

$$f'(x) = \frac{2x\times(x^2-4)-(x^2+1)\times 2x}{(x^2-4)^2} = \frac{-10x}{(x^2-4)^2}.$$

Une équation de la tangente à la courbe au point d'abscisse 3 est : $y = f'(3)(x-3) + f(3)$ avec

$$f(3) = \frac{3^2+1}{3^2-4} = \frac{10}{5} = 2 \text{ et}$$

$$f'(3) = \frac{-10\times 3}{\left(3^2-4\right)^2} = \frac{-30}{25} = \frac{-6}{5}.$$

Donc une équation est :

$$y = \frac{-6}{5}(x-3)+2 = \frac{-6}{5}x + \frac{28}{5}.$$

C Théorème 1

Soit f une fonction définie et dérivable sur un intervalle I ; soit x_0 un réel appartenant à I.

Si f admet un extremum en x_0 alors $f'(x_0) = 0$.

Autrement dit : si f admet un extremum en x_0 alors la courbe représentative de la fonction f admet une tangente horizontale en x_0.

Attention ⚠

La réciproque de ce théorème n'est pas vraie, comme le montre le contre-exemple suivant.

Soit f la fonction définie par $f(x) = x^3$.

$f'(x) = 3x^2$; $f'(0) = 0$ mais la fonction n'admet pas d'extremum en 0 ; comme le montre le tableau ci-contre :

x	$-\infty$		0		$+\infty$
$f'(x)$		+	0	+	
$f(x)$			↗		

D Théorème 2

Si $f'(x_0) = 0$ et si f' change de signe de part et d'autre de x_0 alors f admet un extremum en x_0.

Exercices d'entraînement

Exercice 1 ★ 20 min

Corrigé p. 280

Soit f la fonction définie sur $\mathbb{R}$ par $f(x) = x^3 - 3x + 1$.
Étudier les variations de la fonction f puis montrer que l'équation $f(x) = 0$ admet une unique solution α sur l'intervalle $[-1 ; 1]$; déterminer un encadrement de α à 10^{-2} près.

Exercice 2 ★★ 30 min

Corrigé p. 281

Une entreprise détient le brevet de fabrication d'un matériau composite.
Le coût total de fabrication d'une quantité q de ce matériau (exprimée en tonnes) est donné par : $C(q) = q^3 - 5q^2 + 400q + 50\,000$, où $q \in [0 ; 120]$ et $C(q)$ est exprimé en €.

La fonction de demande de ce matériau est donnée par : $q = 320 - 0{,}05p$, où p est le prix d'une tonne de ce matériau.

1. Exprimer le prix p en fonction de la quantité q.
En déduire le revenu $R(q)$ réalisé par cette entreprise lorsqu'elle fabrique et vend q tonnes du matériau.
Étudier les variations du revenu R en fonction de la quantité q pour $q \in [0 ; 120]$.

2. Déterminer le coût marginal $C'(q)$ en fonction de q.
En déduire que le coût total est une fonction croissante sur $[0 ; 120]$.

3. Montrer que le bénéfice réalisé sur la vente de ce matériau est donné par :
$B(q) = -q^3 - 15q^2 + 6\,000q - 50\,000$.

4. Calculer la dérivée $B'(q)$ et étudier les variations de la fonction B sur $[0 ; 120]$.
En déduire la quantité à produire et à vendre qui maximise le bénéfice. Calculer le prix correspondant d'une tonne du matériau.

Exercice 3 ★★ 20 min

Corrigé p. 281

f est la fonction définie sur $[1 ; 9]$ par : $f(x) = \dfrac{x^3 - 5x^2 + 4}{x^2}$.
On note C sa courbe représentative dans un repère orthonormal du plan d'unité 1 cm.

1. Montrer que $f'(x) = \dfrac{(x-2)(x^2+2x+4)}{x^3}$.
2. Déterminer les variations de f sur $[1 ; 9]$.
3. Déterminer l'équation de la tangente T à C au point d'abscisse 1.
4. Construire C ainsi que la tangente au point d'abscisse 1.

6 Fonction logarithme, fonction exponentielle

1 Fonction logarithme népérien

A Définition ; propriétés algébriques

• **Définition.** On appelle fonction logarithme népérien la fonction notée ln, définie sur l'intervalle $]0 ; +\infty[$, qui a pour dérivée la fonction $x \mapsto \frac{1}{x}$ et qui prend la valeur 0 pour $x = 1$.

• **Propriétés algébriques.** Pour tous réels a et b strictement positifs, on a :

* $\ln (ab) = \ln a + \ln b$
* $\ln (\frac{1}{a}) = -\ln a$
* $\ln (\frac{a}{b}) = \ln a - \ln b$
* $\ln (a^n) = n \ln a$ (pour tout entier relatif n)
* $\ln (\sqrt{a}) = \frac{1}{2} \ln a$

Exemple Exprimer les nombres suivants :
$\ln 12$; $\ln \frac{8}{27}$; $\ln \sqrt{18}$ en fonction de ln 2 et ln 3.

Solution $\ln 12 = \ln (3 \times 4) = \ln 3 + \ln 4$
$= \ln 3 + \ln 2^2 = \ln 3 + 2\ln 2.$

$\ln \frac{8}{27} = \ln 8 - \ln 27 = \ln 2^3 - \ln 3^3$
$= 3\ln 2 - 3\ln 3.$

$\ln \sqrt{18} = \frac{1}{2} \ln 18 = \frac{1}{2} \ln (2 \times 9) = \frac{1}{2} (\ln 2 + \ln 9)$
$= \frac{1}{2} (\ln 2 + \ln 3^2) = \frac{1}{2} (\ln 2 + 2\ln 3).$

B Étude de la fonction ln

Soit f la fonction définie sur $]0 ; +\infty[$ par $f(x) = \ln x$.

Dérivée, sens de variation : $f'(x) = \frac{1}{x}$; sur $]0 ; +\infty[$, $f'(x) > 0$ donc la fonction f est strictement croissante sur $]0 ; +\infty[$.

On a donc :

x	0	1	$+\infty$
$\ln x$	↗	0	↗

• **Conséquences**

• **Signe de ln x sur $]0 ; +\infty[$**

x	0		1		$+\infty$
$\ln x$		$-$	0	$+$	

• **Résolution d'équations, d'inéquations**

Pour tous réels a et b strictement positifs, on a :

$\ln a = \ln b$ si et seulement si $a = b$.
$\ln a < \ln b$ si et seulement si $a < b$.
$\ln a > \ln b$ si et seulement si $a > b$.

Mathématiques

- **Nombre e**

La stricte croissance de la fonction ln sur $]0\,;+\infty[$ permet de justifier l'existence d'un unique nombre réel x tel que $\ln x = 1$: ce nombre réel est noté e ; on a donc : $\ln e = 1$ ($e \simeq 2{,}718$).

- **Courbe représentative ; tangente au point d'abscisse 1**

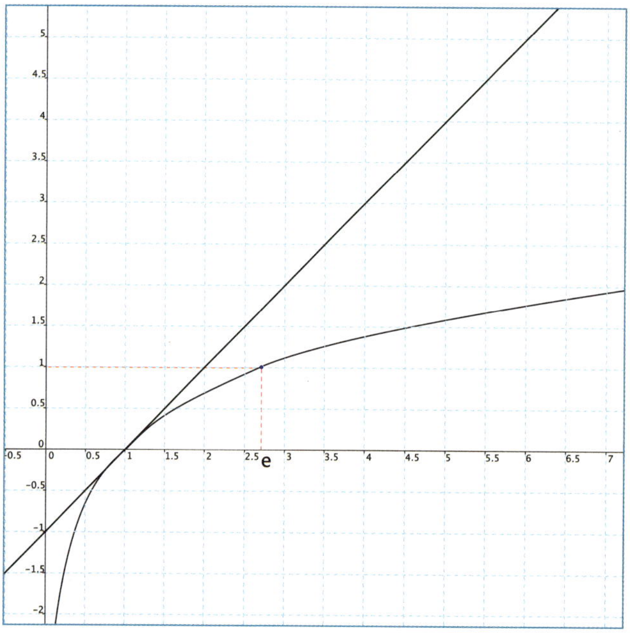

La tangente au point d'abscisse 1 a pour équation : $y = x - 1$.

Attention

La tangente au point d'abscisse a, a pour équation :
$y = f'(a)(x - a) + f(a)$.

Exemple Étudier les variations de la fonction f définie sur $]0\,;+\infty[$ par $f(x) = x\ln x$.

Solution $f'(x) = 1 \times \ln x + x \times \dfrac{1}{x} = \ln x + 1$.

Étude du signe de $f'(x)$: $\ln x + 1 \geqslant 0 \Leftrightarrow \ln x \geqslant -1 = -\ln e = \ln e^{-1}$

$$\Leftrightarrow x \geqslant e^{-1} = \frac{1}{e}.$$

On obtient alors le tableau de variations suivant :

x	0		$\frac{1}{e}$		$+\infty$
$f'(x)$		$-$	0	$+$	
$f(x)$		↘	$-\frac{1}{e}$	↗	

Attention

f est de la forme $u \times v$ donc $f' = u' \times v + u \times v'$.

C Fonction du type ln (u)

Soit u une fonction définie, dérivable et strictement positive sur un intervalle I ; considérons la fonction f définie sur I par $f(x) = \ln u(x)$.

- **Dérivée.** $f'(x) = \dfrac{u'(x)}{u(x)}$.

Exemple Étudier les variations de la fonction f définie sur [0 ; 15] par $f(x) = 0{,}8x - 1 - 2\ln(x+1)$.

Solution $f'(x) = 0{,}8 - 2 \times \dfrac{1}{x+1} = \dfrac{0{,}8(x+1) - 2}{x+1} = \dfrac{0{,}8x - 1{,}2}{x+1}$.

Étude du signe de $f'(x)$:

x	0		1,5		15
$0{,}8x - 1{,}2$		−	0	+	
$x + 1$		+		+	
$f'(x)$		−	0	+	
$f(x)$	−1	↘	$0{,}2 - 2\ln 2{,}5$	↗	$11 - 2\ln 16$

2 Fonction exponentielle

A Définition ; propriétés algébriques

• **Définition.** La fonction exponentielle est la fonction notée exp qui, à tout nombre réel x associe l'unique nombre réel strictement positif y tel que $x = \ln y$. On a donc :

exp : $\mathbb{R} \to]0 ; +\infty[$

$x \mapsto y = \exp x = e^x$ défini par $x = \ln y$.

Exemple
$e^0 = 1$ car $0 = \ln 1$; $e^1 = e$ car $1 = \ln e$.

• **Conséquences immédiates**

Pour tout réel x et tout réel y strictement positif : $y = e^x$ si et seulement si $x = \ln y$.

Pour tout réel x : $e^x > 0$.

Pour tout réel x : $\ln(e^x) = x$.

Pour tout réel x strictement positif : $e^{\ln x} = x$.

• **Propriétés algébriques.** Pour tous nombres réels a et b, on a :

* $e^{a+b} = e^a \times e^b$.
* $e^{-a} = \dfrac{1}{e^a}$
* $e^{a-b} = \dfrac{e^a}{e^b}$
* $(e^a)^n = e^{na}$ (pour tout entier relatif n).

B Étude de la fonction exponentielle

Soit f la fonction définie sur $\mathbb{R}$ par $f(x) = e^x$.

• **Dérivée, sens de variation**

$f'(x) = e^x$; $e^x > 0$ pour tout réel x donc f est strictement croissante sur $\mathbb{R}$. On a donc :

x	$-\infty$		$+\infty$
e^x		↗	

Mathématiques

- **Conséquences : résolution d'équations, d'inéquations**

Pour tous réels a et b : $e^a = e^b$ si et seulement si $a = b$.
$e^a < e^b$ si et seulement si $a < b$.
$e^a > e^b$ si et seulement si $a > b$.

- **Courbe représentative ; tangente au point d'abscisse 0**

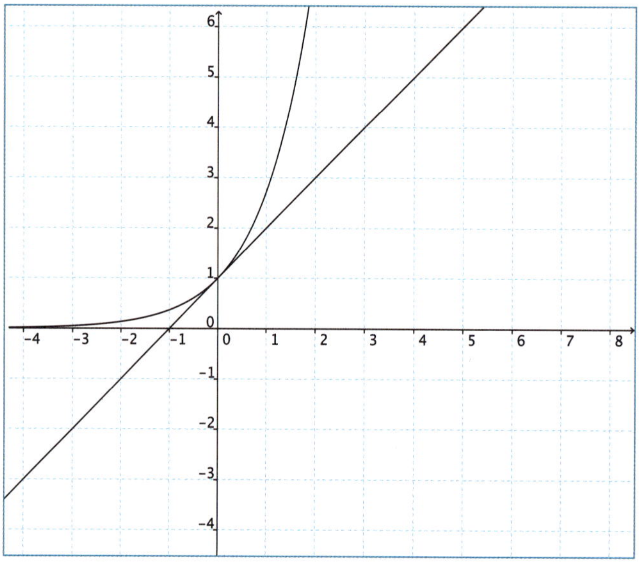

La tangente au point d'abscisse 0 a pour équation : $y = x + 1$.

Exemple Étudier les variations de la fonction f définie sur $]0\,;4[$ par $f(x) = \frac{e^x}{x}$.

Solution

$$f'(x) = \frac{e^x \times x - e^x \times 1}{x^2} = \frac{e^x(x-1)}{x^2}.$$

Étude du signe de $f'(x)$: comme $e^x > 0$ pour tout réel x et $x^2 > 0$ pour tout réel x strictement positif, le signe de $f'(x)$ est celui de $x - 1$.

$x - 1 > 0$ pour $x > 1$; on obtient donc le tableau de variations ci-contre.

x	0		1		4
$f'(x)$		$-$	0	$+$	
$f(x)$		↘	e	↗	$\frac{e^4}{4}$

Attention ⚠

f est de la forme $\frac{u}{v}$ donc $f' = \frac{u'v - uv'}{v^2}$.

C Fonction du type e^u

Soit u une fonction définie et dérivable sur un intervalle I ; considérons la fonction f définie sur I par $f(x) = e^{u(x)}$.

- **Dérivée.** $f'(x) = u'(x) \times e^{u(x)}$.

Exercices d'entraînement

Exercice 1 ★★★ 50 min

Corrigé p. 282

Pour un promoteur immobilier, le coût de production, en millions d'euros, pour x villas construites (pour x compris entre 0 et 40) est donné par : $C(x) = 0{,}4x + 5 - 2{,}8\ln(x + 2)$.

Partie A

1. Calculer $C'(x)$ puis montrer que, pour tout x positif, on a : $C'(x) = \dfrac{0{,}4x - 2}{x + 2}$.

2. Étudier le signe de $C'(x)$ selon les valeurs de x ; en déduire le tableau de variation de C sur l'intervalle [0 ; 40].

Partie B

Chaque villa est vendue 300 000 €.

1. Exprimer, en fonction de x, la recette, en millions d'euros, pour la vente de x villas.

2. En utilisant les résultats de la partie A et le graphique donné en annexe, sur lequel sont tracées la courbe représentative de la fonction C ainsi que la droite d'équation $y = 0{,}3x$; répondre aux questions suivantes :

a. Combien de villas faut-il construire pour que le coût de production soit minimal ? Préciser le montant de ce coût minimum à 10 000 € près.

b. Déterminer le nombre minimal de villas qu'il faut construire pour réaliser un bénéfice.

c. Déterminer le bénéfice maximal, en centaines de milliers d'euros.

Partie C

1. Montrer que le bénéfice réalisé pour la construction et la vente de x villas est, en millions d'euros : $B(x) = -0{,}1x - 5 + 2{,}8\ln(x + 2)$.

2. Calculer $B'(x)$ puis montrer que, pour tout x positif, on a : $B'(x) = \dfrac{-0{,}1x + 2{,}6}{x + 2}$.

3. Étudier le signe de $B'(x)$ puis dresser le tableau de variation de la fonction B sur l'intervalle [0 ; 40].

4. Préciser le bénéfice maximal ; comparer avec la valeur trouvée à la question 2.c. de la partie B.

5. À l'aide du graphique de l'annexe, justifier que l'équation $B(x) = 0$ admet une et une seule solution a comprise entre 5 et 6.

6. Donner alors le signe de $B(x)$ selon les valeurs de x.

7. En déduire le nombre minimal de villas à construire pour que le bénéfice soit positif.

ANNEXE

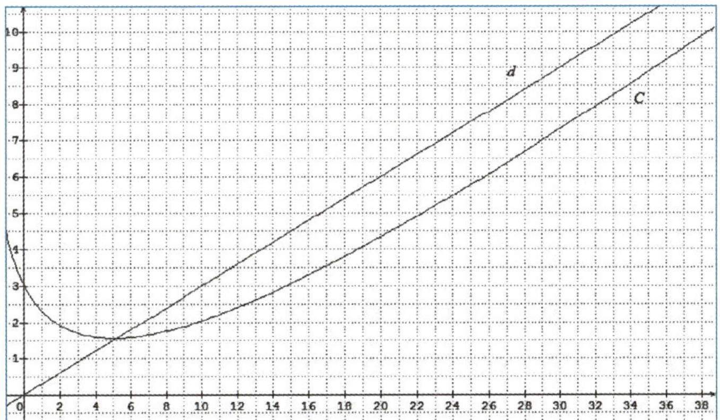

Exercices d'entraînement

Exercice 2 ★★★ 50 min

Corrigé p. 282

Les deux parties de cet exercice sont indépendantes.

Partie A. Ajustement affine

Un institut de recherche démographique a étudié l'évolution de la population d'une grande ville. Les résultats de cette étude sont donnés dans le tableau suivant où t_i désigne le rang de l'année et où p_i désigne l'effectif de la population, en millions d'habitants au cours de la même année.

Rang de l'année : t_i	0	5	10	15	20	25
Effectif : p_i	5	5,6	6,1	6,8	7,6	8,4

On renonce à un ajustement affine pour ce nuage de points. On effectue le changement de variable $y_i = \ln p_i$ (ln désigne le logarithme népérien).

1. Compléter, après l'avoir reproduit, le tableau suivant dans lequel les valeurs approchées sont à arrondir à 10^{-3}.

Rang de l'année : t_i	0	5	10	15	20	25
$y_i = \ln p_i$						

2. Déterminer, à l'aide d'une calculatrice, le coefficient de corrélation linéaire de la série statistique $(t_i\,;\,y_i)$. Arrondir à 10^{-3}.

3. Déterminer, à l'aide d'une calculatrice, une équation de la droite de régression de y en t sous la forme $y = at + b$, où a et b sont à arrondir à 10^{-3}.

4. En déduire une expression de p en fonction de t de la forme $p = \alpha e^{kt}$ où la constante α sera arrondie à l'unité et la constante k sera arrondie à 10^{-2}.

5. À l'aide du résultat du 4., donner une estimation de l'effectif de la population l'année de rang 35. Arrondir à 10^{-1}.

Partie B. Étude d'une fonction

Soit f la fonction définie sur $\mathbb{R}$ par $f(t) = 5e^{0,02t}$.
On note C la courbe représentative de f dans un repère orthogonal $(O\,;\vec{i},\vec{j})$. On prendra comme unités 1 cm pour 5 sur l'axe des abscisses et 1 cm pour 1 sur l'axe des ordonnées.

1. Étudier les variations de la fonction f sur $\mathbb{R}$.

2. Construire la courbe C.

3. On admet que, lorsque $0 \leqslant t \leqslant 30$, l'effectif de la population de la ville étudiée dans la partie A est donné, en millions d'habitants, l'année de rang t, par : $f(t) = 5e^{0,02t}$.

a. Déterminer l'effectif, en millions d'habitants, de la population l'année de rang 28. Arrondir à 10^{-1}.

b. Déterminer le rang de l'année au cours de laquelle l'effectif de la population dépassera 9 millions d'habitants (expliquer votre raisonnement).

7 Probabilités conditionnelles, indépendance, loi binomiale

1 Probabilités conditionnelles

A Définition

Soit A et B deux événements avec $p(A) \neq 0$.
La probabilité conditionnelle de B sachant que A est la probabilité notée $p_A(B)$, définie par :
$p_A(B) = \dfrac{p(A \cap B)}{p(A)}$. Cette formule implique : $p(A \cap B) = p(A) \times p_A(B)$.
De même, si $p(B) \neq 0$, on a : $p_B(A) = \dfrac{p(A \cap B)}{p(B)}$; ainsi : $p(A \cap B) = p(B) \times p_B(A)$.

Exemple Des jetons sont numérotés de 1 à 10 : les jetons numérotés de 1 à 3 sont bleus, ceux numérotés de 4 à 10 sont rouges. On tire au hasard un jeton ; quelle est la probabilité qu'il porte un numéro pair sachant qu'il est rouge ?

Solution Si l'on note A l'événement : « le jeton est rouge » et B l'événement : « le jeton porte un numéro pair », il s'agit de calculer $p_A(B)$:

$$p_A(B) = \frac{p(A \cap B)}{p(A)} = \frac{\frac{4}{10}}{\frac{7}{10}} = \frac{4}{10} \times \frac{10}{7} = \frac{4}{7}$$

($A \cap B$ est l'événement : « le jeton est rouge et porte un numéro pair »).

Attention ⚠ Bien identifier l'événement $A \cap B$ avant de calculer sa probabilité : la probabilité de l'événement $A \cap B$ n'est pas égale à $p(A) \times p(B)$.

B Arbre pondéré

Soit A et B deux événements tels que : $p(A) \neq 0$ et B est conditionné par A.

• Construction d'un arbre

Représentons la situation à l'aide d'un arbre pondéré, en respectant les règles de construction suivantes :
– sur les branches du premier niveau figurent les probabilités : $p(A)$ et $p(\bar{A})$ (avec $p(A) + p(\bar{A}) = 1$) ;
– sur les branches du second niveau figurent les probabilités conditionnelles : $p_A(B)$, $p_A(\bar{B})$, $p_{\bar{A}}(B)$ et $p_{\bar{A}}(\bar{B})$ (en respectant toujours la règle : la somme des probabilités affectées aux branches issues d'un même nœud est égale à 1).

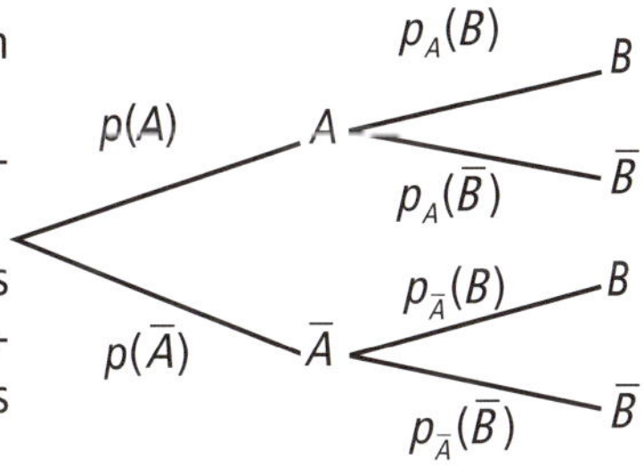

• Utilisation de l'arbre pour le calcul de probabilités

• Calcul de $p(A \cap B)$: $p(A \cap B) = p(A) \times p_A(B)$.
Concrètement : la probabilité d'un événement correspondant à un chemin est égale au produit des probabilités rencontrées sur ce chemin.
• Calcul de $p(B)$: $p(B) = p(B \cap A) + p(B \cap \bar{A})$.
Concrètement : la probabilité d'un événement est égale à la somme des probabilités des chemins qui le réalisent.
• Calcul de $p_B(A)$: on utilise la définition.

Exemple Dans une classe, 40 % des élèves sont des garçons ; parmi les garçons, 30 % sont majeurs ; parmi les filles, 25 % sont majeures.
On choisit au hasard un élève de cette classe.
Calculer la probabilité que l'élève choisi soit majeur.

Solution Notons G l'événement « l'élève choisi est un garçon » et M l'événement « l'élève choisi est majeur ».
Représentons la situation à l'aide d'un arbre pondéré. (*cf.* ci-contre).
Il s'agit de calculer $p(M)$:
$p(M) = p(G \cap M) + p(\overline{G} \cap M) = 0{,}4 \times 0{,}3 + 0{,}6 \times 0{,}25$
$= 0{,}27$.

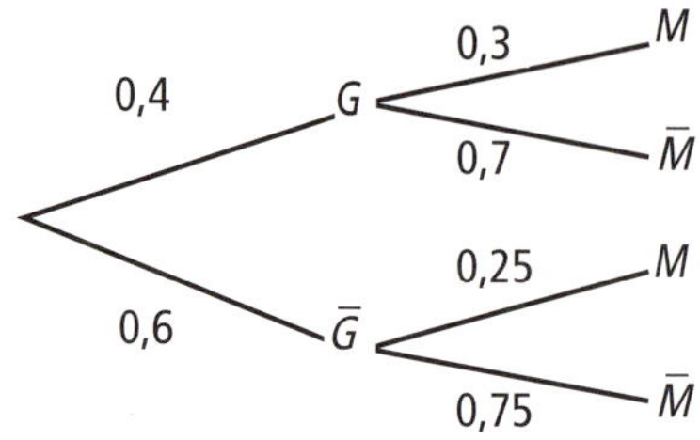

Attention

Bien identifier les événements figurant sur les branches du premier niveau et ceux figurant sur les branches du deuxième niveau.

2 Événements indépendants

Remarque

L'indépendance de A et B peut aussi se traduire par $p_A(B) = p(B)$ ou $p_B(A) = p(A)$ (la réalisation de A n'influence pas celle de B et réciproquement).

A Définition

Deux événements A et B sont **indépendants** si et seulement si $p(A \cap B) = p(A) \times p(B)$.

Exemple Dans un jeu de 32 cartes, on tire au hasard une carte ; on s'intéresse aux événements suivants : A : « la carte tirée est un as » ; C : « la carte tirée est un cœur ». Les événements A et C sont-ils indépendants ?

Solution Pour savoir si les événements A et C sont indépendants :
On calcule $p(A \cap C)$ d'une part, $p(A) \times p(C)$ d'autre part et on compare les résultats.
$A \cap C$ est l'événement : « la carte tirée est l'as de cœur » : $p(A \cap C) = \frac{1}{32}$. $p(A) \times p(C) = \frac{4}{32} \times \frac{8}{32} = \frac{1}{32}$.
$p(A \cap C) = p(A) \times p(C)$ donc les événements A et C sont indépendants.

B Propriété

Si A et B sont indépendants, alors A et $\overline{B}$, $\overline{A}$ et B, $\overline{A}$ et $\overline{B}$ le sont aussi.

Exemple Un petit artisan fabrique des horloges ; les horloges peuvent avoir deux types de défaut, notés a et b : la probabilité qu'une horloge ait le défaut a est 0,05, la probabilité qu'une horloge ait le défaut b est 0,07.
On note A l'événement : « l'horloge a le défaut a », B l'événement : « l'horloge a le défaut b ». Les événements A et B sont indépendants. Un client achète une horloge : déterminer la probabilité :
a. que l'horloge n'ait qu'un seul défaut ;
b. que l'horloge n'ait aucun défaut.

Attention

L'événement $\overline{A} \cap \overline{B}$ est l'événement contraire de l'événement $A \cup B$: on aurait pu aussi calculer $p(\overline{A} \cap \overline{B})$ de la façon suivante : $p(\overline{A} \cap \overline{B}) = 1 - p(A \cup B)$.

Solution a) Il s'agit de calculer $p(A \cap \overline{B}) + p(\overline{A} \cap B)$ (l'horloge a le défaut a mais pas le b ou bien le défaut b mais pas le a) : $p(A \cap \overline{B}) + p(\overline{A} \cap B) = p(A) \times p(\overline{B}) + p(\overline{A}) \times p(B)$ (A et B étant indépendants, A et $\overline{B}$, $\overline{A}$ et B le sont aussi) donc $p(A \cap \overline{B}) + p(\overline{A} \cap B) = 0{,}05 \times 0{,}93 + 0{,}95 \times 0{,}07 = 0{,}113$.
b) Il s'agit de calculer $p(\overline{A} \cap \overline{B})$: $p(\overline{A} \cap \overline{B}) = p(\overline{A}) \times p(\overline{B})$ (A et B étant indépendants, $\overline{A}$ et $\overline{B}$ le sont aussi) donc $p(\overline{A} \cap \overline{B}) = 0{,}95 \times 0{,}93 = 0{,}8835$.

3 Exemple de loi discrète : la loi binomiale

A Schéma de Bernoulli

• **Une épreuve de Bernoulli** est une expérience aléatoire comportant deux issues appelées « succès » et « échec » ; on dit qu'une épreuve de Bernoulli est de paramètre p si la probabilité de l'issue « succès » est égale à p. On notera q la probabilité de l'issue « échec ».

• **Un schéma de Bernoulli** est une expérience consistant à répéter n fois la même épreuve de Bernoulli ; un schéma de Bernoulli a deux paramètres : n le nombre de répétitions de l'expérience et p le paramètre de l'épreuve répétée (c'est-à-dire la probabilité du succès).

B Représentation d'un schéma de Bernoulli

On peut représenter un schéma de Bernoulli de paramètres n et p à l'aide d'un **arbre pondéré**.
Voici un exemple d'arbre pondéré correspondant à un schéma de Bernoulli de paramètres $n = 3$ et p :
Sur chaque branche figure la probabilité de l'événement correspondant, soit : p pour le succès et $q = 1 - p$ pour l'échec.
L'issue correspondant au chemin rouge peut être notée $(S, \bar{S}, S)$.

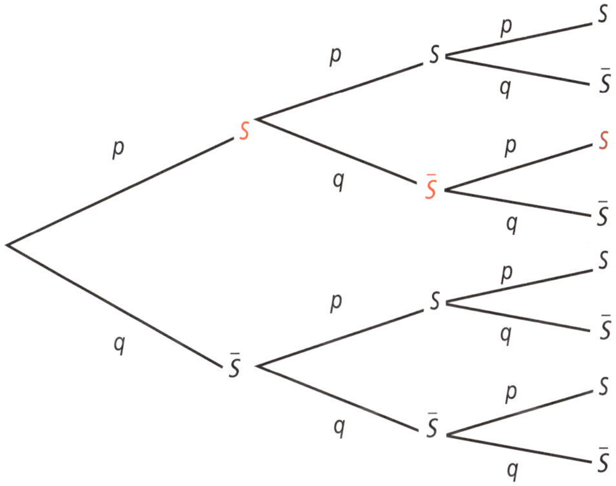

• **Propriété.** Dans un schéma de Bernoulli, la probabilité d'une issue est égale au produit des probabilités rencontrées sur les branches du chemin menant à cette issue.

C Variable aléatoire associée au nombre de succès dans un schéma de Bernoulli

On lance un dé à six faces équilibré trois fois de suite ; on s'intéresse, pour chaque lancer, à l'événement, considéré comme le succès : « obtenir un 6 ».
Appelons X la variable aléatoire qui donne le nombre de succès au cours des trois lancers.
X peut prendre les valeurs : 0 (on a obtenu aucun six sur les trois lancers), 1 (on a obtenu 1 seul six sur les trois lancers), 2 (on a obtenu 2 six sur les trois lancers), 3 (on a obtenu 3 six sur les trois lancers).
On peut donc s'intéresser à la probabilité de l'événement suivant : obtenir k six sur les trois lancers (pour $k = 0, 1, 2$ ou 3).
La probabilité de l'événement « obtenir k six » s'écrira : $p(X = k)$.
On pourra aussi s'intéresser au type de probabilité suivant : quelle est la probabilité d'obtenir au moins 1 six sur les trois lancers ? Ou encore : quelle est la probabilité d'obtenir au plus 2 six sur les trois lancers ?
Ces probabilités se noteront : $p(X \geqslant 1)$; $p(X \leqslant 2)$, et plus généralement : $p(X \leqslant k)$ ou $p(X \geqslant k)$ pour $k = 0, 1, 2$ ou 3.
Voyons dans le paragraphe suivant comment l'on peut calculer ces différentes probabilités.

D Loi binomiale

• **Méthode**

X désigne le nombre de fois, au cours des trois lancers, où l'on obtient un six.

• **Déterminons la probabilité $p(X = 3)$** c'est-à-dire la probabilité d'obtenir 3 six au cours des trois lancers.

L'événement $X = 3$ correspond au premier chemin sur l'arbre ; on a donc : $p(X=3) = \frac{1}{6} \times \frac{1}{6} \times \frac{1}{6} = \frac{1}{216}$.

• **Déterminons la probabilité $p(X = 2)$** c'est-à-dire la probabilité d'obtenir 2 six au cours des trois lancers.

L'événement $X = 2$ correspond à trois chemins sur l'arbre : $(S, S, \bar{S})$, $(S, \bar{S}, S)$ et $(\bar{S}, S, S)$; pour chacun de ces chemins, la probabilité est $\frac{1}{6} \times \frac{1}{6} \times \frac{5}{6}$ donc $p(X = 2) = 3 \times \frac{1}{6} \times \frac{1}{6} \times \frac{5}{6} = \frac{15}{216}$.

• **Déterminons la probabilité $p(X = 1)$** c'est-à-dire la probabilité d'obtenir 1 six au cours des trois lancers.

L'événement $X = 1$ correspond à trois chemins sur l'arbre : $(S, \bar{S}, \bar{S})$, $(\bar{S}, S, \bar{S})$ et $(\bar{S}, \bar{S}, S)$; pour chacun de ces chemins, la probabilité est $\frac{1}{6} \times \frac{5}{6} \times \frac{5}{6}$ donc $p(X = 1) = 3 \times \frac{1}{6} \times \frac{5}{6} \times \frac{5}{6} = \frac{75}{216}$.

• **Déterminons la probabilité $p(X = 0)$** c'est-à-dire la probabilité de n'obtenir aucun six au cours des trois lancers.

L'événement $X = 0$ correspond au dernier chemin sur l'arbre ; on a donc :

$p(X = 0) = \frac{5}{6} \times \frac{5}{6} \times \frac{5}{6} = \frac{125}{216}$.

On peut regrouper ces différents résultats dans un tableau :

k	0	1	2	3
$p(X = k)$	$\frac{125}{216}$	$\frac{75}{216}$	$\frac{15}{216}$	$\frac{1}{216}$

• **Généralisation**

Considérons une expérience qui suit un schéma de Bernoulli de paramètres n et p ; notons X la variable aléatoire donnant le nombre de succès au cours des n répétitions ; X prend donc les valeurs 0, 1,2, 3, …, n.

On souhaite déterminer, pour chaque valeur de k allant de 0 à n, la probabilité $p(X = k)$: on dit que l'on détermine **la loi de probabilité de X** ; celle-ci est appelée **loi binomiale de paramètres n et p.**

Il est nécessaire d'utiliser l'arbre pondéré qui représente la situation pour calculer les différentes probabilités.

• **Pour $p(X = 0)$ et $p(X = n)$**

Un seul chemin mène à cet événement ; la probabilité est donc égale au produit des probabilités rencontrées sur ce chemin.

• **Pour les autres probabilités**

On constate que plusieurs chemins mènent à cet événement ; il faut donc tenir compte du nombre de ces chemins.

La probabilité $p(X = k)$ sera alors égale à : (nombre de chemins conduisant à k succès) × (produit des probabilités rencontrées sur ces chemins).

On note C_n^k ou encore $\binom{n}{k}$ le nombre de chemins conduisant à k succès parmi les n répétitions sur l'arbre représentant l'expérience ; ces nombres peuvent être obtenus à l'aide de la calculatrice ; il s'agit de la touche nCr, utilisée de la façon suivante :

- **Sur une CASIO**

→ Si on veut obtenir le nombre de chemins conduisant à 4 succès au cours de 6 lancers, on tape : 6 puis la touche nCr puis 4 (nCr apparaît après avoir appuyé sur OPTN puis sélectionné PROB) ; on obtient alors 15.

→ On se place dans le menu STATS puis on sélectionne DIST et BINM.

Pour calculer une probabilité du type $p(X = k)$, on sélectionne Bpd ; on complète ensuite de la façon suivante :

Data : Variable

x : la valeur de k

Numtrial : la valeur de n

p : la valeur de p

Pour calculer une probabilité du type $p(X \leqslant k)$, on procède de la même façon, on sélectionne Bcd au lieu de Bpd.

- **Sur une TI**

→ La touche nCr sera obtenue en appuyant sur MATH puis en sélectionnant PRB ; nCR apparaît sur le numéro 3.

→ On sélectionne 2nde puis Distrib (ou DISTR).

Pour calculer une probabilité du type $p(X = k)$, on utilise l'instruction binomFdp (ou binompdf) ; on entre ensuite les valeurs n, p, k ;

Pour calculer une probabilité du type $p(X \leqslant k)$, on utilise l'instruction binomFrep puis on entre les valeurs n, p, k.

Exemple On considère une variable aléatoire X suivant la loi binomiale de paramètres $n = 50$ et $p = 0{,}15$. Calculons $p(X = 3)$ et $p(X \leqslant 5)$.

Solution La calculatrice nous donne : $p(X = 3) \simeq 0{,}032$ et $p(X \leqslant 5) \simeq 0{,}219$.

E Représentation graphique de la loi binomiale

On peut représenter par un diagramme en bâtons une loi binomiale.

Exemple On lance un dé à six faces, trois fois de suite ; on s'intéresse à l'événement S : « obtenir un multiple de trois ».

On note X la variable aléatoire donnant le nombre de fois où l'on obtient un multiple de trois au cours des trois lancers : déterminer la loi de probabilité de X puis la représenter graphiquement.

Solution X suit la loi binomiale de paramètres $n = 3$ et $p = \frac{1}{3}$. Déterminons les probabilités $p(X = k)$ pour k prenant les valeurs 0, 1, 2, 3 :

$$p(X=0) = \left(\frac{2}{3}\right)^3 = \frac{8}{27} \simeq 0{,}3 \;;\; p(X=1) = 3 \times \frac{1}{3} \times \left(\frac{2}{3}\right)^2 = \frac{12}{27} \simeq 0{,}44 \;;$$

$$p(X=2) = 3 \times \left(\frac{1}{3}\right)^2 \times \frac{2}{3} = \frac{6}{27} \simeq 0{,}22 \;;\; p(X=3) = \left(\frac{1}{3}\right)^3 = \frac{1}{27} \simeq 0{,}04.$$

La représentation graphique de cette loi binomiale est le diagramme en bâtons suivant :

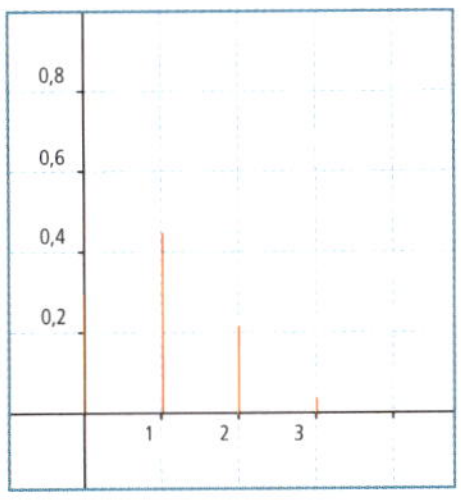

F Espérance mathématique et écart-type de la loi binomiale

On appelle **espérance mathématique** de la variable aléatoire X qui suit la loi binomiale de paramètres n et p le nombre $E(X)$ défini par : $E(X) = n \times p$.
L'espérance mathématique de X est le nombre moyen de succès que l'on peut espérer obtenir sur un grand nombre de répétitions.
La **variance** de la variable aléatoire X est le nombre $V(X)$ défini par : $V(X) = n \times p \times q$.
L'**écart-type** de la variable aléatoire X est le nombre $\sigma(X)$ défini par : $\sigma(X) = \sqrt{V(X)}$.
L'écart-type mesure la dispersion entre les valeurs et l'espérance.

Exemple Une entreprise fabrique des cartes à puce ; la probabilité qu'une puce soit défectueuse est $p = \frac{1}{20}$.
Les puces sont conditionnées par lot de 240.
On prélève au hasard un lot de 240 puces ; on appelle X la variable aléatoire donnant pour chaque lot le nombre de puces défectueuses.
Après avoir montré que X suit une loi binomiale dont on précisera les paramètres, calculer l'espérance mathématique ainsi que l'écart-type de X.

Solution X suit la loi binomiale de paramètres $n = 240$ et $p = \frac{1}{20}$; en effet, une épreuve consiste à choisir une puce au hasard ; soit S l'issue : « la puce est défectueuse », on a alors $p = p(S) = \frac{1}{20}$ et on répète 240 fois cette épreuve.
L'espérance mathématique est :
$E(X) = 240 \times \frac{1}{20} = 12$; cela signifie qu'en moyenne, 12 puces peuvent être défectueuses sur un lot.
L'écart-type est :
$\sigma(X) = \sqrt{240 \times \frac{1}{20} \times \frac{19}{20}} = \sqrt{\frac{4560}{400}} = \sqrt{11,4} \simeq 3,4.$

Exercices d'entraînement

Exercice 1 ★★ 30 min

Corrigé p. 283

Une enquête a montré que :
– avant de passer l'épreuve théorique du permis de conduire (c'est-à-dire le code) 75 % des candidats ont travaillé très sérieusement cette épreuve ;
– lorsqu'un candidat a travaillé très sérieusement, il obtient le code dans 80 % des cas ;
– lorsqu'un candidat n'a pas beaucoup travaillé, il n'obtient pas le code dans 70 % des cas.

Partie A

On interroge au hasard un candidat qui vient de passer l'épreuve théorique (on rappelle que les résultats sont connus dès la fin de l'épreuve). On note : T l'événement « le candidat a travaillé très sérieusement » et R l'événement « le candidat a réussi le code ».

1. **Traduire les données à l'aide d'un arbre pondéré.**

2. a. **Calculer la probabilité de l'événement « le candidat a travaillé très sérieusement et il a obtenu le code ».**

   b. **Montrer que la probabilité $p(R)$ qu'un candidat réussisse à l'épreuve théorique est égale à 0,675.**

3. **Le candidat interrogé vient d'échouer. Quelle est la probabilité qu'il ait travaillé très sérieusement ? Arrondir le résultat à 10^{-2}.**

Partie B

On rencontre un groupe de 10 candidats à l'issue de l'épreuve théorique ; on rappelle que la probabilité qu'un candidat ait réussi à cette épreuve est égale à 0,675.
Soit X la variable aléatoire qui à ce groupe de 10 candidats associe le nombre de candidats ayant réussi l'épreuve théorique.

1. **Pourquoi X suit-elle une loi binomiale ? Préciser alors les paramètres de cette loi binomiale.**
2. **Déterminer la probabilité de chaque évènement suivant :**
   a. **aucun candidat n'a réussi l'épreuve théorique.**
   b. **trois candidats ont réussi l'épreuve théorique.**
   c. **au plus deux candidats ont réussi l'épreuve théorique.**
   d. **au moins un candidat a réussi l'épreuve théorique.**

Exercice 2 ★★ 30 min

Corrigé p. 283

Une entreprise fabrique un certain type d'article électroménager. On admet que chaque article peut présenter deux types de défaut :
– un défaut de soudure, noté défaut *a* ;
– un défaut sur un composant électronique, noté défaut *b*.

Partie A

On note A l'événement : « l'article présente le défaut *a* » et B l'événement : « l'article présente le défaut *b* ».
On admet que les probabilités des événements A et B sont respectivement $p(A) = 0{,}03$ et $p(B) = 0{,}02$ et on suppose que ces deux événements sont indépendants.

1. **Calculer la probabilité p_1 que l'article présente le défaut *a* et le défaut *b*.**
2. **Calculer la probabilité p_2 que l'article ne présente aucun défaut.**
3. **Calculer la probabilité p_3 que l'article présente au moins un des deux défauts.**
4. **Calculer la probabilité p_4 que l'article présente un seul des deux défauts.**

Partie B

Les articles sont mis en place dans des petites surfaces de distribution par lot de 25. On prélève au hasard un lot de 25 articles dans la production d'une journée.
On assimile ce prélèvement à un tirage avec remise de 25 articles.
On considère la variable aléatoire X qui, à tout prélèvement de 25 articles, associe le nombre d'articles défectueux parmi ces 25 articles.
On suppose que la probabilité de l'événement D : « l'article est défectueux » est égale à 0,05.

1. **Expliquer pourquoi X suit une loi binomiale dont on donnera les paramètres.**
2. **Calculer $p(X = 0)$.**
3. **Calculer la probabilité que dans un tel prélèvement, il y ait exactement deux articles défectueux.**
4. **Calculer la probabilité que dans un tel prélèvement, il y ait au moins deux articles défectueux.**
5. **Calculer l'espérance mathématique de X ; comment peut-on interpréter ce résultat ?**

8 Lois de probabilité à densité

1 Généralités

• **Définition 1.** On appelle **densité de probabilité** sur un intervalle I de $\mathbb{R}$ toute fonction f définie sur I telle que :
• f est continue et positive sur I ;
• l'aire sous la courbe C_f est égale à 1 unité d'aire.

• **Définition 2.** Soit f une densité de probabilité définie sur un intervalle I.
Dire qu'une variable aléatoire X suit **la loi de densité f** signifie qu'à tout intervalle J inclus dans I, on associe la probabilité : $p(X \in J) = \text{aire}\ (D_J)$, où D_J est l'ensemble des points $M(x\ ;\ y)$ tels que $x \in J$ et $0 \leqslant y \leqslant f(x)$.

2 Loi uniforme

• **Définition.** Une variable aléatoire **X suit une loi uniforme** sur $I = [a\ ;\ b]$ lorsque sa densité de probabilité f est la fonction constante sur I définie par : $f(x) = \dfrac{1}{b-a}$.

• **Propriété 1.** $p(X \in J) = \dfrac{\text{longueur de } J}{\text{longueur de } I} = \dfrac{d-c}{b-a}$, lorsque $J = [c\ ;\ d]$ et $I = [a\ ;\ b]$.

Exemple La secrétaire du standard téléphonique d'une grande entreprise limite la durée d'attente en transférant au plus vite les appels ; soit T la variable aléatoire qui, à un appel pris au hasard, associe la durée de l'attente : on admet que T suit la loi uniforme sur l'intervalle [10 ; 90].
Après avoir précisé la densité de probabilité de T, calculer la probabilité que la durée de l'attente pour un appel pris au hasard soit comprise entre 30 et 50 secondes.

Solution La densité de probabilité est la fonction f définie par $f(x) = \dfrac{1}{90-50} = \dfrac{1}{40}$.
La probabilité que la durée de l'attente soit comprise entre 30 et 50 secondes est :
$p(T \in [30\ ;\ 50]) = \dfrac{50-30}{90-50} = \dfrac{20}{40} = \dfrac{1}{2}$.

• **Propriété 2.** L'espérance mathématique d'une variable aléatoire X qui suit la loi uniforme sur $I = [a\ ;\ b]$ est : $E(X) = \dfrac{a+b}{2}$.

• **Propriété 3.** La variance d'une variable aléatoire X qui suit la loi uniforme sur $I = [a\ ;\ b]$ est : $V(X) = \dfrac{(b-a)^2}{12}$.

Exemple Calculer l'espérance mathématique et la variance de la variable aléatoire T définie précédemment ; donner une interprétation de $E(T)$.

Solution $E(T) = \dfrac{10+90}{2} = 50$; en moyenne, la durée d'attente pour un appel est de 50 secondes.

$V(T) = \dfrac{(90-10)^2}{12} = \dfrac{6\,400}{12} = \dfrac{1\,600}{3}$.

3 Loi normale

A Définition

Une variable aléatoire X suit une **loi normale** de paramètres μ et σ, notée $N(\mu, \sigma^2)$ lorsque sa densité de probabilité est la fonction f définie sur $\mathbb{R}$ par : $f(t) = \dfrac{1}{\sigma\sqrt{2\pi}} e^{-\frac{1}{2}\left(\frac{t-\mu}{\sigma}\right)^2}$; μ est l'espérance (ou la moyenne) et σ est l'écart-type.

- **Cas particulier.** La loi $N(0,1)$ est appelée **loi normale centrée réduite** ; sa densité de probabilité est définie sur $\mathbb{R}$ par :

$$f(t) = \frac{1}{\sqrt{2\pi}} e^{-\frac{t^2}{2}} ;$$

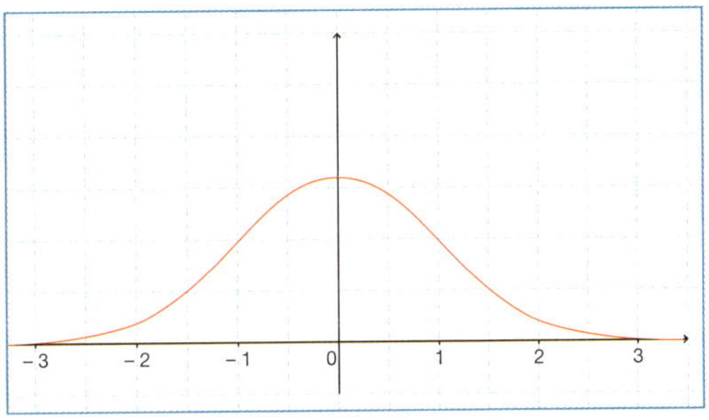

cette fonction est continue, positive ; f étant paire, sa courbe représentative est symétrique par rapport à l'axe des ordonnées. On admet que l'aire sous la courbe est égale à 1 unité d'aire.

Dans le cas général, la courbe représentative de la densité de probabilité est symétrique par rapport à la droite d'équation $x = \mu$: voici la courbe représentative de la densité de probabilité correspondant à $\sigma = 2$ et $\mu = 10$.

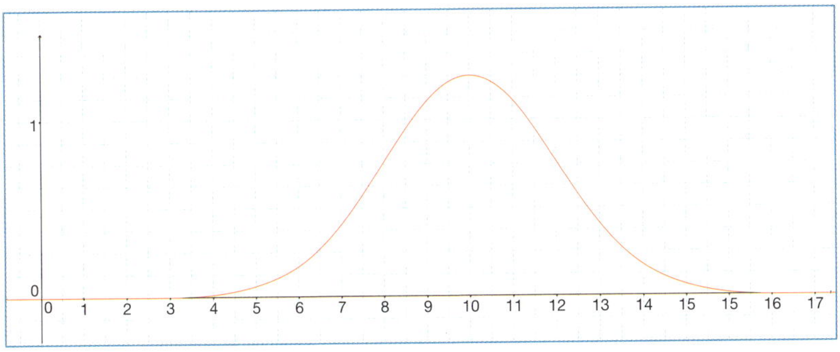

B Calculs de probabilités

Soit X une variable aléatoire suivant une loi normale $N(\mu, \sigma^2)$; on sera amené à calculer des probabilités du type : $p(a \leqslant X \leqslant b)$, $p(X \leqslant x)$; ces probabilités correspondent à l'aire d'une partie du plan située sous la courbe représentative de la fonction de densité f.

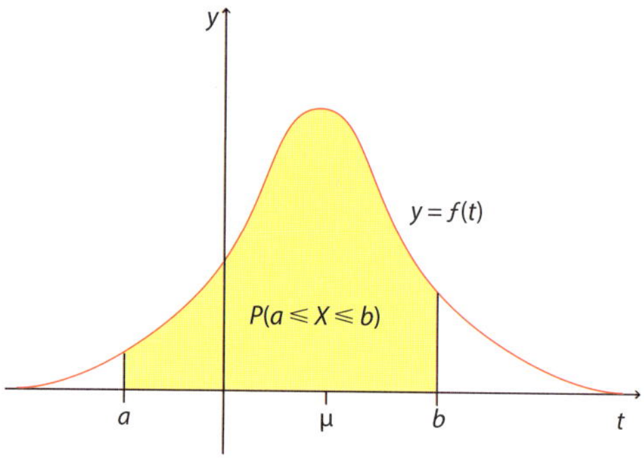

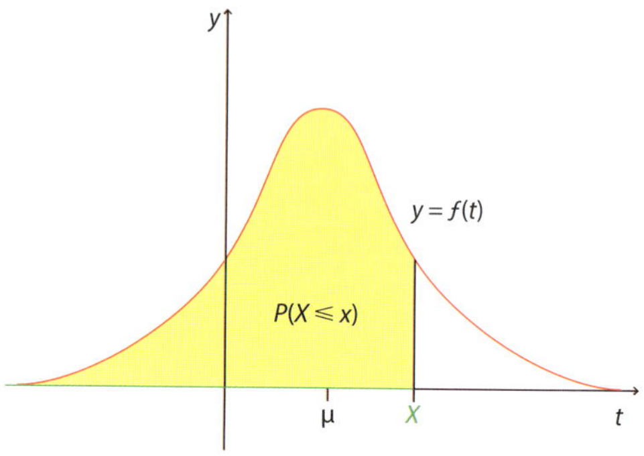

On obtient les valeurs de ces probabilités en utilisant la calculatrice ou un tableur.

• **Utilisation de la calculatrice.** Pour calculer une probabilité du type $p(a \leqslant X \leqslant b)$.

• **Pour les CASIO**

Sélectionner le menu STATS ensuite DIST et NORM.
Sélectionner alors Ncd : on entrera alors la valeur de a pour Lower, celle de b pour Upper, puis les valeurs de σ et μ.

Attention ⚠

Pour calculer une probabilité du type $p(X \leqslant x)$, on remplace a par $-1E06$; pour calculer une probabilité du type $p(X \geqslant x)$, on remplace b par 1E06.

• **Pour les TI**

Sélectionner 2nd DIST (ou distrib) puis normalFRép ; entrer ensuite les valeurs a, b, μ et σ.

• **Utilisation du tableur**

L'instruction du tableur : LOI.NORMALE(x ; μ ; σ ; 1) (ou VRAI à la place de 1) permet de calculer une probabilité du type $p(X \leqslant x)$; pour calculer $p(a \leqslant X \leqslant b)$, on utilisera :
$p(a \leqslant X \leqslant b) = p(X \leqslant b) - p(X \leqslant a)$.

Exemple Soit X une variable aléatoire suivant la loi normale $N(20,25)$.
Calculer les probabilités suivantes :
$p(X \leqslant 10)$; $p(X \leqslant 25)$ et $p(10 \leqslant X \leqslant 25)$ de deux façons différentes (arrondir les résultats à 10^{-3} près).

Solution $p(X \leqslant 10) \simeq 0{,}023$; $p(X \leqslant 25) \simeq 0{,}841$; $p(10 \leqslant X \leqslant 25) = p(X \leqslant 25) - p(X \leqslant 10) \simeq 0{,}818$; ou bien, directement à l'aide de la calculatrice : $p(10 \leqslant X \leqslant 25) \simeq 0{,}818$.

• **Propriété.** Soit X une variable aléatoire suivant une loi normale $N(\mu, \sigma^2)$; on a :

$$p(X \leqslant \mu) = p(X \geq \mu) = 0{,}5 \,;$$

$$p(X \in [\mu - \sigma \,;\, \mu + \sigma]) \simeq 0{,}68 \,;$$

$$p(X \in [\mu - 2\sigma \,;\, \mu + 2\sigma]) \simeq 0{,}95 \,;$$

$$p(X \in [\mu - 3\sigma \,;\, \mu + 3\sigma]) \simeq 0{,}997.$$

Exemple Soit X une variable aléatoire suivant la loi normale $N(20,25)$.
Calculer les probabilités $p(15 \leqslant X \leqslant 25)$ et $p(10 \leqslant X \leqslant 30)$ (arrondir les résultats à 10^{-3} près) ; pouvait-on prévoir les résultats ?

Solution La calculatrice donne : $p(15 \leqslant X \leqslant 25) \simeq 0{,}683$ et $p(10 \leqslant X \leqslant 30) \simeq 0{,}954$.
On pouvait prévoir ces résultats car $p(15 \leqslant X \leqslant 25) = p(X \in [\mu - \sigma \,;\, \mu + \sigma])$ et $p(10 \leqslant X \leqslant 30) = p(X \in [\mu - 2\sigma \,;\, \mu + 2\sigma])$.

C Approximation d'une loi binomiale

• **Propriété.** Si n est « grand » et si p n'est « ni trop voisin de 0, ni trop voisin de 1 », alors la loi binomiale $B(n, p)$ peut être approchée par la loi normale $N(\mu, \sigma^2)$ de même espérance et de même écart-type, c'est-à-dire : $\mu = n \times p$ et $\sigma = \sqrt{n \times p \times (1-p)}$.

• **Correction de continuité (conformément au programme, toutes les indications seront fournies dans les énoncés).** La correction de continuité consiste à remplacer tout nombre entier k par un intervalle d'extrémités $k - \frac{1}{2}$ et $k + \frac{1}{2}$.

Exemple Une petite agence postale a réalisé une enquête et a constaté que la probabilité qu'une lettre, prélevée au hasard dans le courrier, parvienne à son destinataire le lendemain, est égale à 0,7.
Dans cette agence, on expédie 100 lettres par jour ; soit X la variable aléatoire qui, à un jour choisi au hasard, associe le nombre de lettres qui parviendront à leur destinataire le lendemain.
1. Préciser les paramètres de la loi binomiale que suit X et calculer la probabilité qu'exactement 60 lettres arrivent bien à leur destinataire le lendemain (arrondir le résultat à 10^{-4}).
2. On décide d'approcher la loi de la variable aléatoire X par une loi normale de paramètres μ et σ.
a) Donner les valeurs des paramètres μ et σ. On note Y la variable aléatoire suivant cette loi.
b) Déterminer la probabilité qu'au moins 80 lettres parviennent à leur destinataire le lendemain, c'est-à-dire $p(Y \geqslant 79,5)$ (arrondir à 10^{-4}).
c) Déterminer la probabilité que le nombre de lettres parvenant à leur destinataire le lendemain soit compris entre 55 et 85, c'est-à-dire $p(54,5 \leqslant Y \leqslant 85,5)$ (arrondir à 10^{-4}).

Solution **1.** X suit la loi binomiale de paramètres $n = 100$ et $p = 0,7$. La calculatrice donne : $p(X = 60) \simeq 0,0085$.
2. a) La loi binomiale de paramètres $n = 100$ et $p = 0,7$ peut être approchée par la loi normale de paramètres $\mu = 100 \times 0,7 = 70$ et $\sigma = \sqrt{100 \times 0,7 \times 0,3} \simeq 4,6$.
b) La calculatrice donne : $p(Y \geqslant 79,5) \simeq 0,0194$.
c) La calculatrice donne : $p(54,5 \leqslant Y \leqslant 85,5) \simeq 0,9992$.

4 Compléments sur l'espérance et la variance

A Espérance et variance de $aX + b$

• **Propriété.** Soit X une variable aléatoire, $E(X)$ son espérance et $V(X)$ sa variance ; a et b deux réels.
$E(aX + b) = aE(X) + b$; $V(aX + b) = a^2V(X)$.

Exemple Un artisan fabrique et vend des fauteuils ; sa commission est de 200 euros par fauteuil vendu et ses frais sont de 280 euros par jour. On note X la variable aléatoire qui indique le nombre de fauteuils vendus par jour ; une étude statistique montre les résultats suivants :

x_i	0	1	2	3	4	5
$p(X = x_i)$	0,1	0,1	0,15	0,25	0,2	0,2

On note Y la variable aléatoire donnant le gain journalier de l'artisan.
Déterminer le gain moyen journalier que peut espérer obtenir l'artisan.

Solution Il s'agit de calculer l'espérance de la variable aléatoire Y.
Exprimons Y en fonction de X : $Y = 200X - 280$; ainsi : $E(Y) = 200E(X) - 280$.
Or $E(X) = 0 \times 0,1 + 1 \times 0,1 + 2 \times 0,15 + 3 \times 0,25 + 4 \times 0,2 + 4 \times 0,2 = 2,95$.
donc $E(Y) = 200 \times 2,95 - 280 = 310$.
L'artisan peut espérer gagner 310 euros en moyenne par jour.

Mathématiques

B Espérance et variance de $X + Y$, de $X - Y$

• **Définition.** Soit X une variable aléatoire discrète prenant un nombre fini de valeurs $x_1, x_2, \ldots, x_n$ et Y une variable aléatoire prenant un nombre fini de valeurs $y_1, y_2, \ldots, y_n$.
X et Y sont **indépendantes** si, pour tout i compris entre 1 et n et pour tout j compris entre 1 et n, on a : $p(X = x_i \text{ et } Y = y_j) = p(X = x_i) \times p(Y = y_j)$.

• **Propriété 1.** Soit X et Y deux variables aléatoires.
$E(X + Y) = E(X) + E(Y)$; $E(X - Y) = E(X) - E(Y)$
Si X et Y sont indépendantes : $V(X + Y) = V(X) + V(Y)$; $V(X - Y) = V(X) - V(Y)$.

• **Propriété 2.** Soit X_1 et X_2 deux variables aléatoires indépendantes suivant les lois normales respectives $N(\mu_1, \sigma_1^2)$ et $N(\mu_2, \sigma_2^2)$.
La variable aléatoire $X_1 + X_2$ suit la loi normale $N(\mu, \sigma^2)$ avec $\mu = \mu_1 + \mu_2$ et $\sigma = \sqrt{\sigma_1^2 + \sigma_2^2}$.

Exemple Dans une entreprise, le temps, en heures, consacré à l'étude financière d'un dossier suit la loi $N(5 ; 4)$ et celui consacré à l'étude administrative suit la loi $N(3 ; 1)$.
Le temps total consacré à l'étude d'un dossier est donc une variable aléatoire X qui suit une loi normale. On admet que les temps d'étude sont indépendants.

1. Déterminer les paramètres de cette loi.
2. Quelle est la probabilité que le temps total consacré à ce dossier soit inférieur à 10 heures ? Donner le résultat à 10^{-3} près.

Solution **1.** X suit la loi normale $N(\mu, \sigma^2)$ avec $\mu = 5 + 3 = 8$ et $\sigma = \sqrt{2^2 + 1^2} = \sqrt{5} \simeq 2{,}24$.
2. Il s'agit de calculer $p(X \leqslant 10)$: la calculatrice donne $p(X \leqslant 10) \simeq 0{,}814$.

5 Théorème de la limite centrée

A Étude d'un exemple

Soient $X_1, X_2, \ldots, X_n$ n variables aléatoires indépendantes suivant toutes la même loi normale $N(\mu, \sigma^2)$.
Pour tout i compris entre 1 et n, on a : $E(X_i) = \mu$; on peut donc en déduire :

$$E(X_1 + X_2 + \ldots + X_n) = n \times \mu$$

et donc $E\left(\dfrac{X_1 + X_2 + \ldots + X_n}{n}\right) = \mu$.

Attention ⚠
On rappelle les formules suivantes :
$E(X + Y) = E(X) + E(Y)$ et $E(aX + b) = aE(X) + b$.

Pour tout i compris entre 1 et n, on a : $V(X_i) = \sigma^2$; on peut donc en déduire :

$$V(X_1 + X_2 + \ldots + X_n) = n \times \sigma^2$$

et donc $V\left(\dfrac{X_1 + X_2 + \ldots + X_n}{n}\right) = \dfrac{n \times \sigma^2}{n^2} = \dfrac{\sigma^2}{n}$.

La variable aléatoire $\dfrac{X_1 + X_2 + \ldots + X_n}{n}$, plus simplement notée $\overline{X_n}$, suit donc la loi normale de paramètres μ et $\dfrac{\sigma}{\sqrt{n}}$.

Attention ⚠
On rappelle les formules suivantes :
$V(X + Y) = V(X) + V(Y)$ lorsque X et Y sont indépendantes et $V(aX + b) = a^2V(X)$.

B Cas général

• **Propriété.** Soient $X_1, X_2, \ldots, X_n$ n variables aléatoires indépendantes suivant toutes la même loi admettant pour une moyenne μ et une variance $\sigma^2 (\sigma \neq 0)$.

Pour n suffisamment grand, la variable aléatoire $\overline{X_n} = \dfrac{X_1 + X_2 + \ldots + X_n}{n}$ suit approximativement la loi normale de paramètres μ et $\dfrac{\sigma}{\sqrt{n}}$.

C Application à l'échantillonnage

• **Propriété 1.** Considérons une population de moyenne m et d'écart-type σ ; soit $\overline{X}$ la variable aléatoire qui, à tout échantillon aléatoire prélevé avec remise et d'effectif n fixé, associe la moyenne de cet échantillon.
Pour n suffisamment grand, $\overline{X}$ suit approximativement la loi normale de paramètres m et $\dfrac{\sigma}{\sqrt{n}}$.

• **Propriété 2.** Considérons une population dont les éléments possèdent une certaine propriété avec une fréquence p ; soit F la variable aléatoire qui, à tout échantillon aléatoire prélevé avec remise et d'effectif n fixé, associe la fréquence avec laquelle les éléments de cet échantillon possèdent cette propriété.
Pour n suffisamment grand, F suit approximativement la loi normale de paramètres p et $\sqrt{\dfrac{pq}{n}}$ où $q = 1 - p$.

Exemple Après la correction d'un concours, auquel ont participé un grand nombre de candidats, on constate que la moyenne des notes est de 11 et l'écart-type 2. On prélève un échantillon aléatoire avec remise de 100 notes. Soit $\overline{X}$ la variable aléatoire qui, à tout échantillon aléatoire et avec remise de taille 100, associe la moyenne des notes de cet échantillon.
Quelle loi suit la variable aléatoire $\overline{X}$? Calculer la probabilité d'avoir la moyenne d'un tel échantillon supérieure à 11,5 puis la probabilité d'avoir la moyenne d'un tel échantillon comprise entre 11,4 et 11,8 (arrondir les résultats à 10^{-3} près).

Solution $\overline{X}$ suit approximativement la loi normale de paramètres $m = 11$ et $\sigma = \dfrac{2}{\sqrt{100}}$.

La calculatrice donne : $p(X \geqslant 11{,}5) \simeq 0{,}006$ et $p(11{,}4 \leqslant X \leqslant 11{,}8) \simeq 0{,}023$.

Exercices d'entraînement

Exercice 1 ★★★ **50 min** *Corrigé p. 284*

Dans cet exercice, les résultats sont à arrondir à 10^{-3}.
Un fabricant produit des tondeuses dans deux usines. Le coût de fabrication est de 160 € par machine. L'usine A produit 400 unités par mois et l'usine B en produit 600.
Le fabricant a fait réaliser un test de conformité, dans les mêmes conditions, dans les deux usines sur une très grande quantité de tondeuses fabriquées.
Une tondeuse est déclarée conforme si le test est positif ; dans l'usine A, le test est positif dans 90 % des cas ; dans l'usine B, le test est positif dans 95 % des cas.
Une tondeuse conforme est vendue 250 € ; sinon, elle est bradée à un sous-traitant pour 100 €.

Partie A. Probabilités conditionnelles

On prélève au hasard une tondeuse produite par ce fabricant. On note A l'événement : « la tondeuse est produite dans l'usine A » ; on note C l'événement : « la tondeuse est conforme ».

1. À l'aide de l'énoncé, donner les probabilités suivantes : $p(\overline{A})$, $p_A(C)$, $p_{\overline{A}}(C)$ et $p_A(\overline{C})$.

2. a. Calculer $p(A \cap C)$ et $p(\overline{A} \cap C)$.

b. En déduire la probabilité que la tondeuse soit conforme.

Partie B. Loi binomiale

On admet que chaque tondeuse qui sort des usines a une probabilité de 7 % d'être non conforme. On note X la variable aléatoire qui indique le nombre de tondeuses conformes dans un lot de 250 tondeuses prises au hasard dans le stock ; on admet que le nombre de tondeuses fabriquées est suffisamment grand pour assimiler ce tirage à un tirage avec remise.

1. Justifier que la variable aléatoire X suit une loi binomiale dont on déterminera les paramètres.

2. Calculer la probabilité de l'événement E : « exactement 240 tondeuses sont conformes » ; interpréter ce résultat.

3. Calculer l'espérance mathématique de X.

4. On note Y la variable aléatoire qui donne le bénéfice réalisé sur un lot de 250 tondeuses.

a. Montrer que $Y = 150X - 15\,000$.

b. Calculer l'espérance mathématique de Y ; interpréter le résultat obtenu.

Partie C. Approximation d'une loi binomiale par une loi normale

On décide d'approcher la loi de la variable aléatoire X par la loi normale de moyenne $m = 232{,}5$ et d'écart-type $\sigma = 4$. On note Z la variable aléatoire suivant cette loi normale.

1. Justifier le choix des valeurs de m et σ.

2. On veut calculer la probabilité que le nombre de tondeuses conformes de ce lot de 250 soit au moins égal à 240 : pour cela, donner une valeur numérique de $p(Z \geqslant 239{,}5)$.

3. Donner une valeur approchée de la probabilité de l'événement : « le nombre de tondeuses conformes est compris entre 225 et 245 », c'est-à-dire la probabilité de l'événement : « $224{,}5 \leqslant Z \leqslant 245{,}5$ ».

Exercice 2 ★★★ 50 min

Corrigé p. 284

Une entreprise réalise et commercialise des compositions florales ainsi que des produits pour le jardin.

Partie A. Événements indépendants

Dans cette partie, on demande les valeurs exactes des probabilités.

L'entreprise confectionne ses compositions florales avec des bulbes de fleurs qu'elle reçoit en grande quantité. Chaque bulbe peut présenter deux défauts que l'on désigne par défaut a et défaut b.

On prélève un bulbe au hasard dans un stock important. On note A l'événement : « le bulbe présente le défaut a » et on note B l'événement : « le bulbe présente le défaut b » ; on admet que les probabilités des événements A et B sont $p(A) = 0{,}015$ et $p(B) = 0{,}02$; on suppose que les événements A et B sont indépendants.

1. **Calculer la probabilité de l'événement E_1 : « le bulbe présente le défaut a et le défaut b ».**

2. **Calculer la probabilité de l'événement E_2 : « le bulbe présente au moins un des deux défauts ».**

3. **Calculer la probabilité de l'événement E_3 : « le bulbe ne présente aucun des deux défauts ».**

⚠ Dans les deux parties suivantes, tous les résultats seront à arrondir à 10^{-2}.

Partie B. Loi binomiale

On s'intéresse à une livraison importante de compositions florales d'un certain type, destinée à une chaîne d'hypermarchés.

On note D l'événement : « une composition florale prélevée au hasard dans la livraison est défectueuse » ; on suppose que $p(D) = 0{,}025$.

On prélève au hasard 12 compositions dans la livraison pour vérification. La livraison contient assez de compositions pour que l'on puisse assimiler ce prélèvement à un tirage avec remise de 12 compositions.

On considère la variable aléatoire X qui à tout prélèvement ainsi défini, associe le nombre de compositions de ce prélèvement qui sont défectueuses.

1. **Justifier que la variable aléatoire X suit une loi binomiale dont on déterminera les paramètres.**

2. **Calculer la probabilité que, dans un tel prélèvement, il y ait exactement deux compositions défectueuses.**

3. **Calculer la probabilité que, dans un tel prélèvement, il y ait au plus une composition défectueuse.**

Partie C. Loi normale et somme de variables indépendantes

L'entreprise commercialise deux types d'engrais : le type C_1 en poudre et le type C_2 en granulés.

1. **On note X_1 la variable aléatoire qui, à toute semaine prise au hasard pendant une année, associe la demande en kilogrammes d'engrais de type C_1 pour cette semaine. On suppose que la variable aléatoire X_1 suit la loi normale de moyenne 160 et d'écart-type 32.**
Calculer $p(X_1 \leqslant 200)$.

2. **On note X_2 la variable aléatoire qui, à toute semaine prise au hasard pendant une année, associe la demande en kilogrammes d'engrais de type C_2 pour cette semaine. On suppose que la variable aléatoire X_2 suit la loi normale de moyenne 77 et d'écart-type 28.**
On note Y la variable aléatoire qui, à toute semaine prise au hasard pendant une année, associe la demande totale en kilogrammes d'engrais de type C_1 et de type C_2 pour cette semaine.
On a : $Y = X_1 + X_2$.
On suppose que les variables aléatoires X_1 et X_2 sont indépendantes ; on admet que la variable aléatoire Y suit une loi normale de moyenne m et d'écart-type σ.

a. **Justifier que $m = 237$ et qu'une valeur approchée de σ arrondie à 10^{-2} est 42,52.**

b. **Calculer la probabilité $p(Y \geqslant 340)$.**

c. **Le coût de stockage de cet engrais est élevé. L'entreprise a-t-elle raison de limiter la production totale hebdomadaire de cet engrais à 340 kilogrammes ? Justifier.**

CORRIGÉS

1 Proportions, évolution

Exercice 1 *Énoncé p. 235*

1. Le prix du mètre carré en 2009 s'élève à environ 2 604 euros : 3 028 × (1 – 14/100) = **2 604**.

2. Le prix du mètre carré en 1996 s'élevait à environ 1 373 euros : 1 400 : (1 + 2/100) = **1 373**.

3. Le taux global d'évolution du prix du mètre carré est d'environ **140,1 %** : $\frac{3\,361-1\,400}{1\,400}=1{,}401$.

4. Le taux d'évolution annuel moyen du prix du mètre carré est d'environ **9,1 %**.
Si l'on appelle k le coefficient multiplicateur correspondant au taux annuel moyen, k vérifie :
$k^{10}=2{,}401$ $(1+\frac{140{,}1}{100})$; on obtient alors :
$k=\ 2{,}401^{\frac{1}{10}}=1{,}091$ et donc $t=1{,}091-1$.

5. L'indice pour l'année 2008 noté I vérifie :
$\frac{I}{3\,028}=\frac{100}{1\,749}$ donc $I=\frac{100}{1\,749}\times 3\,028\simeq 173{,}1$;
on peut ainsi en déduire que le prix du mètre carré a augmenté de **73,1 %** entre 2000 et 2008.

Exercice 2 *Énoncé p. 235*

1. Pour obtenir le nombre dans la case C3, on a effectué le calcul suivant : $\frac{55-40}{40}=0{,}375$, qui donne bien 37,5 %.

Cela signifie qu'entre 1970 et 1980, **la consommation d'eau minérale a augmenté de 37,5 %**.

2. Dans la case C3, on a entré la formule : **=(B3-B2)/B2**.

3. a. Le taux d'évolution global de la consommation d'eau minérale entre les années 1970 et 2000 est **272,5 %** : $\frac{149-40}{40}=2{,}725$.

b. Appelons k le coefficient multiplicateur correspondant au taux décennal moyen ; k vérifie :
$k^3=3{,}725$ $(1+\frac{272{,}5}{100})$; on obtient alors :
$k=\ 3{,}725^{\frac{1}{3}}\simeq 1{,}55$, ce qui donne un taux décennal moyen d'environ **55 %**.

c. Pour 2010, la consommation d'eau s'élève à environ 231 litres : 149 × 1,55 = **230,95**.
Pour 2040, la consommation d'eau s'élèvera à environ 860 litres : $149\times 1{,}55^4=$ **860**.

2 Calcul des propositions et des prédicats

Exercice 1 *Énoncé p. 240*

1.

P	Q	R	$Q \wedge R$	$P \vee (Q \wedge R)$	$P \vee Q$	$P \vee R$	$(P \vee Q) \wedge (P \vee R)$
Vrai	Vrai	Vrai	Vrai	Vrai	Vrai	Vrai	Vrai
Vrai	Faux	Vrai	Faux	Vrai	Vrai	Vrai	Vrai
Vrai	Vrai	Faux	Faux	Vrai	Vrai	Vrai	Vrai
Vrai	Faux	Faux	Faux	Vrai	Vrai	Vrai	Vrai
Faux	Vrai	Vrai	Vrai	Vrai	Vrai	Vrai	Vrai
Faux	Faux	Vrai	Faux	Faux	Faux	Vrai	Faux
Faux	Vrai	Faux	Faux	Faux	Vrai	Faux	Faux
Faux	Faux	Faux	Faux	Faux	Faux	Faux	Faux

On peut donc en déduire la propriété suivante : $P \vee (Q \wedge R) = (P \vee Q) \wedge (P \vee R)$.

2.

P	Q	R	$Q \vee R$	$P \wedge (Q \vee R)$	$P \wedge Q$	$P \wedge R$	$(P \wedge Q) \vee (P \wedge R)$
Vrai	Vrai	Vrai	Vrai	Vrai	Vrai	Vrai	Vrai
Vrai	Faux	Vrai	Vrai	Vrai	Faux	Vrai	Vrai
Vrai	Vrai	Faux	Vrai	Vrai	Vrai	Faux	Vrai
Vrai	Faux	Faux	Faux	Faux	Faux	Faux	Faux
Faux	Vrai	Vrai	Vrai	Faux	Faux	Faux	Faux
Faux	Faux	Vrai	Vrai	Faux	Faux	Faux	Faux
Faux	Vrai	Faux	Vrai	Faux	Faux	Faux	Faux
Faux	Faux	Faux	Faux	Faux	Faux	Faux	Faux

On peut donc en déduire la propriété suivante : $P \wedge (Q \vee R) = (P \wedge Q) \vee (P \wedge R)$.

Exercice 2 *Énoncé p. 240*

1. $P \wedge Q$ est la proposition : *n* est un nombre pair et multiple de 3 ; les entiers de A vérifiant cette proposition sont donc : **6**, **12** et **18**.

$Q \vee R$ est la proposition : *n* est un multiple de 3 ou un multiple de 5 ; les entiers de A vérifiant cette proposition sont donc : 3, 5, 6, 9, 10, 12, 15, 18 et 20.

$\neg Q \wedge \neg R$ est la proposition : *n* n'est pas un multiple de 3, ni un multiple de 5 ; les entiers de A vérifiant cette proposition sont donc : 1, 2, 4, 7, 8, 11, 13, 14, 16, 17 et 19.

La proposition $\neg(P \vee Q \vee R)$ est équivalente à la proposition $\neg P \wedge \neg Q \wedge \neg R$ soit : *n* n'est ni un nombre pair, ni un multiple de 3, ni un multiple de 5 ; les entiers de A vérifiant cette proposition sont donc : 1, 7, 11, 13, 17 et 19.

2. a. $P : \exists\, x \in \mathbb{R},\, x^2 < x$;
$Q : \forall\, x \in \mathbb{R},\, \forall\, y \in \mathbb{R},\, xy > 0$.

b. P est vraie : par exemple pour $x = 0{,}5$;
$0{,}5^2 = 0{,}25 < 0{,}5$.

Q est fausse : si l'on prend $x = 2$ et $y = -3$,
$xy = -6 < 0$.

c. $\neg P : \forall\, x \in \mathbb{R},\, x^2 \geqslant x$;
$\neg Q : \exists\, x \in \mathbb{R},\, \exists\, y \in \mathbb{R},\, xy < 0$.

3 Statistiques à une et deux variables

Exercice 1 *Énoncé p. 245*

1. On peut calculer les effectifs cumulés croissants pour déterminer la médiane et les quartiles :

Nombre de jours de congé	0	1	2	5	7	10	15
Effectifs	5	6	3	7	11	8	10
Effectifs cumulés croissants	5	11	14	21	32	40	50

La médiane est la demi-somme des 25e et 26e valeurs, soit **7**.

Le premier quartile est la 13e valeur, soit **2** ; le troisième quartile est la 38e valeur, soit **10**.

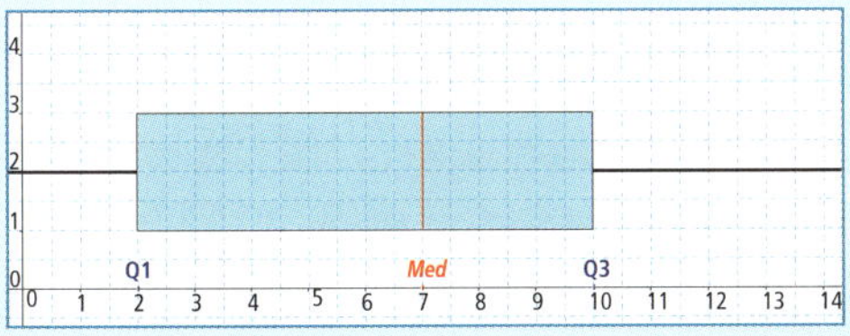

2. La moyenne de cette série est : $\overline{x} = \dfrac{354}{50} \simeq \mathbf{7}$;

un salarié a en moyenne pris 7 jours de congé au cours des trois derniers mois.

Exercice 2 *Énoncé p. 246*

1. Nuage de points (complété avec le point moyen et la droite d'ajustement) :

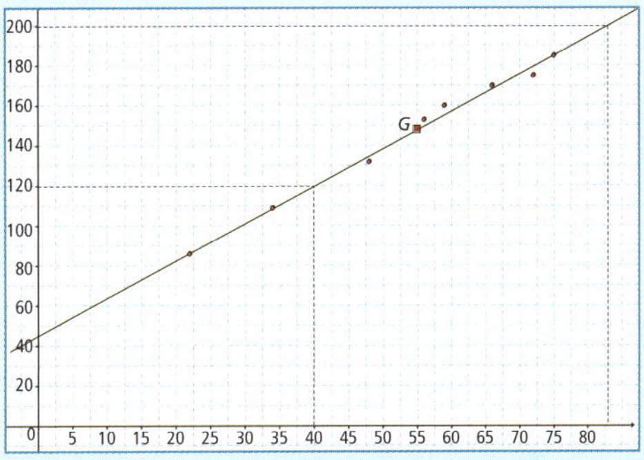

2. Un ajustement affine paraît envisageable car le nuage de points a une forme suffisamment rectiligne. Pour confirmer cette supposition, on calcule le **coefficient de corrélation linéaire de la série** : la calculatrice donne $r = 0{,}996$, qui est suffisamment proche de 1.

3. Le point moyen a pour coordonnées **G(54 ; 146,25)**.

4. La droite d'ajustement obtenue par la méthode des moindres carrés a pour équation :

$y = \mathbf{1{,}86}x + \mathbf{45{,}88}$.

5. Si le commercial effectue 40 visites, il pourra espérer que les commandes s'élèveront à environ 120 000 euros :

$y = 1{,}86 \times 40 + 45{,}88 = \mathbf{120{,}28}$.

Ce résultat pouvait être obtenu graphiquement en lisant l'ordonnée du point de la droite ayant pour abscisse 40.

6. Il s'agit de déterminer les valeurs de x pour lesquelles : $1{,}86x + 45{,}88 > 200$; on obtient

$x > \dfrac{154{,}12}{1{,}86}$.

Le commercial peut espérer réaliser plus de 200 000 euros de commandes s'il effectue plus de **83 visites**.

Ce résultat pouvait être obtenu graphiquement en lisant l'abscisse du point de la droite d'ordonnée 200.

Exercice 3 *Énoncé p. 246*

1. Le coefficient de corrélation linéaire est donné par la calculatrice : $r \simeq \mathbf{-0{,}58}$; un ajustement affine n'est pas justifié pour cette série car le coefficient de corrélation linéaire est trop éloigné de -1.

Mathématiques

2.

Temps x_i	Population y_i	$z_i = \frac{1}{y_i}$
0,1	10	0,1
0,2	4	0,25
0,4	2	0,5
1	1	1
3	0,4	2,5
6	0,2	5

3. La droite d'ajustement de la série $(x_i\ ;\ z_i)$, obtenue par la méthode des moindres carrés, a pour équation : $\mathbf{z = 0{,}81x + 0{,}11}$.

4. Pour $x = 10$, on obtient :
$z = 0{,}81 \times 10 + 0{,}11 = 8{,}21$.
Or, $z = \frac{1}{y}$ donc $\frac{1}{y} = 8{,}21$ ce qui donne

$y = \frac{1}{8{,}21} \simeq 0{,}12$.

Au bout de 10 heures, la population bactérienne ne sera plus que d'environ **120 000 bactéries**.

4 Suites arithmétiques et géométriques

Exercice 1 *Énoncé p. 252*

1. La production d'énergie éolienne pour 2013 sera de $120\,791 \times 1{,}2 = \mathbf{144\,949{,}2\ MW}$.
En 2014, elle sera de :
$144\,949{,}2 \times 1{,}2 = \mathbf{173\,939{,}04\ MW}$.

2. a. Chaque année, la production d'énergie éolienne augmente de 20 % donc est multipliée par 1,2 ; la suite (u_n) est donc une suite géométrique de premier terme $\mathbf{u_0 = 120\,791}$ et de raison $\mathbf{q = 1{,}2}$.

b. $u_n = 120\,791 \times 1{,}2^n$

3. a. $(1{,}2)^p \geqslant \frac{250\,000}{120\,791}$

$\Leftrightarrow \ln 1{,}2^p \geqslant \ln\frac{250\,000}{120\,791} \Leftrightarrow p \times \ln 1{,}2 \geqslant \ln\frac{250\,000}{120\,791}$

$\Leftrightarrow p \geqslant \frac{\ln\frac{250\,000}{120\,791}}{\ln 1{,}2}$

Le plus petit entier p tel que $(1{,}2)^p \geqslant \frac{250\,000}{120\,791}$ est donc **4**.

Plus simplement, on peut aussi utiliser le tableur de la calculatrice : on obtient les valeurs des termes $1{,}2^p$ puis on regarde dans le tableau à partir de quelle valeur le résultat est supérieur à $\frac{250\,000}{120\,791} \simeq 2{,}069$.

b. Il s'agit de déterminer la valeur de n à partir de laquelle on aura $u_n \geqslant 250\,000$, c'est-à-dire :
$120\,791 \times 1{,}2^n \geqslant 250\,000$; ce qui revient à l'inéquation de la question 3.a..
C'est donc à partir de la quatrième année, soit en 2016, que la production d'énergie éolienne dépassera 250 000 MW.

Exercice 2 *Énoncé p. 252*

1. a. Chaque année, les dépenses du service A augmentent de 4 000 € ; la suite (a_n) est donc une **suite arithmétique**, de premier terme $\mathbf{a_1 = 20\,000}$ et de raison $\mathbf{r = 4\,000}$.

b. $a_n = 20\,000 + (n - 1) \times 4\,000$.

c. $a_{10} = 20\,000 + 9 \times 4\,000 = \mathbf{56\,000}$.

d. Il s'agit de calculer $a_1 + a_2 + \ldots + a_{10}$:

$$a_1 + a_2 + \ldots + a_{10} = 10 \times \frac{20\,000 + 56\,000}{2} = 380\,000.$$

Le service A aura dépensé **380 000 €** sur une période de 10 ans.

2. a. Chaque année, les dépenses du service B augmentent de 15 % donc sont multipliées par 1,15 ; la suite (b_n) est donc une **suite géométrique**, de premier terme $\mathbf{b_1 = 20\,000}$ et de raison $\mathbf{q = 1{,}15}$.

b. $b_n = 20\,000 \times 1{,}15^{n-1}$.

c. Il s'agit de calculer $b_1 + b_2 + \ldots + b_{10}$:

$$b_1 + b_2 + \ldots + b_{10} = 20\,000 \times \frac{1 - 1{,}15^{10}}{1 - 1{,}15} \simeq 406\,074{,}36.$$

Le service B aura dépensé **406 074 €** sur une période de 10 ans.

3. Il s'agit de déterminer la valeur de n à partir de laquelle on aura $b_n > a_n$.
En utilisant le tableur de la calculatrice, on obtient :
$b_5 = 34\,980{,}25$ et $a_5 = 36\,000$;
$b_6 \simeq 40\,227{,}14$ et $a_6 = 40\,000$.
C'est donc à partir de la **6e année** que les dépenses du service B dépasseront celles du service A.

4. En comparant les réponses aux questions 1.d. et 2.c., on constate que c'est le service B qui dépensera le plus sur une période de 10 ans.

5 Dérivation et applications

Exercice 1 *Énoncé p. 256*

$f(x) = x^3 - 3x + 1$
donc sa dérivée est égale à $f'(x) = 3x^2 - 3$.
Le signe de $f'(x)$ est déterminé après avoir déterminé les solutions de l'équation $f'(x) = 0$:
$\Delta = 0 - 4 \times 3 \times (-3) = 36$;

$x_1 = \frac{0-\sqrt{36}}{2\times3} = \frac{-6}{6} = -1$;

$x_2 = \frac{0+\sqrt{36}}{2\times3} = \frac{6}{6} = 1 = 1.$

$f'(x)$ est positif de part et d'autre des racines et négatif entre les racines donc on obtient le tableau suivant :

x	-1		1
$f'(x)$	0	$-$	0
$f(x)$	3	↘	-1

On constate que la fonction est strictement décroissante sur l'intervalle $[-1 ; 1]$

avec $f(-1) = 3 > 0$ et $f(1) = -1 < 0$.

Donc l'équation $f(x) = 0$ admet une unique solution α sur cet intervalle.

L'utilisation du Menu Table de la calculatrice permet de déterminer un encadrement de la solution α :

$0{,}34 < \alpha < 0{,}35$ (car $f(0{,}34) > 0$ et $f(0{,}35) < 0$).

Exercice 2 *Énoncé p. 256*

1. **Expression de p en fonction de q :**

$0{,}05p = 320 - q$ d'où :

$p = \frac{320-q}{0{,}05} = 6400 - 20q$.

Expression de R : Recette = prix unitaire × quantité.

$R(q) = q \times p = q \times (6400 - 20q) = 6400q - 20q^2$.

Variations de la fonction R :

$R'(q) = 6400 - 20 \times 2q = 6400 - 40q$;

$6400 - 40q = 0$ pour $q = 160$; $6400 - 40q > 0$ pour $q < 160$.

q	0		120
$R'(q)$		+	
$R(q)$	0	↗	480 000

2. $C'(q) = 3q^2 - 5 \times 2q + 400 = 3q^2 - 10q + 400$.

$\Delta = (-10)^2 - 4 \times 3 \times 400 = -4700$

$\Delta < 0$ donc il n'y a pas de racine et l'expression est toujours positive.

On en déduit que la fonction C est strictement croissante sur l'intervalle $[0 ; 120]$.

3. Bénéfice = Recette – Coût.

$B(q) = R(q) - C(q)$
$= 6400q - 20q^2 - (q^3 - 5q^2 + 400q + 50000)$
$= -q^3 - 15q^2 + 6000q - 50000.$

4. $B'(q) = -3q^2 - 15 \times 2q + 6000$
$= -3q^2 - 30q + 6000$;

$\Delta = (-30)^2 - 4 \times (-3) \times 6000$
$= 72900$; $\Delta > 0$ donc deux racines :

$x_1 = \frac{30-\sqrt{72900}}{2\times(-3)} = \frac{30-270}{-6} = 40$ et

$x_2 = \frac{30+\sqrt{72900}}{2\times(-3)} = \frac{30+270}{-6} = -50$

L'expression est négative de part et d'autre des racines, positive entre les racines.

On obtient donc le tableau de variations suivant :

q	0		40		120
$B'(q)$		+	0	$-$	
$B(q)$	-50000	↗	102 000	↘	-1274000

Il faut donc produire **40 tonnes de matériaux** pour obtenir un bénéfice maximum.

Le prix correspondant d'une tonne de matériau est alors, en euros : $p = 6400 - 20 \times 40 = 5600$.

Exercice 3 *Énoncé p. 256*

1. f est de la forme $\frac{u}{v}$ avec : $u(x) = x^3 - 5x^2 + 4$;

$v(x) = x^2$; $u'(x) = 3x^2 - 10x$; $v'(x) = 2x$

$$f'(x) = \frac{(3x^2-10x)\times x^2 - 2x\times(x^3-5x^2+4)}{(x^2)^2}$$
$$= \frac{3x^4-10x^3-2x^4+10x^3-8x}{x^4}$$
$$= \frac{x^4-8x}{x^4} = \frac{x(x^3-8)}{x^4}.$$

On a donc :

$f'(x) = \frac{x^3-8}{x^3}$; or : $(x-2)(x^2+2x+4)$

$= x^3 + 2x^2 + 4x - 2x^2 - 4x - 8 = x^3 - 8$

donc $f'(x) = \frac{(x-2)(x^2+2x+4)}{x^3}$.

2. Étude du signe de $f'(x)$: $x - 2 > 0$: pour $x > 2$;

$x^2 + 2x + 4 > 0$ pour tout x car $\Delta < 0$ et l'expression est toujours positive ;

$x^3 > 0$ pour tout x appartenant à $[1 ; 9]$.

x	1		2		9
$x-2$		$-$	0	+	
x^2+2x+4		+		+	
x^3		+		+	
$f'(x)$		$-$	0	+	
$f(x)$	0	↘	-2	↗	$\frac{328}{81}$

3. Équation de la tangente au point d'abscisse 1 :
$y = f'(1)(x-1) + f(1)$ avec : $f(1) = 0$ et $f'(1) = -7$ donc l'équation est : $y = -7(x-1) = -7x + 7$.

4. Courbe représentative de la fonction f :

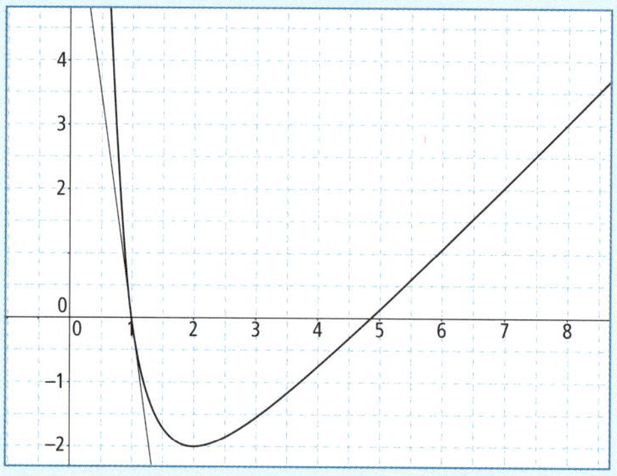

6 Fonction logarithme, fonction exponentielle

Exercice 1 — *Énoncé p. 261*

Partie A

1. $C'(x) = 0{,}4 - 2{,}8 \times \dfrac{1}{x+2}$

$= \dfrac{0{,}4(x+2)-2{,}8}{x+2} = \dfrac{0{,}4x-2}{x+2}.$

2. Sur l'intervalle $[0 ; 40]$, $x + 2 > 0$ donc $C'(x)$ a le même signe que $0{,}4x - 2$.
$0{,}4x - 2 > 0$ pour $x > 5$; on obtient le tableau de variations suivant :

x	0		5		40
$C'(x)$		–	0	+	
$C(x)$	$5 - 2{,}8\ln 2$	↘	$7 - 2{,}8\ln 7$	↗	$21 - 2{,}8\ln 42$

Partie B

1. La recette, en millions d'euros, pour la vente de x villas est : $R(x) = 0{,}3x$.

2. a. Il faut construire **5 villas** pour que le coût de production soit minimal ; ce coût s'élève alors à environ **1 550 000 euros** ($C(5) \simeq 1{,}55$).

b. L'entreprise réalise un bénéfice lorsque la recette est supérieure au coût, c'est-à-dire lorsque la droite d est au-dessus de la courbe C, soit pour x supérieur à 5,2 : il faut donc construire **plus de 6 villas** pour réaliser un bénéfice.

c. Sur le graphique, le bénéfice maximal est obtenu lorsque l'écart entre la droite d et la courbe C est le plus important, soit pour $x \simeq 26$; il faut donc construire 26 villas pour réaliser un bénéfice maximal.
Le bénéfice maximal est d'environ **1,75 million d'euros.**

Partie C

1. Bénéfice = Recette – Coût
Donc $B(x) = 0{,}3x - (0{,}4x + 5 - 2{,}8\ln(x+2))$
$= -0{,}1x - 5 + 2{,}8\ln(x+2)$.

2. $B'(x) = -0{,}1 + 2{,}8 \times \dfrac{1}{x+2}$

$= \dfrac{-0{,}1(x+2)+2{,}8}{x+2} = \dfrac{-0{,}1x+2{,}6}{x+2}.$

3. Sur l'intervalle $[0 ; 40]$, $x + 2 > 0$ donc $B'(x)$ a le même signe que $-0{,}1x + 2{,}6$.
$-0{,}1x + 2{,}6 > 0$ pour $x < 26$; on obtient donc le tableau de variations suivant :

x	0		26		40
$B'(x)$		+	0	–	
$B(x)$	$-5 + 2{,}8\ln 2$	↗	$-7{,}6 + 2{,}8\ln 28$	↘	$-9 + 2{,}8\ln 42$

4. Le bénéfice maximal est obtenu si l'on construit 26 villas et s'élève à environ **1 730 000 euros** ($B(26) \simeq 1{,}73$).

5. L'équation $B(x) = 0$ est équivalente à l'équation $R(x) - C(x) = 0$ ou encore à l'équation $R(x) = C(x)$.
D'après le graphique, la droite d et la courbe C se coupent en un seul point ; l'équation $B(x) = 0$ n'admet donc qu'une solution α et le graphique nous donne $5 < \alpha < 6$.

6. Sur l'intervalle $[0 ; \alpha[$, la droite d est située en dessous de la courbe C donc $B(x) < 0$.
Sur l'intervalle $]\alpha ; 40]$, la droite d est située au-dessus de la courbe C donc $B(x) > 0$. On peut établir le tableau de signe suivant :

x	0		α		40
$B(x)$		–	0	+	

7. Il faut donc construire **au minimum 6 villas** pour réaliser un bénéfice.

Exercice 2 — *Énoncé p. 262*

Partie A

1.

Rang de l'année : t_i	0	5	10	15	20	25
$y_i = \ln p_i$	1,609	1,722	1,808	1,917	2,028	2,128

2. Le coefficient de corrélation linéaire de la série $(t_i ; y_i)$ est donné par la calculatrice : $r \simeq$ **0,999**.

3. La droite d'ajustement de la série $(t_i ; y_i)$ obtenue par la méthode des moindres carrés a pour équation : $y = 0{,}021t + 1{,}61$.

4. $\ln p = 0{,}021t + 1{,}61$
$\Leftrightarrow p = e^{0{,}021t+1{,}61} = e^{0{,}021t} \times e^{1{,}61} = 5e^{0{,}021t} \simeq 5e^{0{,}02t}$.

5. Pour $t = 35$, on obtient : $p \simeq 10{,}1$; la population s'élèvera à environ **10,1 millions** d'habitants l'année de rang 35.

Partie B

1. $f'(t) = 5 \times 0{,}02e^{0{,}02t} = 0{,}1e^{0{,}02t} > 0$ pour tout réel t donc la fonction f est strictement croissante sur $\mathbb{R}$.

2.

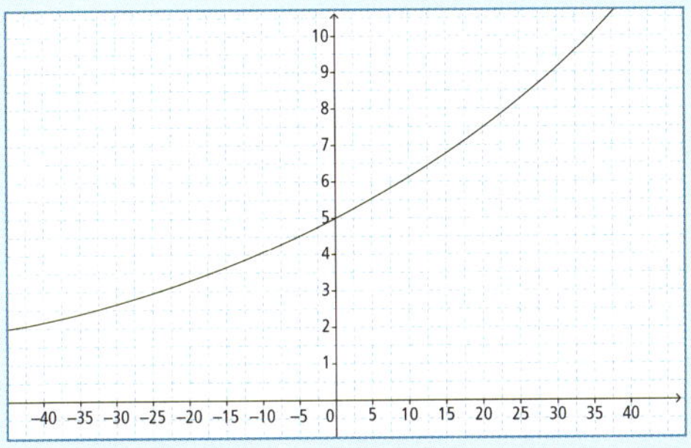

3. a. L'effectif de la population, l'année de rang 28, est $f(28)$: $f(28) \simeq 8{,}7$; la population s'élèvera à environ **8,7 millions d'habitants.**

b. Graphiquement, l'effectif de la population dépassera 9 millions au cours de l'**année de rang 29** :

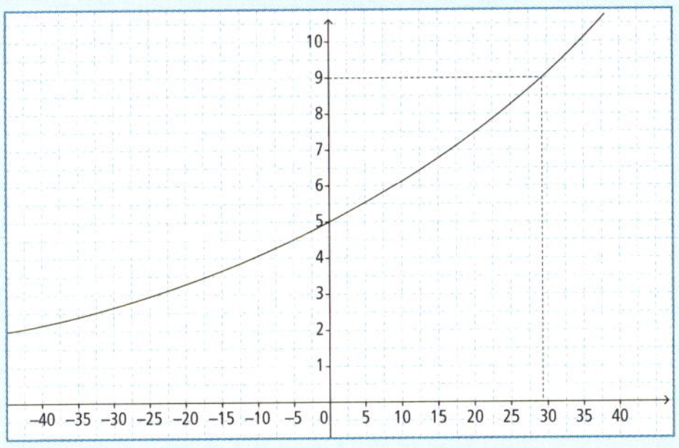

7 Probabilités conditionnelles, indépendance, loi binomiale

Exercice 1 *Énoncé p. 268*

Partie A

1. **Arbre pondéré représentant la situation :**

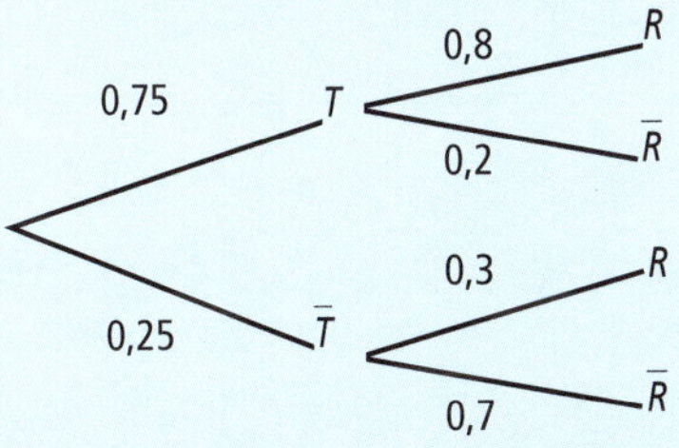

2. a. Il s'agit de calculer $p(T \cap R)$:
$p(T \cap R) = 0{,}75 \times 0{,}8 = \mathbf{0{,}6}$.

b. $p(R) = p(T \cap R) + p(\overline{T} \cap R) = 0{,}6 + 0{,}25 \times 0{,}3 = \mathbf{0{,}675}$.

3. Il s'agit de calculer $p_{\overline{R}}(T)$:

$$p_{\overline{R}}(T) = \frac{p(\overline{R} \cap T)}{p(\overline{R})} = \frac{0{,}75 \times 0{,}2}{1 - 0{,}675} = \frac{0{,}15}{0{,}325} \simeq \mathbf{0{,}46}.$$

Partie B

1. Chaque épreuve élémentaire (la réponse d'un candidat) peut déboucher sur deux résultats : le candidat a réussi, de probabilité $p = 0{,}675$ et le candidat n'a pas réussi, de probabilité $q = 1 - p = 0{,}325$.

Le choix de 10 candidats peut être assimilé à la répétition, de façon identique et indépendante, de l'épreuve élémentaire.
La variable aléatoire X suit donc la loi binomiale de paramètres $\boldsymbol{n} = \mathbf{10}$ et $\boldsymbol{p} = \mathbf{0{,}675}$.

2. a. Il s'agit de calculer $p(X = 0)$:
$p(X = 0) \simeq \mathbf{0{,}000\,013}$.

b. Il s'agit de calculer $p(X = 3)$: $p(X = 3) \simeq \mathbf{0{,}014}$.

c. Il s'agit de calculer $p(X \leqslant 2)$: $p(X \leqslant 2) \simeq \mathbf{0{,}002\,8}$.

d. Il s'agit de calculer $p(X \geqslant 1)$:
$p(X \geqslant 1) = 1 - p(X = 0) \simeq \mathbf{0{,}999\,9}$.

Exercice 2 *Énoncé p. 269*

Partie A

Les événements A et B sont indépendants donc $\overline{A}$ et B, A et $\overline{B}$, $\overline{A}$ et $\overline{B}$ le sont aussi.

1. $p_1 = p(A \cap B) = p(A) \times p(B) = 0{,}03 \times 0{,}02$
$= \mathbf{0{,}000\,6}$.

2. $p_2 = p(\overline{A} \cap \overline{B}) = p(\overline{A}) \times p(\overline{B}) = 0{,}97 \times 0{,}98$
$= \mathbf{0{,}950\,6}$.

3. $p_3 = p(A \cup B) = 1 - p(\overline{A} \cap \overline{B}) = 1 - 0{,}9506$
$= \mathbf{0{,}049\,4}$.

4. $p_4 = p(\overline{A} \cap B) + p(A \cap \overline{B})$
$= p(\overline{A}) \times p(B) + p(A) \times p(\overline{B})$
$= 0{,}97 \times 0{,}02 + 0{,}03 \times 0{,}98 = \mathbf{0{,}0488}$.

Partie B

1. Chaque épreuve élémentaire (le prélèvement d'un article peut déboucher sur deux résultats. L'article est défectueux, de probabilité $p = 0{,}05$ et l'article n'est pas défectueux, de probabilité $q = 1 - p = 0{,}95$.
Le prélèvement de 25 articles peut être considéré comme la répétition, de façon identique et indépendante, de l'épreuve élémentaire ; la variable aléatoire X suit donc la loi binomiale de paramètres $\boldsymbol{n} = \mathbf{25}$ et $\boldsymbol{p} = \mathbf{0{,}05}$.

2. Il s'agit de calculer $p(X = 0)$: $p(X = 0) \simeq \mathbf{0{,}277}$.

3. Il s'agit de calculer $p(X = 2)$: $p(X = 2) \simeq \mathbf{0{,}231}$.

Mathématiques

4. Il s'agit de calculer $p(X \geqslant 2)$: $p(X \geqslant 2)$
$= 1 - (p(X = 0) - p(X = 1)) = 1 - p(X \leqslant 1)$
$\simeq 1 - 0{,}642 = 0{,}358$.

5. $E(X) = 25 \times 0{,}05 = 1{,}25$; il y a en moyenne **1 article défectueux** dans un lot de 25 articles.

8 Lois de probabilité à densité

Exercice 1 *Énoncé p. 275*

Partie A

1. $p(\overline{A}) = \dfrac{600}{1\,000} = \mathbf{0{,}6}$; $p_A(C) = \mathbf{0{,}9}$;
$p_{\overline{A}}(C) = \mathbf{0{,}95}$; $p_A(\overline{C}) = \mathbf{0{,}1}$.

2. a. $p(A \cap C) = p(A) \times p_A(C) = 0{,}4 \times 0{,}9 = 0{,}36$;
$p(\overline{A} \cap C) = p(\overline{A}) \times p_{\overline{A}}(C)$
$= 0{,}6 \times 0{,}95 = \mathbf{0{,}57}$.

b. Il s'agit de calculer $p(C)$:
$p(C) = p(A \cap C) + p(\overline{A} \cap C) = 0{,}36 + 0{,}57 = \mathbf{0{,}93}$.

Partie B

1. Le nombre de tondeuses étant suffisamment grand pour assimiler le tirage à un tirage avec remise, la variable aléatoire X suit la loi binomiale de paramètres $\mathbf{n = 250}$ et $\mathbf{p = 0{,}93}$.

2. $p(E) = p(X = 240) \simeq 0{,}017$; il y a environ **1,7 %** de chances d'avoir exactement 240 tondeuses conformes dans un lot de 250.

3. $E(X) = 250 \times 0{,}93 = \mathbf{232{,}5}$.

4. a. Une tondeuse conforme permet de réaliser un bénéfice de 90 € (250 – 160) ; une tondeuse non conforme fait perdre 60 € au fabricant (160 – 100) :
ainsi : $Y = 90X - (250 - X) \times 60 = 150X - 15\,000$.

b. $E(Y) = 150 \times E(X) - 15\,000$
$= 150 \times 232{,}5 - 15\,000 = \mathbf{19\,875}$.
Le fabricant peut espérer réaliser **un bénéfice de 19 875 euros.**

Partie C

1. La loi binomiale peut être approchée par la loi normale de paramètres $\mu = E(X) = 232{,}5$ et
$\sigma = \sqrt{V(X)} = \sqrt{250 \times 0{,}93 \times 0{,}07} \simeq 4$

2. La calculatrice donne :
$p(Z \geqslant 239{,}5) \simeq \mathbf{0{,}04}$.

3. La calculatrice donne :
$p(224{,}5 \leqslant Z \leqslant 245{,}50) \simeq \mathbf{0{,}977}$.

Exercice 2 *Énoncé p. 276*

Partie A

1. $p(E_1) = p(A \cap B) = p(A) \times p(B) = 0{,}015 \times 0{,}02 = \mathbf{0{,}000\,3}$.

2. $p(E_2) = p(A \cup B) = p(A) + p(B) - p(A \cap B)$
$= 0{,}015 + 0{,}02 - 0{,}000\,3 = \mathbf{0{,}034\,7}$.

3. $p(E_3) = p(\overline{A} \cap \overline{B}) = p(\overline{A}) \times p(\overline{B})$
$= 0{,}985 \times 0{,}98 = \mathbf{0{,}965\,3}$.

On pouvait aussi calculer cette probabilité de la façon suivante :
$p(\overline{A} \cap \overline{B}) = 1 - p(A \cup B) = 1 - 0{,}034\,7 = 0{,}965\,3$.

Partie B

1. Le prélèvement pouvant être assimilé à un tirage avec remise, la variable aléatoire X suit la loi binomiale de paramètres $\mathbf{n = 12}$ et $\mathbf{p = 0{,}025}$.

2. Il s'agit de calculer $p(X = 2)$: la calculatrice donne $p(X = 2) \simeq \mathbf{0{,}03}$.

3. Il s'agit de calculer $p(X \leqslant 1)$:
$p(X \leqslant 1) = p(X = 0) + p(X = 1) \simeq 0{,}738 + 0{,}227$
$= \mathbf{0{,}965}$.

Partie C

1. La calculatrice donne :
$p(X_1 \leqslant 200) \simeq \mathbf{0{,}89}$.

2. a. La variable aléatoire Y, somme de deux variables aléatoires indépendantes suivant chacune une loi normale, suit la loi normale de moyenne :
$m = m_1 + m_2 = 160 + 77 = 237$ et d'écart-type :
$\sigma = \sqrt{\sigma_1^2 + \sigma_2^2} = \sqrt{32^2 + 28^2} = \sqrt{1\,808} \simeq 42{,}52$

b. La calculatrice donne : $p(Y \geqslant 340) \simeq \mathbf{0{,}01}$.

c. L'entreprise a raison de limiter la production totale hebdomadaire de son engrais à 340 kilogrammes car la probabilité que la demande, pour une semaine, soit supérieure à 340 kilogrammes, est d'environ seulement 1 %.

Culture Économique, Juridique et Managériale

COMPRENDRE EN VIDÉO Retrouvez tous nos tutos vidéos sur notre chaîne YouTube « Objectif BTS Hachette ».

ÉCONOMIE DROIT MANAGEMENT

L'ÉPREUVE Présentation de l'épreuve de CEJM

Épreuve écrite
Durée : 4 heures
Coefficient : 6

1 L'objectif de l'épreuve

• **L'épreuve vise à évaluer les compétences du candidat à :**
– analyser des situations auxquelles l'entreprise est confrontée ;
– exploiter une base documentaire économique, juridique et managériale ;
– proposer des solutions argumentées en mobilisant des notions économiques, juridiques ou managériales et les méthodologies adaptées aux situations proposées ;
– établir un diagnostic (ou une partie de diagnostic) préparant une prise de décision stratégique ;
– prendre des décisions opérationnelles intégrant les dimensions économique, juridique et managériale ;
– exposer des analyses et des propositions de manière cohérente et argumentée.

2 Les modalités d'évaluation

• **L'épreuve prend appui sur un dossier qui comprend :**
– la présentation d'une situation contextualisée d'entreprise contenant des problématiques de nature économique ou juridique ou managériale ;
– une base documentaire ;
– une série de questions permettant de structurer et d'orienter le travail à réaliser par le candidat.

3 Conseils

COMPRENDRE EN VIDÉO

Voir les 4 vidéos : Exploiter un tableau ; exploiter un graphique ; répondre à une question de manière structurée et organisée ; rédiger un cas pratique

étape 1 **Commencez par lire attentivement la présentation générale,** et plus particulièrement les **mises en situation**. Ces dernières introduisent le traitement des questions et sont importantes car elles peuvent contenir des éléments d'information importants.

étape 2 **Lisez ensuite les questions.** Sachez repérer les **verbes « d'action »** utilisés dans les consignes car ils précisent ce qui est attendu :
– **définissez :** définir une notion ;
– **caractérisez :** décrire les traits fondamentaux, voire expliquer ;
– **identifiez, repérez :** trouver les éléments d'explication dans les documents en annexe ;
– **expliquez, justifiez :** avancer les arguments ou le raisonnement qui donnent les causes d'un fait ou d'une situation ;
– **analysez :** proposez des éléments de comparaison ou d'explication d'au moins deux variables ou plusieurs qui ont des liens entre elles.

étape 3 **À chaque question, reportez vous aux annexes concernées.** Relevez les éléments d'information qui serviront à formuler une réponse pour chacune de vos questions. Lorsque la question nécessite de faire appel à vos connaissances, rédigez-les avec clarté et en lien direct avec la question posée.

⚠ Pensez à être soigneux dans la rédaction de vos réponses. En général, elles doivent être justifiées à l'aide des documents et, pour le droit, avec rigueur. Vous pouvez recourir en économie et en management à des tableaux ou à des tirets pour énumérer vos arguments.

Remarque
N'hésitez pas à être exhaustif et à avancer un maximum d'arguments car le barème détaillé tiendra compte du nombre d'idées différentes avancées.

1 Les agents économiques, leurs rôles et leurs échanges

De multiples acteurs interviennent dans le domaine économique ; en général, on les regroupe selon leurs fonctions économiques principales. On les qualifie alors d'**agents économiques**.
Les principaux agents sont les **entreprises**, les **ménages**, les **banques** et l'État (ou les **administrations publiques**).
L'activité économique découle des échanges qui se nouent entre ces agents.

1 Les entreprises

• **Une entreprise regroupe des moyens humains, financiers et matériels** dans l'objectif de **produire des biens ou des services vendus sur le marché**.

• **Pour produire, l'entreprise utilise des facteurs de production** (travail, capital, matières premières). Les savoirs et connaissances sont aussi considérés comme un facteur de production qui prend aujourd'hui une place croissante.

• **La majorité des entreprises a un but lucratif** (réaliser un profit). La théorie économique considère qu'elles visent à maximiser leur profit. En réalité, le profit n'est pas la seule finalité des entreprises ; l'essor du secteur de l'économie sociale et solidaire montre qu'elles peuvent s'attacher à d'autres objectifs, comme le développement durable.

2 Les ménages

• Au sens statistique, un ménage désigne tous les occupants d'un même logement, sans qu'ils aient nécessairement des liens de parenté.

Remarque
Un ménage peut être composé d'une seule personne.

• Les ménages disposent de **revenus** qu'ils tirent de leur travail (**salaires**) ou de la détention d'un patrimoine (**intérêts, dividendes, loyers**…).

• Avec leurs revenus, les ménages **consomment** et épargnent.

3 Les banques

• **Les banques sont des entreprises** dont le rôle traditionnel est de **collecter l'épargne** des agents (dépôts, livrets) afin de **financer par crédit** d'autres agents qui ont besoin d'emprunter (notamment pour l'investissement des entreprises).

• **L'essor du marché financier** (ou marché des capitaux) a fait évoluer le rôle des banques : elles permettent aux agents qui souhaitent épargner et à ceux qui souhaitent se financer d'accéder au marché et de s'y rencontrer directement. L'agent qui souhaite se financer va émettre et vendre des titres sur le marché (actions, obligations…), l'agent qui souhaite épargner va **acheter des titres** sur le marché.

4 L'État (ou les administrations publiques)

• **Les administrations publiques** regroupent l'État central (les ministères…), les collectivités territoriales et les organismes de protection sociale.

• **L'action de l'État** est principalement financée par des **prélèvements obligatoires** (impôts, taxes, cotisations).

LES FONCTIONS ÉCONOMIQUES DE L'ÉTAT

Allocation	Redistribution	Stabilisation (ou régulation)
Encadrer le fonctionnement du marché par des règles de droit (droit des contrats, droit de la concurrence…), voire être lui-même producteur de services non marchands (éducation, défense nationale…)	**Assurer une redistribution des revenus** pour éviter les inégalités les plus criantes (notamment *via* la protection sociale)	**Réguler l'activité par sa politique économique** (favoriser la croissance, lutter contre le chômage, viser la stabilité des prix et l'équilibre de la balance commerciale)

5 Les échanges entre les agents économiques

• **Les agents sont amenés à nouer des relations économiques,** généralement lors de **transactions qui s'opèrent sur le marché**. Ainsi, la relation employeur-employé qui se noue entre les entreprises et les ménages s'apparente à la rencontre d'une offre et d'une demande sur le marché du travail :

– **l'offre de travail** émane des ménages ;

– **la demande de** (facteur) **travail** émane des entreprises ;

– **le salaire** correspond au prix auquel s'effectue l'échange.

• **Les entreprises échangent des biens et services** (**offre**) avec les autres agents en contrepartie d'un paiement (**demande**) : consommation pour les ménages, consommations intermédiaires ou investissement pour les entreprises.

• **Les entreprises demandent des facteurs** pour être en mesure de produire leurs biens et services :

– **demande de facteur travail** auprès des ménages ;

– **demande de facteur capital** auprès des banques, ou directement auprès de l'ensemble des agents en passant par les marchés financiers.

• **La relation entre agents économiques ne peut toutefois pas se résumer** à la confrontation d'une offre et d'une demande sur le marché.

Exemple
L'État produit des services non marchands (gratuits ou quasi-gratuits) qu'il finance par des prélèvements obligatoires.

2 Le fonctionnement et le rôle du marché

Le marché est le lieu (fictif) de confrontation de l'offre et de la demande.

1 Le fonctionnement du marché

Le marché permet d'égaliser offre et demande et fait émerger un **prix d'équilibre.**

- **Sur certains marchés, le prix d'équilibre est spécifique :**

– le **salaire d'équilibre** permet d'égaliser offre et demande sur le **marché du travail** ;
– le **taux d'intérêt d'équilibre** permet d'égaliser offre et demande sur le **marché des capitaux**.

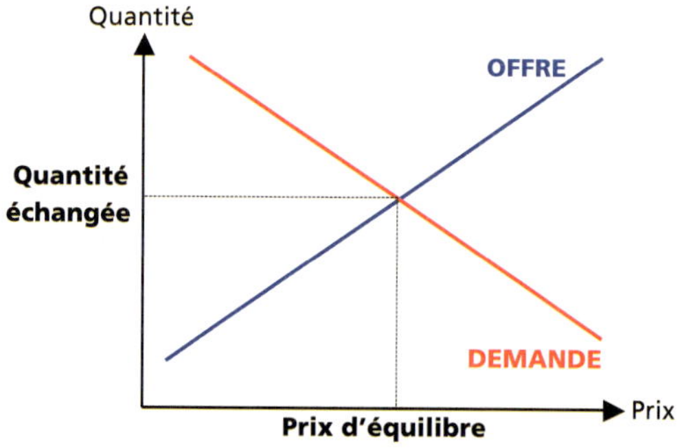

▲ Ajustement de l'offre et de la demande sur le marché

- **Sur le marché des biens et services :**

– seuls les offreurs ayant un coût de revient inférieur au prix de marché sont rentables et peuvent proposer leurs biens ou services. Lorsque le prix s'élève, un plus grand nombre d'offreurs se présente sur le marché ;
– lorsque le prix augmente, certains demandeurs quittent le marché, car leur pouvoir d'achat se réduit ; ils privilégient l'achat d'autres biens pour assurer leur satisfaction ;
– l'équilibre du marché (où les deux droites se croisent sur le schéma) est atteint lorsqu'il y a égalité entre l'offre et la demande. **Ce point de croisement définit le prix d'équilibre** (ou prix de marché)

- **En réalité, l'équilibre se met en place progressivement** par un jeu d'essais et d'erreurs.

Exemple
Le prix de vente initial proposé par certaines entreprises peut être trop élevé, mais la difficulté à vendre leur production va les conduire à réduire le prix et à se rapprocher de l'équilibre.

2 Le rôle du marché

Rôle d'ajustement	Le marché permet d'équilibrer offre et demande.
Rôle incitatif	Le marché oriente les actions et décisions des agents. **Exemple :** *une hausse de prix peut inciter des entreprises à se lancer sur le marché concerné car elles deviennent rentables.*
Rôle informatif	Le marché et le prix fournissent des informations aux agents sur les tensions entre offre et demande. **Exemple :** *une hausse de prix indique une pénurie d'offre et/ou une forte pression de la demande.*

- **En principe, le marché joue efficacement son rôle de régulateur** de l'activité économique lorsque deux conditions sont respectées :

– la possibilité pour les agents de **fixer librement leurs prix ;**
– **le marché doit être concurrentiel** : cette émulation pousse les entreprises à réduire leurs prix, à améliorer la qualité de leurs produits et prestations.

3 Les marchés : concurrence, coopération et barrières à l'entrée

« Avant qu'une entreprise puisse affronter la concurrence sur un marché, il faut déjà qu'elle puisse y entrer. » (site de l'OCDE)

1 La concurrence entre les entreprises

• La compétitivité correspond à la capacité d'une entreprise à faire face à la concurrence :

– **la compétitivité-prix** reflète la capacité d'une entreprise à vendre ses produits à un prix similaire, voire plus faible que celui des concurrents ;

– **la compétitivité hors-prix** reflète la capacité d'une entreprise à se démarquer de ses concurrents autrement que par le prix (image de marque, innovation, qualité…).

Définition

Concurrence : rivalité entre agents qui poursuivent un même but (ex. : développer leur part de marché).

• **Pour disposer d'un pouvoir de marché** (disposer de marges de manœuvre quant à la fixation de leurs prix, par exemple), les entreprises cherchent à résister à la pression concurrentielle qui s'exerce sur elles.

Exemples

Un sous-traitant fait face à un nombre réduit de clients (parfois un seul). Il subit fortement la pression de sa clientèle.

Dans le transport ferroviaire, la fixation des prix se doit de tenir compte des prix pratiqués par les transporteurs aériens ou du coût du transport en voiture (influence des produits de substitution).

Les 5 forces de la concurrence (M. Porter)

- Les entreprises concurrentes du secteur
- Les fournisseurs
- Les clients
- Les entrants potentiels
- Les produits de substitution

2 La coopération entre les entreprises

• Les entreprises nouent parfois des relations de coopération qui peuvent prendre plusieurs formes, parmi lesquelles :

Type de coopération	Exemple
Alliance (entre fournisseurs et clients)	Sous-traitance, contrat de franchise, concession…
Création d'une structure juridique propre	Filiale commune, GIE (Groupement d'intérêt économique)

• De nombreuses raisons peuvent justifier ces relations de coopération : mettre en commun des moyens ou des savoir-faire (mutualiser des efforts de R&D), atteindre une taille critique, pénétrer un marché étranger…

3 Les barrières à l'entrée

A Définition et conséquences

- Les barrières à l'entrée :

– **réduisent l'intensité concurrentielle** qui pèse sur les acteurs du marché ;

– **présentent un risque pour le consommateur que les prix soient plus élevés** que sur un marché pleinement concurrentiel.

Définition

Barrière à l'entrée : toute entrave qui empêche ou freine l'accès au marché à de nouveaux entrants.

- Lorsqu'il y a des barrières à l'entrée, le marché n'est constitué que de quelques offreurs, voire d'une seule entreprise. On parle alors d'**oligopole**, ou de **monopole**.

B Les différentes formes de barrières à l'entrée

- **Les barrières peuvent être d'ordre règlementaire** (nécessité d'avoir un diplôme, monopole institué par l'État), d'ordre **technologique** (accès au marché bloqué par un brevet), etc.

- **Les tensions commerciales** entre pays peuvent conduire à la mise en place de taxes sur les importations (ou droits de douane) comme ce fut récemment le cas entre les États-Unis et la Chine lors de la présidence Trump. Ces taxes constituent des barrières (tarifaires) à l'entrée du marché.

- **La structure des coûts** du secteur ou des entreprises peut être à l'origine de barrières :

– lorsque les coûts d'entrée sur le marché sont importants ;

Exemple

Des investissements très lourds à consentir pour accéder au marché du transport aérien (achat d'avions).

– lorsque la structure des coûts conduit à des économies d'échelle, c'est-à-dire une diminution du coût unitaire lorsque la production s'élève. Le premier entré sur un tel marché dispose d'un avantage en termes de coût lui permettant d'éliminer toute concurrence (en baissant suffisamment ses prix pour empêcher les concurrents d'être rentables).

Exemple

Une telle structure de coût s'observe sur des activités qui supposent de créer et d'entretenir un réseau (transport ferroviaire, électricité, gaz...). Initialement des monopoles, ces secteurs font l'objet d'une ouverture à la concurrence, mais le nombre d'entreprises sur le marché reste limité.

4 L'asymétrie de l'information

1 Définition et conséquences

• **Il y a asymétrie d'information** lorsque, dans une transaction entre offreur et demandeur, l'un des deux manque d'informations pour prendre une décision parfaitement éclairée.

Exemples

– Le prêteur qui ne connaît pas parfaitement les qualités de gestionnaire de l'emprunteur ou ce qu'il va faire du montant emprunté.
– L'assureur qui ne sait pas si le conducteur couvert va conduire prudemment.
– L'employeur qui ne sait pas si la personne qu'il embauche sera aussi productive dans son travail que son niveau de qualification ne le suggère.
– Le client d'un concessionnaire de voitures d'occasion qui ne connaît pas les points faibles de la voiture qu'il achète.

• **Les asymétries d'information sont une situation de défaillance de marché.** Elles ont pour effet d'entraîner de mauvaises prises de décision, de mauvaises évaluations du risque.

Exemple

– Les banques peuvent être exagérément prudentes en n'octroyant que peu de prêts (au risque d'un rationnement du crédit) par peur d'un défaut de remboursement des débiteurs.
– Les agents peuvent au contraire prendre des risques excessifs : le conducteur, s'estimant couvert par son assurance, peut adopter une conduite dangereuse.

2 S'adapter aux asymétries

• Les agents qui souffrent de l'asymétrie peuvent parfois obtenir l'information qui leur manque : avant d'accorder un prêt, les banques demandent les bulletins de salaires, les avis d'imposition…

• L'insertion de clauses dans le contrat noué par les parties peut être un moyen de s'assurer de sa bonne exécution.

Exemple

– Les banques peuvent se protéger d'un défaut de remboursement avec des clauses dans le contrat de prêt (caution, hypothèque, nantissement).
– Pour s'assurer de l'investissement et de la productivité d'un futur embauché, l'employeur peut lui fixer des objectifs à atteindre (un objectif de chiffre d'affaires pour un commercial par exemple).

5 Les externalités négatives et positives

1 Définition

Il y a externalité lorsque l'activité d'un agent a des effets induits :
– **défavorables** pour d'autres agents, sans que celui à l'origine de l'externalité ne soit sanctionné → **externalité négative** ;
– **favorables** pour d'autres agents, sans que celui à l'origine de l'externalité n'en soit récompensé → **externalité positive.**

2 Les externalités négatives

Exemple	Production ou consommation causant une dégradation de l'environnement (rejets polluants, épuisement des ressources naturelles…)	
Raison de la défaillance	Les agents ne sont pas incités à être plus vertueux car le marché ne les sanctionne pas Risque d'une pollution excessive	
Correction de la défaillance	Interdiction ou limitation de ces externalités par des règlementations publiques, l'introduction de normes **Exemple :** *interdiction de la production d'amiante*	• Principe du pollueur-payeur : faire supporter un coût au pollueur pour l'inciter à limiter les atteintes à l'environnement **Exemple :** *fiscalité verte ou écotaxe* • Logique de bonus-malus pour récompenser les agents les plus vertueux **Exemple :** *dans le secteur automobile*

• **La création d'un marché des droits à polluer** a mis en place le **principe du pollueur-payeur** relatif aux émissions de CO_2 à l'échelle mondiale :
– celui qui pollue excessivement doit **racheter des droits à polluer** ;
– celui qui pollue moins que les quotas qui lui sont accordés peut **revendre ses droits à polluer** et ainsi être « récompensé ».

3 Les externalités positives

Exemples	• La R&D : les nouvelles connaissances produites vont pouvoir inspirer d'autres entreprises. • La formation : une main d'œuvre mieux formée par une entreprise entraînera des gains profitables pour d'autres agents.
Raison de la défaillance	Si les agents à l'origine des externalités positives ne sont pas récompensés, cela favorise des comportements opportunistes dits de « **passager clandestin** » : – des entreprises peuvent attendre que d'autres engagent des dépenses en R&D pour les copier ou s'inspirer de leurs innovations ; – des entreprises peuvent débaucher des employés formés ailleurs.
Corrections de la défaillance	• Clauses contractuelles qui protègent l'agent à l'origine de l'externalité. **Exemple :** *clauses de dédit formation* éliminant *le risque de débauchage* • Droit des brevets : protège celui qui innove et constitue ainsi une incitation à la R&D ; • Mécanismes incitatifs de l'État (subventions ou crédits d'impôt) ou en produisant lui-même les activités sources d'externalités positives. **Exemple :** *enseignement et recherche publics*

6 Le rôle des banques et du marché financier

Le système financier regroupe les organismes qui permettent le financement des agents économiques. Les banques en sont un acteur incontournable, mais le marché financier (ou marché des capitaux) est aussi devenu prépondérant en matière de financement.

1 Le rôle du système financier

Le système financier a pour fonction première de **collecter l'épargne des agents à capacité de financement** (ménages, entreprises) afin de **financer les agents à besoin de financement** (ménages, entreprises) pour qu'ils puissent investir, consommer…

2 Finance indirecte et finance directe

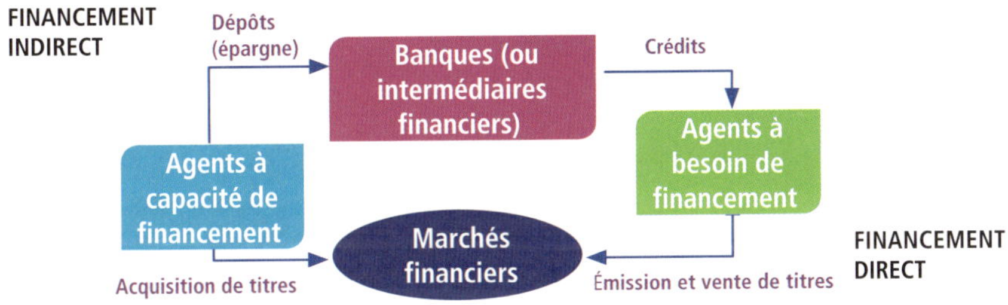

A Le financement indirect

Le **financement indirect** est également appelé **financement intermédié** (banques, intermédiaires financiers). Il reste indispensable pour certains agents qui ont des difficultés à se financer directement sur les marchés financiers (jeunes entreprises, PME).

B Le financement direct

• Il permet la **rencontre directe de l'offre et de la demande de capital sur le marché financier**. Selon les titres ou actifs financiers échangés, on distingue habituellement deux grands marchés :
– **le marché monétaire** utilisé par les entreprises, les États et les banques ; les durées d'emprunt et de prêt sont courtes ;
– **le marché financier** où les agents économiques émettent des actions ou des obligations ; les durées d'emprunt et de prêt sont plus longues.

• Le financement direct est devenu prépondérant au sein des économies développées. Il concerne principalement, pour les entreprises :
– **le marché obligataire** où les entreprises émettent et vendent des obligations en contrepartie d'**un remboursement futur et du paiement d'un intérêt pour le détenteur de l'obligation** (= une sorte d'emprunt morcelé) ;
– **le marché des actions** où les entreprises **augmentent leur capital en vendant des actions**. Les détenteurs d'action disposent alors d'un droit sur les bénéfices (dividendes) et espèrent une plus-value sur l'action.

7 Les principes généraux en matière contractuelle

Le droit défend les principes de l'autonomie de la volonté, du consentement libre, du respect de la parole donnée et de la loyauté entre les personnes.

1 La liberté contractuelle

La liberté contractuelle affirmée par l'article 1102 du Code civil obéit à 3 principes.

Les principes	Les limites légales	Exemples
Liberté de contracter *(s'engager ou ne pas s'engager)*	La loi interdit de conclure certains contrats.	Une société ne peut pas prêter de l'argent à ses dirigeants au risque de réaliser un abus de biens sociaux.
	À l'inverse, certains contrats sont obligatoires.	Chaque véhicule doit être assuré.
Libre choix du cocontractant *(choisir avec qui on veut conclure un contrat)*	Le libre choix est pertinent dans les contrats dits *intuitu personae*. Mais le libre choix ne doit pas être une discrimination.	Le droit de la consommation interdit le refus de vente à un consommateur sauf motif légitime (rupture de stock...).
Libre détermination du contenu du contrat *(fixer ses propres clauses)*	Le contrat doit respecter l'intérêt général, l'ordre public et les bonnes mœurs.	• La vente de produits illicites (drogue) est interdite. • Les clauses « abusives » créant un déséquilibre significatif entre les parties sont également interdites.

2 La force obligatoire des contrats

L'article 1103 du Code civil consacre le **principe d'irrévocabilité du contrat** : il ne peut être rompu que sous certaines formes ou conditions (par exemple, le respect d'un délai de préavis dans les contrats à durée indéterminée).

3 La bonne foi

- **« Les contrats doivent être négociés, formés et exécutés de bonne foi »** selon l'article 1104 du Code civil.
- **En droit des contrats,** une personne agit de bonne foi lorsqu'elle se comporte de façon loyale vis-à-vis de son partenaire. L'application de ce principe a créé de nombreuses obligations pour les contractants, dont une obligation générale d'information et de conseil, surtout lorsque le contrat est conclu entre un professionnel et un consommateur.

Exemple
Le droit de la consommation exige que le professionnel fournisse au consommateur toutes les indications relatives au produit vendu et à sa bonne utilisation. Pour un produit alimentaire, le vendeur doit indiquer la date de péremption, le poids net, le prix en euros au kilo, les ingrédients utilisés, les risques d'allergène…

8 La formation du contrat

Lorsque l'offre rencontre une acceptation, le contrat est conclu. En principe, tout formalisme est superflu. Un contrat peut donc être conclu oralement, de manière implicite, c'est le **principe du consensualisme**.

1 L'exception du formalisme dans les contrats

Deux atténuations peuvent être apportées au principe du consensualisme.

- **Le formalisme *ad probationem* :** le contractant a intérêt à se constituer une trace écrite ou électronique afin de disposer d'une preuve en cas de litige.
- **Le formalisme *ad validitatem* :** lorsque le contrat met en jeu des sommes importantes ou une grande responsabilité, la loi impose la rédaction d'un écrit pour le rendre valable.

2 Les conditions de validité de la formation du contrat

A Le consentement ne doit pas être vicié

- **Le consentement des parties** se forme par la **rencontre entre une offre ferme et précise**, éventuellement assortie d'un délai, proposée par une personne appelée l'offrant, et une acceptation. L'acceptant adhère pleinement à l'offre de manière expresse ou tacite. S'il la modifie, il fait une **contre-offre** qui est une invitation à rentrer en pourparlers.
- **La rencontre de l'offre et de l'acceptation fonctionne également avec les personnes morales** *via* leur représentant légal.
- L'article 1130 du Code civil identifie trois vices du consentement :

Erreur	Croyance fausse portant sur un des termes du contrat.	L'erreur porte sur la personne ou sur le bien mais pas sur le prix.
Dol	Fait pour un contractant d'obtenir le consentement de l'autre par des manœuvres ou des mensonges.	La rétention volontaire d'information ou le silence peuvent être considérés comme un dol.
Violence	Lorsqu'une partie s'engage sous une contrainte.	La violence peut être physique ou morale ; elle doit être illégitime pour être sanctionnée.

B Les parties doivent être capables juridiquement

Les parties doivent être des **personnes physiques majeures** ou **mineures émancipées** ou une personne physique représentant légalement une personne morale. Les mineurs et les majeurs **faisant l'objet d'un régime de protection** (tutelle, curatelle, sauvegarde de justice) ne peuvent pas conclure de contrats. Les intérêts des personnes incapables sont protégés par leur représentant légal.

C Le contenu du contrat est licite et certain

Le contenu du contrat **doit être déterminé** ou **déterminable** que ce soit sur le prix ou sur le bien ou la prestation de service à fournir.

Le contrat entaché d'un vice du consentement, d'une partie incapable ou d'un contenu illicite est **nul**. La nullité entraîne l'anéantissement rétroactif du contrat.

9 La négociation des contrats

L'ordonnance du 10 février 2016 réformant le droit des contrats met en avant le rôle de la phase des négociations dans le processus de formation des contrats. Si les négociations n'aboutissent pas, le contrat n'est pas conclu et les intérêts de chacun doivent être préservés. Une période de négociation et des avant-contrats précèdent la signature du contrat définitif.

1 Les phases de la négociation

Avant de s'entendre, les entreprises doivent prendre le temps de se rencontrer, d'établir un terrain d'accord, de fixer les conditions de leurs relations. Cela passe par :

Les pourparlers	Échanges informels d'intentions. Ils n'engagent pas contractuellement.
Les précontrats	Ou avant-contrats. Ils fixent les conditions du déroulement du processus de négociation et les modalités de rupture. Ils engagent les signataires.
Le contrat définitif	L'engagement lie les parties. Le contrat fixe les conditions de la relation contractuelle.

2 Les obligations durant la négociation

• **Les parties doivent satisfaire aux règles de la bonne foi** pendant ces différentes phases, ce qui fait naître une obligation générale d'information : les parties doivent s'échanger les informations déterminantes qui ont un lien direct et nécessaire avec le contenu du contrat ou la qualité des parties.

• **Ce devoir d'information est impératif (« d'ordre public ») ;** les parties ne peuvent ni le limiter ni l'exclure.

• Toutefois, le principal élément de négociation reste le prix du bien ou du service. C'est pourquoi la loi prévoit que ce devoir d'information ne porte pas sur l'estimation de la valeur de la prestation.

3 La protection en cas d'échec des négociations

• **En cas de faute commise** dans les négociations ou de non-respect du devoir d'information, **la partie qui s'estime lésée doit apporter la preuve de son préjudice**. À charge pour la partie adverse de prouver qu'elle n'a pas commis de faute ou qu'elle a bien fourni cette information.

COMPORTEMENTS POUVANT ENTRAÎNER UNE SANCTION

- Abus dans la rupture des pourparlers
- Non-respect d'une clause inscrite dans les avant-contrats
- Absence de remise d'une information déterminante par l'une des parties

• **La loi envisage plusieurs sanctions** selon l'importance du comportement constaté :
– **le versement de dommages et intérêts** en fonction de la faute commise ;
– l'**annulation du contrat définitif**, si la faute a généré un vice.

10 Les clauses contractuelles

1 Clause contractuelle et clause abusive

Voir p. 106

• **Chaque clause contractuelle est rédigée librement** par les parties en fonction de leurs besoins respectifs. Elles ont également pour but d'anticiper d'éventuelles difficultés. Pour chacune, il convient de respecter un équilibre entre les parties.

• **Une clause abusive** a pour effet de créer un déséquilibre significatif. Si elle était identifiée dans un contrat, elle serait réputée non écrite par le juge.

2 Les différentes clauses contractuelles classiques

Clause	Définition	Remarques
Pénale	Les parties s'engagent à verser une somme forfaitaire fixée à l'avance si l'une d'entre elles ne remplit pas ses obligations.	• Le montant peut être modifié par le juge s'il est excessif ou dérisoire. • Une mise en demeure préalable du débiteur est en principe nécessaire. • Elle est interdite dans certains contrats (de consommation, de prêt).
De renégociation	Les parties prévoient la possibilité de redéfinir les termes du contrat : le prix ou les prestations (car avec le temps, l'équilibre économique du contrat peut évoluer).	• Clause fréquente notamment dans les contrats à exécution successive incluant de longs délais d'exécution. • Les clauses dites de révision, de variation de prix ou d'indexation de prix sont très proches.
Résolutoire	Les parties prévoient que le contrat sera résolu de plein droit si survient un événement décrit.	• Elle dispense le créancier de s'adresser à la justice. Il devra adresser à son débiteur une mise en demeure. • Ne s'applique pas si l'inexécution résulte d'un cas de force majeure ou lorsque le créancier la met en œuvre de mauvaise foi.
Limitative de responsabilité	Clause qui aménage la responsabilité des parties. Les clauses les plus usuelles fixent à l'avance le montant maximum de dommages et intérêts en cas d'inexécution, d'exécution défectueuse ou de retard.	• Clause valable sous réserve de respecter l'ordre public et des textes spécifiques. • Elle ne peut pas porter sur les obligations essentielles du contrat. **Exemple :** *la SNCF peut décliner sa responsabilité en cas de vol de bagages mais ne peut pas s'exonérer sur le fait que le train doit arriver à l'heure à la destination prévue.*
De réserve de propriété	Elle diffère le transfert de propriété d'un bien jusqu'au paiement complet du prix.	Véritable garantie pour le créancier qui peut venir saisir le bien vendu si le prix n'a pas été intégralement payé.

11 Les finalités de l'entreprise

La finalité d'une entreprise définit les buts principaux que celle-ci cherche à atteindre. La finalité a donc un caractère permanent pour l'entreprise.

1 Définition

• **Au-delà des aspects économiques,** la finalité de l'entreprise recouvre aujourd'hui des aspects de plus en plus larges.

• **Le projet d'entreprise** traduit de manière effective la finalité de l'entreprise. Il permet d'exprimer l'**identité de l'entreprise** et de rassembler ses acteurs autour d'un projet fédérateur et mobilisateur décliné en termes d'objectifs concrets (**qualitatifs** et **quantitatifs**).

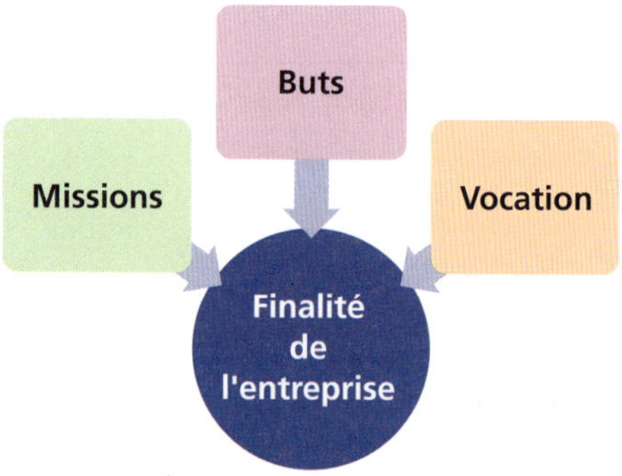

2 La responsabilité sociale de l'entreprise (RSE)

• La **responsabilité sociale de l'entreprise** se rapporte au concept de développement durable appliqué aux entreprises.

• À l'opposé d'une vision purement économique, la RSE incorpore les **aspects sociaux** (finalité sociétale), **environnementaux** (finalité environnementale) de l'action d'une entreprise, ainsi que les préoccupations de ses principales **parties prenantes** (clients, fournisseurs...). Elle illustre l'**impact des actions d'une entreprise** au sein de la société dans laquelle elle s'intègre.

Remarque

L'économie sociale et solidaire rassemble les entreprises qui cherchent à concilier solidarité, performances économiques et utilité sociale. En 2017, ces entreprises représentaient 10 % du PIB et près de 13 % des emplois privés en France.

3 Les facteurs qui agissent sur la finalité de l'entreprise

• L'histoire de l'entreprise, ses traditions, ses statuts et sa culture.
• La personnalité du dirigeant, ses valeurs et aspirations personnelles.
• Les attentes des parties prenantes (salariés, actionnaires, associés...) de l'entreprise.
• L'environnement commercial (fidélisation de la clientèle).
• L'environnement concurrentiel (part de marché et intensité de la concurrence).

Remarque

Peter Drucker propose de mettre en avant la gestion de la clientèle et de l'innovation dans la finalité de l'entreprise, ainsi que de mieux valoriser les ressources humaines de l'entreprise (analyse des conditions de travail, formation des salariés...).

12 Les parties prenantes

Dans une entreprise, le pouvoir de décision ne saurait se limiter à la volonté d'un seul individu. La prise de décision s'opère avec les motivations des différentes parties prenantes impliquées dans l'entreprise.

1 Les principales parties prenantes

Typologies de parties prenantes	Composantes
Internes	Propriétaires, dirigeants et managers, salariés
Externes	Ensemble des groupes liés à l'entreprise (actionnaires, clients, fournisseurs, distributeurs, concurrents, médias…)
Primaires	Liées contractuellement à l'entreprise et qui contribuent à son activité quotidienne : actionnaires, clients, salariés et fournisseurs
Secondaires	Ne contribuent pas directement au fonctionnement de l'entreprise : consommateurs, groupes de pression, concurrents, médias…

2 Les modèles de gouvernance

Modèle actionnarial (*shareholder*)	Modèle partenarial (*stakeholder*)
• Privilégie la relation dirigeant/actionnaire • Objectif de maximisation au profit des actionnaires • Dirigeant soumis au contrôle des actionnaires	• Cherche à prendre en compte et à défendre l'intérêt de l'ensemble des parties prenantes • Management qui prend en compte la notion de responsabilité sociétale

3 Les approches théoriques

• **Cyert et March** analysent l'entreprise comme une organisation constituée de groupes d'individus aux aspirations contradictoires : **approche conflictuelle fondée sur les intérêts divergents des parties prenantes**. Le manager cherche à répondre à des objectifs parfois divergents selon un processus de décision privilégiant le meilleur compromis possible entre les parties prenantes, parfois au détriment du choix de la solution la plus optimale pour l'entreprise.

• **Michel Crozier** insiste sur la nécessité pour le manager de **mettre en place des mécanismes prenant en compte les intérêts individuels divergents** au sein d'une entreprise, pour élaborer une dynamique collective positive et favoriser le bon fonctionnement de l'entreprise.

Exemple

On oppose souvent les attentes des actionnaires (recherche d'un dividende/profit maximum) aux aspirations des salariés (attentes d'augmentations salariales).

13 Logique entrepreneuriale et managériale

L'entrepreneur est l'acteur central de l'action collective engagée par l'entreprise. Sa démarche peut relever d'une logique managériale ou entrepreneuriale qu'il faut définir pour comprendre les motivations qui le guident.

1 Définitions

A Le processus entrepreneurial

Le processus entrepreneurial ne se limite pas à identifier une opportunité, sa mise en œuvre et le respect d'un certain nombre d'étapes sont indispensables pour assurer la réalisation du projet et garantir au mieux sa pérennité.

Remarque

Pour **Schumpeter**, l'entrepreneur est un agent économique dont la fonction est d'exécuter de nouvelles combinaisons productives ; c'est avant tout un innovateur qui a le goût de la prise de risque.

- étape 1 : Idée ou opportunité
- étape 2 : Formalisation du projet
- étape 3 : Étude de faisabilité
- étape 4 : Définition des moyens
- étape 5 : Business plan
- étape 6 : Choix de la structure
- étape 7 : Lancement de l'activité
- étape 8 : Choix stratégiques

▲ Les étapes du processus entrepreneurial

Définitions

- **Efficacité :** capacité à obtenir le résultat souhaité ou attendu, d'atteindre l'objectif qui a été fixé.
- **Efficience :** capacité de parvenir à un maximum de résultats avec un minimum de ressources.

Une action peut être efficace, mais pas efficiente si elle utilise des moyens disproportionnés.

B La logique entrepreneuriale

- La logique entrepreneuriale est une logique d'entreprise qui articule **quatre composantes** entre elles :
  - l'opportunité d'affaires ;
  - l'innovation ;
  - la création d'une organisation ;
  - la création de valeur.
- L'entrepreneur est donc tout à la fois un **innovateur**, un **manager** et un **leader**.

C La logique managériale

• La logique managériale est une logique d'entreprise caractérisée par la **recherche de performance** à travers l'**optimisation des ressources** exploitées pour réaliser les objectifs fixés.

• On la retrouve essentiellement dans les entreprises ou le manager n'est pas le propriétaire de l'entreprise. En tant que salarié, le manager se voit fixer des objectifs par les propriétaires de l'entreprise (les actionnaires).

2 Comparaison des deux logiques

	Entrepreneur	Manager
Gestion des risques	L'entrepreneur investit ses capitaux personnels et assume les risques de l'exploitation.	Le manager n'engage pas ses propres ressources. Il assume une responsabilité vis-à-vis du budget qui lui est accordé et des objectifs qu'il doit atteindre.
Recrutement	L'entrepreneur recrute ses collaborateurs.	Le manager partage le pouvoir décisionnaire ou confie le recrutement à un collaborateur.
Définition et mise en œuvre de la stratégie	L'entrepreneur définit la stratégie et les moyens nécessaires à sa réalisation.	Le manager participe à la définition de la stratégie mais doit surtout s'assurer de sa mise en œuvre et de l'utilisation des ressources qui y sont affectées.
Innovation	L'entrepreneur est un créateur, un innovateur en termes de produit, de procédé, de forme d'organisation du travail…	Le manager cherche à créer de la valeur et donc à intégrer l'innovation pour améliorer l'efficacité de l'entreprise et assurer sa pérennité face à la concurrence.

3 La notion d'intrapreneuriat

• Les logiques entrepreneuriale et managériale étant de plus en plus mêlées dans les entreprises, la notion d'**entrepreneur-manager** (intrapreneur) cherche à faire la synthèse des deux approches.

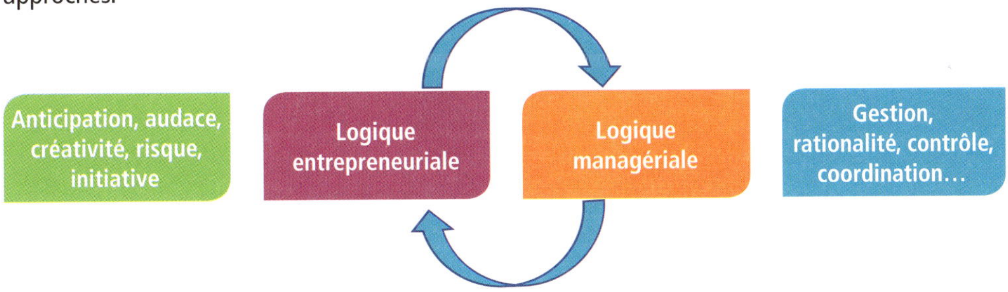

• Cette démarche permet aux entreprises de favoriser la prise de risque et l'innovation des collaborateurs, de dynamiser la gestion des personnels (facteur de motivation) en recherchant à la fois la performance et le développement de l'entreprise.

14 Les indicateurs de performance

Une entreprise est reconnue performante lorsqu'elle réalise les résultats et objectifs fixés compte tenu des moyens mis en œuvre pour y parvenir.

1 La mesure de la performance d'une entreprise

• **La notion de performance** implique une dimension interne à l'entreprise (rentabilité, productivité…) ainsi qu'une dimension externe (implication sociétale de l'entreprise, prise en compte des attentes des clients, des fournisseurs, des actionnaires…).

• **La performance,** souvent associée à des **critères quantitatifs** (résultats financiers), se mesure de plus en plus à partir de **critères qualitatifs** (climat social, degré de satisfaction de la clientèle…).

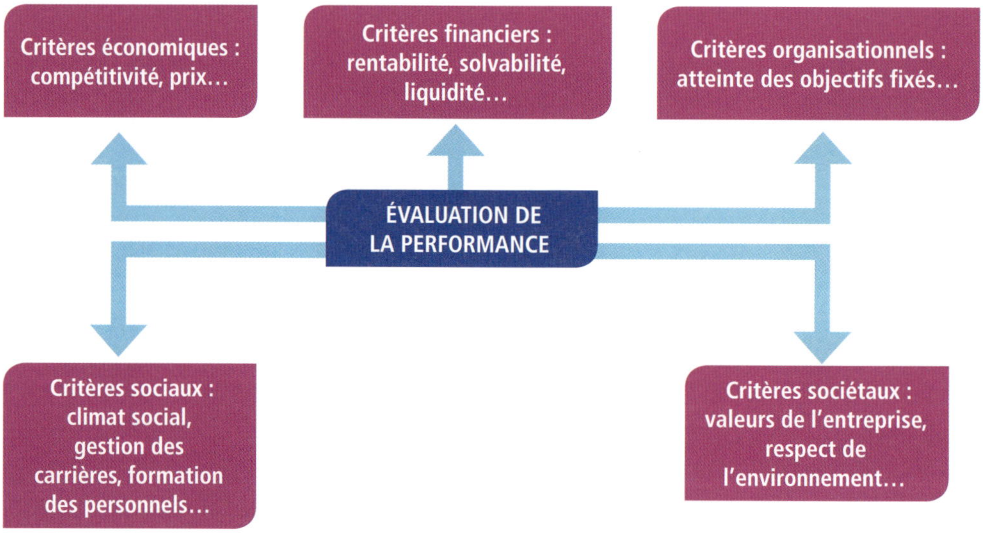

▲ Les différents critères d'évaluation de la performance

• **La mesure de la performance** d'une entreprise doit concilier :

– des éléments **quantitatifs et qualitatifs** : l'atteinte d'un objectif de production doit se faire dans le respect de normes de qualité ;

– des **objectifs à court et à long terme** ;

– la recherche d'une performance globale qui s'appuie sur une **efficacité à chaque étape du processus productif** ;

– la recherche d'une performance collective s'appuyant sur le **développement individuel de chaque membre** de l'entreprise ;

– **favoriser la stabilité** de l'entreprise tout en la rendant apte au changement ;

– **assurer une unité de pilotage** de l'entreprise tout en responsabilisant les acteurs (délégation du pouvoir de décision).

2 Le tableau de bord, un outil au service du manager

• **Le tableau de bord prospectif** permet d'orienter les décisions du manager. Avec cet outil d'évaluation, on passe du management stratégique au management opérationnel en rendant plus lisible la stratégie de l'entreprise. Le tableau de bord permet également d'équilibrer la répartition des critères de performance entre les acteurs.

• **Les principaux critères** utilisés pour concevoir un tableau de bord :

– le chiffre d'affaires ;
– le taux de marge ;
– les délais de paiement client et fournisseur ;
– le nombre de nouveaux clients ;
– le taux d'absentéisme ;
– le *turnover* des salariés ;
– les flux de trésorerie ;
– la rotation des stocks…

Les indicateurs utilisés sont des indicateurs quantitatifs. Ils doivent permettre de mesurer l'efficacité et l'efficience de chaque domaine.

Pour être pertinent, un indicateur doit être adapté, simple, précis, applicable et constant.

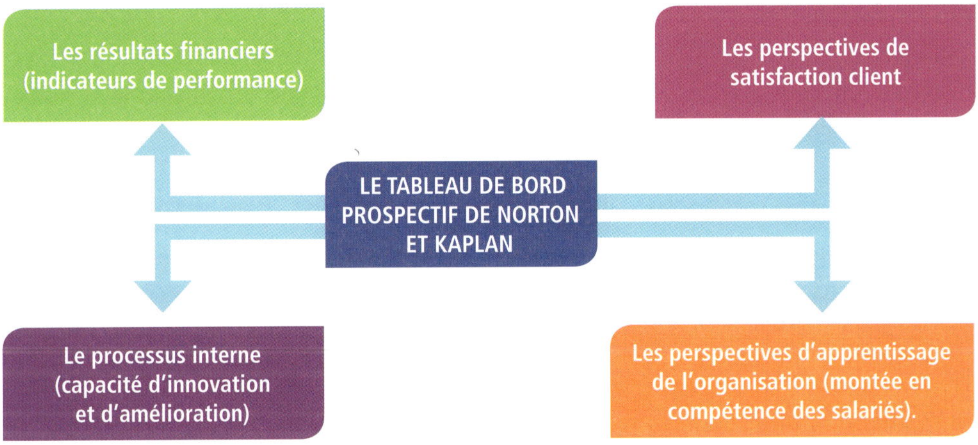

15 Le rôle de l'État

Le poids de l'État est très différent d'un pays à l'autre. Néanmoins, quelles que soient les économies de marché, l'État assume **3 grandes fonctions** selon Richard Musgrave : **allocation, redistribution** et **régulation**.

1 La fonction d'allocation

Voir p. 289

• **L'État met en place le cadre juridique et institutionnel** indispensable au bon fonctionnement du marché : **droit de la propriété, des contrats, de la concurrence**...

Exemple
L'absence de droit des contrats pénaliserait sans doute l'activité économique : les travailleurs pourraient craindre de ne pas être rémunérés par l'employeur.

• **Lorsque le marché est défaillant,** l'État met en place les corrections nécessaires (par la fiscalité, par des droits spécifiques tels que les brevets...), voire se substitue au marché et devient lui-même producteur de services non marchands (éducation nationale, défense nationale...).

2 La fonction de redistribution

• L'État intervient pour **corriger une répartition trop inégalitaire** des richesses et des revenus.
• Son action passe par le versement de prestations ou la prise en charge de dépenses (soins médicaux) financées par des prélèvements obligatoires (impôts, taxes, cotisations) :
– **la redistribution peut être verticale** : les prélèvements s'opèrent sur les plus aisés en faveur des plus démunis.
– **la redistribution est horizontale** lorsqu'elle couvre les risques sociaux (maladie, maternité...) indépendamment des revenus.

3 La fonction de régulation (ou stabilisation)

• **La politique de régulation consiste à agir à court terme sur les fluctuations économiques.** Selon Kaldor, la situation économique d'un pays peut être envisagée *via* quatre critères ; la recherche d'équilibre passe par une attention à chacun des critères pour former un « **carré magique** ».
• En matière de politique économique, l'État s'appuie sur deux leviers principaux :
– **la politique budgétaire** : l'État cherche à influer sur l'activité économique *via* ses dépenses et ses mesures fiscales ;
– **la politique monétaire** : l'État (la BCE pour les pays membres de l'UEM) cherche à influer sur l'activité économique *via* ses émissions de monnaie et son action sur les taux d'intérêt.

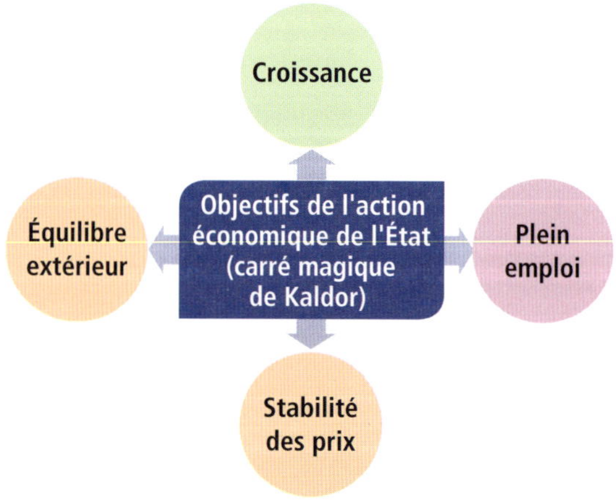

16 La croissance économique

1 Mesure et portée de la croissance économique

• La croissance économique est mesurée par le **taux de variation du PIB (produit intérieur brut) d'un pays.** Ce dernier peut s'envisager selon 3 perspectives :

Optique production	Le PIB correspond aux richesses produites sur le territoire national. Il est égal à la somme des valeurs ajoutées (VA) produites par les agents. VA = Production – Consommations Intermédiaires
Optique demande	• Le PIB correspond à l'ensemble des éléments constitutifs de la demande globale. PIB = Consommation + Investissement + (Exportations – Importations) • Le PIB reflète les débouchés pour les entreprises : la demande interne (consommation et investissement), la demande externe (exportations). Une partie de ces débouchés est toutefois captée par des entreprises étrangères (importations).
Optique revenu	Le PIB correspond à l'ensemble des revenus versés aux agents économiques résidents. Ainsi le PIB par habitant (PIB / population) est un indicateur de revenu moyen.

• **La croissance est un objectif majeur de politique économique** car elle conditionne l'augmentation du niveau de vie des individus.

• Pour qu'il y ait véritablement croissance économique, il faut que le PIB/habitant s'élève (PIB qui progresse plus rapidement que la population).

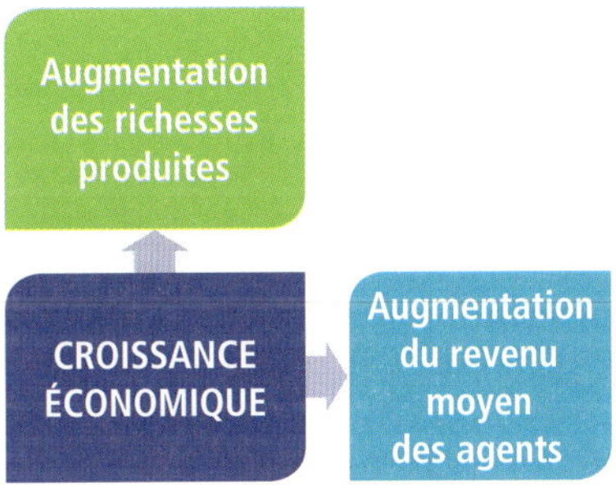

2 Les limites de la croissance

• **La croissance n'est pas toujours synonyme de progrès :**
– le progrès et le bien-être ne peuvent se résumer à des aspects exclusivement monétaires ;
– la croissance peut s'accompagner d'effets indésirables tels que la pollution (externalité négative) ;
– la croissance peut aller de pair avec un creusement des inégalités.

• Les pouvoirs publics s'attachent donc aujourd'hui à des **objectifs plus larges que la simple croissance**. La prise en compte d'un **développement durable** en est un exemple : concilier croissance et répartition équitable des richesses ainsi que préservation de l'environnement.

• **D'autres indicateurs ont été élaborés** afin de « mieux » mesurer la notion de progrès. L'**IDH (indicateur de développement humain)** est un outil de mesure qui ne néglige pas totalement le PIB (prise en compte du revenu national brut par habitant) mais qui intègre également l'espérance de vie et l'accès aux études.

17 L'existence de déséquilibres : inflation, chômage

1 L'inflation et la déflation

A Les effets de l'inflation et de la déflation

• Une inflation trop forte est nuisible pour l'économie :
– elle **réduit le pouvoir d'achat** des individus (hausse du coût de la vie) ;
– elle **crée de l'incertitude** sur les recettes et les coûts futurs des entreprises (les coûts d'achat vont-ils progresser plus vite que les prix de vente ?), ce qui peut paralyser l'activité économique.

• La déflation peut toutefois s'avérer pire qu'une inflation forte car elle est un symptôme de crise particulièrement grave : la baisse généralisée des prix conduit les entreprises à réduire leurs coûts (notamment salariaux) fragilisant ainsi la demande et les débouchés, ce qui a pour effet d'entretenir la crise (**spirale déflationniste**).

• C'est pourquoi les pouvoirs publics visent une relative **stabilité des prix** (objectif d'une inflation positive de moins de 2 % au sein de l'UEM).

> **Définitions**
> • **Inflation :** élévation généralisée et soutenue des prix.
> • **Déflation :** baisse généralisée des prix (ou inflation négative).

B Les multiples causes de l'inflation

Inflation par la demande	Une forte demande incite les entreprises à augmenter leurs prix. Une croissance forte peut ainsi s'accompagner d'une dérive inflationniste.
Inflation monétaire	L'inflation est causée par un excès de création monétaire (crédit bancaire notamment).
Inflation par les coûts	La hausse des coûts conduit les entreprises à augmenter leurs prix pour maintenir leurs marges.

2 Le chômage

A Définition

• **Selon le BIT** (Bureau International du Travail), est chômeur toute personne en âge de travailler : sans emploi, disponible dans les 15 jours, à la recherche active d'un emploi.

• **En France,** la mesure habituelle du chômage diffère de celle du BIT et s'appuie sur le **nombre de demandeurs d'emplois en fin de mois** (Pôle emploi).

B Les effets du chômage

Outre la perte de revenu dont souffrent les chômeurs, **le chômage fragilise le potentiel de croissance** d'une économie (facteur travail disponible mais non utilisé) **et les débouchés pour les entreprises**.

C Les multiples causes du chômage

• **Faiblesse de la croissance et de l'activité** des entreprises.
• **Manque de flexibilité du marché du travail** (freine l'embauche des entreprises quand la conjoncture est favorable de peur d'avoir à licencier ultérieurement).
• **Problème de formation** (inadéquation avec les besoins des entreprises)…

18 Les politiques économiques et leurs finalités

1 Les objectifs des politiques économiques

Voir p. 311

• L'économiste Nicolas Kaldor a identifié quatre objectifs principaux pour les politiques économiques : la croissance économique, le plein-emploi, la stabilité des prix, l'équilibre extérieur.
• On parle à ce sujet d'un « carré magique » pour signifier qu'il n'est pas possible de poursuivre simultanément ces 4 objectifs. Ainsi par exemple :

Privilégier une croissance forte → Favorise les créations d'emplois

MAIS
→ Favorise une demande dynamique qui peut entraîner un dérapage inflationniste
→ Favorise la demande de biens importés et la dégradation de la balance commerciale

• Les pouvoirs publics doivent donc constamment effectuer des arbitrages et privilégier certains objectifs au détriment d'autres selon le contexte et les déséquilibres observés.

2 Les principaux leviers de la politique économique

A La politique budgétaire

La politique budgétaire (et fiscale) consiste à agir sur les dépenses et recettes publiques.
• **Une politique budgétaire expansionniste** (ou de relance) consiste à **augmenter les dépenses publiques et/ou alléger la fiscalité** :
– elle favorise les revenus des agents (embauche de fonctionnaires, baisses d'impôts) ;
– elle favorise les débouchés des entreprises (consommation, investissement) ;
– elle favorise la croissance.
• **À l'inverse, une politique budgétaire visant à rétablir l'équilibre budgétaire** en réduisant les dépenses et/ou en alourdissant la fiscalité sera qualifiée de **politique de rigueur ou d'austérité**.

B La politique monétaire

La politique monétaire consiste principalement à agir sur les taux d'intérêt et la quantité de monnaie dans l'économie (*via* le crédit bancaire).
• **Une politique monétaire restrictive** (ou de rigueur ou d'austérité) consiste principalement à augmenter les taux d'intérêt :
– elle renchérit le coût du crédit bancaire ;
– elle freine la création monétaire et la demande ;
– elle réduit le risque inflationniste.
• **À l'inverse, une politique monétaire visant à faire baisser les taux d'intérêt** sera qualifiée de **politique expansionniste** (ou de relance).

C Les autres leviers

• La politique économique s'appuie aussi sur ce qui relève de la fonction d'allocation de l'État, notamment son pouvoir règlementaire : définir le niveau du SMIC, des cotisations, faire évoluer le droit du travail, élever le niveau de formation des individus…
• La politique économique de l'État peut également être plus ciblée : **politique industrielle, politique de change, politique commerciale**, etc.

19 Politiques conjoncturelles et politiques structurelles

1 Les politiques conjoncturelles

Les politiques conjoncturelles visent à agir sur la demande globale afin de stabiliser la conjoncture économique. Leurs effets se font en principe ressentir à court terme.

	Politique économique mobilisée	Moyens employés	Objectifs privilégiés
Politiques expansionnistes (ou de relance)	Politique budgétaire	Creusement du déficit budgétaire (↗ dépenses, ↘ impôts) pour stimuler la demande	Croissance et emploi
	Politique monétaire	↘ taux d'intérêt pour stimuler le crédit et la demande	
Politiques de rigueur (ou d'austérité)	Politique budgétaire	Résorption du déficit budgétaire pour freiner la demande	Stabilité des prix et équilibre extérieur
	Politique monétaire	↗ taux d'intérêt pour freiner le crédit et la demande	

2 Les politiques structurelles

Les politiques structurelles sont plus particulièrement centrées sur l'offre. Les actions de l'État visent principalement à mettre en place un contexte favorable à l'activité des entreprises et à favoriser les mécanismes d'un marché concurrentiel ; les effets ne se font donc généralement ressentir qu'à moyen terme voire à long terme.

Exemples
– Politiques de formation (élévation du niveau de formation, promotion de la formation continue…).
– politique de dérèglementation du travail (flexibilité horaires, moindres freins aux licenciements…).

3 Limites et difficultés de l'intervention de l'État

- Les politiques conjoncturelles et structurelles peuvent être difficiles à concilier.

Exemple

Politique de baisse des impôts → **Sur le plan conjoncturel**
Favorise la demande (consommation, investissement) donc la croissance

MAIS → **Sur le plan structurel**
Peut conduire l'État à réaliser des économies nuisibles pour la croissance de long terme (réduction des dépenses de formation, des investissements dans les infrastructures de transport et de communication

Voir p. 311

- L'État fait face à certaines contraintes et difficultés qui réduisent ses marges de manœuvre :

– une légitimité de l'État en matière de régulation économique parfois contestée ;

– des marges de manœuvre réduites sur le plan budgétaire : une fiscalité en France considérée comme lourde, une dette publique élevée ;

– une mondialisation qui créée des interdépendances plus fortes entre les pays.

20 Les limites de l'intervention de l'État dans une économie internationalisée

1 L'ouverture commerciale croissante

• **Le degré d'ouverture des économies** (poids des échanges extérieurs dans le PIB) a fortement progressé depuis la Seconde Guerre mondiale : progrès en matière de transports et de communications, rôle de l'OMC et réduction des barrières à l'échange telles que les droits de douane.

• **Les politiques de relance ont une efficacité moindre :** la stimulation de la demande profite en partie à des produits importés ; elle ne dynamise donc pas l'activité des entreprises locales.

2 La mobilité internationale des capitaux

• La plus grande mobilité des capitaux (mouvements financiers internationaux, délocalisations d'activité) **créée des interdépendances fortes entre les pays** et accentue les problèmes et contraintes suivants :

– **les disparités en matière de coût du travail et de fiscalité** qui affectent la compétitivité et l'attractivité des pays ;

– **la perte d'autonomie** des politiques monétaires et des politiques de change ;

– la nécessaire **prise en compte du problème du financement des dettes souveraines** (émises par un État ou une banque centrale).

3 Les problèmes à appréhender à l'échelle internationale

• Les règlementations et politiques menées à l'échelle nationale ne suffisent plus face à certains phénomènes (évasion fiscale, puissance des multinationales qui tendent à devenir apatrides) et à certains problèmes qui ne peuvent être traités qu'à l'échelle internationale, parmi lesquels :

– **les crises bancaires ou financières d'ampleur mondiale**. La mise en place de règles contraignantes pour les organismes financiers, si elles ne concernent qu'un pays, peut entraîner une fuite des capitaux ;

– **certains problèmes environnementaux** tels que les gaz à effet de serre et le réchauffement climatique.

4 Les perspectives

• La mondialisation économique rend donc les économies de plus en plus interdépendantes, ce qui réduit l'autonomie et l'efficacité des politiques économiques nationales.

• Un pays ne peut mener une politique économique propre sans s'interroger au préalable sur son impact en matière de compétitivité, sans envisager de possibles fuites de capitaux qui fragiliseraient le financement de l'activité économique…

Remarque

La réponse à ce problème passe par une coordination plus forte des politiques menées par les États (lors de réunions internationales telles que les G7), voire par l'établissement de règles supranationales.

21 Les principes de la régulation supra-nationale dans le cadre européen

1 UE et contraintes en matière de politique économique nationale

• La France est membre de l'Union européenne depuis sa création (traité de Rome de 1957 instituant la Communauté économique européenne).

• L'intégration européenne s'est renforcée au fil du temps. Aujourd'hui, l'UE est une Union économique et monétaire (UEM) dont les membres ont dû abandonner une partie de leur souveraineté économique.

Le marché unique	• La politique commerciale et douanière est définie par l'UE (suppression des barrières à l'échange au sein de l'UE, adoption d'un tarif extérieur commun). • Certaines politiques sont du ressort, en partie ou en totalité, de l'UE (concurrence, politique agricole commune…).
La monnaie unique	• L'adoption d'une monnaie unique (pour les pays membres de la zone euro) a eu pour principaux effets : – de confier la politique monétaire à la Banque centrale européenne dont la mission est de contenir l'inflation en dessous de 2 % ; – de priver les pays de la zone de toute politique de change propre ; – de soumettre les pays de la zone à une discipline budgétaire.

2 La monnaie unique

• L'adoption d'une monnaie unique a eu pour effet d'imposer aux pays membres de la zone euro une **discipline budgétaire** qui réduit leurs marges de manœuvre en matière de politique économique.

• Le laxisme budgétaire dont peut faire preuve un pays pourrait avoir des **répercussions négatives sur le taux de change de l'euro ou sur les taux d'intérêt** en vigueur et en ferait supporter le coût à l'ensemble des membres de la zone.

• C'est ainsi que les pays qui ont adopté l'euro :

– doivent en principe **contenir leur déficit public en dessous de 3 % du PIB** sous peine de sanction (et la dette publique ne doit en principe pas excéder 60 % du PIB) ;

– doivent **tendre vers un budget structurel équilibré** avec un déficit maximal de 0,5 % du PIB (hors aléas conjoncturels tels qu'une crise qui détériore le solde budgétaire) ;

– ne sont **pas autorisés à racheter la dette publique d'un autre pays** membre.

• Il convient de noter que **l'UE a su faire preuve de pragmatisme** à plusieurs reprises :

– la majorité des pays européens ont cherché à soutenir leurs économies à l'occasion de la crise de 2008 ou lors de la crise de la covid. Ils ont ainsi vu leurs déficits déraper sans pour autant faire l'objet de sanctions ;

– la menace déflationniste du milieu des années 2010 a poussé la BCE à racheter de la dette publique.

22 Le rôle du droit dans la régulation économique

1 Les caractères de la règle de droit

• La règle de droit peut :

Obliger à faire	**Imposer**	Une entreprise cotée en bourse doit publier ses comptes annuels.
Obliger à ne pas faire	**Interdire**	Une entreprise ne doit pas pratiquer une entente avec une autre entreprise.
Ne pas obliger	**Permettre**	L'entrepreneur dispose d'un choix varié de formes juridiques pour démarrer son activité.

• Le législateur et les institutions de l'État au sens large jouent donc un rôle fondamental comme représentants et expression des volontés des citoyens pour régir les rapports sociaux.

• Les juges complètent par leur jurisprudence les insuffisances de la loi ou les vides juridiques à travers les décisions de justice rendues.

2 L'ordre public et le respect des libertés individuelles

• Le droit est donc une source de régulation de la vie des humains en général et des entreprises en particulier dans le monde économique.

• **L'autonomie de la volonté**, **la liberté contractuelle** et **la liberté du commerce et de l'industrie** ne sont garanties qu'à condition qu'elles respectent un intérêt général impérieux appelé **ordre public**. La cohésion de l'ensemble prime sur les prérogatives individuelles.

> **Exemple : article 1102 du Code civil**
> « Chacun est libre de contracter [...] **dans les limites fixées par la loi**.
> **La liberté contractuelle ne permet pas de déroger aux règles qui intéressent l'ordre public**. »

• La notion d'ordre public fait référence à des **règles impératives** auxquelles on ne peut pas déroger, par opposition aux **règles supplétives** où l'individu peut proposer des aménagements selon son bon vouloir.

3 Ordre public de direction et ordre public de protection

Généralement le législateur régule l'activité économique selon :

– **l'ordre public de direction :** l'ensemble des règles qui ont pour vocation de fixer les limites entre ce qui est interdit et ce qui est autorisé ;

> **Exemple**
> L'interdiction de la mise sur le marché des organes humains pour de l'argent.

– **l'ordre public de protection :** l'ensemble des règles impératives qui ont pour vocation de protéger les parties faibles.

> **Exemple**
> Le montant du SMIC protège les salariés face à leur employeur.

23 Le droit de la concurrence

La liberté du commerce et de l'industrie a été proclamée en 1791. **Le droit de la concurrence** a pour objectif majeur de protéger le marché, d'une part en favorisant la concurrence, d'autre part en la protégeant. Ainsi, certains comportements sont considérés comme étant anticoncurrentiels, donc interdits, et d'autres sont règlementés.

1 L'interdiction des pratiques anticoncurrentielles

Pratique anticoncurrentielle	Article	Principe
L'entente	• Article L. 420-1 du Code du commerce • Article 101 du Traité sur le fonctionnement de l'UE	Toute forme d'accord entre entreprises qui cherche à limiter l'accès au marché, faire obstacle à la libre fixation des prix, limiter les débouchés ou répartir les marchés est interdit.
L'abus de position dominante	• Article L. 420-2 du Code de commerce • Article 102 du Traité sur le fonctionnement de l'UE	Une entreprise a le droit d'exploiter une position dominante mais pas d'en abuser. **Exemple :** imposer des conditions discriminatoires en menaçant de rompre les relations.

• **À titre exceptionnel,** les ententes et les abus de position dominante sont autorisés lorsqu'un texte règlementaire ou législatif le prévoit explicitement, ou lorsque l'entente peut assurer un progrès économique, la création d'emploi ou le partage équitable du profit qui en résulte, notamment pour le consommateur.

• **Les pratiques anticoncurrentielles sont sanctionnées** par l'autorité de la concurrence en droit français et par la Commission européenne sur le marché européen. Les sanctions sont pénales : des amendes financières et/ou la cessation du comportement illicite.

2 Le contrôle des concentrations

Les entreprises ont naturellement vocation à lutter contre leurs concurrents, à acquérir des parts de marché et à tendre vers une situation de monopole. Le but de la régulation est de contrôler les opérations de concentration afin que le niveau de concurrence soit maintenu.

A Définition des opérations de concentration

Les articles L. 430-1 et suivants du Code de commerce précisent les opérations visées. **La concentration suppose :**

– soit une **opération de fusion** entre entreprises ;
– soit une **prise de contrôle** d'une ou plusieurs entreprises par prise de participation.

B La procédure de contrôle

• L'autorité de la concurrence intervient lorsque l'opération de concentration dépasse certains seuils financiers (chiffre d'affaires du nouvel ensemble, par exemple) définis par une ordonnance du 29 mars 2011.

• La Commission européenne procède au même type de contrôle selon les seuils fixés par le règlement communautaire du 20 janvier 2004.

3 La concurrence déloyale

COMPRENDRE EN VIDÉO — *Voir vidéo : Qualifier des faits juridiques*

A Les conditions de l'action en concurrence déloyale

Une victime de concurrence déloyale **peut agir en justice par une action en concurrence déloyale pour obtenir réparation.** Cette action se fonde sur la responsabilité civile extracontractuelle (articles 1240 et 1241 du Code civil). Pour être efficace, le demandeur doit apporter la preuve de trois conditions :

Définition

Concurrence déloyale : ensemble des procédés concurrentiels contraires à la loi ou aux usages, constitutifs d'une faute intentionnelle ou non et de nature à causer un préjudice aux concurrents.

La faute du professionnel ← **Le lien de causalité entre les deux** → **Le préjudice de la victime**

Direct et certain

4 formes possibles :
– le dénigrement
– l'imitation ou la recherche de confusion
– la désorganisation de l'entreprise
– la désorganisation du marché

5 types de dommage :
– la dépréciation d'un élément attractif de la clientèle (comme une marque)
– la diminution d'un avantage concurrentiel
– le détournement de clientèle
– la gêne dans les initiatives commerciales
– l'atteinte à l'image de marque

B Les sanctions de la concurrence déloyale

• **Le versement de dommages et intérêts** pour indemniser la victime du préjudice subi peut être **financier**, **matériel** ou **moral** (atteinte à l'image de l'entreprise).

• **La cessation du comportement déloyal.**

• **La publication du jugement.**

Remarque

L'action pour actes déloyaux se prescrit en 5 ans à partir du moment où le dommage a été réalisé, ou au moment où le dommage a été constaté par la victime ou lors de la cessation des agissements déloyaux.

4 Le rôle des AAI

• **Sur un marché, le droit est mis en œuvre par des autorités de régulation :** les autorités administratives indépendantes (AAI).

• **L'Autorité de la concurrence est un exemple d'AAI.** Elle peut :
– **sanctionner** les pratiques anticoncurrentielles par des amendes ;
– **autoriser ou interdire** les opérations de concentration des entreprises ;
– **formuler des avis** et des recommandations.

Exemple

Autres exemples d'AAI :
– la Commission nationale de l'informatique et des libertés (CNIL) ;
– l'Autorité de régulation des jeux en ligne (ARJEL) ;
– la Commission de régulation de l'énergie (CRE).

24 Le droit de la propriété industrielle : brevet et marque

Dans un monde concurrentiel, l'État cherche à encourager l'innovation des entreprises et leur différenciation face aux concurrents.
À cette fin, il accorde un monopole d'exploitation temporaire et une protection contre les reproductions sans autorisation aux entreprises qui se démarquent par une innovation ou par un signe distinctif.
Grâce au droit de la propriété industrielle, l'État concilie régulation du jeu de la concurrence économique et incitation au progrès technique.

1 Les brevets

(art. L611-1 et suivants du Code de la propriété intellectuelle)

A Définition

Le brevet est un **titre juridique délivré par un organisme public** (Institut national de la propriété industrielle en France, INPI) qui confère à son titulaire un **monopole temporaire d'exploitation de l'invention** (20 ans). En contrepartie, le titulaire du brevet doit divulguer le contenu de son invention et payer une redevance annuelle à l'INPI.

B Conditions de brevetabilité

• **Pour être brevetable,** une invention doit remplir quatre conditions :
– **avoir un caractère industriel** : être utilisable dans l'industrie ou l'agriculture ;
– **être nouvelle :** produits ou procédés nouveaux, combinaisons nouvelles de procédés déjà connus ; ne pas avoir déjà fait l'objet d'une demande de brevet ; ne pas avoir été divulguée ;
– **impliquer une activité inventive :** il en est ainsi lorsque, pour un homme du métier, l'invention ne découle pas d'une manière évidente de l'état de la technique ;
– **être licite** : ne pas être contraire à l'ordre public et aux bonnes mœurs.

• **Par principe, le propriétaire du brevet est le déposant.** Toutefois, une entreprise est propriétaire du brevet dès lors que l'invention a été mise au jour par un salarié travaillant pour le compte de l'entreprise.

Exemple
Ne sont pas brevetables les procédés de clonage des êtres humains, les obtentions végétales et les races animales.

2 Les marques

(art. L711-1 et suivants du Code de la propriété intellectuelle)

A Définition

• La marque est un **signe susceptible de représentation graphique servant à distinguer les produits ou services d'une personne physique ou morale**. Elle joue un rôle actif dans la pérennité de l'entreprise, permettant notamment d'attirer et de retenir la clientèle.

• Une fois déposée, la marque est protégée pendant 10 ans renouvelables indéfiniment.

B Conditions de protection de la marque

Pour être valablement déposée, la marque doit remplir 4 conditions :

Condition : la marque doit…	Explication	Exemple
être originale et distinctive	Elle ne doit pas être la désignation générique ou usuelle du produit ou la forme imposée par la nature.	La marque « Orange » ne peut pas être utilisée pour désigner le fruit orange, mais elle peut l'être pour la téléphonie.
ne pas être déceptive	Elle ne doit pas tromper le public sur le produit ou le service.	« Évian Fruité » pour un produit qui ne comprend pas d'Évian.
être nouvelle	Elle ne doit pas porter atteinte à des droits antérieurs : une autre marque déjà enregistrée, une marque notoire, même non déposée s'il y a risque de confusion…	« Car2go » a été interdite car son nom était trop proche de la marque « Car'Go » qui propose des services de location de voiture.
être licite	Certains signes sont réservés ou prohibés.	La Croix rouge est réservée à l'aide humanitaire et internationale.

3 La protection de la propriété industrielle

A Les formalités de protection

• **Pour bénéficier de la protection liée au brevet ou à la marque,** les entreprises doivent réaliser un dépôt à l'Institut national de la propriété industrielle (INPI) en France. La protection est également accordée au niveau européen par le dépôt d'un brevet européen ou d'une marque communautaire.

• **Une procédure, dite d'extension,** permet de protéger également le brevet ou la marque dans les pays membres de l'OMC ou signataires de la convention de l'Union de Paris.

B L'action en contrefaçon

• **Le brevet comme la marque représente pour la plupart des entreprises une grande valeur patrimoniale,** c'est pourquoi il est nécessaire de le protéger. **Dès lors que le brevet ou la marque sont déposés, ils confèrent un monopole d'exploitation** que le propriétaire peut utiliser à sa guise comme un **droit de propriété**. Il peut le conserver pour lui, octroyer des licences d'exploitation ou encore le céder.

• **Si quelqu'un porte atteinte à ce monopole d'exploitation** sans avoir eu l'autorisation du propriétaire du titre juridique, ce dernier peut agir en contrefaçon. La contrefaçon est un **délit pénal**.

• **Si la contrefaçon n'est pas une reproduction identique** de l'invention ou de la marque, l'entreprise titulaire du titre peut agir en concurrence déloyale contre l'entreprise malveillante.

Remarque

• 9 Français sur 10 pensent que l'on peut acheter un produit contrefait sans s'en rendre compte.
• En 2021, la douane française a saisi 9,1 millions de faux produits.
• Selon l'Office de l'Union européenne pour la propriété intellectuelle, 435 000 emplois seraient perdus à cause de la contrefaçon en Europe et 15 milliards d'euros de recettes fiscales en moins pour les États.

CEJM

25 Les caractéristiques de l'environnement

1 Les sources de l'avantage concurrentiel

• Une entreprise s'intéresse en premier lieu aux **forces et faiblesses** dont elle dispose vis-à-vis de ses principaux concurrents sur le marché.
• Pour définir ses sources d'avantage concurrentiel, une entreprise doit mener un **diagnostic global de son environnement**.
• Selon Michael Porter, les **5 forces de la concurrence** sont :
– **l'existence de produits de substitution** qui exerce une pression indirecte sur le marché de l'entreprise ;
– **le pouvoir de négociation des fournisseurs** qui mesure le degré de dépendance d'une entreprise par rapport à ses fournisseurs ;
– **le pouvoir de négociation des clients** qui mesure les conditions d'achat qui peuvent être négociées par les clients ;
– **l'intensité de la concurrence sur le marché** (taille et nombre des entreprises concurrentes) ;
– **le rôle ou l'influence de l'État** qui freine l'insertion de nouveaux concurrents potentiels.

Définition

Avantage concurrentiel : offres proposées par une entreprise qui la différencie de ses concurrents et lui procure un avantage sur eux ; c'est un facteur clé de succès, un atout stratégique.

Exemple

Pour relancer les ventes de l'ex-Cserie de Bombardier rebaptisé A220, Airbus veut renégocier les contrats de sous-traitants et réduire les coûts de 20 %, en échange d'une hausse des volumes afin de rester compétitif vis-à-vis de son concurrent Boeing.

2 Le modèle Pestel

• **Le modèle PESTEL** propose une **analyse plus globale de l'environnement** que celle de Porter.
• **Le diagnostic stratégique** fait donc apparaître les forces et faiblesses de chaque entreprise vis-à-vis des différentes composantes de son environnement et lui permet ainsi d'adapter sa stratégie pour réagir.

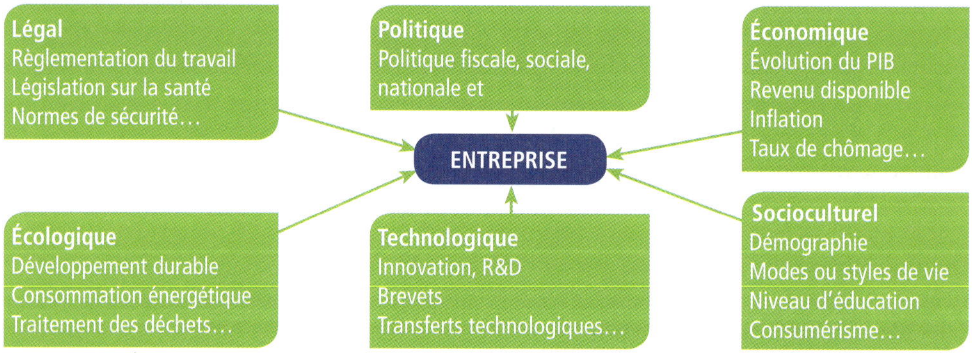

Exemple

Les confiseurs ont signé en juin 2018 une charte de déontologie et d'engagement pour rendre les bonbons plus transparents. Fini donc l'ajout du colorant E171, cancérogène, et place à un étiquetage plus clair pour les consommateurs. Par ailleurs, les fabricants de sucreries prévoient d'innover en créant des produits allégés en sucre, voire sans sucre.

26 Le rôle de l'innovation

L'innovation regroupe l'ensemble des démarches scientifiques, technologiques, organisationnelles, financières et commerciales qui aboutissent à la réalisation de produits, procédés ou processus nouveaux ou améliorés.

1 L'innovation

L'innovation distingue notamment :
– **la création de produits nouveaux** qui répondent mieux aux besoins des consommateurs ;
– **la satisfaction d'un besoin nouveau** ;
– **l'amélioration de la qualité** d'un produit ;
– **la conquête de nouveaux débouchés** ;
– **la mise au point d'une nouvelle méthode de production**.

Exemples
La PME Le Slip français réinvente la fabrication textile en France et se lance sur le Web puis en magasin ; les grands constructeurs automobiles se lancent dans la production de véhicules électriques pour remplacer les véhicules diesel et à essence ; Dyson abandonne l'aspirateur avec fil suite à ses innovations technologiques…

2 Le patrimoine technologique

• **Le patrimoine technologique** regroupe l'ensemble des technologies possédées par une entreprise, qu'elles soient émergentes (technique en phase de développement), **clés** (déterminantes dans l'avantage concurrentiel de l'entreprise) ou **de base** (nécessaires mais non discriminantes par rapport à la concurrence).
• **La connaissance du patrimoine technologique** de l'entreprise est un élément déterminant de la politique d'innovation qui pourra être décidée par le manager.

3 Le développement du patrimoine technologique

Pour accroître son patrimoine technologique, l'entreprise dispose de nombreux outils :
• **la recherche et le développement :** l'ensemble des travaux de création entrepris de façon systématique en vue d'accroître la somme des connaissances et son utilisation pour de nouvelles applications ;
• **la veille technologique :** l'ensemble des techniques licites qui organisent de façon systématique la collecte d'informations technologiques, l'analyse, la diffusion et l'exploitation de ces informations utiles à la croissance et au développement de l'entreprise ;
• **la démarche qualité :** mode de management qui consiste à rechercher l'amélioration continue et progressive des pratiques existantes.

Remarque
• Les dépenses de recherche et développement représentent un peu plus de 2 % du PIB en France ; en 2017, les entreprises françaises ont déposé 16 250 brevets à l'INPI, 90 500 marques et 6 000 dessins et modèles.
• Prépondérance des secteurs industriels parmi les principales entreprises innovantes : Valeo, PSA, Safran, Renault, Airbus, Michelin, L'Oréal, Thales.

27 Les facteurs de production

Afin d'assurer la production de biens ou de services, **l'entreprise s'appuie sur des facteurs de production** qui correspondent aux moyens humains, matériels et immatériels qu'elle utilise.

1 Le choix d'un mode de production

Voir p. 322

La majorité des entreprises opère dans un but lucratif : elles cherchent à adopter un **mode de production** tel que la valeur de la production excède les coûts engendrés par l'utilisation de facteurs.

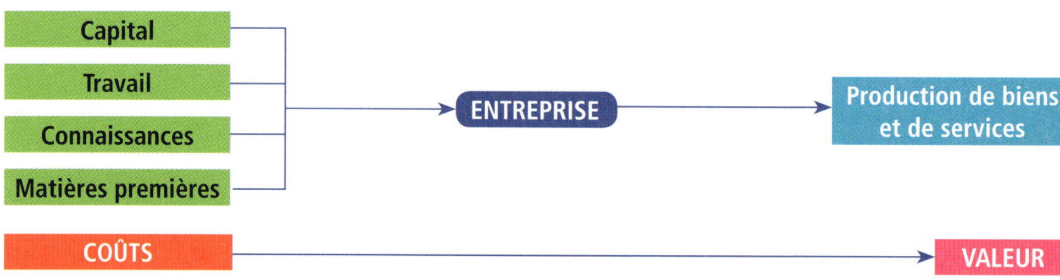

2 Les principaux facteurs de production

Les entreprises combinent plusieurs facteurs de production pour fabriquer des biens ou proposer des services.

• **Le facteur capital** peut être envisagé de deux façons :
– **les moyens financiers nécessaires au développement de l'activité.** Sur le plan comptable, le capital s'apparente à un **passif**, par exemple, le capital social ;
– **les moyens matériels (et immatériels) permettant la production.** Sur le plan comptable, le capital s'apparente à des **immobilisations** (actif), par exemple, les équipements et les machines.

• **Le facteur travail** regroupe **l'ensemble des moyens humains nécessaires à la production**, qu'ils soient permanents (CDI) ou temporaires (CDD, intérim).

• **Les connaissances** prennent une part de plus en plus importante dans le processus de production, car elles sont **source de différenciation, d'innovation et de progrès technique**. Elles résultent par exemple d'activités de R&D, de la formation des salariés.
Elles s'apparentent à un **capital immatériel** lorsqu'elles prennent la forme de **brevets**, de **logiciels**. Sur le plan comptable, on parle d'**immobilisations incorporelles**.

• **Les matières premières.** Contrairement au capital, elles sont détruites lors du processus de production et généralement incorporées aux biens et aux services réalisés.

28 Les gains de productivité et coûts de production

La productivité est une mesure de la contribution d'un ou plusieurs facteurs à la production : **production ÷ quantité de facteurs**.

1 Productivité et gains de productivité

• Les gains de productivité correspondent à un **accroissement de la productivité** :
– l'entreprise produit autant avec moins de facteurs ;
– l'entreprise produit plus en volume ou créée plus de valeur avec une même quantité de facteurs.

• Les gains de productivité sont le **fruit du progrès technique** qui peut provenir :
– d'une élévation des qualifications des travailleurs ;
– d'investissement dans des équipements plus performants ;
– d'une meilleure organisation de la production.

Exemple
Production ÷ temps de travail = productivité horaire.

2 Coûts de production

Facteurs de production	Éléments de coût
Capital (financier)	• Le coût du capital est surtout reflété par le taux d'intérêt. • Le taux d'intérêt représente le coût d'un financement lorsqu'il s'agit d'emprunt.
Travail	• Tensions sur le marché du travail (faible/forte demande pour un métier, pénurie de main d'œuvre…) • Aspects fiscaux et sociaux (cotisations) • Formations à mettre en place pour les nouveaux embauchés…
Connaissances	• Coûts des activités de R&D, coût de formation des salariés • Achats ou licences d'exploitation de brevets…
Matières premières	• Cours des matières premières • Éventuels coûts induits (externalités négatives → paiement d'écotaxes)

3 Choix d'une combinaison productive

• La part des différents facteurs utilisés dans le processus de production est le **fruit d'un arbitrage entre le coût des facteurs et leur productivité**. Ainsi, une entreprise peut choisir d'automatiser plus fortement sa production (renforcer la part du capital au détriment du facteur travail) lorsque plusieurs phénomènes le favorisent, par exemple :

- Les taux d'intérêt baissent → **baisse du coût du capital**
- L'automatisation améliore la qualité de la production et créée de la valeur aux yeux des consommateurs → **gain de productivité (capital)**
- Les taux de cotisation augmentent → **hausse du coût du travail**

→ **Choix d'une nouvelle combinaison productive :** plus de facteur capital, moins de facteur travail (ou substitution du capital au travail)

• Au-delà des seules considérations économiques, **la combinaison productive choisie par l'entreprise peut tenir compte d'objectifs de développement durable**, par exemple : privilégier des produits ou procédés plus économes en matières premières, envisager un possible recyclage en fin de vie du produit…

29 La chaîne de valeur

1 Présentation de la chaîne de valeur

• **La chaîne de valeur de Porter** a pour objectifs de **recenser les activités de l'entreprise** et de **mesurer en quoi elles sont créatrices de valeur pour les clients** (et donc de marge pour l'entreprise).

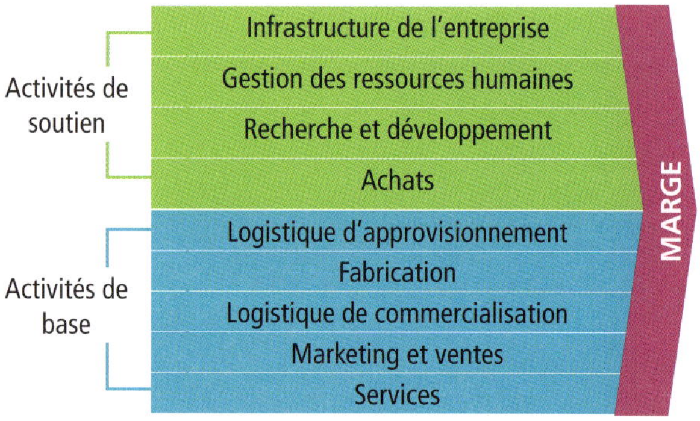

▲ La chaîne de valeur de Porter

• **Porter distingue :**
– **les activités de base** (fabrication, vente…) qui participent directement à la création et à la vente du produit de l'entreprise ;
– **et les activités de soutien ou de support** (gestion de l'infrastructure de l'entreprise, R&D, GRH…) qui rendent possibles les activités de base et en assurent la coordination, le bon fonctionnement.

• **La valeur que l'entreprise parvient à générer provient des activités elles-mêmes,** mais elle peut être le fruit de complémentarité entre activités.

Exemple
L'un des atouts d'Amazon est d'avoir su mettre à profit son activité de R&D (activité de soutien) pour robotiser et améliorer son activité de logistique en matière de gestion des stocks (activité de base).

2 Les enseignements à tirer de la chaîne de valeur

Activités fortement créatrices de valeur	• Les **développer pour construire un avantage concurrentiel** • Doivent rester dans le **cœur de métier de l'entreprise** • Logique d'optimisation pour l'entreprise : **maximiser création de valeur / coût** (ne pas chercher à faire des économies qui feraient diminuer plus fortement encore la valeur créée)
Activités faiblement créatrices de valeur	• Activités avant tout **génératrices de coûts** • Logique d'optimisation : **minimiser les coûts** • Peuvent faire l'objet d'une **externalisation**

Exemple
La société Nike a su bâtir son expansion en s'appuyant sur son image de marque :
– les **dépenses marketing et publicitaires** (en faisant appel à des sportifs reconnus) et la **conception des nouveaux modèles** valorisent cette image de marque et sont ainsi fortement créatrices de valeur ; elles restent le **cœur de métier** de la société ;
– en réalité, la fabrication des produits **crée peu de valeur**. Nike fait appel à des **sous-traitants**.

30 Les principes et finalités de l'impartition

La stratégie d'impartition consiste à faire réaliser ou produire des biens et services par d'autres entreprises.

1 Les techniques d'impartition

L'impartition **va de pair avec la domination ou le contrôle d'une entreprise sur une autre**. Les principales techniques d'impartition sont :

La concession	• Modalité très présente dans la distribution automobile. • Une entreprise (le concédant) s'engage à approvisionner en produits de sa marque une autre entreprise (le concessionnaire). • Le concessionnaire doit respecter des contraintes (éventuels quotas, politique commerciale de vente du concédant…).
La franchise	• Modalité présente dans divers secteurs, notamment la restauration rapide (Subway, McDonald's), l'entretien automobile (Feu vert, Point S)… • Une entreprise (le franchiseur) met à la disposition d'une autre entreprise (le franchisé) sa gamme de produits ou de services et une assistance commerciale ou technique. Le franchisé s'acquitte du paiement d'une redevance. • Permet une croissance rapide, sans moyens importants pour le franchiseur (il achète lui-même son point de vente).
La sous-traitance	Une entreprise (donneuse d'ordre) confie à une autre entreprise (le sous-traitant) des travaux à exécuter.

2 Les finalités de l'impartition

• Le recours à l'impartition est envisageable :
– **lorsqu'il y a un gain à recourir à une autre entreprise** car elle propose des prestations moins coûteuses et/ou de meilleure qualité qu'une prestation réalisée soi-même ;
– **les coûts de transaction** (liés à la coopération à mettre en place avec l'entreprise partenaire) **ne l'emportent pas sur les gains attendus**. L'entreprise peut ainsi se concentrer sur les activités créatrices de valeur.

Remarque
La question du recours à l'impartition est une réponse à la question : Faire ou faire faire ?

• **Mais l'impartition ne doit pas concerner les activités fortement créatrices de valeur,** source d'avantage concurrentiel.

• **L'impartition entraîne un risque de perte de savoir-faire et de compétences** qui peut causer une dépendance du donneur d'ordre envers le sous-traitant ; l'activité sous-traitée devient alors essentielle en termes de création de valeur pour le produit ou service d'ensemble.

CEJM

31 Le choix de la structure juridique pour l'entreprise

L'entreprise rassemble des moyens humains, matériels et financiers afin de fonctionner. Le choix de la structure juridique de l'entreprise dépend logiquement des moyens dont elle veut se doter. Plusieurs formes juridiques existent.

1 Les facteurs de choix d'une structure juridique

La structure juridique est le cadre légal de l'activité de l'entrepreneur. Choisir une structure juridique s'effectue à partir de différents critères qui peuvent être invoqués à la création de l'entreprise et au cours de son évolution.

A Entreprendre seul ou à plusieurs

• Le premier choix à effectuer pour créer son entreprise est de se demander si l'on souhaite lancer son activité seul ou à plusieurs. Le choix s'effectue selon quelques critères décisifs :

Critère clé	Entrepreneur individuel	Société commerciale
Nombre d'entrepreneurs	Une personne physique	Plusieurs personnes physiques ou morales appelées associés
Autonomie	Le chef d'entreprise décide seul. Il a tous les pouvoirs.	Les décisions sont prises au moins à la majorité des associés.
Formalisme	En quelques minutes une personne physique peut créer sa microentreprise.	L'existence de la personne morale suppose la signature des statuts et l'immatriculation de la société au RCS.
Le régime fiscal applicable aux bénéfices de l'activité	Impôt sur le revenu dans la rubrique « bénéfices industriels et commerciaux » (BIC)	Impôt sur les sociétés des bénéfices réalisés
La transmission de l'entreprise	Le chef d'entreprise doit transmettre l'ensemble des biens constituant son activité.	Les associés doivent simplement transmettre leurs parts sociales. Le transfert est facilité.

• Le choix de la forme juridique peut de nouveau se poser au cours de la vie de l'entreprise.

Exemple
Pour augmenter sa capacité financière, il est fréquent qu'une entreprise individuelle adopte la forme d'une société commerciale telle qu'une société à responsabilité limitée (SARL) ou une société par actions simplifiée (SAS).

B Protéger son patrimoine

Critère clé	Entrepreneur individuel	Société commerciale
Capacité financière de développement	Selon le patrimoine de l'entrepreneur	Possibilité de faire appel à des capitaux extérieurs et de créer des alliances avec d'autres structures
Étendue de la responsabilité	En principe, à l'ensemble du patrimoine de l'entrepreneur	Au montant des apports des associés, dans les SARL

• En matière d'entreprise individuelle, **le législateur a unifié le dispositif juridique destiné à protéger le patrimoine de l'entrepreneur contre les risques de saisie par les créanciers**.
Ainsi, la loi du 14 février 2022 crée un **statut unique protecteur pour les entrepreneurs individuels**. Par exemple, le patrimoine personnel de l'entrepreneur individuel devient par défaut insaisissable par les créanciers professionnels alors qu'avant seule la résidence principale était protégée.
Ce régime a vocation à faire disparaître le régime de l'EIRL qui datait de 2011.

C Choisir son régime matrimonial

• Le régime matrimonial de l'entrepreneur marié ou pacsé peut avoir un impact sur les biens saisissables en cas de déconfiture de l'activité. Trois régimes coexistent :

Régime	Principe	Conséquence
La communauté légale	• **Régime par défaut du Code civil :** les biens acquis à titre onéreux pendant le mariage sont communs aux deux époux. • Seuls les biens acquis avant le mariage demeurent propres à chaque époux.	• L'époux non commerçant est engagé par l'activité commerciale de l'époux commerçant. • Tous les deux répondent des dettes professionnelles nées après le mariage.
La communauté universelle	**Régime conventionnel issu d'un contrat de mariage** : l'ensemble des biens, même ceux acquis avant le mariage, appartient à l'un et à l'autre des époux.	• Intéressant en cas de décès d'un des époux. Le conjoint survivant récupère tous les biens. • Régime incompatible avec les risques de la vie des affaires : aucun bien ne peut échapper aux poursuites des créanciers !
La séparation des biens	**Régime conventionnel issu d'un contrat de mariage** : ce qui est acquis par un conjoint, avant ou après le mariage, lui appartient exclusivement.	Si l'un des époux est commerçant, l'autre ne peut pas voir ses biens engloutis dans la déconfiture de l'exploitation.

• Lorsqu'un conjoint se lance dans une entreprise individuelle, **le régime matrimonial recommandé est la séparation des biens**. Le choix est plus libre si l'entreprise créée est une société.

2 L'entreprise individuelle et les structures sociétaires

Le choix de l'une ou l'autre forme juridique confère des régimes fiscaux et sociaux différents que le créateur d'entreprise doit prendre en compte.

Critère clé	Entrepreneur individuel	Société commerciale
Le régime fiscal applicable aux bénéfices de l'activité	Impôt sur le revenu dans la rubrique « bénéfices industriels et commerciaux » (BIC)	• EURL : impôt sur le revenu ou impôt sur les sociétés sur option • SA, SAS, SARL : impôt sur les bénéfices mais possibilité d'impôt sur les revenus sous conditions
Le statut social de l'entrepreneur	Travailleur non-salarié ou assimilé salarié	• Associés d'EURL : travailleurs non-salariés • Associés de SA, SAS, SARL : régime des salariés

32 Les formes juridiques de l'économie sociale et solidaire (ESS)

L'économie sociale et solidaire (ESS) est une **déclinaison du concept de développement durable**. Elle cherche à concilier trois piliers : la performance économique, le respect des humains en appliquant des valeurs d'équité et d'utilité sociale, et le respect de l'environnement.

1 Principes communs aux formes juridiques de l'ESS

• **L'ESS représente plus de 10 % du PIB en France et environ 12 % des emplois.** Les domaines d'activité sont multiples : santé, éducation, logement, insertion sociale, environnement, banque…
• **Les entreprises de l'ESS se définissent par des modes de gestion et de décision démocratiques et participatifs.** L'utilisation des résultats financiers est strictement encadrée : **leur finalité est de réinvestir des bénéfices dans l'activité, pas de distribuer des profits.**
• **Les formes juridiques de l'ESS** bénéficient d'un cadre renforcé par la loi du 31 juillet 2014 relative à l'économie sociale et solidaire : des sociétés commerciales peuvent être labellisées ESS, ce qui leur permet de bénéficier d'une fiscalité avantageuse et de dispositifs de financement spécifiques.

2 Règles spécifiques aux formes juridiques de l'ESS

Les coopératives

– Sociétés de personnes et non de capitaux : 1 adhérent = 1 voix
– Groupement ayant la capacité civile
– Création soumise à déclaration
– Principe de l'autogestion
– But non lucratif
– Obligations strictes de prudence financière pour garantir les intérêts des adhérents
– Dirigeants bénévoles élus au sein de leurs rangs

Les mutuelles

Différentes selon la qualité de leurs membres : les coopératives agricoles ont pour membres des agriculteurs ; celles de consommateurs ont pour membres des consommateurs.

↓

Les sociétés coopératives (SCOP) de forme SA, SARL ou SAS sont composées majoritairement de salariés qui détiennent au moins 51 % du capital et 65 % des droits de vote.

• **Les sociétés coopératives d'intérêt collectif** (SCIC) sont des SCOP dans les domaines de l'énergie, l'environnement, la culture, la santé. Toutefois, les membres associés au capital peuvent avoir des qualités très variées : salariés mais aussi clients, bénévoles, collectivités territoriales, partenaires privés… **L'essentiel est de s'impliquer dans le projet.**
• **Au sein de la SCOP :**

Nomination du dirigeant	Élu par les salariés associés.
Partage du profit : respect du principe d'équité	• Une part pour tous les salariés, sous forme de participation et d'intéressement ; • Une part pour les salariés associés sous forme de dividendes ; • Une part pour les réserves de l'entreprise.
Réserves	Non partageables et définitives, elles contribuent à la pérennité de l'entreprise.

33 La responsabilité de l'entreprise face aux risques juridiques

Dans un environnement concurrentiel et incertain, l'entreprise peut être amenée à affronter divers risques qui peuvent engager sa responsabilité juridique civile ou pénale lorsque plusieurs conditions sont remplies.

1 Les risques

• En termes de droit, **le risque est un événement dommageable dont la survenance est incertaine quant à sa réalisation**. L'entreprise est confrontée à de nombreux risques.

Type de risque	Illustration
Environnemental	Lorsqu'une entreprise porte atteinte à l'environnement, elle peut être amenée à réparer le préjudice écologique qu'elle a commis (Article 1246 du Code civil).
Technologique	Lorsqu'une machine tombe en panne ou qu'un brevet a été copié, l'entreprise peut réduire sa production et voir son chiffre d'affaires diminuer rapidement.
Numérique	L'entreprise peut faire l'objet d'une attaque par un virus informatique.
Politique	Les sanctions économiques prises par l'Union européenne contre la Russie peuvent avoir un impact sur l'activité des entreprises. *Ex. : L'embargo contre la Russie augmente le prix des matières premières telles que le gaz ou le blé.*
Économique	Un client fragile ne paie pas ses factures dans les délais.

• Lorsque le risque est subi, l'entreprise peut (mais pas toujours) agir en justice pour demander réparation au partenaire fautif. Lorsque l'entreprise est elle-même à l'origine du risque, consciemment ou non, elle engage sa responsabilité juridique.

2 La responsabilité civile et la responsabilité pénale

• Le droit distingue deux formes de responsabilité. Leurs caractéristiques diffèrent :

Type de responsabilité	Pénale	Civile
Manifestation	Atteinte à l'intérêt général	Atteinte à un intérêt privé
Fondement	Réalisation intentionnelle d'une infraction (contravention, délit ou crime)	Faute volontaire ou non Risque encouru
Type de sanction	Amende et/ou peine d'emprisonnement	Dommages et intérêts
Objectif de la sanction	Réparer le dommage causé à la société	Réparer le dommage causé à la victime

Pour qu'une infraction soit constituée, trois composantes doivent être réunies :
– **un élément légal :** un texte prévoit de sanctionner l'infraction. Il n'y a pas d'infraction sans texte.
– **un élément matériel :** l'infraction est exécutée et consommée par des actions précises ou parfois par une abstention ;
– **un élément intentionnel :** le délinquant doit avoir agi en connaissance de cause. La mauvaise foi doit être prouvée.

Remarque

En matière pénale, ce qui n'est pas interdit n'est pas une infraction.

Exemple

Le commissaire aux comptes commet un délit s'il ne dénonce pas une faute constatée dans la tenue des comptes de l'entreprise qu'il certifie.

34 L'inexécution du contrat et la responsabilité civile contractuelle

Le contrat génère une stabilité dans le temps dont l'entreprise peut jouir. Mais si les contrats sécurisent effectivement les relations, ils peuvent être également source d'inexécution et donc de risque. Or l'article 1103 du Code civil rappelle bien que tout « contrat légalement formé tient lieu de loi à ceux qui les ont faits. » **L'inexécution du contrat entraîne donc la responsabilité contractuelle du débiteur défaillant.**

1 La responsabilité civile contractuelle

Les 3 conditions de la mise en jeu de la responsabilité civile contractuelle sont :

A La faute

Elle consiste en l'inexécution de ses obligations par l'une des parties et peut prendre trois formes :
– **l'inexécution totale,** comme le fait pour un vendeur de ne pas livrer le bien ;
– **l'inexécution partielle,** comme le fait pour un transporteur de ne livrer qu'une partie du colis confié (une inexécution défectueuse est considérée comme une inexécution partielle) ;
– **le retard dans l'exécution,** dans le cas de l'emprunteur qui ne respecte pas les dates d'échéance.

B Le dommage

Le créancier victime de la faute du débiteur peut exiger réparation dès lors qu'une des obligations au contrat n'a pas été remplie. Le dommage peut être patrimonial ou extrapatrimonial.

Dommage patrimonial
- Matériel : dégradation ou perte d'un bien
- Financier : manque à gagner, perte d'une chance ou conséquences économiques d'un dommage corporel

Dommage extrapatrimonial
- Moral ou psychologique : « le prix des larmes »
- Corporel ou physique

C Le lien de causalité

Ce lien entre la faute et le dommage doit être **direct et certain**. Seul le dommage prévisible donne lieu à réparation car chacun doit pouvoir calculer les risques qu'il prend en contractant.

Exemple
En cas de perte de l'objet confié, un transporteur ne remboursera que la valeur dont il a pu avoir connaissance.

2 Les 5 sanctions de l'inexécution contractuelle

Selon l'article 1217 du Code civil, des sanctions sont envisageables :

Sanction	Explication
L'exception d'inexécution	Dans un contrat synallagmatique, une partie peut refuser d'exécuter son obligation si l'autre n'exécute pas la sienne.

L'exécution forcée en nature	Lorsque l'obligation inexécutée est une obligation de payer une somme d'argent, l'exécution forcée s'effectue en nature : les biens du débiteur sont saisis et vendus. Le créancier est payé sur le prix de la vente.
La réduction du prix	Le créancier peut accepter une exécution imparfaite du contrat et solliciter une réduction proportionnelle du prix. Si l'obligation n'est que partiellement remplie, il est logique que le prix soit moindre.
La résolution du contrat	Le créancier dénonce la faute du débiteur et les parties reviennent dans la situation dans laquelle elles étaient avant la conclusion du contrat.
La réparation du préjudice	Le débiteur fautif verse des dommages et intérêts au créancier victime. Les intérêts versés peuvent être compensatoires et / ou moratoires.

3 Les formalités à accomplir

étape 1 Par une **mise en demeure**, le créancier envoie un dernier avertissement solennel au débiteur pour qu'il se conforme à ses obligations.

étape 2 Si cet ultimatum n'est pas suivi d'effet, le créancier peut **saisir la justice** et obtenir réparation de son préjudice ou l'exécution forcée du contrat.

Remarque

L'exécution forcée est envisageable pour le versement des sommes d'argent mais ne l'est pas pour la remise d'un bien ou la réalisation d'une prestation de service.

4 Le régime de la preuve

Comme dans le régime de droit commun, il appartient au créancier victime d'apporter la preuve de la défaillance de son cocontractant. Toutefois, la charge de la preuve peut dépendre de la nature de l'obligation en jeu.

Type d'obligation	Régime de la preuve	Mode d'exonération
Les obligations de résultat	En cas d'inexécution d'une obligation de résultat, la faute du débiteur consiste à ne pas avoir exécuté ce à quoi il s'était engagé. Cette faute est présumée dès qu'il y a inexécution du contrat.	Le débiteur ne peut pas s'exonérer de sa responsabilité en prouvant qu'il n'a pas commis de faute. Seule la preuve d'une cause étrangère lui permet de se libérer.
Les obligations de moyens	• En cas d'inexécution d'une obligation de moyens, le créancier doit prouver que l'inexécution résulte d'un manquement du débiteur à ses obligations, c'est-à-dire que celui-ci ne s'est pas comporté comme un homme prudent, avisé, diligent. • Le débiteur peut apporter la preuve qu'il n'a pas commis de faute.	Si la faute du débiteur est établie, celui-ci pourra encore se dégager de sa responsabilité en démontrant l'existence d'une cause étrangère ou d'une faute de la victime.

5 Les causes d'exonération

• **Une « cause étrangère »** peut correspondre à 2 situations :
– **un cas de force majeure :** il découle des forces de la nature ;

Exemple : Une inondation empêche un transporteur de livrer le bien convenu.

– **ou un cas fortuit :** il découle de l'intervention fortuite d'une tierce personne.

Exemple : Le retard du train est dû à une personne qui est passée sur la voie.

• Dans tous les cas, la cause étrangère est un événement extérieur, imprévisible et surtout irrésistible : le débiteur ne peut pas le surmonter.

35 Les principes de la responsabilité civile extracontractuelle

Lorsqu'une personne subit un dommage dans le cadre non d'un contrat mais d'une situation relevant d'un fait juridique, la victime peut invoquer le régime de la responsabilité civile extracontractuelle pour obtenir une indemnisation.

1 La RC extracontractuelle : de la faute au risque

A Le principe : la faute

• Historiquement, la responsabilité d'une personne est engagée dès lors que l'on peut prouver qu'elle a **commis une faute intentionnelle**.

• La responsabilité est qualifiée de **subjective** car **elle n'est retenue que si la faute est établie**.

• Cette responsabilité a toutefois été étendue aux cas où l'auteur du fait juridique a agi avec imprudence et négligence. La faute est moins prégnante mais toujours présente. La jurisprudence parle de **faute involontaire** ou encore de **quasi-délit**.

Exemple : Un entrepreneur se rend responsable de concurrence déloyale et engage sa responsabilité s'il laisse des commentaires désobligeants sur le blog tenu par son concurrent direct.

Exemple : Sur un échafaudage, un peintre fait tomber malencontreusement un pot de peinture sur un piéton qui passait en dessous et le blesse.

B Les limites du fondement de la faute

• L'ère de la révolution industrielle et de la production en masse de produits complexes a rendu plus difficile l'identification des auteurs d'une faute. Est-ce l'ouvrier ou la machine qui cause le dommage ? Est-ce le distributeur du produit ? Le sous-traitant ? Le fabricant ?

• Pour éviter ces incertitudes, le droit s'est progressivement tourné vers une **systématisation de l'indemnisation**.

C Priorité à l'indemnisation de la victime : la théorie du risque

• La théorie du risque s'est bâtie pour permettre d'engager la responsabilité d'une personne physique ou morale sans avoir à prouver une faute de sa part. Le risque, c'est d'abord celui qu'il faut assumer parce qu'il accompagne le profit tiré d'une activité.

• Dans ce cas, l'existence seule du dommage permet à la victime de devenir créancière. La responsabilité est dite **objective** ou de **plein droit**.

Exemple : L'employeur tire profit du travail de son salarié. Il est logique que l'employeur soit responsable de son salarié sans que ce dernier ait besoin de prouver que l'employeur aurait commis une faute.

D Jusqu'au bout de la logique : la théorie de la garantie

Dans cette théorie, **la réparation du préjudice subi par la victime est considérée comme une priorité sociale** et son indemnisation est fortement facilitée.

Exemple : En cas d'attentat terroriste, les victimes sont indemnisées automatiquement via un fonds créé pour ce type d'événement.

On ne cherche plus à identifier l'auteur et sa faute (qui le sont d'ailleurs difficilement). Ce mécanisme s'appuie sur un **principe d'assurance**.

2 Les conditions de mise en œuvre

• Aujourd'hui, pour être engagée, la responsabilité civile extracontractuelle suppose de réunir trois conditions :
– **un fait générateur.** Le Code civil prévoit le fait personnel, le fait d'autrui et le fait des choses ;
– **un dommage :** son appréciation est la même qu'en matière contractuelle. Il est patrimonial ou extrapatrimonial ;
– **un lien de causalité** direct et certain entre le fait générateur et le dommage.

3 Les régimes spéciaux de la RC extracontractuelle

A La responsabilité du fait des produits défectueux (loi du 19 mai 1998)

• **Elle définit les conditions de la responsabilité de plein droit** du producteur lorsqu'un produit défectueux a porté atteinte à une personne physique ou à un bien (pour un dégât supérieur à 500 €).
• **Ce régime de responsabilité est autonome,** que son auteur soit lié ou non par un contrat à la victime.

• **Un produit est considéré comme défectueux** dès lors qu'il n'offre pas à son utilisateur la sécurité à laquelle il peut légitimement s'attendre. Dans ce cas, la victime doit prouver le défaut du produit, le dommage subi et le lien de causalité entre les deux. Toute personne ayant participé à la chaîne de production (fabricant, sous-traitant, revendeur…) est responsable solidairement du dommage causé.

• Le régime prévoit quelques cas d'exonération du producteur (article 1245-10 du Code civil).

B La responsabilité de l'employeur vis-à-vis de ses salariés

• **L'employeur a une obligation de sécurité de résultat vis-à-vis de ses salariés.** Il est responsable des dommages qu'ils peuvent subir dès lors qu'il « avait ou aurait dû avoir conscience des risques » qu'il leur faisait encourir. Ces risques ont un lien direct avec la santé et la sécurité des salariés. Il s'agit donc d'accidents du travail et de maladies professionnelles (troubles musculo-squelettiques), mais aussi de risques psychosociaux.

• **L'employeur doit donc prendre toutes les mesures nécessaires à la sécurité et à la santé physique et mentale de ses salariés.** Si à l'occasion de la réalisation de ces risques, la faute inexcusable de l'employeur est prouvée, il peut voir engager sa responsabilité civile mais aussi sa responsabilité pénale.

C La responsabilité du fait de l'atteinte à l'environnement

Depuis la loi du 8 août 2016, la responsabilité de l'entreprise peut être engagée à l'occasion de la survenance d'un **préjudice écologique**. L'article 1246 du Code civil énonce : « Toute personne responsable d'un préjudice écologique est tenu de le réparer. »

D L'obligation précontractuelle d'information

Lors de la négociation du contrat, l'ordonnance du 10 février 2016 prévoit une sanction sur le fondement de la responsabilité extracontractuelle lorsque l'une des parties ne respecte pas l'obligation de bonne foi et l'obligation précontractuelle d'information qui en découle.

36 Les ressources tangibles et intangibles

Selon la théorie des ressources d'Edith Penrose, l'entreprise est un ensemble de ressources tangibles (matérielles) et intangibles (immatérielles). Les ressources sont appelées ressources stratégiques lorsqu'elles permettent d'obtenir un avantage concurrentiel.

1 Les ressources tangibles

Les ressources tangibles constituent les **ressources matérielles propres à l'entreprise**.

RESSOURCES TANGIBLES

- Ressources humaines : les salariés
- Ressources physiques : bâtiments, équipements, installations techniques
- Ressources financières : financement à court et long terme (dettes, trésorerie)

2 Les ressources intangibles

• Dans une économie toujours plus fondée sur les technologies de l'information et de la communication (TIC), l'avantage compétitif d'une entreprise dépend de ses **ressources intangibles (immatérielles ou compétences)**.

RESSOURCES INTANGIBLES

- Organisation de l'entreprise (structure, SI)
- Ressources technologiques (brevets, savoir-faire)
- Ressources commerciales (image de marque, notoriété)

• La compétence des entreprises repose sur 3 éléments complémentaires détenus par ses salariés :
– **les connaissances** (le savoir) ;
– **les pratiques** (le savoir-faire) ;
– **les attitudes** (le savoir-être).

• Les compétences constituent un élément de plus en plus important de l'avantage compétitif d'une entreprise.

Exemple

Le groupe LVMH, leader mondial du luxe, a créé en 2014 un Institut des métiers d'excellence afin de proposer des formations en alternance et d'assurer la transmission de ses savoir-faire dans l'artisanat, la création et la vente.

Définitions

Savoir : il relève de la connaissance acquise par l'étude, par l'apprentissage, par l'expérience.

Savoir-faire : ensemble des expériences acquises par un individu ou une organisation, dans son domaine d'activité.

Savoir-être : capacité de produire des actions et des réactions adaptées à l'environnement humain et écologique. On parle aussi de « savoir-être relationnel ».

Compétence : capacité d'une entreprise à mettre en œuvre ses ressources afin d'atteindre ses objectifs.

37 Les mécanismes de coordination et de contrôle

Une entreprise se caractérise par une organisation (structure) particulière qui suppose des mécanismes de coordination et de contrôle adaptés.

1 Les composants d'une structure selon Henry Mintzberg

La pertinence d'une structure s'évalue notamment par les mécanismes de coordination et de contrôle qui en assurent le bon fonctionnement.

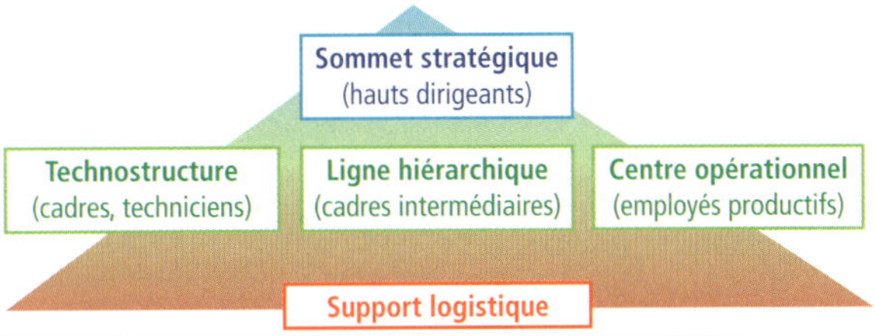

2 Les mécanismes de coordination d'une structure

Henry Mintzberg distingue **6 mécanismes de coordination** possibles selon le type d'organisation d'une entreprise.

❶ Supervision directe	Une seule personne donne les ordres et s'assure de la coordination du travail.
❷ Ajustement mutuel	La coordination des tâches se fait par la négociation et le compromis entre individus d'un même niveau hiérarchique.
❸ Standardisation des procédés	Processus d'uniformisation des règles de fonctionnement et des méthodes de travail. La technostructure assure l'essentiel de ce travail pour le compte des personnels du centre opérationnel.
❹ Standardisation des qualifications	Processus d'uniformisation du savoir et des compétences des salariés grâce à l'utilisation de références communes (langage, procédures…). Cela permet de coordonner le travail des salariés de l'entreprise.
❺ Standardisation des résultats	Processus d'uniformisation des objectifs (et donc des résultats) définis pour chaque département d'une organisation.
❻ Standardisation des normes	Processus d'uniformisation des croyances des membres de l'entreprise autour d'une culture commune.

3 Les mécanismes de contrôle

• **Il existe divers types de contrôles de la performance :**
– **par la règle** (bureaucratique) : respect des normes et des procédures.
– **par le marché :** contrôle des résultats obtenus par rapport aux objectifs initiaux.
– **par la standardisation** : respect des consignes et standardisation des opérations et de compétences.
– **par l'idéologie, les valeurs et la culture d'entreprise** : l'action des individus doit être conforme aux valeurs communes développées dans l'entreprise.

• **Ces types de contrôle ne sont pas exclusifs.** L'objectif n'est pas simplement d'analyser l'atteinte ou non des objectifs fixés, mais plutôt d'évaluer les écarts éventuels, d'en identifier les causes et de prendre les mesures correctives pour les réduire. La **pertinence** des indicateurs utilisés par l'entreprise doit permettre une bonne évaluation de **l'efficacité** (ou de l'efficience) de celle-ci.

CEJM

38 Les styles de management et prises de décision

Le type de structure de l'entreprise influe sur le style de management et les prises de décision, facteurs importants de productivité.

1 Les différents styles de management selon Rensis Likert

Style de management	Caractéristiques
Style autoritaire ou autocratique	Décisions imposées par le dirigeant aux salariés sans concertation : ce système repose sur la sanction et le respect des instructions données par une **communication descendante**.
Style consultatif ou démocratique	La direction consulte les salariés avant de prendre ses décisions grâce à un système de communication aussi bien **ascendant** que **descendant**. Cette implication des salariés est un facteur de motivation.
Style paternaliste ou bienveillant	Système proche du style autoritaire : le dirigeant cherche à mettre en avant un rôle protecteur, bienveillant envers les salariés qui restent soumis aux décisions **descendantes**.
Style participatif	Décisions prises dans une démarche consensuelle avec l'ensemble des membres de l'entreprise impliqués. Selon Likert, cette démarche rend l'entreprise plus efficace.

L'exercice du pouvoir de décision dépend en grande partie du style de management mais s'analyse aussi selon une vision classique (descendante, hiérarchique) telle que décrite par **Henri Fayol**.

2 Les facteurs qui influent sur la prise de décision

Selon **Herbert Simon**, la prise de décision ne peut être dissociée de celui qui la prend et du contexte de l'entreprise dans laquelle elle est prise. Parmi les principaux facteurs qui l'influencent, on peut noter :
– **le style de direction** (concerté ou non) ;
– **le style du manager** (personnalité, histoire, attitude défensive ou offensive, expérience…) ;
– **la structure de l'entreprise** (entreprise décentralisée ou non) ;
– **le degré de risque** (niveau d'incertitude dans lequel est prise la décision) ;
– **la répétitivité de la décision**…

Exemple : Dans les TPE-PME, le dirigeant est généralement le propriétaire de l'entreprise et son mode de management déprendra en grande partie de sa personnalité (d'autoritaire à paternaliste). Dans de plus grandes sociétés, le manager ne possède pas l'entreprise. Son mode de management est plus orienté vers la recherche d'efficacité en lien avec les résultats attendus de la part des actionnaires.

3 Les trois types de décisions selon Igor Ansoff

• **Les décisions stratégiques** concernent les objectifs globaux de l'entreprise. Elles sont prises par la direction et sont irréversibles. Elles peuvent remettre en cause la pérennité de l'entreprise.
• **Les décisions tactiques** concernent le choix d'affectation des ressources au sein de l'entreprise. Elles sont prises par la direction opérationnelle et fonctionnelle de l'entreprise. Elles sont réversibles, mais à un coût très important pour l'entreprise.
• **Les décisions opérationnelles** concernent la vie quotidienne de l'entreprise. Elles sont prises par les différents niveaux de responsabilité de l'entreprise. Elles sont donc facilement réversibles.

39 Les processus de l'entreprise

La connaissance et l'analyse des processus d'une entreprise lui permettent de réaliser un diagnostic stratégique et d'identifier ses forces et faiblesses.

1 Le modèle de Porter de la chaîne de valeur

Voir p. 322

Le modèle de Porter repose sur une représentation générale de l'entreprise s'appuyant sur un processus composé d'un **enchaînement d'activités** transformant les inputs (matières premières) en outputs (produits finis) vendus aux consommateurs. **L'entreprise est définie selon son processus de transformation à partir duquel elle génère de la valeur.** Ces activités créatrices de valeur sont de deux sortes : **activités principales** et **activités de soutien**.

2 Les activités principales

Les activités principales recouvrent l'ensemble des étapes nécessaires à la création et à la distribution au client du produit ou service réalisé par l'**entreprise**.

- **La logistique interne :** activités logistiques (en amont) de réception, de stockage et de manutention interne pour affecter les moyens indispensables à la production.

- **La production :** transformation des moyens de production en produits finis (y compris emballage et contrôle qualité).

- **La logistique externe :** ensemble des activités de livraison des biens et services aux clients (collecte, stockage, distribution).

- **La commercialisation (marketing) et la vente :** ensemble des moyens et méthodes utilisés pour promouvoir l'offre de l'entreprise (publicité, force de vente, choix des circuits de distribution).

- **Les services :** ensemble des activités associées à la fourniture de services complémentaires dans le but d'accroître la valeur du produit ou service fourni (maintenance, assistance...).

3 Les activités de soutien

Les activités de soutien constituent les **fonctions support** de l'entreprise :
– **les approvisionnements :** activités liées aux achats de matière, de marchandises, de fournitures diverses, mais aussi des moyens de productions de l'entreprise ;
– **le développement technologique :** activités qui permettent à l'entreprise de disposer des technologies indispensables à la production et aux activités de soutien (Recherche et développement, systèmes d'information de l'entreprise, développement des connaissances...) ;
– **la gestion des ressources humaines :** activités liées aux aspects RH de l'entreprise (recrutement, rémunération, motivation, formation, gestion de carrière...) ;
– **l'infrastructure de l'entreprise :** activités administratives liées au fonctionnement de l'entreprise (direction générale, planification, finance, comptabilité, communication, service juridique).

Remarque

Ces activités ne doivent pas être négligées, car elles contribuent largement à la compétitivité globale de l'entreprise.

40 La responsabilité éthique, sociale, sociétale et environnementale

Les entreprises sont dites « socialement responsables » quand elles prennent en compte la responsabilité de leur impact sur la société en dehors de la simple obligation légale.

1 La responsabilité sociétale des entreprises (RSE)

Les sociétés expriment généralement leur approche éthique par un ensemble de valeurs ou de principes fondamentaux qui sont clairement formulés et communiqués en interne et en externe.

On identifie généralement 5 dimensions à la RSE :

❶ **la gestion de l'entreprise :** prendre en compte le développement durable, l'intérêt des parties prenantes ;

❷ **la qualité de vie au travail :** privilégier la qualité de l'emploi, le dialogue social, l'équité des relations et la non-discrimination, assurer des conditions de travail saines et sûres ;

❸ **la protection de la planète :** réduire l'impact environnemental des activités et des produits ;

❹ **l'acteur responsable sur le marché :** dans le respect des droits de l'homme et de l'environnement, agir avec responsabilité envers les partenaires économiques (fournisseurs et clients) ;

❺ **l'implication locale :** en fonction de la localisation des activités, agir en respectant le développement des territoires.

> **Définition**
>
> **Éthique des affaires :** ensemble des règles, codes ou principes qui vont orienter les décisions des organisations vers plus de morale et de transparence.

2 Une démarche globale

• Au-delà de simples opérations de **communication**, les grandes entreprises sont plus sensibles à une démarche RSE du fait de l'évolution des modes de consommation, de la montée des **enjeux sociétaux et environnementaux** et des risques liés à leur **réputation** (image de marque).

• Une démarche RSE se traduit par un engagement continu d'amélioration en différentes étapes :

Exemples

– Le groupe **Lego** a présenté en 2018 ses premières briques *eco-friendly* obtenues à partir de canne à sucre. Le développement de pièces végétales vise à lutter contre l'utilisation du plastique.

– **Orange** a présenté fin 2017 une application mobile « Ellomi » qui présente les différents types de handicaps et précise l'engagement et les aménagements prévus par l'entreprise pour accompagner et maintenir ses salariés en situation de handicap dans l'emploi.

41 Les effets d'expérience

La maxime « C'est en forgeant qu'on devient forgeron » signifie qu'en exécutant de façon répétée une ou plusieurs tâches, on gagne en expérience et en savoir-faire. À l'échelle d'une entreprise, cela revient à faire valoir les effets d'expérience acquis par une organisation au fil du temps.

1 L'effet d'expérience pour l'entreprise

- L'effet d'expérience permet à l'entreprise de **produire plus rapidement, plus efficacement**, d'**améliorer la qualité de ses produits et de ses processus de production**.

- Ces éléments permettent à l'entreprise de se doter de manière durable d'un avantage de coût qui lui assurera un **avantage comparatif à long terme.**

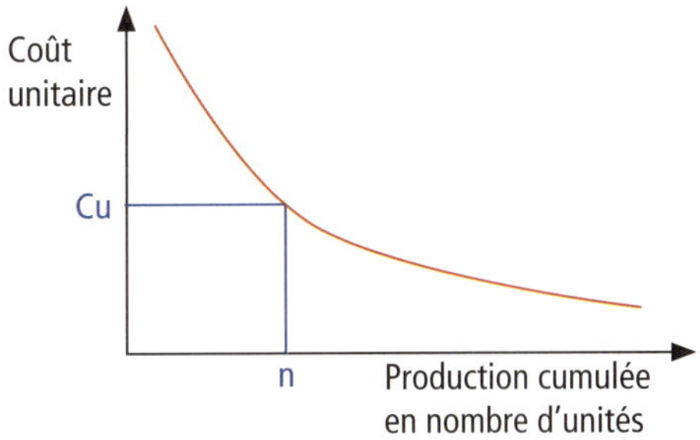

▲ La courbe d'apprentissage

2 Les principales causes de l'effet d'expérience

Les principales raisons qui expliquent cette **diminution du coût unitaire de production** sont :

– **l'effet d'apprentissage.** L'expérience acquise par les salariés d'une entreprise qui se traduit par des gains de productivité. Beaucoup d'entreprises sont sensibilisées à ces pertes d'apprentissage lors du remplacement de salariés (nécessité d'assurer une transmission des savoir-faire en interne) ;

– **la spécialisation des personnels.** Approche tayloriste qui consiste à spécialiser les salariés en divisant les tâches pour accroître la compétitivité globale de la chaîne de production au fur et à mesure que les volumes produits augmentent ;

– **l'investissement continu.** Il permet des modifications dans le processus de production (nouvelles machines plus performantes, nouvelle organisation du travail, évolutions technologiques…). Cette amélioration continue se traduit par des gains de productivité et une diminution du coût unitaire de production ;

– **l'effet d'échelle.** Il permet de répartir les frais fixes sur un volume plus important de biens produits (une hausse des volumes permet ainsi de faire diminuer le coût d'achat auprès des fournisseurs en jouant sur les quantités commandées…).

Exemple

En 2014, Volkswagen a investi dans 7 imprimantes 3D sur son site au Portugal afin de fabriquer des produits manufacturiers habituellement fournis par des prestataires extérieurs. À la clé, plus de souplesse, d'ergonomie et un gain de temps.

CEJM

42 La distinction cycle d'exploitation-cycle d'investissement

Il existe un lien direct entre la définition de la stratégie et la réflexion à mener par l'entrepreneur sur le volume des ressources financières dont doit disposer l'entreprise pour faire face à ses besoins de financement.

1 Les besoins liés au cycle d'exploitation

• Par principe, une entreprise doit produire avant de vendre sa production, ce qui se traduit par un **décalage entre ses recettes futures et ses dépenses immédiates**.

• **Ces dépenses immédiates (cycle d'exploitation)** sont liées à l'ensemble des opérations nécessaires à une entreprise pour produire et vendre un bien ou un service :
– **acquisition des matières premières et biens intermédiaires** auprès de ses fournisseurs ;
– **fabrication du produit ou du service** (salaires, frais de la chaîne de production…) ;
– **stockage et approvisionnement** des points de vente (logistique…) ;
– **financement éventuel de la fonction commerciale** (vendeurs, commerciaux, crédits aux clients).

• **Le besoin en fonds de roulement (BFR)** détermine le montant que doit financer l'entreprise afin de couvrir le **besoin** résultant de ces décalages entre les **décaissements** (financement matières premières et biens intermédiaires, salaires, charges logistiques, frais de stockage…) et les **encaissements** (encaissement des ventes) liés à son activité.

Calcul

BFR = Actif circulant – Passif circulant

2 Les besoins liés au cycle d'investissement

• Outre le financement de son cycle d'exploitation, l'entreprise doit engager un ensemble de dépenses d'investissements (**cycle d'investissement**) pour financer l'acquisition d'**immobilisations**.

• **Ces immobilisations seront utilisées sur plusieurs cycles de production** et permettent à l'entreprise soit d'accroître, soit d'améliorer ses capacités de production.

• **Le financement du cycle d'investissement** repose sur des **financements à long terme** (ressources durables).

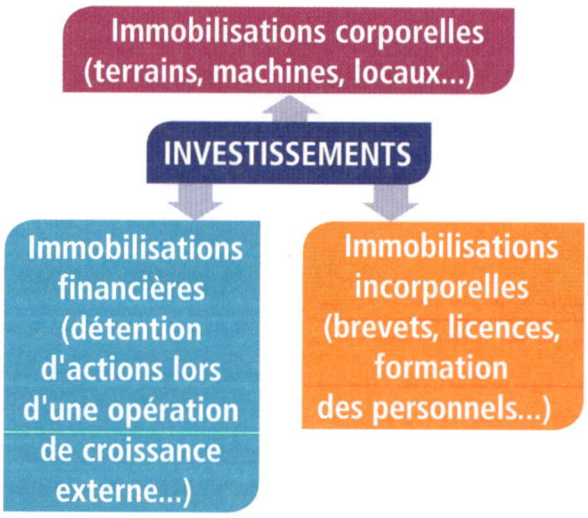

• **Le fonds de roulement net global** correspond à la différence entre les **ressources durables** d'une entreprise et les dépenses d'investissements engagées pour financer les immobilisations. **S'il est positif**, le fonds de roulement net global **permet à l'entreprise de financer tout ou partie de son besoin en fonds de roulement**.

Calcul

FRNG = Ressources stables – Emplois stables

43 Le bilan fonctionnel de l'entreprise

Le bilan fonctionnel permet d'analyser la situation financière d'une entreprise en comparant ses emplois (actifs) à ses ressources (passifs).

1 Analyse du bilan fonctionnel

L'analyse du bilan permet de s'assurer de l'équilibre financier d'une entreprise en distinguant les différents cycles qui impactent sa structure financière :
– **le cycle de financement et d'investissement** permet de vérifier l'adéquation entre les ressources financières d'une entreprise et leur emploi (un emploi stable doit être financé par une ressource stable) ;
– **le cycle d'exploitation et hors exploitation** permet d'analyser les besoins de financement générés par le cycle d'exploitation de l'entreprise et les modalités de son financement ;
– **le cycle de trésorerie** mesure l'impact des cycles précédents sur la trésorerie de l'entreprise.

2 Présentation simplifiée du bilan fonctionnel

Emplois (actifs)	Ressources (passif)
Emplois stables (principaux postes) – immobilisations corporelles – immobilisations incorporelles – immobilisations financières	**Ressources stables** – capitaux propres – provisions pour risques et charges – amortissements – dettes financières
Actifs circulant – d'exploitation (stocks, créances clients) – hors exploitation (autres créances)	**Passif circulant** – d'exploitation (dettes fournisseurs) – hors exploitation (autres dettes)
Trésorerie active – liquidités disponibles	**Trésorerie passive** – concours bancaires à court terme

3 Les principaux ratios financiers d'analyse du bilan

L'analyse du bilan fonctionnel d'une entreprise permet d'obtenir des informations utiles sur sa situation financière et sur sa capacité à assurer son développement et sa pérennité.

• **Délais de paiement accordés à la clientèle :** mesure la durée moyenne du crédit client.

$$\frac{\text{(Créances clients et Comptes rattachés)} \times 360}{\text{CA TTC}}$$

• **Taux d'endettement :** mesure le poids du financement externe dans les ressources stables d'une entreprise.

$$\frac{\text{Dettes financières}}{\text{Capitaux propres}}$$

• **Ratio d'indépendance financière :** permet de déterminer l'indépendance financière d'une entreprise vis-à-vis des établissements bancaires.

$$\frac{\text{Capitaux propres}}{\text{Dettes financières}}$$

• **Capacité de remboursement :** mesure le nombre d'années que l'entreprise mettra à rembourser ses dettes en utilisant sa capacité d'autofinancement.

$$\frac{\text{Dettes financières}}{\text{CAF}}$$

44 Le compte de résultat de l'entreprise

Le compte de résultat (ou CR) est un document comptable qui présente l'ensemble des produits (encaissements) et des charges (décaissements) de l'entreprise pendant un an (exercice comptable).
Il fournit des informations sur les performances réalisées par une entreprise et constitue un outil indispensable à l'entrepreneur pour évaluer l'impact de sa stratégie sur la santé financière de son entreprise (**performance économique et rentabilité**).

1 Présentation simplifiée du compte de résultat

Charges	Produits
Charges d'exploitation (principaux postes) – coût d'achat des marchandises vendues – charges externes (fournitures, loyers, frais postaux…) – Dotations aux amortissements, dépréciations et provisions. – salaires et charges sociales – impôts et taxes sur la production	**Produits d'exploitation** – vente de marchandises – production vendue, stockée et immobilisée – reprises sur amortissements, dépréciations et provisions – autres produits
Charges financières – dotations aux amortissements et provisions – intérêts d'emprunts et charges assimilées	**Produits financiers** – intérêts sur placements – reprises sur provisions
Charges exceptionnelles – sur opérations de gestion ou en capital	**Produits exceptionnels** – sur opérations de gestion ou en capital
Bénéfice si produits – charges > 0	**Perte** si produits – charges < 0

Le **résultat net** (bénéfice ou perte) résulte de la différence entre les produits (encaissements) et les charges (décaissements).

2 Les principaux soldes intermédiaires de gestion (SIG)

Une analyse plus détaillée du compte de résultat permet d'établir les soldes intermédiaires de gestion.

- **Valeur ajoutée (VA) :** mesure la richesse brute créée par l'entreprise dans le cadre de son activité.

VA = Marge commerciale + Production de l'exercice
– Consommations de l'exercice en provenance de tiers

- **Excédent brut d'exploitation (EBE) :** mesure la performance commerciale et industrielle indépendamment de la politique de financement et d'investissement de l'entreprise et des événements exceptionnels.

EBE = VA de l'entreprise + Subventions d'exploitation
– Impôts, taxes et versements assimilés – Charges de personnel

- **Résultat d'exploitation :** mesure la capacité de l'entreprise à générer des ressources avec son activité principale, sans prendre en compte les éléments financiers et exceptionnels. Il met en avant la performance économique de l'entreprise.

Résultat d'exploitation = Produits d'exploitation – Charges d'exploitation

- **Capacité d'autofinancement (CAF) :** mesure l'ensemble des ressources internes générées par l'entreprise dans le cadre de son activité qui permettent d'assurer son financement.

CAF = Produits encaissables – Charges décaissables

45 Les différents modes de financement

1 Les principaux modes de financement

Financement interne (utilisation des ressources financières dégagées par l'entreprise elle-même)	Financement externe (obtention de ressources financières par des financeurs externes)
Utilisation de la CAF (capacité d'autofinancement) : ensemble des ressources financières internes sécrétées par l'entreprise et utilisables pour satisfaire ses besoins de financement à long terme.	**Apports financiers des associés qui constituent le capital social d'une entreprise mais qui peuvent l'abonder par la suite en cas de besoin.**
	Augmentation de capital : opération qui consiste pour l'entreprise à accroître son capital par émission de nouvelles actions.
Cession d'actifs (désinvestissement) : opération qui consiste pour une entreprise à céder à une autre entreprise une partie de ses actifs en échange d'une contrepartie monétaire.	**Crédit-bail** : opération permettant à une entreprise de disposer d'un bien d'équipement de son choix, sans en être propriétaire, en le louant à une société spécialisée qui l'achète au fabricant.
	Emprunts bancaires : opérations par lesquelles un établissement financier met à la disposition d'une entreprise une somme d'argent contre la promesse de remboursement et moyennant le paiement d'un intérêt.

2 Leurs caractéristiques

Le choix du mode de financement dépendra des avantages et inconvénients propres à chacun :
– **l'utilisation de la CAF** présente un risque de mauvaise utilisation des fonds disponibles qui sont immobilisés sans garantie initiale de rentabilité. La CAF constitue aussi une réserve financière que pourra utiliser l'entreprise en cas de difficultés ;
– **les cessions d'actifs** engendrent un risque de perte de compétences et de sortie définitive d'un marché par l'entreprise. Les cessions d'actifs peuvent par ailleurs entraîner un coût (moins-value) par rapport à la valeur comptable des actifs cédés ;
– **l'augmentation de capital** engendre un risque de perte de pouvoir de l'entrepreneur du fait de l'arrivée de nouveaux actionnaires et un coût financier futur lié à la nécessité de verser des dividendes plus importants ;
– **l'emprunt bancaire** engendre un coût financier lié à la nécessité de payer des charges d'intérêts sur les sommes contractées et un risque d'endettement trop important de l'entreprise ;
– **le coût de la location du crédit-bail** accroît les charges de l'entreprise. Le risque est plus limité puisque l'entreprise ne devient pas propriétaire des biens acquis par ce procédé.

Remarque

Une fois les contraintes financières identifiées, l'entrepreneur doit choisir le mode de financement adéquat pour adapter les ressources de l'entreprise à la stratégie mise en œuvre.

46 L'équilibre financier de l'entreprise

Dans le cadre de la gestion financière, l'entrepreneur ou le manager doivent faire face à deux types de besoins qui supposent des réponses spécifiques (mais non nécessairement dissociées) :
– des **besoins de financement à court terme**, pour faire face aux besoins de financement du cycle d'exploitation ;
– des **besoins de financement à long terme**, pour assurer le financement des investissements de l'entreprise à moyen et long termes en fonction de la stratégie de développement adoptée.

1 Les principales contraintes financières d'une entreprise

L'entrepreneur doit s'assurer d'une gestion financière qui intègre différentes contraintes :
– **la contrainte de solvabilité :** capacité de l'entreprise à honorer ses dettes exigibles à tout moment (contrainte de liquidité des fonds disponibles) ;
– **la contrainte de pérennité :** assurer la cohérence entre le besoin de financement (court ou long terme) et le mode de financement retenu pour le financer. Par principe, le financement d'un besoin doit être assuré par une ressource ayant la même échéance ;
– **la contrainte de disponibilité des ressources à court terme :** assurer le bon usage des ressources disponibles à court terme. Une entreprise doit par ailleurs disposer de réserves disponibles pour faire face à des besoins temporaires ou exceptionnels ;
– **la contrainte du coût du mode de financement retenu :** le coût du financement doit notamment être mis en parallèle avec la rentabilité attendue des dépenses envisagées.

Définition

Gestion financière : ensemble des décisions et actions destinées à équilibrer les besoins et les ressources de financement de l'entreprise à long terme comme à court terme.

2 La gestion du fonds de roulement

• **La gestion du fonds de roulement est un enjeu essentiel** pour l'entrepreneur qui doit s'assurer en priorité de la solvabilité de son entreprise.
• **Pour diminuer son besoin de financement à court terme** (différence entre le FRNG et le BFR), l'entrepreneur cherche au maximum à diminuer les besoins en fonds de roulement, notamment les besoins de financement à court terme de son cycle d'exploitation, c'est-à-dire réduire les postes qui mobilisent le plus de ressources financières ou accroître ses ressources financières disponibles à court terme.
• Cela suppose :
– de **réduire les délais de paiement accordés à ses clients** ;
– d'**accroître les délais de paiement consentis par ses fournisseurs** ;
– de **réduire les stocks intermédiaires** des productions réalisées.
• Ces différents éléments montrent l'importance de la relation qu'entretient l'entrepreneur avec les partenaires extérieurs de l'entreprise (clients, fournisseurs, banques…).
• **Le choix du mode de production qui sera retenu** par un manager doit prendre en compte les incidences financières qui vont en découler en termes de besoin en fonds de roulement (financement de stocks de produits…).

47 Place de marché et relations d'échange

L'essor des TIC (technologies de l'information et de la communication) et du numérique a entraîné une **dématérialisation des échanges**.

1 Les différents types de relations d'échange

- **Les relations peuvent être directes** entre le producteur-vendeur et l'acheteur (e-commerce). C'est pourquoi l'on parle d'un phénomène de **désintermédiation**. Cette dématérialisation n'affecte pas uniquement les échanges marchands, elle favorise également les relations non marchandes, comme les formalités administratives en ligne.
- **Néanmoins, des plateformes électroniques appelées places de marché** se développent très rapidement et favorisent des **relations indirectes** entre vendeurs et acheteurs. On parle alors de phénomène de **réintermédiation**.

2 La notion de place de marché (*market place*)

- **Une place de marché est une application Web** qui joue un rôle d'intermédiaire et permet de mettre en relation des vendeurs et des acheteurs potentiels pour effectuer des transactions de biens et/ou de services.
- **Les places de marché sont ainsi des plateformes** aux mains d'un opérateur qui transmet la commande et les informations relatives à la livraison au vendeur partenaire, et qui sécurise les transactions.

A Les trois intervenants dans une transaction

La plateforme	L'opérateur de la place de marché se rémunère généralement par une commission.
Le vendeur	Le vendeur gagne en visibilité grâce à la place de marché et dispose d'un canal de distribution supplémentaire. Il a l'assurance d'**être payé.**
L'acheteur	L'acheteur bénéficie d'un plus large choix de produits et de prix et effectue ses achats dans un cadre sécurisé.

- La place de marché ne s'occupe pas des tâches relatives au stockage des articles. Sa performance repose sur sa **capacité à générer du trafic et à attirer ainsi des clients potentiels** pour les offreurs qui passent par elle.

Remarque

La qualité de service et la réputation d'une place de marché sont essentielles pour son attractivité.

B Des plateformes et des relations d'échange multiples

- Les places de marché peuvent mettre en relation des particuliers ou des professionnels entre eux, voire y associer des administrations.
- Les places de marché peuvent mettre en relation des particuliers ou des professionnels entre eux, voire y associer des administrations. Existent ainsi des plateformes B to C telles qu'Amazon ou e-Bay, B to B telles qu'Amazon Business ou Alibaba ou encore C to C telles qu'Airbnb ou Blablacar.
- Outres des ventes traditionnelles où le prix de vente s'affiche sur la plateforme, il peut y avoir des transactions qui s'opèrent avec des systèmes d'**enchères classiques**, d'**enchères inversées** (ou appels d'offre) ou sous forme de **troc**.

48 Les externalités de réseau

1 Essor des plateformes et externalités de réseau

A L'essor des plateformes

Voir p. 346

L'essor du numérique a favorisé le développement de plateformes qui ne se limitent pas aux seules places de marché : une plateforme est un service qui occupe une fonction d'intermédiaire dans l'accès aux informations, contenus, services ou biens édités ou fournis par des tiers (Conseil national du numérique).

B Le principe des externalités de réseau

• **Ces plateformes numériques créent souvent des externalités de réseau.** Elles correspondent aux **gains** qu'il y a à utiliser un réseau et apparaissent lorsque suffisamment de personnes utilisent le réseau en question : **la grande taille des plateformes en améliore la qualité et l'intérêt pour l'utilisateur** :
– **plus les places de marché sont grandes,** plus les acheteurs bénéficient de produits ou services, et les vendeurs d'une clientèle potentiellement plus importante ;
– **les grands réseaux sociaux** sont aussi intéressants pour leurs utilisateurs : davantage de contacts potentiels à nouer, plus de contenu à trouver sur le réseau (vidéos…).
• **Au-delà de l'intérêt pour les utilisateurs,** la taille du réseau **améliore la qualité de service de la plateforme** : un plus grand nombre d'utilisateurs fournit des données précieuses qui permettent à la plateforme de mieux connaître le client, donc de mieux cibler les contacts, les publicités…

2 Conséquences des externalités de réseau

A Les positions dominantes

Externalité de réseau → Qualité de service en hausse → Plateforme dont la taille grandit → Développement des plateformes qui peut conduire à des positions dominantes. Exemples : Google, Facebook, Amazon.

B Les politiques de concurrence

• **L'essor des plateformes numériques entraîne des interrogations quant aux politiques de concurrence.** L'émergence de positions dominantes fait craindre des pratiques anti-concurrentielles : abus de cette position dominante pour éliminer la concurrence, pour exercer une pression exagérée sur les fournisseurs ou annonceurs…
• **Mais les risques restent à nuancer :**
– les politiques de régulation de la concurrence visent avant tout à **protéger les consommateurs** or ceux-ci ne sont généralement pas lésés : la grande taille des réseaux améliore la qualité de service, la clientèle n'est pas captive… ;
– il n'y a généralement **pas de barrières à l'entrée** sur ces marchés : peu de moyens sont nécessaires pour créer une plateforme, la position d'un leader peut être rapidement remise en question…

C La régulation

L'essor des plateformes numériques suscite aussi des craintes et problèmes en matière de régulation : difficultés d'imposition, contournement des règles de droit du travail (ubérisation), protection des données personnelles…

49 L'évolution des modèles économiques

Le développement du numérique entraîne des changements de modèle économique (*business model*) pour les entreprises, c'est-à-dire la façon dont les entreprises créent de la valeur pour en tirer des revenus.

1 Les impacts sur la société

- Au-delà du modèle économique des entreprises, ces évolutions ont des impacts plus profonds sur la société ; dans de nombreux domaines, le développement du numérique remet en question **la notion d'achat et de droit de propriété**.
- Par souci économique ou environnemental, les individus privilégient un simple **droit d'usage** des biens (par exemple, les systèmes de location de vélos, de voitures, de trottinettes).

2 Les différents modèles économiques

Modèle « traditionnel »	Produire et tirer des revenus de la vente de sa production.
Quelques nouveaux modèles économiques	**Modèle gratuit financé par la publicité** : maximiser l'audience d'un site pour obtenir une rémunération grâce à des bannières publicitaires payées par des annonceurs.
	Modèle *freemium* : faire adhérer un maximum de gens à un service gratuit pour les rediriger vers un service payant plus complet. *Ex. : Le domaine des média, la presse « classique » devant faire face à la baisse des ventes de journaux papier.*
	Modèle de l'abonnement pour un accès : vendre un droit d'usage plutôt qu'un droit de propriété. Courant pour les vidéos ou musiques à la demande : le client n'achète plus un film, mais le droit de le visionner pendant un certain temps.
	Économie collaborative : des plateformes telles qu'eBay qui mettent différents acteurs en relation et se rémunèrent généralement par des commissions. Toutes ces plateformes ne relèvent pas du domaine marchand : troc, échange de logement pour les vacances, covoiturage…
Relations non marchandes	• De nombreux **logiciels sont gratuits** (gratuiciels ou *freeware*) ; certains sont open source (on peut accéder au code source du programme et le modifier). *Ex. : OpenOffice.* • Un grand nombre de **MOOCs** (formations ouvertes à distance) sont gratuits. *Ex. : My-mooc.com.*

3 Les impacts sur les activités traditionnelles

Le numérique et les TIC (technologies de l'information et de la communication) affectent aussi le modèle économique d'activités traditionnelles.

Exemple

Être référencé par des sites dédiés (Booking.com...)

Optimiser le taux de remplissage grâce au *yield management* (tarifs différenciés)

→ **Facteurs-clés de succès pour l'hôtellerie aujourd'hui**

CEJM

50 Le développement du numérique et ses effets sur l'économie

Les évolutions technologiques liées à la numérisation ont entraîné une dématérialisation de certaines activités et des relations d'échange. Elles favorisent l'automatisation des tâches.

1 Des mutations sectorielles

• Les entreprises de tout secteur ont intégré les TIC dans leurs modes de production afin de gagner en flexibilité et en réactivité pour adapter leur offre de biens et de services aux attentes des clients.

• Mais l'essor du numérique a entraîné des mutations plus profondes encore :

Déclin de certaines activités au profit de nouveaux secteurs émergents soumis à de nouveaux modèles économiques	Des innovations, de nouvelles technologie (effet de création) rendent obsolètes certaines activités (effet de destruction). *Ex. : l'hébergement de données.*
Transformation du périmètre des entreprises ou de leur métier	• Les TIC favorisent le recentrage sur les activités créatrices de valeur et l'externalisation des autres activités (développement des entreprises-réseaux) : une gestion facilitée des relations entre entreprises partenaires permet par exemple d'automatiser les commandes entre client et fournisseur avec les systèmes d'échange de données informatisées. • Les relations étroites entre entreprises partenaires nécessitent des interconnexions entre les systèmes d'information (SI) qui doivent être compatibles, d'où l'importance croissante des normes et des standardisations.
	Les TIC ont profondément modifié les règles du jeu de certains secteurs : – les plateformes type Uber pour le transport des personnes ; – la vente d'un droit d'usage et non plus d'un droit de propriété : musique, vidéo, transport urbain.

2 Des mutations qui impactent le travail

En volume	**Destruction d'emplois** due à l'automatisation de tâches routinières	Les créations d'emplois compensent-elles totalement les destructions ? → Idées d'un revenu universel, d'une taxation des robots pour y faire face
	Création d'emplois : nouveaux métiers au sein des secteurs émergents	
	Possibles relocalisations d'activités du fait de l'automatisation de tâches à faible qualification	
En structure	L'essor du numérique favoriserait des emplois qualifiés : les moins qualifiés subiraient les destructions.	
	• Ubérisation de certains secteurs • Précarisation du travail	

51 Le rôle de la CNIL

La Commission nationale informatique et libertés (**CNIL**) est une autorité administrative indépendante instituée par la loi du 6 janvier 1978. Son rôle a été complété à l'occasion de l'entrée en vigueur du Règlement général sur la protection des données (**RGPD**) entré en vigueur le 25 mai 2018. **Sa mission se décline autour de quatre axes.**

1 Informer et protéger

La CNIL informe les particuliers et les professionnels et répond à leurs demandes. Elle met à leur disposition des outils pratiques et pédagogiques et intervient très régulièrement pour animer des actions de formation et de sensibilisation, notamment dans le cadre de l'éducation au numérique.

Remarque

La CNIL peut désigner des référents au sein d'entreprises ou de collectivités publiques, les « correspondants informatique et libertés » (CIL). Ils permettent un dialogue direct avec la CNIL. Le référent est responsable dans l'organisation du traitement des données : par exemple, à l'occasion d'un vote électronique par correspondance, il s'engage au respect de l'anonymat du vote.

2 Accompagner et conseiller

La CNIL dispose d'outils pour encourager les organisations à se conformer à des **pratiques respectueuses de la vie privée des personnes et de leurs données personnelles** :
- elle fournit des avis sur des projets de loi ou de décret ;
- elle formule des autorisations pour les traitements les plus sensibles ;
- ses recommandations peuvent être à l'origine de décisions du législateur et servent de conseils pour les professionnels ;
- elle propose des modèles qui simplifient les formalités pour se conformer à la loi ;
- elle est un interlocuteur avec qui dialoguer. Elle donne des conseils sur demande ;
- elle peut certifier la conformité d'un processus de traitement des données.

3 Contrôler et sanctionner

Phase de contrôle	Phase de sanction
La CNIL peut : – accéder à tous les locaux professionnels ; – demander communication de tout document nécessaire et en prendre copie ; – recueillir tout renseignement utile et entendre toute personne ; – accéder aux programmes informatiques et aux données.	La sanction peut prendre la forme : – d'une amende ; – d'une publication de la sanction ; – d'une injonction de cesser le traitement des données personnelles non conforme ; – d'un retrait de l'autorisation de la CNIL. → Les décisions rendues peuvent faire l'objet d'un recours devant le conseil d'État.

4 Anticiper

La CNIL met en place une **veille pour détecter et analyser les technologies ou les nouveaux usages pouvant avoir des impacts importants sur la vie privée.**

Remarque

La CNIL contribue à des débats publics mettant en jeu la vie privée et les données personnelles tels que les algorithmes et l'intelligence artificielle ou encore les enjeux autour de la reconnaissance faciale.

CEJM

52 La protection des actifs immatériels

Dans l'économie numérique actuelle, les **actifs immatériels** des entreprises (sites Internet, noms de domaines, logiciels, bases de données, brevets, marques…) prennent une place croissante dans leur stratégie. Ils font partie du **patrimoine de l'entreprise** et sont **source de création de valeur**. Le droit protège ces actifs immatériels.

1 Les titulaires des droits d'auteur

- **Les droits patrimoniaux** appartiennent en principe à l'auteur de la création.

Type d'auteur	Propriétaire des droits patrimoniaux
L'auteur travaille de façon indépendante	L'auteur
Création collective (plusieurs auteurs)	Droits partagés entre les divers auteurs
Salarié	L'employeur

- **Les droits moraux** sont toujours de la propriété de leur auteur et de leurs descendants.

Exemple

L'auteur d'une œuvre peut choisir de percevoir des droits d'auteur ou de vendre son œuvre à un client, c'est le **droit patrimonial**. En revanche, il dispose d'un droit de paternité, de retrait, de repentir et d'intégrité sur son œuvre, non limité dans le temps. Il le transmet à ses héritiers ou ayants-droit : c'est le **droit moral**.

2 Le régime juridique des actifs immatériels

Créations intellectuelles	Régime juridique
Sites Internet	Les sites Web sont protégés par le droit d'auteur lorsque la condition d'originalité est remplie.
Noms de domaines	Le déposant du nom de domaine dispose d'un droit exclusif d'usage de ce nom.
Logiciels	• Le code source, le code objet et les travaux préparatoires du logiciel **font l'objet d'une protection**. • Les fonctionnalités, algorithmes et interfaces graphiques **sont exclus** de la protection.
Bases de données	Elles combinent deux régimes indépendants de protection : – une protection conforme aux droits d'auteur pour leur architecture ; – une protection spécifique des intérêts économiques du producteur de ces bases.

3 La protection des actifs immatériels

La dématérialisation bouscule la diffusion et l'utilisation des actifs immatériels qui se visionnent, se reproduisent, se transmettent sans entrave. Les atteintes au droit de propriété sont ainsi facilitées. Le droit envisage donc des protections adaptées :

– **par la protection *a priori*,** le titulaire des droits d'auteur dispose de **droits moraux et patrimoniaux**. Ces derniers consistent dans l'octroi d'un **monopole d'exploitation** ;

– **avec la protection *a posteriori*,** deux actions sont envisageables : **l'action en contrefaçon** sanctionne un délit pénal et **l'action en concurrence déloyale** se fonde sur la responsabilité civile extracontractuelle.

53 La protection de la personne dans la société numérique

Dans une société de l'information où de nombreux procédés existent pour collecter des données en grande quantité (manière de surfer sur Internet, cookies, formulaires remplis en ligne avec des données personnelles…), la vie privée et le droit à l'image des personnes physiques sont mis à mal.

1 Le droit au respect de la vie privée

• Les articles 9 du Code civil et 8 de la Convention européenne des droits de l'homme qui consacrent le respect de la vie privée doivent être renforcés pour protéger davantage.

Recul de la vie privée dans…	Exemples d'outils numériques
les informations collectées	• Les données à caractère personnel *via* des photos, des films ou des écrits • Les données de connexion • Les adresses IP de l'internaute
les procédés utilisés	• Les cookies • Les spams • La commercialisation des données

Voir p. 347

• **En France,** le droit a recherché un équilibre entre la liberté de circulation de l'information et la protection de la personne. Dès 1978, la **CNIL** a été créée pour assurer cette protection. Le droit communautaire a complété le dispositif à plusieurs reprises et récemment avec le **RGPD** entré en vigueur en mai 2018.

• **Le RGPD** a créé un nouveau poste en entreprise : le **DPO** (*Data Protection Officer*), responsable de la protection des données, est chargé de faire respecter la vie privée et les droits des salariés.

Les personnes disposent ainsi, sur leurs données personnelles :
– d'un droit au consentement préalable et éclairé sur l'utilisation des données ;
– d'un droit d'opposition au traitement des données ;
– d'un droit d'accès aux données collectées sur sa personne ;
– d'un droit de rectification en cas d'inexactitude ;
– d'un droit à l'oubli par effacement des données ou déréférencement sur les moteurs de recherche.

Les entreprises collectrices sont soumises à de nombreuses règles :
– déclaration à la CNIL ;
– demande d'autorisation ;
– obligation de sécurisation des données, qui doivent rester confidentielles ;
– transparence sur les modalités de collecte des données et sur la finalité du traitement.

• **La personne qui utilise à des fins malveillantes** des éléments de l'identité numérique d'une personne commet un délit pénal appelé **usurpation d'identité**.

2 La protection du salarié dans le cadre du travail

• **L'employeur peut contrôler davantage le travail de ses salariés** en :
– accédant au contenu du disque dur de leur poste de travail ;
– surveillant et chronométrant leur navigation Web ;
– surveillant leurs déplacements ou leur comportement (vidéosurveillance, géolocalisation).

• **Pour encadrer ce pouvoir,** l'employeur doit respecter le principe énoncé dans l'article L1121-1 du Code du travail : « Nul ne peut apporter aux droits des personnes et aux libertés individuelles et collectives de restrictions qui ne seraient pas justifiées par la nature de la tâche à accomplir ni proportionnées au but recherché. »

54 Le contrat de vente électronique

La dématérialisation des échanges a conduit le droit de la preuve à s'adapter en **intégrant la preuve électronique comme mode de preuve**.

1 L'existence du contrat : le régime de la preuve électronique

• Depuis 2000, l'article 1316-1 du Code civil énonce que l'écrit sous forme électronique est admis en preuve au même titre que l'écrit sur support papier, à deux **conditions cumulatives** :

Conditions cumulatives	Procédé technique : la signature électronique
1. Pouvoir identifier la personne qui en est l'émetteur.	La signature électronique suppose l'intervention d'un tiers certificateur et le recours à la cryptographie à clés asymétriques (une clé privée et une clé publique). Elle remplit ces deux conditions.
2. Pouvoir garantir l'intégrité du contenu du message : pas de faux possible et préservation de cette intégrité dans le temps.	

• Dès lors, la preuve électronique peut aussi bien servir à **constituer un support** *ad probationem* (pour se constituer une preuve, mais pas obligatoire) que *ad validitatem* (l'écrit est indispensable à la validité de l'acte sous peine de nullité).

2 Le contenu du contrat de vente électronique

• Le développement du numérique entraîne la **conclusion de contrats de vente par voie électronique** avec les consommateurs. Ce sont des contrats spécifiques car le **consentement est donné à distance** *via* **Internet**. Afin que l'acheteur/le consommateur/l'internaute soient protégés, le droit de la consommation prévoit des obligations à la charge du cybervendeur.

Protection accordée	Précisions
Obligation d'information Art. L111-1 Code de la consommation	• Le vendeur informe sur son identité, sur le bien et sur les procédés de paiement avant la vente du bien. • Il précise ses modalités de validation de la commande, ses procédés de traitement des données à caractère personnel…
Droit de rétractation du consommateur Art. L221-18 du Code de la consommation	• Une fois les informations fournies, un délai de rétractation de 14 jours court à compter de la conclusion du contrat. Tant que l'obligation d'information n'a pas été remplie, le délai de rétractation peut être reporté. • Il est d'ordre public, le consommateur ne peut pas y renoncer.
Obligation de résultat de l'exécution du contrat Art. L221-15 du Code de la consommation	• Le professionnel est responsable de plein droit à l'égard du consommateur de la bonne exécution des obligations résultant du contrat conclu à distance. • Exception : le professionnel peut s'exonérer de sa responsabilité en apportant la preuve que l'inexécution ou la mauvaise exécution du contrat est imputable soit au consommateur, soit au fait, imprévisible et insurmontable, d'un tiers au contrat, soit à un cas de force majeure

Remarque

Le professionnel vendeur ne peut pas inclure de clauses abusives dans le contrat. En outre, les clauses limitatives ou exonératoires de responsabilité en faveur du vendeur sont ici prohibées.

55 Les contrats de prestation de services numériques

Le développement du numérique rend indispensable le recours par les entreprises à des **services de prestataires informatiques** pour les besoins de leur activité.
Les contrats de prestation de service numérique (fourniture d'accès aux réseaux, hébergement de données, maintenance matérielle ou logicielle, développement de logiciels ou de sites Internet, conseils en ingénierie…) se multiplient. Ils présentent des obligations spécifiques.

1 Le contrat de fourniture d'accès aux réseaux

A Le principe

Le fournisseur a pour activité d'offrir un **accès au réseau de communication**, notamment de permettre une connexion à Internet. Les prestataires fournissent également des services complémentaires de télévision, de téléphonie et des services accessoires (disque de stockage, borne wifi…).

B Le contenu du contrat

Le prix	• Si le client est un consommateur ou un non professionnel, le droit de la consommation s'applique : droit de rétractation, obligation d'information préalable sur le prix et ses composantes… • Si le client est un professionnel, il peut exiger les conditions générales du prestataire afin de débuter des négociations. • En général, comme ce contrat est échelonné dans le temps, le prix à payer prend la forme d'un forfait ou d'un abonnement.
La prestation technique	• La connexion au réseau est une obligation de résultat qui pèse sur le fournisseur. Le client doit s'assurer que sa ligne est éligible au service demandé, mais c'est souvent le fournisseur qui le vérifie. • Le fournisseur garantit également un débit à son client.

2 Le contrat d'hébergement de données

A Le principe

L'hébergeur fournit un service de **stockage d'informations** et un accès à cette information au bénéfice de son client et/ou du public (cas du site Web).

B Les obligations des parties

Obligations de l'hébergeur	Obligations du client
• Fournir un espace mémoire pour stocker les informations • Garantir l'accès 24 h/24 aux données • Maintenir en état le fonctionnement du matériel	• Payer le prix (abonnement), sauf si l'hébergeur se rémunère par la publicité • Respecter le droit de la propriété intellectuelle (interdiction des téléchargements illégaux) • Respecter une charte de bonne conduite sur le Net

La jurisprudence semble s'accorder pour qualifier d'obligations de résultat les obligations de l'hébergeur. Elle limite les possibilités d'insérer des clauses limitatives de responsabilité en les considérant comme abusives pour les consommateurs ou créant un déséquilibre significatif entre commerçants.

3 Le contrat de maintenance informatique du matériel ou des logiciels

A Le principe

La maintenance est un contrat par lequel le « mainteneur » ou prestataire **s'engage à réparer ou entretenir le matériel et/ou les logiciels utilisés** par le client. Le client recherche souvent une solution complète et opte pour une maintenance rattachée au même prestataire que celui qui a fourni le matériel.

B Les obligations des parties

Obligations du mainteneur	Obligations du client
• **Obligation d'information,** qui suppose une obligation de conseil, de mise en garde et de renseignement. Le mainteneur doit s'informer des besoins de son client. • **Obligation d'exécution de la prestation,** qui peut englober deux volets : maintenance préventive et maintenance corrective. • **Obligation de confidentialité,** évidente lorsque le mainteneur agir sur le site de son client et entre en contact avec des données sensibles.	• **Obligation de collaboration :** le client joue un rôle proactif pour donner l'accès au matériel informatique et remettre au mainteneur les documents utiles. • **Obligation de payer le prix en contrepartie de la maintenance.** Le paiement peut être forfaitaire ou facturé pour chaque intervention. • **Obligation de recevoir la prestation :** le client doit accuser réception de la prestation de service. Il peut émettre des réserves ou même la refuser.

4 Les clauses des contrats de prestation

• **Les contrats de prestation de service numérique** conclus entre professionnels sont soumis au droit commun des contrats, mais **leur nature impose la rédaction de clauses spécifiques**.

Clause	Définition
de confidentialité	Le professionnel du numérique ne doit pas divulguer les informations confidentielles dont il pourra prendre connaissance en manipulant les données de son client.
de réversibilité des données	Elle permet au client de récupérer les données nécessaires pour transférer à un autre prestataire la gestion externalisée de son parc informatique.
de délai d'intervention	Lorsqu'une panne ou une anomalie technique apparaît, le SI de l'entreprise peut être neutralisé ; les parties peuvent prévoir des délais d'intervention selon le type de panne.
de suppléance ou *back up*	Les parties prévoient qu'en cas de panne, le prestataire proposera de manière temporaire un matériel de remplacement.
de droits d'auteur	Elle précise qui conserve les droits d'auteur lors de la livraison du logiciel : son concepteur ou son utilisateur. Elle fait de même lorsque le logiciel fait l'objet d'améliorations dans le cadre de sa maintenance.

• **La jurisprudence a mis à jour des pratiques abusives.** Pour protéger le client contre les clauses abusives du prestataire, celles-ci sont réputées **non écrites** :
– la facturation de frais d'impayés ;
– la fixation d'un délai pour contester les factures ;
– la clause de résiliation suivant laquelle tout mois commencé est dû.

56 Les caractères du SI dans l'entreprise

Dans un contexte où les entreprises se livrent à une vive concurrence, l'information, qu'elle soit d'origine interne ou externe à l'entreprise, est devenue une variable stratégique essentielle. Pour qu'elle soit exploitable par l'organisation, il est nécessaire de **la formaliser pour l'intégrer dans le processus de décision** ; c'est l'une des fonctions du système d'information (SI).

1 Les définitions du SI

Selon	Définition
Robert Reix	Le SI est « un ensemble organisé de ressources techniques, organisationnelles et humaines requises par le traitement des informations nécessaires à la stratégie et aux métiers de l'entreprise. »
Jean-Christophe Peaucelle	Un SI « se définit par l'information qu'il véhicule et par la manière dont il l'exprime sur ses différents supports. C'est un langage de communication d'une organisation, adapté à la nature plus ou moins répétitive de l'information que l'on veut y échanger. »

On distingue les **fonctions du SI** (la finalité recherchée par le SI) des **dimensions du SI** (la façon dont l'information est construite).

2 Les quatre fonctions du SI

- **Collecter :** l'entreprise acquiert des données provenant de son environnement interne ou externe.
- **Stocker :** le système d'information conserve l'information acquise afin de pouvoir la restituer.
- **Traiter :** l'information est transformée, analysée, structurée.
- **Diffuser :** le SI transmet ensuite l'information dans son environnement interne ou externe.

3 Les trois dimensions du SI

- **Le SI doit se structurer à plusieurs niveaux** pour remplir ses fonctions.

Dimension technique

Système informatique qui regroupe des ressources matérielles (machines, ordinateurs et câbles) et immatérielles (logiciels, progiciels, bases de données). C'est le niveau de l'information brute.

Dimension humaine

Les hommes et les femmes qui conçoivent, traitent et donnent du sens à l'information.
Le jugement humain est toujours au départ (conception du SI) et à la fin du processus (prise de décision).

Dimension organisationnelle

Le SI déploie un ensemble de règles, de procédures et de processus pour que l'information aide à la décision ou à l'action.

- **Les progiciels de gestion** sont des ressources immatérielles (logiciels intégrés) qui traitent des informations relatives à plusieurs fonctions de l'entreprise. Ils mettent en relation des données afin de décloisonner les services de l'entreprise et la rendre plus performante.

Remarque

– Le SCM (*Supply Chain Management*) intègre l'ensemble de la chaîne logistique d'une entreprise. Cet outil est interne à l'entreprise.
– Le CRM (*Customer Relationship Management*) gère de l'information externe (qui provient du client) pour une utilisation interne.

CEJM

57 Les apports du SI face aux défis de l'entreprise

Aujourd'hui, le développement du *Big Data* constitue un défi pour l'entreprise. Le SI doit être capable de collecter les données utiles, ce qui peut supposer une sélection préalable, et les agréger afin de constituer des informations pertinentes qui aideront à la prise de décision au sein de l'entreprise aux niveaux stratégique, tactique et opérationnel.

1 Le SI source d'avantage concurrentiel stratégique

A L'information est une ressource à part

- L'information ne s'use pas lors de son utilisation. À la différence d'une matière première traditionnelle, sa consommation n'entraîne pas sa destruction.
- La production de l'information représente un coût, mais son coût de réplication est nul ou quasi nul.
- Les deux éléments précédents rendent difficile la valorisation de l'information, contrairement à un bien tangible (immobilisation corporelle de l'entreprise telle qu'un immeuble ou une machine).

B L'information est une ressource différenciante

- **Un SI flexible est source de création de valeur** pour l'entreprise et peut générer un avantage concurrentiel s'il est mis au service du processus stratégique.

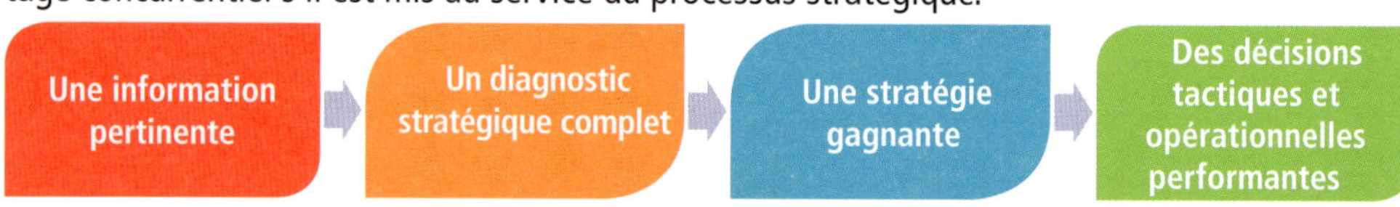

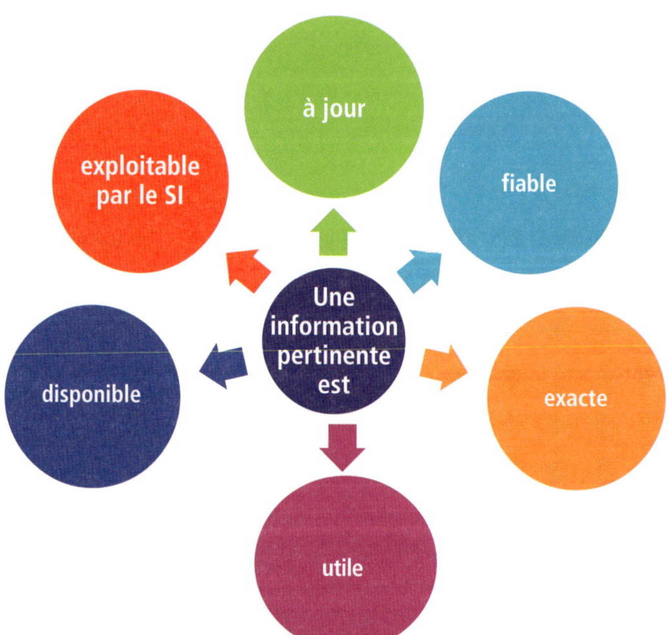

• **Le SI doit combiner une fonction d'intégration**, afin d'agréger un maximum d'informations et assurer une vue d'ensemble de l'entreprise, et une **fonction de spécialisation**, pour se placer au plus près de là où l'information est nécessaire pour décider et agir vite. Ces contraintes ont poussé les entreprises à développer de nouvelles configurations structurelles.

Remarque

Si le SI permet une bonne connaissance de l'ensemble des coûts de l'entreprise (et surtout la mise à jour de ses coûts cachés), celle-ci peut développer sa compétitivité prix.

2 Le SI source d'innovation structurelle

• Face à un environnement ouvert, changeant et incertain, les entreprises ont cherché à gagner en réactivité et peuvent s'appuyer sur le SI pour développer des structures organisationnelles plus souples et adaptables.

• Voici quelques tendances :

Empowerment	Démarche qui consiste à réduire le nombre de niveaux hiérarchiques afin d'accélérer la prise de décision.
Reengineering	• C'est une reconfiguration générale de la structure de l'organisation autour non pas des fonctions mais du processus. • Cette méthode a été mise en avant par Hammer et Champy.
Structure par projet	• Gestion des activités bâtie autour de la gestion d'un projet. Ce type de structure privilégie une gestion des coûts selon la méthode ABC et non pas seulement la méthode des coûts complets. • En termes de condition de travail, le *coworking* ou travail collaboratif est privilégié. • En termes de mécanisme de coordination, l'ajustement mutuel ou la communication transversale et non pas verticale est mise en avant.
Structure en réseau	• Les frontières de l'entreprise sont redéfinies. Le SI facilite une structure où les fonctions peuvent être externalisées mais les liens restent forts grâce à des partenariats étroits. • On parle d'« entreprise étendue ». Les fournisseurs, les clients, les sous-traitants peuvent co-concevoir, co-innover, co-construire.

58 Les risques et défis humains liés au SI

Le SI est un facteur de performance pour l'entreprise mais il pose également des difficultés que le directeur du système d'information (DSI) doit prendre en considération.

1 La typologie des risques liés aux SI

Les risques liés aux SI sont de plusieurs types : sécuritaire, opérationnel, juridique, sociaux et financiers.

Types de risque	Manifestation
Sécuritaire	**Atteintes au patrimoine informationnel** de l'entreprise : – cyber-attaques ; – diffusion d'un virus informatique ; – vol, piratage, espionnage industriel ; – destruction ou perte des données.
Opérationnel	**Tout événement qui empêche le fonctionnement normal** de l'organisation : – obsolescence ou panne du matériel ; – défaut de maintenance ; – mauvaise gestion des licences logicielles.
Juridique	**L'avènement du numérique a fait évoluer les règles du droit** sur de nombreux points : – négociation et gestion des contrats de prestations informatiques ; – respect de la réglementation en matière de protection des données à caractère personnel (RGPD) ; – protection des bases de données au titre des droits d'auteur.
Sociaux	L'outil informatique a envahi les lieux de travail et a entraîné l'**apparition de nouvelles pratiques qui doivent être surveillées** : – utilisation excessive, voire illégale, à des fins privées des moyens informatiques professionnels mis à la disposition des salariés ; – intrusion dans la vie privée sur les données récoltées relatives aux salariés ; – perméabilité entre les sphères professionnelle et privée (droit à la déconnexion).
Financiers	Le SI génère des coûts importants qu'il faut maîtriser : – coût d'acquisition et de maintenance du matériel, des licences logicielles ; – coût de l'intégration et du paramétrage du PGI et de la formation des utilisateurs.

2 Le SI source de crises et de résistance aux changements

- Au cours de la vie de l'entreprise, sa taille et sa structure évoluent ; avec elle, le SI s'adapte et évolue à son tour.
- Dans cette épopée entrepreneuriale, le changement de SI peut générer des difficultés humaines et des crises managériales à traiter.

A Les crises tout au long de la croissance de l'entreprise selon Greiner

Greiner identifie 5 crises possibles tout au long des 6 phases de développement des entreprises :

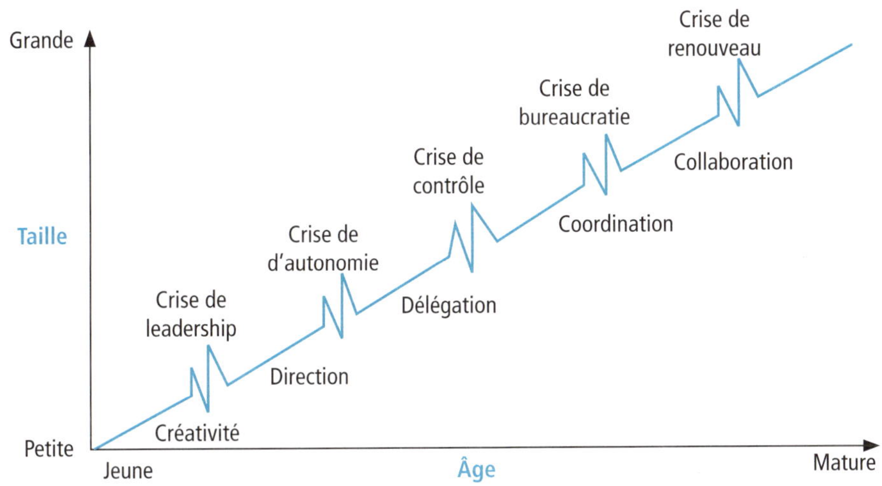

▲ Le modèle de Greiner

Phase	**1.** créative	**2.** directive	**3** de délégation	**4.** de coordination	**5.** de collaboration	**6.** d'externalisation
Crise	de leadership	d'autonomie	de contrôle	de bureaucratie	de saturation psychologique des salariés	

B Les facteurs de résistances au changement

Le changement peut entraîner une résistance de la part des acteurs en présence. Les facteurs de ces résistances (selon Crozier notamment mais aussi Lewin, Lawrence, Coch et French) peuvent être multiples :

C Les recommandations pour gérer le changement selon Lewin

Lewin recommande de respecter les phases de résistance afin de gérer correctement le changement.

1re étape : le dégel	Prise de conscience de la nécéssisté de changer
2e étape : le changement	Conduite du changement
3e étape : l'enracinement	Adoption et mise en place de la nouvelle organisation

CEJM

59 Offre, demande de travail et segmentation du marché du travail

Attention à ne pas faire de confusion avec le langage usuel :
– **l'offre de (facteur) travail** correspond aux individus qui disposent ou souhaitent disposer d'un travail rémunéré, leur permettant de financer leur consommation et leur épargne.
– **la demande de travail** émane des entreprises et organismes publics, pour qui il s'agit d'un facteur de production.

Offre de travail ⟷ Demande d'emploi
Demande de travail ⟷ Offre d'emploi

1 Offre et demande de travail sur le plan théorique

• **L'offre de travail** est censée être le fruit d'un **arbitrage entre temps de travail** (en contrepartie des efforts les salaires permettent de consommer) **et temps de loisir** (qui apporte une satisfaction immédiate mais génère un manque à gagner ou coût d'opportunité).

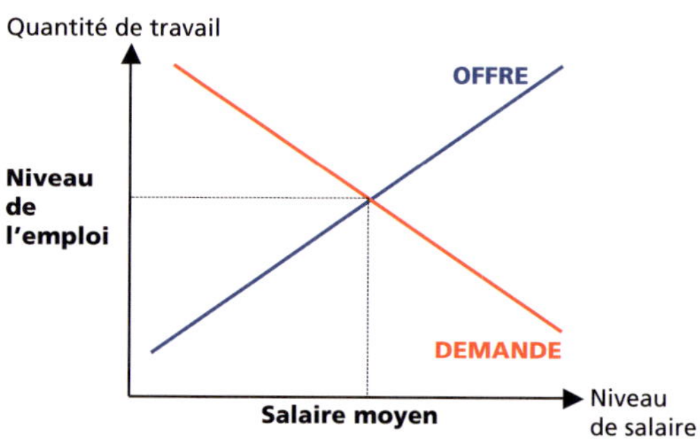

▲ L'ajustement théorique du marché du travail

• **L'augmentation du niveau des salaires** rend en principe le travail plus attractif (et il accroit le coût d'opportunité du temps de loisir) et **se traduit par une hausse de l'offre de travail.**

• **La demande de travail** est une demande de facteur permettant aux entreprises de produire. **Elle dépend essentiellement de sa productivité et de son coût.** En principe, la demande de travail diminue lorsque le niveau de salaire s'élève, car cela signifie un coût du travail plus élevé qui peut conduire les entreprises à privilégier d'autres facteurs de production (davantage d'automatisation).

Remarque

En théorie donc, le chômage ne peut exister sauf s'il est volontaire, puisque l'ajustement des salaires permet d'équilibrer offre et demande de travail.

2 Une réalité plus complexe

• En réalité, il n'y a pas un mais une multitude de marchés du travail, car ce dernier n'est **pas homogène**, tant du côté de l'offre que de la demande. Il ne peut y avoir **un seul** niveau de salaire permettant l'équilibre du marché.

L'hétérogénéité du travail	
Offre de travail	**Demande de travail**
Différents : – niveaux de qualification des individus – parcours et expériences professionnels – degrés de mobilité fonctionnelle et/ou géographique...	Des profils différents demandés selon : – les compétences, qualités… – le degré de spécialisation – le temps de travail (temps complet, temps partiel…) – le type de contrat proposé (CDI, CDD, intérim)...

• Ainsi, en dépit d'un chômage élevé observé en France, il existe des domaines où le marché du travail est en tension et où **les entreprises peinent à recruter** et à trouver ou attirer les profils qu'elles recherchent : il y a **coexistence de personnes au chômage et d'emplois vacants**.

3 Un marché du travail segmenté

• **L'hétérogénéité du travail** se traduit par une segmentation du marché qui conduit à distinguer plus particulièrement deux segments :

Marché interne (segment des *insiders*)	Concerne des travailleurs relativement protégés face au chômage ; leurs caractéristiques : – niveau de qualification élevé ; – contrats de travail relativement stables (CDI) ; – niveaux de rémunération élevés ; – perspectives de promotion.
Marché externe (segment des *outsiders*)	Concerne des travailleurs relativement défavorisés en termes d'emploi, plus susceptibles de connaître des épisodes de chômage : – statuts plus précaires (CDD, intérim…) ; – emplois soumis aux aléas de la conjoncture économique ; – faibles perspectives d'évolution dans l'entreprise.

• **Le marché du travail français est caractérisé par des tendances lourdes**, dont une partie est imputable à cette dualité du marché :

Déséquilibres et tendances lourdes du marché du travail français	
Tendances révélatrices d'une forte segmentation du marché du travail	• Accès à l'emploi difficile pour les personnes ne disposant pas de qualifications professionnelles • Temps d'accès à un emploi durable de plus en plus long, notamment pour les primoaccédants sur le marché du travail (y compris avec des qualifications élevées) • Taux d'emploi pour les personnes âgées de plus de 50 ans plus faible que dans les autres pays européens • Écart de rémunérations entre hommes et femmes persistant (même s'il diminue) • Temps partiel subi par un nombre croissant d'employés qui souhaiteraient travailler à temps plein
Tendances liées à d'autres facteurs	• Le niveau relativement élevé du SMIC (par rapport aux autres pays européens) pèse sur l'emploi dans certains secteurs à faible productivité (commerce, restauration…) • Tensions sur le marché du travail liées aux règlementations propres à certains secteurs comme des conditions de diplôme pour pouvoir exercer (médecins, pharmaciens, notaires, avocats…) • L'ubérisation croissante de certaines activités multiplie les formes atypiques d'emplois (indépendants, autoentrepreneurs)

• Certains économistes craignent par ailleurs que les progrès rapides dans le domaine numérique entraînent une disparition de métiers plus forte que les créations de nouveaux emplois.

60 La politique de l'emploi

Face aux déséquilibres du marché du travail, l'État mène une politique de l'emploi qui vise tout à la fois à résorber le chômage et aider les personnes sans emploi.

1 Les politiques actives de l'emploi

• **Également qualifiées de traitement économique du chômage,** ces politiques visent à réduire le chômage, notamment en augmentant le volume d'emplois dans l'économie.

Leviers théoriques visant à réduire le chômage	Réduire l'offre de travail	Retarder l'entrée sur le marché du travail (allonger la durée des études), réduire l'âge de départ en retraite…
	Accroître la demande de travail	Stimuler la croissance et l'activité des entreprises, réduire le coût du travail (SMIC, cotisations sociales)…
	Favoriser une meilleure adéquation en offre et demande de travail	Développer la formation des individus, accroître la flexibilité du travail…

• **Tous ces leviers ne sont pas nécessairement exploités** par les pouvoirs publics ; ainsi, les difficultés de financement des pensions de retraite ont conduit à retarder les départs à la retraite.

• **Les pouvoirs publics ont cherché à cibler les populations les plus fragiles** ces dernières années (jeunes, non qualifiés) et à privilégier les actions suivantes :
– **favoriser une meilleure adéquation entre les demandes des entreprises et l'offre de travail,** notamment par la politique de formation (élévation du niveau des études, développement de la formation professionnelle…) ou *via* l'action de Pôle Emploi ;
– **mettre en place des contrats aidés** (ou subventionnés) pour favoriser l'embauche de personnes en situation de précarité par des employeurs publics (ou privés).

2 Les politiques passives de l'emploi

• **Les politiques passives de l'emploi** visent à faire face aux conséquences négatives du chômage, notamment la perte de revenu qui en découle.

• **L'indemnisation des chômeurs** repose sur des leviers tels que le niveau ou la durée d'indemnisation du chômage. La générosité de l'indemnisation se heurte :
– **aux contraintes de financement** qui pèsent sur les organismes sociaux (financement de l'Unedic) ;
– **à une éventuelle désincitation** au retour à l'emploi.

• **Le traitement social du chômage** est moins mis en avant que par le passé, mais il reste important au regard des mutations extrêmement rapides du travail et des compétences dont les entreprises ont besoin. Il s'agit notamment d'aider les individus en période de transition professionnelle.

61 Les sources du droit du travail imposées et négociées

Le droit du travail régit les rapports individuels et collectifs créés par la relation de travail entre les employeurs et les salariés.
Chaque source du droit du travail se positionne dans la hiérarchie des normes : la norme juridique supérieure s'impose à la norme inférieure. Nous les présentons de la plus élevée à la moins élevée.

1 Les sources internationales

A Les traités internationaux

Ce sont des **conventions internationales** signées entre les États.

Exemple
Les États signataires de la convention de l'Organisation internationale du travail (OIT) s'engagent à ce que la procédure de rupture d'un contrat de travail respecte les droits de la défense du salarié.

B Les normes européennes

Normes	Définition	Exemple
Règlements communautaires	Généraux et abstraits, ils s'appliquent immédiatement dans le droit national des États membres.	Le règlement (UE) 2016/679 du Parlement européen et du Conseil du 27 avril 2016 régit la protection des personnes physiques à l'égard du traitement des données à caractère personnel et à la libre circulation de ces données.
Directives communautaires	Fixent des objectifs à atteindre dans un délai fixé ; elles nécessitent une transposition dans le droit national par les États membres.	• La directive européenne sur le temps de travail (2003/88/CE) impose aux pays de l'UE de garantir à tous les travailleurs des droits minimaux sur les congés payés, la durée du repos quotidien… • Les pays ne disposant pas encore de lois sur ce sujet sont donc tenus de transposer la directive en droit national.

La **Cour de justice de l'Union européenne (CJUE)**, sur saisine de la Commission européenne, d'une institution communautaire, d'un État membre ou d'un particulier selon les cas, veille au bon respect de ces normes.

2 Les sources nationales

• **La Constitution de 1958 prime sur les autres normes juridiques** selon le principe de la hiérarchie des normes.

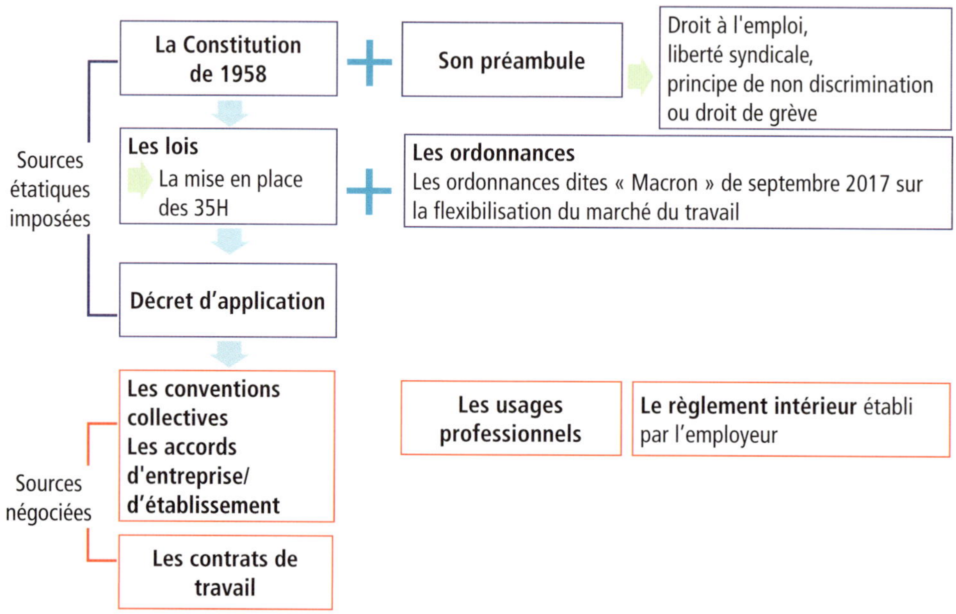

• **Le droit négocié** concerne l'ensemble des textes qui **résulte de la concertation entre les partenaires sociaux** : les organisations syndicales de salariés représentatives (OSR) et une ou plusieurs organisations d'employeurs ou tout autre groupement d'employeurs ou un employeur pris individuellement.

• **La négociation collective** vise à **trouver un équilibre entre efficacité économique et justice sociale**.

• **Le droit négocié, issu de la convention collective,** a pour objectif d'**adapter les règles du Code du travail aux spécificités** de la branche, de l'entreprise, voire de l'établissement.

62 Les régimes juridiques du salarié et du travailleur indépendant

Une activité professionnelle peut s'exercer selon plusieurs statuts.

1 Le salariat par un contrat de travail

A Présence d'un contrat de travail

• **Le contrat de travail** est la convention par laquelle une partie, le salarié, met son travail à disposition de l'autre partie, l'employeur, moyennant rémunération et dans un lien de subordination juridique.

Définition

Subordination : exécution d'un travail sous l'autorité de l'employeur qui a le pouvoir de donner des ordres et des directives à son salarié, de contrôler le déroulement de son travail et d'en sanctionner les manquements.

• **Le lien de subordination** ne peut faire l'objet d'une renonciation par les parties. Lorsqu'il existe dans la relation de travail mais que celle-ci n'est pas considérée comme un contrat de travail, le contrat peut être requalifié et l'employeur peut être condamné pour délit de travail dissimulé.

Exemple

Lorsqu'un travailleur indépendant ne travaille dans les faits que pour un seul client et que ce dernier impose les conditions de travail, le juge peut requalifier la relation en contrat de travail et condamner le client pour délit de travail dissimulé.

B Le statut du salarié

Qui est concerné ?	Les gérants minoritaires ou égalitaires rémunérés des SARL et les dirigeants des sociétés anonymes, mais également tous les ouvriers, employés, agents de maîtrise, techniciens et cadres.
Statut social	Cotisations obligatoires pour les régimes de protection sociale.
Statut fiscal selon la forme juridique	En principe, l'imposition se fait sur les revenus.

CEJM

2 Contrat d'entreprise ou de prestation de service

Une entreprise qui fournit une prestation de service à son donneur d'ordre respecte un cahier des charges mais conserve sa liberté dans l'exécution de sa prestation. **Elle n'est donc pas subordonnée à son client mais indépendante.**

Qui est concerné ?	Entrepreneurs individuels, micro-entrepreneurs, gérants majoritaires de SARL, associés de sociétés de personnes.
Statut social	Possibilité de choisir une fourchette de cotisations.
Statut fiscal selon la forme juridique	En principe, l'imposition se fait soit sur les bénéfices de la société (IS) pour une personne morale, soit sur les revenus perçus pour une personne physique (IRPP). Pour ces derniers, l'imposition dépend encore de la nature des bénéfices : industriels et commerciaux (BIC), agricoles (BA), non commerciaux (BNC).

3 Des frontières floues

• **Les distinctions entre salariés et travailleurs indépendants s'estompent.** Depuis la création du statut d'autoentrepreneur en 2008 (devenu micro-entrepreneur), les entreprises incitent parfois leurs salariés à devenir leurs fournisseurs ou leurs distributeurs en adoptant ce nouveau statut : le statut change alors que les conditions de travail, donc de subordination, varient peu…

• **Dans le secteur numérique,** les plateformes de mise en relation entre prestataires de services et clients (de type Uber) diminuent encore cette frontière : le prestataire de service n'est pas salarié mais est fortement dépendant des conditions de travail imposées par la plateforme.

63 Les contrats de travail

Le contrat de travail individualise la relation de travail et crée des obligations entre les parties. Il doit respecter la réglementation du travail ainsi que les conditions de validité du droit commun des contrats.

1 Les 5 éléments fondamentaux du contrat de travail

Les parties	Le salarié est forcément une personne physique.
Le salaire versé	La rémunération peut se composer d'une part fixe et d'une part variable et d'avantages en nature.
La fonction occupée	Elle découle de la qualification du salarié : son expérience, ses diplômes.
Le lieu de travail	Fixe ou variable ; il peut inclure une clause de mobilité.
La durée du contrat	Le contrat doit respecter la durée légale du travail. Il peut être signé à temps partiel.

2 Les types de contrat de travail

CDI	Contrat de droit commun. Durée indéterminée. 86 % des contrats de travail.	
CDD	Contrat de travail dérogatoire. Durée déterminée.	Conditions de durée, de recours, de renouvellement, spécifiques afin de protéger le salarié.
CTT	Contrat de travail dérogatoire. Travail temporaire. Recours à une entreprise intérimaire.	

3 Les clauses du contrat de travail

En fonction de la protection des intérêts légitimes de l'entreprise et des souhaits du salarié, les parties peuvent négocier des clauses.

Période d'essai Articles L 1221-19 et suivants du Code du travail	• Pendant une période de 2 à 4 mois maximum, le salarié vérifie que l'emploi lui convient et l'employeur vérifie que le salarié correspond bien à ses fonctions. • Chaque partie peut rompre la période d'essai sans motif et sans indemnité, mais doit respecter un délai de préavis. Le salarié touche ses droits aux allocations chômage même s'il est à l'initiative de la rupture.
Clause de non concurrence	En contrepartie, d'une compensation financière, l'employeur interdit à son salarié de pratiquer une concurrence directe ou indirecte contre son entreprise si ce dernier venait à la quitter.
Clause de confidentialité	Les parties s'engagent à ne pas divulguer des informations dites sensibles telles que des secrets de fabrique.
Clause de mobilité	Le salarié accepte que l'employeur puisse modifier le lieu d'exécution du contrat de travail ; l'étendue géographique envisagée doit être précise.

64 Les principes de la protection du salarié

Face à la supériorité de l'employeur sur son salarié (lien de subordination), le droit du travail protège le salarié en **rééquilibrant la relation contractuelle** : il impose des obligations à l'employeur et confère des droits aux salariés. Enfin, le juge s'assure que les clauses du contrat de travail ne sont pas abusives ou déloyales.

1 Les obligations de l'employeur

L'art L1121-1 du Code du travail fixe **4 limites au pouvoir de direction** de l'employeur.

Obligation	Explication
Absence de discrimination	L'employeur ne peut exercer des discriminations d'ordre religieux, politique, sexuel ou syndical.
Respect d'une obligation de sécurité de résultat	L'employeur engage une responsabilité sans faute vis-à-vis de la santé de ses salariés. Il doit tout mettre en œuvre pour éviter tout accident du travail ou maladie professionnelle.
Respect des libertés fondamentales et de la vie privée	Le salarié dispose de sa liberté d'expression ou encore du secret de ses correspondances sur son lieu de travail.
Respect de la bonne foi	L'employeur doit agir dans l'intérêt de l'entreprise.

2 Les droits et libertés du salarié

A Pour évoluer pendant sa vie professionnelle : la formation

• La formation est le moyen pour un salarié d'acquérir ou d'actualiser ses connaissances, de développer ses compétences et son employabilité. C'est aussi une nécessité pour l'entreprise qui contribue à son financement.

Remarque

Selon l'article L 6111-1 du Code du travail, « la formation professionnelle tout au long de la vie constitue une obligation nationale ».

• Les salariés disposent de plusieurs dispositifs de formation :
– le **compte personnel de formation** (CPF)
– la **validation des acquis de l'expérience** (VAE)
– le **conseil en évolution professionnelle** (CEP)

B Pour défendre ses conditions de travail

• Le salarié bénéficie également des libertés consacrées par le préambule de la Constitution de 1958 :
– **le droit de grève :** cessation totale et collective du travail en vue d'appuyer des revendications professionnelles préalablement présentées à l'employeur ;
– **la liberté syndicale :** tout salarié est libre d'adhérer à une section syndicale au sein de son entreprise.
• Le salarié peut également participer aux différentes instances représentatives du personnel : comité social et économique, délégué syndical.

3 La protection judiciaire du salarié

Le Conseil de prud'hommes tranche les contentieux liés au contrat de travail. Il reste impartial mais protège souvent les salariés face aux abus des employeurs dans la rédaction de certaines clauses.

65 Les modifications du rapport d'emploi

Le contrat de travail est un **contrat à exécution successive** : la relation de travail peut évoluer dans le temps. Le droit protège le salarié face à ces évolutions.

1 Modification à l'initiative de l'employeur

- En raison de la force obligatoire du contrat, l'employeur ne peut modifier unilatéralement le contrat de travail, mais la jurisprudence distingue deux cas :

La modification du contrat de travail	La modification des conditions de travail
L'employeur souhaite modifier le lieu, la rémunération ou la qualification du contrat.	L'employeur modifie un élément accessoire au contrat comme les horaires de travail.
Le salarié doit donner son accord. Un refus ne constitue pas une faute.	Le refus du salarié constitue une faute.

- Les parties peuvent convenir qu'un élément fondamental devienne une simple condition de travail.

Exemple : En signant une clause de mobilité, le salarié accepte que le lieu d'exécution de son travail puisse être modifié ultérieurement par l'employeur sans son accord.

2 Changement d'employeur

Selon l'article L1224-1 du Code du travail, lorsque l'employeur du salarié change du fait d'une fusion ou d'un rachat, tous les contrats de travail en cours au jour de la modification subsistent entre le nouvel employeur et le personnel de l'entreprise.

3 La rupture du contrat de travail

Initiative de la rupture	Dispositif	Régime juridique applicable
Salarié	Démission	Elle doit être écrite et non équivoque.
	Départ à la retraite	Possible dès 62 ans. À 67 ans, le salarié a droit à une retraite complète même s'il n'a pas cotisé tous les trimestres exigés.
Employeur	Licenciement pour motif personnel	Il repose sur une cause réelle et sérieuse inhérente à la personne du salarié. Il peut s'agir d'un motif disciplinaire. L'employeur convoque le salarié à un entretien puis lui notifie son licenciement par une lettre écrite.
	Licenciement pour motif économique	Il résulte d'une suppression ou d'une transformation d'emploi ou d'une modification refusée par le salarié d'un élément essentiel du contrat de travail, consécutive notamment à des difficultés économiques, des mutations technologiques, à une réorganisation de l'entreprise nécessaire à la sauvegarde de la compétitivité, à la cessation d'activité de l'entreprise.
Les 2 parties	Rupture conventionnelle	Elle peut être individuelle ou collective.

- **Le droit cherche à prévenir les licenciements économiques** en proposant des négociations autour des emplois menacés. Ces mesures peuvent être regroupées dans un **plan de sauvegarde de l'emploi**.

66 De la GRH à la GPEC

1 La gestion des ressources humaines (GRH)

A Les enjeux de la GRH

• **La gestion des ressources humaines** regroupe l'ensemble des politiques et des actions qui permettent à une entreprise de disposer en permanence d'un effectif à la fois suffisant et compétent pour réaliser le travail demandé de manière performante.
• **La gestion prévisionnelle de l'emploi et des compétences (GPEC)** est donc un enjeu essentiel pour le maintien de la compétitivité de l'entreprise en anticipant ses besoins futurs.

B La mise en œuvre de la GRH

• **Souvent identifiée par sa dimension quantitative** (recrutements, licenciements…), la gestion des ressources humaines intègre de plus en plus d'éléments en lien avec la gestion qualitative des ressources humaines (cartographie des compétences, besoins en formation des salariés…).
• **L'entreprise doit mener un audit de ses ressources existantes** avant de définir sa politique en matière de ressources humaines. Il est (relativement) facile de faire un audit quantitatif des ressources disponibles (nombre de salariés, nombre d'heures travaillées…), mais il est plus difficile d'établir le bilan des compétences détenues et exercées par l'ensemble des salariés.

2 La GPEC

A Les enjeux de la GPEC

• **La gestion prévisionnelle des emplois et des compétences (GPEC)s constitue un enjeu important** dont l'objectif est de permettre à une entreprise de trouver un juste milieu entre le coût de sa masse salariale et la richesse créée par les salariés.
• **Les ressources humaines étant une source d'avantage concurrentiel durable,** l'entreprise doit favoriser l'émergence d'une **main-d'œuvre polyvalente** (pour répondre à un environnement de plus en plus complexe), **spécialisée** (sur les domaines de compétences recherchés), **réactive** (adaptable), **créative** (source de création de valeur ajoutée) et **disponible** (motivée et impliquée).

Définition

GPEC : démarche d'optimisation de l'allocation des ressources humaines. Elle vise à identifier les besoins à venir d'une organisation et à les mettre en relation avec les ressources actuelles. L'écart entre l'existant et les besoins entraîne la mise en œuvre d'actions d'ajustement (formation, recrutement…).

B Les outils de la GPEC

La mise en œuvre d'un **plan de formation** va donc concerner :

– **la réalisation de bilans de compétences** afin que les salariés puissent analyser leurs aptitudes et compétences, définir leurs priorités professionnelles et solliciter les formations en lien avec leurs objectifs de carrière ;

ACTIONS DE FORMATION À DESTINATION DES PERSONNELS

- Actions permettant une adaptation du salarié au poste de travail
- Actions liées à l'évolution des emplois ou participant au maintien dans l'emploi
- Actions permettant le développement personnel des salariés

– **la validation des acquis de l'expérience** pour permettre à chaque salarié de faire reconnaître par un diplôme, titre ou qualification, l'expérience professionnelle (et les compétences associées) acquise sur le lieu de travail ;

– **les congés individuels de formation** permettant à tout salarié de suivre à son initiative et à titre individuel des actions de formation ;

– **le compte personnel de formation** (500 ou 800 euros par an cumulables sur 10 ans) utilisable par le salarié après accord de son employeur pour suivre une action de formation.

Remarque

Un an d'expérience en rapport avec le contenu de la certification visée est nécessaire pour obtenir une validation des acquis de l'expérience (VAE).

Exemple

La pénurie de compétences s'amplifie dans les PME. Au premier semestre 2018, plus de 50 % des petites entreprises estimaient que leurs difficultés à recruter constituaient le principal frein à leur développement. Pour y remédier, les entreprises tentent d'augmenter les heures supplémentaires et la polyvalence des salariés en poste.

67 Les facteurs de la motivation et de la satisfaction au travail

Des actions en lien avec les facteurs de motivation identifiés doivent être menées par le manager pour favoriser la motivation individuelle des salariés.

1 Les facteurs de motivation selon Maslow, Herzberg et Vroom

• **Dans sa théorie des besoins,** Abraham Maslow détermine cinq catégories de besoins, hiérarchiquement structurés, que tout individu cherche à satisfaire et qui sont à la source de sa motivation : les **besoins physiologiques**, **de sécurité**, **sociaux**, **d'estime**, **d'auto-accomplissement**.

• **Frederick Herzberg** distingue les facteurs « **de motivation** » afférents au contenu du travail (réussite, considération, responsabilité) et des facteurs « **ambiance** » liés au contexte du travail (politique salariale, sécurité de l'emploi, conditions de travail…).

• **Victor Vroom,** dans sa théorie des attentes, explique la motivation des individus selon la récompense qu'ils peuvent attendre des efforts déployés. Elle ne saurait se limiter à un aspect purement financier et doit correspondre aux aspirations du salarié (comme le besoin de reconnaissance).

2 Les outils au service de la motivation des salariés

A Les facteurs liés à la rémunération

Le système de primes	Des primes, variables en fonction du critère retenu, permettent de mener une politique de rémunération flexible qui lie une partie du salaire aux résultats obtenus de manière individuelle ou collective.
La participation aux résultats	Système (obligatoire dans les entreprises de 50 salariés et plus) permettant aux salariés de percevoir une part des résultats de l'entreprise.
L'intéressement	Avantage financier fondé sur les résultats de l'entreprise distribué à tout ou à une partie du personnel de l'entreprise dans le but d'accroître l'implication.
Le plan épargne entreprise (PEE)	Système d'épargne collectif et facultatif mis en place pour permettre aux salariés de se constituer un capital sous forme de valeurs mobilières.
Les stock-options	Droit accordé à certains salariés d'acquérir dans le futur des actions de leur entreprise à un prix fixé lors de l'attribution du droit et pendant un nombre d'années donné.

B Les facteurs qualitatifs

• **Le contenu et l'environnement du travail :** élargissement des tâches, augmentation du degré d'autonomie, ergonomie du poste de travail…

• **Les perspectives d'évolution professionnelle :** promotions, montée en compétence, formation tout au long de la vie professionnelle…

• **L'adhésion à la culture de l'entreprise :** motivation collective par le biais du sens donné aux buts poursuivis par l'entreprise (éthique, valeurs…).

68 Les conditions de travail et leurs évolutions

L'organisation productiviste du travail qui a prévalu dans le cadre de **l'organisation scientifique du travail** a progressivement fait place à une autre approche des conditions de travail.

1 Les composantes des conditions de travail

Conditions de travail

Facteurs physiques et environnementaux
Bureau individuel/*open space*
Travail debout ou assis, sédentaire/itinérant…

Facteurs sociaux
Relations de travail
Style de management
Travail précaire/CDI…

Facteurs organisationnels
Consignes, règlements
Organisation du travail
Procédures et contrôle…

Facteurs psychologiques
Situations qui impactent la santé du salarié (stress, souffrance)

2 Les évolutions des conditions de travail

A L'organisation scientifique du travail

• **Les 30 glorieuses ont marqué la prédominance d'une organisation scientifique du travail** reposant sur une division verticale et horizontale des tâches dans une optique centrée sur une amélioration continue de la productivité des salariés (ordonnancement des tâches, contrôle du temps et des mouvements, organisation des méthodes et techniques de production).
• **Ce mode de production,** adapté à une production de masse standardisée, a été progressivement remis en cause :
– par le développement de la production de services ;
– par le développement d'une demande de plus en plus individualisée ;
– par les inconvénients de ces conditions de travail : démotivation, absentéisme, accidents du travail, turnover des salariés (pénibilité, ennui).

B Les nouvelles formes d'organisation du travail

Elles privilégient des conditions de travail différentes axées sur :
– **une nouvelle organisation du travail :** rotation des salariés sur les postes de travail, élargissement et enrichissement des tâches, travail en équipe, management plus participatif pour impliquer les salariés à la prise de décision ;
– **la mise en place de systèmes de gratification plus incitatifs et plus individualisés :** hausse de la part variable de la rémunération, intéressement collectif et/ou individuels ;
– **l'amélioration des conditions de vie au travail :** sur le lieu de travail (approche ergonomique du poste) ou pour les services proposés aux salariés (crèche, restaurant d'entreprise…) ;
– **l'accompagnement des salariés** dans une évolution des compétences et donc des carrières (promotion, formation continue) ;
– **le développement de l'adhésion à la culture d'entreprise :** favoriser la notion d'identité et d'objectif commun, développement des actions en lien avec la politique de responsabilité sociale de l'entreprise…

69 Le diagnostic interne et externe

L'environnement d'une entreprise constitue tout autant des **opportunités** que des **menaces** ; un manager doit savoir les identifier avant d'élaborer sa stratégie.

1 L'établissement d'un diagnostic externe et interne

A Le diagnostic externe et l'analyse de l'environnement

Voir p. 318

• L'entreprise doit s'interroger sur sa capacité à pouvoir agir sur les différents facteurs de son environnement. **Le modèle PESTEL** en constitue une synthèse.

• On distingue :
– **les facteurs macro-environnementaux** (non directement liés à l'entreprise) : croissance économique, environnement sociétal, facteurs juridiques et culturels… ;
– **les facteurs micro-environnementaux :** spécifiques à une entreprise, en lien avec son environnement direct (marché, concurrents, fournisseurs…).

• L'environnement est perçu comme une **contrainte** ou une **opportunité** selon différents critères parmi lesquels :
– **son degré de stabilité :** évolutions réglementaires, rythme des innovations technologiques…
– **son degré de complexité :** multiplicité des concurrents, substituabilité des produits…

B Le diagnostic interne et les ressources stratégiques de l'entreprise

• **À travers l'analyse des ressources internes tangibles et intangibles,** l'entreprise identifie ses compétences distinctives ; ce sont ses **facteurs clés de succès** (**FCS**) : ils permettent à l'entreprise d'apprécier sa compétitivité et constituent ses principales forces face à ses concurrents.

Définition

Facteurs clés de succès : éléments à caractère commercial ou technologique qu'une entreprise doit maitriser pour être compétitive dans une activité donnée.

• **Le concept de chaîne de valeur** de M. Porter permet d'**identifier les sources de différenciation que l'entreprise pourra exploiter** en fonction des FCS révélés par le diagnostic interne :

Voir p. 322

– elle pourra y allouer ses ressources internes pour accroître son avantage compétitif ;
– ou envisager une externalisation de certaines activités ;
– ou envisager des stratégies de diversification en développant certains FCS.

2 La synthèse des diagnostics internes et externes

Elle permet au manager de prendre les décisions stratégiques qui vont orienter l'activité de l'entreprise et affecter l'allocation interne des ressources disponibles. Plusieurs outils aident à faire cette synthèse.

• **La matrice SWOT** (FFOM en français pour Forces, Faiblesses, Opportunités, Menaces) permet de faire la synthèse du diagnostic interne et externe.

	Aspects positifs	**Aspects négatifs**
Diagnostic interne	Forces *Strenghts*	Faiblesses *Weaknesses*
Diagnostic externe	Opportunités *Opportunities*	Menaces *Threats*

▲ Matrice SWOT

• **La matrice d'Igor Ansoff** présente les choix stratégiques possibles pour une entreprise en fonction de deux facteurs : la **gamme de produits existants ou en développement** et la **position de l'entreprise sur le marché visé**. Cette matrice est donc plus opérationnelle pour un manager qui souhaite développer une stratégie de croissance.

Produit / **Marché**	**Existant**	**Nouveau**
Existant	**Pénétration de marché**	**Développement de produit**
Nouveau	**Développement de marché**	**Diversification**

▲ Matrice d'Igor Ansoff

CEJM

70 La démarche stratégique

La stratégie conduit à la détermination par l'entreprise de choix globaux déclinés en objectifs à atteindre ainsi que des ressources nécessaires pour y parvenir. On peut la définir de plusieurs manières.

1 Définitions de la stratégie

- **Définition d'Alfred Chandler :** déterminer les buts et objectifs à long terme d'une entreprise, adapter les moyens d'action et allouer les ressources nécessaires pour atteindre ces objectifs.
- **Définition d'Igor Ansoff :** piloter les modifications des relations du système-entreprise avec son environnement et de la frontière de ce système avec ce qui n'est pas lui.

2 Les étapes de la démarche stratégique

- **La démarche stratégique** est souvent représentée par le **modèle de Harvard** (modèle LCAG).
- **La définition de la stratégie est le résultat d'un double diagnostic** interne et externe avec les **valeurs et aspirations du manager** d'une part, et des **valeurs de l'entreprise** dans laquelle elle s'insère d'autre part (responsabilité sociale de l'entreprise).
- Cette phase achevée, le manager précise les modalités de mise en œuvre de la stratégie choisie.

Remarque

La « démarche stratégique » renvoie au processus de réflexion et de conception de la stratégie s'appuyant sur un diagnostic interne et externe.

- étape 1 — **Évaluation externe :** analyser l'environnement de l'entreprise (menaces et opportunités)
- étape 2 — **Évaluation interne :** identifier les avantages compétitifs potentiels de l'entreprise par rapport à ses concurrents (forces et faiblesses)
- étape 3 — **Identifier les stratégies possibles** à partir de la synthèse des diagnostics internes et externes
- étape 4 — **Choisir la stratégie à mettre en œuvre**, ce qui implique de définir les actions à réaliser pour accomplir les objectifs fixés

▲ Les étapes de la démarche stratégique

3 Stratégie délibérée et stratégie émergente

Henry Mintzberg distingue deux approches de la stratégie.

- **La stratégie délibérée** est issue d'une **démarche active de l'entreprise** qui effectue un choix délibéré en fonction de ses capacités et de l'analyse de son environnement. Cette stratégie met en œuvre une **planification stratégique pour** atteindre les objectifs visés.
- **La stratégie émergente** est **non planifiée**. Les entreprises sont souvent obligées de faire preuve d'adaptation pour pouvoir réagir aux évolutions subites de l'environnement.

Remarque

De plus en plus d'entreprises évoluent vers des stratégies émergentes pour s'adapter et réagir à un environnement rendu incertain et complexe par la révolution numérique et la mondialisation.

71 Les options stratégiques globales et par domaines d'activités

Suite au diagnostic stratégique, l'entreprise peut définir sa **stratégie globale** et sa **stratégie par domaines d'activités**.

1 La notion de domaine d'activité stratégique (DAS)

• Lorsqu'une entreprise intervient sur différents marchés, la segmentation de ses activités en **domaines d'activités stratégiques (DAS)** lui permet d'obtenir une **vision synthétique** de ses activités. Elle pourra donc **mettre en place des stratégies spécifiques** pour chaque DAS identifié.

• Les DAS sont généralement définis selon des **couples produits/marchés** caractérisés par un certain nombre de **facteurs communs** (fournisseurs, concurrents, consommateurs, technologies, etc.) pour lesquels il est possible de définir une stratégie particulière.

> **Exemple**
> Sur le marché des cosmétiques, l'entreprise L'Oréal met en place des stratégies spécifiques adaptées à son portefeuille de marques en fonction de la clientèle visée et du canal de distribution de ses produits selon 4 DAS : produits pour professionnels, produits de luxe, produits grand public, produits issus de la cosmétique active (avec des vertus médicales).

• Il convient de différencier :
– **les critères de segmentation marketing** utilisés pour définir le *marketing mix* (composition de sous-groupes de consommateurs ayant des besoins différents à assouvir) ;
– **les critères de segmentation stratégique** qui permettent de diviser les activités de l'entreprise en segments homogènes régis par des facteurs clés de succès identiques.

• **Parmi les critères d'homogénéité** les plus fréquemment proposés pour circonscrire les DAS, figurent le métier, la mission, le type de clientèle, l'espace géographique, le circuit de distribution.

• **Les principales stratégies associées** à une approche par domaines d'activité stratégiques, ou « stratégies génériques » selon la classification de M. Porter, sont les **stratégies de domination par les coûts, de différenciation, de focalisation**.

2 Les stratégies spécifiques par DAS (M. Porter)

Stratégies	Objectif	Exemple
Domination par les coûts	• Développer un avantage compétitif prix par rapport aux concurrents. • Permet à l'entreprise d'accroître ses parts de marché, et peut contribuer à lui assurer un avantage durable du fait des économies d'échelle procurées par l'effet volume.	Le constructeur automobile Renault a acquis une expertise dans la production de véhicules à bas coût (marque Dacia).
Différenciation	Quand le prix ne constitue pas le facteur déterminant du choix des consommateurs (*ex. : IPhone*), cette politique conduit à une stratégie de segmentation du marché de la part de l'entreprise.	Stratégie développée par Apple sur l'ensemble de sa gamme qui lui permet de se positionner sur les segments haut de gamme.

CEJM

Stratégies	Objectif	Exemple
Concentration / focalisation	Focalisation de l'entreprise sur un segment de son marché afin d'y concentrer ses ressources pour obtenir un avantage compétitif suffisant.	En janvier 2018, Kering lâche le sport et se concentre sur le luxe. Le groupe de luxe a indiqué vouloir céder 70 % de ses parts à ses actionnaires.

3 Les stratégies globales selon Igor Ansoff

Igor Ansoff définit deux grands types de **stratégies globales pour les entreprises**.

Stratégies	Objectif	Exemple
Spécialisation	L'entreprise limite son activité à un seul métier sur lequel elle détient un avantage concurrentiel certain.	En août 2017, le constructeur automobile français PSA a conclu le rachat des filiales européennes Opel et Vauxhall de l'américain General Motors. Avec plus de 17 % de part de marché, PSA devient le second constructeur européen.
Diversification	Offre à l'entreprise l'opportunité de se développer sur un marché correspondant à un nouveau métier.	En juin 2017, La Poste poursuit la diversification de ses activités en entrant dans le secteur de la prestation de santé à domicile grâce à une prise de participation dans la société Asten Santé (accompagnement à domicile de patients atteints de maladies chroniques).

A Les diverses stratégies de spécialisation

• **La pénétration du marché** vise à accroître la part de marché de l'entreprise sur un domaine particulier.

• **La politique d'élargissement de la gamme** consiste à couvrir l'ensemble des segments d'un marché particulier.

• **L'expansion géographique** consiste à couvrir un espace géographique avec un produit identique (ou adapté à la demande locale) pour accroître sa part de marché globale.

B Les stratégies de diversification

• **La diversification de placement :** l'entreprise utilise ses ressources disponibles pour investir de nouveaux marchés.

• **La diversification de survie :** l'entreprise qui ne dispose pas d'un avantage concurrentiel initial satisfaisant se tourne vers un nouveau marché.

• **La diversification de redéploiement :** l'entreprise qui dispose d'un avantage concurrentiel initial se repositionne sur des marchés offrant de meilleurs potentiels de croissance.

• **La diversification de confortement :** l'entreprise ne disposant pas d'un avantage concurrentiel initial décisif conforte sa position en se développant sur une activité complémentaire.

4 Intégration - externalisation

Dans une démarche globale, **une entreprise s'interroge sur ce qui constitue son cœur d'activité**. Les choix qui s'offrent à elle relèvent de la stratégie d'intégration, ou au contraire d'externalisation.

Stratégies	Objectif	Exemple
Intégration	• L'entreprise cherche à se positionner sur un maximum d'éléments de la chaîne de valeur du produit qu'elle réalise (des matières premières jusqu'à la distribution). • Cette intégration peut être verticale (vers l'amont et/ou vers l'aval) ou horizontale (création de co-entreprises avec un concurrent).	Michelin se distingue depuis des années des autres grands acteurs du pneu en possédant des plantations d'hévéas ; ils produisent le latex qui donne le caoutchouc naturel, matière première indispensable à son activité.
Externalisation	L'entreprise concède à une autre entreprise la réalisation d'une partie de sa production ou d'une fonction particulière (informatique, RH, comptabilité…) pour concentrer ses propres ressources sur son cœur de métier.	La Société Générale a externalisé certaines activités de ses sites franciliens : maintenance technique (chauffage, entretien des bâtiments), services et supports aux occupants (accueil, courrier), propreté, hygiène et environnement, sécurité et sûreté. Après un appel d'offres, ces fonctions ont été attribuées à des entreprises prestataires spécialisées.

5 Synthèse des principales stratégies

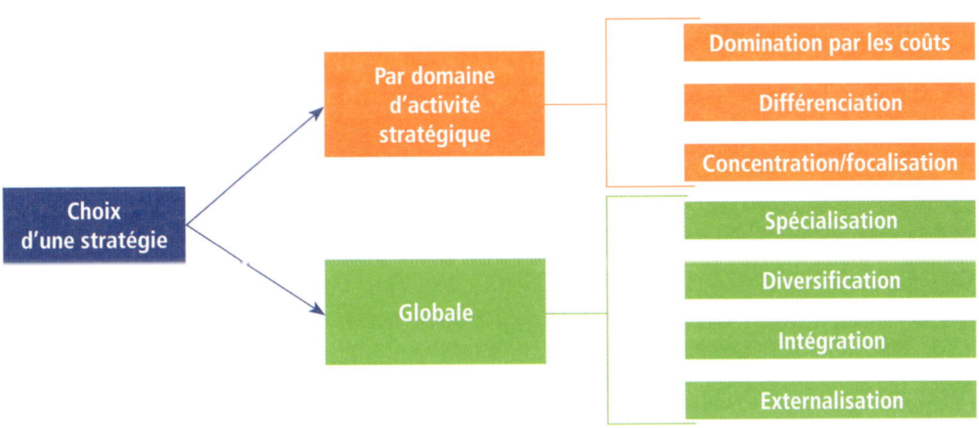

72 Les modalités de croissance des entreprises

1 Les différentes stratégies de croissance

Croissance organique ou interne	Développement des ressources et des compétences en interne
Croissance externe	Acquisition de ressources et de compétences en externe
Croissance conjointe	Association pour développer des ressources et des compétences en externe

2 Avantages et limites

A La croissance externe

Avantages	Limites
• Disparition d'un concurrent, donc moins de pression concurrentielle • Acquisition de savoir-faire non détenus initialement par l'entreprise • Croissance rapide de l'entreprise • Économies d'échelle	• Capacités financières de l'entreprise limitées pour pouvoir mettre en œuvre ce type de stratégie • Difficulté à intégrer de nouvelles ressources rapidement et risque de conflit lié à des opérations de rationalisation entre les différentes unités de l'entreprise • Perte potentielle de pouvoir du manager dans la nouvelle organisation de l'entreprise

B La croissance interne

Avantages	Limites
• Processus progressif adapté aux capacités de l'entreprise • Croissance qui repose sur de l'autofinancement • Facteur de motivation des personnels	• Stratégie longue à produire ses effets • Problème potentiel de taille critique et de compétitivité face à des concurrents qui développeraient des stratégies de croissance externe • Développement limité par les compétences existantes au sein de l'entreprise

3 La stratégie d'internationalisation

• **Dans une logique de production,** une **stratégie d'internationalisation** peut permettre à une entreprise de **maîtriser ses coûts** de production ou de maîtriser ses **approvisionnements**.

• **La stratégie d'internationalisation permet aussi d'élargir le marché de l'entreprise,** soit en accédant à de nouveaux consommateurs, soit en se positionnant sur des marchés étrangers en croissance. L'entreprise devient alors un producteur « national » dans le pays étranger concerné et évite ainsi les restrictions liées aux importations dans le pays visé.

• **L'internationalisation peut passer soit par l'exportation** à partir du pays d'origine de l'entreprise, **soit par une implantation directe sur les marchés étrangers**, directement (filiale, joint-venture avec un producteur local) ou indirectement (franchise, licences, accord de distribution avec un partenaire).

Exemples

Croissance externe : l'entreprise Blablacar a annoncé en août 2018 le rachat de son concurrent russe Beepcar dans le cadre de sa stratégie de croissance internationale.

Croissance interne : en août 2018, le constructeur automobile Tesla a annoncé la construction d'un site de production en Chine pour répondre à l'importante demande locale de véhicules électriques. Actuellement, les véhicules vendus en Chine sont produits aux États-Unis.

QCM L'intégration de l'entreprise dans son environnement

Corrigé p. 400

Parmi les affirmations suivantes, lesquelles sont vraies ?

1. Les fonctions économiques principales des ménages sont :

a. le financement de l'activité économique. ☐
b. la consommation. ☐
c. l'épargne. ☐
d. la production de biens et services. ☐

2. La fonction d'allocation de l'État intègre les actions suivantes :

a. la mise en place de règles en matière de droit de la concurrence. ☐
b. le versement de prestations sociales telles que les allocations familiales. ☐
c. les mesures de politique économique. ☐
d. la production de services non marchands. ☐

3. Les revenus du capital (ou du patrimoine) des ménages intègrent :

a. les salaires. ☐
b. les prestations sociales. ☐
c. les loyers tirés d'investissements locatifs. ☐
d. les intérêts tirés de la détention d'actions. ☐

4. Sur un marché concurrentiel, la hausse du prix d'un bien peut provenir :

a. d'une pénurie d'offre. ☐
b. d'une offre abondante. ☐
c. d'une demande dynamique. ☐
d. d'une demande fragile. ☐

5. La compétitivité hors-prix d'une entreprise repose sur :

a. sa maîtrise des coûts. ☐
b. sa capacité à vendre ses produits à un prix inférieur à ceux de la concurrence. ☐
c. sa capacité à se différencier par l'image de marque. ☐
d. sa capacité à proposer des produits innovants. ☐

6. L'existence de barrières à l'entrée d'un marché :

a. rend ce marché pleinement concurrentiel. ☐
b. correspond à une asymétrie d'information. ☐
c. correspond à une externalité. ☐
d. tend à faire baisser les prix du marché. ☐
e. Aucune réponse ne convient. ☐

7. Les écotaxes :

a. sont une réponse possible au problème des externalités négatives. ☐
b. sont une réponse possible au problème des externalités positives. ☐
c. sont une réponse possible au problème des asymétries d'information. ☐
d. obéissent au principe du pollueur-payeur. ☐

8. Les externalités positives sont une défaillance du marché :

a. car le marché ne parvient pas à récompenser les agents qui en sont à l'origine. ▢
b. car le marché ne parvient pas à sanctionner les agents qui en sont à l'origine. ▢
c. qui justifient la mise en place d'un droit de la concurrence. ▢
d. qui justifient la mise en place d'un droit des brevets. ▢

9. La liberté contractuelle :

a. est consacrée par l'article 1103 du Code civil. ▢
b. consiste notamment à choisir librement le contenu du contrat. ▢
c. permet de contracter avec la personne de son choix quel que soit le type de contrat conclu. ▢

10. Le principe d'irrévocabilité :

a. est consacré par l'article 1102 du Code civil. ▢
b. signifie qu'une fois que le contrat est formé, les parties ne peuvent pas revenir dessus. ▢
c. suppose que pour rompre le contrat, les parties doivent respecter un délai de préavis. ▢

11. Pendant la phase de négociation, les parties :

a. sont engagées et si elles rompent les négociations, elles engagent leur responsabilité. ▢
b. sont soumises à une obligation de bonne foi. ▢
c. peuvent prévoir des clauses de confidentialité pour protéger des secrets de fabrication. ▢

12. L'obligation générale d'information :

a. découle de l'obligation de bonne foi. ▢
b. s'applique uniquement pendant la phase de négociation du contrat. ▢
c. si elle n'est pas respectée, peut permettre d'obtenir des indemnités. ▢

13. Le formalisme *ad probationem* :

a. signifie que si le contrat ne respecte pas un certain formalisme, il est déclaré nul. ▢
b. ne s'applique que pour les contrats dits « solennels ». ▢
c. signifie que rédiger par écrit le contrat est obligatoire. ▢
d. Aucune réponse ne convient. ▢

14. Dans la formation du contrat, l'erreur :

a. est le fait pour un contractant d'obtenir le consentement de l'autre par des manœuvres ou des mensonges. ▢
b. peut porter sur le prix du contrat. ▢
c. entraîne la nullité du contrat. ▢

15. Une clause pénale est une clause :

a. dont le montant peut être révisé par le juge. ▢
b. qui prévoit que le contrat sera résolu si une partie ne respecte pas ses obligations. ▢
c. qui prévoit que la propriété du bien vendu n'est transférée à l'acheteur que lorsque l'intégralité du prix a été versée. ▢
d. Aucune réponse ne convient. ▢

16. Quelle est la décomposition de la finalité d'une entreprise ?

a. une mission. ▢
b. une responsabilité. ▢
c. un but. ▢
d. une vocation. ▢

17. Parmi les parties prenantes primaires, on trouve :

a. les actionnaires.
b. les clients.
c. les concurrents.
d. les consommateurs.

18. La notion d'intrapreneuriat est une logique permettant :

a. de faire la synthèse de la logique entrepreneuriale et managériale.
b. d'opposer la logique entrepreneuriale et managériale.
c. que la logique entrepreneuriale soit supérieure à la logique managériale.

19. Les critères d'évaluation de la performance de l'entreprise sont :

a. uniquement quantitatifs.
b. uniquement qualitatifs.
c. à la fois quantitatifs et qualitatifs.

20. Quels sont les différents critères d'évaluation de la performance ?

a. économique.
b. juridique.
c. financier.
d. organisationnel.
e. sociaux.

QCM La régulation de l'activité économique

Corrigé p. 40

Parmi les affirmations suivantes, lesquelles sont vraies ?

1. Selon Musgrave, les fonctions économiques que doit assumer l'État sont :

a. la fonction d'ajustement de l'offre et de la demande. ☐
b. la fonction de régulation. ☐
c. la fonction de redistribution. ☐
d. la fonction d'allocation. ☐

2. Le PIB peut être dynamisé par la progression de :

a. la consommation. ☐
b. l'investissement. ☐
c. les exportations. ☐
d. les importations. ☐

3. La croissance économique peut avoir pour effet indésirable :

a. une diminution des richesses produites sur le territoire. ☐
b. une diminution du revenu moyen par habitant. ☐
c. l'apparition d'externalités négatives. ☐
d. l'apparition d'asymétries d'information. ☐

4. Dans un pays, un dérapage inflationniste peut avoir pour origine :

a. une contraction du crédit bancaire. ☐
b. une hausse du cours des matières premières. ☐
c. une baisse du coût du travail. ☐
d. une demande très dynamique. ☐

5. L'objectif de la banque centrale européenne (BCE) en matière de stabilité des prix est :

a. d'être en situation de déflation (inflation négative) car la baisse des prix profite aux consommateurs. ☐
b. d'atteindre une inflation de 0 %. ☐
c. de contenir l'inflation à moins de 2 %. ☐
d. de contenir l'inflation à moins de 5 %. ☐

6. Une politique monétaire de hausse des taux d'intérêt :

a. est une politique de rigueur. ☐
b. est une politique expansionniste. ☐
c. favorise la lutte contre l'inflation. ☐
d. favorise le dynamisme de la croissance. ☐

7. Une politique budgétaire de creusement du déficit public :

a. est une politique de rigueur. ☐
b. est une politique expansionniste. ☐
c. favorise la lutte contre l'inflation. ☐
d. favorise le dynamisme de la croissance. ☐

8. L'appartenance d'un pays à la zone euro l'oblige (en principe) :
a. à confier sa politique monétaire à la BCE.
b. à contenir son déficit public en dessous de 3 % du PIB.
c. à contenir sa dette publique en dessous de 100 % du PIB.
d. à tendre vers un budget public structurel équilibré.

9. L'ordre public de direction est l'ensemble des règles :
a. impératives qui ont pour vocation à protéger les parties faibles.
b. qui ont pour vocation de fixer les limites entre ce qui est interdit et ce qui est autorisé.
c. qui régissent les rapports des individus entre eux.

10. L'abus de position dominante :
a. est une pratique anticoncurrentielle interdite.
b. est sanctionné au niveau national mais pas au niveau communautaire.
c. est un accord entre entreprises qui cherche à limiter l'accès au marché ou à faire obstacle à la libre fixation des prix.

11. Les ententes entre entreprises :
a. sont légales.
b. sont autorisées lorsque l'entente peut assurer un progrès économique.
c. sont toujours sanctionnées par la Commission européenne.

12. L'action en concurrence déloyale :
a. se fonde sur les règles de la responsabilité civile contractuelle.
b. découle des articles 1240 et 1241 du Code civil.
c. suppose la preuve d'un défaut, d'un dommage et d'un lien de causalité entre le défaut et le dommage.

13. Les opérations de concentration :
a. rassemblent toutes les prises de contrôle et de rachat d'actifs.
b. sont interdites car anticoncurrentielles.
c. sont contrôlées par l'Autorité de la concurrence en France.

14. Un brevet est :
a. un titre de propriété qui confère un monopole d'exploitation d'une découverte scientifique.
b. un document qui permet de dater de manière certaine une invention.
c. protégé pendant 10 ans renouvelables auprès de l'INPI.
d. Aucune réponse ne convient.

15. Une marque :
a. est un signe figuratif distinctif qui est protégé pendant 20 ans.
b. est protégée par le biais de l'action en contrefaçon.
c. appartient à celui l'a déposée à l'INPI.

16. Les sources de l'avantage concurrentiel selon Michael Porter sont :
a. l'existence de produit de substitution.
b. le pouvoir de négociation des fournisseurs.
c. le pouvoir de négociation des clients.
d. l'absence de concurrence sur le marché.
e. le rôle de l'État.
f. Aucune réponse ne convient.

17. Le modèle PESTEL permet d'analyser l'environnement :

a. politique. ☐
b. légal. ☐
c. touristique. ☐
d. écologique. ☐

18. L'innovation permet à une entreprise de :

a. conquérir de nouveaux marchés. ☐
b. améliorer la qualité d'un produit. ☐
c. améliorer sa rentabilité. ☐
d. développer son profit. ☐

19. Connaître son patrimoine technologique permet à l'entreprise de :

a. déterminer sa politique de production. ☐
b. déterminer sa politique d'innovation. ☐
c. Aucune réponse ne convient. ☐

Corrigé p. 400

QCM L'organisation de l'activité de l'entreprise

Parmi les affirmations suivantes, lesquelles sont vraies ?

1. Le capital, en tant que facteur de production, peut correspondre :
- a. aux équipements matériels utilisés pour la production.
- b. à des brevets, des logiciels.
- c. aux moyens financiers qui permettent à l'entreprise de se développer.
- d. aux matières premières incorporées dans la production.

2. Il y a des gains de productivité lorsque :
- a. la production progresse plus vite que la quantité de facteurs utilisés.
- b. la quantité de facteurs utilisés progresse plus vite que la production.
- c. la production reste stable et la quantité de facteurs utilisés diminue.
- d. la quantité de facteurs utilisés reste stable et la production diminue.

3. Une entreprise peut être incitée à recourir plus fortement au facteur travail dans sa combinaison productive lorsque :
- a. les taux d'intérêt diminuent.
- b. les charges sociales augmentent.
- c. le niveau du SMIC augmente.
- d. les équipements techniques gagnent en productivité.
- e. Aucune réponse ne convient.

4. Les principales modalités de l'impartition sont :
- a. le rachat de sociétés par OPA (offre publique d'achat).
- b. la concession.
- c. la sous-traitance.
- d. le franchisage.

5. L'impartition se justifie lorsque :
- a. l'activité sous-traitée est fortement créatrice de valeur.
- b. l'activité sous-traitée est faiblement créatrice de valeur.
- c. l'activité sous-traitée correspond à un avantage concurrentiel du donneur d'ordre.
- d. le sous-traitant dispose d'un plus grand savoir faire que le donneur d'ordre.

6. Lorsqu'un entrepreneur individuel est marié, généralement, le régime matrimonial recommandé pour mettre les biens de son conjoint à l'abri de son risque de déconfiture est :
- a. le régime de la communauté légale.
- b. le régime de la communauté universelle.
- c. le régime de la séparation des biens.

7. L'entrepreneur qui crée son entreprise avec une société commerciale peut :
- a. opter pour une SA s'il veut être le seul associé et protéger son patrimoine personnel.
- b. opter pour une EIRL s'il veut bénéficier des avantages d'une personne morale.
- c. choisir d'être imposé sur le revenu, dans la rubrique « bénéfices industriels et commerciaux » (BIC).
- d. Aucune réponse ne convient.

8. Les sociétés coopératives de production (SCOP) :

a. font partie avec les sociétés par actions simplifiées des formes juridiques de l'ESS. ☐
b. reposent sur le principe démocratique : 1 personne = 1 voix. ☐
c. confèrent à l'actionnaire un pouvoir proportionnel aux actions qu'il détient. ☐

9. Au sein des mutuelles :

a. les dirigeants sont des bénévoles élus au sein de leurs rangs. ☐
b. les actionnaires disposent d'un pouvoir proportionnel au nombre de parts sociales détenues. ☐
c. la personne morale a un but lucratif et une capacité civile. ☐

10. Les catégories de risques juridiques sont nombreuses. Lorsqu'une entreprise est victime d'un brevet copié par un concurrent, il s'agit :

a. d'un risque écologique. ☐
b. d'un risque technologique. ☐
c. d'un risque politique. ☐

11. La responsabilité civile :

a. cherche à protéger l'atteinte à l'intérêt général. ☐
b. se manifeste par des sanctions telles que des amendes et des peines d'emprisonnement. ☐
c. suppose la réalisation d'une infraction. ☐
d. Aucune réponse ne convient. ☐

12. L'inexécution d'une obligation de résultat dans un contrat par le débiteur peut faire l'objet d'une exonération si :

a. le débiteur peut prouver l'existence d'une cause étrangère. ☐
b. le débiteur peut prouver que le créancier a contribué à la réalisation du dommage. ☐
c. le créancier prouve la faute, le dommage et le lien de causalité. ☐

13. Les ressources tangibles ne comprennent pas :

a. les ressources humaines. ☐
b. les ressources commerciales. ☐
c. les ressources physiques. ☐

14. Les ressources intangibles ne comprennent pas :

a. les ressources technologiques. ☐
b. les ressources humaines. ☐
c. les ressources financières. ☐
d. les ressources commerciales. ☐

15. Parmi les caractéristiques suivantes, repérez celle qui n'appartient pas au style de direction autoritaire.

a. Aucune coopération entre subordonnés. ☐
b. Crainte, sanctions et récompenses. ☐
c. Concertation collective. ☐

16. Le rôle du management opérationnel est de :

a. rendre opérationnels les objectifs stratégiques. ☐
b. mobiliser autour d'objectifs partagés. ☐
c. gérer les ressources de manière performante. ☐

17. La chaîne des valeurs :

a. permet de mesurer la valeur d'une immobilisation. ☐
b. est synonyme de valeur ajoutée. ☐
c. apprécie la création de richesse de chacune des fonctions de l'entreprise. ☐

18. La RSE correspond à :

a. la prise en compte des impacts environnementaux. ☐
b. l'attention portée aux salariés. ☐
c. la recherche de la rentabilité maximale. ☐

19. Parmi les affirmations suivantes, quelles sont les causes de l'effet d'expérience ?

a. la rémunération des salariés. ☐
b. l'effet d'apprentissage. ☐
c. l'effet de taille. ☐
d. les économies d'échelle. ☐

20. Les besoins liés au cycle d'exploitation résultent :

a. d'un décalage entre les recettes futures et les dépenses immédiates d'une entreprise. ☐
b. d'un décalage entre les recettes immédiates et les dépenses futures d'une entreprise. ☐
c. d'un décalage entre les recettes immédiates et les dépenses d'investissement d'une entreprise. ☐

21. Le besoin en fonds de roulement :

a. détermine les besoins en financement du cycle d'exploitation d'une entreprise. ☐
b. détermine les besoins en financement du cycle d'investissement d'une entreprise. ☐

22. L'investissement permet de financer des immobilisations :

a. corporelles. ☐
b. incorporelles. ☐
c. financières. ☐

23. Le taux d'endettement se calcul en divisant :

a. les dettes fournisseurs par le total de l'actif circulant. ☐
b. les capitaux propres par le passif circulant. ☐
c. les dettes financières par les capitaux propres. ☐

24. Pour obtenir des financements externes, l'entreprise :

a. peut procéder à une augmentation de capital. ☐
b. peut procéder à des cessions d'actifs. ☐
c. peut contracter des emprunts bancaires. ☐
d. peut utiliser sa CAF. ☐

QCM L'impact du numérique sur la vie de l'entreprise

Corrigé p. ›

Parmi les affirmations suivantes, lesquelles sont vraies ?

1. Une place de marché (ou *market place*) :

a. est un site Web qui permet de passer des ordres de bourse. ☐
b. est un site Web de vente en ligne. ☐
c. est un site Web qui met en relation des acheteurs et des vendeurs. ☐
d. est un grossiste spécialisé dans le B to B. ☐

2. Les externalités de réseau :

a. découlent des gains qu'il y a à utiliser une plateforme de grande taille. ☐
b. correspondent aux dommages causés à l'environnement par l'essor du numérique. ☐
c. favorisent l'émergence de monopoles ou quasi-monopoles dans le secteur du numérique. ☐
d. se traduisent par une hausse de la qualité de service lorsque les plateformes numériques grandissent. ☐

3. Malgré l'émergence de positions dominantes, la régulation des plateformes numériques en matière de droit de la concurrence est complexe car :

a. les consommateurs souffrent de la grande taille des plateformes. ☐
b. les consommateurs profitent de la grande taille des plateformes. ☐
c. les plateformes adoptent des pratiques anticoncurrentielles. ☐
d. il y a d'importantes barrières à l'entrée sur ces marchés des plateformes. ☐

4. L'acronyme GAFA fait référence aux sociétés suivantes :

a. Google. ☐
b. Airbus. ☐
c. Facebook. ☐
d. Airbnb. ☐

5. La principale source de revenu de la société Google provient :

a. de la publicité. ☐
b. d'abonnements souscrits par ses clients. ☐
c. de la vente d'articles en ligne. ☐
d. de subventions publiques. ☐

6. Le modèle économique *freemium* a été adopté par :

a. Netflix. ☐
b. lemonde.fr. ☐
c. Google. ☐
d. Amazon. ☐

7. Les principales retombées attendues de l'essor du numérique en matière de travail :

a. l'apparition de nouveaux métiers. ☐
b. la disparition de certains métiers. ☐
c. une baisse de la durée moyenne de formation. ☐
d. une précarisation de certains emplois. ☐

8. La CNIL est :

a. la Commission du numérique pour l'individualisation des libertés. ▢
b. une autorité administrative indépendante. ▢
c. une commission compétente pour supprimer les clauses abusives dans les contrats de consommation. ▢

9. Parmi les actifs immatériels suivants, le(s)quel(s) est (sont) protégé(s) par les droits d'auteur :

a. les brevets. ▢
b. les courriels. ▢
c. les logiciels. ▢

10. Les sites Web sont protégés par les droits d'auteur lorsque la condition d'originalité est remplie. Si une entreprise copie un site Web existant en reprenant sa structure et sa charte graphique, la victime de la copie peut demander réparation :

a. en exerçant une action en concurrence déloyale. ▢
b. en exerçant une action en contrefaçon. ▢
c. en exerçant une action en responsabilité civile contractuelle. ▢

11. Le règlement général sur la protection des données est entré en vigueur en mars 2018. Ce règlement :

a. crée un nouveau poste dans les entreprises : le DPO, pour Direction par objectifs. ▢
b. permet aux salariés de prendre connaissance des données collectées par son employeur sur les autres salariés. ▢
c. supprime la CNIL et crée une nouvelle instance de régulation européenne. ▢
d. Aucune réponse ne convient. ▢

12. L'article L1221-1 du Code du travail dispose : « nul ne peut apporter aux droits des personnes et aux libertés individuelles et collectives des restrictions qui ne seraient pas justifiées par la nature de la tâche à accomplir ni proportionnées au but recherché. » Cela signifie :

a. que l'employeur ou un de ses représentants peut toujours fouiller un salarié à l'entrée de l'entreprise quand il le juge nécessaire. ▢
b. que l'employeur peut imposer une tenue à ses salariés pour respecter les conditions d'hygiène et de sécurité nécessaires à la bonne exécution du travail. ▢
c. que le salarié peut refuser que l'employeur recherche des fichiers dans le disque dur de l'ordinateur de bureau de ce salarié. ▢

13. Les principales fonctions d'un système d'information comprennent :

a. la collecte d'information. ▢
b. la saisie des informations. ▢
c. le stockage des informations. ▢

14. Une information est performante lorsqu'elle est :

a. synthétique. ▢
b. exacte. ▢
c. disponible. ▢
d. transférable. ▢

15. Pour gagner en réactivité, les entreprises peuvent adopter des structures :
- a. par projet. ☐
- b. matricielles. ☐
- c. en réseau. ☐

16. Les principaux risques liés aux systèmes d'information sont d'ordre :
- a. opérationnel. ☐
- b. matériel. ☐
- c. juridique. ☐
- d. financier. ☐

17. Lewin propose différentes phases pour gérer le changement :
- a. le dégel. ☐
- b. le mouvement permanent. ☐
- c. la flexibilité. ☐
- d. l'enracinement. ☐

Corrigé p. 400

QCM Les mutations du travail

Parmi les affirmations suivantes, lesquelles sont vraies ?

1. La demande de travail tend à diminuer lorsque le niveau des salaires s'élève car :

a. les travailleurs privilégient le temps de loisirs.
b. les travailleurs privilégient les revenus du patrimoine.
c. le travail « au noir » est favorisé.
d. le travail est moins attractif pour les salariés.
e. Aucune réponse ne convient.

2. L'idée selon laquelle il y aurait un marché du travail est contestée car :

a. il n'y a pas de prix d'échange sur un tel marché.
b. il n'y a pas homogénéité de la demande de travail.
c. il n'y a pas homogénéité de l'offre de travail.
d. les individus ne sont pas des marchandises.

3. En matière de segmentation du marché du travail, le groupe des « *insiders* » a pour principale(s) caractéristique(s)…

a. un faible niveau de qualification.
b. une forte précarité de l'emploi.
c. de faibles perspectives de promotion.
d. une forte exposition au chômage.
e. Aucune réponse ne convient.

4. Le traitement économique du chômage s'appuie sur des mesures telles que :

a. le versement d'indemnités aux chômeurs.
b. la création de contrats aidés.
c. la politique de formation.
d. l'allègement des charges sociales pour réduire le coût du travail.

5. Le traitement social du chômage s'appuie sur des mesures telles que :

a. le versement d'indemnités aux chômeurs.
b. la création de contrats aidés.
c. le développement de la flexibilité du travail.
d. l'allègement des charges sociales pour réduire le coût du travail.

6. L'essor du numérique et l'accélération des mutations technologiques…

a. rendent les politiques passives de l'emploi moins nécessaires.
b. rendent les politiques actives de l'emploi moins nécessaires.
c. renforcent l'intérêt des politiques de formation.
d. justifient les réflexions autour de l'instauration d'un revenu universel.

7. Le droit de grève :

a. est une règle qui prend sa source dans le droit communautaire.
b. est un droit qui a été négocié dans les conventions collectives par les partenaires sociaux.
c. est un principe juridique affirmé dans le préambule de la Constitution de 1958.

8. Dans la hiérarchie des normes, une convention collective est une norme juridique :
- a. située entre un accord d'entreprise et un contrat de travail. ☐
- b. située entre la Constitution de 1958 et une ordonnance. ☐
- c. située entre un accord d'entreprise et une ordonnance. ☐

9. Le contrat de travail à durée indéterminée suppose :
- a. un lien de subordination de l'employeur vis-à-vis de son salarié. ☐
- b. l'accomplissement d'une prestation de travail contre une rémunération. ☐
- c. obligatoirement la fixation d'une durée du travail au moins égale à 35 heures. ☐
- d. Aucune réponse ne convient. ☐

10. Le lien de subordination dans le contrat de travail :
- a. est d'ordre public. ☐
- b. signifie que l'employeur ou le salarié peut y renoncer. ☐
- c. découle du pouvoir de direction de l'employeur. ☐

11. La clause de non-concurrence est une clause par laquelle :
- a. les parties prévoient une période limitée pendant laquelle chacune vérifie que le poste lui convient. ☐
- b. les parties s'engagent à ne pas divulguer des informations dites sensibles telles que des secrets de fabrique. ☐
- c. le salarié accepte que l'employeur puisse modifier le lieu d'exécution du contrat de travail. ☐
- d. Aucune réponse ne convient. ☐

12. Dans le cadre de la relation de travail, l'employeur assume une obligation de sécurité :
- a. de moyens. ☐
- b. de résultat. ☐
- c. qui peut entraîner sa responsabilité même lorsqu'il n'a pas commis de faute. ☐

13. Conformément au respect des libertés fondamentales, le salarié :
- a. peut être fouillé par son employeur. ☐
- b. peut consulter sa messagerie personnelle sur son lieu de travail. ☐
- c. peut être filmé par son employeur. ☐

14. La gestion prévisionnelle de l'emploi et des compétences :
- a. vise à réduire la masse salariale d'une entreprise. ☐
- b. permet d'optimiser l'allocation des ressources humaines. ☐
- c. identifie les besoins à venir d'une organisation. ☐

15. La théorie des besoins de Maslow identifie comme catégories de besoins :
- a. les besoins financiers. ☐
- b. les besoins immatériels. ☐
- c. les besoins d'estime. ☐

16. Parmi les facteurs de motivation non liés à la rémunération, on trouve :

a. l'élargissement des tâches des salariés. ☐
b. la VAE. ☐
c. l'intéressement. ☐
d. les stock-options. ☐

17. Les composantes des conditions de travail comprennent :

a. des facteurs sociaux. ☐
b. des facteurs psychologiques. ☐
c. des facteurs organisationnels. ☐

18. Les nouvelles formes d'organisation du travail privilégient :

a. une nouvelle organisation du travail. ☐
b. une standardisation des tâches pour gagner en productivité. ☐
c. une amélioration des conditions de vie au travail. ☐

Corrigé p. 40

QCM Les choix stratégiques de l'entreprise

Parmi les affirmations suivantes, lesquelles sont vraies ?

1. Pour faire la synthèse des diagnostics internes et externes on peut utiliser :
- a. la matrice SPOT.
- b. la matrice SWAP.
- c. la matrice SWOP.
- d. Aucune réponse ne convient.

2. La démarche stratégique :
- a. consiste à déterminer une stratégie en fonction des ressources internes de l'entreprise.
- b. repose sur un diagnostic externe fait par l'entreprise.
- c. s'appuie sur les diagnostics internes et externes menés par l'entreprise.

3. Face à un environnement qui évolue de plus en plus vite :
- a. les entreprises développent des stratégies délibérées.
- b. les entreprises développent des stratégies émergentes.
- c. les entreprises développent des stratégies de croissance.

4. La segmentation stratégique :
- a. consiste essentiellement à pratiquer une segmentation mercatique de l'offre d'une entreprise.
- b. concerne l'ensemble de l'entreprise.
- c. permet de répondre rapidement aux évolutions des besoins des consommateurs.

5. Une entreprise :
- a. doit se spécialiser sur un seul domaine d'activité stratégique.
- b. peut segmenter ses activités par domaines d'activité stratégique.
- c. cherche à répondre à l'ensemble des besoins de ses clients.

6. Parmi les principales stratégies spécifiques par domaine d'activité stratégique, une entreprise peut mener :
- a. une stratégie de diversification.
- b. une stratégie de domination par les coûts.
- c. une stratégie de concentration.

7. Une stratégie d'internationalisation :
- a. peut permettre à l'entreprise de maîtriser ses approvisionnements.
- b. passe nécessairement par une délocalisation de l'outil de production.
- c. permet d'élargir le marché d'une entreprise.

Corrigé p. 401

ÉTUDE DE CAS Le cas Roolett

L'entreprise Roolett est une société à responsabilité limitée de 58 salariés basée à La Duchère, dans l'agglomération lyonnaise. Son métier consiste à fabriquer des roues et des roulettes sous toutes les formes (en métal, en plastique, en caoutchouc avec ou sans chambre à air) et pour toutes les destinations (roues de diables de manutention, roulettes de caddie, pneus de brouette…).

L'entreprise créée en 1947 s'est transmise de père en fils, depuis le fondateur Alfonse Roulibre à son fils Albert puis à son petit fils Alain. L'entreprise s'est fortement développée depuis sa création mais aujourd'hui elle doit affronter de nouveaux défis : continuer d'innover et se développer pour faire face à la concurrence.

Vous êtes l'assistant(e) de Monsieur Alain Roulibre et il vous a confié plusieurs missions qu'il vous demande de remplir à partir des documents portés en annexe.

COMPRENDRE EN VIDÉO

Voir 3 vidéos : Répondre à une question de manière structurée et organisée ; Comment organiser son travail lors de l'épreuve de CEJM ; rédiger un cas pratique

Mission 1

1. Caractérisez l'entreprise Roolett.

2. Établissez un diagnostic de l'entreprise et justifiez la pertinence de mettre en œuvre une stratégie d'intégration verticale.

3. Présentez les solutions de financement qui permettraient de réaliser cette stratégie.

Mission 2

4. Qualifiez la structure organisationnelle de Roolett avant et après le rachat de son fournisseur Nevea. Présentez les avantages de la nouvelle structure au vu de la stratégie adoptée.

5. Expliquez le sort du contrat de travail des salariés de Nevea suite au rachat de cette entreprise par Roolett.

Mission 3

Monsieur Deloin, simple particulier, fait ses courses dans le supermarché Market-In. Alors qu'il se promène dans la galerie, son caddie rempli de victuailles, une roulette cède et le caddie vient s'écraser sur son pied. Gravement blessé, Monsieur Deloin est immobilisé et son médecin lui a rédigé un arrêt de travail pour 4 semaines. Les experts diligentés pour comprendre les causes de l'accident certifient qu'un défaut de fabrication de la roue en est à l'origine.

6. Contre qui et sur quel fondement juridique Monsieur Deloin peut-il agir en justice pour demander réparation de son préjudice ?

COMPRENDRE EN VIDÉO

Voir vidéo : Analyser une décision de justice

Mission 4

7. Expliquez en quoi l'abonnement de Roolett à une place de marché B to B pourrait constituer une opportunité de développement de ses ventes. Précisez l'incidence que cela pourrait entraîner sur ses charges et ses recettes.

Annexes — Description de l'opération promotionnelle

Annexe 1 — Fiche d'identité de l'entreprise Roolett

Forme juridique : SARL
Siège social : La Duchère (69)
Effectif équivalent temps plein : 58 salariés
Date de création : 1947
Gérant majoritaire : Alain Roulibre
Chiffre d'affaires : 500 millions d'euros
Capital social : 10 millions d'euros répartis comme suit :

Associés	Part dans le capital social
Alain Roulibre	60 %
SARL *holding* familiale	20 %
Gérald Bicicle, investisseur	10 %
Adeline Tourniquet, investisseur	10 %

Endettement en cours : 1 million d'euros, soit un taux d'endettement de 10 %.

- Les roues et roulettes de Roolett sont le fruit des technologies de pointe et du savoir-faire de l'entreprise, issu d'une longue expérience. Depuis trois générations, la famille Roolett conçoit, fabrique et commercialise des roues et roulettes de tous types afin de répondre à de multiples besoins : manutention, industrie, collectivités, ameublement, grande distribution, jouets…
- Les différentes étapes de fabrication sont réalisées en interne au sein d'un parc machines important : fraiseuses numériques, presses à injecter des thermoplastiques, presses mécaniques, cisailles, plieuses, postes à souder, etc.
- Depuis sa création, l'entreprise Roolett cherche à innover pour répondre aux besoins des acteurs du marché en proposant de nouveaux produits. La société est spécialisée depuis plus de 30 ans dans le moulage des caoutchoucs par compression.
- Son département « approvisionnement / achat » lui permet d'assurer la fourniture de ses matières premières grâce à plusieurs partenaires.

Matière première	Part des partenaires dans l'approvisionnement			
Caoutchouc	Nevea (40 %)	Caooth (25 %)	Latexis (20 %)	Autres (15 %)
Métal	Steelor (30 %)	Holametal (30 %)	Assiri (20 %)	Autres (20 %)

- Grâce aux exportations, l'entreprise étend ses marchés à l'international :

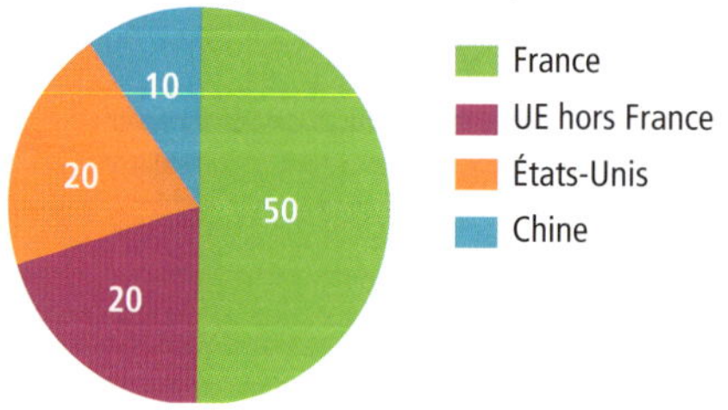

COMPRENDRE EN VIDÉO — *Voir 2 vidéos : Exploiter un tableau ; exploiter un graphique*

Annexe 2 Vue d'ensemble et tendances du marché de l'entreprise Roolett

- Le développement de la logistique et de la mobilité sous toutes ses formes donne un formidable relais de croissance au marché de la petite roue et de la roulette : trottinette urbaine pour les particuliers, chariots et diables pour les entrepôts des professionnels en sont de bonnes illustrations. Mais la concurrence internationale est rude : elle est espagnole, allemande et, dans une moindre mesure, américaine et chinoise.
- Pour faire face à la concurrence, l'entreprise Roolett peut s'appuyer sur ses produits de qualité réputés pour leur solidité et leur résistance aux frottements. Son unité de recherche et développement met au point des innovations pour améliorer les qualités techniques des roulettes : clipsage et déclipsage pour une maintenance facilitée, roues avec axe rotatif pour faciliter les manipulations sur des petits espaces…
- En termes d'approvisionnement, l'entreprise Roolett a besoin de se prémunir contre les aléas. Il est arrivé une fois que Nevea, son fournisseur de latex, subisse une grève de ses salariés, si bien que Roolett a connu une rupture de stock de quelques jours et a dû réorganiser au plus vite ses réapprovisionnements auprès de ses autres partenaires pour y remédier. Cet incident avait occasionné un arrêt de la chaîne de production et une diminution du chiffre d'affaires de l'entreprise.

Annexe 3 Nevea, un partenaire clé pour Roolett

- Nevea est une société d'exploitation agricole (SEA) implantée à Nançay dans le département du Cher (18). Son activité consiste à profiter du sol riche et humide de cette région en exploitant une plantation d'hévéas, arbres dont la sève permet de fabriquer le latex nécessaire à la production du caoutchouc. Nevea se compose d'un dirigeant, Monsieur Borocia, et de 12 salariés.
- Avec sa production annuelle de 200 000 tonnes de caoutchouc naturel, Nevea est un petit acteur sur ce marché, face à une production mondiale qui s'élève à plus de 12 millions de tonnes, qui émane principalement des producteurs asiatiques. Malgré cette concurrence forte, l'entreprise bénéficie d'un positionnement de proximité intéressant pour la France et ses pays frontaliers.
- Le chiffre d'affaires de Nevea est volatil, car il dépend du prix à la tonne du caoutchouc naturel. En 2018, le prix s'est stabilisé autour de 1 500 € la tonne, soit un chiffre d'affaires de 300 millions d'euros environ pour un capital social de 2 millions d'euros.
- Grâce à un partenariat signé il y a 10 ans, 82 % de la production de Nevea est revendue à l'entreprise Roolett. Toutefois, M. Borocia s'inquiète de cette quasi-dépendance envers un seul partenaire et s'interroge sur l'utilité de diversifier sa clientèle pour répartir les risques de son activité ; par exemple, des Espagnols souhaiteraient lui acheter un tiers de sa production. Pour autant, l'exploitation de Nevea n'est pas extensible : compte tenu de son parc d'hévéas, sa production de caoutchouc ne peut pas augmenter ; s'il satisfaisait la demande des Espagnols, ce serait au détriment des besoins de l'entreprise Roolett.
- Enfin, en raison des acteurs asiatiques du marché qui maintiennent une pression à la baisse des prix, M. Borocia est obligé d'être dur avec ses salariés et de surveiller de près leur progression de salaire. D'ailleurs, les employés mécontents ont récemment usé de leur droit de grève pour que leurs salaires soient reconsidérés. L'interruption de travail de 12 jours a empêché Nevea d'honorer une commande à destination de Roolett.

ANNEXE 4 Organigramme de l'entreprise Roolett avant et après le rachat de Nevea

AVANT

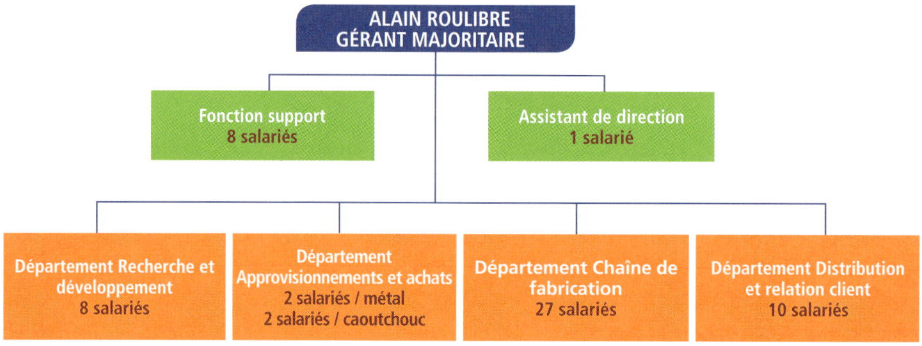

APRÈS

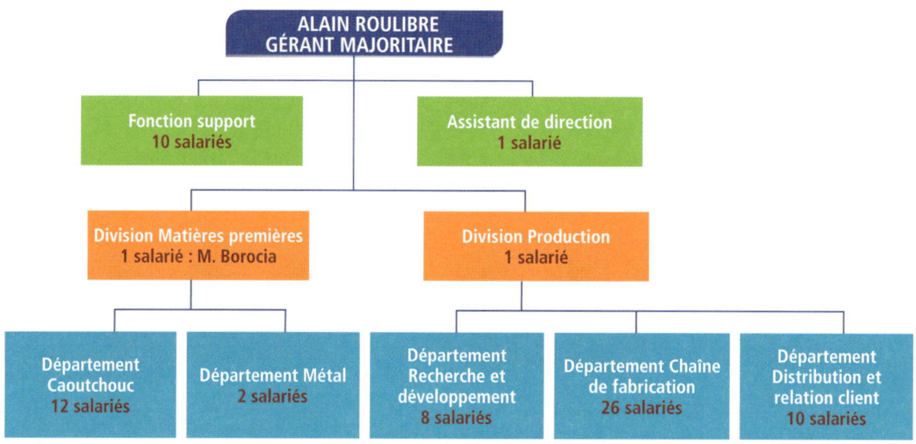

ANNEXE 5 Vente en ligne B to B : faut-il investir les *marketplaces* ?

La vente en ligne B to B est en pleine transformation digitale. Initiées par les géants du Web Amazon et Alibaba, les *marketplaces* sont devenues le modèle à suivre pour vendre en ligne aux professionnels. [...]

Vente en ligne B to B : un marché boosté par les attentes des acheteurs professionnels

À l'ère de la transformation digitale des entreprises, l'e-commerce est devenu un enjeu stratégique pour les entreprises. Les pratiques d'achat B to B tendent à se digitaliser de plus en plus grâce notamment au développement de services numériques dédiés aux professionnels et à l'arrivée de nouveaux modèles numériques comme les places de marché B to B ou les *marketplaces* spécialisées.

Face à cette mutation du commerce B to B, les comportements d'achats des professionnels évoluent au même titre que les services. Les acheteurs B to B sont ainsi de plus en plus nombreux à faire leurs recherches sur le Web et à acheter en ligne via une solution d'*e-procurement* ou directement sur un site e-commerce. Les professionnels transitent ainsi des canaux offline (catalogue papier, commerciaux, bon de commande, téléphone...) vers les canaux digitaux. Depuis la recherche de fournisseurs en passant par la sélection des produits et jusqu'à la prise des commandes et au suivi des achats, les clients professionnels utilisent le digital tout au long du process d'achat. Les acheteurs B to B font ainsi la tendance en matière de vente en ligne B to B. Face à ce mouvement, les vendeurs B to B adoptent l'e-commerce comme un nouveau canal de vente et adaptent leur stratégie de vente en intégrant le digital comme un nouveau levier de croissance.

[...]

Les *marketplaces* B to B : le modèle gagnant pour les entreprises ?

L'e-commerce B to B représente une formidable opportunité pour les entreprises qui souhaitent conquérir et fidéliser une nouvelle clientèle. Si la création d'une plateforme de commerce en ligne B to B peut engendrer des coûts importants et une restructuration des systèmes d'information, les places de marché représentent un canal privilégié pour les vendeurs B to B qui souhaitent se lancer dans l'e-commerce et tester la vente en ligne sur un segment de produits avant d'initier de gros chantiers au sein de leur entreprise.

Parce qu'elles regroupent un grand nombre d'acheteurs et de vendeurs, les places de marché sont devenues la référence en matière de vente et d'achat B to B en ligne. Amazon et Alibaba sont les géants qui ont initié cette tendance. Les vendeurs professionnels suivent ce mouvement et intègrent les *marketplaces* dans leur stratégie de vente et d'acquisition clients pour capter une nouvelle clientèle et accroître leurs ventes de manière rapide, le tout en bénéficiant de la notoriété de la plateforme et des services qu'elle garantit à ses acheteurs professionnels. Grâce à un trafic qualifié, les places de marché permettent aux vendeurs B to B de générer des ventes supplémentaires et d'être plus visibles auprès des acheteurs professionnels sans avoir besoin de débourser un budget dans des campagnes publicitaires online. En contrepartie, les vendeurs devront payer un abonnement à la *marketplace* et reverser un pourcentage des ventes. Un coût perçu comme un investissement marketing pour les vendeurs B to B. Les *marketplaces* sont aussi une réelle opportunité pour les petits vendeurs qui peuvent se payer une présence en ligne à un coût abordable.

La concentration de l'offre et de la demande sur les *marketplaces* et la garantie de services fiables font le succès de ces plateformes où les fournisseurs et les acheteurs commercent sans intermédiaire.

Amazon a lancé en avril 2015 Amazon Business en Amérique du Nord, sa place de marché entièrement dédiée aux professionnels. Selon une étude d'Acquity Group, 17 % des acheteurs B to B achètent régulièrement sur cette plateforme.

L'arrivée du digital dans le commerce inter-entreprises a permis de faciliter les échanges entre professionnels et de réduire les intermédiaires dans le commerce B to B. La vente en ligne B to B est un véritable relais de croissance pour les marchands professionnels. Avec plus de 20 % des entreprises françaises qui réalisent des achats via Internet, l'e-commerce représentait 18 % du montant total des ventes B to B en 2015. Selon les prévisions de la Fevad, l'e-commerce B to B français pourrait atteindre une part de marché de 24 % dans le volume des ventes B to B en 2020.

https://www.webetsolutions.com

ANNEXE 6 Quelques articles de droit

Code civil

• Article 1217 : « La partie envers laquelle l'engagement n'a pas été exécuté, ou l'a été imparfaitement, peut :
– refuser d'exécuter ou suspendre l'exécution de sa propre obligation ;
– poursuivre l'exécution forcée en nature de l'obligation ;
– obtenir une réduction du prix ;
– provoquer la résolution du contrat ;
– demander réparation des conséquences de l'inexécution.
Les sanctions qui ne sont pas incompatibles peuvent être cumulées ; des dommages et intérêts peuvent toujours s'y ajouter. »

• Article 1240 : « Tout fait quelconque de l'homme, qui cause à autrui un dommage, oblige celui par la faute duquel il est arrivé à le réparer. »

• Article 1245 : « Le producteur est responsable du dommage causé par un défaut de son produit, qu'il soit ou non lié par un contrat avec la victime. »

• Article 1246 : « Toute personne responsable d'un préjudice écologique est tenue de le réparer. »

Code du travail

Article L1224-1 : « Lorsque survient une modification dans la situation juridique de l'employeur, notamment par succession, vente, fusion, transformation du fonds, mise en société de l'entreprise, tous les contrats de travail en cours au jour de la modification subsistent entre le nouvel employeur et le personnel de l'entreprise. »

CORRIGÉS

QCM

L'INTÉGRATION DE L'ENTREPRISE DANS SON ENVIRONNEMENT

Énoncé p. 379

1. b, c
2. a, d
3. c
4. a, c
5. c, d
6. e
7. a, d
8. a, d
9. b
10. b, c
11. b
12. a, c
13. d
14. c
15. d
16. a, c, d
17. a, b
18. a
19. c
20. a, c, d, e

LA RÉGULATION DE L'ACTIVITÉ ÉCONOMIQUE

Énoncé p. 382

1. b, c, d
2. a, b, c
3. c
4. b, d
5. c
6. a, c
7. b, d
8. a, b, d
9. b
10. a
11. b
12. b
13. c
14. d
15. b, c
16. a, b, c, e
17. a, b, d
18. a, b
19. b

L'ORGANISATION DE L'ACTIVITÉ DE L'ENTREPRISE

Énoncé p. 385

1. a, b, c
2. a, c
3. e
4. b, c, d
5. b, d
6. c
7. d
8. b
9. a
10. b
11. d
12. a
13. b
14. b, c
15. c
16. a
17. c
18. a, b
19. b, c, d
20. a
21. a
22. a, b, c
23. c
24. a, c

L'IMPACT DU NUMÉRIQUE SUR LA VIE DE L'ENTREPRISE

Énoncé p. 388

1. c
2. a, c, d
3. b
4. a, c
5. a
6. b
7. a, b, d
8. b
9. c
10. a, b
11. d
12. b
13. a, c
14. b, c
15. a, c
16. a, c, d
17. a, d

LES MUTATIONS DU TRAVAIL

Énoncé p. 391

1. e
2. b, c
3. e
4. b, c, d
5. a, b
6. c, d
7. c
8. c
9. d
10. a, c
11. d
12. b, c
13. b
14. b, c
15. c
16. a, b
17. a, b, c
18. a, c

LES CHOIX STRATÉGIQUES DE L'ENTREPRISE

Énoncé p. 394

1. d
2. c
3. b
4. b
5. b
6. b, c
7. a, c

ÉTUDE DE CAS : CAS ROOLETT

Mission 1

Énoncé p. 395

1. **L'entreprise Roolett** est une société commerciale, personne morale de type SARL que l'on peut qualifier de moyenne entreprise par sa taille (plus de 50 salariés) mais grande par son chiffre d'affaires (supérieur à 50 millions d'euros). L'entreprise développe son activité dans le secteur industriel. Elle vend ses produits à des professionnels et relève de la catégorie du B to B (Business to Business).

2. **L'objectif** : faire ressortir les difficultés d'approvisionnement de l'entreprise et justifier la pertinence d'une politique d'intégration verticale de la filière caoutchouc qui représente les 2/3 de la production de roues et roulettes dans un univers concurrentiel.

L'environnement externe	
Menaces	**Opportunités**
Forte concurrence internationale : espagnole, allemande, américaine et chinoise	Secteur en pleine croissance grâce à la mobilité et à l'essor de la logistique
Le diagnostic interne	
Faiblesses	**Forces**
• 40 % de l'approvisionnement en caoutchouc provient d'une seule entreprise, Nevea : forte dépendance • Roolett a dû faire face à une rupture de l'approvisionnement de Nevea • Cette dépendance crée un risque pour le chiffre d'affaires de Roolett	• Capacité d'innovation • Solidité et bonne qualité des produits

La stratégie d'intégration verticale est une stratégie de croissance qui consiste à ce qu'une entreprise décide de racheter une activité en amont ou en aval de sa propre activité. En l'occurrence, il peut être opportun pour Roolett, afin de chasser les aléas sur ses approvisionnements, de racheter l'entreprise Nevea.

Les arguments en faveur de l'intégration de Nevea :

– Roolett pourra contrôler 40 % de son approvisionnement en caoutchouc. Les aléas sur sa production sont donc réduits ;

– Nevea est basée en France, comme Roolett. C'est positif pour son image. L'approvisionnement ne posera pas de difficulté de transport ;

– les clients de Roolett sont principalement voisins : la France et l'Union européenne représentent 70 % du chiffre d'affaires. Le positionnement local est conforté ;

– Roolett contrôle la totalité de la production et dissuade ainsi M. Borocia d'aller fournir ses concurrents espagnols ;

– l'entreprise est de petite taille, tant en termes de salariés qu'en termes financiers de l'entreprise. Le capital social de Nevea est de 2 millions d'euros contre 10 millions pour Roolett. Le chiffre d'affaires de Nevea tourne autour de 300 millions contre 500 millions d'euros pour Roolett. Le rachat semble possible.

Remarque Il nous faudrait également l'estimation de la valeur des parts sociales au vu du montant des réserves de l'entreprise.

3. **Les solutions de financement envisageables pour la stratégie de Roolett :**

Augmenter son capital social en achetant les parts sociales de Nevea	Solliciter une nouvelle souscription de la part de ses associés avec maintien de la répartition si chaque associé contribue proportionnellement à son apport initial.
	Solliciter une nouvelle souscription de la part de ses associés avec modification de la répartition si tous les associés ne contribuent pas.
Augmenter son capital social en intégrant la SEA Nevea comme nouvel associé de Roolett	Si Nevea représente 2 millions d'euros, la société peut apporter cette somme au capital social de Roolett. Elle détiendra alors 2/12e du capital social du nouvel ensemble, soit environ 16,6 %. La part de M. Roulibre passerait de 60 à 50 % (6 millions sur 12). Il ne perdrait pas la majorité du capital. Les autres associés verraient également leur part diminuer.
Augmenter son taux d'endettement auprès des banques	Roolett peut ne pas modifier son capital social et solliciter un emprunt bancaire externe afin de financer le rachat pur et simple de l'entreprise, car son taux d'endettement est relativement faible. La SARL Roolett deviendrait alors l'associé de référence de la SEA Nevea.

Il est possible de proposer un mix de ces différentes options.

Mission 2

4. La structure organisationnelle de Roolett avant et après le rachat de Nevea ; les avantages de la nouvelle structure.

Avant	Après
• La structure est hiérarchique et fonctionnelle. • La production semble constituer un seul bloc. • Les fonctions de la production sont les critères de division de l'activité, quel que soit le produit fini.	• La structure est divisionnelle autour de deux stades clés de la production : approvisionnement et fabrication. • Un niveau hiérarchique supplémentaire est ajouté.

L'avantage de la structure divisionnelle est d'intégrer facilement Nevea sans modifier complètement la structure. On retrouve les 10 salariés de Nevea dans le département caoutchouc. M. Borocia demeure au contact de ses salariés et gagne en responsabilité puisqu'il dirige la division « matières premières » et supervise donc les salariés du département métal. 2 salariés de Nevea ont évolué vers la fonction support. C'est également l'occasion de promouvoir un salarié de Roolett du département de la chaîne de fabrication comme responsable de la nouvelle division « production ».

5. Selon l'article L1224-1 du Code du travail, à l'occasion d'un rachat d'une entreprise par une autre, les contrats de travail de l'entreprise rachetée sont maintenus et le nouvel employeur est l'entreprise acheteuse. Roolett devient donc l'employeur de tous les salariés de l'entreprise Nevea.

Mission 3

6. M. Deloin est lié par un contrat au supermarché Market-In mais n'est pas lié à l'entreprise Roolett. Toutefois, le dommage qu'il a subi provient d'une roulette de caddie fabriquée par Roolett.
Selon l'article 1245 du Code civil, M. Deloin peut engager la responsabilité du fait des produits défectueux du producteur du bien qui lui a causé un défaut. Il n'a pas besoin d'être lié contractuellement à l'auteur du défaut. Les producteurs sont solidaires entre eux.

M. Deloin peut donc se retourner :
– soit contre Roolett ;
– soit contre Market-In. Si ce dernier prouve que Roolett est à l'origine du défaut du caddie, il pourra se retourner dans un second temps contre lui.

Mission 4

7. L'abonnement à une place de marché numérique pour Roolett aurait les avantages suivants en termes de développement des ventes :
– visibilité sur le marché plus forte et meilleure mise en relation de Roolett avec ses clients potentiels ;
– le digital est un nouveau canal de vente et donc un levier de croissance supplémentaire.

Conséquences sur les charges	Conséquences sur les recettes
• Pas de dépense de publicité *online* • Réduction des coûts liés à l'édition de catalogue papier • Pas de charges liées à la sécurisation des paiements en ligne (gestion par la *marketplace* elle-même) • Mais coût de restructuration du système d'information et paiement d'un contrat de maintenance ou d'un abonnement avec la plateforme numérique, et paiement de commission sur les ventes au bénéfice de la plateforme	• Risque de réduction de la marge unitaire à cause du prélèvement de commissions et la facilité pour les clients de comparer les prix grâce aux comparateurs. Ces derniers peuvent obliger Roolett à devoir réduire ses prix. • Mais hausse probable du volume des ventes grâce à une meilleure visibilité et accessibilité de l'offre

Culture générale et expression

Entraînement

Retrouve les sujets corrigés et commentés sur www.parascolaire.hachette-education.com ou flashe directement ce code.

COMPRENDRE EN VIDÉO

Retrouvez tous nos tutos vidéos sur notre chaîne YouTube « Objectif BTS Hachette ».

- Comment lire un texte et en cerner les enjeux ?
- Comment introduire ? Comment conclure ?
- Comment définir une problématique ?
- Comment définir un terme ?
- Comment faire une analyse iconographique ?

L'ÉPREUVE

Culture générale et expression

Épreuve écri
Durée : 3 ou
Coefficient :

1 Les modalités d'évaluation

• **Les formes de l'évaluation.** On propose 3 à 4 documents de nature différente (textes littéraires, textes non littéraires, documents iconographiques, tableaux statistiques, etc.) choisis en référence à l'un des deux thèmes inscrits au programme. Chacun d'eux est daté et situé dans son contexte.

COMPRENDRE EN VIDÉO — *Voir vidéo : Comment lire un texte et en cerner les enjeux ?*

• **L'épreuve**

Première partie : synthèse (notée sur 40). Vous devez rédiger une **synthèse objective** en confrontant les documents fournis.

Deuxième partie : écriture personnelle (notée sur 20). Vous répondez de **façon argumentée** à une question relative aux documents proposés. La question posée invite à confronter les documents proposés en synthèse et les études de documents menées dans l'année en cours de culture générale et expression.

La note globale est ramenée à une note sur 20 points.

2 Conseils de méthode

COMPRENDRE EN VIDÉO — *Voir vidéo : Comment introduire ? Comment conclure ?*

≥ **La synthèse**

La synthèse est l'exercice qui prend le plus de temps. Votre rédaction doit faire à peu près quatre pages, soit deux feuilles. L'ensemble doit être structuré, comprenant une introduction, un développement, une conclusion.

• **La lecture des documents**

Avant de vous lancer dans la rédaction, prenez bien le temps de lire chaque document, d'en vérifier la bonne compréhension et surtout d'en résumer le contenu très succinctement, en mettant en lumière les idées principales, ainsi que les mots-clés.

Ensuite, envisagez les liens entre les documents et leur façon d'aborder le thème général.

Au brouillon, vous pouvez faire un tableau rapide pour synthétiser toutes ces données. Attention de ne pas oublier de document.

• **La rédaction**

L'introduction et la conclusion s'élaborent d'une traite au brouillon afin qu'elles soient dans une réelle continuité. N'oubliez pas que ces deux parties sont fondamentales dans la mesure où elles orientent d'emblée l'appréciation du correcteur face à votre copie.

Une composition de qualité présente un ensemble :

– clair ;
– structuré : avec des paragraphes, alinéas, sauts de ligne cohérents et la présence de connecteurs ;
– concis : pas de « bavardage », ni de répétition, un vocabulaire juste et précis ;
– sans fautes : une bonne relecture finale évite parfois bien des étourderies.

INTRODUCTION	
4 composantes	1. **Présentation** du thème de l'année + **traitement** par les documents proposés. 2. **Présentation du corpus** (nature du document, auteur, date de parution, une phrase résumant chaque document). 3. **Problématique** : la question pivot du corpus à laquelle répondent les documents. 4. **Annonce du plan.**

Présentation	– **Introduction** = un paragraphe monobloc avec un alinéa au début et un saut de ligne avant de passer au développement. – **Documents :** ne pas les citer de façon numérotée (« dans le document 1 »), mais reprendre **le nom de l'auteur**. – **Problématique** à introduire par une formule du type : « **De fait, une question émerge : … ?** ». – **Pour l'annonce du plan**, utiliser des connecteurs : « Dans un premier temps, sera abordé(e)... (= **attention à l'accord avec le sujet inversé)** ; dans un second temps, sera évoqué(e)... ; dans un troisième temps, sera souligné(e)... ».
DÉVELOPPEMENT	
Composantes	– **2 ou 3 grandes parties**, chacune constituée de 2 ou 3 sous-parties. – 1 sous-partie = **un connecteur** + **une idée principale** + **traitement dans les documents** = mettre en évidence comment ils **se complètent ou s'opposent**. – **Transition à la fin** d'une partie : résumé de ce qui a été démontré + annonce de la suite.
Présentation	– Pas de saut de ligne entre les sous-parties, mais **entre les parties.** – Saut de ligne entre **la dernière partie et la conclusion.** – **Connecteurs en début** de chaque sous-partie (« Il en résulte / En effet / C'est pourquoi / Ensuite / Enfin... »). – Attention : ne pas trop citer d'extraits des documents mais en reformuler les idées principales. – SURTOUT pas d'avis personnel. Restez objectif et nuancé. – **Plan logique et cohérent** et non un simple inventaire des documents pris un à un.
CONCLUSION	
– **Synthèse** de ce qui a été démontré. – Reprendre les mots-clés et ne pas introduire de nouvelles données. – 1 **paragraphe** (alinéa + connecteur : « Pour conclure / En somme / Pour finir… »). – Ne pas utiliser de formules maladroites : « Nous avons montré que... ». – Le tout = 3 à 5 phrases dont une phrase au minimum pour chaque partie.	

• L'écriture personnelle

L'écriture personnelle, plus courte que la synthèse, consiste en une réponse argumentée à la question posée. Prévoyez entre 1 heure et 1 h 30 pour la composer. L'essentiel est de répondre clairement, de façon nuancée, pertinente (évitez l'emploi du « nous » et surtout du « je ») et structurée (introduction, développement, conclusion). Les principes de présentation sont les mêmes que pour la synthèse.

Introduction	1. **Amorce :** présentez le sujet. 2. **Problématique :** reprenez la question telle qu'elle vous est donnée. 3. **Annonce du plan.** Le tout = **un paragraphe** (alinéa + saut de ligne à la fin).
Développement	– **Réponse apportée à la question** + **d'autres possibilités**. Pas un point de vue, mais plusieurs. – Pas de simple reprise des éléments de réflexion des documents. **ATTENTION :** évaluation de culture générale (connaissances sur le thème) = enrichir la démonstration par **des références culturelles personnelles variées** (littérature, cinéma, peinture, sport, actualité, sciences, histoire, géographie…).
Conclusion	– **Une prise de position claire**, **nuancée** et répondant à la question posée en introduction. – **Brève** et **succincte** (reprenant les **mots-clés**) = **un paragraphe**, introduit par un connecteur.

• La préparation au cours de l'année

Pour vous préparer au mieux durant toute l'année, il faut un travail régulier et continu :
– Entraînez-vous à écrire pour entretenir la fluidité de votre expression.
– Faites des fiches de vocabulaire des différents mots-clés pour les réutiliser dans votre composition.
– Élargissez vos connaissances en consultant le maximum d'œuvres que vous référencerez sur des fiches synthèse.

THÈME 1

Dans ma maison

Introduction

« Ma maison », un énoncé simple qui fait écho à une réalité qui nous est bien familière : celle de notre habitat. Dérivée du verbe latin *manere* (« rester », « résider »), elle implique la sédentarité. « Ma maison » est une évidence pour chacun d'entre nous. Les noms abondent pour déterminer ce lieu qui nous est propre, qui nous ancre dans l'espace : logis, villa, pavillon, appartement, bâtisse, immeuble… bien d'autres termes encore déclinent ce référent. **« Ma maison » est plurielle dans sa dénomination.**

Physiquement, elle est polymorphe car elle varie selon les attentes de chaque propriétaire ou locataire, mais aussi selon leurs possibilités financières. Du simple appartement à la villa se déploie tout un faisceau de possibles. Car « ma maison » est le résultat, la somme des savoirs et savoir-faire de l'architecture. Concevoir sa maison repose sur une technique sujette à une évolution et, parfois, à de véritables prouesses. Dans les cas les plus extrêmes, « ma maison » peut devenir objet de dépassement et d'exploits, alliant esthétique et fonctionnel.

« Ma maison » répond à un besoin : celui de permettre à l'homme d'investir l'espace. Diachroniquement, elle renvoie au besoin premier qui, historiquement, a marqué une étape importante dans l'évolution humaine : celui de la sédentarisation. De fait, l'homme a pris possession de l'espace. Socialement, cet état de fait est une évidence. Chaque personne est associée à un espace individuel. « Ma maison » devient donc un marqueur social car on habite tous différemment son logis en fonction de la pluralité de ses modes de vie, des contraintes liées aux territoires occupés, conditionnées par des capacités financières, des impératifs professionnels et/ou familiaux, et du contexte sanitaire.

Temporellement, « ma maison » renvoie au fil de l'existence de chacun à une succession de résidences. Cette expression cristallise notre appartenance au monde, notre ancrage dans l'environnement et donc notre empreinte spatiale.

Symboliquement, on investit chacun le lieu où on réside, notre maison. Lieu de vacances, maison de famille, les souvenirs teintent affectivement « ma maison ». Elle peut parfois s'inscrire dans une histoire familiale. Elle devient alors un héritage.

Singulière et plurielle, « ma maison » reste notre centre de gravité, notre parenthèse dans l'espace de la collectivité. Elle se trouve à la croisée de l'expérience universelle et intime, car nous investissons tous différemment notre logis. Comment alors entre dénotation, la réalité première de l'habitat spatial, et connotation, le symbole de notre attachement, « ma maison » acquiert-elle polysémie et multivalence ?

1er axe de réflexion : *« Ma maison »/« Nos maisons » : pluralité et clivages (p. 340)*

Problématiques

- Comment « ma maison » a-t-elle marqué l'évolution humaine, véritable cap dans la relation entre l'homme et l'espace ?
- Dans quelle mesure la maison est-elle l'artefact de savoirs et de savoir-faire architecturaux, conditionnant un déploiement des pièces selon leur fonction ?
- Comment « ma maison » s'impose-t-elle comme une réalité graduelle, oscillant entre logement insalubre et villa de luxe ?

1. Entre nomadisme et sédentarité

« Ma maison » institue la sédentarité pour l'homme que ce soit historiquement ou socialement. Mais « ma maison » peut se concevoir à rebours comme le mode de vie de l'itinérance.

Mots-clés : baraque, bungalow, cabane, hutte, maison, préfabriqué.

2. Entre individualité et collectivité

Par définition, « ma maison » offre une enclave de l'individualité dans l'espace collectif. Elle propose une déclinaison d'habitat selon les territoires occupés (rural ou urbain), le type de logement occupé, le statut (propriétaire/locataire).

Mots-clés : bail, bâtisse, bicoque, charges, construction, domotique, gratte-ciel, HLM, immeuble, immeuble haussmannien, location, loft, masure, pavillon, propriété, résidence secondaire, studio, taudis, villa.

2e axe de réflexion : *Moi et « ma maison » : le processus d'habiter (p. 346)*

Problématiques

- Comment « ma maison » cristallise-t-elle l'investissement de l'homme sur l'espace qui lui est propre ?
- Quelles fonctions affectives motivent cette relation si personnelle ?
- Quelles expériences nourrissent le clivage entre huis clos rimant avec emprisonnement, et refuge cocon ?

1. « Ma maison », théâtre du personnel en tant qu'espace de l'intime

L'espace est découpé selon une constitution de pièces, détentrices d'une fonction essentielle : c'est le cocon, le repli salutaire de l'individu qui se livre dans toute sa singularité par le processus d'habiter et de choisir son habitat.

Mots-clés : antichambre, asile, bien-être, bricolage, chez-soi, confort, *cosy*, cuisine, domesticité, *Feng Shui*, famille, foyer, *home*, *home sweet home*, hospitalité, loggia, maisonnée, nid, refuge, retraite, salle à manger, salle de réception, salon, sociabilité, terrasse.

2. « Ma maison » : l'espace sclérosant

Le processus d'habiter peut souffrir de défauts (insalubrité, nuisances, etc.) et abriter de nombreuses tensions qui, en provoquant l'écart, le repli, font de cet espace une prison et rendent l'homme captif.

Mots-clés : chambre de bonne, communs, confinement, galetas, huis clos, insalubrité, isolement, promiscuité, nuisances, prison, solitude, soupente.

3e axe de réflexion : *« Ma maison », entre réalité et onirisme (p. 351)*

Problématiques

- Symboliquement, comment « ma maison » investit-elle les domaines de l'imaginaire ou du rêve ?
- Par quel processus se met-on à rêver d'un lieu utopique, idéalisé par le souvenir ?
- Comment « ma maison » relaie-t-elle des bâtisses oniriques, peuplées par d'étranges créatures ?

1. « Ma maison » onirique

« Ma maison » résonne comme une projection de l'imaginaire, personnelle car plusieurs maisons émaillent notre vie, notre enfance. C'est « ma maison » des souvenirs, celle de la jeunesse, mais aussi celle des contes de fée, que petits, nous imaginions à travers toutes les légendes qui nous faisaient rêver.

Mots-clés : alcôve, château, héritage, inventaire, maison de famille, maison de vacances, manoir, palais, utopie.

2. « Ma maison » tragique

A contrario, « ma maison » résonne comme une menace, le théâtre des plus sombres histoires, scénarios de nos peurs les plus ténébreuses. C'est aussi l'abri de ma conscience, le lieu où les souvenirs difficiles se cachent pour mieux nous hanter.

Mots-clés : asile, folie, maison hantée, manoir.

1 « Ma maison »/« Nos maisons » : pluralité et clivages

Saisie dans sa réalité première, **« ma maison » désigne un concept : celui de l'habitat. Elle est le vecteur entre l'homme et son environnement, accompagnant ainsi l'humain dans son évolution**. Cependant, si « ma maison » est unique dans sa définition, **elle est plurielle dans son élaboration**. Elle se façonne selon les aspirations et les possibilités de son (ou ses) habitant(s). **C'est ainsi que « ma maison » devient « nos maisons »**. Cette pluralité est renforcée par les bivalences qui la caractérisent et la placent à la croisée de nombreux clivages : propriétaire/locataire, espace public/intime, etc.

1 Entre nomadisme et sédentarité

« Ma maison » se positionne entre le nomadisme et la sédentarité. Elle est modulable selon le mode de vie de son occupant.

- **L'origine de « ma maison » : de l'abri et du nomadisme.** La maison relève d'une notion plus générale, celle de l'habitat. L'homme s'implante dans l'environnement pour un temps plus ou moins long. S'il est amené à bouger, il est donc nomade. L'habitat répond alors à un besoin humain de première nécessité : celui de l'abri. C'est un espace qui offre à l'homme la possibilité de se replier, se protéger ou se reposer, une sorte de **parenthèse dans l'espace**. Dès la préhistoire, le concept de l'avant-maison se décline selon les formes les plus rudimentaires : excavation, grotte, hutte faite de branchages, de peaux de bêtes, de feuillages. « Ma maison » se réduit alors à la notion d'**abri,** c'est-à-dire de lieu couvert protégeant contre les intempéries, les dangers.

> **Définition**
> **Excavation :** creux, cavité dans le sol.

- **« Ma maison », fruit de la sédentarité.** De fait, comme le révèle son étymologie, le terme latin *ma(n)sionem*, qui désigne « un séjour, un lieu de séjour, une habitation, une demeure, une auberge », la maison implique une certaine sédentarité. Ce sens premier accompagne l'évolution de l'humanité. **Durant la préhistoire, l'homme se sédentarise. Il s'implante durablement dans l'espace**. Les premières maisons apparaissent alors dans des formes d'abord très frustes. L'intérieur est sombre, sans fenêtres, avec un feu qui brûle au milieu de la pièce, prolongeant ainsi la notion d'abri. Il tend à se multiplier et à créer les premiers villages, c'est-à-dire le regroupement de plusieurs maisons. « Ma maison » prend alors tout son sens : le possessif cristallise cette notion d'appartenance, de singularité de l'homme à l'espace.

▲ *Tulou* dans la province du Fujian (Sud-Est de la Chine).

Le *tulou* (« maison de terre ») est une forme traditionnelle de résidence communautaire constituée de plusieurs bâtiments. Construits entre le XVe et le début du XXe siècle par les Hakkas, un peuple souvent persécuté, les *tulou* servaient à se protéger des envahisseurs. Ces grandes bâtisses en argile de forme concentrique sont organisées autour d'une grande cour très vivante, qui sert de lieu de socialisation. Chaque *tulou* peut accueillir jusqu'à 800 personnes. Les 46 maisons de terre des *tulou* de la province du Fujian en Chine ont été inscrites par l'UNESCO sur la liste du patrimoine mondial de l'humanité en 2008.

• **« Ma maison » : un choix entre itinérance et sédentarité.** Suivant l'évolution des modes de vie des hommes, **la sédentarité tend à s'imposer**. Le nomadisme devient alors non plus une obligation, une nécessité, dans la mesure où l'homme s'implante durablement dans son espace, mais un choix de vie, personnel et volontaire. Ma maison s'adapte alors. Elle prend une forme temporaire, éphémère ou conçue pour être habitée ponctuellement. Ce sont les huttes, le camping et ses mobil-homes, les bungalows, les cabanes, les baraques ou les préfabriqués qui offrent, par exemple le temps d'un chantier, un abri couvert. **Son caractère itinérant ou ponctuel s'inscrit sur le clivage « ouverture/fermeture »**. En effet, ce type d'habitat se présente comme une maison tellement frêle et « légère » dans l'environnement qu'elle s'unifie parfaitement à la nature (ouverture), tout en proposant un abri (fermeture). Ces habitats, aussi modestes soient-ils, proposent des conditions de vie un peu sommaires, particulièrement adaptés à une brève temporalité. Le bungalow ou le mobil-home sont des îlots dans l'environnement, permettant à leur locataire de vivre au contact de la nature.

2 Entre individualité et collectivité

Puisque « ma maison » cristallise le lien entre l'homme et l'espace, **elle se situe à la croisée de l'individuel et du collectif**, espace à la fois social, fonctionnel et intime.

• **« Ma maison » : un marqueur social. Ma maison est un abri, mais aussi un marqueur social**. Son aspect permet de caractériser son propriétaire ou son locataire et ses ressources financières. Ce sont elles qui déterminent la capacité de l'homme à acquérir et aménager le logis de son choix. Plus ses ressources seront importantes, plus il bénéficiera d'une liberté totale pour son habitat. *A contrario*, les personnes en précarité financière n'ont pas de maisons et sont reléguées au rang de sans-abri. Ce sont les invisibles qui investissent l'espace collectif, public comme lieu d'hébergement. **La maison peut alors devenir un lieu d'inégalité** en tant que marqueur social. Les taudis, les masures, les bicoques s'opposent aux villas, aux immeubles haussmanniens. La notion d'environnement révèle également le clivage rural/urbain. Vivre à la campagne, alors qu'on travaille dans une grande ville, peut rappeler qu'une maison de ville est parfois inabordable compte tenu des prix de l'immobilier. C'est ainsi que se joue également le statut de l'occupant : locataire ou propriétaire. Le premier choisit de disposer d'une maison ponctuelle, possession d'un autre, contre un loyer. En signant son bail, il s'investit dans une moindre mesure dans l'appropriation de l'espace. En effet, le locataire s'y projette de manière limitée car l'espace ne lui appartient pas. Le statut de propriétaire permet une totale fusion entre l'occupant et la maison car ils ne font qu'un. De plus, être locataire peut également signifier des capacités financières moindres, empêchant l'achat.

Document

Le vestibule et l'escalier étaient d'un luxe violent. En bas, une figure de femme, une sorte de Napolitaine toute dorée, portait sur la tête une amphore[1], d'où sortaient trois becs de gaz, garnis de globes dépolis. Les panneaux de faux marbre, blancs à bordures roses, montaient régulièrement dans la cage ronde ; tandis que la rampe de fonte, à bois d'acajou, imitait le vieil argent, avec des épanouissements de feuilles d'or. Un tapis rouge, retenu par des tringles de cuivre, couvrait les marches. Mais ce qui frappa surtout Octave, ce fut, en entrant, une chaleur de serre, une haleine tiède qu'une bouche lui soufflait au visage.

– Tiens ! dit-il, l'escalier est chauffé ?

– Sans doute, répondit Campardon. Maintenant, tous les propriétaires qui se respectent, font cette dépense… La maison est très bien, très bien…

Il tournait la tête, comme s'il en eût sondé les murs, de son œil d'architecte.

– Mon cher, vous allez voir, elle est tout à fait bien… Et habitée rien que par des gens comme il faut !

Alors, montant avec lenteur, il nomma les locataires. À chaque étage, il y avait deux appartements, l'un sur la rue, l'autre sur la cour, et dont les portes d'acajou verni se faisaient face. D'abord, il dit un mot de M. Auguste Vabre : c'était le fils aîné du propriétaire ; il avait pris, au printemps, le magasin de soierie du rez-de-chaussée, et occupait également tout l'entresol[2]. Ensuite, au premier, se trouvaient, sur la cour, l'autre fils du propriétaire, M. Théophile Vabre, avec sa dame, et sur la rue, le propriétaire lui-même, un ancien notaire de Versailles, qui logeait du reste chez son gendre, M. Duveyrier, conseiller à la cour d'appel.

– Un gaillard qui n'a pas quarante-cinq ans, dit en s'arrêtant Campardon, hein ? C'est joli !

Il monta deux marches, et se tournant brusquement, il ajouta :

– Eau et gaz à tous les étages.

Sous la haute fenêtre de chaque palier, dont les vitres, bordées d'une grecque[3], éclairaient l'escalier d'un jour blanc, se trouvait une étroite banquette de velours. L'architecte fit remarquer que les personnes âgées pouvaient s'asseoir. Puis, comme il dépassait le second étage, sans nommer les locataires :

– Et là ? demanda Octave, en désignant la porte du grand appartement.

– Oh ! là, dit-il, des gens qu'on ne voit pas, que personne ne connaît… La maison s'en passerait volontiers. Enfin, on trouve des taches partout…

Il eut un petit souffle de mépris.

– Le monsieur fait des livres, je crois.

Mais, au troisième, son rire de satisfaction reparut. L'appartement sur la cour était divisé en deux : il y avait là madame Juzeur, une petite femme bien malheureuse, et un monsieur très distingué, qui avait loué une chambre, où il venait une fois par semaine, pour des affaires. Tout en donnant ces explications, Campardon ouvrait la porte de l'autre appartement.

– Ici, nous sommes chez moi, reprit-il. Attendez, il faut que je prenne votre clef… Nous allons monter d'abord à votre chambre, et vous verrez ma femme ensuite.

Pendant les deux minutes qu'il resta seul, Octave se sentit pénétrer par le silence grave de l'escalier. Il se pencha sur la rampe, dans l'air tiède qui venait du vestibule ; il leva la tête, écoutant si aucun bruit ne tombait d'en haut. C'était une paix morte de salon bourgeois, soigneusement clos, où n'entrait pas un souffle du dehors. Derrière les belles portes d'acajou luisant, il y avait comme des abîmes d'honnêteté.

Émile Zola, *Pot-Bouille*, Chapitre I, 1882.

---

1. Amphore : vase antique comportant deux anses et un pied étroit.

2. Entresol : dans un immeuble, niveau ou espace situé entre le rez-de-chaussée et le premier étage.

3. Grecque : type d'ornement composé d'une suite de lignes brisées qui reviennent sur elles-mêmes à angle droit.

Ce chapitre liminaire de *Pot-Bouille* révèle combien la maison est un marqueur social. La remarque initiale, « l'escalier est chauffé », montre les commodités existantes dans l'immeuble. Il comprend des appartements désignés d'emblée par l'honorabilité des occupants. Il n'est pas question ici d'aménagements, mais de la dignité de celui qui l'habite. La montée de l'escalier permet d'appréhender le déploiement de la structure du bâtiment. Les locataires s'enchaînent comme dans un macrocosme, révélant un espace fragmenté, mais lisse dans sa probité et son honorabilité. La seule pointe de mystère relève du locataire qui fait des livres, offensant la dignité du lieu. L'acte de propriété est palpable dans l'expression : « Ici, nous sommes chez moi. » L'adverbe « ici » relaie le groupe prépositionnel « chez moi », soulignant la pleine possession de l'espace par le maître des lieux.

Définition

Macrocosme : ensemble englobant considéré par rapport à ses éléments constitutifs (individus, groupes).

• **« Ma maison » : un artefact architectural. « Ma maison » constitue aussi une somme de choix pour son occupant**. Il investit l'espace et y pose son empreinte selon différents champs d'action possibles : la décoration, l'ameublement et la conception même du bâtiment. **Ce processus s'inscrit dans une logique qui impose la maison comme une entité façonnable et, par extension, comme un produit de consommation**. En effet, quand la société s'empare de l'habitat, elle lui applique des tendances, des modes, le transformant en terrain d'expérimentation. Les émissions sur la thématique immobilière abondent, montrant comment valoriser sa maison pour la rendre plus esthétique ou pour mieux la vendre. Car « ma maison » cristallise une conception personnelle de l'occupant avec un paramètre fondamental : ses capacités financières. Disposant de ressources conséquentes, il pourra se rendre maître totalement de son bien en choisissant, par exemple dans le cadre d'une construction, tous les attributs dont il souhaite le doter. Les noms de bâtisses d'exception résonnent alors en tant que vraies créations artistiques et historiques. Les châteaux de Versailles, de Neuschwanstein et bien d'autres sont autant de références d'exubérance ou de luxe. L'architecture n'est-elle pas l'art, la science, la technique de construire, de restaurer, d'aménager des édifices ? « Ma maison » est donc le reflet d'une singularité qui s'affirme. Elle implique des choix, une volonté de son occupant de l'aménager, de la créer selon ses désirs ou sa conception de la fonctionnalité. « Ma maison » se façonne donc en intégrant différents paramètres : ceux du confort, de la décoration, mais également des normes environnementales, de sécurité et d'accessibilité (domotique). Elle prend ainsi en compte des critères liés aux évolutions sociétales.

Définitions

Artefact : objet façonné par l'homme.

Domotique : techniques permettant d'intégrer à la maison les automatismes liés à la sécurité, la gestion de l'énergie, la communication, etc.

▲ « Ma maison » se conçoit dans l'esthétique, dans l'élaboration d'un projet colossal. Résidence des rois de France Louis XIV, Louis XV et Louis XVI, le château de Versailles avec ses 2 300 pièces et son parc de 800 hectares visait à glorifier la monarchie française. Ce château est synonyme de démesure, de luxe et emblématique du pouvoir de la royauté, voulu par Louis XIV.

▲ Les 357 miroirs qui ornent les 17 arcades de la Galerie des Glaces du château de Versailles célèbrent les succès politiques, économiques et artistiques de la France tout au long des 73 mètres de cette somptueuse salle de réception.

• « Ma maison », une mosaïque d'espaces. **Ma maison est donc une parenthèse dans la collectivité, mais qui reste elle-même composée de sous-espaces**. En passant du macro au micro, on raisonne alors en terme de pièces. « Ma maison » se déploie autour de différentes pièces. Comme l'espace doit être, à la fois, fonctionnel et intime, les pièces se déclinent selon leur attribution : antichambre, salon, salle de réception, salle à manger, boudoir, terrasse, loggia, cuisine, buanderie, communs, chambre de bonne… **l'énumération révèle combien l'agrégat est complexe. Il reflète la répartition des différentes sphères constitutives de la vie humaine**. Avec ses pièces dévouées au travail, à la cuisine, à la réception des invités… « ma maison » combine toutes les obligations humaines. Cette répartition suit une logique allant du plus social au plus intime car il existe des pièces réservées strictement à l'usage personnel de son occupant, là où il se délivre de toute contrainte, en goûtant une totale liberté. La chambre comme l'alcôve sont des pièces confidentielles qui se dérobent au regard du visiteur. *A contrario*, le salon et la salle de réception, notamment, sont prévus pour accueillir autrui. De fait, c'est l'univers domestique, l'espace singulier dont le propriétaire ou le locataire a la clé.

Définition

Alcôve : renfoncement pratiqué dans une chambre pour y mettre un ou plusieurs lits.

Document

Dans le vestibule Jean pria qu'on attendît. Il voulait allumer les bougies et les lampes, et il laissa dans l'obscurité Mme Rosémilly, son père et son frère, puis il cria : « Arrivez ! » en ouvrant toute grande la porte à deux battants.

La galerie vitrée, éclairée par un lustre et des verres de couleur cachés dans les palmiers, les caoutchoucs et les fleurs, apparaissait d'abord pareille à un décor de théâtre. Il y eut une seconde d'étonnement. Roland, émerveillé de ce luxe, murmura : « Nom d'un chien, » saisi par l'envie de battre des mains comme devant les apothéoses[1].

---

1. **Apothéose :** partie finale, très brillante, d'une œuvre ou d'un spectacle.

▶▶▶

Puis on pénétra dans le premier salon, petit, tendu avec une étoffe vieil or, pareille à celle des sièges. Le grand salon de consultation très simple, d'un rouge saumon pâle, avait grand air. [...]
Mme Roland ouvrit une porte à droite.
– Voici la chambre à coucher, dit-elle.
Elle avait mis à la parer tout son amour de mère. La tenture était en cretonne[2] de Rouen qui imitait la vieille toile normande. Un dessin Louis XV — une bergère dans un médaillon que fermaient les becs unis de deux colombes — donnait aux murs, aux rideaux, au lit, aux fauteuils un air galant et champêtre tout à fait gentil.
– Oh ! c'est charmant, dit Mme Rosémilly, devenue un peu sérieuse, en entrant dans cette pièce.
– Cela vous plaît ? demanda Jean.
– Énormément.
– Si vous saviez comme ça me fait plaisir.
Ils se regardèrent une seconde, avec beaucoup de tendresse confiante au fond des yeux.
Elle était gênée un peu cependant, un peu confuse dans cette chambre à coucher qui serait sa chambre nuptiale. Elle avait remarqué, en entrant, que la couche était très large, une vraie couche de ménage, choisie par Mme Roland qui avait prévu sans doute et désiré le prochain mariage de son fils ; et cette précaution de mère lui faisait plaisir cependant, semblait lui dire qu'on l'attendait dans la famille.
Puis quand on fut rentré dans le salon, Jean ouvrit brusquement la porte de gauche et on aperçut la salle à manger ronde, percée de trois fenêtres, et décorée en lanterne japonaise[3]. La mère et le fils avaient mis là toute la fantaisie dont ils étaient capables. Cette pièce à meubles de bambou, à magots[4], à potiches, à soieries pailletées d'or, à stores transparents où des perles de verre semblaient des gouttes d'eau, à éventails cloués aux murs pour maintenir les étoffes, avec ses écrans, ses sabres, ses masques, ses grues faites en plumes véritables, tous ses menus bibelots de porcelaine, de bois, de papier, d'ivoire, de nacre et de bronze, avait l'aspect prétentieux et maniéré que donnent les mains inhabiles et les yeux ignorants aux choses qui exigent le plus de tact, de goût et d'éducation artistique. Ce fut celle cependant qu'on admira le plus. Pierre seul fit des réserves avec une ironie un peu amère dont son frère se sentit blessé.

Guy de Maupassant, *Pierre et Jean*, Chapitre VII, 1888.

---

2. Cretonne : tissu assez solide, fait de chanvre, de lin ou de coton.
3. Lanterne japonaise : type de luminaire oriental.
4. Magot : figurine représentant un personnage oriental trapu et pittoresque, assis.

Cet extrait révèle la théâtralisation de l'espace : il se livre comme un spectacle que l'on découvre en parcourant la pièce. La description spatiale fonctionne sur un diptyque. Elle va du lieu le plus ouvert sur la collectivité car prévu pour devenir l'espace de travail à la pièce la plus intime : la chambre. À cette occasion, Mme Rosémilly, la future femme de Jean, prend connaissance du logis qui sera bientôt le sien. Symboliquement, le lit où elle se couchera avec son futur époux prend tout son sens en tant que couche nuptiale. La décoration, lourde et chargée, révèle les intentions de l'occupant et de sa mère : celle de faire de la maison le miroir de la réussite sociale et du statut de notable de Jean.

2 Moi et « ma maison » : le processus d'habiter

Thème 1 : Dans ma maison

« Ma maison » cristallise le processus d'habiter. Cela implique que **l'occupant se projette, s'accapare le logis pour en faire un prolongement de lui-même. L'environnement devient alors singulier, miroir de celui qui l'habite**, que ce soit **pour le meilleur ou pour le pire**.

1 « Ma maison », théâtre du personnel en tant qu'espace de l'intime

« Ma maison » est **le lieu de notre sphère personnelle, le réceptacle de notre être**, l'espace dans lequel nous nous laissons aller, **où nous laissons libre cours à notre personnalité, celui où nous nous réfugions**. Cela en fait **le théâtre personnel de notre intimité**.

• **La simplicité du quotidien domestique.** Le fait d'habiter laisse place à la simplicité de l'habitude, au plaisir de demeurer dans un lieu dont vous êtes le dépositaire. **Habiter revient donc à investir, mais également à instaurer le respect du lieu dans lequel on se sent bien**. C'est le principe d'avoir son propre « intérieur », **cette enclave personnelle dans l'espace public**. Cela renvoie à la sphère domestique, qui évoque, par principe, toute personne attenante à l'espace, dévolue à son entretien. Car la notion de respect est primordiale. Pour qu'un habitant se sente bien dans son espace, il faut qu'une relation se noue, un intérêt qui demande un investissement, mais aussi une prise en considération. De fait, les tâches domestiques deviennent incontournables, dans la mesure où elles permettent le maintien en état et surtout la propreté de la maison. Le ménage devient le premier devoir qu'un occupant doit à sa maison. Le bricolage et la restauration sont également des inconditionnels qui aident à l'amélioration de l'habitat. Ils participent de la valorisation de l'espace et de son potentiel.

▲ Pieter Janssens Elinga, *La Balayeuse*, vers 1670, Petit Palais, Paris.

Cette peinture à l'huile de Pieter Janssens Elinga représente un intérieur hollandais. La douceur de la pièce, plongée dans un halo lumineux, renvoie l'ambiance sereine d'un quotidien calme et paisible. Le tableau dépeint la simplicité des tâches journalières, exécutées par une servante vue de dos qui passe le balai. Les volets sont partiellement tirés, laissant toutefois passer la lumière, et révélant un intérieur sobre et calme constitué de poutres, de fenêtres, de rideaux, de carrelages et de cadres accrochés aux murs. Le visage de la femme qui apparaît dans le miroir accroché sur l'un des murs montre une figure évanescente.

• *« Home sweet home ».* Au-delà du simple soin dédié à la maison existe aussi **la volonté de créer un environnement paisible, consacré au bien-être et à la sérénité**. L'occupant se livre alors pleinement, se laisse aller dans un sentiment de fusion avec son espace. C'est **le fameux « *home sweet home* » qui renvoie aux intérieurs *cosy*, confortables, agréables, à l'image d'un cocon**. Il s'agit d'un espace qui est nôtre, dans lequel on se replie pour mieux se ressourcer. Car « ma maison » peut participer à la régénérescence de l'être selon **les préceptes du *Feng Shui***. Cet art millénaire d'origine chinoise a pour finalité d'harmoniser l'environnement avec son occupant pour favoriser le bien-être, la santé et la prospérité. Cela passe par l'harmonie des énergies visibles ou subtiles pour créer un équilibre des forces et une circulation optimale de l'énergie. De fait, « ma maison » peut être en totale fusion avec son occupant. **Il se replie et se ressource dans ce lieu qui est le sien**.

• **« Ma maison » : le refuge.** Par cette fusion du lieu et de son occupant, ma maison devient donc un refuge, un havre de paix, un prolongement de l'être. Elle est alors idéalisée, icône des aspirations les plus intimes de l'individu. On assiste à **une spiritualisation de l'espace**. On peut alors parler de cocon, d'alcôve, d'un lieu où l'être se laisse aller dans ses plus secrètes aspirations. **Individualité et singularité se revendiquent** pour l'aider à s'améliorer, se parfaire. **« Ma maison » est un refuge**, un théâtre de l'intime où se jouent les plus douces histoires. **Elle permet l'éclosion et le développement des familles**, véritable cellule où parents et enfants tissent leur histoire commune. Cette vie à plusieurs permet de se façonner et d'écrire son histoire familiale.

Document

Ce qui me grisa lorsque je rentrai à Paris, en septembre 1929, ce fut d'abord ma liberté. J'y avais rêvé dès l'enfance, quand je jouais avec ma sœur à « la grande jeune fille ». Étudiante, j'ai dit avec quelle passion je l'appelai. Soudain, je l'avais ; à chacun de mes gestes, je m'émerveillais de ma légèreté. Le matin, dès que j'ouvrais les yeux, je m'ébrouais, je jubilais. Aux environs de mes douze ans, j'avais souffert de ne pas posséder à la maison un coin à moi. Lisant dans *Mon journal*[1] l'histoire d'une collégienne anglaise, j'avais contemplé avec nostalgie le chromo[2] qui représentait sa chambre : un pupitre, un divan, des rayons couverts de livres ; entre ces murs aux couleurs vives, elle travaillait, lisait, buvait du thé, sans témoin : comme je l'enviai ! J'avais entrevu pour la première fois une existence plus favorisée que la mienne. Voilà qu'enfin moi aussi j'étais chez moi ! Ma grand-mère avait débarrassé son salon de tous ses fauteuils, guéridons, bibelots. J'avais acheté des meubles en bois blanc que ma sœur m'avait aidée à badigeonner d'un vernis marron. J'avais une table, deux chaises, un grand coffre qui servait de siège et de fourre-tout, des rayons pour mettre mes livres, un divan assorti au papier orange dont j'avais fait tendre les murs. De mon balcon, au cinquième étage, je dominais les platanes de la rue Denfert-Rochereau et le lion de Belfort.

1. ***Mon journal*** : mensuel de l'époque, pour filles et garçons de cinq à dix ans.
2. **Chromo** : image coloriée reproduite en lithographie.

▸▸▸

Je me chauffais avec un poêle à pétrole rouge et qui sentait très mauvais : il me semblait que cette odeur défendait ma solitude et je l'aimais. Quelle joie de pouvoir fermer ma porte et passer mes journées à l'abri de tous les regards ! Je suis très longtemps restée indifférente au décor dans lequel je vivais ; à cause, peut-être, de l'image de *Mon journal* je préférais les chambres qui m'offraient un divan, des rayonnages ; mais je m'accommodais de n'importe quel réduit : il me suffisait encore de pouvoir fermer ma porte pour me sentir comblée. Je payais un loyer à ma grand-mère et elle me traitait avec autant de discrétion que ses autres pensionnaires ; personne ne contrôlait mes allées et venues. Je pouvais rentrer à l'aube ou lire au lit toute la nuit, dormir en plein midi, rester claquemurée vingt-quatre heures de suite, descendre brusquement dans la rue. Je déjeunais d'un *bortsch* chez Dominique[3], je dînais à la Coupole d'une tasse de chocolat. J'aimais le chocolat, le *bortsch*, les longues siestes et les nuits sans sommeil, mais j'aimais surtout mon caprice. Presque rien ne le contrariait. Je constatai joyeusement que le « sérieux de l'existence », dont les adultes m'avaient rebattu les oreilles, en vérité ne pesait pas lourd. Passer mes examens, ça n'avait pas été de la plaisanterie ; j'avais durement peiné, j'avais eu peur d'échouer, je butais contre des obstacles et je me fatiguais. Maintenant, nulle part je ne rencontrais de résistances, je me sentais en vacances, et pour toujours.

Simone de Beauvoir, *La Force de l'âge*, © Éditions Gallimard, 1960.

3. Dominique : restaurant russe qui servait, entre autres choses, le *bortsch*, un potage traditionnel de l'Est.

Simone de Beauvoir vient d'avoir vingt ans : en s'installant à Paris, dans une pension tenue par sa grand-mère, elle obtient enfin la liberté dont elle avait tant rêvé pendant ses années d'études… Elle raconte cette installation dans le deuxième tome de son œuvre autobiographique. Cet extrait révèle combien la fusion entre l'habitant et sa maison devient lieu d'idéal et d'échanges. « Quelle joie de pouvoir fermer ma porte et passer mes journées à l'abri de tous les regards ! » : c'est l'espace de l'intime qui permet à Simone de Beauvoir jeune de goûter pleinement à une liberté qu'elle a tant espérée. Elle est là dans un intérieur modeste, assez fruste, et pourtant elle y goûte d'infinis plaisirs. C'est juste être elle, chez elle pour se permettre de vivre selon son rythme dans ce cocon, ce refuge qu'est son espace.

2 « Ma maison » : l'espace sclérosant

Cependant, « ma maison » peut s'inscrire dans un processus inverse : **celui de l'insalubrité, du danger, de l'isolement, la rendant semblable à une prison, voire à un tombeau**.

• **« Ma maison » insalubre.** Quand les moyens de l'occupant sont restreints, la maison devient un repoussoir. Elle peut alors être **atteinte par l'insalubrité, faisant d'elle un taudis, un galetas**. Les espaces ainsi caractérisés sont multiples, déterminés par **une superficie trop restreinte, des conditions de vie difficiles**. Le manque de confort, un contexte malpropre et malsain, peuvent mettre en péril la vie de l'occupant. On constate malheureusement de plus en plus de propriétaires peu scrupuleux louant des logements très mal entretenus, exigus. De fait, la dignité même de l'homme est atteinte, ce qui fait de sa maison un véritable repoussoir. **Soupente, promiscuité, insalubrité, nuisances, tel est alors le quotidien de l'habitant**.

Définitions

Galetas : logement très pauvre, sordide, situé dans les combles.

Soupente : espace aménagé dans la partie haute d'une pièce à l'aide de planches pour servir de grenier ou de logement.

Document

Un samedi, Nana trouva en rentrant son père et sa mère dans un état abominable. Coupeau, tombé en travers du lit, ronflait. Gervaise, tassée sur une chaise, roulait la tête avec des yeux vagues et inquiétants ouverts sur le vide. Elle avait oublié de faire chauffer le dîner, un restant de ragoût. Une chandelle, qu'elle ne mouchait pas, éclairait la misère honteuse du taudis.

– C'est toi, chenillon ? bégaya Gervaise. Ah bien ! ton père va te ramasser !

Nana ne répondait pas, restait toute blanche, regardait le poêle froid, la table sans assiettes, la pièce lugubre où cette paire de soûlards mettaient l'horreur blême de leur hébétement. Elle n'ôta pas son chapeau, fit le tour de la chambre ; puis, les dents serrées, elle rouvrit la porte, elle s'en alla.

– Tu redescends ? demanda sa mère, sans pouvoir tourner la tête.

– Oui, j'ai oublié quelque chose. Je vais remonter… Bonsoir.

Et elle ne revint pas. Le lendemain, les Coupeau, dessoûlés, se battirent, en se jetant l'un l'autre à la figure l'envolement de Nana. Ah ! elle était loin, si elle courait toujours ! Comme on dit aux enfants pour les moineaux, les parents pouvaient aller lui mettre un grain de sel au derrière, ils la rattraperaient peut-être. Ce fut un grand coup qui écrasa encore Gervaise ; car elle sentit très bien, malgré son avachissement, que la culbute de sa petite, en train de se faire caramboler, l'enfonçait davantage, seule maintenant, n'ayant plus d'enfant à respecter, pouvant se lâcher aussi bas qu'elle tomberait. Oui, ce chameau dénaturé lui emportait le dernier morceau de son honnêteté dans ses jupons sales. Et elle se grisa trois jours, furieuse, les poings serrés, la bouche enflée de mots abominables contre sa garce de fille. Coupeau, après avoir roulé les boulevards extérieurs et regardé sous le nez tous les torchons qui passaient, fumait de nouveau sa pipe, tranquille comme Baptiste ; seulement, quand il était à table, il se levait parfois, les bras en l'air, un couteau au poing, en criant qu'il était déshonoré ; et il se rasseyait pour finir sa soupe.

Émile Zola, *L'Assommoir*, Chapitre XI, 1877.

L'expression « la misère honteuse du taudis » révèle combien le lieu est insalubre, crasseux, bien loin d'un logis acceptable. On est ici dans l'annihilation totale du logis fonctionnel, qui a pour première fonction d'abriter le quotidien des hommes. La phrase « Nana ne répondait pas, restait toute blanche, regardait le poêle froid, la table sans assiettes, la pièce lugubre » met en évidence l'absence des activités et ustensiles élémentaires. Pas de feu entretenu, pas de nourriture, un ensemble vide, sans âme, proche du néant. C'est un lieu de déperdition.

• **« Ma maison » : une prison.** Ma maison peut également résonner comme **une prison, un espace renfermé, totalement clos qui retient son habitant captif**. Le repli n'est plus salutaire car il est coupé de l'ouverture sur l'extérieur. C'est le principe même de l'espace carcéral, pénitentiaire, voire concentrationnaire qui, en supprimant toute projection, fait de l'être un captif. **L'état du confinement**, mal vécu par un grand nombre de personnes, présente cette coupure, cette rupture entre les espaces collectif et individuel. **L'être est retranché, privé de contact avec l'extérieur**, ce qui lui pèse. À cela s'ajoute également la forme du télétravail qui efface la séparation traditionnelle entre les sphères personnelle et professionnelle. La surcharge mentale sclérose l'individu. Enfin, chacun se retrouve étouffé par la promiscuité ressentie avec les autres. « Ma maison » enferme, devient aliénante. Le manque d'espace, la proximité forcée provoquent une forme de suffocation. La pièce *Huis clos* (1947) de Jean-Paul Sartre témoigne de cette logique carcérale : l'enfer est représenté par la promiscuité constante avec d'autres. La conclusion n'en est-elle pas « l'enfer, c'est les autres »…

▲ Être confiné fait de sa maison un espace que l'on arpente, qui devient notre seul horizon. Le lien avec l'extérieur est minimaliste. Le balcon, lorsqu'il existe, devient le seul lieu d'ouverture, de contact avec l'autre. Et pourtant, cela semble bien dérisoire, voire ironique compte tenu de la présence de barreaux qui rappellent à l'occupant qu'il se retrouve claquemuré, interdit de s'aventurer à l'extérieur. Cela influe directement sur notre capacité de projection et réduit au maximum l'interaction avec l'autre.

• « Ma maison »… un tombeau. Alors, **ma maison peut devenir mortifère**, semblable à un caveau. Elle n'est plus un abri, mais le lieu de séjour d'un vivant assimilé à un défunt. Les maisons isolées, sinistres, macabres, enferment leur occupant pour mieux le couper des autres, mais aussi de la vie. En résulte une dégénérescence qui appelle au déclin du lien si fort qui peut unir l'occupant et son espace. **Une seule aspiration animera l'être : le départ, la fuite, quitter cet espace** pour retrouver celui, peut-être considéré comme plus civilisé, de la collectivité. **« Ma maison » retentit alors comme un caveau.**

3 « Ma maison », entre réalité et onirisme

Bien que dans sa réalité première « ma maison » soit avant tout une entité physique, **elle peut être investie d'un sens symbolique**. Car dans l'appropriation de sa maison, plusieurs logis scandent la vie de l'occupant. Ils laissent alors **une empreinte affective favorable ou défavorable**. Certains espaces nous ont émerveillés, alors que d'autres nous ont effrayés, marquant notre inconscient, mais également notre imaginaire. **Cette bivalence entre le mélioratif et le péjoratif rend « ma maison » soit onirique, soit tragique**.

1 « Ma maison » onirique

Quand le rêve s'empare de « ma maison », on la vit à travers le filtre de l'imaginaire, de notre conscience qui retisse alors sa réalité. Ce sont des souvenirs ou des projections qui appellent au plaisir de ces évocations. **La maison devient alors onirique, idéalisée et privilégiée.**

• **La maison comme objet poétique**. Vivre sa maison comme une source d'inspiration appelle **à l'émulation de la créativité, à la poétisation de son être**. Ma maison ne résonne plus comme une réalité physique, pragmatique, **elle devient sujet à l'élévation, à la création**. Car la maison se vit comme un refuge, un abri, un lieu de séjour que l'on vénère. **Elle devient évocatrice, thématique, poétique**. L'écriture peut s'emparer de la maison et l'élever au rang de **l'onirisme**. Elle devient fantasmatique, sublimée dans les mots qui la font vibrer dans sa définition de lieu-refuge, idéale, tissée d'une conscience qui s'amuse de sa réalité. Le rythme incantatoire de la poésie la projette comme une invitation à la rêverie où « ma maison » résonne en tant que symbole puissant.

Document

Dans ma maison vous viendrez
D'ailleurs ce n'est pas ma maison
Je ne sais pas à qui elle est
Je suis entré comme ça un jour
Il n'y avait personne
Seulement des piments rouges accrochés au mur blanc
Je suis resté longtemps dans cette maison
Personne n'est venu
Mais tous les jours et tous les jours
Je vous ai attendue

Je ne faisais rien
C'est-à-dire rien de sérieux
Quelquefois le matin
Je poussais des cris d'animaux
Je gueulais comme un âne
De toutes mes forces
Et cela me faisait plaisir
Et puis je jouais avec mes pieds

▸▸▸

C'est très intelligent les pieds
Ils vous emmènent très loin
Quand vous voulez aller très loin
Et puis quand vous ne voulez pas sortir
Ils restent là ils vous tiennent compagnie
Et quand il y a de la musique ils dansent
On ne peut pas danser sans eux
Faut être bête comme l'homme l'est si souvent
Pour dire des choses aussi bêtes
Que bête comme ses pieds gai comme un pinson
Le pinson n'est pas gai
Il est seulement gai quand il est gai
Et triste quand il est triste ou ni gai ni triste
Est-ce qu'on sait ce que c'est un pinson
D'ailleurs il ne s'appelle pas réellement comme ça
C'est l'homme qui a appelé cet oiseau comme ça
Pinson pinson pinson pinson

Comme c'est curieux les noms
Martin Hugo Victor de son prénom
Bonaparte Napoléon de son prénom
Pourquoi comme ça et pas comme ça
Un troupeau de bonapartes passe dans le désert
L'empereur s'appelle Dromadaire
Il a un cheval caisse et des tiroirs de course
Au loin galope un homme qui n'a que trois prénoms
Il s'appelle Tim-Tam-Tom et n'a pas de grand nom
Un peu plus loin encore il y a n'importe qui
Beaucoup plus loin encore il y a n'importe quoi
Et puis qu'est-ce que ça peut faire tout ça

Dans ma maison tu viendras
Je pense à autre chose mais je ne pense qu'à ça
Et quand tu seras entrée dans ma maison
Tu enlèveras tous tes vêtements
Et tu resteras immobile nue debout avec ta bouche rouge
Comme les piments rouges pendus sur le mur blanc
Et puis tu te coucheras et je me coucherai près de toi
Voilà
Dans ma maison qui n'est pas ma maison tu viendras.

Jacques Prévert, « Dans ma maison », *Paroles*, © Éditions Gallimard, 1946.

Jacques Prévert s'amuse avec l'idée de maison. Il en fait un jeu poétique, reposant sur la musicalité de la répétition. Le lyrisme lié au ludique rend presque semblable à une comptine d'enfant cette maison qui n'est pourtant pas la sienne. Le ton mutin et galant invite une femme, l'aimée qui saura trouver refuge aux côtés du poète dans cette maison qui n'est pas la leur. Cette « maison refuge » propice au bonheur (« maison bleue ») sera également chantée presque 40 ans plus tard (1974) par Maxime Le Forestier dans sa chanson *San Francisco*. La maison devient ici une invitation à l'amour, à l'exaltation du couple qui saura y trouver le refuge à son bonheur.

• **La maison d'enfance**. Mais il est des maisons que l'on affectionne particulièrement. Elles participent de notre vie, de notre jeunesse, de ces moments privilégiés que peuvent être les vacances. **Le prisme du souvenir s'en empare**, les déforme parfois pour les idéaliser et nous renvoyer une réalité sublimée. Les premières expériences sont les plus exaltantes, celles qui font que l'on se frotte à la vie. **Les émotions les teintent de douceur, de bonheurs parfois tant regrettés**. Car l'enfance est le règne de l'innocence, de cette absence de fautes, de craintes et de désespérance. Les maisons d'enfance sont également celles qui rappellent le souvenir de ceux qui ne sont plus et qui, pourtant, ont bercé notre enfance. Les grands-parents, tant aimés, tant chéris, si tendres dans notre souvenir habitent ces maisons familiales que l'on se rappelle comme **des îlots d'innocence et de beauté**.

Document

La maison était grande, coiffée d'un grenier haut. La pente raide de la rue obligeait les écuries et les remises, les poulaillers, la buanderie, la laiterie, à se blottir en contrebas tout autour d'une cour fermée.

Accoudée au mur du jardin, je pouvais gratter du doigt le toit du poulailler. Le Jardin-du-Haut commandait un Jardin-du-Bas, potager resserré et chaud, consacré à l'aubergine et au piment, où l'odeur du feuillage de la tomate se mêlait, en juillet, au parfum de l'abricot mûri sur espaliers. Dans le Jardin-du-Haut, deux sapins jumeaux, un noyer dont l'ombre intolérante tuait les fleurs, des roses, des gazons négligés, une tonnelle disloquée… Une forte grille de clôture, au fond, en bordure de la rue des Vignes, eût dû défendre les deux jardins ; mais je n'ai jamais connu cette grille que tordue, arrachée au ciment de son mur, emportée et brandie en l'air par les bras invincibles d'une glycine centenaire…

La façade principale, sur la rue de l'Hospice, était une façade à perron double, noircie, à grandes fenêtres et sans grâce, une maison bourgeoise de vieux village, mais la roide pente de la rue bousculait un peu sa gravité, et son perron boitait, quatre marches d'un côté, six de l'autre.

Grande maison grave, revêche avec sa porte à clochette d'orphelinat, son entrée cochère à gros verrou de geôle ancienne, maison qui ne souriait que d'un côté. Son revers, invisible au passant, doré par le soleil, portait manteau de glycine et de bignonier[1] mêlés, lourds à l'armature de fer fatiguée, creusée en son milieu comme un hamac, qui ombrageait une petite terrasse dallée et le seuil du salon… Le reste vaut-il que je le peigne, à l'aide de pauvres mots ? Je n'aiderai personne à contempler ce qui s'attache de splendeur, dans mon souvenir, aux cordons rouges d'une vigne d'automne que ruinait son propre poids, cramponnée, au cours de sa chute, à quelque bras de pin. Ces lilas massifs dont la fleur compacte, bleue dans l'ombre, pourpre au soleil, pourrissait tôt, étouffée par sa propre exubérance, ces lilas morts depuis longtemps ne remonteront pas grâce à moi vers la lumière, ni le terrifiant clair de lune, – argent, plomb gris, mercure, facettes d'améthystes coupantes, blessants saphirs aigus, qui dépendait de certaine vitre bleue, dans le kiosque au fond du jardin.

Maison et jardin vivent encore, je le sais, mais qu'importe si la magie les a quittés, si le secret est perdu qui ouvrait lumière, odeurs, harmonie d'arbres et d'oiseaux, murmure de voix humaines qu'a déjà suspendu la mort, – un monde dont j'ai cessé d'être digne ?…

Il arrivait qu'un livre, ouvert sur le dallage de la terrasse ou sur l'herbe, une corde à sauter serpentant dans une allée, ou un minuscule jardin bordé de cailloux, planté de têtes de fleurs, révélassent autrefois, dans le temps où cette maison et ce jardin abritaient une famille,

▸▸▸

1. **Bignonier :** liane ou arbrisseau grimpant, d'origine équatoriale.

Culture générale et expression

la présence des enfants, et leurs âges différents. Mais ces signes ne s'accompagnaient presque jamais du cri, du rire enfantins, et le logis, chaud et plein, ressemblait bizarrement à ces maisons qu'une fin de vacances vide, en un moment, de toute sa joie. Le silence, le vent contenu du jardin clos, les pages du livre rebroussées sous le pouce invisible d'un sylphe[2], tout semblait demander : « Où sont les enfants ? »

C'est alors que paraissait, sous l'arceau de fer ancien que la glycine versait à gauche, ma mère, ronde et petite en ce temps où l'âge ne l'avait pas encore décharnée. Elle scrutait la verdure massive, levait la tête et jetait par les airs son appel : « Les enfants ! Où sont les enfants ? »

Où ? Nulle part. L'appel traversait le jardin, heurtait le grand mur de la remise à foin, et revenait, en écho très faible et comme épuisé : « Hou... enfants... »

Nulle part. Ma mère renversait la tête vers les nuées, comme si elle eût attendu qu'un vol d'enfants ailés s'abattît. Au bout d'un moment, elle jetait le même cri, puis se lassait d'interroger le ciel, cassait de l'ongle le grelot sec d'un pavot, grattait un rosier emperlé de pucerons verts, cachait dans sa poche les premières noix, hochait le front en songeant aux enfants disparus, et rentrait. Cependant au-dessus d'elle, parmi le feuillage du noyer, brillait le visage triangulaire et penché d'un enfant allongé, comme un matou, sur une grosse branche, et qui se taisait. Une mère moins myope eût deviné, dans les révérences précipitées qu'échangeaient les cimes jumelles des deux sapins, une impulsion étrangère à celle des brusques bourrasques d'octobre... Et dans la lucarne carrée, au-dessous de la poulie à fourrage, n'eût-elle pas aperçu, en clignant les yeux, ces deux taches pâles dans le foin : le visage d'un jeune garçon et son livre ? Mais elle avait renoncé à nous découvrir, et désespéré de nous atteindre.

Colette, *La maison de Claudine*, 1922

2. Sylphe : dans la mythologie, être surnaturel, génie de l'air.

La maison natale ou celle qui a accompagné les premières années résonne de cette candeur qui fait de l'enfance une période privilégiée. La narratrice se rappelle avec émotion cette maison qui ne vit plus que dans sa conscience, auréolée de magie. En effet, peut-être que la réalité actuelle est tout autre et que la maison d'autrefois n'est plus. Mais elle subsiste dans le souvenir, dans la conscience qui se rappelle les menus plaisirs, les détails pouvant paraître insignifiants et qui, pourtant, apportaient cette saveur aux souvenirs chéris d'une maison si intime, appartenant à un passé révolu.

• **La maison et le souvenir**. En effet, « ma maison » réside dans notre conscience, dans le souvenir de celui qui l'a occupé, ne serait-ce qu'un temps. Elle se désincarne, pour mieux devenir **une virtualité, celle d'une réminiscence qui émeut au plus profond de notre être**. Car elle peut héberger encore les âmes du passé, ceux qui ne sont plus et qui, pourtant, ont su nous protéger, nous aimer. Symbole si fort, si émotionnellement puissant, **« ma maison » cristallise le passé**. Elle devient **une projection d'antan, vestige d'une mémoire**. Elle se tient à la croisée du présent et du passé. Participant à l'élan introspectif, elle détermine les grandes thématiques autobiographiques que sont le souvenir, le rappel des expériences passées et achevées. Alors, le passé ressurgit dans ma maison, évocatrice de douceur et de sensations passées et perdues, comme un paradis disparu.

Document

Ô mon passé, ma petite enfance, ô chambrette, coussins brodés de petits chats rassurants, vertueuses chromos, conforts et confitures, tisanes, pâtes pectorales, arnica, papillon du gaz dans la cuisine, sirop d'orgeat, antiques dentelles, odeurs, naphtalines, veilleuses de porcelaine, petits baisers du soir, baisers de Maman qui me disait, après avoir bordé mon lit, que maintenant j'allais faire mon petit voyage dans la lune avec mon ami un écureuil. Ô mon enfance, gelées de coings, bougies roses, journaux illustrés du jeudi, ours en peluche, convalescences chéries, anniversaires, lettres du Nouvel An sur du papier à dentelures, dindes de Noël, fables de La Fontaine idiotement récitées debout sur la table, bonbons à fleurettes, attentes des vacances, cerceaux, diabolos, petites mains sales, genoux écorchés et j'arrachais la croûte toujours trop tôt, balançoires des foires, cirque Alexandre où elle me menait une fois par an et auquel je pensais des mois à l'avance, cahiers neufs de la rentrée, sac d'école en faux léopard, plumiers japonais, plumiers à plusieurs étages, plumes sergent major, plumes baïonnette de Blanzy Poure, goûters de pain et de chocolat, noyaux d'abricots thésaurisés, boîte à herboriser, billes d'agate, chansons de Maman, leçons qu'elle me faisait repasser le matin, heures passées à la regarder cuisiner avec importance, enfance, petites paix, petits bonheurs, gâteaux de Maman […].

Albert Cohen, *Le Livre de ma mère*, © Éditions Gallimard, 1954.

L'énumération de tous les moments privilégiés qui ont bercé l'enfance de l'auteur présente combien ces instants du passé sont chéris. Ils font de sa maison le temple sacré de cette période si enchanteresse car ils y sont entièrement associés (« ô chambrette, coussins brodés de petits chats rassurants », « papillon du gaz dans la cuisine », « antiques dentelles, odeurs, naphtalines, veilleuses de porcelaine », « bougies roses », etc.). Les bonheurs simples, comme le fait d'être bordé par sa mère, associés à l'ancrage spatial de ces actions, en révèlent la beauté.

2 « Ma maison » tragique

A contrario, « ma maison » peut **rappeler de douloureux souvenirs, s'avérer être un lieu mortifère**, et même **le lieu de l'interdit**, funèbre et funeste.

- **« Ma maison » : réceptacle des souvenirs douloureux**. Autant ma maison peut abriter les plus beaux et doux souvenirs, autant elle peut devenir **le réceptacle des expériences les plus douloureuses**, voire de véritables traumatismes. L'inconscient peut associer des lieux aux périodes troubles de la vie. **La maison abrite et cache alors les tragédies humaines aux yeux de la collectivité.** Ainsi, ma maison peut, sous des apparences trompeuses, dissimuler des vies brisées, un présent où les êtres se déchirent, se livrent aux pires tourments. Elle devient alors **un lieu que l'on veut fuir, un espace contraint et oppressant** qui fait de ses occupants des victimes.

Document

Et la pistolétade[1] ? Tu sais, Folcoche, la pistolétade !
« Moi, je l'ai pistolétée pendant quatre minutes ! » se vantait Frédie.
Pauvre Chiffe ! Petit prétentieux à paupières faibles ! Si quelqu'un t'a pistolétée, c'est bien moi, je m'en vante. Tu t'en rappelles ? Pardon ! Tu te le rappelles ?... Tu dis toujours : « Je n'aime pas les regards faux. Regardez-moi dans les yeux. Je saurai ce que vous pensez. »

1. **Pistolétade :** coups de pistolet.

▸▸▸

Ainsi tu t'es toi-même prêtée à notre jeu. Tu ne pouvais pas ne plus t'y prêter. Et puis, ça ne te déplaît pas, ma tendre mère ! Au dîner, en silence, voilà le bon moment. Rien à dire. Tu ne me prendras pas en défaut. J'ai les mains sur la table. Mon dos n'offense pas la chaise. Je suis terriblement correct. Aucune faille légale dans mon attitude. Je peux te regarder fixement. Folcoche, c'est mon droit. Je te fixe donc, je te fixe éperdument. Je ne fais que cela de te fixer. Et je te parle en moi. Je te parle et tu ne m'entends pas. Je te dis : « Folcoche ! regarde-moi donc, Folcoche, je te cause ! » Alors ton regard se lève de dessus tes nouilles à l'eau, ton regard se lève comme une vipère et se balance, indécis, cherchant l'endroit faible qui n'existe pas. Non, tu ne mordras pas, Folcoche ! Les vipères, ça me connaît. Je m'en fous, des vipères. Tu as dit toi-même, un jour, devant moi, que, tout enfant, j'en avais étranglé une... « Une faute impardonnable de ma belle-mère, sifflais-tu, un manque inouï de surveillance ! Cet enfant a été l'objet d'une grande grâce ! » Et, ce disant, le ton de ta voix reprochait cette grâce au Ciel.
Mais ton regard est entré dans le mien et ton jeu est entré dans mon jeu. Toujours en silence, toujours infiniment correct comme il convient, je te provoque avec une grande satisfaction. Je te cause, Folcoche, m'entends-tu ? Oui, tu m'entends. Alors je vais te dire : « T'es moche ! Tu as les cheveux secs, le menton mal foutu, les oreilles trop grandes. T'es moche, ma mère. Et si tu savais comme je ne t'aime pas ! Je te le dis avec la même sincérité que le "va, je ne te hais point" de Chimène, dont nous étudions en ce moment le cornélien caractère. Moi, je ne t'aime pas. Je pourrais te dire que je te hais, mais ça serait moins fort. Oh ! tu peux durcir ton vert de prunelle, ton vert-de-gris de poison de regard. Moi, je ne baisserai pas les yeux. D'abord, parce que ça t'emmerde. »

Hervé Bazin, *Vipère au poing*, Éditions Grasset, 1948.

Cet extrait révèle l'histoire tourmentée du narrateur, alors à la merci de sa mère, Folcoche. Le théâtre du drame familial a lieu à la Bel-Angerie, maison de famille qui pourtant n'a pas toujours été ainsi. Quand la grand-mère du narrateur, femme douce et aimante, y régnait en maîtresse, le narrateur connaissait une enfance heureuse et sereine. Il a suffi de la mort de cette brave femme pour que Folcoche, la mère, fasse son apparition. Elle règne en tyran domestique, despote qui soumet tous ses enfants à un quotidien drastique et spartiate. Les enfants y apprennent la haine de l'autre, valeur fédératrice que leur livre Folcoche en héritage. Le texte montre comment dans ce quotidien si impitoyable le narrateur tente de se confronter à Folcoche sans déroger à la règle sous peine de sanctions. C'est le fameux épisode de la pistolétade où le narrateur nargue sa mère.

• **« Ma maison » : le stéréotype du lieu mortifère.** « Ma maison » devient alors **le stéréotype d'un lieu mortifère**. Les représentations abondent que ce soit dans les films ou dans les arts figuratifs. C'est le motel de *Psychose* de Norman Bates dans lequel il vit avec sa famille et où il assassine toutes les personnes qui y font halte. Ce sont **les maisons hantées**, théâtres des pires tragédies, histoires abominables d'esprits qui ne peuvent être apaisés. **Le manoir de la folie** qui amène ses occupants au meurtre ou au massacre est l'un des ressorts privilégiés des films d'horreur où « ma maison » résonne comme un piège emprisonnant ses habitants. *The Shining* (1980) ou *Scream* (1996) sont autant de références qui alimentent cette représentation de « ma maison », lugubre, insalubre, enveloppée de toiles d'araignées, **lieu propice à toutes les âmes tourmentées et hantées**, aux esprits démoniaques, aux crimes atroces perpétrés par les esprits malades et dérangés.

▲ Ces trois maisons évoquent le stéréotype de la demeure hantée, lugubre, théâtre des pires histoires. La mort y est omniprésente. Elles sont à l'écart, coupées du monde. La façade sinistre révèle l'absence de toute vie ou, du moins, de toute normalité. Les symboles abondent entre le brouillard qui opacifie les contours, les corbeaux, messagers de la mort, l'architecture vieille et dépassée qui évoque les tragédies du passé.

• **« Ma maison », lieu de l'interdit**. Ma maison emprisonne, coupe ses occupants de l'extérieur et vit en parfaite autarcie afin de mieux les livrer aux tragédies. Elle s'assimile alors à **un caveau, un tombeau** qui ensevelit ses habitants, les emprisonnant totalement. Ce sont des lieux de l'interdit sur lesquels pèsent de lourdes menaces, amenant au secret, nourrissant les pires cauchemars. **Cette aliénation spatiale se joint à celle de l'esprit**. La maison devient alors un asile. Ce dernier peut, en effet, désigner un refuge, un abri ou un lieu de perdition où sont parquées des personnes considérées comme folles. On les soustrait à la collectivité pour mieux la préserver et surtout favoriser l'oubli de ces êtres mis à part, en totale déperdition. « Ma maison » est alors **synonyme de caveau qui ensevelit ses occupants encore vivants**.

Document

Étant arrivée à la porte du cabinet, elle s'y arrêta quelque temps, songeant à la défense que son Mari lui avait faite, et considérant qu'il pourrait lui arriver malheur d'avoir été désobéissante ; mais la tentation était si forte qu'elle ne put la surmonter : elle prit donc la petite clef, et ouvrit en tremblant la porte du cabinet. D'abord elle ne vit rien, parce que les fenêtres étaient fermées ; après quelques moments elle commença à voir que le plancher était tout couvert de sang caillé, et que dans ce sang se miraient les corps de plusieurs femmes mortes et attachées le long des murs (c'étaient toutes les femmes que la Barbe bleue avait épousées et qu'il avait égorgées l'une après l'autre).

Elle pensa mourir de peur, et la clef du cabinet qu'elle venait de retirer de la serrure lui tomba de la main.

Après avoir un peu repris ses esprits, elle ramassa la clef, referma la porte, et monta à sa chambre pour se remettre un peu ; mais elle n'en pouvait venir à bout, tant elle était émue. Ayant remarqué que la clef du cabinet était tachée de sang, elle l'essuya deux ou trois fois, mais le sang ne s'en allait point ; elle eut beau la laver et même la frotter avec du sablon et avec du grain, il y demeura toujours du sang, car la clef était Fée, et il n'y avait pas moyen de la nettoyer tout à fait : quand on ôtait le sang d'un côté, il revenait de l'autre.

Charles Perrault, *La Barbe bleue*, 1697.

Cet extrait issu du conte traditionnel de *La Barbe bleue* révèle combien la maison peut dissimuler des pièces interdites, qui permettent de soustraire au regard des autres, de la collectivité, les pires atrocités. La jeune épouse va à l'encontre des interdits de son époux, le farouche Barbe bleue, en allant dans la pièce interdite. Elle fait preuve alors d'une curiosité qui peut lui coûter la vie. Elle deviendra, pour prix de sa trahison, une des victimes de son époux.

Conclusion

Pour conclure, **« ma maison » est une thématique qui renvoie à une réalité polymorphe**. Nous avons tous une maison, un lieu que nous chérissons ou, au contraire, que nous redoutons. L'espace s'impose alors comme **une projection de notre propre conscience et de notre imaginaire** car, en s'appropriant notre maison, nous y révélons un peu de nous-mêmes, de notre être, de ce que nous sommes. En l'investissant, en l'occupant, nous faisons de notre habitat **le théâtre de notre vie, de nos expériences, le rendant ainsi incontournable et fondamental**.

Tableau de références

Thème 1 : Dans ma maison

Dans le tableau suivant, vous trouverez des références culturelles non exhaustives liées aux différentes parties du thème « Dans ma maison ». Ces références couvrent les supports artistiques suivants : les écrits littéraires (en **noir**) ; les œuvres picturales (en **vert**) ; les références filmographiques (en **bleu**) ; les œuvres musicales (en **orange**).

Problématiques	Notions clés	Références
1. « Ma maison »/« Nos maisons » : pluralité et clivages		
1. Entre nomadisme et sédentarité	• Le nomadisme : l'abri, l'avant-maison • La maison, fruit de la sédentarité • Le choix entre itinérance et sédentarité	• Les représentations rupestres des grottes de Lascaux • Jean-Jacques Annaud, *La Guerre du feu*
2. Entre individualité et collectivité	• Marqueur social, inégalités • Un artefact architectural • Un produit de consommation • Une mosaïque d'espaces	• Marguerite Duras, *La Vie matérielle* • Guy de Maupassant, *Pierre et Jean* • Émile Zola, *Pot-Bouille* • Do Ho Suh, *Perfect Home* • Cédric Klapisch, *L'Auberge espagnole*
2. Moi et « ma maison » : le processus d'habiter		
1. « Ma maison », théâtre du personnel en tant qu'espace de l'intime	• Le quotidien domestique, la simplicité • « *Home sweet home* », Feng Shui • Refuge, havre de paix, cocon	• Simone de Beauvoir, *La Force de l'âge* • Pieter Janssens Elinga, *La Balayeuse*
2. « Ma maison », l'espace sclérosant	• Insalubrité • Prison, confinement • Tombeau	• Jean-Paul Sartre, *Huis clos* • Émile Zola, *L'Assommoir* • Jean Epstein, *La Chute de la maison Usher* • François Ozon, *Huit Femmes ; Dans la maison*
3. « Ma maison », entre réalité et onirisme		
1. « Ma maison » onirique	• Objet poétique, élévation, idéalisation • Souvenirs, nostalgie, maison de l'enfance • Projection d'antan, vestige d'une mémoire	• Albert Cohen, *Le Livre de ma mère* • Colette, *La Maison de Claudine* • Joachim du Bellay, « Heureux qui comme Ulysse », *Les Regrets* • Thomas More, *Utopie*, Livre II • Jacques Prévert, « Dans ma maison », *Paroles* • Vilhelm Hammershøi, *La danse de la poussière dans les rayons du soleil ; La très haute fenêtre* • Maxime Le Forestier, *San Francisco*
2. « Ma maison » tragique	• Le réceptacle des souvenirs douloureux • Stéréotype du lieu mortifère • Lieu de l'interdit	• Hervé Bazin, *Vipère au poing* • Truman Capote, *Les Domaines hantés* • Charles Perrault, *La Barbe bleue* • Wes Craven, *Scream* • Alfred Hitchcock, *Psychose* • Stanley Kubrick, *The Shining*

THÈME 2 Invitation au voyage…

Introduction

« L'invitation au voyage », **une simple expression qui résonne comme un appel au plaisir**. Symbole de dépaysement, elle évoque des souvenirs plaisants, synonymes de légèreté, d'oisiveté pour certains, et unanimement de rupture avec la pesanteur d'un quotidien, considéré parfois comme contraignant et sclérosant. Ouverture, appel à la découverte, **le terme « voyage » fait écho en chacun de nous pour témoigner de moments d'exception, en marge de la vie de tous les jours**. C'est cette opposition entre voyage et quotidien qui construit au premier abord sa connotation méliorative. Pourtant, bien qu'il se soit démocratisé et ouvert au plus grand nombre, **tout le monde ne voyage pas**. Certaines personnes ne seront jamais des voyageurs pour des raisons multiples : manque de moyens, peur de l'inconnu, volonté assumée de rester chez soi. Le voyage est un appel auquel certains ne répondent pas.

Le voyage n'est pas que synonyme d'oisiveté. Il peut se définir comme un « voyage d'affaires », nécessaire à l'avancée d'une entreprise professionnelle. Il est alors contraint et nous rappelle que son étymologie est celle du déplacement. En effet, le nom « voyage » vient du latin *viaticum*, lui-même basé sur *via* qui désigne la route. Quand on part en voyage, on se met en mouvement, on s'extrait d'un point d'origine pour en atteindre un nouveau, suggérant ainsi tout un cheminement. Car le voyage ne se conçoit pas sans le déplacement, qu'il soit physique ou mental. De fait, **le voyage nous façonne, nous rend différent** en nous immergeant dans le monde, dans un ailleurs qui peut parfois aller au-delà du simple dépaysement et éveiller des vocations, des volontés de concevoir sa vie autrement.

Ainsi, le voyage se conçoit comme une confrontation au monde. Le voyageur s'y livre sans façon, s'oubliant parfois lui-même pour mieux se réinventer au contact d'autrui. Pourtant, quand le voyage devient source de gain, pris dans une logique mercantile entraînant de lourds impacts sur l'environnement, seul subsiste le déplacement géographique. Le voyageur se met en mouvement par des chemins balisés et donc rassurants, atténuant ainsi la portée existentielle du voyage. En effet, **quand ne compte plus que le fait de partir et de suivre des itinéraires clés en main, le voyageur reste imperméable aux rencontres, à l'Autre et à l'ailleurs**, dénaturant la portée même de l'invitation au voyage. **La notion de voyage se perd alors**, ne coïncidant plus qu'avec un simple déplacement géographique.

1er axe de réflexion : *L'invitation au voyage : un appel (p. 430)*

Problématiques

- Comment se conçoit l'invitation au voyage ?
- Quels en sont les enjeux ?
- Entre partir et revenir, quels en sont les temps forts ?
- Pourquoi certains refusent-ils l'invitation au voyage, la rendant ainsi lettre morte ?

1. L'invitation au voyage : prendre un nouveau chemin

Le chemin est le centre de gravité de l'invitation du voyage. Par le départ, le voyageur prend un nouveau chemin. Invitation universelle, le voyage appelle tout être qui souhaite s'y engager.
Mots-clés & expressions : aéroport, auto-stop, bon vent !, bon voyage !, compagnies *low cost*, covoiturage, étranger, évasion, faire ses bagages, gare, itinéraire, l'ailleurs, l'exotisme, l'inconnu, larguer les amarres, nomadisme, Orient-Express, paquebot, port, train de nuit, Transsibérien, tribulations, voyage.

2. L'invitation au voyage et sa finitude

L'invitation au voyage se conçoit dans l'éphémère. Elle a une fin qui se concrétise dans des vestiges matériels et immatériels, les souvenirs. Et pourtant, parfois, certains ne répondent pas à cette invitation.

Mots-clés & expressions : carnet de voyage, carte postale, géographie, journal de bord, photographies, retour au bercail, récit de voyage, retrouver ses Pénates, *selfie*, souvenirs de voyage.

2e axe de réflexion : *L'expérience du voyage (p. 434)*

Problématiques

- Pour quelles raisons voyage-t-on ?
- L'invitation au voyage est-elle une nécessité ou une simple futilité ?
- En quoi le voyage nous façonne-t-il, nous change-t-il ?
- Souvenirs, créativité : pourquoi le voyage est-il associé à certaines époques et classes sociales, à certains publics ?

1. La découverte de l'ailleurs

On voyage pour de multiples raisons, qu'elles soient nécessaires ou frivoles : commercer, échanger ou se délasser, se dépayser. L'invitation au voyage est une projection vers un ailleurs, des contrées lointaines ou plus ou moins proches, mais qui restent résolument différentes de ce que le voyageur connaît.

Mots-clés & expressions : aventure, ethnographie, expédition, exploration, géographie, grandes découvertes, odyssée, pèlerinage, périple, quête de soi, séjour linguistique, tour du monde, voyage d'étude, voyage éclair, voyage initiatique, voyage scientifique, voyage scolaire.

2. Découvrir l'Autre pour devenir autre

L'invitation au voyage est aussi la rencontre avec l'Autre, c'est-à-dire avec des personnes différentes. Ces multiples rencontres façonnent le voyageur, l'enrichissent en le rendant autre.

Mots-clés & expressions : authenticité, communiquer, comprendre, découvrir, ethnographie, folklore, les voyages forment la jeunesse, s'adapter, tourisme culturel, us et coutumes, voyage linguistique.

3e axe de réflexion : *Les dérives de l'invitation au voyage (p. 438)*

Problématiques

- Prise comme un enjeu mondial, l'invitation au voyage n'est-elle pas dénaturée, détournée de sa vocation première ?
- La destination ne devient-elle pas un ailleurs artificiel ?
- N'est-elle pas conçue sur mesure pour un tourisme de masse qui asservit les destinations touristiques comme des territoires de futilité, et ce au mépris des problématiques environnementales ?
- Le voyage garde-t-il alors l'optique d'un renouvellement de l'être ?

1. Les effets du mercantilisme

Quand le négoce s'empare de l'invitation au voyage, une logique mercantile se met en place. Le voyage ne se conçoit plus que dans le déplacement, sans réel engagement du voyageur, suivant des chemins entièrement balisés et rassurants.

Mots-clés & expressions : agence de voyage, circuit touristique, croisière, *low cost*, tourisme de masse, tour opérateur, voyage de noces, voyage éclair, voyagiste.

2. L'invitation au voyage : la responsabilité du voyageur

Quand l'invitation au voyage se dénature, s'ensuit alors une perte du sens de l'invitation au voyage. Le voyageur doit donc assumer pleinement son choix en le redéfinissant, lui apportant une signification conciliant ouverture et respect de l'Autre.

Mots-clés & expressions : errance, expatriation, fugue, fuite, mérite le déplacement, tourisme culturel, tourisme solidaire, vaut le détour, voyage au long cours, *woofing*.

1 L'invitation au voyage : un appel

Thème 2 : Invitation au voyage…

L'invitation au voyage se conçoit comme un appel à emprunter un nouveau chemin. On se projette alors dans le déplacement, dans la rupture avec son quotidien. Mais cette expérience est limitée dans la durée, rappelant que l'invitation au voyage a une fin.

1 L'invitation au voyage : prendre un nouveau chemin

• **La réponse à un appel.** L'invitation au voyage se conçoit comme l'engagement d'une personne qui répond à un appel. C'est un processus d'incitation qui convie l'être à se détacher de sa sphère quotidienne pour emprunter, pour une durée plus ou moins déterminée, un nouveau chemin. On « largue alors les amarres », on s'embarque sur un nouveau chemin. Car la notion même de chemin est essentielle dans l'invitation au voyage. Elle implique la route. Étymologiquement, le voyage se conçoit par la route, la voie, un espace qui se matérialise par un tracé soit naturel soit artificiel à parcourir. C'est donc un chemin physique qui relie un point de départ que l'on quitte pour une destination connue ou incertaine. La voie se décline selon une multitude de routes (aérienne, terrestre, etc.) et de moyens de locomotion (à pied, en voiture, en avion, en train, etc.). Elle traverse, elle est un espace intermédiaire qu'on emprunte, sans forcément avoir la volonté d'y séjourner. Elle implique le nomadisme, elle signifie le déplacement.

> **Définition**
> **Nomadisme** : mode de vie basé sur le déplacement.

• **Le voyageur en devenir.** Le voyageur transite, c'est-à-dire qu'il se déplace. L'invitation au voyage se pense par un processus séquencé dont la première étape est l'offre du voyage. En effet, c'est un projet qui se conçoit sur une envie, une idée. Il relève d'une volonté de se soustraire pour un temps à son quotidien, à faire une parenthèse. Dans notre société, cette amorce est un enjeu qui s'adresse aujourd'hui au plus grand nombre, notamment grâce au développement des offres bon marché proposées par les compagnies *low cost* qui témoignent de la démocratisation du voyage. Alors, cet élan résonne comme un appel qui fera de chacun un voyageur. Les moyens de voyager sont multiples : auto-stop, covoiturage, train, paquebot, train de nuit… Certains moyens de locomotion sont devenus mythiques comme le Transsibérien (réseau de voies ferrées russe de plus de 9 000 kilomètres, entre Moscou et Vladivostok) ou l'Orient-Express (train mythique et luxueux, créé en 1883 pour assurer la liaison entre Paris et Vienne puis Venise, à partir de 1919, puis Constantinople, desservant ainsi plusieurs capitales européennes).

> **Définition**
> **Démocratisation** : action consistant à mettre un bien ou un service à la portée de toutes les classes de la société.

• **L'amorce de l'invitation au voyage.** De fait, quand le voyageur entreprend son voyage, il peut l'aborder soit en le préparant, soit en se mettant tout simplement en mouvement. Les préparatifs au parcours impliquent une organisation, une planification parfois par l'élaboration d'un itinéraire, mais également la nécessité d'un matériel spécifique, de bagages. On peut prendre la route de manière spontanée, sans forcément s'adonner à des préparatifs. Alors on « taille la route », mettant en évidence que seul compte le fait de se mettre en mouvement. On peut également tout planifier, procéder à une préparation minutieuse, permettant ainsi de séquencer la route, d'en envisager les différentes étapes. Cette matérialité rappelle que l'invitation au voyage est un cheminement, qui arrache le voyageur à un espace ou à une condition initiaux.

> **Définition**
> **Matérialité** : caractère de ce qui est réel, concret.

Document

PERRICHON : Par ici !... ne nous quittons pas ! Nous ne pourrions plus nous retrouver... Où sont nos bagages ?... (*Regardant à droite ; à la cantonade.*) Ah très bien ! Qui est-ce qui a les parapluies ?...
HENRIETTE : Moi, papa.
PERRICHON : Et le sac de nuit ?... les manteaux ?...
MADAME PERRICHON : Les voici !
PERRICHON : Et mon panama ?... Il est resté dans le fiacre ! (*Faisant un mouvement pour sortir et s'arrêtant.*) Ah ! non ! Je l'ai à la main !... Dieu, que j'ai chaud !
MADAME PERRICHON : C'est ta faute !... Tu nous presses, tu nous bouscules !... Je n'aime pas à voyager comme ça !
PERRICHON : C'est le départ qui est laborieux... une fois que nous serons casés !... Restez là, je vais prendre les billets... (*Donnant son chapeau à Henriette.*) Tiens, garde-moi mon panama... (*Au guichet.*) Trois premières pour Lyon !...
L'EMPLOYÉ (*Brusquement.*) : Ce n'est pas ouvert ! Dans un quart d'heure !
PERRICHON (*À l'employé.*) : Ah ! Pardon ! C'est la première fois que je voyage... (*Revenant à sa femme.*) Nous sommes en avance.

Eugène Labiche et Édouard Martin, *Le Voyage de Monsieur Perrichon*, Acte I, 1860.

L'invitation au voyage se fait par le moment inaugural du départ. C'est un ensemble de modalités qui se met en place : l'heure du départ, la préparation des bagages, la nécessité de clôturer, pour un temps déterminé, les contraintes de la vie que l'on laisse momentanément. Cet extrait rassemble les interrogations, mais également les incertitudes. Perrichon embarque sa famille pour un voyage qui l'inquiète car c'est la première fois qu'il voyage. C'est donc toute une entreprise qui se met en œuvre. Le stress, la tension affleurent face à l'imprévu, à l'incertitude. Car répondre à l'invitation au voyage c'est accepter de se confronter au hasard et à l'aléatoire.

• **L'expérience du parcours.** L'invitation au voyage devient une expérience à part entière, se concrétisant dans le voyage même qui peut être quantifiable en fonction de la distance parcourue. Cette évaluation kilométrique induit un rapport au monde que chaque voyageur entretient avec son cheminement : soit il prend le temps d'aller à son rythme, soit, au contraire, il souhaite que le trajet soit le plus bref possible afin de permettre d'arriver le plus rapidement possible. C'est ainsi que se déploie toute une palette de verbes à déplacement géographique traduisant l'expérience du parcours : marcher, courir, flâner, aller, vagabonder, pérégriner, rouler sa bosse... De fait, le déplacement géographique concrétise l'invitation au voyage où le voyageur expérimente une nouvelle vie, s'offre à l'aléatoire, au gré de ses envies, de son rythme, s'inscrivant ainsi dans le nomadisme.

Définition

Pérégriner : se déplacer, faire un long voyage.

Document

***L'Usage du monde** raconte le voyage de Nicolas Bouvier et Thierry Vernet de Genève à la passe de Khyber (l'un des passages les plus importants entre l'Afghanistan et le Pakistan) de juin 1953 à décembre 1954, à bord de leur petit véhicule, une Fiat 500 Topolino.*

Minuit sonnait quand j'arrêtai la voiture devant le café Majestic. Un silence aimable régnait sur la rue encore chaude. À travers les rideaux crochetés j'observai Thierry assis à l'intérieur. Il avait dessiné sur la nappe une citrouille grandeur nature qu'il remplissait, pour tuer le temps, de pépins minuscules. Le coiffeur de Travnik n'avait pas dû le voir souvent. Avec ses ailerons sur les oreilles et ses petits yeux bleus, il avait l'air d'un jeune requin folâtre et harassé.

▸▸▸

Je restais longtemps le nez contre la vitre avant de rejoindre sa table. On trinqua. J'étais heureux de voir ce vieux projet prendre forme ; lui, d'être rejoint. Il avait eu du mal à s'arracher. Il avait fait sans entraînement des marches trop longues et la fatigue l'assombrissait. En traversant, les pieds blessés et la sueur au front, ces campagnes peuplées de paysans incompréhensibles, il remettait tout en question. Cette entreprise lui paraissait absurde. D'un romantisme idiot.

Nicolas Bouvier et Thierry Vernet, *L'Usage du monde*, Éditions La Découverte, 1963.

Dans cet extrait, le futur voyageur, Nicolas Bouvier, évoque le prélude à sa mise en route dans l'entreprise d'un voyage, effectué en la compagnie de Thierry. Le moment est inaugural car il amorce l'itinéraire, voulu, conçu comme un projet de vie. Nicolas Bouvier arrive à minuit tapante pour récupérer son compagnon avec sa voiture, leur moyen de locomotion. Cette séquence révèle comment deux volontés se retrouvent dans l'invitation au voyage qui se vit comme une impulsion que l'on partage avec l'autre pour s'ouvrir au monde, à ce qui va advenir.

2 L'invitation au voyage et sa finitude

• **L'après de l'invitation au voyage.** Quand le départ a eu lieu et que le voyage s'est déroulé, l'invitation au voyage appartient au révolu. Elle est une expérience vivace, inhérente à chaque voyageur qui en garde tous les souvenirs en lui-même. Mais une fois le retour au bercail ou dans ses Pénates effectué, des traces matérielles peuvent subsister. Les photos collectées témoignent de ce qu'a été le voyage. Ainsi se forment les albums, les vestiges de ce qui a été vécu lors du périple. Cette matérialité reste figurative car cristallisée par des images, des illustrations des lieux traversés ou dans lesquels on a séjourné. Le chemin est alors séquencé, rythmé par ces photos, pâles traces de ce qui a été vécu. Car elles témoignent, tout en illustrant. Elles peuvent être des instantanés de moments pris sur le vif ou des mises en scène. Le voyageur enchaîne les *selfies* pour révéler aux autres sa présence sur les lieux du voyage ou sur le chemin. Alors, l'invitation au voyage se concrétise dans une déferlante de photos, de commentaires sur les réseaux sociaux qui saturent cette expérience. Ces témoignages excessifs font presque oublier au voyageur l'importance de l'instant présent et la nécessité de savoir se détacher de tout ce qui nous rattache à notre quotidien.

Définitions

Figurative : qui représente, illustre.

Finitude : qui est fini, limité.

▲ Augustus Leopold Egg, *Les Compagnes de voyage*, 1862, *Birmingham Museums Trust*. Huile sur toile, 65,3 × 78,7 cm.

Ce tableau de 1862 est une scène de voyage. Il révèle l'invitation au voyage en tant que déplacement, cheminement. Dans une symétrie parfaite, la voyageuse se retrouve dupliquée par la ligne de force médiane. Le train amène ces compagnes de voyage là où elles doivent se rendre, présentant par la fenêtre les promesses d'un paysage d'exception, plaisant et agréable. Le voyage se montre sous différentes facettes à travers ce jeu de miroir : la première voyageuse lit quand la seconde dort, autant d'activités reposantes, qui délassent, symboles du plaisir du voyage.

• **L'écriture du voyage.** Quand l'écriture s'empare du voyage, elle permet une autre forme de restitution de la mouvance du chemin : le carnet de bord ou carnet de voyage. Il s'agit d'un écrit séquencé, rédigé par à-coups, à une certaine fréquence, au jour le jour, ou aux moments les plus forts du périple. Les formes sont multiples : textes et photos se combinent pour devenir des témoignages vivants de ce qu'a été le chemin. La matérialité de l'écrit permet ensuite le partage de l'invitation au voyage aux lecteurs qui peuvent alors nourrir le désir de connaître aussi ce périple. Le lecteur peut ainsi devenir voyageur à son tour, faisant de l'écriture une invitation au voyage.

Définition

Mouvance : caractère de ce qui change sans cesse, qui n'est pas stable.

Document

Lettre de Christophe Colomb à Ferdinand d'Aragon et Isabelle de Castille.

[Je] suivis le chemin des îles Canaries qui appartiennent à Vos Altesses et sont en ladite mer océane, afin de prendre là ma route et naviguer jusqu'à ce que j'arrivasse aux Indes pour y porter l'ambassade de Vos Altesses aux princes de ces pays, accomplissant ainsi ce qu'elles m'avaient mandé ; c'est pourquoi j'ai pensé coucher par écrit tout ce voyage très précisément, de jour en jour, en notant tout ce que je ferais, verrais et parcourrais [.]

Christophe Colomb, *La Découverte de l'Amérique* [1492], Éditions La Découverte, 2002.

L'écriture devient le compagnon de voyage : c'est elle qui permet de témoigner, de matérialiser l'expérience et de rendre compte à l'autre de ce qu'a été le périple. Dans l'écrit de Christophe Colomb, le voyage outrepasse sa condition première de restitution pour devenir reflet des contrées traversées, tout en conciliant une optique politique. Car l'expédition de Colomb permet à ses lecteurs, et notamment ses riches financeurs que sont Ferdinand d'Aragon et Isabelle de Castille, d'entrevoir le potentiel commercial des contrées traversées. La succession des trois verbes « en notant ce que je ferais, verrais et parcourrais » cristallise pleinement la réalité du voyage comme expérience : l'action, l'observation et le cheminement, un triptyque faisant de l'invitation au voyage une expérimentation du monde.

• **Le refus de l'invitation.** Cependant, tout le monde ne cède pas à cette invitation au voyage, à s'immerger dans un ailleurs. Car on s'expose alors à l'incertitude. Certains renoncent à cette invitation pour des motifs multiples : volonté assumée de rester chez soi, manque de moyens financiers, peur de l'inconnu et des risques éventuels. Par conséquent, l'invitation au voyage oppose l'ailleurs à l'ici, c'est-à-dire un lieu pleinement connu, apprivoisé et donc maîtrisé. Elle interroge ce que l'on est et notre rapport au monde. La sédentarité peut être un choix pleinement assumé où se traduit la satisfaction de l'être comblé de son « ici ». Il n'éprouve alors aucun besoin de sillonner le monde, déjà heureux de ce que lui apporte son « chez lui ». Ce sont des natures casanières, implantées dans un « ici » fixe et stable. D'autres refusent l'invitation au voyage faute de moyens. Car voyager engendre des frais que certains budgets ne peuvent se permettre. Ainsi, l'invitation au voyage se conçoit dans les dépenses futiles et totalement superflues. Pour d'autres natures plus rétives, moins téméraires, c'est tout l'enjeu du rapport au monde qui se joue. En effet, céder à l'invitation au voyage, c'est accepter de s'exposer aux fluctuations du hasard, de lâcher prise pour emprunter un nouveau chemin, aussi déroutant soit-il. De fait, ne pas voyager est un renoncement où l'être se recroqueville sur ce qu'il connaît par peur de l'inconnu, de l'incertain périlleux, effrayé par les tribulations éventuelles engendrées par l'invitation au voyage.

Définition

Tribulations : série d'aventures ou de péripéties plus ou moins agréables.

2 L'expérience du voyage

L'expérience du voyage est une incitation à l'ouverture, à l'élargissement de ses horizons. Cela permet de se façonner, de forger sa culture, mais aussi de devenir autre.

1 La découverte de l'ailleurs

• **L'ailleurs pour s'ouvrir à d'autres cultures et se former.** Quand l'invitation au voyage saisit le voyageur, se dessine alors la perspective d'un ailleurs. Cet « autre part » reste très variable selon les époques, les personnes. En effet, l'invitation au voyage a longtemps été perçue comme le privilège des classes aisées car impliquant des frais de déplacements et d'organisation. Certains lieux ont également fait figure de contrées attractives, élues. C'est là-bas qu'on contemple un autre savoir-faire, une autre culture permettant de façonner son art. À la Renaissance, l'Italie s'est imposée comme un centre d'attraction pour tous les esprits en quête de savoirs et de reconnaissance. L'invitation au voyage s'assimile alors à un voyage de formation. À partir du XVIe siècle, toute personne susceptible de parfaire sa formation se rend en Italie pour se confronter aux grands maîtres de la Renaissance italienne. Le peintre et architecte allemand Johann Christian von Mannlich (1741-1822) ainsi que les peintres Nicolas Poussin (1594-1665) et Jacques-Louis David (1748-1825), notamment, ont entrepris cette confrontation avec l'ailleurs *via* l'invitation au voyage pour se façonner et se former grâce à ce contact avec le monde.

▲ Nicolas Poussin, *Paysage avec Orphée et Eurydice*, env. 1650, Paris, musée du Louvre. Huile sur toile, 124 × 200 cm.

Cette toile reprend le mythe d'Orphée et d'Eurydice. Le jour de son mariage avec Orphée, Eurydice est mordue par un serpent et meurt. Orphée obtient la permission de Perséphone et d'Hadès, maîtres des Enfers, de l'en ramener, à condition qu'il ne se retourne jamais tant qu'il est dans ce royaume pour voir celle qu'il est venu chercher. Malheureusement, sur le chemin, il se retourne… et perd définitivement l'âme de sa bien-aimée. Ce tableau représente une scène cruciale : le mariage a eu lieu, mais Eurydice vient de se faire mordre, alors qu'Orphée envoûte les naïades du chant mélodieux de sa lyre. L'imaginaire collectif représente les mythes antiques qui sont redécouverts durant la Renaissance. Poussin les reprend dans plusieurs de ses œuvres. C'est à Rome que cette émulation a lieu et que convergent des générations d'artistes, faisant de cette cité une invitation au voyage.

• **L'ailleurs, un apprentissage formateur pour la jeunesse.** C'est par le voyage que l'enfant se mue en adulte. L'invitation au voyage devient alors un véritable levier éducatif, nécessaire ouverture sur d'autres cultures, sur d'autres langues et donc sur de nouvelles connaissances. Ainsi ont été conçus le Grand Tour puis, de nos jours, le programme Erasmus qui honore l'une des figures pionnières de l'humanisme : Erasme. Le Grand Tour apparaît dès le XVIe siècle et culmine au XIXe. Il impliquait un long voyage en Europe pour les jeunes des classes aisées afin de commencer leur éducation aristocratique. C'est dans cet esprit de découverte que se conçoit actuellement le programme Erasmus. Il permet aux jeunes d'intégrer momentanément une université partenaire. Dans ce cadre, l'invitation au voyage devient formatrice d'une jeunesse façonnée au contact d'autres cultures. Le film *L'Auberge espagnole* (2002) de Cédric Klapisch présente ainsi Xavier, 25 ans, qui part dans le cadre du programme Erasmus en Espagne pour terminer son DEA de sciences économiques, et se confrontant à d'autres cultures.

• **Les chemins menant vers l'ailleurs, véritable source d'inspiration.** L'invitation au voyage reste multiple dans ses motifs : voyage d'affaires, voyage d'agrément, voyage en famille. Ces parenthèses très diverses plongent le voyageur dans un ailleurs qui peut agir sur l'inspiration *via* l'appel à la découverte. L'invitation au voyage engendre une créativité, un accomplissement de son propre être. L'ailleurs exacerbe la sensibilité artistique, permettant ainsi de s'affiner, de réaliser sa propre vocation artistique. En juillet 1891, Paul Gauguin séjourne à Tahiti. En quête d'un « ciel sans hiver », le peintre est parti s'installer dans les îles pour y renouveler son inspiration. Ces contrées exotiques, fertiles en découvertes et en dépaysement, lui permettent de créer ses plus beaux chefs-d'œuvre.

Document

Mon enfant, ma sœur,
Songe à la douceur
D'aller là-bas vivre ensemble !
Aimer à loisir,
Aimer et mourir
Au pays qui te ressemble !
Les soleils mouillés
De ces ciels brouillés
Pour mon esprit ont les charmes
Si mystérieux
De tes traîtres yeux,
Brillant à travers leurs larmes.

Là, tout n'est qu'ordre et beauté,
Luxe, calme et volupté.

Des meubles luisants,
Polis par les ans,
Décoreraient notre chambre ;
Les plus rares fleurs
Mêlant leurs odeurs
Aux vagues senteurs de l'ambre,
Les riches plafonds,
Les miroirs profonds,
La splendeur orientale,
Tout y parlerait
À l'âme en secret
Sa douce langue natale.

Là, tout n'est qu'ordre et beauté,
Luxe, calme et volupté.

Vois sur ces canaux
Dormir ces vaisseaux
Dont l'humeur est vagabonde ;
C'est pour assouvir
Ton moindre désir
Qu'ils viennent du bout du monde.
– Les soleils couchants
Revêtent les champs,
Les canaux, la ville entière,
D'hyacinthe et d'or ;
Le monde s'endort
Dans une chaude lumière.

Là, tout n'est qu'ordre et beauté,
Luxe, calme et volupté.

Charles Baudelaire, « L'Invitation au voyage », *Les Fleurs du mal – Le Spleen de Paris*, 1869.

Charles Baudelaire affirme ici l'invitation au voyage comme l'idéal d'un monde poétique, à la fois réalité et chimère. Ce texte résonne comme un appel à un « là-bas », puissant et magnétique, véritable éden perdu qui inspire le poète. La beauté est omniprésente et l'atmosphère calme, d'une sérénité absolue (« calme », « douce », « s'endort »). Tout aspire au renouvellement de l'être par cette description presque onirique, tant elle est voilée, floue, incertaine. Les sens sont également exaltés (« C'est pour assouvir/Ton moindre désir »).

2 Découvrir l'Autre pour devenir autre

• **La rencontre de l'Autre.** L'invitation au voyage amène la rencontre avec l'Autre, la confrontation avec ce qui n'est pas soi. En effet, les routes sont sillonnées par les hommes, des êtres de passage ou, au contraire, bordées par des personnes qui y vivent. On parle alors d'« autochtones » ou d'« indigènes », c'est-à-dire des personnes du pays qui habitent les lieux. Par conséquent, le voyageur les croise, les observe et, parfois, au gré du voyage, s'arrêtent un temps pour bavarder et tout simplement passer du temps avec ces dernières. La rencontre a alors lieu, reflétant une altérité façonnée par une autre culture, la différence avec ce qui est familier au voyageur. L'invitation au voyage permet ces rencontres fabuleuses qui élargissent l'horizon du voyageur par la rencontre avec d'autres personnes, d'autres peuples, d'autres folklores, d'autres us et coutumes. Une science est née de cette confrontation : l'ethnographie. Il s'agit de l'étude descriptive et analytique, sur le terrain, des mœurs, des coutumes de populations déterminées.

Document

Andaman est une très grande île. Il n'y a aucun roi, les habitants sont idolâtres et vivent comme des bêtes sauvages. Je vous le dis, tous les hommes de cette île ont des têtes de chiens, les dents et les yeux aussi, et leur visage ressemble à celui de grands mâtins[1]. Ils ont beaucoup d'épices. Ces gens sont très cruels car ils mangent tous ceux qu'ils peuvent capturer, pourvu qu'ils ne soient pas des leurs. Ils vivent de riz, de viande et de lait, et ont beaucoup de fruits, différents des nôtres.

Marco Polo, *Le Livre des merveilles*, traduit par Jean-François Kosta-Théfaine, © Flammarion, 2017.

Avec l'aimable autorisation des Éditions Flammarion.

1. Mâtin : chien de garde ou de chasse grand et imposant.

Dans cet extrait apparaît toute l'ambiguïté de l'observation de ce qui n'est pas soi. Parfois, la différence avec l'Autre semble tellement importante, compte tenu de son propre rapport au monde et surtout de sa façon de vivre, que l'on peut estimer l'Autre comme un barbare. Marco Polo pose la description d'un peuple tellement étrange que la singularité devient physique : ils ont « des têtes de chiens » et sont donc hybrides, à la croisée entre l'humain et l'animal.

• **L'émerveillement de l'Autre.** Ainsi, par l'invitation au voyage, le monde traverse le voyageur et donne lieu à des rencontres décisives qui peuvent influencer durablement les choix de ce dernier. En effet, l'Autre est source de richesse, genèse d'une vie que l'on ne connaît pas et qui peut éblouir et attirer. De là naissent alors la fascination et l'émerveillement face à des cultures et des manières de vivre qui ne sont pas les nôtres. Pour partir à sa rencontre, on met ses pas dans ceux de l'Autre, créant en cela des générations de voyageurs. Certains de ces trajets sont conçus comme des invitations au voyage ancrées dans la mémoire collective. Les entreprendre, prendre la route de ces chemins immémoriaux, c'est se mettre à la recherche de l'Autre, parfois pour arpenter des tracés balisés, connus de tous, remontant à des traditions séculaires. Le chemin de Saint-Jacques-de-Compostelle rappelle ces pèlerinages qui appellent à prendre « la voie », originellement pour se rendre dans un lieu saint et actuellement pour pérégriner selon un tracé ancien.

Document

En attendant, on leur fit voir la ville, les édifices publics élevés jusqu'aux nues, les marchés ornés de mille colonnes, les fontaines d'eau pure, les fontaines d'eau rose, celles de liqueurs de cannes de sucre qui coulaient continuellement dans de grandes places pavées d'une espèce de pierreries qui répandaient une odeur semblable à celle du girofle et de la cannelle. Candide demanda à voir la cour de justice, le parlement ; on lui dit qu'il n'y en avait point, et qu'on ne plaidait jamais. Il s'informa s'il y avait des prisons, et on lui dit que non. Ce qui le surprit davantage, et qui lui fit le plus de plaisir, ce fut le palais des sciences, dans lequel il vit une galerie de deux mille pas, toute pleine d'instruments de mathématiques et de physique.

▸▸▸

[…] les deux heureux résolurent de ne plus l'être, et de demander leur congé à Sa Majesté.
« Vous faites une sottise, leur dit le roi ; je sais bien que mon pays est peu de chose ; mais, quand on est passablement quelque part, il faut y rester. Je n'ai pas assurément le droit de retenir des étrangers ; c'est une tyrannie qui n'est ni dans nos mœurs ni dans nos lois : tous les hommes sont libres ; partez quand vous voudrez, mais la sortie est bien difficile. Il est impossible de remonter la rivière rapide sur laquelle vous êtes arrivés par miracle, et qui court sous des voûtes de rochers. Les montagnes qui entourent tout mon royaume ont dix mille pieds de hauteur, et sont droites comme des murailles : elles occupent chacune en largeur un espace de plus de dix lieues ; on ne peut en descendre que par des précipices. Cependant, puisque vous voulez absolument partir, je vais donner ordre aux intendants des machines d'en faire une qui puisse vous transporter commodément. Quand on vous aura conduits au revers des montagnes, personne ne pourra vous accompagner : car mes sujets ont fait vœu de ne jamais sortir de leur enceinte, et ils sont trop sages pour rompre leur vœu. Demandez-moi d'ailleurs tout ce qu'il vous plaira. — Nous ne demandons à Votre Majesté, dit Cacambo, que quelques moutons chargés de vivres, de cailloux, et de la boue du pays. » Le roi rit : « Je ne conçois pas, dit-il, quel goût vos gens d'Europe ont pour notre boue jaune ; mais emportez-en tant que vous voudrez, et grand bien vous fasse. »

Voltaire, *Candide ou l'Optimisme*, chapitre XVIII, 1759.

Cet extrait décrit la rencontre avec l'Eldorado faite par Candide et Cacambo. Ce monde utopique condense tout ce qui fascine les Européens : la richesse, l'abondance de l'or, source de puissance financière. Pourtant, les gens du pays n'y prêtent pas attention. Pour eux, il s'agit d'une simple « boue jaune ». Ils la livrent sans aucune difficulté aux deux voyageurs qui souhaitent partir. Cependant, malgré le fait qu'ils se sentent bien dans l'Eldorado, Candide et Cacambo émettent le souhait de repartir. Par cette rencontre avec le peuple de l'Eldorado, Candide et Cacambo ont appris qu'un monde doux, plaisant et harmonieux est possible, faisant de leur expérience de l'altérité, une leçon riche en enseignements.

- **Le changement de l'Être par l'Autre.** Au contact du voyage et du reflet de ce qui est découvert, le regard du voyageur change, évolue. Il quitte ce qu'il connaît, maîtrise pleinement pour se projeter dans l'altérité, la différence, rendant son voyage formateur. C'est par l'expérience de l'Autre qu'on se construit. Le voyage est vécu en profondeur, avec intensité. Le voyage modèle comme de la boue, rend ses sujets autres, car à force de rencontrer l'altérité, on se transforme, quittant ce que l'on a été pour qu'advienne une nouvelle définition de soi.

Document

En attendant, on leur fit voir la ville, les édifices publics élevés jusqu'aux nues, les marchés. Ce jour-là, j'ai bien cru tenir quelque chose et que ma vie s'en trouverait changée. Mais rien de cette nature n'est définitivement acquis. Comme une eau, le monde vous traverse et pour un temps vous prête ses couleurs. Puis se retire, et vous replace devant ce vide qu'on porte en soi, devant cette espèce d'insuffisance centrale de l'âme qu'il faut bien apprendre à côtoyer, à combattre, et qui, paradoxalement, est peut-être notre moteur le plus sûr.
Repris mon passeport paraphé, et quitté l'Afghanistan. Il m'en coûterait. Sur les deux versants du col la route est bonne. Les jours de vent d'est, bien avant le sommet, le voyageur reçoit par bouffées l'odeur mûre et brûlée du continent indien…

Nicolas Bouvier et Thierry Vernet, *L'Usage du monde*, Éditions La Découverte, 1963.

Nicolas Bouvier montre à quel point le voyage façonne l'Être. Le voyageur arpente le monde et se retrouve traversé par une essence universelle, celle de l'humanité, qui le façonne, le modèle, tout en gardant ce qui fait sa propre singularité. Il devient autre, pour un temps déterminé, le temps du voyage où il se pétrit des couleurs du monde, de l'Autre. Il se transforme, voit sa nature profonde changer au contact des Autres et au gré de ses pérégrinations. Le voyage est fondateur d'un nouveau soi. Ainsi, par l'invitation au voyage, chacun est à la fois soi et l'Autre.

3 Les dérives de l'invitation au voyage

L'invitation au voyage peut être dévoyée, c'est-à-dire détournée. Elle met alors en péril l'esprit même du voyage comme renouvellement et appel à la découverte de l'ailleurs et de l'Autre. Entre tourisme de masse et impact sur la nature, c'est peut-être tout simplement la question du sens que l'on porte à ses propres pérégrinations qui est en jeu. Le voyageur doit penser son voyage comme éthique et responsable.

1 Les effets du mercantilisme

• **L'invitation au voyage ou l'explosion du tourisme de masse.** Quand la société de consommation s'empare de l'invitation au voyage, elle devient un objet de consommation parmi tant d'autres. C'est ainsi que le tourisme se développe selon une logique de business, affichant plus les chiffres, le rendement et les profits créés. De fait, c'est un tourisme de masse qui se développe selon des chemins entièrement balisés et rassurants. Car le voyage organisé prend en charge le voyageur et lui propose, clé en main, des voyages planifiés selon des circuits pensés non plus en terme d'authenticité, mais plutôt en fonction de paramètres d'attractivité. Le voyageur se laisse guider, emmener, parfois bercé par la douce illusion de voir du pays qui n'est en fait que factice et fait de carton-pâte. Car c'est une perte indéniable de l'authenticité, de l'aléatoire qui agrémentent par leur saveur improbable, voire extraordinaire. Les agences de voyage proposent des circuits tissés selon un canevas de lieux emblématiques, comme les croisières vont de port en port, proposant des excursions à la carte. Les lieux que sont les clubs de vacances dévoilent cette dénaturation de l'invitation au voyage. Tout y est paramétré, millimétré pour favoriser une savante programmation d'activités, de visites qui sauront distraire le vacancier. Par conséquent, des lieux sont voués au tourisme au risque d'y perdre leur propre vie locale. Folklorisation des us et coutumes locales, spéculation immobilière rendant presque inabordables la possibilité de se loger font que l'invitation au voyage renvoie à une dissolution de sens dans l'excès d'une logique consumériste implacable.

Définition

Dénaturation : changement entraînant la perte de l'état de nature ; modification des propriétés ou caractéristiques d'un objet ou d'un être.

Document

Départ

Je hais les voyages et les explorateurs. Et voici que je m'apprête à raconter mes expéditions. Mais que de temps pour m'y résoudre ! Quinze ans ont passé depuis que j'ai quitté pour la dernière fois le Brésil et, pendant toutes ces années, j'ai souvent projeté d'entreprendre ce livre ; chaque fois, une sorte de honte et de dégoût m'en ont empêché. Eh quoi ? Faut-il narrer par le menu tant de détails insipides, d'événements insignifiants ? L'aventure n'a pas de place dans la profession d'ethnographe ; elle en est seulement une servitude, elle pèse sur le travail efficace du poids des semaines ou des mois perdus en chemin ; des heures oisives pendant que l'informateur se dérobe ; de la faim, de la fatigue, parfois de la maladie ; et toujours, de ces mille corvées qui rongent les jours en pure perte et réduisent la vie dangereuse au cœur de la forêt vierge à une imitation du service militaire… Qu'il faille tant d'efforts, et de vaines dépenses pour atteindre l'objet de nos études ne confère aucun prix à ce qu'il faudrait plutôt considérer comme l'aspect négatif de notre métier. Les vérités que nous allons chercher si

▶▶▶

loin n'ont de valeur que dépouillées de cette gangue[1]. On peut, certes, consacrer six mois de voyage, de privations et d'écœurante lassitude à la collecte (qui prendra quelques jours, parfois quelques heures) d'un mythe inédit, d'une règle de mariage nouvelle, d'une liste complète de noms claniques mais cette scorie[2] de la mémoire : « À 5h30 du matin, nous entrions en rade de Recife tandis que piaillaient les mouettes et qu'une flottille de marchands de fruits exotiques se pressait le long de la coque », un si pauvre souvenir mérite-t-il que je lève la plume pour le fixer ? [...]
C'est un métier, maintenant que d'être explorateur ; métier qui consiste, non pas, comme on pourrait le croire, à découvrir au terme d'années studieuses des faits restés inconnus, mais à parcourir un nombre élevé de kilomètres et à rassembler des projections fixes ou animées, de préférence en couleurs, grâce à quoi on remplira une salle plusieurs jours de suite, d'une foule d'auditeurs auxquels des platitudes et des banalités sembleront miraculeusement transmutées en révélations pour la seule raison qu'au lieu de démarquer sur place leur auteur les aura sanctifiées par un parcours de vingt mille kilomètres.

Claude Lévi-Strauss, *Tristes Tropiques*, Éditions Plon, 1955.

1. **Gangue :** ce qui entoure, enveloppe ou cache.
2. **Scorie :** résidu.

Dès cet incipit (début du livre), Lévi-Strauss prend ses distances avec le récit de voyage et la description de l'exotisme et de l'aventure. Son propos est de rechercher le principe même de la civilisation dans l'expérience du voyage et de ses rencontres avec des peuples indigènes, mais également des sociétés considérées comme primitives. Le tout n'est pas d'évoquer des anecdotes futiles, des banalités dans les kilomètres engloutis, mais de trouver enfin la vérité de l'être à travers le voyage.

• **L'invitation au voyage et la problématique écologique.** L'invitation au voyage peut devenir problématique pour l'environnement. En effet, les territoires accueillant les touristes doivent se pourvoir des infrastructures nécessaires pour accueillir toute cette activité. On assiste alors à une bétonisation qui défigure les paysages, saturant les lieux par une surpopulation. Des sites d'exception comme les îles Galapagos, le Machu Picchu ou les tombeaux d'Égypte sont en péril. Les ressources naturelles subissent une pollution qui menace la biodiversité. L'impact du développement du trafic aérien représente à lui seul près de 2 à 3 % des émissions mondiales de gaz à effet de serre. La pollution sonore rend insupportable le quotidien des locaux. Par exemple, Venise accueille chaque année près de 25 à 30 millions de touristes. Cela met en péril la vie même des Vénitiens qui voient également leur lagune, déjà fragile et instable, menacée par les bateaux de croisières toujours plus nombreux et imposants.

Définition

Biodiversité : ensemble des êtres vivants et des écosystèmes dans lesquels ils évoluent (micro-organismes, végétaux, etc.)

▲ Un grand nombre de touristes découvrent le Machu Picchu, au Pérou, 2018.

Le Machu Picchu, cité construite au XVe siècle dans l'actuel Pérou, est un des rares vestiges de la civilisation inca. Il a été découvert en 1911 par Hiram Bingham, un architecte et explorateur américain. Depuis, le site ne cesse d'être visité, voire piétiné par des cohortes de touristes toujours plus nombreuses, allant jusqu'à un million par an. Cette invasion permanente met en péril le site lui-même, révélant ainsi les limites d'un tourisme effréné.

• **La dénaturation de l'Ailleurs.** À force de s'enfermer dans une volonté financière et une logique consumériste, une uniformisation des lieux et une banalisation de l'invitation au voyage apparaissent. Non seulement les foules se pressent dans des lieux considérés comme emblématiques et donc iconiques, mais en plus c'est à celui qui saura faire le *selfie* le plus sensationnel. C'est ainsi que les sites sont envahis par des bus de touristes toujours plus nombreux. On s'amasse devant les monuments, parfois emprisonnés par un déferlement de publicités qui abîment l'authenticité même des lieux. On tente comme on peut de se prendre en photo, de garder une trace de son passage dans ces lieux mythiques. Puis on remonte dans son bus et on s'en va, tournant le dos à un ailleurs abîmé par les flots incessants de touristes, à tel point que certains sites en sont menacés : Pompéi se voit toujours plus fragilisée par la venue de tous ses visiteurs.

2 L'invitation au voyage : la responsabilité du voyageur

• **L'invitation au voyage ou l'invitation au sens.** Le voyageur chemine, parcourt le monde. Il se frotte à lui et se confronte à l'altérité, à ce qui n'est pas lui. De fait, l'accomplissement d'un voyage engage l'individu dans la quête de l'autre, mais aussi de soi. Car c'est à travers les expériences inédites, ce à quoi nous ne sommes pas habitués que l'on se révèle, que l'on apparaît tel que l'on est. Comme le disait Montaigne, le voyage est là pour nous apprendre à « frotter et limer notre cervelle contre celle d'autrui » et ainsi faire jaillir ce que nous sommes. C'est donc dans ce jaillissement de notre vrai être que le voyage prend tout son sens. C'est au voyageur à savoir sémantiser le voyage qu'il entreprend. Il s'agit donc de savoir dépasser la passivité pour se rendre acteur de son propre cheminement. Car voyager sans donner du sens, c'est errer, s'expatrier et donc s'exclure de ce que l'on est.

Définition

Sémantiser : donner du sens.

Document

Il ne suffit pas pour s'instruire de courir les pays. Il faut savoir voyager. Pour observer il faut avoir des yeux et les tourner vers l'objet qu'on veut connaître. Il y a beaucoup de gens que les voyages instruisent encore moins que les livres ; parce qu'ils ignorent l'art de penser, que dans la lecture leur esprit est au moins guidé par l'auteur, et que dans leurs voyages ils ne savent rien voir d'eux-mêmes.

Jean-Jacques Rousseau, *Émile ou De l'éducation*, 1762.

Dans cet extrait, c'est la connaissance de l'homme qui est en jeu par le voyage. Rousseau le détermine comme révélateur de la réalité du voyageur, ce qui passe avant tout par le sens que l'on donne au cheminement que l'on entreprend. Il est donc nécessaire de savoir s'engager, se donner entier, faisant de l'invitation au voyage une expérience fondatrice dans la quête de ce que l'on est.

• **De nouvelles façons de voyager.** De ce sens donné au voyage naissent des façons de voyager autrement, qui se construisent à contre-courant du tourisme de masse. Le tourisme solidaire se veut éthique et responsable. Il a pour finalité de respecter l'environnement, tout en permettant une mutualisation des bénéfices. En effet, ce sont les locaux des régions ou pays visités qui en profitent également. Car c'est dans le strict respect de la nature environnante, tout en ayant la certitude que les sommes dépensées vont profiter aux populations locales que les voyageurs cheminent. Autre forme de tourisme : le tourisme culturel dont l'objectif est de faire découvrir le patrimoine culturel et le mode de vie d'une région ainsi que de ses habitants. Le *woofing* est aussi une alternative au tourisme de masse. Le dispositif est simple : il s'agit de travailler au sein d'une ferme biologique en échange du gîte et du couvert. En contrepartie, le *woofer* bénéficie d'un hébergement et des repas sur une courte ou longue durée (variant de quelques jours à quelques mois). En somme, le voyageur engage sa responsabilité pour donner du sens au voyage.

- **Le retour « plein d'usage et de raison ».** Le voyage nous délivre. C'est par lui que se forge l'être et qu'il se révèle. Il nous guérit de maux passagers qui nous affligent. Le voyage se passe de motif, mais il est fondateur dans ce que l'on est. Et c'est uniquement quand on est revenu que l'on prend la pleine mesure du cheminement accompli, à la fois géographique, mais existentiel. Car dans le retour, on est devenu Autre, pleinement conscient de cette métamorphose, forgée par l'invitation au voyage.

Document

Heureux qui, comme Ulysse, a fait un beau voyage,
Ou comme cestuy-là qui conquit la toison,
Et puis est retourné, plein d'usage et raison,
Vivre entre ses parents le reste de son âge !

Quand reverrai-je, hélas, de mon petit village
Fumer la cheminée, et en quelle saison
Reverrai-je le clos de ma pauvre maison,
Qui m'est une province, et beaucoup davantage ?

Plus me plaît le séjour qu'ont bâti mes aïeux
Que des palais romains le front audacieux,
Plus que le marbre dur me plaît l'ardoise fine,

Plus mon Loir gaulois, que le Tibre latin,
Plus mon petit Liré, que le mont Palatin,
Et plus que l'air marin la doulceur angevine.

Joachim du Bellay, *Les Regrets*, 1558.

Dans ce sonnet, le poète affirme la beauté du voyage comme expérience fondatrice. Il est source « d'usage et raison », en somme d'expérience. Mais ce qui est le plus essentiel, c'est le retour au bercail, le fait de regagner ses Pénates, de retrouver son logis et les siens, ainsi transformé, modelé par la route accomplie et l'expérience amassée.

Conclusion

Pour conclure, **l'invitation au voyage résonne comme un appel, une incitation de l'être à s'engager dans le chemin, à se découvrir au contact d'autres cultures**. C'est être celui qui quitte son quotidien pour des motifs multiples, mais surtout **pour revenir autre, et ainsi accomplir pleinement ce qu'il doit être** grâce au voyage entrepris et à l'expérience de soi et des personnes rencontrées. C'est donc **un éveil de soi pour se réaliser**. Pourtant, **l'invitation au voyage connaît des dérives** : dénaturation et uniformisation des sites touristiques emblématiques, tourisme de masse, perte de l'authenticité. **Tout se joue dans le sens que le voyageur donne à son cheminement**.

Tableau de références

Thème 2 : Invitation au voyage…

Dans le tableau suivant, vous trouverez des références culturelles non exhaustives liées aux différentes parties du thème « Invitation au voyage… ». Ces références couvrent les supports artistiques suivants : les écrits littéraires (en **noir**) ; les références filmographiques (en **bleu**) ; les œuvres picturales (en **vert**) ; les œuvres musicales (en **orange**).

Problématiques	Notions clés	Références
1. L'invitation au voyage : un appel		
1. L'invitation au voyage : prendre un nouveau chemin	• La réponse à un appel • Le voyageur en devenir • L'amorce de l'invitation au voyage • L'expérience du parcours	• Nicolas Bouvier et Thierry Vernet, *L'Usage du monde* • Eugène Labiche et Édouard Martin, *Le Voyage de Monsieur Perrichon* • Edward Hopper, *Compartiment C, voiture 293* • Claude Monet, *La Gare Saint-Lazare* • Charles Aznavour, *Emmenez-moi* • Étienne Daho, *Week-end à Rome*
2. L'invitation au voyage et sa finitude	• L'après de l'invitation au voyage • L'écriture du voyage • Le refus de l'invitation	• Christophe Blain, *Carnet polaire* • Christophe Colomb, *La Découverte de l'Amérique* • Kevin Costner, *Danse avec les loups* • Augustus Leopold Egg, *Les Compagnes de voyage*
2. L'expérience du voyage		
1. La découverte de l'ailleurs	• L'ailleurs pour s'ouvrir à d'autres cultures et se former • L'ailleurs, un apprentissage formateur pour la jeunesse • Les chemins menant vers l'ailleurs, véritable source d'inspiration	• Lucie Azema, *Les femmes aussi sont du voyage – L'émancipation par le départ* • Charles Baudelaire, « L'Invitation au voyage », *Les Fleurs du mal* • Édouard Deluc, *Gauguin – Voyage de Tahiti* • Cédric Klapisch, *L'Auberge espagnole* • Paul Gauguin, *Femmes de Tahiti* • Nicolas Poussin, *Paysage avec Orphée et Eurydice* • Jean-Jacques Goldman, *Là-bas*
2. Découvrir l'Autre pour devenir autre	• La rencontre de l'Autre • L'émerveillement de l'Autre • Le changement de l'Être par l'Autre	• Nicolas Bouvier et Thierry Vernet, *L'Usage du monde* • Marco Polo, *Le Livre des merveilles* • Voltaire, *Candide ou l'Optimisme* • Jean-Jacques Annaud, *Sept Ans au Tibet* • James Cameron, *Titanic*
3. Les dérives de l'invitation au voyage		
1. Les effets du mercantilisme	• L'invitation au voyage ou l'explosion du tourisme de masse • L'invitation au voyage et la problématique écologique • La dénaturation de l'Ailleurs	• Claude Lévi-Strauss, *Tristes Tropiques* • John Huston, *L'Homme qui voulut être roi* • Martin Parr, *La Tour de Pise*
2. L'invitation au voyage : la responsabilité du voyageur	• L'invitation au voyage ou l'invitation au sens • De nouvelles façons de voyager • Le retour « plein d'usage et de raison »	• Joachim du Bellay, « Heureux qui comme Ulysse », *Les Regrets* • Homère, *L'Odyssée* • Jean-Jacques Rousseau, *Émile ou De l'éducation* • Jamie Uys, *Les Dieux sont tombés sur la tête* • Jacques Brel, *La quête*

Anglais

L'ÉPREUVE

Présentation de l'épreuve d'Anglais

Épreuve orale
Durée : **20 min**
Coefficient : **3**

1 Les modalités d'évaluation

- Les instructions officielles définissent le **déroulement** de l'épreuve : la sous-épreuve consiste en un **oral d'une durée maximale de 20 minutes** précédé de 20 minutes de préparation. La sous-épreuve prend appui sur un texte/et ou un document en anglais, de nature écrite, en lien avec le domaine professionnel relevant de l'aire anglophone.
- Le candidat dispose d'abord de 10 minutes pour présenter en anglais les grandes lignes du texte ou du document utilisé comme support.
- Cette prise de parole en continu sert d'amorce à une **conversation** conduite, toujours en anglais, par l'examinateur, en prenant appui sur l'exposé du candidat.

2 Le jour de l'examen

- L'examinateur ou le jury vous posera des questions qui ne seront ni des questions de cours ni une vérification de vos connaissances, mais qui sont destinées a vous permettre de rebondir, de faire entendre votre anglais.
- Pendant le temps de préparation, prenez des notes de façon organisée comme pour un compte-rendu, repérez les axes de la problématique, préparez des pistes d'élargissement en anticipant les questions possibles sur le thème du texte.

Astuce

Parlez ! On évaluera autant votre aptitude à comprendre les questions et à y réagir que la qualité de votre anglais oral.

3 Comment se préparer ?

- **Tout au long de l'année, lisez en anglais et en français** dans le domaine professionnel qui est le vôtre, et le jour de l'examen, pensez à mobiliser vos connaissances et votre culture générale.
- **Écoutez la radio, regardez la télévision en anglais.** BBC Radio 4 diffuse sur les ondes longues, et vous pouvez bien sûr accéder à de nombreuses radios par Internet.

Cinq minutes d'écoute active tous les jours valent mieux qu'une demi-heure une fois par semaine : choisissez une émission ou un sujet qui vous intéresse et prenez des notes. Vous pouvez également enregistrer quelques minutes pour pouvoir réécouter ensuite, et répéter quelques phrases.

1 Les différents types de documents

Les textes et documents choisis pour les sujets sont en général extraits de la **presse britannique ou américaine** (quotidiens ou magazines, revues spécialisées dans le domaine du travail), mais ils peuvent également provenir de sites Internet (journaux en ligne), ou prendre la forme d'une transcription d'émission télévisuelle ou radiophonique.

1 Les sources

Connaître la source du document permet de se faire une idée du type de contenu auquel vous allez avoir affaire. Par ailleurs, vous devez indiquer cette source dans l'introduction. Voici les titres des principaux journaux et revues britanniques et américains.

A La presse britannique

• **Les quotidiens de qualité** (broadsheets). Tous ces quotidiens ont leur édition du dimanche, qui comporte plusieurs cahiers thématiques.

The Daily Telegraph, The Sunday Telegraph : tendance conservatrice.
The Times, The Sunday Times : le grand journal de la bourgeoisie anglaise, centre droit.
The Independent, The Independent on Sunday : publie aussi une édition format tabloïd. Tendance centre gauche.
The Guardian, The Observer : orientés à gauche.

• **La presse à sensation** : les tabloïds.

The Daily Express, The Sun.
The Mirror, The Daily Mail.
The Evening Standard : le journal de Londres.

• **Les hebdomadaires d'actualité**

The Financial Times : le journal de la finance.
The Economist : malgré son titre, analyse tous les aspects de l'actualité internationale.
The New Statesman : politique, société, culture.
The New Scientist.

B La presse américaine

• **Les quotidiens.** Les Américains préférant lire la presse locale, il y a plus de 1800 quotidiens aux États-Unis. Les plus connus sont :

The Washington Post.
The New York Times, qui publie également The International New York Times, que l'on trouve facilement à l'étranger.
The Los Angeles Times, The Wall Street Journal, USA Today.

• **Les hebdomadaires d'actualité**

Time Magazine, Newsweek, US News and World Report, Business Week, orienté vers le monde de l'entreprise.

2 S'entraîner

Lire la presse anglaise ou américaine pendant l'année, c'est vous familiariser avec un lexique et des tournures que vous assimilerez presque sans y penser. Tous les grands journaux ont des **éditions en ligne** qu'il est facile de consulter depuis chez vous ou en bibliothèque.

Sur Internet

Vous pouvez consulter le site de la **BBC** (www.bbc.co.uk) où l'on peut entendre de l'anglais sur tous les sujets.

2 Lire et comprendre le texte

Lire et comprendre le texte est bien sûr la première étape, et c'est la clé de la réussite. Avec un peu de méthode et de l'entraînement, vous prendrez l'habitude de l'exercice et vous saurez quoi chercher et où le trouver.

1 Prendre ses repères

Avant même de commencer à lire le texte, certains éléments peuvent vous renseigner sur la **nature du contenu** : la publication (anglaise ou américaine, généraliste ou spécialisée), le type de document (article de presse, transcription d'émission radio, site Internet), l'illustration éventuellement.

2 La syntaxe et le lexique de l'article de presse

Les titres utilisent généralement des tournures **elliptiques** (c'est-à-dire dans lesquelles il manque un ou plusieurs termes sans que cela ne nuise à la compréhension) : E mail's about to get better, An Open and Shut Case, etc. Dans ce cas, le sous-titre ou le chapeau indiquent fréquemment le sujet de l'article. Apprenez à repérer d'autres caractéristiques :

– **L'utilisation de nombreux passifs**, en particulier dans les phrases rapportant des paroles ou des attitudes : The President **is reported to** have views over... On trouvera ainsi : is expected to, is said to, is rumoured to.
Tous ces passifs correspondraient à « on » en français : « On dit que le président..., on s'attend à ce qu'il... », etc. Ils signalent un manque de précision dans l'origine de l'information.

– **Des adverbes** comme allegedly, reportedly (on dit que / on prétend que, etc.) permettent également au journaliste de masquer ses sources,ou bien de révéler un point de vue.

– **Les citations** sont souvent introduites ou suivies par l'inversion : says X.

Conseil

Après avoir lu le titre et le sous-titre, prenez le temps de vous poser les questions suivantes : que vais-je lire dans cet article ? Qu'est-ce que je connais sur le sujet ? Qu'est-ce que j'aimerais apprendre ?

3 Trouver le sujet

Ce qu'il faut repérer :

• **Le lieu, la (ou les) date(s).** S'agit-il d'un article lié à un événement précis, ou bien est-ce un article de réflexion plus général ?

• **Les noms propres.** Les noms sont-ils importants (personnes connues, décideurs, etc.) ou bien s'agit-il de personnes inconnues du grand public qui ont simplement été interviewées pour l'article ou juste citées ?

Conseil

N'hésitez pas à écrire sur le texte (au crayon à papier pour ne pas le rendre illisible). Entourez les mots essentiels. Ce que vous comprenez vous aide, c'est sur cela que vous devez vous appuyer !

• **Les mots qui sont répétés, ceux qui vont ensemble (champs lexicaux).** Ils vous mèneront directement au thème de l'article ;

Voir p. 463

• **Les mots transparents** qui ressemblent tant au français peuvent souvent vous aider. (Voir la liste de faux-amis à connaître.)

4 Repérer la structure d'un article

A Les idées

C'est souvent le premier paragraphe qui contient l'essentiel de l'information, parfois sous forme d'anecdote pour mieux « accrocher » le lecteur. Vous aurez intérêt à le lire soigneusement.
La **première phrase** contient généralement l'idée directrice qui sera étoffée et développée dans le reste du paragraphe. Prêtez-y donc une attention toute particulière.

B Les articulations

Ce sont les **mots de liaison** qui vous aident à repérer les articulations du texte et à comprendre sous quel angle les faits sont présentés.
Voici la liste de mots de liaison qu'il faut connaître :

Le mot	On l'utilise pour…	Sa traduction
First / Firstly	introduire une idée	D'abord / Premièrement
And / Besides / Moreover / What's more / In addition / At the same time	ajouter ou compléter un argument ou une idée	Et / De plus / En outre / En même temps
For instance … say	introduire un exemple	Par exemple … disons
Or / Or else	présenter une autre idée, une autre interprétation	Ou / Ou bien
That is / That is to say / i.e.	expliciter, préciser	… c'est-à-dire
Above all / Over all / Mostly	insister sur un point	Surtout
Let alone / not least	suggérer qu'il y a encore un argument, une idée, un fait qui pourrait être pris en compte	… sans parler de
As it is Indeed / As a matter of fact	nuancer	Les choses étant ce qu'elles sont… En réalité,…
So / Therefore / Thus / Consequently / As a result	exprimer un rapport de cause à conséquence	Donc / Par conséquent
That's why	donner la raison, la cause	C'est pourquoi
On the one hand… on the other hand	opposer deux arguments, deux idées	D'une part… d'autre part
Finally / Lastly / To conclude	conclure	Finalement / Pour conclure

5 Que faire des mots inconnus ?

Pour accéder efficacement au sens d'un mot, il faut passer par quelques étapes indispensables.

• **Tout d'abord, il faut identifier la nature du mot** (verbe transitif ou non, nom, adjectif, composé ou non, adverbe, etc.), et sa **fonction** dans la phrase : est-ce un sujet, un complément d'objet direct, un complément d'agent, un complément circonstanciel… ?

• **Cherchez le radical,** pensez aux règles de dérivation et de composition.

> **Exemple :** inconsiderately = in + considerate + ly. C'est un adverbe dérivé de l'adjectif inconsiderate, lui-même formé à partir du verbe consider (= considérer), du préfixe privatif in- et du suffixe -ate (= inconsidéré). Il se traduit par l'adverbe français « inconsidérément ».

• **Pour comprendre les mots composés** et les expressions complexes, pensez à partir de la droite pour « remonter » la chaîne des mots anglais.
The North America Free Trade Agreement = l'Accord de libre-échange nord-américain
The Common Agricultural Policy = la Politique agricole commune
Aggressive advertising techniques = des techniques publicitaires agressives

• **Pensez aux mots proches que vous connaissez** et qui peuvent vous fournir des indices : les mots transparents, bien sûr, mais aussi ceux qui ne le sont pas en apparence. Apprenez à reconnaître les parentés entre l'anglais et le français : si recognize peut vous sembler obscur, le rapprochement avec l'adjectif français « cognitif » vous mettra sur la voie de la « connaissance » et du verbe « reconnaître ».

• Au cours de l'année, relevez les correspondances entre les formes des deux langues. Elles vous aideront à anticiper le sens de mots nouveaux.

> **Exemple**
> • Les mots qui commencent par sp- en anglais correspondent souvent à des mots qui commencent par esp- ou ép- en français.
> spy = espion ; spices = épices ; spinach = épinards ; spirit = l'esprit ; sponge = l'éponge
> • Les mots qui contiennent les consonnes -st- peuvent souvent être rapprochés de mots français contenant un accent circonflexe et la consonne -t.
> coast = la côte ; forest = la forêt ; castle = le château ; beast = la bête ; feast = le festin, la fête ; mast = le mât ; paste = une pâte

• **Enfin, n'oubliez pas de confronter le mot à son contexte !** Si le sens d'un mot vous résiste, procédez par déduction. Remplacez le mot par thing et relisez en rassemblant les indices : que savez-vous sur le thing ?

6 Quelques sigles à connaître

EEC (European Economic Community) = CEE (Communauté économique européenne)

EU (European Union) = UE (Union européenne)

GNP (Gross National Product) = PNB (Produit National Brut)

IMF (International Monetary Fund) = FMI (Fonds monétaire international)

NATO (North Atlantic Treaty Organization) = OTAN (Organisation du traité de l'Atlantique nord)

OECD (Organisation for Economic Cooperation and Development)
= OCDE (Organisation de coopération et de développement économique)

OPEC (Organisation of Petroleum Exporting Countries)
= OPEP (Organisation des pays exportateurs de pétrole)

STD (Sexually Transmitted Disease) = MST (Maladie sexuellement transmissible)
UFO (Unidentified Flying Object) = OVNI (Objet volant non identifié)
UNO (United Nations Organization) = ONU (Organisation des Nations unies)
WHO (World Health Organization) = OMS (Organisation mondiale de la santé)

7 Quelques problèmes d'interprétation

A Les particules adverbiales

Les particules adverbiales modifient le sens des verbes qu'elles accompagnent. En voici quelques-unes :

about	It's nice to walk **about** and see the sights.	→ de-ci, de-là
	The company is **about** to go bankrupt.	→ sur le point de
across	I came **across** Mr Jones in Moscow.	→ rencontre
	The goods will be shipped **across** the ocean in air-tight containers.	→ traversée
along	They rode **along** for a few minutes.	→ mouvement en avant
	Come **along**!	→ accompagnement
away	His worries are taking time **away** from his duties.	→ éloignement
	She was typing **away**, listening to the radio.	→ continuité
back	Come **back** about two o'clock.	→ mouvement en arrière
	Don't answer **back**.	→ riposte
by	Trains flashed **by** them.	→ passage
down	Sit **down** and have a talk.	→ mouvement vers le bas
	The prices have gone **down** again.	→ diminution
for	I'm going to run **for** president.	→ but
in	The roof started to cave **in**.	→ mouvement vers l'intérieur
	Fill **in** the form and send it back to us.	→ écriture (formulaires)
off	He's been laid **off**.	→ interruption
	It sold **off** last fall.	→ fin
	Maybe the bracelet fell **off** Jane's wrist.	→ éloignement
on	Prices keep **on** soaring.	→ mouvement continu
	The computer is **on**.	→ en fonctionnement
out	The computer works **out** where it is.	→ extraction
	Time is running **out**.	→ épuisement
	The secretary handed **out** the files.	→ distribution
	The press churns **out** one page after another.	→ mouvement vers l'extérieur
over	I've said this over and **over** again.	→ répétition
	Game **over**.	→ fin
through	Let's go **through** the dossier again.	→ passage, traversée
up	I need to check **up** on holiday destinations.	→ mouvement vers le haut
	Do you know who you are **up** against?	→ face-à-face
	What are they getting **up** to?	→ préparation

B Les formes en -ing

Les formes en **-ing** peuvent se traduire :

• par un nom

The **launching** of a new advertising campaign needs to be perfectly planned.

→ Le lancement d'une nouvelle campagne de publicité doit être planifié à la perfection.

• par un participe présent

One day, **looking** down the ad. column of the "Evening Standard"...

→ Un jour, en parcourant la colonne des petites annonces dans l'*Evening Standard*...

• par un infinitif

Many people prefer **working** in an open-plan office.

→ Beaucoup de gens préfèrent travailler dans un bureau en *openspace*.

• par une proposition

Their **filing** a petition in bankruptcy is terrible news for all the employees.

→ Le fait qu'ils déposent le bilan est une terrible nouvelle pour tous leurs employés.

C Les formes passives

Le passif est beaucoup plus souvent employé en anglais qu'en français. Il se traduit de différentes manières :

• « on »

We **were advised** to contact you. → On nous a conseillé de prendre contact avec vous.

• une forme impersonnelle

What **should be done**? → Que faudrait-il faire ?

• une forme pronominale

Her ambition **can be understood** if you consider the kind of life she's had.

→ Son ambition peut se comprendre si l'on regarde le genre de vie qu'elle a menée.

• une forme active avec changement de verbe

Your representative **was supposed** to contact us last week.

→ Votre représentant devait nous contacter la semaine dernière.

• un passif

They will have to face telling their customers that the goods **had not been cleared** through customs.

→ Ils devront se résoudre à dire à leurs clients que la marchandise n'avait pas été dédouanée.

3 La présentation orale

Il s'agit de proposer une présentation structurée de l'article dans laquelle vous mettrez en évidence le thème principal, avant de présenter les faits et d'expliquer les raisons et les solutions avancées par le journaliste.

1 La méthode

• Vous devez dans un premier temps **repérer le thème et le(s) point(s) de vue exprimé(s)** dans le texte (la **thèse** du texte), puis faire une explication qui introduise le document et restitue son contenu de manière ordonnée, en hiérarchisant les informations.

• La plus grande difficulté est de ne garder que l'essentiel, de déterminer si l'information a de l'importance ou si elle ne sert qu'à rendre l'article plus vivant. La presse anglophone utilise souvent une anecdote en début d'article pour introduire l'idée, le problème qui va être développé ensuite, ce qui permet au lecteur de bien en mesurer les applications concrètes.

> **Exemple**
> Pour introduire un article sur la peine de mort aux États-Unis, le journaliste commencera par décrire la situation d'un condamné dans le couloir de la mort d'une prison du Texas. Attention, dans ce cas-là, à ne pas présenter l'article comme portant sur cette personne alors qu'elle n'est que l'illustration du problème.

> **Conseil**
> Vous pouvez noter les idées principales au brouillon et ensuite voir comment elles s'articulent. **Faites des flèches**, mettez les idées en relation, demandez-vous quelle est la cause ou la conséquence, ce qui est positif ou négatif. Vous pouvez aussi faire un tableau pour classer les idées au fur et à mesure de la lecture.
> **Notez les points importants** que vous voulez aborder, ainsi que le lexique et les structures qui vont vous permettre de parler du document. Ne perdez pas de temps à rédiger des phrases de présentation : vous n'êtes pas censé lire un discours mais participer à une conversation.

• Il est difficile de donner des règles précises dans ce domaine, tant il est vrai que cela va dépendre du texte que vous aurez sous les yeux. On peut tout de même dire que les noms de personnes sont généralement peu importants, à moins qu'il ne s'agisse de personnalités connues dans la vie publique ou dans le domaine professionnel. De même, pour les noms de lieux, essayez d'évaluer si l'endroit a de l'importance en lui-même, ou s'il représente seulement un type d'endroit lié à un type d'activité ou de problème.

2 La mise en œuvre

A L'introduction

C'est l'introduction qui donne la première impression.

• Vous pouvez éveiller la curiosité de l'examinateur par une phrase d'accroche qui présente le sujet en rappelant un fait historique ou d'actualité qui permet de replacer le texte dans un contexte plus large ou bien par une anecdote personnelle ou une définition des termes du sujet.

• L'introduction doit indiquer **l'origine** du ou des documents (les sources), et la **date** (l'année peut suffire si vous avez plusieurs documents). Vous devez bien connaître les noms des principaux journaux et magazines britanniques et américains, de manière à pouvoir donner cette précision dans l'introduction.

• L'introduction doit également annoncer le **thème principal** du ou des document(s), et annoncer une **problématique**, c'est-à-dire les grands axes autour desquels s'organise votre compte-rendu.

Remarque

Ne dites pas *~~This document of the Guardian on the seventh of March 2013~~ mais *This article published in The Guardian on the seventh of March, 2013...*

B Le développement

C'est dans le développement que vous détaillez les axes évoqués dans l'introduction. Soyez précis et concis.

Vous devez en général identifier les éléments suivants :

1. *The subject / the topic*

En une phrase concise, et avec la plus grande précision possible, indiquez quel est le sujet du texte, puis répondez aux questions What / Where / When. Faites comme si l'examinateur ne connaissait pas le texte : c'est à vous de l'éclairer.

N'oubliez pas qu'un article de presse est nourri de l'actualité. La question principale pour le lecteur est donc What's new?

2. *The subject in detail*

Why / who / causes / examples / consequences / problems / solutions

3. *The debate*

S'il y a débat, repérez les participants et regroupez-les selon les points de vue et les opinions exprimés : opponents / supporters, arguments in favour / arguments against.

Les éléments 1, 2 et 3 sont très factuels et constituent la colonne vertébrale de votre explication.

Remarque

Il s'agit de développer des idées logiques, adaptées au texte, et de manière organisée. Montrez que vous êtes capable de prendre du recul par rapport au document et de ne pas vous limiter à votre propre opinion. Vous pouvez donner votre avis sur la question évoquée par le texte mais de façon aussi subtile, nuancée et argumentée que possible. Ne cherchez pas à plaquer un cours ou des connaissances si ce n'est pas absolument pertinent.

4. *Significance of the phenomenon in the world today*

Est-ce un phénomène nouveau, qui a des échos dans le passé, des conséquences dans le futur ? Soignez ce point qui prépare et introduit l'entretien en invitant l'examinateur à vous suivre.

N'oubliez pas les mots de liaison pour hiérarchiser les idées.

C La conclusion

• Il s'agit là de rendre compte de la conclusion explicite ou implicite du texte, ce qui revient à résumer la question centrale, ses enjeux, ou les perspectives envisagées pour l'avenir. Une phrase suffit !

• La conclusion ne doit en aucun cas répéter les éléments de votre introduction, ni se contenter de reprendre votre plan. Rien de pire qu'une introduction qui annoncerait « Je vais maintenant vous expliquer A, B et C. » suivie d'une conclusion qui dirait : « Nous avons donc vu A, B et C. » Il faut essayer de poser une question, d'ouvrir sur un autre sujet, de montrer en quoi l'article a permis à votre réflexion d'avancer.

Conseil

Ne terminez jamais par *That's all!* mais faites en sorte que votre attitude, votre intonation et vos propos signalent que vous êtes parvenu au terme de votre exposé, et que vous êtes maintenant prêt à entamer l'entretien.

4 Répondre aux questions

Le but de l'entretien est de permettre à l'examinateur d'**évaluer votre aptitude à échanger à l'oral en anglais**. Les instructions officielles recommandent une conversation sur l'article. Il ne s'agit pas de vous piéger, mais de vous tendre des perches qui vous permettent de prendre part à cette conversation.

1 Comprendre ce que l'on vous demande

Les questions que l'examinateur peut vous poser sont de plusieurs types.

A Les questions de compréhension

- On vous demande d'expliciter un passage, une expression, ou un mot du texte :

Exemple

- On vous demande d'expliquer ce que Bridget Hogg veut dire dans la phrase suivante : "I would advise any secretary thinking about taking a job where hot-desking is the norm to carefully consider their suitability to this way of working."
- Vous devez montrer que vous comprenez cette phrase longue et complexe. Il faut reformuler, c'est-à-dire employer des mots différents pour dire la même chose.

- On peut vouloir vérifier si vous avez bien compris les enjeux du texte et si vous êtes capable de les expliquer :

Exemples

- Do you think the job-for-life culture is coming to an end?

Il vous faudra, en relisant le texte, essayer de définir l'expression job-for-life culture. Il s'agit d'en comprendre le sens par contraste avec ce qui est décrit comme étant la tendance actuelle.

- According to the text, do all the new developments expected from Poland's entry into the EU make Polish farmers happy? What are their reasons for being happy and their fears?

Dans une question de ce type, certains éléments doivent attirer votre attention et orienter votre réflexion : dans la première question le mot all suggère la possibilité d'une restriction (not all the developments, only some of them do, the others don't) confirmée dans la question suivante par l'opposition happy / fears.

Conseil

Ayez préparé quelques phrases au sujet des stages que vous avez effectués, de ce que vous y avez appris, du type d'entreprise et d'activité dont il s'agissait. Vous ne serez pas nécessairement interrogé à ce propos, mais vous produirez une impression désastreuse si vous n'êtes pas capable de décrire votre expérience en deux mots. Cherchez le vocabulaire utile, faites-vous une fiche. Sachez également parler de vos projets professionnels et personnels.

B Les questions personnelles

On vous demande votre avis, on s'intéresse à votre expérience, à votre réflexion autour du thème général du texte, à vos connaissances, à votre culture dans votre domaine professionnel :

Do you think e-mailing is threatened by the rise of spam, scams and viruses?

Would you like to work as a temp?

2 Trouver les éléments de réponse

A Comment procéder

• **Pour répondre aux questions de compréhension,** il suffit souvent de **reformuler** et de clarifier le sens du passage. Une paraphrase intelligente montre en général que vous avez bien compris. Si ce n'est pas le cas, vous pouvez prendre quelques précautions oratoires et dire : I'm not sure but I think that the journalist means that… / What I understand is that…

• **Pour répondre aux questions plus personnelles,** il faut rassembler rapidement quelques idées, puis les exposer de façon simple et cohérente. Ne commencez pas par donner votre opinion, même si on vous la demande : exposez brièvement le sujet, ses enjeux, les divers arguments possibles, et donnez votre avis à la fin. Il s'agit de montrer que vous êtes capable de prendre du recul.

• **Pour amorcer votre réflexion** lorsqu'on vous demande votre opinion à l'aide d'une question fermée du type : Do you think e-mailing is threatened by the rise of spam, scams and viruses?, **pensez aux axes oui/non/peut-être**, ou bien encore passé/présent/futur.

B Vocabulaire utile

• **Opinion**

I think that… I believe that… In my opinion… It seems to me that… My opinion is that… For my part,… In my case,…

• **Doute / certitude**

I doubt that… I have great doubts about… I'd hesitate to say… I wonder whether… Obviously / Of course…

No doubt / Undoubtedly… It is true that… I feel (quite) certain that… I am (rather) convinced that…

• **Goûts**

I like / I enjoy / I am fond of / I am keen on + nom ou -ing… I don't think much of… I dislike / I hate

• **Préférences**

I much prefer sthg to sthg… I prefer to do sthg than to do sthg… I prefer doing sth than doing sth… I'd rather do this than do that…

3 Adopter la bonne attitude

L'examinateur s'intéresse certes au contenu de votre exposé, mais également à la manière dont vous le présentez : c'est bien d'une épreuve orale qu'il s'agit.

> **Conseil**
> Ne lisez pas vos notes, regardez l'examinateur, parlez clairement, et souriez.

• **Ne parlez pas français.** L'effort que vous faites pour vous exprimer correctement en anglais compte autant que ce que vous dites. Utilisez des périphrases pour dire les choses autrement. En dernier recours, vous pouvez demander « What's the English for…? », mais n'en abusez pas, car cela interrompt le rythme de votre exposé.

• **Soignez la prononciation.** On aura du mal à vous pardonner d'avoir mal prononcé author, article, journalist, written (sans diphtongue!), writer (avec diphtongue), etc.

4 S'entraîner

A En classe

L'entraînement à l'oral, qui se fait tout au long de l'année, est essentiel.

• **Prenez l'habitude de réagir à tous les documents proposés,** même ceux qui a priori ne vous intéressent pas. Prenez la parole, répondez à vos camarades, contredisez-les ou dites-leur que vous êtes d'accord avec eux, etc. Plus vous jouerez le jeu, moins vous serez déconcerté le jour de l'épreuve.

• **Apprenez à donner votre opinion,** à exprimer votre accord ou votre désaccord, à nuancer votre pensée.

B Chez vous

• Écoutez de l'anglais

Pour vous familiariser avec des accents, des débits différents, et apprendre à repérer les intonations et les rythmes naturels de la langue, il est indispensable de profiter de toutes les occasions d'écouter de l'anglais (ou de l'américain) authentique.

Vous pouvez écouter la radio en direct et regarder les chaînes de télévision anglaises et américaines. Sur Internet, vous pouvez vous abonner aux **podcasts de la BBC**, regarder **les vidéos du *New York Times***, etc. Vous aurez tout intérêt à consulter les sites suivants :

→ **BBC** www.bbc.co.uk
• BBC World service podcasts www.bbc.co.uk/podcasts/worldserviceradio
• 60 Second Idea to Improve the World (5') www.bbc.co.uk/podcasts/series/forum60sec

→ **Radio 4 podcasts** www.bbc.co.uk/podcasts/radio4
• Best of today – news & analyse (8') www.bbc.co.uk/podcasts/series/today

→ **American radio**
• VOA (Voice of America) www.voanews.com
• NPR (National Public Radio) www.npr.org
• WABC Radio www.wabcradio.com actualités et débats. Cliquez sur le bouton 'Live listening'.

→ **Sites d'actualités avec supports vidéo et audio**

PRESSE BRITANNIQUE
• *The Guardian* www.guardian.co.uk et www.guardian.co.uk/audio
• *The Independent* www.independent.co.uk
• *The Economist* www.economist.com

PRESSE AMÉRICAINE
• *The New York Times* www.nytimes.com et www.nytimes.com/pages/podcasts/index.html
• *The Washington Post* www.washingtonpost.com
• *USA Today* www.usatoday.com
• *Slate* www.slate.com

→ **Télévision**
• CNN us.cnn.com, articles et vidéos sur us.cnn.com/videos
• CBS News & CBS Evening News www.cbsnews.com, articles et vidéos
• Sky News, télévision en direct et à la demande news.sky.com

• Intéressez-vous à l'actualité

Lisez la presse, écoutez la radio, les informations des pays anglophones.
Soyez attentifs à l'actualité et cherchez-y des illustrations aux notions que vous étudiez en classe : vous aurez ainsi davantage de choses à dire.

• Faites des fiches thématiques de vocabulaire

Pour chacune des notions que vous aurez abordées dans l'année, notez le vocabulaire utile, les associations de mots les plus fréquentes, les expressions idiomatiques. Vous gagnerez du temps pour vos révisions et il vous sera plus facile de mobiliser le lexique utile le moment venu.

5 Lecture

L'examinateur peut vous demander de lire un passage du texte. Il s'agit d'un test de compréhension tout autant que d'une évaluation de votre prononciation.

1 Quelle stratégie ?

• Il faut avoir bien compris pour pouvoir bien lire. Il est donc logique de préparer cette partie de l'exercice en dernier, une fois que vous avez bien compris le texte. En effet, la lecture trahira immédiatement une mauvaise compréhension du passage.

• Réservez quelques minutes en fin de préparation pour relire le passage attentivement.

• Crayon en main, notez les syllabes accentuées, marquez les pauses et les endroits où vous ne devez pas en faire, interrogez-vous sur la phonétique des voyelles.

Conseil

Entraînez-vous à bien lire les grands nombres pour n'avoir aucune hésitation le jour de l'examen.

100 = one **hun**dred / a **hun**dred
1,000 = one **thou**sand / a **thou**sand
3,257 = **three thou**sand **two hun**dred and **fif**ty **se**ven
10,000 = **ten thou**sand
100,000= **one hun**dred **thou**sand
1,000,000 = 1m = **one mil**lion
65,879,000 = **six**ty **five mil**lion **eight hun**dred and **se**venty **nine thou**sand

2 Quelques principes

Voir p. 460

• Pour que la lecture soit compréhensible, il faut qu'elle réponde à plusieurs conditions :
– les mots doivent être correctement prononcés et correctement accentués ;
– les pauses doivent tenir compte du sens et de la grammaire du texte ;
– le rythme et l'intonation doivent obéir aux règles de prononciation de l'anglais.

• La lecture à haute voix se fait en particulier sur le principe des groupes de sens : on ne sépare pas les éléments qui font sens ensemble. De manière générale, on lie le verbe et son complément d'objet direct. On ne sépare pas la particule adverbiale et le verbe, le déterminant et le nom, l'adjectif et le nom.

• Observez les syllabes accentuées (en gras), les pauses de respiration (/) et les pauses entre les groupes de sens (//) dans le passage suivant.

With a **work**force of just **o**ver 491,000 in 2013, // the **U**ni**t**ed **Sta**tes **Pos**tal **Ser**vice / (USPS) // is **se**cond **on**ly to **Wal**mart / **a**mong ci**vi**lian em**plo**yers in **A**merica. / But it **still** em**ploy**ed **mo**re than 200,000 **fe**wer **peo**ple last year / than it did just **ni**ne years **ear**lier // —when it **hand**led **near**ly 500m **more** **pie**ces of mail / and had **al**most 2,000 more **re**tail **of**fices. // The **ri**se of **e**-mail has left A**me**rica's **mas**sive **pos**tal **ser**vice / with **far** less to do, // and it has been **scram**bling to find **ways** to raise **re**venue.

The Economist, April 19th 2014

3 S'entraîner

• Lire à haute voix et s'enregistrer sont les seuls moyens de progresser véritablement et de comprendre en profondeur les mécanismes de l'exercice.

Conseil

On trouve facilement sur Internet de petits logiciels d'enregistrement gratuits, comme Audacity. Ils conviennent parfaitement pour cet usage.

• Des sites comme celui de *The Economist* www.economist.com ou celui de la BBC (Learning English) proposent des enregistrements des articles que vous lisez à l'écran. Le site eman.free.fr/prepa-colle/, destiné aux élèves des classes préparatoires scientifiques et commerciales, propose un ensemble d'articles avec leurs scripts, enregistrés dans un anglais très clair. C'est un matériau excellent pour l'entraînement dont vous avez besoin.

• Vous pouvez procéder de deux manières :
– écoutez l'enregistrement et lisez l'article en même temps en silence. Avec un crayon, notez les pauses, les accents de mots, les intonations, les sons qui vous surprennent. Ensuite, lisez à votre tour, à haute voix. Enregistrez-vous, puis réécoutez et comparez ;
– lisez un passage du texte en silence. Notez au crayon toutes les indications utiles, puis lisez à haute voix en vous enregistrant. Comparez avec l'enregistrement du texte.

6 Éléments de phonétique

Quelques règles simples peuvent vous éviter les erreurs les plus courantes pour des francophones. Entraînez-vous régulièrement pour être prêt le jour J.

1 L'accent de mot

Parfois appelé **accent tonique**, l'accent d'un mot est un élément essentiel de la prononciation de l'anglais. On dit qu'une syllabe est « accentuée » ou « non accentuée ». La place de l'accent de mot est déterminée par plusieurs éléments : l'origine étymologique du mot (germanique, latine ou autre), la présence d'un préfixe ou d'un suffixe et la nature de celui-ci. Nous donnons ici les grandes lignes.

- **La plupart des noms et des adjectifs de deux syllabes** sont accentués sur la 1re syllabe, sauf s'il s'agit d'un préfixe.

Exemple : **hap**py, **fa**ther, **pic**ture mais sur**prise**, com**plaint**, re**act**.

- **La plupart des verbes de deux syllabes** sont accentués sur la 2e syllabe.

Exemple : re**peat**, re**lax**, en**joy**, for**get**, mais **can**cel, **co**py, et les verbes en **-en** ou **-er** : **lis**ten, **hap**pen, **an**swer, **en**ter.

⚠ Quand le nom et le verbe sont identiques, la syllabe accentuée permet de les distinguer à l'oral.

Exemple : record (**re**cord / re**cord**), contrast (con**trast** / **con**trast), export (**ex**port / ex**port**), object (**o**bject/ ob**ject**), present (**pre**sent / pre**sent**), produce (**pro**duce / pro**duce**), protest (**pro**test / pro**test**), rebel (**re**bel / re**bel**). Mais **pic**ture, **pro**mise, **tra**vel, **vi**sit sont toujours accentués sur la première syllabe.

- **Les mots de trois syllabes** sont également accentués sur la 1re syllabe sauf s'il s'agit d'un préfixe (ils sont alors accentués sur la 2e syllabe).

Exemple : **poss**ible, **hon**esty, **po**sition ... mais im**poss**ible, dis**ho**nesty, de**po**sit, ac**know**ledge, pre**cau**tion.

Entraînez-vous à lire ce dialogue en respectant l'accentuation indiquée sous chaque mot (● = syllabe accentuée ; • = syllabe non accentuée) :

John: When do you begin your internship?
• ● ● • •

Mary: On the twentieth of September.
● • • • ● •

John: Really? Next Wednesday?
● • • ● •

Mary: I'm starting in the morning.
● • ● •

John: So when are you leaving?
● •

Mary: Tomorrow.
• ● •

John: And when will you be back in Paris?

Mary: Saturday November the thirteenth.

John: The thirtieth?

Mary: No, the thirteenth!

- **Les suffixes dits « neutres »** ne déplacent pas l'accent du mot de départ.

-able : fashion → fashionable
-al : person → personal
-dom : martyr → martyrdom
-ed : recover → recovered
-en : light → lighten
-er : produce → producer
-ful : success → successful
-hood : brother → brotherhood
-ing : cover → covering
-ish : eleven → elevenish
-ism : terror → terrorism
-ist : guitar → guitarist
-ling : change → changeling
-ly : polite → politely
-man : police→ policeman
-ment : agree → agreement
-or : react → reactor
-ship : intern → internship
-some : trouble → troublesome
-wise : other → otherwise
-y : willow → willowy
-ess : duke → duchess
-less : penny → pennyless
-ness : happy → happiness

- **Les suffixes dits « non neutres »**, modifient la place de l'accent dans le mot de départ :

– cas où l'accent tombe sur **le suffixe.**

-aire : million → millionnaire
-ee : employ → employee
-eer : engine → engineer
-ese : journal → journalese
-esque : picture → picturesque
-ette : launder → launderette
-eur : entrepreneur
-fy : terrify
-ique : boutique
-ise : advise
-oon : cartoon

– cas où l'accent tombe sur **la syllabe placée avant le suffixe.**

-eous : courageous
-ia(n) : pneumonia
-ial : financial
-ic(s) : economics
-ical : historical
-ient : resilient
-ion : organization
-ity : nationality
-ium : planetarium
-ive : intrusive
-logy : ideology

- Notez que les dérivés d'un nom en -tion sont accentués sur la même syllabe que lui : constitutional, functional, institutional, intentional, international.

Remarque

Exceptions à la règle du suffixe **-ic** : **ca**tholic, **lu**natic, **po**litic, **rhe**toric, a**rith**metic, **A**rabic.

2 L'accent de phrase

L'alternance de syllabes accentuées, légèrement accentuées, ou pas accentuées constitue la structure orale du mot, mais aussi de la phrase, et lui donne son rythme et sa musicalité.

A Accentuation

- Les mots accentués sont ceux qui portent un contenu lexical, une information. Il s'agit des noms, des verbes principaux, des adjectifs. On accentue également les pronoms possessifs et démonstratifs, les pronoms interrogatifs, les formes négatives contractées, les adverbes, les particules adverbiales ou bien encore les mots grammaticaux de deux syllabes comme about, across, because, etc.

• Les mots non accentués sont les autres mots fonctionnels : articles, auxiliaires, pronoms personnels, adjectifs possessifs et démonstratifs, prépositions et conjonctions.

• À l'oral, ce sont les mots accentués qui vous permettent de repérer les idées-clés.

Exemple : Relations between the companies that create media products and those that distribute them have long been poor.

B Régularité du rythme

• Les syllabes accentuées sont généralement séparées par un « blanc », un léger silence, comme dans la phrase Dogs chase cats (Les chiens pourchassent les chats). On peut ajouter des syllabes non accentuées dans ces « blancs » sans que le rythme soit modifié.

• **Observez :**

	●		●		●
	DOGS		**CHASE**		**CATS**
	DOGS	have	**CHASED**		**CATS**
The	**DOGS**	will	**CHASE**	the	**CATS**
The	**DOGS**	have been	**CHASing**	the	**CATS**
The	**DOGS**	could have been	**CHASing**	the	**CATS**

Conseil

Entraînez-vous à lire ces mots, phrases et expressions en respectant le schéma accentuel.
● • = première syllabe accentuée, deuxième syllabe non accentuée.
○ • ● = première syllabe légèrement accentuée, deuxième syllabe non accentuée, troisième syllabe accentuée, dernière syllabe non accentuée.
Vous pouvez également vous enregistrer. Cela vous permet ensuite de vous réécouter d'une oreille critique.

• **Quelques schémas accentuels courants :**

● • mother Do it. Tell them.	• ● relax She comes. You did?	● • • president Look at her! Go away.	• • ● guarantee He's arrived. Where's the cat?
• ● • important I've seen her. I love you.	● • ● Come and see. Don't forget. What's your name?	● ● • No problem! Don't worry! Please help us.	• ○ • ● a piece of cake The shop was closed. It's time to go.
○ • ● • education John's a teacher. See you later.	● • • ● Give me a call. Where do you live? How do you do?	• ○ • ● • communication I think I know her. I want some coffee.	○ • ● • • nationality Come to Mexico. Where's your bicycle?

7 Boîte à outils

1 Des mots de liaison utiles

• Pour ajouter une idée, un argument

Then / Next : alors, ensuite
Besides / What is more : de plus, qui plus est
Moreover / Furthermore : en outre
In addition / On top of that : de plus
Similarly / Likewise : de même
Especially since / As : d'autant plus que

• Pour indiquer la cause

Because of + nom / on account of + nom : à cause de + nom
Due to + nom : en raison de + nom
Owing to + nom : par suite de / en raison de + nom
Thanks to + nom : grâce à + nom
Since : puisque
Because : parce que

Exemple : **Since / As / Because** time is money, customers with pressing requests are willing to dig a little deeper into their pockets. → **Étant donné que** le temps c'est de l'argent, les clients pressés ne voient pas d'inconvénient à mettre la main au porte-monnaie.

• Pour expliquer les conséquences

Therefore : donc
Consequently / As a result / Accordingly : par conséquent
That's why : c'est pourquoi
That's the reason why : c'est la raison pour laquelle
… , so much so that… : à tel point que
So : alors Thus : ainsi

Exemple : Companies are designing bigger offices **so that** they create more motivated staff.
Companies are designing bigger offices. **As a result / Consequently** they create more motivated staff.
→ Les entreprises conçoivent des bureaux plus grands, **de telle sorte** que les employés sont davantage motivés.

• Pour faire des concessions, exprimer des réserves

Although / Even though / Even if : même si…

Exemple : Most companies rely on their employees' good judgement **although / even though / even if** human resource directors agree that sometimes employees can push business casual too far.
→ La plupart des entreprises font confiance au bon sens de leurs employés, **même si** certains directeurs des ressources humaines s'accordent à dire que les employés poussent parfois la décontraction un peu loin.

In spite of / Despite + nom : malgré + nom
No matter what / who / where : quoi que / qui que / où que

Exemple : **No matter what** the surveys say, dress codes are still very much the norm in companies.
→ **Quoi qu'**en disent les études, les codes vestimentaires sont toujours bien présents dans les entreprises.

All the same : tout de même
Nevertheless : pourtant
Nonetheless / Still : malgré tout

• Pour exprimer le contraste, l'opposition

On the one hand : d'une part
On the other hand : d'autre part
However / Yet : cependant
In fact / Actually : en réalité
As opposed to… / Unlike : à la différence de

Exemple : **Unlike** paper ID, biometric ID is tamperproof.
→ **Contrairement aux** papiers d'identité, l'identification biométrique est infalsifiable.

On the contrary : bien au contraire
By contrast : par contraste
Conversely : inversement
Whereas : alors que

> **Exemple :** Biometric ID is tamperproof, **whereas** paper ID isn't.
> → L'identification biométrique est infalsifiable, **tandis que** les papiers d'identité ne le sont pas.

Despite / in spite of : malgré

> **Exemple :** **Despite / In spite of all that,** John remains convinced that a blanket ban is the best way to go.
> → **Malgré** tout cela, John demeure persuadé qu'une interdiction totale est la meilleure solution.

• Pour faire le bilan

All in all / Finally : finalement, tout compte fait
Last (but not least) : finalement
As a matter of fact : à vrai dire, en réalité
In short / In brief : en résumé
In a nutshell : en deux mots
In conclusion : en conclusion
To conclude : pour conclure
All things considered : tout bien considéré

• Pour exprimer une alternative

Either you get down to work, **or** you are fired. → **Ou** vous vous mettez au travail **ou** vous êtes renvoyé.

Neither our customers **nor** our suppliers have ever met the boss. → **Ni** nos clients **ni** nos fournisseurs n'ont jamais vu le patron.

2 Des expressions utiles

avoir du mal à + inf	to find it difficult / hard to + inf / to have trouble + – ing
avoir le droit de	to have a right / to to be entitled to / to be allowed to
avoir raison (de + inf)	to be right / wrong (to + inf)
correspondre à	to correspond to
envisager	to intend / to plan
être conscient de	to be aware of
être d'accord avec	to agree with
être en jeu	to be at stake
être responsable de	to be responsible for / to be in charge of
être sur le point de	to be about to / to be on the verge of + nom ou – ing
exigeant	demanding
exportation	export
face à (cette situation)	faced with / in the face of
faire du sport	to play sports / to go in for sports
faire partie de	to belong to / to be part of
faire pression sur	to exert pressure on sb / to pressure sb into + – ing
faire preuve de	to show
faire ressortir	to bring out / to stress / to enhance
jouer un rôle	to play a part
mettre en danger	to endanger
mettre en doute	to jeopardize / to question
prétendre que	to doubt
profiter de	to claim that
provoquer	to take advantage of
rater	to cause / to miss (the train) / to fail (an exam) / to carry out (a project)
réaliser	to fulfil (a dream)
se rendre compte	to realize
résoudre	to solve
risquer de	to be in danger of + – ing / to run the risk of + – ing
s'adapter à	to adapt to
s'avérer	to turn out
s'opposer à	to object to
tenir compte de	to take into account

3 Les faux-amis

Il faut distinguer deux listes : d'une part, les mots qui sont toujours des faux-amis, et d'autre part ceux dont le premier sens n'est pas le même qu'en français mais qui peuvent aussi avoir le même sens que le mot français auquel ils ressemblent.

A Les mots qui sont toujours des faux-amis

accommodation	logement
to achieve	atteindre, réaliser
actual / actually	réel / en réalité
(in) actuality	en réalité
advertisement	annonce publicitaire
to advocate	préconiser
affluence	richesse, abondance
affluent	riche
agonizing	angoissant
alien	étranger
to apologize	s'excuser
appointment	nomination sur un poste
to assist	aider
to assume	supposer
to attend	assister à
ballot	vote, bulletin de vote
to bribe	donner des pots-de-vin
chance	hasard
change	changement, monnaie
college	faculté
commodity	marchandise, denrée
confectioner	confiseur
con man	escroc
corporation	compagnie commerciale
current	actuel
to deceive	tromper
deception	tromperie, duperie
delay	retard
deputy	adjoint
to design	concevoir
directions	instructions, mode d'emploi
dramatically	de façon spectaculaire
engross	absorber
eventually	en fin de compte
evidence	preuves, témoignage
extra	supplémentaire
fabric	tissu
facilities	équipements
fastidious	exigeant
figure	chiffre
to furnish	meubler
furniture	meubles
gratuity	pourboire
gross	brut
hazard	danger, risque
hazardous	dangereux, risqué
inconvenient	malcommode, gênant
issue	problème, numéro
journey	voyage
labour	main-d'œuvre, travail pénible
large	grand
licence	autorisation, permis
lime	citron
location	situation, emplacement
luxury	luxe
malice	méchanceté
notoriety	mauvaise réputation
novel	roman
patron	client
petrol	essence
piece	morceau
place	endroit
policy	ligne politique, stratégie
politics	la politique
to prove	se révéler, s'avérer
rampant	effréné
to regard	considérer
to qualify	nuancer
rate	taux, cadence
to rest	se reposer
rude	mal élevé
sensible	sensé, raisonnable
supplier	fournisseur
sympathetic	compréhensif, compatissant
trivial	insignifiant
utilities	services publics : eau, gaz, etc.
valid	valable, etc.

Et tous les faux-amis qui concernent l'argent :

money	argent
change	monnaie
coin	pièce de monnaie
currency	monnaie légale d'un pays
note	billet

B Les faux-amis qui ont parfois le même sens que le mot français auquel ils ressemblent

application	candidature
argument	dispute ; argument
benefit	allocation ; bénéfice
competition	concurrence, competition
to complete	terminer ; compléter
confidence	confiance ; optimisme ; confidence
to consider	envisager ; considérer
to contemplate	envisager ; contempler
customs	douane ; coutumes
degree	diplôme universitaire ; degré
to demand	exiger, demander
demonstration	manifestation ; démonstration
department	ministère ; rayon ; département
exchange	le change ; un échange
to expose	dénoncer ; exposer au soleil, au chaud, au froid excessifs
file	dossier ; lime ; file
habit	habitude ; tenue, habit
intelligence	renseignements ; espionnage ; intelligence
to introduce	présenter ; introduire
pipe	tuyau ; pipe
platform	quai de gare ; estrade, plate-forme
prejudice	préjugé ; préjudice
to pretend	faire semblant ; prétendre, affirmer
relief	soulagement, secours ; [adj.] en relief
to replace	remplacer, remettre en place
resignation	démission ; résignation
rest	repos ; support, appui ; reste
to resume	reprendre ; résumer
tank	réservoir ; cuve, citerne ; aquarium ; tank (char d'assaut)

Achevé d'imprimer en juin 2022 en Italie par Elcograf
Dépôt légal : juillet 2022 - Édition 01
27/7731/2